Lonnie Coleman wurde 1920 in Georgia geboren. Seine Kindheit und Jugend verbrachte er im amerikanischen Süden, seine Studienzeit an der Universität von Alabama. Während des Zweiten Weltkrieges diente Coleman bei der US-Marine. 1944 erschien sein erstes Buch, dem zahlreiche Romane, Schauspiele und eine Sammlung von Kurzgeschichten folgten. Sein Stück »Hot Spell« wurde mit Shirley MacLaine und Anthony Quinn verfilmt.
Lonnie Coleman ist vor allem mit seinen Romanen »Bis ans Ende aller Tage«, »Ein Blatt im Wind« und »Die Tage der Erben« in Deutschland bekannt geworden. Er starb 1982 in Savannah, Georgia.

Von Lonnie Coleman sind außerdem
als Knaur-Taschenbücher erschienen:

»Bis ans Ende aller Tage« (Band 474)
»Sonne und Staub« (Band 665)
»Ein Blatt im Wind« (Band 688)
»Mark« (Band 1016)

Vollständige Taschenbuchausgabe
Droemersche Verlagsanstalt Th. Knaur Nachf. München

Titel der Originalausgabe »The Legacy of Beulah Land«

Aus dem Amerikanischen von Margarete Längsfeld und Fritz Thorn
Umschlaggestaltung Atelier Blaumeiser
Druck und Bindung Clausen & Bosse, Leck
Printed in Germany 7 6 5 4 3
ISBN 3-426-01099-2

Lonnie Coleman:
Die Tage der Erben

Roman

Knaur®

ISBN 3-426-01099-2 880

Für Howard Siegman

Erster Teil
1879

1

Bessie Marsh zog die Zügel an, Maultier und Wagen blieben stehen. Sie sagte zu dem Jungen neben ihr auf dem Brettersitz: »Du kannst es deutlich sehen, jetzt wo der Obstgarten kahl ist.« Er blickte durch die entlaubten Obstbäume und die Eichen und Zedern, die die Auffahrt nach Beulah Land säumten, in die Richtung, in die seine Mutter zeigte. Das Haus am Ende der Allee blickte nicht auf die Hauptstraße, wie das alte es getan hatte, das von Shermans Soldaten niedergebrannt worden war, sondern wandte sich den Feldern und Waldungen zu, die die Kendricks und ihre Angehörigen fast hundert Jahre lang ernährt hatten, seit der erste von ihnen im Jahre 1783 die Plantage anlegte. Sie galt immer noch als Besitz der Kendricks, obwohl mittlerweile alle, die diesen Familiennamen trugen, mit Ausnahme einer einzigen alten Frau Schwarze waren. Sie waren dort geboren und hatten nach dem Krieg beschlossen zu bleiben, andere waren weggezogen und zurückgekehrt. Das Haus war nicht so stattlich wie das alte, aber immer noch vornehm genug mit seinen weiten Räumen und luftigen Veranden, um den ärmeren Bauern des Kreises wie ein Palast zu erscheinen, wenn sie hingingen und um irgendeine Vergünstigung baten.

»Da würden wir wohnen, wenn die gedacht hatten, daß deine Ma für Ben Davis gut genug ist.«

Wie jedermann wußte Leon Marsh, daß Benjamin Davis, der mit seiner Großmutter Sarah Troy die Plantage bewirtschaftete, sein Vater war. Obwohl er erst im April fünf wurde, hatte der Junge sein ganzes Leben lang diese Geschichte gehört. Der rauhe Januarmorgen machte ihn frösteln, und er dachte an die Wärme im Laden von Highboro, wohin sie fuhren, um für die neunzehn Eier und die vier Hennen mit den zusammengebundenen Füßen hinten im Wagen Mehl und Zucker einzutauschen. Sie waren vor Tagesanbruch aufgestanden, um die Kuh zu melken und das Vieh zu füttern. Bessie hatte sich nicht die Mühe gemacht, in der Küche ein Feuer in Gang zu bringen, da sie ja in die Stadt fuhren; sie hatten also Buttermilch und kalte Maiskuchen gefrühstückt, und Bessie hatte ihrer Mutter, die fast blind war, geraten, wegen der Wärme im Bett zu bleiben, bis sie zurückkämen.

»Es ist kalt, Ma«, sagte Leon.

Sie starrte durch die Bäume. »Dort drinnen ist es warm, da kannst du sicher sein. Die haben ein Feuer in jedem Zimmer, und der Tisch ist fürs Frühstück gedeckt. Gebratener Schinken und Eier, Grütze mit Soße, warmes Gebäck und Eingemachtes, Kaffee und kalte Pastete. Lassen mehr stehen, als sie essen, würd' ich wetten. Kein Wunder, daß sie die fettesten Säue und Nigger haben.«

»Fahren wir, Ma!«

Sie machte eine ausladende Handbewegung: »Was es nur gibt, die haben alles.«

»Ma . . .« Sie versetzte ihm einen kräftigen Schlag mit den Enden der Zügel. Er zuckte zurück, aber völlig lautlos. Sie fand, daß er mehr denn je seinem Vater ähnlich sah, und lachte. Der Klang zersplitterte die Luft wie fallende Eiszapfen. »Spuck aus und sag: Ich spucke auf Beulah Land.«

Er dachte an die Wärme, die ihn in Highboro erwartete, spitzte die aufgesprungenen Lippen, beugte den Kopf über die Wagenseite und spie auf den Boden. Bessie akzeptierte das als Gehorsamsbeweis und ließ die Zügel über den Rücken des Maultiers schnellen, dann setzten sie ihre Fahrt fort.

Der Wagen knarrte an den alten Lagerschuppen vorbei und über die Holzbrücke, dann sahen sie die erste Häusergruppe. Die Frau sagte: »Ich will nicht, daß du wieder weinst wie beim letzten Mal. Wenn Mr. Sullivan Lust hat, mich ein bißchen zu tätscheln, dann macht dir das nichts aus, verstanden? Vielleicht kann ich ihm eine Büchse Schnupftabak für deine Großmutter abschmeicheln. Sie lebt von Schnupftabak.« Der Junge sah böse aus, sagte aber nichts.

Auch die Herrin von Beulah Land war vor Tagesanbruch aufgestanden. Sie ließ ihren Mann weiterschlafen und ging in die Küche, wo die Köchin Josephine Teig ausrollte und das Mädchen Mabella den ersten Kaffee kochte.

Josephine fragte: »Wie geht's ihr heute?«
»Ich habe noch nicht nach ihr geschaut, ich brauch' erst meinen Kaffee.« Sarah Troy zog sich einen Stuhl an den Küchentisch, während Mabella Schale und Untertasse vor sie hinstellte und aus dem Topf am Ofen eingoß. »Hat nicht lang genug gekocht«, warnte sie. »Mir genügt's«, sagte Sarah, und dann, zu Josephine gewandt, »ich glaube nicht, daß es ihr schlechter geht, sonst hätte Bianca während der Nacht an meine Tür geklopft.«
»Ja, Ma'am.« Josephine seufzte und streute Mehl über den ausgewalzten Teig. »Ich mach' *Batate*-Küchlein.« Das war eine der vielen Lieblingsspeisen, an denen sich die dicke kleine Frau, die in ihrem Zimmer im Sterben lag, noch erfreute. Sarah trank ihren Kaffee aus, klopfte Josephine zum Dank leicht auf den Rücken und ging, um ihrer Tante Nell Kendrick den ersten Besuch des Tages abzustatten. Sie fand sie oftmals schlafend oder, wenn sie wach war, im Geist so verschwommen, wie es ihre Augen waren, aber heute morgen war ihr Blick klar und verständig. Ihr Mädchen Bianca hingegen war im Sessel neben dem Bett eingenickt. Als sie hörte, wie Tante und Nichte sich begrüßten, öffnete sie müde die Augen.
Nell sagte: »Es riecht nach Kaffee. Bringt ihn mir, Mabella?«
»Ich werd' ihn holen«, verkündete Bianca und verließ das Zimmer.
»Sie will ihren haben«, sagte Nell, und sie lächelten einander zu.
»Wie alt bin ich, Sarah?«
»Siebenundneunzig.«
»Wirklich?« Nell dachte nach und sagte: »Ich war ein zartes Kind, niemand glaubte, ich würde lange genug leben, um mein erstes Korsett anzuziehen.«
»Josephine macht *Batate*-Küchlein.«
»Die gute Seele.«
Eine Stunde später hatten alle je nach Appetit gefrühstückt und ihr Tagewerk begonnen. Casey Troy, Sarahs zweiter Mann – der erste war Leon Kendrick gewesen, der Besitzer von Beulah Land –, war Maler und Photograph. Mit seinen fünfundsechzig Jahren war er um drei Jahre jünger als seine Frau, doch beide führten ein tätiges Leben und hatten sich dadurch ein gut Teil ihrer Gesundheit und ihres guten Aussehens bewahrt. Mit zehn ein unscheinbares Kind, wurde Sarah mit zwanzig interessant und war ab dreißig schön zu nennen.

Casey sattelte sein Pferd und ritt nach Highboro. Das Skizzenbuch baumelte am Sattelknauf. Er wollte mit der Arbeit an einem Porträt beginnen, das Mrs. Bonard Saxon in Auftrag gegeben hatte, die immer noch »die schöne Miss Frankie« genannt wurde, obwohl sie zwei Kinder geboren hatte und nun schon seit über fünf Jahren Gattin und Mutter war.
Benjamin Davis begann seinen Arbeitstag immer zeitig. Er kam frühmorgens die halbe Meile von seinem Haus auf der Lichtung herunter und teilte den Leuten ihre Arbeit zu. Die meisten pflügten zur Zeit auf den Hügeln. Nachdem er die kranken Tiere untersucht hatte, frühstückte er zusammen mit seiner Großmutter. Er trank später zu Hause Kaffee, während seine Frau Priscilla, die später aufstand als er, ein leichtes Frühstück einnahm – wenn sie überhaupt etwas aß. Sie war im achten Monat schwanger, und ihrer beider Hoffnung auf eine sichere Niederkunft wurde mit jedem Tag zuversichtlicher. In den vier Jahren ihrer Ehe hatte sie zwei Fehlgeburten gehabt.
Es war Benjamins Gewohnheit, Sarah bei einem herzhaften Frühstück Gesellschaft zu leisten, das sie beide genossen, und dabei die Pläne für den Tag mit ihr zu erörtern. Ungeachtet eines Altersunterschiedes von dreiundvierzig Jahren verband sie die gleiche Liebe für Beulah Land und füreinander. Es war richtig – wie sowohl seine Frau als auch ihr Mann zugaben –, daß jeder des anderen vertrautester Freund war. Während Benjamin sich reichlich mit Pfirsichmarmelade bediente, fragte Sarah: »War Priscilla wach, als du weggingst?«
»Ich weiß es nicht.« Nach einer kurzen Pause fügte er hinzu: »Ich mag sie nicht stören, wenn sie schläft.«
Sie brauchten einander nicht anzusehen, um zu verstehen, was unausgesprochen blieb. Die Freundschaft und schließlich Heirat zwischen Benjamin Davis und Priscilla Oglethorpe hatten die Stadt und den Kreis sehr überrascht, so verschieden waren die beiden. Aber sie handelten mit solcher Entschlossenheit, daß es wie Schicksal wirkte, als sie die Bedenken der Freunde und den Widerstand von Priscillas Mutter endlich überwanden.
Sarah sagte lebhaft: »Sie wird froh sein, wenn das Kind geboren ist.« Jetzt sah er sie an. »Gebe Gott. Bei Stadtmädchen braucht's eine Weile, bis sie sich an das Leben auf dem Land gewöhnen.«

Sie nickte, als ob sie an das glaubte, was sie sagten, dann bot sie ihm den Trost eines Scherzes: »Du bist ja unheimlich sicher, daß es ein Junge wird.«

»Ja, Ma'am, und er wird Bruce Davis heißen, nach seinem Großvater.«

Sie sah ihm zu, wie er einen Löffel Eingemachtes auf den letzten knusprigen Happen Schinken strich. »Wie kannst du nur solches Zeug zusammenessen? Ich mag Salziges, und ich habe auch Süßigkeiten gern, aber das Salzige zuerst und das Süße hinterher.«

»Ich mag beides zusammen. Otis hat die besten Leute auf die oberen Westfelder geschickt. Die verbringen jetzt den Rest der Woche damit, bis herunter zu pflügen.« Sie nickte. »Ich denke, ich sollte heute morgen in die Stadt reiten und einen Blick auf die Egreniermaschine werfen. Nur hier und da ein Stück prüfen und schauen, ob es richtig klappert.«

»Wenn es falsch klappert, dann wüßte Isaac es bereits, aber du tust trotzdem gut daran hinzugehen.« Als er den Teller wegschob, sagte sie: »Schau bei Sullivan vorbei und frage, ob die frischen Muskatnüsse angekommen sind. Josephine will das alte Muskat, das er ihr verkauft hat, nicht mehr verwenden, und *Batate*-Küchlein brauchen ein bißchen.«

Benjamins Schwester Jane Todd wohnte mit ihrem Mann Daniel und ihren beiden Söhnen gleich nebenan, auf einem Grundstück, das zu Beulah Land gehört hatte. Als ihr zweiter Sohn geboren wurde, fanden sie, daß das kleine Haus in Sarahs Seitenhof zu eng wurde. Sarah und Benjamin besprachen heimlich einen Plan, den sie schon seit langem hatten, und beschlossen, eine Schenkungsurkunde für vierhundert von den sechzehnhundert Morgen von Beulah Land für Jane und Daniel aufzusetzen.

Daniel Todd war ein Soldat der Union gewesen, der im letzten Kriegsjahr verwundet und halbverhungert desertierte und sich nach Beulah Land durchschlug, wo ihn die Herrin aufnahm. Er lohnte es ihr mit harter Arbeit. Ohne ihn wäre der Besitz vielleicht zugrunde gegangen, dessen Schuldenlast die Folge der drakonischen Besteuerung bei Kriegsende und während der *Reconstruction* war. Jane wußte, was Sarah und Benjamin nur ahnten: Tief in seiner Vermont-Seele sehnte sich Daniel danach, ein Stück des Landes sein eigen zu nennen, das mit seiner Hilfe gerettet worden war und das er lieben gelernt hatte. Und er sah zufrieden aus, obwohl er protestierte, als man es ihm anbot. Nachdem er die Schenkung angenommen hatte, machte er sich daran, ein Haus und Stallungen zu bauen, und schmiedete Zukunftspläne für seine Söhne, nicht wissend, daß die, die nach uns kommen, ihr eigenes Leben finden müssen.

»Großmutter!«

»Großmutter!«

Die Rufer waren Robert E. Lee Todd und Jefferson Davis Todd, vier und zwei Jahre alt, die man nach dem General und dem Präsidenten genannt hatte, nicht nur, um neue Namen in die Familie zu bringen, sondern auch, um der Vergangenheit zu gedenken. Sarahs Antwort erfolgte im gleichen Augenblick, da sie um eine Ecke des Hauses bog, nachdem sie mit Mabella Eier eingesammelt hatte. Es traf sich gut, daß Mabella die Eier trug, denn die beiden Buben stürzten sich, des Willkommens sicher, auf ihre Urgroßmutter, und sie trug sie die Treppe des rückwärtigen Eingangs zur Küche hinauf, wo Jane wartete.

Sie sagte: »Du verwöhnst sie.«

»Das pflegte deine Mutter auch zu sagen, wenn ich dich schaukelte«, antwortete Sarah. »Gott geb' ihr die ewige Ruhe«, intonierte Josephine. Sie hatte beide Kinder gern; Jefferson, den alle Davy nannten, liebte sie besonders. »Wer ist das Baby, das Josephine besuchen kommt?« fragte sie jetzt.

Er umschlang ihre Beine in den langen Röcken, als ob er sie erdrücken wollte. »Ich bin kein Baby – bin zwei Jahre alt!«

»Kommt mir vor wie ein Baby, dir nicht, Mabella? Schätze, wir geben ihm einen Zuckerschnuller, damit er ruhig ist.«

»Ich bin zu groß für Zuckerschnuller, ich möcht' ein Küchlein!«

Josephine zierte sich: »Vielleicht ist eins übrig, vielleicht auch nicht. Wen habt ihr am liebsten?«

»Dich, Josephine«, schrien beide Buben wie aus einem Mund. »Gut«, sagte sie wohlgefällig. Sie folgten ihr, als sie zum Küchenherd ging und das warme Gebäck aus der Pfanne auf der Herdplatte nahm. Sie bohrte mit dem Finger ein Loch in die Küchlein und füllte es mit Sirup. Sie hielt sie hoch, bis sie aufgehört hatten zu tropfen, dann gab sie sie den Kindern und sah zu, wie die sie verschlangen.

»Immer hungrig wie Jagdhunde. Mabella, mach die Eier sauber vom Hühnerdreck, wie ich dir's gezeigt hab'. Wie oft muß ich dir sagen, du sollst kein Wasser nehmen, das macht die Schale schwach. So macht man es, mit der Hand.«
Ein wenig später hörte Jane, die bei Nell saß, während Bianca ruhte, wie jemand im Flur flüsterte und auf Fußspitzen zur Türe kam.
»Wer ist es, Jane?« fragte Nell.
»Bobby Lee und Davy.«
»Und wer ist das?«
»Meine und Dans Kinder.«
»O ja.« Sie erinnerte sich.
»Ich schick' sie weg.«
»Laß sie hereinkommen«, sagte Nell zu Janes Überraschung, denn sie hatte nie Kinder in ihrer Nähe gemocht. Sie erwarteten keine weitere Einladung. »Kommt näher, so daß ich euch anschauen kann«, sagte Nell, und die Buben gehorchten. Vom Unerwarteten eingeschüchtert und still, starrten sie Nell ebenso neugierig an wie Nell sie. »Du siehst Daniel ähnlich«, sagte sie zu Bobby Lee, und dann zu Davy: »Du schaust gar niemand ähnlich.«
Davy sagte mutig: »Komm mit uns Murmeln spielen.«
»Lieber nicht«, sagte sie, nachdem sie das Angebot scheinbar ernsthaft erwogen hatte. »Ich muß hier liegen und darauf warten, in den Himmel zu kommen.«
»Kommst du heute in den Himmel?« fragte Davy, und Bobby Lee versetzte ihm mit dem Ellbogen einen Rippenstoß.
»Könnt' sein«, sagte Nell, »hab' mich noch nicht entschieden, wann ich gehe.«
Bobby Lee wollte wissen: »Wirst du Flügel bekommen?«
»Ich verrate dir ein Geheimnis: Sie haben schon angefangen zu wachsen.«
Davy fragte: »Können wir sie sehen?« Nell runzelte die Stirn.
»Eine Dame zeigt ihre Flügel keinem Herrn.«
Davy strahlte sie bewundernd an. »Gibt's im Himmel *Batate*-Küchlein?«
»Wenn's keine gibt, bleibe ich nicht«, antwortete Nell.

2

Casey Troy wußte nicht recht, was er mit seinem Pferd anfangen sollte. Er und Sarah besuchten die Familie Bonard Saxon ein- oder zweimal im Jahr, aber dann kamen sie im Einspänner oder in der Kutsche, weil Jane und Daniel mitfuhren, und ein Bediensteter wartete auf sie, um Wagen und Pferde wegzuführen. Heute war er allein und kam sozusagen geschäftlich. Er stieg ab und blieb mit den Zügeln in der Hand stehen, wie jemand, der die Aussicht bewundert – Miss Frankie war stolz auf ihren Besitz –, hoffte aber, daß man ihn von drinnen bemerken würde. So geschah es auch. Annabel Saxon öffnete die Eingangstür zum Haus ihres Sohnes und begrüßte Casey mit den Worten: »Da sind Sie ja, Maler Troy!«

Sie wußte nie, wie sie ihn anreden sollte. Sie nannte Sarah »Tante«, um sie zu ärgern und obwohl sie nicht wirklich verwandt waren. Sarahs Tochter hatte Annabels Bruder James Davis geheiratet, und Sarahs Enkel Benjamin war demnach Annabels Neffe. Casey Troy war niemand, wie sie bereits damals gesagt hatte, als er Leon Kendricks Witwe heiratete, und manchmal sprach sie heute noch von dem »Niemand, der die Herrin von Beulah Land geheiratet hat«. Casey fühlte sich sicherer als sie, da er die Sitten des Südens kannte, obwohl er als Nordstaatler zur Welt gekommen war, und er wußte sehr wohl, daß ein Gentleman jede Dame mit dem Vornamen anreden durfte, wenn er ihm nur ein »Miss« voransetzte, gleichgültig, ob sie Fräulein oder Frau war. »Miss Annabel«, erklärte er jetzt, »Sie sehen so hübsch aus wie ein Bild, wenn ich das sagen darf.«

Sie lachte anerkennend. »Wer dürfte das eher als Sie, Sir, der Maler von Ausdruck und Seele? Kommen Sie, schauen wir, was Sie aus Miss Frankie machen. Der Diener wird sich um Ihr Pferd kümmern.«

Casey nahm sein Skizzenbuch vom Sattelknauf und folgte ihr ins Haus. Sarah würde es Spaß machen, wenn sie hörte, daß Annabel als Anstandsdame oder eher als Leiterin der Sitzung beiwohnte. Frankie Saxon kam ihnen in der Eingangshalle entgegen. Da sie es ihrer Schwiegermutter überlassen hatte, die Tür zu öffnen, heuchelte sie Überraschung, so als ob sie sich erst jetzt, da der Maler vor ihr stand, daran erinnerte, daß sie ihn bestellt hatte. »Mr. Troy!

Gerade in diesem Augenblick habe ich . . .« Sie führte die beiden durchs Wohnzimmer in einen kleineren, Raum in dem sie die Vormittagsbesuche empfing.

Man tauschte Artigkeiten aus. Frankie erkundigte sich speziell nach Jane und Mrs. Troy. Bei ihrem ersten Besuch in Highboro vor sechs Jahren hätte Frankie beinahe Benjamin Davis geheiratet, und erst als sie herausfand, daß Bessie Marsh mit Benjamins Kind schwanger war, beschloß sie, statt seiner den Bankierssohn zu nehmen. Die Amme kam geschäftig hinter zwei hüpfenden Kindern herein, die streng aufgefordert wurden, »dem Herrn guten Tag zu sagen« und sich dann zu trollen. Sie blieben eine Viertelstunde, um sich bewundern zu lassen. Der fünfjährige Blair Saxon III. sagte mehrere Verse aus den Psalmen auf, wohl wissend, daß niemand die Bibel unterbricht, und die dreijährige Fanny führte ihren Knicks so oft vor, bis sie schwindelig wurde und hinfiel. Sie schlug mit dem Kopf auf den Boden und weinte. Daraufhin wurden die Amme, Klein-Blair und Fanny liebenswürdig aufgefordert, die Erwachsenen allein zu lassen. Als sie zögerten, befahl man ihnen zu gehen, und als sie immer noch im Korridor herumlungerten wie abgedankte Schauspieler, die widerstrebend die Bühne verlassen, schrie Annabel: »Raus!«

Obwohl Casey Frankie gesagt hatte, daß er bei der ersten Sitzung nur Skizzen von ihrem Gesicht machen würde, war sie mit erlesener Sorgfalt gekleidet – aber das war sie eigentlich immer. Frankie, die Schönheit – einer armen Familie aus Savannah, verwandt mit Annabels zweiter Schwiegertochter, entstammend –, hatte erkannt, daß es für sie ein Glück war, selbst den zweiten Sohn eines Bankiers zu heiraten, und sie hatte die Vorteile ihrer Stellung schnell erfaßt. Sie mochte ein großer Frosch in einem kleinen Teich sein, aber ein Teich, ganz gleich wie groß, bedeutet für die, die in ihm leben, die Welt, und Frankie wußte das.

Annabel sagte: »Dieses Porträt, Troy, war meine Idee.« (Sie hatte entschieden, daß für einen geschäftlichen Besuch der Familienname die passende Anrede sei.) »Mein Gott, ja. Ich erinnerte mich daran, wie sehr man das Bild bewunderte, das Sie vor so langer Zeit von mir malten . . .«

»Sie haben sich kaum verändert, Madam.«

»Jeder sagt, daß meine Schwiegertochter eine Schönheit ist, und

das stimmt auch, aber wir müssen die Blüte verewigen, bevor sie welkt. Ich sagte zu meinem Sohn: ›Laß doch Troy kommen, er ist der Richtige‹. Sie arbeiten heutzutage mehr mit dem Photoapparat, höre ich, aber für das Bleibende gibt's meiner Ansicht nach keinen Ersatz für Farbe auf Leinwand, mit einem soliden Rahmen rundherum. Also wo wollen Sie sie posieren lassen?«
Casey öffnete das Skizzenbuch und nahm das ernste Gehaben des Künstlers an. Er benutzte Schweigen als einen Schutzschild. Als Annabel nochmals fragte, wo Frankie sitzen oder stehen sollte, runzelte er bloß die Stirn und ignorierte die Frage. »Vielleicht auf dem kleinen Sofa? Ich finde, neben einem Piedestal zu stehen, sieht gewöhnlich aus.«
Immer noch stirnrunzelnd und schweigend deutete Casey mit einer Handbewegung zu einem Stuhl im Erker, wo das Morgenlicht klar, aber nicht blendend war und wo es keine störenden Schatten gab. Annabel machte noch ein paar Vorschläge, als sie aber weder vom Maler noch von seinem Modell zur Kenntnis genommen wurden, sank ihr Geplapper in kurze Ausbrüche zurück, wie bei einem Vogel im Gebüsch, der uns von Zeit zu Zeit durch einen Triller an seine Anwesenheit gemahnt, ohne jedoch unsere Aufmerksamkeit für ein volles Konzert zu beanspruchen.
»Mein Gott, wie genau besinne ich mich. Alle waren entzückt. Kamen aus der ganzen Gegend, um mein Bild zu bewundern, sobald es fertig war. Troy war danach sehr begehrt, das versichere ich dir. Jeder wollte ihn. Das Porträt aber, das er von mir machte, blieb das von allen am meisten bewunderte. Und nur du, Frankie, hast mich darauf nicht erkannt, als du's zum erstenmal gesehen hast! Alle anderen schwören bis zum heutigen Tag, daß es mein genaues Ebenbild ist.«
Casey begann zu arbeiten, und Frankie heftete den Blick auf eine Rose aus Wachs in einer Miniaturvase.
»Und Tante Nell – wie geht's der guten Seele jetzt?«
Keine Antwort, nur das Kratzen des Bleistifts auf dem Papier.
»Armes Ding. Ich wünschte, sie könnte endlich sterben. Wäre besser für sie und für euch alle. Sie klagt ihr ganzes Leben lang, daß sie krank ist. Jeder tanzt um sie herum, man scheut keine Mühe, und schaut sie an, fast hundert ist sie geworden? Nicht zufrieden mit ›Unser Leben währet siebenzig Jahre‹, wie der Schöpfer es so vernünftig empfiehlt.

Frankie, dreh den Kopf nach rechts. Dein linkes Profil – macht nichts, das Künstlerauge wird das schon richten. Nichts Häßliches, nur nicht so gut wie das andere. Würde einem bei niemandem auffallen, aber bei dir erwartet man Perfektion.«

Ihre Schwiegermutter zu ignorieren genügte nun nicht mehr, und die Frage, die Frankie an Casey richtete, klang gereizt: »Wie geht es Mrs. Ben?«

»Frankie?« rief Annabel in zurechtweisendem Ton. »Genaugenommen gehört Troy nicht zur Familie. Man fragt einen Gentleman, der nicht zur Familie gehört, nicht nach dem Gesundheitszustand von jemandem, der . . .«

»Ich hoffe nur, daß es ihr gesundheitlich gutgeht und daß sie sich wohl fühlt.«

»Ich glaube, beides trifft zu«, sagte Casey in einem Ton, so abwesend, als käme er vom Mond. Er kniff ein Auge zu, hielt den Bleistift senkrecht und blickte mit gespannter Aufmerksamkeit auf sein Modell. Beide Frauen schwiegen verschüchtert. Das wirkt immer, dachte Casey befriedigt.

3

Isaac war ein hellhäutiger Neger um Mitte Fünfzig, der aber – vielleicht wegen seines Einsiedlerlebens – älter aussah. Er hatte ein gesundes Bein und eines aus Holz als Ersatz für jenes, das ihm ein Ballen Baumwolle zerschmettert hatte. Er kippte um und fiel auf ihn, als er noch ein junger Mann war und gerade an der Egreniermaschine zu arbeiten begonnen hatte. Er empfand eine tiefe Leidenschaft für Maschinen aller Art, was ihm bei seinem Posten als Wächter wunderbar zustatten kam.

Als er und Benjamin nach ihrer Inspektionsrunde an der Bürotür stehenblieben, hob Isaac ein Kätzchen vom Boden auf und hielt es hoch. »Nehmen Sie es, Mr. Ben. Meine alte Mäusejägerin will es umbringen. War nie eine besonders gute Mutter, aber noch nie so bös wie jetzt. Ein Wurf von fünf, und sie bringt alle um bis auf das da, und das hätt' sie auch erwischt, wenn ich sie nicht zurückge-

halten hätte. Denk' die ganze Zeit nach, was ich mit ihm anfangen soll.«
Benjamin nahm ihm das Tierchen ab und betrachtete es eingehend. Das Kätzchen war schwarz mit Ausnahme eines weißen Ringes rund um das linke Hinterbein und ein paar weißen Haaren auf der Brust. »In Ordnung, Isaac.«
»Vielleicht, daß Miss Priscilla was an ihm findet.«
»Fürchte, sie macht sich nicht viel aus Katzen.« Benjamin lächelte und kraulte das Kätzchen hinter den Ohren. »Ich bringe es Tante Doreen. Sie und Miss Kilmer decken den Katzenbedarf von Highboro.« Benjamin stopfte das kleine Tier in eine Außentasche seines Mantels, wo es nach anfänglichem Zappeln ganz zufrieden sitzen blieb, als Benjamin aufs Pferd stieg und im Schritt durch die Stadt zurück zu Sullivans Laden ritt. Unter dem Schild mit der Aufschrift *Lebensmittel und Kurzwaren* hielten zwei Bauernwagen. Auf einem stand ein zerlumpter kleiner Junge, den er nicht beachtet hätte, wenn nicht gerade jetzt Bessie Marsh aus dem Laden gekommen wäre. Er sah sich daraufhin den Jungen genauer an und erkannte sein und Bessies Kind. Er stieg ab, band das Pferd an einen Pfosten und begrüßte sie. »Morgen, Mrs. Marsh.« Alle ließen Bessie die Höflichkeitsanrede »Mrs.« zukommen, seit Leon geboren war. »Als ob ich mit mir selbst verheiratet wäre«, pflegte Bessie zu sagen.
»Morgen«, erwiderte sie, »Leon, du erinnerst dich doch noch an Mr. Davis. Er besuchte uns draußen . . .«, sie wandte sich an Benjamin, »im letzten Herbst, nicht wahr? Sag guten Tag, Leon.«
»Guten Tag, Sir.«
Benjamin antwortete: »Guten Tag, mein Sohn.« Der Mann und das Kind erröteten, als sie einander ansahen, und Bessie blickte mit vergnügter Bosheit von einem zum anderen. Sie griff mit der Hand unter ihren Schal und zog eine kleine Dose mit aufgedrucktem Etikett heraus. »Bruton-Schnupftabak«, las sie vor. Der Junge errötete noch tiefer, und als sich Benjamin ratlos fragte, warum, lachte Bessie über seine Verlegenheit. »Ich habe mir nicht das Schnupfen angewöhnt, obwohl man sagt, daß es gut sei für sorgenvolle Gemüter. Der Tabak ist für Mutter. Mr. Sullivans Zugabe zu Mehl und Zucker, die er für meine Hennen und Eier getauscht hat – und für ein paar kleine Begünstigungen.«

Der Junge starrte auf Benjamins Manteltasche, die sich bewegte. Benjamin zog das Kätzchen heraus. »Hab' ihn bei der Maschine aufgelesen. Seine Mutter wollte ihn nicht behalten.«
»Unnatürlich«, warf Bessie ein, »ich nenn' das unnatürlich, wenn man sein eigen Fleisch und Blut verleugnet, nicht?«
Leon fragte: »Was werden Sie mit ihm machen?«
»Ach – es dir geben, wenn du es willst«, Benjamin war selbst überrascht, als er sich das sagen hörte.
»Darf ich, Ma?«
»Sicher, Junge. Immer nehmen, was man dir anbietet, und danke sagen.« Benjamin reichte das Tier über die Wagenplanke hinauf. Bessie sagte: »Ich hoffe, du findest den Jungen nicht allzu zerlumpt. Er hat bessere Sachen zu Hause, Miss Sarahs Weihnachtsgeschenke, aber die sind nicht für alle Tage. Der alte Pullover da ist noch warm genug, was, Junge?« Sie zog die Schultern so zurecht, daß die groben Flicken und verschlissenen Stellen noch deutlicher sichtbar wurden.
Benjamin trat unbehaglich von einem Fuß auf den anderen und sagte: »Großmutter bat mich, Muskat mitzubringen.«
Bessie klatschte in die Hände. »Kocht jemand was Gutes? Du wirst überrascht sein, wie munter sich Mr. Sullivan heute fühlt!« Benjamin nickte ihr und dem Jungen zu und ging auf den Laden zu, aber Bessies Stimme hielt ihn zurück: »Hab' gehört, daß Mrs. Davis wieder in Hoffnung ist. Die letzten Male habt ihr Pech gehabt, was?« Sie benutzte die Speichen des Rades als Leiter, um auf den Brettersitz zu klettern, knüpfte den Zügelknoten auf und zerrte das Maultier in einen steifen Rückwärtsschritt, bevor sie es auf die Straße lenkte.
Das Tier kannte seinen Weg. Der Junge kümmerte sich um das Kätzchen, und die Frau hing ihren Gedanken nach. Bessie und Benjamin waren zusammengekommen, als er neunzehn war und sie fünfundzwanzig, aus gegenseitigem Bedürfnis, ohne daß einer den anderen verführte. Es war ein ungestümes, rein sexuelles Verhältnis gewesen, das sie beide genossen. Um nichts wurde gebeten, und nichts wurde versprochen. Sie war die unansehnliche Tochter armer Bauern, er der Erbe von Beulah Land. Heirat kam gar nicht in Frage, obwohl er die Schuld an ihrer Schwangerschaft auf sich nahm und versprach, ihrer Familie auf jede Weise zu hel-

fen, außer durch eine Eheschließung. Und dieses Versprechen hatten er und Sarah gehalten.
Später im gleichen Sommer warb er um die schöne Fremde aus Savannah, Miss Frankie-Julia Dollard. Sie aber heiratete Bonard Saxon, als sie Benjamins Entschlossenheit, Bessie Marsh beizustehen, erkannte. Und er heiratete schließlich Priscilla Oglethorpe. Damals war Bessie Marsh nicht böse gewesen. Die hatte eine Mutter und einen Vater und andere Verehrer, und sie hatte nicht erwartet, bald zu heiraten, geschweige denn gut, denn die Reihen der jungen Männer waren dünn nach dem Krieg. Und so war er es, der heiratete, und sie trug das Kind aus. Ihr Vater bekam die Schwindsucht und starb daran. Ihre Verehrer begnügten sich damit, bei ihr zu schlafen, ohne mit ihr aufzuwachen; das Stückchen Land, das ihr gehörte, reichte als Köder für eine ständige Bindung nicht aus.
Sarah und Benjamin halfen den Marshs, aber durch Pech und schlechte Bewirtschaftung wurde das Wenige weniger, bis sie nur noch ein paar Hühner hielten, drei oder vier Schweine, ein Maultier und eine Kuh. Bessie bebaute ein Fleckchen mit Gemüse, hauptsächlich Rüben und Kartoffeln, aber der Boden war steinig, kalt und naß und der Ertrag kärglich. Mit der Jugend verging Bessies Stolz, und jetzt war sie schon froh, wenn Gunstbezeigungen dem Ladenbesitzer gegenüber ihr ein gewisses Gefühl der Unabhängigkeit von Sarah Troy und ihrem Enkel gewährten. Bessie schien es, daß die von Beulah Land alles hatten und sie nichts. Als aber der Fluch der Fehlgeburten Priscilla Davis verfolgte, begann sie, sich über ihren Vorteil klar zu werden: sie hatte einen Sohn. Doch manchmal fühlte sie den Zorn in sich aufsteigen, wie heute morgen, als sie Benjamin Davis traf, der mit fünfundzwanzig jung war, während sie sich mit einunddreißig alt vorkam.

Sie erreichten das Flüßchen am Stadtrand, und nachdem sie die Brücke überquert hatten, hielt Bessie den Wagen an. Sie sagte zu ihrem Sohn: »Nimm's und ersäuf es.«
Leon starrte sie an. »Du hast gesagt, ich darf's behalten.«
»Ich habe gesagt, du kannst es annehmen. Geber haben's nicht gerne, wenn man ihre Geschenke zurückweist. Ich will aber nichts haben, das meine Hühner umbringen könnte.«

»Ich werd' es abrichten, so daß es nichts tut, Ma.«
»Wir haben nichts, um es zu füttern.«
»Es fängt Mäuse.«
»Die Ratten sind größer als es.«
»Ma, laß' mich's behalten!«
»Tu, was ich gesagt habe, und laß uns nach Hause fahren. Es ist kalt.«
Er war auf dem Sitz von ihr abgerückt. Das Tierchen, das er mit einer Hand festhielt, jammerte. Er ließ sich an der Seite des Wagens auf den Boden gleiten, und die Frau folgte ihm. Er war nur ein kleines Stück gelaufen, als sie ihn einholte. Als sie ihn packte und ohrfeigte, ließ er das Kätzchen fallen. Sie riß einen Zweig aus dem Gebüsch und schlug den Jungen damit über den Rücken und um die Beine. Sie führte die Auspeitschung schnell und gründlich durch, es war ihr fast warm, als sie ihn von sich wegstieß. Das Tierchen kauerte in der Nähe, unbeweglich vor Angst.
»Du wirst jetzt folgen, oder ich schlag' dich krumm«, sagte Bessie. Der Junge nahm das Tier vom Boden auf. »Trag es zum Fluß und halt es unters Wasser.« Der Junge trug die Katze ans Ufer, wo er niederkniete und tat, was die Mutter befohlen hatte. Als das Tierchen aufgehört hatte, sich zu sträuben, sagte sie: »Laß es los.«
Als sie wieder im Wagen saßen und weiterfuhren, sagte Bessie: »Du mußt lernen, hart zu sein.«

4

Die Lichtung bestand aus ein paar Morgen Bergland mit Bäumen und Gras und einer Quelle, die einen Bach speiste. Der Boden war felsig, und dadurch war das Stück Land als Acker unbrauchbar. Benjamin, der die Lichtung sein Leben lang geliebt hatte, baute dort sein Haus, als er ein Mann wurde und ans Heiraten dachte. An dem Tage, an dem er und Priscilla zum erstenmal als Ehepaar den Hügel hinaufstiegen, träumte er, daß die nächsten Jahre das Haus mit Kindern segnen würden und daß ihre lärmenden Spiele, ihre Ponys und ihr Lachen die Stille der Lichtung mit Leben füllen

würden. Heute ritt er heim zur Lichtung, nachdem er Josephine die Muskatnüsse übergeben und eine Einladung seiner Großmutter, zum Essen zu bleiben, abgelehnt hatte. Als er die Lichtung betrat, schien es ihm, daß sie jetzt noch ruhiger sei als früher in seiner Kinderzeit. Aber das Schweigen damals war intim und abwartend gewesen, jetzt war es bloße Stille. Kein Hund kam, ihm ein Willkommen entgegenzubellen, keine Katze wandte den Kopf, in die Wintersonne blinzelnd, um zu sehen, wer da nahte. Priscilla war gegen Hunde und Katzen, weil es bei Benjamins Hin und Her unmöglich war, sie draußen zu halten, und weil sie überall Haare ließen. Auch kein Krähen eines Hahns, kein Muhen einer Kuh war zu vernehmen, denn die Tiere waren im unteren Hof bei Zadoks Haus und in seinen Ställen untergebracht. Als Benjamin an Zadoks Familie dachte, kam ein feuchter Schimmer in seine Augen. Sein Verwalter wohnte mit seiner Frau Rosalie und ihren fünf Kindern in einem wirren Durcheinander von Vieh und Geflügel, Heuduft, Schweinegeruch und Kochdünsten. Dort unten konnte Benjamin fühlen, wie die Dinge in den Höfen und Stallungen und auf den Feldern ringsum wuchsen, hier oben aber war Leere, Stillstand.
Priscilla Oglethorpe hatte sich in Benjamin vor allem um seiner Familie willen verliebt. Ihre eigene – Mutter, Vater, eine Schwester – erschien ihr geschnürt und zugeknöpft, steif mit im Schoß gefalteten Händen im halbdunklen Salon darauf wartend, daß »Dein Reich komme«. Die Kendricks und Davis' dagegen waren allezeit in Bewegung, gerieten in mißliche Lagen und befreiten sich wieder daraus, waren mit Freude und Kummer gleichermaßen vertraut. Ihr Verlangen war niemals zahm und mäßig, und die Mittel, mit denen sie es befriedigten, waren manchmal außergewöhnlich, ja sogar verwerflich. Es war ihre Energie, die Priscilla anfangs so stark anzog, denn ihre eigene Familie hatte keine. Ihre beiden älteren Brüder waren im Krieg gefallen, und ihr Vater Philip, dem es bei Shilch den Arm abgerissen hatte, überließ sich seither für den Rest seines Lebens der Trauer um die verlorenen Söhne und um die verlorene Sache. Die einzige Erwartung ihrer Mutter Ann war das Jenseits. Die Mahnung, die ihr häufig über die Lippen kam, war: »Bereite dich aufs Jüngste Gericht vor.« Diese Mutter, der Priscilla durch die Heirat nach Beulah Land zu entrinnen gehofft hatte, übte einen ständigen und – wie Benjamin fürchtete – sogar

wachsenden Einfluß auf ihre ältere Tochter aus. Und Benjamin erinnerte sich, daß es diese Mutter war, die man heute mit ihrem Reisekoffer erwartete, weil sie den Rest »dieser schmerzlichen Zeit« mit Tochter und Schwiegersohn auf der Lichtung zu verbringen gedachte. Keine Totenwache konnte finsterer gehalten werden als Mrs. Oglethorpes Warten auf die Geburt eines Enkelkindes. Anläßlich der Fehlgeburten ihrer Tochter pflegte sie weder Kummer noch Enttäuschung zu zeigen.
Benjamin nahm seinem Pferd den Sattel ab und trat durch den Hintereingang ins Haus. Rosalie hatte ihre älteste Tochter Freda für Priscillas Küche ausgebildet. Sie selbst war vor der Ehe Benjamins Haushälterin gewesen. Freda war rührig und sauber, eine gute Köchin, die versprach, eine noch bessere zu werden. Bis jetzt hatte sie nur kärgliches Lob geerntet. Priscilla war die robusten Mahlzeiten, die man auf Beulah Land genoß, nicht gewohnt und schränkte Fredas Handlungsfreiheit in der Küche bald ein. Ob als Ergebnis oder Ursache davon – Benjamin begann, außer Haus zu essen, gewöhnlich bei seiner Schwester oder Großmutter oder bei Zadok. Oft nahm er nicht mehr als eine Mahlzeit am Tag zu Hause ein.
Als er über die hintere Veranda die Küche betrat, fand Benjamin Freda mit schmollend gespitzten Lippen. Sie sagte: »Mrs. Oglethorpe ist angekommen«, und warf den Kopf zurück. Er gab ihr einen Klaps auf die Schulter, was sie gerade genug besänftigte, um zu fragen: »Werden Sie jetzt öfter hier essen, Mr. Ben?«
»Auf alle Fälle bin ich zum Mittag- und Abendessen da. Was kochst du?«
»Mein Sonntagsbackhuhn, obwohl's Dienstag ist. Wollte auch Apfeltörtchen machen, aber Mrs. Oglethorpe sagt, niemand mag sie, und so ist es eine Verschwendung, und ich soll's sein lassen.«
»Mach sie fürs Abendessen. Ich eß sie gern.«
»Jawohl, Sir«, sagte Freda und lächelte beinahe.
Benjamin ging auf die hintere Veranda zurück, wo er Wasser aus einem Eimer in ein Becken goß und sich schnell Gesicht und Hände wusch. Dann ging er zu Priscilla und Mrs. Oglethorpe ins Zimmer neben dem Schlafzimmer seiner Frau, das man während Priscillas erster Schwangerschaft für das erwartete Kind ausgestattet, aber seither in eine Art Krankenstube verwandelt hatte. Sein Will-

kommensgruß an Mrs. Oglethorpe war voll Höflichkeit, aber ohne Wärme. Er hatte seit langem jeden Versuch, sie zu mögen, aufgegeben und wußte, daß auch sie ihn nie lieben würde. Sie konnte ihm nicht verzeihen, daß er die einzige Revolte ihrer Tochter inspiriert hatte. Nachdem sie diese Schlacht verloren gab, würde sie keinen Zoll des Feldes mehr abtreten. Er beugte sich über den Sessel seiner Frau, um zu fragen, wie sie sich fühlte, und bemerkte den angespannten Ausdruck um Augen und Mund. Mrs. Oglethorpe hatte die Zeit genutzt.
Sie war es, die für Priscilla antwortete. »Ich fand sie recht niedergeschlagen. Das Mädchen ließ das Fenster offen, und die Hände meines armen Kindes waren kalt wie die einer Leiche, als ich sie in meine nahm. Ich schloß das Fenster und schürte das Feuer, aber ich fürchte, ich kam zu spät, denn sie hat als Folge der erlittenen Zugluft zu fiebern begonnen.«
Benjamin sagte: »Die Sonne scheint heute recht warm.«
»Es war bitterkalt, als ich ankam. Meine Füße sind immer noch wie Eis.« Sie ließ nicht locker. Obwohl selbst dort, wo die Dielen sichtbar waren, keinerlei Risse vorhanden waren, fühlte sie etwas – ja doch, selbst durch den Teppich. Sie zog den Schal enger um sich, wie um den Beweis zu liefern. Benjamins Gesicht brannte durch die übermäßige Hitze des Feuers. Mrs. Oglethorpe wedelte mit einem Taschentuch vor ihrer Nase herum und erklärte, da wäre immer so ein Küchengeruch zu verspüren.
»Das Mädchen muß das Essen zubereiten«, protestierte Priscilla sanft.
»Für jemanden in deinem Zustand sicherlich widerwärtig. Ich wünschte, du ließest mich ein Mädchen in der Stadt suchen, das bessere Umgangsformen hat.«
»Uns genügt Freda«, sagte Benjamin unfreundlich.
Mrs. Oglethorpe erörterte sodann ausführlich, ob Dr. Platt wohl Priscillas Konstitution richtig verstünde, und fragte, ob er die Komplikationen genügend in Erwägung gezogen habe. Vielleicht hätten sie einen Spezialisten aus Savannah zu Rate ziehen sollen, aber jetzt war es zu spät. Schließlich war es nicht so, als ob sie nicht alle sehr viel zu befürchten hätten. Priscilla hatte schon zwei Kinder verloren und nie zuvor bis zum achten Monat durchgehalten. Gab es denn keine Vorsichtsmaßnahmen, die jetzt noch zu er-

greifen wären? Sie wollte niemanden beunruhigen, aber sie läge oft die ganze Nacht wach, voll der schrecklichsten Befürchtungen.

Dadurch, daß all das wohlbekannt war, wurde es nicht weniger lästig. Benjamin ertrug es, so gut er konnte, da er keine andere Wahl hatte. Wenn er versuchte, seiner Schwiegermutter zu antworten, wurde Priscilla erregt und nervös. Er hatte sie dringend um die Erlaubnis gebeten, Mrs. Oglethorpe im letzten Monat der Schwangerschaft das Haus verbieten zu dürfen, aber sie hatte zuviel Angst vor ihr. Benjamin hatte oft genug zugehört, wie Priscilla sich schüchtern verteidigte und ihrer Mutter versicherte, daß sie sich gut fühlte und weiter so fühlen werde, und er hatte bei diesen Gelegenheiten beobachtet, wie Mrs. Oglethorpe das Gesicht ihrer Tochter mit unerbittlichem Mitleid betrachtete und den Kopf in der Gewißheit schüttelte, daß Böses kommen würde. Böses war gekommen, und sie hatte recht behalten. Wußte sie's denn nicht? Hatte sie nicht vier eigene Kinder in Schmerzen geboren?

Benjamin wandte sich an Sarah, die ihm jedoch erklärte, daß sie nicht zwischen Mutter und Tochter treten könnte. Jane tat, was in ihrer Macht stand, um mit ihrer natürlichen guten Laune und ihrer eigenen glücklichen Erfahrung der Mutterschaft die Situation zu bessern. Priscilla schien von ihrer Schwägerin Kraft zu schöpfen, die Tröstung, die sie bei ihr fand, verschwand jedoch immer wieder beim nächsten Zusammensein mit der Mutter.

Das Mittagessen nahmen die drei gemeinsam, wenn auch nicht einheitlich. Priscilla aß ein wenig vom weißen Fleisch des Huhns und einen Löffel Reis ohne Soße, da Mrs. Oglethorpe sie als zu fett bezeichnet hatte. Die Mutter lehnte ihrerseits alle besseren Stücke ab und aß vom Rücken. Sie behauptete, daß sie ihn vorzöge, weil sie sich daran gewöhnt hatte, indem sie ihr ganzes Leben ihrem Gatten und den Kindern opferte. Sie zupfte jedes Faserchen Fleisch und Haut ab, nahm dann die Knochen in den Mund und saugte auf eine Art an ihnen, daß Benjamin danach lechzte, sie anzuschreien, um Ruhe herzustellen.

Kaffee lehnte sie ab und auch die Torte, die ihr zu trocken aussah. Als aber die anderen davon übrigließen, nahm sie ein Stück mit der Bemerkung, daß sie gut daran getan hätte, das Mädchen von den Apfeltörtchen abzuhalten. Benjamin machte keine Einwände. Er wußte, daß er damit nur Priscilla unglücklich machen würde.

Nach dem Essen legte Mrs. Oglethorpe ihren Arm um Priscillas Schultern und führte sie weg. Sie würden sich zusammen hinlegen und ruhen, sagte sie. Benjamin sattelte sein Pferd und machte seinen Rundritt über die Felder, um den Fortschritt der Tagesarbeit zu überprüfen. Am späten Nachmittag machte er sich auf den Weg zum Haus seiner Schwester, wo er in Daniels ruhiger ungezwungener Gesellschaft seine gute Laune wiederfand. Als Jane ihm dringend zuredete, zum Abendessen zu bleiben, und Davy und Bobby Lee an seinen Armen zerrten, auf seine Stiefel traten und auf ihm herumpurzelten, um ihn zum Bleiben zu bewegen, erinnerte er sich an Fredas Apfeltörtchen und ging nach Hause.
Priscilla bat um Nachsicht, wenn sie nicht mit Mutter und Mann zu Tisch käme. Sie versprach, daß sie vor dem Zubettgehen ein Glas Buttermilch trinken würde, mochte aber im Augenblick noch nichts zu sich nehmen. Mrs. Oglethorpe begleitete Benjamin schweigend ins Eßzimmer. Sie riß die Augen auf, als sie die Platte mit gebratenen Schweinekoteletts sah, die Freda auf den Tisch stellte, und tat noch entsetzter, als dieser eine große Schüssel Kartoffeln in Sahnesoße folgte sowie eine weitere mit gekochtem Kohl, eine mit gedünsteten Tomaten und eine mit gebackenen *Bataten*. Benjamin nötigte Mrs. Oglethorpe, sich zu bedienen. Sie ersuchte ihn, das Mädchen zu rufen und ihr zu sagen, daß sie das kalte Huhn bringen möge, das vom Mittagessen übriggeblieben war. Dies geschah, und als man es ihr vorsetzte, spießte sie einen Flügel auf ihren Teller. Nachdem Freda gegangen war, hielt Mrs. Oglethorpe einen Monolog über das Thema Verschwendung. Benjamin flüchtete in seine Mahlzeit, die er jedoch mit weniger Genuß zu sich nahm, als er vorgab.
»Was geschieht mit all dem, was ihr nicht eßt?«
»Es wird von anderen gegessen, Madam.«
»Kein Wunder, daß dein Angestellter Zadok eine so große Kinderschar aufziehen kann.«
»Sie arbeiten mit ihm für mich.«
»Gebratenes Fleisch am Abend kann nicht gesund sein.«
»Dann sterbe ich eben, bevor ich dreißig bin.«
»Wenn du den Herrn verspottest, macht's dem Teufel Spaß.«
»Es ist nicht der Herr, den ich verspotte, Madam, und an meinem eigenen Tisch esse ich, was mir schmeckt.«

»Dann möge Gott dir gnädig sein.«
»Amen.« Er nahm noch ein Schweinekotelett, das er gar nicht wollte, und streute ein bißchen schwarzen Pfeffer auf die *Bataten*. Als er das letzte Stückchen vom Teller geputzt hatte, schob Mrs. Oglethorpe ihren Stuhl zurück, wie um die Tafel aufzuheben. Doch Freda kam aus der Küche und trug eine neue gehäufte Schüssel auf. »Apfeltörtchen«, sagte sie triumphierend.

5

»Bobby Lee! Davy!«
Die Stille war ganz ungewöhnlich. Nell hatte verlangt, daß es kein Auf-den-Zehenspitzen-Gehen und kein Flüstern gäbe, denn sie hatte die Geräusche des Hauses gern.
»Robert E. Lee, willst du, daß man dir den Hintern verhaut? Jefferson Davis, augenblicklich hierher!« Sarah änderte die Taktik. »Bobby Lee, du bist der Ältere, und ich verlasse mich darauf, daß du dich entsprechend benimmst.« Sie hätte ebensogut die Sterne im Himmel anrufen können.
»Wenn ihr nicht beide auf der Stelle kommt, gehen wir ohne euch!«
Unterdrücktes Kichern wies ihr den Weg durch die Diele zu einem Zimmer, in dem die Schmutzwäsche aufbewahrt wurde. An Regentagen wusch man sie hier, während der offene Hof bei gutem Wetter vorgezogen wurde. Sie blieb vor der Tür stehen, und das unterdrückte Lachen hörte auf. Als sie die Tür vorsichtig öffnete, wurde sie von zwei in Laken gehüllten Zwergen überfallen und kreischte. Ihre Urenkel warfen die Tücher von den Köpfen und wollten jauchzend vor Mitleid wissen: »Haben wir dich erschreckt, Großmutter?«
Sie beteuerte, daß sie einer Ohnmacht nahe sei, und sank in einen Sessel, während die beiden stolz herumschrien und auf ihren Schoß kletterten, mit den Ellbogen scharf um die besten Positionen kämpfend, bis Sarah beide an sich heranzog.
»Erzähl uns eine Geschichte«, forderte Davy.

»Keine Zeit mehr.«
»Eine kurze«, redete Bobby Lee ihr zu.
»Also gut«, sagte sie, »es war einmal ein Ort, der hieß Beulah Land . . .« Sie kicherten zufrieden. Wenn sie eine Anekdote begann, die sie so gut kannte, daß sie sie im Fieber hätte erzählen können, sagte eine Stimme in ihrem Innern: »Guter Leon, wie sehr du sie doch geliebt hättest!« In ihrem Herzen gab es keine Verwirrung der Gefühle und Treue, die sie ihren beiden Männern hielt, jeder ihrer Gatten hatte seinen eigenen Platz.
Als Jane sie fand, begann sie zu schelten. »Kommt jetzt, wir sind spät dran, und sie wissen ohnehin alles über Lovey und Floyd und Onkel Ezra. Sie fangen schon an, mich zu verbessern, wenn ich zerstreut bin.«
Die Jungen glitten auf den Boden, und Sarah stand auf und glättete ihr Kleid. Davy fragte: »Dürfen wir auf der Heukiste sitzen?«
»Wenn ihr nicht rauft«, sagte Jane.
Zebra brachte Janes Einspänner zur Seitentür vor Sarahs Büro, und sie fuhren los. Es war ein kalter, windstiller Morgen, und das Pferd lief willig und flink, sein Atem war so deutlich sichtbar wie der Dampf einer Lokomotive. Als sie sich dem Elkschen Institut näherten, sagte Jane, die lenkte: »Ich habe ein paar Sachen in der Stadt zu erledigen, werde mich aber nirgends länger als zehn Minuten aufhalten. Wir holen dich in zwei Stunden wieder ab. Bist du sicher, daß das nicht zu lange ist?«
»Ich könnte zwei Tage bleiben, zwei Monate«, sagte Sarah beruhigend. Jane hielt an, und Sarah stieg aus. »Grüß alle recht schön«, sagte Jane, und Sarah nickte. Die Buben riefen im Chor: »Sag, daß ich grüßen lasse.«
»Sag Onkel Roman, er soll uns besuchen kommen.«
»Sag Onkel Roscoe, er soll auch kommen.«
»Grüß Tante Selma schön!«
»Grüß Tante Pauline schön!«
»Leb wohl, Großmutter!« Sarah rief: »Seid brav«, und sie antworteten: »Du auch, Großmutter!«
Als der Wagen wendete und zurück zur Hauptstraße fuhr, verloren sich ihre Rufe. Sarah sah sich das Gebäude, vor dem sie stand genau an. Es war dem ursprünglichen Haus auf Beulah Land, das bei Shermans Vormarsch niedergebrannt worden war, ähnlich und

fremd zugleich. Der Grund, auf dem es stand, war einstmals die Plantage Oaks, das Heim der Davis gewesen; Benjamins Vater James aber, der im Krieg sein Augenlicht verloren hatte, fand, daß er sie nicht bewirtschaften konnte und verkaufte sie bei Kriegsende an Junior Elk. Junior war der Sohn von Roscoe Elk, Beulah Lands altem Feind, der lange Zeit Aufseher bei Kendrick gewesen war, bevor er einer von Georgias reichsten Negern wurde. Junior teilte Oaks in Pachtgüter auf, behielt das größte Land für sich und baute ein Haus darauf, das jenes nachahmte und zugleich verhöhnte, in dem sein Vater gedient und das er so gehaßt hatte.
Das war das Haus, vor dem Sarah stand. Als sie den breiten Ziegelweg, der zur Eingangstür führte, entlangschritt, dachte sie über die Ironie in ihrer aller Leben nach. Das Haus war jetzt eine Schule, das Elksche Institut, in dem die Negerkinder des Bezirks kostenlos unterrichtet wurden, und der dritte Roscoe Elk war Sarahs Freund. Durch die Schenkung der Schule nach Juniors Tod an dessen Stiefbruder Roman verwandelte Roscoe den Traum des alten Elk ins Gegenteil, denn Roman war von Leon Kendrick gezeugt worden, acht Jahre bevor Sarah ihn heiratete. Roman wurde Sarahs Schützling und der erste Schüler der Einrichtung, die sich im Laufe der Jahre zum Elkschen Institut entwickelte.
Als sie eintrat, war niemand zu sehen, und sie ging die breite Mittelhalle entlang, einer Stimme folgend, die sie als Romans erkannte. Sie öffnete eine Tür und fand sich am hinteren Ende eines Klassenzimmers, in dem etwa fünfzehn schwarze Kinder saßen. Roman stand an der Tafel hinter dem Lehrerpult und wandte ihr den Rücken zu. Er schrieb mit Kreide in jener eleganten, schwungvollen Schrift, die er nur im Unterricht verwendete. Er drehte die Kreide, um einen soliden Punkt hinzusetzen, dann rollte er sie zwischen beiden Händen und las langsam die Worte: »Mädchen springen Seil, Jungen spielen Ball.« Als er sich umdrehte, erblickte er Sarah, und sein mageres, fast strenges Gesicht wurde sanft. Die Kinder, die den Wandel augenblicklich bemerkten, wandten sich um, weil sie sehen wollten, wer hereingekommen war. »Achtung, Ruhe«, sagte Roman und klopfte mit der Kreide auf die Tafel. Die Kinder blickten wieder nach vorne. »Wir haben fünf Minuten bis zur Pause, und ich möchte, daß alle auf ihre Schiefertafeln abschreiben, was ich auf die große Tafel geschrieben habe, und zwar

so oft ihr könnt. Dabei muß jeder Buchstabe klar und deutlich lesbar sein. Nach der Pause sehe ich mir die Tafeln an. Wenn jemand schwätzt, während ich draußen bin, soll Herman den Namen notieren, und der Betreffende wird nachher in Öl sieden.«

Sie beugten die Köpfe über ihre Pulte, und als Roman zu Sarah trat, schlüpfte sie in die Vorhalle. Er schloß die Tür hinter ihnen, und sie sagte: »Du hättest nicht aufhören sollen. Ich habe nur ein paar Minuten, aber ich konnte nicht widerstehen und mußte den Kopf reinstecken, als ich dich hörte.«

»Ich wußte nicht, daß du kommst.«

»Roscoe ließ mir ausrichten, daß er mich sprechen möchte.«

»Warum kam er nicht zu dir?« Sie traten in sein Büro direkt neben dem Klassenzimmer. »Willst du Kaffee?«

»Nein ... Ich werde wissen, was los ist, wenn ich Roscoe sehe.« Sie setzte sich und zog die Handschuhe aus. »Du siehst müde aus, mein Guter, wie geht's dir?«

»Manchmal scheint alles hoffnungslos.«

»Du führst die beste Schule im Land, schwarz oder weiß.«

»Wenn wir die Kinder nur länger hätten. Je älter sie werden, desto weniger sind die Eltern bereit, sie herzuschicken. Sie brauchen sie auf den Feldern. Sie sehen nicht ein, daß die Kinder noch multiplizieren und dividieren lernen sollen, wenn sie bereits addieren und subtrahieren können. Ich weiß, daß wir Glück haben, wenn wir sie für die vorgeschriebenen achtzig Tage pro Jahr bekommen. Aber das sind nur sechzehn Wochen von zweiundfünfzig. Im nächsten Jahr haben sie vergessen, was sie in diesem gelernt haben.«

»Du leistest eine Menge. Jeder weiß es.«

»Vielleicht bin ich zum Unterrichten zu alt«, sagte er wehmütig.

»Quatsch. Du bist zehn Jahre jünger als ich.« Er lächelte sie an und fragte: »Wann wirst du je alt werden?«

»Niemals. Wie geht es Selma und Pauline?«

»Sie haben beide Schnupfen, weil sie aber die Schule nicht versäumen wollen, bekommen jetzt alle Kinder Schnupfen.«

»Ich schau' bei ihnen vorbei, wenn ich bei Roscoe war. Nimm dir einen freien Tag, Roman, und verbring ihn bei mir auf Beulah Land. Das wird uns beiden guttun. Wir gehen überallhin spazieren, wie früher, und reden, reden, reden.«

»Und du wirst mir erklären, daß K-a-t-z-e eine Katze ist.«

»Tante Nell würde dich gern sehen.«
»Ich komme bald. Ist sie bei klarem Bewußtsein?«
»An manchen Tagen.« Sarah schüttelte den Kopf. »Sie ißt noch immer alles, aber nicht mehr viel.«
»Sie hatte stets eine zarte Konstitution«, flötete er mit einer Jungmädchenstimme, Nell nachahmend. Sarah zupfte an den Fingern ihrer Handschuhe und stand auf, er erhob sich ebenfalls. Beide griffen sich an den Rücken und lachten – die vertraute Geste des anderen erkennend. »O Sarah«, sagte Roman, »es ist nicht zu fassen. Du achtundsechzig und ich nicht viel jünger.«
»Wir sind einfach zu schnell aufgestanden«, erklärte sie, »das kann Zehnjährigen passieren.«
Er begleitete sie in die Halle. Eine Glocke läutete, und die Türen der Klassenzimmer öffneten sich. Die Kinder standen in Zweierreihen, wie man es ihnen beigebracht hatte, aber sie rannten ausgelassen, und Roman verwandelte sich in den strengen Oberlehrer. Er klatschte in die Hände und befahl: »Nicht schubsen! Langsam hinuntergehen. Wenn ich jemand drängeln sehe, bleibt er drinnen! Ethel, du bist schon ein viel zu großes Mädchen, um dich so aufzuführen. Komm sofort hierher!«
Sarah gesellte sich dem Haufen in der Halle zu. Alle Schüler kannten sie, und die, die am nächsten standen, grüßten, als sie sich einen Weg durch die Gruppen bahnte, die sich auf dem Schulhof versammelt hatten.
Roscoe Elk hatte sein Haus nicht direkt neben der Schule gebaut, sondern eine Reihe japanischer Quitten als Abschirmung dazwischengepflanzt. Aber er hörte die Kinder gern, wenn man sie zum Spielen auf den Hof ließ. Er hatte in Philadelphia Jura studiert und verbrachte seine Tage jetzt mit der Leitung der Schulangelegenheiten und der Pachthöfe, die sein Vater eingerichtet hatte. Obwohl er die ursprünglichen Verträge annulliert und die Bedingungen erleichtert hatte, wurden die Pachthöfe immer noch im alten Stil geführt. Seine Haushälterin Geraldine ließ Sarah eintreten, und sie begab sich gleich in Roscoes Büro. Ebenso, wie sie sich in ihrem am wohlsten fühlte, erging es ihm mit dem seinen; das war eines der Dinge, die sie gemeinsam hatten. Geraldine brachte Kaffee und einen Zitronenkuchen, von dem sie sagte, Roxanne hätte ihn eigens für Sarah gebacken. Sarah wußte, daß Roscoe ihr sagen

würde, warum er sie heute hergebeten hatte, wenn er soweit war, und so entspannte sie sich und ließ ihn Kaffee eingießen und den Kuchen anschneiden. Roscoe war ein untersetzter Mann Ende Zwanzig, ziemlich unansehnlich und nicht weiter auffallend, wenn man von den blauen Augen absah und von den Sommersprossen, die er zusammen mit der hellbraunen Haut von seiner Mutter geerbt hatte. Sie sprachen von Nell Kendrick, und Roscoe, dem die diskrete Art Annabel Saxons fehlte, erkundigte sich offen nach dem Gesundheitszustand und der Stimmung von Mrs. Benjamin Davis. Sie sprachen ein wenig über Roman. Roscoe beruhigte sie: »Oh, er ist an einem Tag verzweifelt und am nächsten himmelhochjauchzend.« Sarah gab zu bedenken, daß er sich vielleicht einsam fühlte. »Einsam, *hier*?«

»Einsam ohne seinen toten Freund.«

»Wir sind hier alle seine Freunde«, sagte Roscoe sanft. Er verstand sie sehr wohl, gab aber vor, es nicht zu tun.

»Er ist zuviel allein. Man verliert sich, wenn man zuviel arbeitet.« Roscoe gab zu bedenken, daß für Roman vielleicht nichts mehr übrig sei außer seiner Arbeit. Sie sagte: »Daran habe ich nicht gedacht. Wenn sich's so verhält, dann *ist* er einsam. Mir ist es genauso ergangen.«

Seine Hände schoben die Kaffeetasse hin und her, dann leerte er sie und stellte sie weg.

»Wie geht es Miss Jane und ihrer Familie?«

Er sah Sarah niemals an, wenn er sich nach Jane erkundigte, da sie seine Vertraute war und seine wahren Gefühle für Jane kannte. Als Roscoe und Jane Kinder waren, wurden sie von ihren miteinander verfeindeten Großvätern, Roscoe und Leon, mitgenommen, um das Wunder der Züge zu sehen, die ankamen, stehenblieben und weiterfuhren. Bei einem dieser Ausflüge war es, daß sie zum erstenmal voneinander Notiz nahmen. Das alles wußte Sarah. Später, nicht lange vor Kriegsende und kurz bevor Roscoes Vater ihn nach Philadelphia zum Studium geschickt hatte, war er eines Abends zu ihr gekommen. Er erzählte ihr, daß er gehört hatte, wie Junior Elk und ein Offizier der Union namens Ponder ihr Glas erhoben, anstießen und einander zutranken auf die Zerstörung von Beulah Land. Die Warnung des jungen Roscoe war die einzige Vorhersage dieses Anschlages. Schließlich kehrte Roscoe nach

Highboro zurück, und zwar in dem Sommer, in dem sich Jane von – wie Nell klagte – »jedem Jungen im Land, der ein Paar Schuhe anzuziehen hat«, den Hof machen ließ. Sarah hatte die Wahrheit nicht erkannt, Casey aber fühlte sie: Roscoe Elk liebte Jane Davis. Nur sie wußten es, Jane merkte es nicht. Nach dem einen Mal hatten Casey und Sarah nie mehr davon gesprochen. Sarah und Roscoe hatten natürlich überhaupt nicht darüber gesprochen, denn so gute Freunde sie auch waren, wußten sie doch, daß gerade eine Freundschaft Geheimnisse respektieren muß, um gegenseitiges Vertrauen zu wahren.
Jetzt lächelte er, als er sie über Robert E. Lee und Jefferson Davis Todd prahlen ließ, aber sie spürte, daß er in Gedanken näher an die Ursache des erbetenen Besuchs heranrückte. Als sie eine Pause machte, wie um zu sagen: »Na, also?«, erhob er die Stimme, um seine Haushälterin zu rufen. »Geraldine! Wenn Claribell und Luck soweit sind, sag ihnen, daß sie herkommen sollen.«
»Darum geht's also . . .«, dachte Sarah.
Roscoes Vater Junior war von seiner betrunkenen Maitresse erstochen worden, als sie dahinterkam, daß er mit ihrer dreizehnjährigen Schwester Claribell ins Bett gegangen war. Nachher wurde der junge Roscoe Claribells Beschützer, der sie rettete, als ihre Mutter sie unbedingt verkaufen wollte, und der sie der Obhut einer energischen Lehrerin an der Schule einer Schwarzen aus Philadelphia namens Mathilda Boland anvertraute. Claribell schien keinen eigenen Willen zu haben, aber sie lernte Ordnungsliebe, Gehorsam und Manieren und reagierte dankbar auf die Güte ihres neuen Beschützers, obwohl sie zu schüchtern war, es zu zeigen. Acht Monate nach der Ermordung Junior Elks gebar Claribell ein Kind. So nachgiebig sie in anderen Dingen war, sie erwies sich als eine unerwartet selbständige Mutter. Sie beschloß, ihr Töchterchen »Luck« zu nennen. Niemand hatte einen solchen Namen je zuvor gehört, aber Südstaatler sind unvoreingenommen, was Namen angeht, und so hieß das Kind denn Luck und, da Roscoe darauf bestand, mit Nachnamen Elk.
Kurz darauf erschien Claribell, sauber und unscheinbar, ihr Kind an der Hand führend. Sarah hatte die beiden im Lauf der Jahre manchmal flüchtig gesehen, aber sie betrachtete sie jetzt mit anderen Augen, weil sie spürte, daß das von ihr erwartet wurde. Die

Frau hatte an der Tür einen Knicks gemacht, das Kind aber ging direkt auf Sarah zu. Sarah entsann sich, daß sie zwischen vier und fünf war – am 20. November 1874 geboren; warum sie sich nur an das Datum erinnerte? Sie war dunkler als Roscoe, ihr Haar war in Zöpfe geflochten. Sie trug ein rosafarbenes Kleid, das so gestärkt abstand, daß sie sich nie darin hätte niedersetzen können. Ihre runden eindringlichen Augen in dem runden und glänzenden Gesicht schienen die Besucherin zu befragen, ja herauszufordern, und als sie die Hände hob – mit Handflächen in dunklerem Rosa als das Kleid –, ergriff Sarah sie.

Die Situation war gerettet. Luck lächelte vertrauensvoll, Sarah bewundernd, Claribell stolz. Roscoes Gefühle waren zu stark, als daß sie in einem Lächeln Platz gefunden hätten, er lachte laut und warf den Kopf zurück. Luck drehte sich um und lief zu ihm. Er fing sie auf und erhob sich, hielt sie in den Armen und drehte sich im Kreis mit ihr, bevor er sich wieder setzte und sie auf den Schoß nahm. Claribell war aus dem Zimmer geschlüpft.

Sarah bewunderte Lucks Kleid, und Luck erklärte, daß ihre Mutter es genäht hätte, zeigte, wie man es knöpfen müßte, und sagte, die Mutter und Geraldine hätten sich Mühe gegeben, die Schärpe so zu binden, daß sie wie ein Schmetterling wirkte, aber jetzt wäre sie auf Roscoes Schoß zerdrückt worden. Sie nannte Roscoe »Pa«. Ebenso beflissen, wie Roman seine Klassen unterrichtete, hielt Roscoe jetzt einen Vortrag über Zahlen und Buchstaben, gefolgt von den Wochentagen und den Monaten des Jahres. Am Schluß wandten sich die beiden Sarah zu, und Sarah dankte ihnen mit ehrlichem Beifall. Luck war mit sich zufrieden und ebenso mit Sarah, als Roscoe ihr aber sagte, sie solle jetzt wieder zur Mutter gehen, folgte sie, nur ein klein wenig zögernd, und machte einen eleganten Knicks, bevor sie hinauslief.

»Sie ist eine rechte Freude«, sagte Sarah, als sie allein waren.

»Sie ist das Schönste, was es für mich gibt«, antwortete er. Seine blauen Augen hatten sie noch nie mit größerer Eindringlichkeit angesehen. »Verstehen Sie?«

Sie zögerte und sagte: »Noch nicht.«

»Ich muß sie haben«, entgegnete er.

»Aber du hast sie ja. Sie nennt dich Pa, und sie liebt dich.«

»Sie soll mir gehören, so, daß es jeder weiß.«

»Was wirst du tun?« fragte Sarah.
»Claribell heiraten.« Sie dachte darüber nach und gestattete sich die Frage: »Ist das vernünftig?«
»Ich weiß es nicht.«
»Was ich meine, ist – ich weiß nicht, wieviel dir an Claribell liegt.«
»Es wird gut sein«, sagte er sanft.
Sie hielt inne, um nachzudenken. Obwohl sie die Gefahren der Aufrichtigkeit kannte, war sie sich darüber klar, daß er wissen wollte, was sie dachte, denn sonst hätte er sie nicht gebeten, zu ihm zu kommen. Sie sagte vorsichtig: »Du bist noch keine dreißig. Du kannst jemand kennenlernen, eine, die du sehr liebst und die du heiraten willst.« Er schüttelte den Kopf, aber sie fuhr fort: »Ich war weit über fünfzig und dachte nicht daran, mich wieder zu verheiraten, als ich mich in Casey verliebte – so sehr, daß ich nicht mehr weiß, wie ich ohne ihn leben konnte.«
»Bei mir wird es so etwas nicht geben.« Jetzt war sie es, die ihn nicht anschauen konnte, denn es war, als ob Jane ins Zimmer getreten wäre. »Luck will ich haben – sie ist mein Glück.«
»Es ist gefährlich, so viel Liebe in ein kleines Wesen . . .«
»Das ist bereits geschehen.«
»Dann bin ich glücklich für dich und für sie.« Sie streckte die Hand aus, und er ergriff und drückte sie. »Kann ich dir irgendwie helfen?« Er schüttelte den Kopf und antwortete: »Wenn es soweit ist, sag' ich es.« Sie saßen eine Weile schweigend beieinander. Dann fragte er lächelnd: »Woran denken Sie? Sie haben einen so seltsamen Ausdruck im Gesicht.«
»An all das Wunderliche in uns«, antwortete sie. »Dein Glück bedeutet so viel für mich, das weißt du, aber ich haßte deinen Großvater und deinen Vater mehr als alle Menschen auf der Welt.«
»Sie hatten Grund dazu«, sagte er, »sie haßten Sie und wollten Beulah Land haben.«
»Für ihren Haß gab es Ursachen«, wandte sie ein.
»Oh, sie waren auch habgierig, wollten mächtig und reich sein. Aber sie hatten freilich Gründe. Ihr erster Mann war Romans Vater.« Das war allgemein bekannt, und doch wurde es zum erstenmal zwischen ihnen erwähnt. »Wie ist das also . . .«, sein Ton wurde scherzhaft, »Roman ist mein Stiefonkel, und wir könnten sagen, Ihr Stiefsohn, sind wir da nicht ein bißchen verwandt?«

»Kein Wunder, daß die Leute draußen es aufgeben, die Südstaatler zu verstehen«, sagte sie, »und jetzt wird deine Stiefschwester deine Tochter.«
Er sagte lächelnd: »Um zur Abwechslung von jemandem zu reden, der legitim ist – wär' es nicht an der Zeit, daß einer von uns einen Brief von Abraham bekäme?«

6

Wie schlecht auch der Ruf sein mochte, den Alf Crawford bei den Frauen im Land genoß, ihre Ehemänner und Brüder hätten ihm wohl bereitwillig zugestanden, daß er gute Dienste leistete. Er war ein praktischer und sachlicher Mann, und als er bei Kriegsende als Witwer mit fünf Töchtern und einem kleinen Bauernhof dastand, erwog er, was er besaß und was ihm fehlte. Er produzierte eine erträgliche Maisernte, aber sonst nichts Nennenswertes, und so beschloß er, den Mais in Whisky umzuwandeln. Wenn die Männer zu ihm kamen, um Whisky zu kaufen, blieben sie ein wenig, um seine Töchter zu bewundern. Wenn »zu Crawford gehen« bedeutete, daß man die Tröstungen des Alkohols suchte, dann war mit »in die Scheune gehen und mit einer von Crawfords Töchtern die Kuh anschauen« bestimmt eine andere Art der Linderung gemeint. Der Schnapsbrenner und Kuppler kann je nach den Bedürfnissen des Betrachters der willkommenste Anblick oder der abstoßendste sein. Vor Benjamins Heirat war Alf Crawford ein Mann gewesen, den er mit Freude begrüßte.
Mit der Zeit hatten sich jedoch die Lebensumstände beider geändert. Eine nach der anderen hatten Alvina, Alma, Annie, Abbie und Adeline den Namen Crawford gegen die von fünf verschiedenen bescheidenen Bauern vertauscht und waren Gattinnen und Mütter voll Achtbarkeit, wenn auch ohne viel Bedeutung geworden. Alf Crawford lebte jetzt allein, abgesehen von einer fast gleichaltrigen schwarzen Frau, die sich um ihn kümmerte, und als es bekannt wurde, daß sein Whisky nicht mehr so gut war wie früher, machten nur noch wenige den Ausflug zum kleinen Hof, der

einst ein Magnet für die Durstigen und Lüsternen gewesen war. Da die Töchter keine besondere Dankbarkeit für die Art empfanden, wie ihr Vater sie ausgenutzt hatte, überließen sie Alf sich selbst, und er sorgte für sich, indem er jedem, der kam – gewöhnlich Negern –, schlechten Whisky verkaufte und Hühner züchtete, auch die der Nachbarn, wenn sie sich in seinen Hof verirrten. Im letzten Jahr hatte Alf sich mit einem jungen Mann namens Eugene Betchley zusammengetan, dem zweiten Sohn eines anderen armen Bauern, der es vorzog, Fallen zu stellen und Schlagnetze auszuwerfen, statt mit Vater und Bruder das Feld zu bestellen. Eines frühen Morgens im Februar entdeckte Benjamin Alf und Eugene in den Wäldern hinter Beulah Land. Eugene lief davon, als Benjamin sie anrief, aber der alte, dicke Alf wartete mit einem kameradschaftlichen Lächeln, das die Zeit verunsichert hatte. Nach der Begrüßung – höflich von der einen, herzlich von der anderen Seite – betrachtete Benjamin sich die Falle genauer. Eugene hatte sie in der Eile fallen gelassen.

»Keine Ahnung, warum er getürmt ist«, sagte Alf, »sieht ja, daß wir beide alte Freunde sind. Hab' ihm gesagt, daß es Ihnen nichts ausmacht, wenn wir ein oder zwei Viecher fangen oder sogar ein paar mehr von den vielen, die in Ihrem Wald herumlaufen. Die man nicht essen kann, haben ein dichtes Fell in dieser Jahreszeit, das kann einer für zehn, zwanzig Cent oder sogar für einen Dollar oder zwei verkaufen. Es ist ein harter Winter für arme Leute.«

Benjamin sagte: »In einer solchen Falle hat sich vorige Woche ein Hund das Bein gebrochen. Wir mußten ihn totschießen.«

»Oh, wirklich?« rief Alf teilnahmsvoll.

»Mein Schwager hat Fallen mit toten Tieren gefunden. Auch Schlingen und Spuren von Netzen, die durch den Bach gezogen worden sind.«

»Ja, aber Ben, Sie werden mir doch nicht einreden, daß Ihnen das Wasser gehört mit allem, was drin ist? Es fließt über Ihr Land, aber auch wieder weg, und die Fische nimmt es mit.«

»Solange es auf unserem Boden fließt, gehört uns, was darin schwimmt.«

»Ich hätte nie gedacht, daß Sie einem armen Kerl einen Aal oder einen kleinen Hecht mißgönnen.«

»Du kannst mit der Rute angeln, wann immer du Lust hast. Ich

dulde aber nicht, daß ihr mit Netzen fischt und die Tiere, die ihr nicht braucht, am Ufer liegen und verrecken laßt.«
»Das muß jemand anders gewesen sein, Ben, keiner von uns.«
»Sag Eugene, daß ich zu seinem Vater gehe, wenn es noch einmal vorkommt.« Alf zwinkerte. »Der hört nicht auf seinen Vater, ehrlich. Geht seine eigenen Wege, wissen Sie. Meint's nicht böse. Hab' niemals was Böses in ihm gesehen.«
»Bestell ihm, was ich gesagt habe, Alf.«
Als Eugene außer Sicht war, hielt er inne. Er verfluchte Benjamin Davis laut zu den Bäumen hinauf; er schwor, daß er zurückgehen und ihm die Meinung sagen würde. Er ging aber in derselben Richtung weiter. Bald kam er auf einen breiten Weg, der zur Hauptstraße führte. Eugene war achtzehn, hatte den Körper eines Mannes, doch den Verstand eines Kindes. Er hegte einen tiefen Groll gegen alle, die ihm Vorschriften machten. Er haßte Vater und Bruder und weigerte sich, mit ihnen zu arbeiten. Er schlief oft außer Haus, und wenn er sich zu einer Mahlzeit einstellte, dann brachte er sein Essen mit: ein Kaninchen oder eine Beutelratte oder einen Fisch; und von dem, was er aß, blieb genügend übrig, um den Speck und das Maismehl zu zahlen, die er vom Familienvorrat nahm. Er war ein kräftiger Bursche mit schwarzem Haar und Bart. Seine Augen waren ebenfalls schwarz und seine Zähne beinahe auch, durch Vernachlässigung und Belag. Er war stolz auf seine Potenz und hatte, seit er vierzehn war, mit gut zwanzig willfährigen Frauen geschlafen, mit schwarzen und weißen. Als er sich Bessie Marshs Gehöft näherte, war er überzeugt, daß Benjamin Davis im Unrecht sei, denn seinetwegen hatte er eine gute Federfalle auf Beulah Land zurücklassen müssen. Er blieb auf der Straße stehen und sah sich das graue Bretterhaus genauer an. Die kleine Veranda war schief und senkte sich. Sie war mit aufeinandergestapelten Feldsteinen nur notdürftig an den Ecken abgestützt. In unmittelbarer Nähe des Hauses wuchs nichts, aber Eugene kannte den Umfang des Hofes und hatte plötzlich die Idee, daß er ihn sich zu eigen machen könnte. Damit würde er beweisen, daß er sein eigener Herr war. Vater und Bruder könnten sich zum Teufel scheren, denn mit vierundvierzig Morgen wäre er besser dran als sie mit ihren siebenundzwanzig. Sein eigener Grund und Boden. Als er darüber nachdachte, lächelte er. In seinem naiven Gemüt hatte

sich der Wunsch bereits erfüllt. Als er ums Haus herumging, sah er Rauch aus dem Schornstein steigen.
Leon stand an der Hintertür und starrte Eugene verwundert an.
»Wo ist deine Mutter?« rief Eugene.
»Wasser vom Brunnen holen«, sagte Leon.
Eugene machte sich auf den Weg. »Morgen, Miss Bessie.«
Bessie antwortete nicht, warf ihm aber einen Blick zu, während sie kräftig am Seil zog. Der daran befestigte Kübel kam gefüllt herauf, und sie goß das Wasser in den Eimer, den sie mitgebracht hatte. Eugene bot seine Dienste an: »Lassen Sie mich tragen.«
»Ich trage selbst«, entgegnete Bessie. Eugene nahm ihr den vollen Eimer ab, und als sie keinen Einwand erhob, sondern wortlos das Brunnenseil an einem Nagel befestigte, sagte er freundlich: »Kalt heut morgen.«
»Wenn du arbeiten würdest, wär' dir wärmer.«
Er schüttelte sich vor Lachen und mußte den Eimer auf dem harten Boden absetzen. Sie spottete: »Schon müde?« Als sie nach dem Henkel faßte, zog er sie an sich. Sie befreite sich barsch.
»Pack dich und riech besser«, befahl sie. »Ich laß mich von keinem stinkenden Bürschchen betatschen.«
»Ich bin ganz ausgewachsen, Miss Bessie. Das könnte Ihnen manch eine bestätigen.«
»Dann trag Wasser für die.« Sie schleppte ihren schweren Eimer zum Haus, und er ging zum Brunnen zurück, um mehr Wasser heraufzuziehen. Es war kein Schöpflöffel da, und so hob er den Brunneneimer an und trank von der Seite. Sie blieb neben ihrem Sohn an der Tür stehen. »Schauen Sie, Miss Bessie, ich wasch' mich für Sie!« Mit diesen Worten schüttete er sich das restliche Wasser über den Kopf.
»Verrückter Kerl!« schrie sie.
»Kann ich zum Trocknen in die Küche kommen?«
Sie zögerte. »Zum Frühstück lad' ich dich nicht ein.«
Das war der Anfang. Beim nächsten Mal tauchte er im Hinterhof auf, als sie gerade zum Melken wollte. Er nahm ihr wieder den Eimer ab und fand die Kuh in ihrer Box. Sie folgte ihm und fragte: »Kennst du dich aus?«
Dann fügte sie hinterlistig hinzu: »Mir fehlen ein oder zwei Hühner.« Der Bauernklatsch hielt meist Schritt mit den Ereignissen,

und man wußte von Eugenes und Alfs kleinen Raubzügen. Eugene schlug die Kuh leicht auf die Flanke und fragte: »Schlägt sie aus?«
»Wenn's ihr in den Sinn kommt, schon. Sie ist bockig.« Eugene hockte sich nieder, spuckte in die Hände und begann, die Zitzen der Kuh zu massieren. »Wie heißt sie?«
»Sie hat kein' Namen.«
»Komm, komm jetzt, Suki«, murmelte er sanft wie ein Liebhaber und legte seinen Kopf an ihre warme Flanke. »Tut dir gut, Alte, was?« Als die Zitzen warm waren und Milch gaben, klemmte er den Eimer zwischen die Knie und lenkte den Strahl hinein. Bessie sah ihm nachdenklich zu.
»Hast du dir den Bart abrasiert?«
Er zuckte die Achseln. »Brauch' ich nicht.«
An diesem Morgen blieb er zum Frühstück, nachdem er sich die Einladung mit einem frisch gefangenen und gehäuteten Kaninchen gesichert hatte. Bessie briet es und aß ebenso gierig davon wie ihre Mutter und ihr Sohn, denn sie mochte Wild gern. Von Zeit zu Zeit richtete sie einen spöttischen Blick auf ihren Gast, um ihm zu verstehen zu geben, daß sein Geschenk ihm kein Recht auf Freiheiten gab. Leon aß mürrisch, aber er aß. Die alte Frau putzte weg, was man ihr gegeben hatte, und schleppte ihren Sessel so nahe an den Herd heran, daß sie sich beinahe verbrannte. Dann blieb sie unbeweglich sitzen. Bessie schabte die übriggebliebenen Knochen und Knorpel von den Tellern und trug sie in den Hof, um sie den Hühnern vorzuwerfen. Sie kamen gierig herbeigelaufen, ohne zu wissen, wie wenig man ihnen gelassen hatte.
Eugene blieb den halben Vormittag, wanderte herum und sah sich alles an. Bessie ging ihrer Arbeit nach. Leon folgte seiner Mutter, bis sie ihm sagte, er solle nicht im Weg stehen und lieber die Holzkiste in der Küche auffüllen. Als er den ersten Armvoll hereinbrachte, rührte sich die Großmutter in ihrem Sessel und flüsterte: »Wer ist da?«
»Ich«, sagte Leon.
»Ich hatte Angst, daß er es ist.«
Bessie kam mit drei Eiern, die sie gefunden hatte. »Ist er weg?« fragte ihre Mutter im Flüsterton. »Ja, Mutter«, antwortete Bessie. »Wer ist das?«

»Du hast seinen Vater dein Leben lang gekannt.«
»Hab' ihn kaum sehen können. Meine Augen sind verklebt.«
»Gene Betchley.«
»Gene Betchley.« Die alte Frau wiederholte den Namen, als ob sie ihn kannte und doch nicht kannte. »Was will er?«
Er kam von nun an jeden Tag, aber nie zur gleichen Zeit, bis sie ihn erwarteten und sich fragten, wann er diesmal käme. Er stellte sich selten mit leeren Händen ein, und Bessie erriet, daß die meisten seiner Geschenke gestohlen waren. Alle waren nützlich, und keines war persönlicher Art: ein paar Kohlköpfe, eine Scheibe gepökeltes Schweinefleisch, ein Topf Sirup. Sein Gesicht war blaß, und wo der Bart gewachsen war, bildeten sich Pusteln. Bessie konnte ihn gleichgültig ansehen und denken: ein Junge. Obwohl er sich bemühte, sauberer zu erscheinen, rochen seine Kleider scharf nach altem Schweiß und langem Tragen. Eines Morgens fand er sie am Waschtrog, und sie sagte, sie würde sein Hemd waschen, wenn er es ihr ließe. Er zog es augenblicklich aus, und als sie seine schmutzigen Unterhosen sah, sagte sie, er solle sie im Haus drinnen ausziehen. Sie befahl Leon, ihr die Hosen zu bringen. Eugene saß in eine alte Steppdecke gehüllt am Herd, bis seine Sachen gewaschen und getrocknet waren. Die alte Großmutter schielte abschätzend zu ihm hinüber, und Leon belauerte ihn wie eine angriffsbereite Schlange. Eugene schien das nicht zu stören. Er schien es nicht einmal zu merken. Er verbrachte die Zeit damit, aus einem Stück Fichtenholz, das er aus der Kiste genommen hatte, einen Löffel zu schnitzen. Als er versuchte, den Stiel dünner zu machen, zerbrach er ihn. Als Bessie hereinkam, um das Mittagessen zu kochen, folgte er jeder ihrer Bewegungen mit den Augen. Nicht etwa, daß er sie bewundernd ansah, aber seit langer Zeit hatte sie niemand mehr so eingehend betrachtet, und sie genoß die ungewohnte Aufmerksamkeit. Als ihre Hände eifrig den Teig für den Maiskuchen kneteten, machte er sich an sie heran und legte den Arm um ihre Taille. Leon sagte: »Laß Mama in Ruhe.«
Bessie lachte. »Gib nur acht, wie du zu erwachsenen Männern redest.« Eugene schmunzelte. »Ich glaub', er ist eifersüchtig«.
»Er hat keinen Grund«, antwortete Bessie scharf, wobei sie Leon vielsagend ansah. Sie wandte sich dann Eugene zu und sagte: »Halt die Hände bei dir.«

Leon lief hinaus und kam erst zurück, als Eugene seine trockenen Sachen angezogen hatte und gegangen war. Als er ins Haus trat, hänselte ihn seine Mutter so fröhlich, daß er beschloß, auch sie zu hassen. Und das sagte er ihr auch, worauf er eine Ohrfeige bekam. Die alte Frau, die für gewöhnlich wenig zu ihrer oder zu irgend jemandes Rechtfertigung zu sagen hatte, machte sich Sorgen über die Gründe für die Anwesenheit des Besuchers, während sie an ihren weichgekochten Erbsen und dem Maiskuchen kaute. »Was will denn der? Ich glaub', der ist hinter dem Besitz her.«
»Da ist nicht viel zu holen«, sagte Bessie.
»Mehr als er hat«, entgegnete die Alte schlau, »was sonst sollte er haben wollen? Gibt sonst nichts.«
Ohne daß man ihn dazu aufgefordert hätte, begann er bei der Hausarbeit zu helfen. Er machte alles mögliche vom Wasserholen bis zum Holzhacken, was ihm die Idee eingab, die Axt zu schärfen. Eines Morgens brachte er einen Korb halbverfaulter Äpfel, die er an die alte Muttersau verfütterte. Er flickte das Geschirr und machte sich mit Bessies einzigem Maultier vertraut. Bessie sprach nicht viel mit Eugene, aber sie war überzeugt, daß er etwas für sie übrig hatte, und beschloß, sich so lange von ihm helfen zu lassen, wie er Lust dazu zeigte. Das Wetter wurde milder, und er schlug vor zu pflügen. Sie sagte, er solle lieber seinem Vater helfen, wenn er pflügen wolle, sie könne keinen Lohn zahlen.
»Brauch' keinen Lohn«, antwortete er.
Sohn und Mutter nahm er sowenig wie möglich zur Kenntnis, obwohl deutlich zu merken war, daß die Alte ihm mißtraute und das Kind sich von ihm bedroht fühlte. Nur wenn sie allein waren, zeigten der Junge und der Mann ihre Abneigung füreinander. Nach den anfänglichen mißglückten Annäherungsversuchen bei Bessie hatte er weitere unterlassen. Beide wußten, daß er auf ein Zeichen von ihr wartete. Und dann, nach zehn Tagen regelmäßiger Besuche, blieb er aus.
Die Nacht brach herein, aber Eugene kam nicht. Er schlenderte auch am nächsten Morgen nicht um den Ziehbrunnen herum, wie Bessie es fast erwartet hatte. Sie empfand seine Abwesenheit stärker, als die Sonne höher stieg. Es war ein klarer trockener Tag, und Bessie entschloß sich plötzlich, das Bettzeug zu lüften. Sie warf Steppdecken über die Wäscheleine. Ihr Federbett und die alte Ma-

tratze mit den Urinflecken, auf der der Junge und die Großmutter schliefen, wurden auf eine Schicht Fichtennadeln gelegt, wo die Sonne allmählich den Geruch aus ihnen zog, der schal und unverkennbar menschlich war. Bessie beschäftigte sich. Sie wollte sich nicht eingestehen, daß sie wartete. Das Mittagessen wurde gekocht und verzehrt, der Nachmittag verging. Nach einem kalten Abendbrot saßen sie auf der Veranda wie Leute, die sich vor schlechten Nachrichten fürchten. Der Junge schlief ein, als die Konturen der Landschaft im Zwielicht verschwammen, doch Bessie weckte ihn grob auf und schickte ihn zu Bett. Ihre Mutter ging mit dem Kind ins Haus. Die Dunkelheit wurde tiefer, aber Bessie blieb sitzen. Im Haus war alles ruhig. In der Ferne bellte wütend ein Hund und verstummte abrupt. Sie fragte sich, ob es vom Betchley-Hof kam. Die Nacht schien stiller und einsamer als je. Bessie seufzte und erhob sich müde von dem durchgesessenen Stuhl. Sie kratzte ihren Arm, obwohl er nicht juckte, und wandte ihr Gesicht dem Wind zu, um den Duft der Nacht aufzufangen. Über den gewundenen Pfad gelangte sie in den Hof und ging ums Haus herum bis zu dem Schuppen hinter dem Stall, der als Abort diente. Es war finster drinnen, aber es gab ja auch nichts zu sehen, dachte sie und zog eine Grimasse, während sie ihr Unterkleid schürzte und das Gesäß über dem größeren der beiden Löcher plazierte, die in den hölzernen Sitz eingelassen waren. Nachdem sie eine Weile gesessen hatte, wischte sie sich mit einem trockenen Maiskolben ab, obwohl sie keinen Stuhl gehabt hatte. Als die Tür knarrte, wußte sie, daß es nicht der Wind war. Sie schrie auf, aber nur ganz leise.

»Ich bin's.«

Sie war nicht überrascht. Sie wußte, daß sie gewünscht hatte, so etwas möge geschehen, aber sie hatte nicht entschieden, wie sie sich verhalten würde. Denn sich einzugestehen, daß überhaupt eine Entscheidung zu treffen war, wäre schon zuviel gewesen. Die Erleichterung, die sie überkam, als sie Eugene erkannte, machte ihre Stimme härter. »Was suchst du hier? Wo warst du den ganzen Tag und gestern?«

»Hab' dir was mitgebracht.« Er griff nach ihrer Hand und führte sie an seinen Penis, den er aus dem Hosenschlitz gezogen hatte, bevor er hereinkam.

»Ich will das nicht!« Sie riß ihre Hand zurück.
»Und ob du willst, Bess!«
»Hau ab!« befahl sie.
»Wenn ich dich angeschaut hab', hast du mich auch angeschaut.«
»Hau ab! Geh!«
Er ließ sich auf die Knie nieder. Sie hatte keine Ahnung, was er tat, als sie fühlte, wie sich sein Kopf unter ihr Kleid grub und nach oben stieß. Sein Mund folgte dem Schamhaar zu ihrer Öffnung, einen Augenblick lang preßten seine Zähne behutsam die Schwellung des Hügels darüber, und dann drang er mit der Zunge in sie ein. Sie stand völlig starr vor Erstaunen, bis der wild-komische Gedanke sie erlöste: »Kind krieg' ich keins auf die Art . . .« Als sich der Schock in passives Annehmen trübte, das zu Eitelkeit aufflammte, hielt er inne. Einen Augenblick später zog er den Kopf heraus. Er stand auf und schob sie auf dem Sitz zurecht. »Jetzt du.« Sie verstand nicht. »Du, mich.« Er nahm ihren Kopf in beide Hände und zog ihn an seinen Penis. Sie wollte zurückweichen, aber er hielt sie fest. Sie ließ zu, daß der Penis erst leicht ihre Lippen berührte und sie dann öffnete. Gleich darauf zog Gene ihn heraus, und sie wartete darauf, daß er sie wieder führte. Sie konnte nichts sehen. Sie wußte nicht, in welcher Stellung sie sich befanden, aber alles kam in Bewegung, berührte sich: Arme, Bäuche, Beine, Münder. Einen Augenblick dachte sie voller Entsetzen, daß seine dicke Zunge sie ersticken, daß sein Penis sie zerreißen würde, aber dann wurde alles leicht und gab nach, und sie begann, sich stetig und rhythmisch zu bewegen. Als sie sich gegenseitig zum Höhepunkt brachten, war sie berauscht von der Lust, ihn zu fühlen, und stöhnte. Er knurrte, und dann bettelte er, liebkoste und verfluchte sie, bis nur noch ein Wort übrigblieb, das den Rhythmus seiner Bewegungen diktierte: »Mama – Mama – Mama – Mama, Mama, Mama, Mama – Maaaa!«
Er zuckte und verging in ihr, seine Energie schien in sie überzufließen und ihre zu werden. Sie war es, die ihn jetzt stützte, die seinen Zusammenbruch linderte und sein Erlöschen tröstete: »So, sei ruhig, sch, ruhig, sch, sch, sch . . .«
Sie döste ein, war aber plötzlich hellwach, als sie eine andere Stimme hörte, die ihres Kindes. Sie kam von jenseits der Tür, die Eugene mit seinem Körper blockierte. »Mama! Bist du da drinnen?« Sie

antwortete leise: »Ja.« Er hatte ängstlich geklungen. »Ich bin hier drinnen«, sagte sie und zwang sich, mit normaler Stimme zu sprechen. »Was willst du?«
»Ich bin aufgewacht und habe laut gerufen, aber du hast nicht geantwortet. Ist dir schlecht da drin?«
»Nein.«
»Du hast so komisch geredet.«
»Geh ins Bett«, sagte sie scharf. Beide warteten, jeder die Unsicherheit des anderen fühlend. »Leon?«
»Ja, Mutter.«
»Geh ins Haus zurück. Wenn du zuerst pinkeln willst, mach's im Hof, aber nicht auf Großmutters Farnkraut.« Sie lauschte angestrengt.
»Bist du noch da, Leon?« Als keine Antwort kam, war sie überzeugt, daß er gegangen war. Eugene rührte sich, er hockte auf dem Boden, sie auf dem Sitz. Sein Kopf fand ihren Schoß und vergrub sich darin. Sie wiegte ihn in den Armen, umfing ihn und küßte ihm die Feuchtigkeit von der Stirn. Es störte sie nicht, daß sein Gesicht sich fettig anfühlte unter dem Schweiß und daß sein Haar nach Sumpf und Holzrauch roch.

7

Der richtige Zeitpunkt ist um so erfreulicher, wenn er durch Zufall statt durch Überlegung herbeigeführt wird, und deshalb war Sarah besonders froh, daß der Brief von Abraham Ezra Kendrick genau an dem Morgen kam, an dem sie sich für Roscoe Elks und Claribells Hochzeit fertigmachte. Abraham war vierzehn Jahre alt und Floyds Sohn. Floyd war bis zu seinem Tode der einzige schwarze Aufseher einer großen Plantage in diesem Teil Georgias gewesen. Er und Sarahs erster Mann, gleichaltrig bis auf einen Unterschied von einer Woche, waren ihr Leben lang Freunde gewesen. Da Roscoe Elks Vater und Großvater auf verschiedene Weise an dem Selbstmord des einen und der Ermordung des anderen schuld waren, teilten sich Roscoe und Sarah in die Vormundschaft des Jungen. Da er in der Schule als außergewöhnlich begabt galt, wurde er von allen gehätschelt, bis Roman auf die Idee kam, ihn zum Studium nach Philadelphia zu schicken. Roman hatte in seiner Jugend dort unterrichtet, und Roscoe hatte dort Jura studiert, es schien also passend. Nach anfänglichen Bedenken, den Jungen so früh von zu Hause weggehen zu lassen, kamen Sarah und Roscoe überein, die Kosten seiner Ausbildung im Norden gemeinsam zu tragen. Das hatte sich als sinnvolles Abkommen erwiesen. Abraham machte gute Fortschritte, er hatte gerade diese Unabhängigkeit gebraucht, um das Beste in ihm zu wecken. Er sandte seinen Vormunden abwechselnd Berichte, die sie sofort nach Erhalt gemeinsam lasen und die ebenso amüsant wie detailliert waren.

An diesem Vormittag hatte Benjamin die Post aus Highboro mitgebracht. In seiner Ungeduld während des Wartens auf Priscillas Niederkunft übernahm er Botengänge und kleine Besorgungen, die normalerweise anderen zugefallen wären. Er tat das nicht zuletzt deshalb, weil er die Gesellschaft seiner Schwiegermutter meiden wollte, und als er Sarah die Tagespost abgeliefert hatte, war er daher gern bereit, Bessie Marsh ein Bündel Kleider zu bringen. Ein paar Stücke waren schon getragen. Die konnte Bessie für sich zurechtschneidern. Aber Sarah schickte immer neue Sachen für Leon und war bekümmert, als Benjamin ihr neulich von seinem zerlumpten Aussehen berichtete. Die Sachen, die sie heute gepackt hatte, waren solide gewöhnliche Ware, so daß Bessie nicht behaupten konnte, sie wären für den Alltagsgebrauch zu fein.

Es war spät am Vormittag, als Benjamin sein Pferd in Bessies Hof lenkte. Er hörte ein Geräusch, das er als Ausklopfen von nassen Kleidungsstücken erkannte, und folgte ihm rund ums Haus zu der Stelle neben dem Brunnen, wo Bessie ihren Wäschetag hielt. Nachdem er das Bündel übergeben und Sarahs Botschaft ausgerichtet hatte, fragte er nach dem Jungen. »Er muß hier irgendwo in der Nähe sein«, antwortete sie. »Er war noch vor einer Weile hier. So klein er ist, er macht sich nützlich. Führt die Kuh zur Weide und bringt Holz herein und spült ab und ist sehr brauchbar, um Mutter zu überwachen. Sie kann jetzt kaum noch sehen, und er ersetzt ihr die Augen, könnte man sagen, wenn sie ihn dazu braucht.« Bessie setzte ihre Arbeit fort, nachdem sie sich höflich erbeten hatte aufzuhören. Benjamin hatte ihr gesagt, er könne nur ein paar Minuten bleiben, weil es Zeit fürs Mittagessen wurde. Dies veranlaßte Bessie zu fragen: »Wie geht's Mrs. Ben? Ich weiß, daß sie das Baby noch nicht hat, sonst hätte ich schon davon gehört.«

»Sie ist schon über die Zeit«, sagte Ben.

»Armes Ding. Ich erinnere mich, wie müde es mich gemacht hat, meinen herumzutragen.« Sie schlug die nassen Kleidungsstücke wieder auf einen Stumpf, blickte zu Ben auf und stellte befriedigt fest, daß er den Kopf wandte und herumschaute. »Willst du den Jungen sehen?« Sie erhob die Stimme: »Leon! Du, Leon! Komm guten Tag sagen!« Als keine Antwort erfolgte, lächelte sie. »Bißchen schüchtern mit Leuten, die er nicht kennt. Nicht, daß du und Miss Sarah wirklich Fremde wäret. Du lieber Gott, das meiste von dem, was wir tragen, habt ihr uns geschenkt. – Leon! Lauf, wenn ich dich rufe!«

Der Junge kam um die Scheune gerannt, blieb aber unvermittelt stehen, als er den Besucher erkannte.

»Guten Morgen, Leon«, sagte Benjamin.

Der Junge starrte ihn an und kam näher.

»Antworte höflich, wie ich dir's beigebracht habe«, sagte Bessie gemütlich, »damit Mr. Ben nicht glaubt, du bist dumm.«

»Guten Morgen, Sir.«

»Er hat dir was zum Anziehen gebracht. Bedank dich.«

»Danke, Sir.«

Benjamin errötete aus Verlegenheit für ihn. »Wie geht's dem Kätzchen?« fragte er, um die Unsicherheit des Kindes zu mildern. Er war bestürzt, als er sah, daß die Frage alles nur noch schlimmer machte. Der Junge sah stumm seine Mutter an. »Also«, antwortete sie statt seiner, »es ist mir furchtbar unangenehm, dir zu sagen, was mit dem armen Würmchen geschehen ist. Es ist in den Stall von meiner alten Muttersau geraten, und sie ging darauf los. Sie wär' auch auf mich losgegangen, wenn ich keinen Stock gehabt hätte. Es war furchtbar. Der Kleine hat sich schier das Herz aus dem Leib geweint, als es passierte. Ich wußte gar nicht, wie ich ihn beruhigen sollte.«

»Ich bringe dir ein anderes«, sagte Benjamin zu Leon.

Die Angst in den Augen des Kindes wuchs. Er dreht sich um und floh. »Ich hab' ja gesagt, wie schüchtern er mit fremden Leuten

sein kann, und er kennt dich ja nicht gar so gut, nicht? Mach dir nichts draus.«
»Ich würde ihn gern besser kennenlernen.«
Bessie wischte ihre Hände vorne am Kleid ab und verschränkte die Arme. »Wie kommst du auf die Idee, frag' ich mich. Er ist seit seiner Geburt hier, und du und Miss Sarah seid sicher gut zu uns und helft uns aus, aber du hast nie gezeigt, daß du ihn *kennenlernen* willst. Hat wahrscheinlich damit zu tun, daß du bald einen eigenen kriegst.« Sie verbesserte sich mit einem Augenzwinkern: »Einen, den du endlich deinen eigenen nennen darfst. Aber man soll tote Hunde nicht lebendig machen. Vergiß, was früher war, und schau vorwärts, das war immer mein Wahlspruch fürs Leben.«
»In einem Jahr ist er alt genug für die Schule.«
»Und groß genug, um eine echte Hilfe auf dem Hof zu sein«, meinte Bessie.
Benjamin sagte: »Er muß zur Schule gehen.«
Sie entgegnete vage: »Na, ich weiß nicht. Die Schule ist dort, und er ist hier, und er nützt mehr, wenn er auf dem Hof arbeitet, als wenn er sich über ein Pult beugt, kommt mir vor. Ich werd' dafür sorgen, daß er lesen und schreiben lernt, aber sonst . . .« Sie schüttelte den Kopf.
»Ich werde einen Mann herüberschicken, der dir aushelfen kann.«
»Darum geht's nicht«, bemerkte sie kritisch, »der Junge kann hier mehr lernen als in der Schule. Jedenfalls lernt er hier das, was er in Zukunft brauchen wird.«
»Ich möchte ihm eine Erziehung geben, wenn er alt genug ist.«
»Hier draußen wird sein Leben sein, auf diesem Hof. Ich kann mich erinnern, daß du, Ben – darf dich doch so nennen, wenn mich keiner hört? – daß du als Junge auch keinen großen Wert auf Bildung gelegt hast. Hast du mir selbst gesagt.«
»Das waren andere Zeiten«, entgegnete Benjamin.
»Also gut«, meinte sie sanft und wandte sich wieder ihrer Arbeit zu, als ob sie alles gesagt hätten, was es zu sagen gab.
»Du wirst es dir überlegen?«
»Ja, das schon«, sagte sie freundlich, aber sie sagte es so, als ob sie ihn bloß nicht verärgern wollte.
»Ich muß jetzt weitermachen. So viel zu tun, und der Frühling ist schon fast da.«

»Wann soll ich dir den Mann schicken, der dir pflügen und anbauen helfen kann?«
»Ich wollte es dir schon sagen. Dieses Jahr brauchst du mir niemanden zu schicken. Ich hab' eine Art – anderes Abkommen ... Mach dir wegen uns keine Sorgen. Bei uns ist alles in Ordnung. Sag Miss Sarah, daß ich mich nach ihrer Gesundheit erkundigt hab' und auch nach Mr. Troy. Sie ist eine Dame, die es gut meint mit uns, und ich habe große Achtung vor ihr.«
»Ich schicke für alle Fälle einen Mann herüber. Du kannst ihn für alles anstellen, was zu tun ist, pflügen oder sonst was.«
Das war der Augenblick, den Eugene gewählt hatte, um in Erscheinung zu treten. Er hatte Benjamins Ankunft von der Scheune aus beobachtet, wo er arbeitete. Er blickte verschlagen drein und mimte Überraschung. »Morgen«, rief er und kam näher.
»Morgen.« Benjamin sah Bessie fragend an.
»Er hilft mir, nicht wahr, Gene?«
»Das ist richtig.«
»Ist eine wirkliche Hilfe.«
Benjamin spürte, daß sie ihren Spott mit ihm trieben, aber er verstand nicht, was los war.
»An dem Vormittag, an dem ich Sie zuletzt gesehen habe, bin ich hierhergekommen. Ich hab' mich patschnaß gemacht, weiß selbst nicht, wie ...« Bessie lachte laut auf, hielt aber gleich wieder inne. »Sie hat mich in der Küche sitzen lassen, bis ich trocken war. Seitdem hat sie viel für mich getan.«
»Nicht mehr als du für mich«, sagte Bessie mit geziertem Lachen.
»Das kommt daher, daß ich verliebt bin in dich«, gab Eugene zu bedenken. »Hör dir den an!« Bessie kreischte vor Vergnügen. Eugene erklärte: »So ist es, und du weißt es auch.« Bessie wandte sich an Benjamin: »Sag du ihm, daß ich zu alt für ihn bin. Auf mich hört er nicht, wenn ich's auch versucht habe. Er lungert hier herum und will nicht nach Haus gehen. Deswegen hab' ich ihn bei mir arbeiten lassen.« Eugene fragte: »War ich nicht willig?« Bessie sagte: »Willig warst du schon, das streite ich nicht ab!«
»Kein schlechter Hof«, sagte Eugene, »alles, was er braucht, ist ein Mann.«
Bessie lachte und kippte eine neue Ladung Wäsche aus dem schwarzen Topf, in dem sie gekocht hatte. Sie beförderte sie mit

einem Stock auf den Stumpf und begann darauf loszuschlagen. »Jetzt habe ich mehr zu waschen, mit seinem Zeug«, klagte sie. »Wann heiraten wir denn?« Eugene neckte sie, als ob Benjamin nicht da wäre. Bessie wandte sich ihm zu: »Hör dir den an! Ich hab' ihm versprechen müssen, daß ich drüber nachdenken werde. Anders können wir Frauensleute einem Mannsbild nicht den Mund stopfen.«
»Wann wird's sein, Bess?«
»Ich sag's dir, wenn gepflügt ist.«
»Ich bin recht geschickt in mehr als einer Art des Pflügens.«
»Mach keine ordinären Witze vor Mr. Ben. Ich verbiete es dir.«
Benjamin sagte hastig: »Ich gehe jetzt.«
»War nett, daß du vorbeigekommen bist«, rief Bessie, als ob sie das Vergnügen eines zufälligen Besuchs genossen hätte, »ich laß' mich bei Miss Sarah bedanken, Gott segne sie.« Er nickte und stieg aufs Pferd.

8

Roscoe ging nicht regelmäßig in die Kirche, aber er hatte veranlaßt, daß ein Geistlicher namens Curtis Odom ihn und Claribell traute, weil dieser – wie er Sarah erzählte – »der einzige farbige Prediger ist, den ich kenne, der nicht schreit«. Die Zeremonie dauerte kaum fünf Minuten und fand in Roscoes Büro statt. Zeugen waren Sarah, Roman, Selma, Pauline und Mathilda Boland, die Lehrerin, die sich früher so rührend um Claribells Wohlergehen gekümmert hatte, als diese selbst noch eher Kind als Mutter war. Claribell erschien erst eine Minute vor der Trauung und ging eine Minute danach wieder weg. Sie trug Weiß wie fast immer. Luck, so steif gestärkt wie ein Grabstein und mit Süßigkeiten bestochen, ruhig zu bleiben, wurde von Geraldine überwacht, und beide kamen und gingen mit Claribell. Roscoe wollte die Feierlichkeit so alltäglich wie möglich erscheinen lassen, daher die Kürze und der nüchterne Rahmen des Büros. Ein Imbiß wurde gereicht: ein Glas Claret und eine Platte mit Kuchen, den man mit den Fingern aß.

Roscoe und Sarah tranken einander auf ihr Wohl zu. Sie sprachen über Luck, und Sarah wollte gerade Abrahams Brief hervorholen, als Geraldine zurückkam und ihr zuflüsterte, daß Mrs. Todd im Wohnzimmer warte und darauf bestände, sie dringend sprechen zu müssen. Sarah stellte ihr Glas mit einem Ausdruck des Schrekkens nieder und eilte hinaus. Roscoe folgte ihr, blieb aber vor der Wohnzimmertür stehen.
»Ist es Tante Nell?«
»Nein.« Jane schien über ihre Frage überrascht zu sein. »Wir glauben, bei Priscilla geht es los. Ich war dort und habe nach Dr. Platt geschickt. Zadok hat die Pferde im Galopp gehen lassen. Wo ist Ben?«
»Ich bat ihn, etwas zu Bessie Marsh zu bringen.«
»Er würde sicher dabeisein wollen.«
Roscoe klopfte an und trat ein, ohne die Antwort abzuwarten. »Laßt mich nach ihm suchen.« Sarah sagte dankbar: »Du bist lieb.« Jane wandte ein: »Es ist aber doch Ihr Hochzeitstag.« Roscoe sah sie einen Augenblick lang an, dann drehte er sich um und ging schweigend hinaus.
»Er ist ein seltsamer Mensch«, sagte Jane, »ich habe ihn nie verstanden.«
Sie waren bald im Haus auf der Lichtung, wo sie Ann Oglethorpe kniend am Bett ihrer Tochter fanden, ins Gebet vertieft, während Freda in der Nähe herumwirtschaftete, um sofort zur Stelle zu sein, wenn Hilfe gebraucht wurde. Sarah richtete Priscillas Mutter auf, und Jane ging Freda zur Hand. Beide wußten besser als die älteren Frauen, was zu erwarten war und was man brauchen würde. Mrs. Oglethorpe widersetzte sich: »Ich bleibe bei meinem Kind.« Sarah beruhigte sie: »Jane und Freda kümmern sich um sie.«
»Es ist meine Pflicht.«
»Nicht jetzt . . .«
»Ich werde sie in dieser schweren Stunde nicht im Stich lassen!«
»Wenn Sie bleiben, werden Sie sie nur ängstigen.«
»Meine Gebete werden sie trösten.« Sarah, die stärker war, führte sie mit sanfter Gewalt in die Vorhalle. »Ihre Gebete wenden sich doch an den lieben Gott. Er hört sie hier draußen ebensogut wie drinnen.«
»Ich muß da sein, wo ich ihre Schmerzensschreie hören kann.«

»Sie würden nur ihre eigenen mit ihnen mischen.«
»Ich bin entschlossen, ihr Leiden zu teilen . . .«
»Damit würden Sie's nur verschlimmern. Bitte.« Sarah manövrierte sie ins Wohnzimmer. »Na also, kommen Sie, und setzen Sie sich hierher. Dieser Sessel ist zum Warten sehr bequem, und es wird wahrscheinlich länger dauern, als wir glauben. Es dauert immer länger.« Mrs. Oglethorpe riß sich los und sank nieder. »Ich erhebe mich nicht von meinen Knien, bis die Heimsuchung vorüber ist.« Sie faltete die Hände und erhob Augen und Stimme: »O Herr, erhöre mich!«
»Gott ist nicht taub. Wenn Sie unbedingt beten müssen, dann beten Sie bitte leise.«
»Dein Wille geschehe, denn wir wissen, daß die Strafe für die Lust Schmerz und Kummer sind. Rette mein Kind, wenn es Dein Wille ist, und wenn nicht, dann nimm sie aus diesem Jammertal an Deinen Busen . . .«
Sarah starrte sie entsetzt an.
»Wir wissen, daß Geburt Pein bedeutet, und auch Leben ist Pein, und der Tod ist die größte Pein von allen, da er unser einziger Weg zur Erlösung sein kann. Das Fleisch verfällt der Verwesung nicht ohne letzte Qual, und die Gerüche von Geburt und Tod sind gleicherweise abscheulich und grauenhaft . . .«
Sarah dachte an Benjamin und setzte sich nieder, in der Hoffnung, die andere durch ihr Beispiel zu beruhigen und auch, wenn möglich, eine Art Ordnung für das zu erwartende Ereignis zu schaffen.
»Ich bitte Sie sehr, Mrs. Oglethorpe, kommen Sie und setzen Sie sich zu mir.«
»Ich kann nicht ruhig bleiben. Meine Tochter ist von einem sündhaften Mann besudelt worden. Laß sie, o Herr, im Feuer Deines Zorns geläutert werden. Laß sie, wenn es Dein Wille ist, in diesem Feuer Erlösung finden und als reiner Geist wiedererstehen, nicht mehr verdammt, sich der Lust der Gottlosen zu unterwerfen . . .«
Sarah erhob sich und sagte: »Ich kann Ihnen nicht gestatten . . .«
»Meine Stimme soll nicht verstummen! O Heiland, zerschmettere die Bösen und ihre Buhlen!«
Sarah ergriff ihre Arme und versuchte, sie aufzuheben, aber die andere machte sich los. »Erhalte mich, o Herr, damit ich die Strafe sehen kann, die die Bösen auf dieser Erde und in diesem Haus

ereilt.« Sarah ohrfeigte Mrs. Oglethorpe, und die Kraft des Schlages und der Schock brachten sie vorläufig zum Schweigen. Das war der Augenblick, in dem der Arzt eintrat. Er sah die beiden mit mäßigem Interesse an und sagte: »Ich rief, aber niemand kam. Doch ich weiß ja den Weg.« Er ging in die Vorhalle. Mrs. Oglethorpe rief ihm nach: »Wenn keine Hoffnung besteht, muß man mir's sagen! Ich muß bei meinem Kind sein in der Stunde ihres Todes und wissen, daß ihr Herz auf den heiligen Erlöser gerichtet ist!« Dr. Platt hatte ebensowenig Geduld wie die meisten Ärzte. Außerdem hatte er Erfahrungen mit Mrs. Oglethorpe in Krankenzimmern gesammelt. Er sagte: »Wenn Sie hereinkommen, verlasse ich das Haus.«

Während Mrs. Oglethorpe sich noch die Drohung überlegte, machte Sarah sich auf den Weg zur Küche, um zu sehen, ob sie dort helfen könnte. Sicherlich würde man etwas zu essen brauchen, und Freda hatte anderes zu tun. In der Küche fand sie Fredas Mutter. »Ich weiß es von Zadok«, sagte Rosalie, »darum bin ich gekommen.« Sarah fühlte eine Welle der Erleichterung. »Dank' dir, Rosalie«, sagte sie.

»Mr. Ben ist für mich wie meine eigenen Kinder.«

»Ich weiß«, sagte Sarah, »ich werde dir helfen.«

Rosalie war im Begriff abzulehnen, als sie sah, wie Sarahs Kopf zitterte. Da wußte sie, daß Sarah Angst hatte. »Ja, Ma'am«, sagte sie deshalb, »Sie und ich, wir können alles tun, was nötig ist.« Sie machten sich an die Arbeit – und das war gut so, verkündete Rosalie –, als die Besucher und Boten einzutreffen begannen. Freunde meinten es zweifellos gut, aber ohne an die Mühe zu denken, die sie verursachten, und nur ihrer Besorgnis und Neugier Rechnung tragend.

Mrs. Oglethorpe machte am frühen Abend eine Bemerkung hierüber zu Annabel und Frankie Saxon, und Frankie antwortete: »Wie wahr; ich erinnere mich, als meine geboren wurden.«

»Alle kamen sie«, sagte Annabel, »und nachdem sie heimgegangen waren, schickten sie die Dienerschaft immer weiter um Nachrichten. So ist es eben, wenn diese Dinge in den großen Familien stattfinden. Wie die Geburt von Prinzen. Das Kind, das heute zur Welt kommt, ist immerhin der künftige Herr von Beulah Land.«

Sarah, die aus dem Eßzimmer kam, meinte bissig: »Der Vater des Kindes ist noch nicht bereit abzutreten, und er macht nicht den Eindruck, als ob er's eilig hätte. Du wirst versuchen, *mich* bald in den Himmel zu expedieren, Annabel.« Annabel lachte behaglich und sagte: »Du bist schrecklich, Tante Sarah.« Frankie warf ein: »Miss Sarah, ich möchte, daß Sie bei Ihrem Gatten ein Wort für mich einlegen. Mr. Troy versprach, das Porträt schon vor einer Woche zu beenden, aber er verschob es immer wieder. Jetzt habe ich Angst, daß es für meine Party in einer Woche nicht fertig sein wird.«

Benjamin war kurz nach seiner Schwester und seiner Großmutter angekommen. Roscoe Elk hatte ihn auf der Straße vor dem Marsh-Hof getroffen. Man gestattete ihm einen kurzen Besuch bei seiner Frau, dann wurde er aus dem Zimmer verbannt, in dem die Geburt stattfinden sollte. Eine Zeitlang empfing er die Besucher, war aber zu besorgt, um Geduld aufzubringen, sei es mit den schelmisch Teilnahmsvollen, sei es mit jenen, die ernsteres Interesse zeigten. Und schließlich zog er sich auf den Hof zurück, wo er Zadok fand. Als die Tagesarbeit erledigt war, gesellte Daniel Todd sich zu ihnen, und die drei Männer gingen auf und ab und sprachen über die alltäglichen Dinge, die für einen Bauern das Leben ausmachen.

Casey tauchte auf, machte kleine Botengänge für Sarah, war überall und hielt sich nirgends lange auf. Sarah glaubte, daß sie ihn noch nie so lieb gehabt und so dringend gebraucht hatte. Nicht, was er sagte oder tat gab ihr Trost, sondern die Liebe in seinen Augen, die sie daran erinnerte, wer sie war. Priscillas jüngere Schwester Elisabeth kam, setzte sich hin und weinte. Ihre Mutter befahl ihr, nach Hause zu gehen und dem Vater das Abendessen zu richten. Drei Dutzend Leute kamen, setzten sich, stellten die gleichen Fragen und bekamen die gleichen Antworten, und der Tag neigte sich dem Abend zu.

Daniel ging heim, um mit seinen Söhnen zu Abend zu essen und sie ins Bett zu bringen. Dann kehrte er zurück und wartete auf Jane, die nicht die Absicht hatte, ihre Schwägerin allein zu lassen bevor das Kind geboren war. Priscilla plagte sich bis zur Erschöpfung, wurde ohnmächtig und wachte wieder auf. Ihr Stöhnen war leise und selten, aber wenn sie aufschrie, dann geschah es in so

gräßlicher Qual, daß es für die Zuhörer herzzerreißender klang als ständige Schmerzensschreie. In ihren Augen spiegelte sich Entsetzen. Sie öffnete sie nur hin und wieder, wie um sich zu vergewissern, daß die Welt noch da sei.
Als die Nacht vorrückte, bemächtigte sich allmählich eine unheimliche Stille des Hauses auf der Lichtung. Die Frau, die in ihrer aller Gedanken war, wurde von Dr. Platt behandelt, dem Jane und Freda assistierten. Sie hatten das Zimmer seit dem Morgen nie für mehr als ein paar Minuten verlassen. Rosalie hielt mit Zadok in der Küche Wache, obwohl man sie dringend aufgefordert hatte heimzugehen. Die beiden flüsterten von Zeit zu Zeit miteinander, unterhielten sich aber hauptsächlich mit den Augen und waren jederzeit bereit einzuspringen. Es war aber nichts nötig. Nichts wurde gebraucht, nur die Zeit verging. Benjamin saß bei Sarah und Daniel. Eine Flasche Weinbrand stand neben ihnen auf dem Tisch, und sie hielten jeder ein Glas in der Hand. Sie sprachen selten, denn es gab nichts zu sagen, und jedes Warten ist im Grunde stumm. Mrs. Oglethorpe war in einer Ecke eingenickt, erwachte aber gelegentlich, um die anderen mißbilligend anzusehen.
Es war nach Mitternacht, als Dr. Platt endlich herauskam und ihnen mitteilte, daß es vorüber sei. Er konnte ihnen nicht mehr verbieten hineinzugehen, und es machte auch nichts aus, denn Priscilla schlief. »Ich habe ihr ein Beruhigungsmittel gegeben«, sagte der Arzt, während er seine Instrumente zusammensuchte, »und jetzt gehe ich nach Hause und nehme auch eins.«
Jane hob das Kind in die Höhe, und Daniel hielt die Lampe, so daß sie es alle anschauen konnten. »Es ist ein Mädchen«, hatte Jane zu Benjamin gesagt. Das Gesicht des schlafenden Säuglings war im Schatten, bis Daniel die Lampe einen Zoll höher hob. Erst dann sahen sie die tiefe entstellende Hasenscharte. Mrs. Oglethorpe fand als erste die Sprache wieder: »Sie trägt das Kainszeichen, denn sie wurde vom Teufelsschüler gezeugt.«

9

Die Nacht war mild gewesen, und der Morgen versprach gutes Wetter. Benjamin wachte um sieben Uhr auf. Trotz des langen Tages und der kurzen Nacht war sein Bewußtsein sofort erfüllt von dem neuen Leben jenseits der Halle. Er fühlte die Nähe des Kindes, genoß sie und fand , daß er sich mit ihrem Fehler abgefunden hatte. Er zog sich schnell an und ging hinüber, um seine Tochter zu betrachten. Er war verwundert, als er das Baby sah, aber nicht darüber, daß es sein Kind war. Es war ein Mädchen, sie hatte eine Hasenscharte, sie sah fast so unfertig aus wie ein noch Ungeborenes, aber sie war sein, und in seine Zufriedenheit mischte sich kein Bedauern.

Da Priscilla schlief, sprachen er und Rosalie erst, als sie ihm auf den Flur folgte. Er sagte: »Du warst die ganze Nacht auf den Beinen.«

»Sobald Almeda kommt, gehe ich heim. Sie kennt sich besser mit Babys aus als ich.«

Er ging in die Küche, wo Freda das Frühstück für ihn bereithielt. Sarah und Jane kamen, während er aß. Obwohl sie zu Hause gefrühstückt hatten, setzten sie sich zu ihm und tranken einen Kaffee. Als sie miteinander sprachen, betrat Mrs. Oglethorpe das Eßzimmer. Sarah und Jane murmelten: »Guten Morgen«, was sie mit einem Blick zur Kenntnis nahm, aber sie begrüßte niemanden. Sie setzte sich, und Freda stellte ein Glas Milch vor sie hin. Das war alles, was sie zum Frühstück nahm. Nach einem bedächtigen Schluck erklärte sie: »Eins ist sicher. Du kannst das unglückliche Geschöpf nicht Bruce nennen.«

Benjamin aß ruhig weiter, spießte tropfendes Ei auf ein Stück gebratenes Schweinekotelett und ließ ihm eine ganze eingemachte Feige nachfolgen. Nachdem er geschluckt hatte, sagte er: »Das ist ihr Name, Bruce Davis.«

»Es ist kein anständiger Name für ein Mädchen.«

»So wird sie heißen.«

Mrs. Oglethorpe schüttelte den Kopf. »Das darf nicht sein.«

In die Stille hinein sagte Jane: »Nennt sie doch Bruce Priscilla.«

Freda schlug »Brucilla« vor und goß Kaffee nach. Sie fügte hinzu: »Als ich aufwachte, da hatte ich den Namen im Kopf.«

Jane und Sarah lächelten Freda ermutigend zu und wandten sich erwartungsvoll an Mrs. Oglethorpe, die jedoch starr und unnahbar blieb. Sie tauschten einen Blick und erhoben sich. »Fragen wir doch die Mutter, wenn sie wach ist«, riet Sarah. Mrs. Oglethorpe sagte: »Ich billige erfundene Namen nicht. Sie erinnern mich immer an Nigger.« Benjamin blieb fest: »Ich nenne meine Tochter Bruce, und die Leute werden sich daran gewöhnen.«

Sarah und Jane verließen das Eßzimmer und gingen nach oben. Freda kehrte in die Küche zurück, und Benjamin hörte sie gleich darauf mit ihrer Schwester Almeda reden. Er spürte, daß Mrs. Oglethorpe ihn anstarrte, und wartete darauf, daß sie anfinge zu sprechen. »Du weißt, woher die Mißbildung kommt«, sagte sie aufreizend ruhig.

»Ich fahre nach Savannah und werde sehen, was man tun kann.«

»Es ist die Strafe Gottes für deine ausschweifende Jugend. Ich hoffe, daß es auf deiner Seele lasten und eine Warnung für andere sein wird. Die Sünden der Väter rächen sich immer an ihren Kindern.«

Er saß völlig unbeweglich. Dann sagte er: »Ich werde Zadok sagen, daß er heute vormittag den Wagen für Sie bringt. Ihr Besuch ist beendet. Bitte packen Sie unverzüglich, und halten Sie sich bereit, mittags abzufahren.«

»Ich habe nicht die Absicht, meine Tochter zu verlassen.«

»Sie gehen, und wenn ich Sie tragen müßte.«

»Du wagst es nicht.«

»Lassen wir's drauf ankommen.«

Sie fixierte ihn mit grimmiger Miene. »Nein. Ich bin die einzige Frau, die du nicht mit deiner Berührung entehren wirst.«

»Diese Auszeichnung wird Ihnen gerne zugestanden.«

»Ich erzähl' es allen Leuten.«

»Sie können Priscilla besuchen, aber nicht für mehr als eine Stunde am Tag, bis sie sich erholt hat und zu Ihnen kommen kann.«

»Das wirst du bereuen.«

Er stand vom Tisch auf, machte eine Verbeugung und ging hinaus.

Sarah hatte sich vor der Geburt des Kindes nach einer möglichen Amme umgesehen, für den Fall, daß eine gebraucht würde, und es erwies sich bald, daß diese Vorsicht vonnöten war. Priscilla hatte nicht genug Milch, um das Kind zu stillen. Dr. Platt kümmerte sich darum nicht weiter, für ihn war die Verantwortung vorüber,

sobald er mit einem Klaps das Neugeborene ins Leben befördert und seiner Mutter mit einem Pulver Vergessenheit geschenkt hatte. Sarah überließ es Jane, Priscilla zu beruhigen, die in Tränen ausbrach, als Mrs. Oglethorpe die Einzelheiten von Benjamins »gefühllosem und hartherzigem« Befehl schilderte, und fuhr mit ihrem Wagen von einem Gehöft zum anderen. Es verging ein halber Nachmittag, ehe sie fand, was sie suchte.
Sie entschied, daß Velma gerade recht wäre. Sie sah sich das Mädchen genau an, nicht unfreundlich, aber mit dem Blick, mit dem sie die guten und schlechten Eigenschaften eines Zuchttiers abgeschätzt hätte. Velma war sechzehn Jahre alt, ihr Körper voll entwikkelt. Sie war nicht kohlschwarz, aber die Spur weißes Blut mußte etwa zwei bis drei Generationen vorher in die Familie gekommen sein und sich wieder mit dem farbigen vermischt haben. Sie hatte eine Woche zuvor ein Kind zur Welt gebracht, und es war gestorben, allerdings nicht bevor ihre Herrin herausfand, daß der Vater – Velma war weder verheiratet, noch lebte sie mit jemandem zusammen – ihr eigener Mann war. Velma mußte das Gut noch am gleichen Tag verlassen. Fünf Minuten nachdem Sarah ihr Angebot gemacht hatte, war sie bereit, mit ihr zu gehen.
Als Sarah mit Velma, die ein Bündel Kleider im Schoß hielt, nach Hause fuhr, erzählte sie ihr einiges über Benjamins Haushalt. Das Mädchen war nicht nervös, sie schien an dieser Wendung ihres Lebens Gefallen zu finden. Sie wirkte fast ein bißchen zu gelassen, was Sarah zu der Bemerkung veranlaßte: »Sie werden gut zu dir sein, aber du darfst nicht lügen oder stehlen, denn wenn du's tust, dann schlägt Rosalie dich grün und blau.«
»Wer ist Rosalie?«
Sarah erklärte es ihr.
»Ist sie größer als ich?«
»Wesentlich«, sagte Sarah, obwohl ihrer Ansicht nach beide ungefähr die gleiche Statur hatten. »Sie hat einen Mann und drei Söhne und zwei Töchter, alle schon erwachsen. Sind gute Leute, und niemand wird dich schlecht behandeln, solange du dich anständig aufführst.«
»Wenn sie mir nicht passen, renn' ich weg.«
»Die jagen dich davon, wenn du deine Arbeit nicht machst.« Sarah erzählte ihr von der Hasenscharte des Neugeborenen und fragte

ob sie schon einmal eine gesehen hätte. Velma bejahte und fügte hinzu, auch Albinos hätte sie schon gesehen. Sarah erkundigte sich nach dem Wohnort ihrer Familie, und Velma berichtete vage, daß sie »irgendwo runter ins Lowndes Country« übergesiedelt seien, daß aber nicht sicher sei, ob sie dort bleiben würden. Zum Schluß fragte Sarah so, als ob es ihr eben erst eingefallen wäre: »Wie ist dein Familienname?« Velma rasselte die Namen von Mutter und Brüdern herunter; einen lebenden Vater oder Schwestern gab es nicht. Sarah sagte: »Nein, ich meine den Zunamen. So wie ich Sarah Troy heiße, ist dein Name Velma was?« Velma sah beleidigt drein und antwortete nicht. Sarah ließ sie eine Weile trotzen, dann fragte sie: »Möchtest du Velma Kendrick heißen?«

»Weiß nicht«, murmelte das Mädchen.

»Kendrick war der Familienname meines ersten Mannes, das waren die alten Herren von Beulah Land, obwohl wir jetzt Troys und Davises und Todds sind.«

»Ich weiß alles über Sie«, erklärte das Mädchen und warf den Kopf zurück, aber das Stirnrunzeln, das sie zur Schau getragen hatte, verschwand plötzlich, und ihr Gesicht hellte sich auf. »Velma Kendrick!« Sie wiederholte den Namen viele Male und begann zu kichern. »Hi, hi, hi . . .«

Sarah lenkte ihren Wagen direkt zu Zadoks Haus und gab Velma in Rosalies Obhut. Während sie einen Zuber Wasser auf dem Küchenherd heiß machte, suchte Rosalie Kopf- und Körperhaare des Mädchens erbarmungslos nach Läusen ab, fand jedoch keine. Velma blickte mordlustig drein, fügte sich aber, vielleicht eingedenk Sarahs Drohung mit Prügeln. Dann befahl ihr Rosalie, sich gründlich zu baden. Velma beteuerte, daß sie sauber sei, doch Rosalie ergriff ein Scheit Brennholz, und folgsam stieg Velma in den Zuber. Sauber und frisch gekleidet wurde sie ins Haus auf der Lichtung geführt und Mutter und Kind vorgestellt. Als sie Bruce sah, war ihr Zorn verflogen. »Armes Dingelchen«, summte sie und langte nach dem zappelnden Baby, das hungrig ihre Brust nahm und zu trinken begann. Velma blickte auf das Kind hinunter und sagte: »Du heißt Bruce Davis, wie ich höre. Und ich heiß' Velma Kendrick. Guten Tag.« Velma sollte eigentlich nur als Amme dienen, während sich Almeda in allem übrigen weiter um das Kind kümmern würde. Velma aber war besitzgierig und lernte schnell; bevor eine Woche vergangen war, hatte sie die Kinderstube gänzlich in Besitz genommen.

10

Sarah gab zu: »Ja, sie könnte wohl . . .«, aber sie fuhr fort: »Andererseits kann sie auch noch hundert Jahre leben. Ihretwegen würde ich nicht warten. Wenn du Zeit hast, dann geh jetzt. Als du im März im Krankenhaus warst, sagten sie dir soviel sie konnten, ohne das Kind zu sehen. Also warte nicht länger. Worauf auch? Man kann's ja doch nie wissen.« Benjamin schien über das, was sie gesagt hatte, nachzudenken. Sie lächelte. »Ich erinnere mich an etwas, was ich dir vor langer Zeit einmal gesagt habe, als du mich um Rat fragtest: daß du niemals irgend jemanden irgend etwas fragst, bevor du nicht beschlossen hast, was du tun wirst. Du warst ein eigensinniger Junge, und du bist ein eigensinniger Mann.«

»Aber du hast mich lieb.«

»Ich hab' dich lieb.«

Er stand auf. Seine Hände lagen flach auf dem Schreibtisch, als er sich herüberbeugte, um sie zu küssen. »Komm mit uns nach Savannah.«

Sie schüttelte den Kopf. »Es ist dort nicht mehr so wie früher, als ich ein junges Mädchen war. Eine Menge dicker Männer, die sich wichtig machen und Tabaksaft spucken. Jane sagt, sie will mit dir fahren.«

Er schritt zweimal die ganze Länge des Büros ab, blieb dann stehen und blickte aus der Tür. Sie stand zur Veranda hin offen, die an drei Seiten des großen Hauses von Beulah Land entlanglief. »Es fängt an zu regnen.« Was immer sonst ihn auch beschäftigte, an was immer er dachte, der Farmer in ihm war wachsam, und das Wetter vergaß er nicht. Er ging zu seinem Stuhl zurück und sagte: »Bruce ist zwei Monate alt und dick wie ein Kessel. Ich spreche heute abend mit Jane und werde sehen, wann Daniel und die Jungen sie entbehren können.«

Sarah fragte: »Priscilla hat ihre Ansicht nicht geändert?« Sie wußte

die Antwort im voraus, aber Konversation besteht oft daraus, daß man vertraute Fragen stellt und die erwarteten Antworten erhält.
Benjamin schüttelte heftig den Kopf. »Mrs. Oglethorpe weiß, daß sie *mir* nicht verbieten kann hinzufahren, aber sie droht, nie wieder mit Priscilla zu sprechen, wenn sie mit mir kommt.«
»Was für ein Segen wäre es, wenn Mrs. Oglethorpe ihr Wort hielte und Priscilla sich nichts daraus machte.«
»Aber sie macht sich was draus.«
Sarah schüttelte den Kopf. »Es ist nicht recht von mir, darüber zu scherzen. Es tut mir leid ... Priscilla ist doch wegen dieser Operation nicht wirklich gegen dich?«
»Sie spricht wenig darüber. Sie nimmt Bruce auf den Arm, aber sie hält sie nie länger als eine Minute. Sie mag sie nicht anschauen.«
»Man sagt, daß es manche Frauen so erwischt. Sie hatte eine ermüdende Schwangerschaft und eine schwere Niederkunft. Sie wird schon ihren Weg zu dem Kind finden.« Benjamin entgegnete: »Jetzt bei dem schönen Wetter kommt ihre Mutter jeden Tag und fährt mit ihr aus, doch sie betritt das Haus nicht. Sie steigt nicht einmal aus dem Wagen, aber sie hält die Peitsche angriffsbereit.«
»Du hast ihr ja verboten herzukommen.«
»Ich sagte, sie könne eine Stunde täglich zu Besuch kommen.«
»Sie würde lieber sterben als eine Vorschrift von dir einhalten, mein Lieber. Das weißt du doch.«
»Je öfter Priscilla sie sieht, desto weniger redet sie mit mir. Manchmal muß ich mich vor sie hinsetzen und sie zum Sprechen zwingen. Dann weint sie und sagt Dinge, von denen ich weiß, daß ihre Mutter sie ihr in den Kopf gesetzt hat. Mrs. Oglethorpe ist der Ansicht, daß man Gottes Willen trotzt, wenn man versucht, Bruces Lippe zu ändern. Sie sagt, Gott straft Eitelkeit, und das Mal ist Seine Aufforderung an mich, meine Sünden zu bereuen. Es muß bleiben, damit ich es sehen kann und an den Tag des Jüngsten Gerichts erinnert werde.« Er zog mit dem Zeigefinger die Ziffer Acht auf dem Rücken eines zugeklappten Hauptbuches nach. »Ich möchte wahrlich eine Heugabel in dieses Weibsstück ...«
»Ich auch«, sagte Sarah zustimmend.
»Sie würden uns aufhängen.«
»Nicht, wenn der Richter jemals eine Stunde mit ihr verbracht hat.«

»Ich möchte, daß du etwas für mich erledigst, während ich weg bin.« Sie sah ihn fragend an. »Geh zu Bessie Marsh und schau, wie es Leon geht.«
»Gene Betchley ist noch dort, habe ich neulich gehört.«
»Ich möchte wissen, wie er meinen Sohn behandelt.« Sie verriet Unruhe, nickte aber.
Und so kam es, daß sie an einem Aprilmorgen den Zug nach Savannah bestiegen, den die Stadt den *Down Train* nannte: Benjamin mit Jane und Bruce, unter Velmas Obhut, deren Vorfreude Robert E. Lee und Jefferson Davis Todd so neidisch machte, daß sie munter drauflos weinten. »Du siehst, wie du ihnen fehlen wirst«, sagte Sarah zu Jane. »Nicht im geringsten«, antwortete Jane, »sie sind bloß wütend, weil sie nicht mitfahren dürfen.« Als der Zug abfuhr, hatten sie Jane immerhin das Versprechen abgerungen, ihnen neue Bleisoldaten mitzubringen. Sarah brachte die Buben nach Beulah Land zurück, wo sie den Tag verbringen sollten. Nachher gingen alle drei zur Lichtung, um Priscilla von der Abreise ihrer Familie zu berichten, blieben aber nicht lange, weil Priscilla die Lebhaftigkeit der Kinder ermüdete. Als sie sich verabschiedete, fragte Sarah, ob Priscilla Lust hätte, am nächsten Tag mit ihr nach Highboro zu fahren, aber Priscilla lehnte zögernd und seufzend ab und sagte, ihre Mutter käme auf Besuch. Um drei Uhr am folgenden Nachmittag standen Sarah und die Kinder auf dem morschen Holzbahnsteig, um den Zug aus Savannah zu erwarten, und nachher führte Sarah Davy und Bobby Lee zu Sullivans Gemischtwarenladen, wo sie warteten, bis im Postamt nebenan die Briefe und Pakete sortiert waren. Sie bettelten um süße Maiskuchen und Käse, was es zu Hause nie gab, und Sarah tat ihnen mit einer kleinen Bestellung bei Mr. Sullivan den Gefallen. Die Briefe waren angekommen, wie Benjamin es versprochen hatte. Es waren drei, einer von Jane an ihren Mann und zwei von Benjamin, der eine für Priscilla, der andere für Sarah. Sarah legte die beiden anderen beiseite und überflog den ihren. Sie stellte sich wegen des besseren Lichts ans Vorderfenster des Postamtes.
Benjamin berichtete von einer bequemen Reise: Bruce hatte nicht geweint. Aber Velma mochte nicht aussteigen, als sie in der Stadt ankamen – teils, weil sie noch mit der Bahn fahren wollte, und teils, weil sie sich plötzlich dem Plan widersetzte, »ihr Baby« der

fremden Leuten im Krankenhaus auszuliefern. Er hatte erreicht, daß sie bei Bruce bleiben konnte, während sie im Krankenhaus war, und Velma hatte gelobt, kein Auge zuzutun, damit sie ihrem Liebling nicht in der Nacht ein Bein abschnitten. Benjamin und Jane hatten Zimmer in der Pension genommen, in der Jane und Daniel manchmal wohnten. Bruce' Lippe sollte am nächsten Tag genäht werden. *Heute,* dachte Sarah, *jetzt ist es bereits geschehen.* Sie fuhr direkt zur Lichtung, um Priscilla ihren Brief zu geben. Mrs. Oglethorpe war abweisend und streng mit den Kindern. Davy, der gern teilte, fragte sie, ob sie die Schnecke halten wollte, die er im Hof gefunden hatte. Sie sagte, das Ding sei ekelhaft, und befahl ihm, es augenblicklich aus dem Haus zu schaffen. Priscilla las ihren Brief schweigend und murmelte, daß sie dem, was Sarah schon berichtet hatte, nichts hinzuzufügen hätte. Da niemand sie zum Bleiben aufforderte, kürzte Sarah ihren Besuch ab. Daniel kam am Abend zum Essen nach Beulah Land und las Janes Brief laut vor. Die Jungen waren enttäuscht, weil Jane die Bleisoldaten mit keinem Wort erwähnte, und flehten ihren Vater an, sie daran zu erinnern, wenn er schrieb, damit Mutter sie ja nicht vergäße. Jane hatte aber so anschaulich über die Geschwindigkeit des Zuges berichtet, daß sie sich vor Vergnügen krümmten und er den Brief noch zweimal vorlesen mußte. Dann machten sie alle bei Nell Besuch, die sie herzlich willkommen hieß und sie kurz darauf ebenso herzlich ersuchte, wieder zu gehen. Die Kinder gähnten, und Daniel packte sich die beiden auf die Schultern und brachte sie heim. Sarah und Casey begleiteten sie ein Stück.

Am nächsten Morgen, nachdem Sarah und Zadok die Tagesarbeit eingeteilt hatten, stiegen sie und Casey in den Wagen, um zu Bessie Marsh zu fahren. Sarah hatte keinen Grund für den Besuch und machte sich nicht die Mühe, einen zu erfinden. Sie sagte einfach, daß sie und ihr Mann ein wenig spazierenführen und beschlossen hätten vorbeizuschauen. Bessie gab sich höflich, aber auch ein bißchen belustigt, als sie sah, wie Sarahs Augen auf dem Mann ruhten, der nicht weit entfernt auf dem Feld arbeitete und nur kurz den Kopf hob und die Besucher anstarrte. Leon war nicht zu sehen, und als Sarah nach ihm fragte, sagte Bessie, er sei mit seiner Großmutter gegangen, um die Kuh auf die Weide zu führen. Nach dem Regen kürzlich sei dort frisches Gras gewachsen.

Konnten sie ihn sehen? Auf dieser Seite des Wäldchens. Da war er! Nein, er war schon wieder weg, er rannte so fix. Die alte Kuh war nicht viel wert, andererseits, solange sie ihnen einen Spritzer Milch und ein Klümpchen Butter gab . . .
Bessie machte Seife im schwarzen Wäschetopf und setzte ihre Arbeit fort. »Stinkt, nicht?« fragte sie. »Sonst hätte ich Sie gebeten ein Weilchen zu bleiben.« Casey sagte, sie müßten ohnehin nach Hause fahren.
Als Casey die Zügel ergriffen hatte und sie über den Rücken des Pferdes klatschen ließ, drehte Sarah sich auf ihrem Sitz um und rief: »Ist das Gene Betchley, der dir aushilft?«
»Ja, Ma'am«, sagte Bessie offenbar erheitert, »er ist ein tüchtiger Gehilfe, so sagt er wenigstens. Versucht mich zu überreden, ihn zu heiraten! Das ist der Gipfel, nicht, so ein junger Bursche hinter einer alten Frau wie mir her? Aber Sie sind vielleicht anderer Ansicht, Ma'am, Sie haben ja selbst einen Jüngeren geheiratet . . .«
Sarah machte fünf Minuten lang den Mund nicht auf, aber ihre Lippen zuckten heftig. Schließlich sagte sie: »Kehr um.«
»Die Straße ist zu schmal«, entgegnete Casey, »ich würde den Wagen umwerfen.«
»Ich muß zurückfahren und dieser Schlampe sagen, was ich von ihr halte.« Casey drückte sie mit einem Arm an sich, aber sie rückte von ihm ab. »Sie war sonst nicht so hinterhältig frech. Er hat ihr die Bosheit eingegeben. Und über Leon habe ich nichts für Ben erfahren!«
»Der Junge ist in Ordnung, sonst hättest du's herausgefunden.«
»Wie sollte ich?« fragte sie ärgerlich.
»Weil du alles weißt.« Seine Augen funkelten. »Weil du meine Alte bist.«
Sie schwang ihren Beutel und ließ ihn auf seinen Kopf niedersausen. Er lachte und zog die Zügel an, Pferd und Wagen blieben stehen. »Sarah«, sagte er und nahm ihre Hände in die seinen. Als sie versuchte, sich freizumachen, hielt er sie fester. Sie beruhigte sich und er küßte sie. Sie lächelte unwillkürlich, und er sagte: »Sei nicht dumm, Mädchen.« Er küßte sie wieder und flüsterte, obwohl weit und breit keine lebende Seele zu sehen war: »Laß uns nach Hause fahren, die Vorhänge zuziehen und zu Bett gehen.« Ihre Hand glitt mit sanfter Vertrautheit zwischen seine Schenkel.

11

Die Wolke hing so niedrig, daß Bessie sie zuerst für den Rauch eines Brandes im Gehölz hielt. Aber dann hob sie sich und zog weiter, ohne sich aufzulösen. »Denkst du an mich?« fragte Eugene. »Stehst da herum mit verschränkten Armen und träumst.«

»Ich träum' von nichts. Solltest du das sein?«

»Du bist schon wer, bist mir schon die Richtige, Mrs. Betchley.«

»Marsh«, verbesserte sie ihn. Sie hatte das Abendessen gekocht, und nun war die Küche dunstig und muffig, deshalb war sie an die Tür getreten, um Luft zu schöpfen. Die Wolke hatte sie innehalten lassen.

»Mußt dich an deinen neuen Namen gewöhnen.«

»Zeitverschwendung.«

»Ist schon verdammt gemein, mich arbeiten und warten zu lassen, bis du dich entschließt, gut zu Gene zu sein.«

»Kannst jederzeit gehen.«

»Ich kann nicht, und du weißt es.« Seine Stimme war honigsüß vor schmeichelnder Anspielung. »Du bist eine aufreizende Frau, Bess, und ich hätte Lust, jetzt gleich anzufangen, gleich hier.« Er sah, wie ihr das Blut in die Wangen schoß und wie sich die Röte über Hals und Gesicht verbreitete. Sein Arm schlang sich um ihre Taille, die Hand schloß sich um eine Brust, seine Finger hantierten an ihren Knöpfen. Leon kam ums Haus und blieb stehen, als er sie sah. Bessie schüttelte den Kopf, eher für sich als über einen der beiden, und ging in die Küche zurück.

»Was glotzt du?« fragte Eugene den sprachlos dastehenden Jungen, ehe er Bessie folgte. »Dein Sohn muß Respekt lernen.«

»Kümmere dich nicht um ihn.«

»Er kann mich nicht ausstehen und deine alte Ma auch nicht.«

»Sie sind eifersüchtig.«

»Eine Mutter eifersüchtig auf die Tochter? Ein Kind eifersüchtig auf seine Ma?«

»Leon ist nicht an einen Mann gewöhnt.«

»Du und ich, wir sollten uns selber ein Kind machen.«

»Du bist der Eifersüchtige. Wenn's dir hier nicht gefällt, da gleich vor der Tür ist die Straße.« Er starrte finster vor sich hin und schwieg. Sie hob einen Deckel und rührte in dem Topf herum.

Dann setzte sie den Deckel wieder auf, wischte sich die dampfnassen Hände vorne am Kleid ab und sagte versöhnlich: »Frisches Gemüse, Speck und Klöße. Sollte uns bis morgen früh vorhalten.«
Er wandte ihr ein Gesicht zu, das anklagend und bittend war wie das eines Kindes. »Komm heute abend«, sagte er.
»Wenn ich nicht zu müde bin.« Es war eine halbe Einwilligung.
»Nur wenn ich dich unter mir habe, weiß ich, was du denkst.« Sie sah ihn starr an, ohne zu lächeln, und er war es, der den Blick abwandte.
Eugene machte die Arbeit eines Mannes und aß seine drei Mahlzeiten am Tag mit ihnen am Küchentisch, schlief aber im Geräteschuppen, und dort war es, wo er und Bessie sich heimlich trafen. Es stimmte, was er sagte: Leon und Bessies Mutter mochten ihn nicht und fürchteten, daß er bliebe. Der Haß des Jungen war klar und einfach, der der alten Frau mischte sich mit dem Verdacht, daß Gene Betchley die Farm dringender begehrte als ihre Tochter. Gewiß hatte Eugene zuerst mit der Idee gespielt, sich den Besitz anzueignen. Und doch: Wenn er in Bessie Erregungen entflammte, von denen sie geglaubt hatte, sie hätte darauf verzichten gelernt, so war er es, der sich dabei in sie vernarrt hatte. Ein paar Wochen hatten sie verwandelt – aus einem alternden Mädchen war eine Frau in der Blüte ihres Lebens geworden.
Auch Bessie war mißtrauisch, aber sie kannte die Macht, die sie über den jüngeren Mann ausübte. Sie ließ sich nicht zu mehr drängen, zu mehr überrumpeln als zu dem, was bereits geschehen war. Sie mußte an ihren Sohn und an ihre Mutter denken. Wenn sie Gene mit deren Augen sah, konnte sie keinen Grund entdekken, warum die beiden ihn lieben sollten oder er die beiden. Wenn sie sich aber entschloß, ihn zu heiraten – und darin sah sie gewisse Vorteile –, dann müßten sie ihn akzeptieren. Jetzt, da er etwas erreichen wollte, arbeitete er hart, aber sie wußte seit langem von seinem unfähigen Vater und Bruder und von seiner eigenen früheren Lebensweise. Es war schwer, sich mit der Tatsache abzufinden, daß der Junge, über den sie sich niemals irgendwelche Gedanken gemacht hatte, nun ein erwachsener Mann mit Willenskraft und einem Körper war, der sie betteln machen konnte wie eine arme Seele im Fegefeuer. Er machte ihr große Sorgen. Doch selbst in dem Augenblick, da sie das sich eingestand, sehnte sie

die Stunde herbei, in der sie zu ihm gehen konnte, und sie dachte: »Ach ja, lieber Gott, besser eine Menge Kummer als allein zu leben und zu sterben.«

An dem Tag, an dem Benjamin und Jane von Savannah zurückfuhren, ließen sie Bruce bei Velma im Abteil und gingen für eine Weile durch den Zug. Jane liebte die Eisenbahn und genoß es, während der Fahrt durch die Gänge zu schlendern. Als sie zum Speisewagen kamen, beschlossen sie einzutreten, einen eisgekühlten Tee zu trinken und mit den anderen Passagieren zu schwatzen, obwohl die Reise zu kurz war, als daß sie eine Mahlzeit gebraucht hätten.

Was Velma anbelangte, so hatte sie die Vorsichtsmaßnahme ergriffen, am Morgen in der Pensionsküche einen Proviantkorb zu pakken, weil sie fürchtete, daß sie der Hunger auf der Heimreise übermannen könnte. Sowie sie den Bahnhof verlassen hatten, öffnete sie den Korb und holte eine Banane heraus. Dann brachte sie nach einigem Kramen ein gebratenes Hühnerbein zum Vorschein und biß abwechselnd vom Huhn und von der Banane ab. Sie hatte in Savannah Bananen entdeckt, und Benjamin war so freundlich gewesen, ihr kurz vor der Abfahrt noch ein Dutzend zu kaufen.

Der Mann und die Frau auf der anderen Seite des Mittelgangs flüsterten miteinander. Velma wußte, daß sie über das Baby sprachen, war aber abgelenkt von der Landschaft, die am Fenster vorbeiflog, und von dem Geschmack ihrer interessanten Kombination von Nahrungsmitteln. Die beiden Mitreisenden versuchten zu einem Entschluß zu kommen. *Er* schüttelte den Kopf und lächelte. *Sie* schüttelte den Kopf und runzelte die Stirn, dann blickte sie nachdenklich auf Bruce und räusperte sich. »Was fehlt dem Baby?« fragte sie.

Als Banane und Huhn verzehrt waren, warf Velma Schale und Knochen aus dem offenen Fenster. Dann erst gab sie zu erkennen, daß sie die Frage gehört hatte, indem sie die Augen auf dem Gesicht der Frau ruhen ließ. »Diesem Baby fehlt nichts«, erklärte sie.

Jetzt, da ein Anfang gemacht war, beschloß die Frau, nicht nachzugeben. »Es sieht anders aus.«

»*Anders*?«

»Anders als andere Kinder.«

»Jedes Baby sieht anders aus, wenn Sie ein Auge für Babys haben.«

Die Frau beharrte auf ihrem Standpunkt: »Ich meine ungewöhnlich anders.«
Velma zog die Augenbrauen hoch. Sie warf einen Blick auf das schlafende Kind auf dem Sitz neben ihr, dann sah sie wieder die Frau an. »Ma'am«, sagte sie freundlich, »ich weiß nicht, wie viele Babys Sie schon gesehen haben, aber was mich angeht, so habe ich hundert oder mehr gesehen, und dieses Baby hier ist das schönste, das mir je unter die Augen gekommen ist.«
»Mit seinem Mund ist was nicht in Ordnung.«
»Nein Ma'am«, versicherte Velma entschieden. Sie blickte wieder auf das Baby und sagte: »Sie meinen vielleicht die winzige rote Narbe. Also die kann ich Ihnen erklären.« Und Velma begann zu erzählen, unter besonderer Berücksichtigung ihrer eigenen Reaktionen auf Ärzte und Pflegepersonal im Krankenhaus, und betonte, daß die ganze Geschichte mit fremden Leuten, die in weißen Nachtgewändern herumliefen und an einem herumschneiden durften, nicht nach ihrem Geschmack war.
Beide, der Mann und die Frau, genossen die herzzerreißende Erzählung. Zum Schluß waren sie zwar nicht bereit, Velmas Ansicht zu teilen, daß Bruce das hübscheste Baby sei, das sie je gesehen hatten, die Frau aber rühmte sie immerhin als ein süßes, gutartiges kleines Ding, das soviel durchgemacht hatte.
Sie warteten zu fünft auf den Zug. Sie standen auf dem Bahnsteig, und als der Pfiff der Lokomotive ertönte, strengten sie die Augen an, um den Rauch in der Ferne zu erspähen. Sarah hielt Davy an der Hand, Daniel Bobby Lee. Casey Troy stand hinter ihnen.
Benjamin hatte Bruce auf den Arm genommen, und Velma stieg als erste aus. Ihr Korb verhakte sich in der Tür, sie ließ ihren Schal fallen, stolperte beim ersten Schritt und verzögerte so den Augenblick der Wiedervereinigung der Familie. Aber nachdem sie Schal, Korb und Gleichgewicht wiedergefunden hatte, stieg Jane hinter ihr aus, und ihre Söhne sahen mit Erstaunen, wie ihr Vater an ihnen vorbeidrängte, um seine Frau ans Herz zu drücken, obwohl doch ohne Frage das einzig Wichtige die Überprüfung von Anzahl und Qualität der versprochenen Bleisoldaten war. Als Casey sich des Gepäcks annahm, machte Jane sich los und beugte sich nieder, um ihre Kinder zu umarmen. Benjamin küßte seine Großmutter, und erst dann führte er ihnen seine Tochter vor.

Sarah sah sie genau an und meinte einfach: »Es wird besser werden, das sagten sie doch, nicht wahr? Du hast es mir ja geschrieben. Wenn sie älter wird, verblaßt die Narbe. Sie scheint so auffallend, weil sie das einzige ist, auf das wir jetzt achten, aber so wird es nie wieder sein. Die Narbe wird vielleicht nicht ganz verschwinden, aber wir werden sie immer weniger bemerken.«

Die Todds fuhren direkt nach Hause, denn die Kinder konnten es kaum erwarten, ihre Belohnung in Augenschein zu nehmen – Jane hatte es abgelehnt, sie ihnen auf dem Bahnsteig zu zeigen. Casey lenkte die Kutsche von Beulah Land. Sarah verabschiedete sich, als Benjamin mit Bruce und Velma auf der Lichtung ausstieg, und versprach, später vorbeizukommen. So konnte Priscilla ihren Mann und ihr Kind unbeobachteter begrüßen, als es sonst in der Familie möglich war. Priscilla fügte sich Benjamins Umarmung, als er sie aber bei der Hand nahm, um ihr das Baby in Velmas Armen zu zeigen, da fühlte er, wie sie zitterte. Sie sah hin und gleich wieder weg. Sie drehte sich um und ging schnell von der Veranda ins Haus und in ihr Schlafzimmer, wo man sie gleich darauf weinen hörte. Benjamin folgte ihr nicht.

Mrs. Oglethorpe brach ihren Schwur, das Haus nie wieder zu betreten, wenn ihr Schwiegersohn da war. Sie wagte sich allerdings nicht weiter als bis in den kleinen Salon neben dem Wohnzimmer und wartete dort, bis man ihr das Kind brachte. Die Hände wie zum Gebet gefaltet, sah sie es lange an und gab dann zwei Erklärungen ab. Die erste lautete: »Gott läßt sich nicht verhöhnen.«

Mrs. Oglethorpe wäre überrascht und beleidigt gewesen, wenn man ihr gesagt hätte, daß sie sich Gott gleichstellte, und sie tat es auch nicht bewußt, aber sie schrieb Ihm Urteile und Ansichten zu, die genaugenommen ihre eigenen waren. Sie nannte sich eine Christin, ihr Gott aber war der des Alten Testaments. Ihre zweite Erklärung war: »Sie wird niemals einen Mann in Versuchung führen, und das betrachte ich als eine Gnade.«

Mrs. Oglethorpes Besuch war kurz. Priscilla erschien, als Sarah kam, und hörte sich ihre tröstenden Worte an, aber ohne dazu Stellung zu nehmen. Benjamin aß allein zu Abend, spazierte eine halbe Stunde auf der Lichtung umher und ging dann ins Kinderzimmer. Als er die Tür öffnete, entdeckte er Velma mit dem Kind auf dem Schoß. Sie hatte es gebadet und gestillt und war dabei,

sein weiches Haar in zierliche Kringel zu bürsten, was Bruce Spaß zu machen schien, denn sie ließ es sich gern gefallen. »Du bist hübsch«, sagte Velma, »das hübscheste Baby auf der Welt.«
Zum ersten Mal an diesem Tag war Benjamins Lächeln echt, als er eintrat, um die beiden zu ihrer Heimkehr zu beglückwünschen.

12

Alle waren sich darüber einig, daß Annabel Saxons Familienabend das gefürchtetste gesellschaftliche Ereignis des Jahres war: Es forderte seinen Tribut in gleicher Weise von denen, die am letzten Sonntag im April daran teilnahmen, wie von denen, die es servierten. »Vor dem heißen Sommer«, erläuterte Annabel, obwohl der April sich häufig durch hohe Temperaturen auszeichnete, wenngleich nicht durch die glühende Hitze, die im August alle in stöhnende, stolpernde Gliederpuppen verwandeln würde. Jedes Jahr nahmen viele sich vor, dem Abend beim nächsten Mal fernzubleiben, und die hierfür in Erwägung gezogenen Ausreden waren ebenso erfinderisch wie mannigfaltig. Und doch: Wenn der Abend kam, erschienen alle, die geladen waren; wie zu einer Hinrichtung, die ja auch die Menge magisch anzieht.
Niemand aber blickte dem Fest düsterer entgegen als Annabel selbst. Da sie sehr geizig war, verdrossen sie die Kosten. Die Dienerschaft beklagte sich einen Monat vorher und war noch eine Woche nachher mürrisch. Immer wurde irgend etwas verschüttet und irgend etwas zerbrochen. Die Vorbereitungen verlangten, daß Annabel ihre sonstigen Aktivitäten einstellen oder zumindest einschränken mußte, und sie erfreute sich eines ausgeprägten Talents zum Schelten und Nörgeln, wenn es darum ging, die Belange der Damenwelt der Gemeinde zu regeln. Mit dem freudlosesten aller Seufzer beschloß sie jedoch, daß es getan werden mußte. *Noblesse oblige* war ein Diktum, dem sie sich allezeit unterwarf. Schließlich war sie die Frau des Bankiers der Stadt und eine geborene Oaks, die fast ein Jahrhundert lang vor dem Krieg eine der bedeutendsten Plantagen besessen hatten. Sie kannte ihre Pflicht.

Die Gästeliste wurde jedes Jahr länger. Es gab niemals genug Todesfälle, um die Geburten auszugleichen. Beim Souper am gestrigen Abend hatten über vierzig Personen an zwei Tischen gesessen. Die jungen Leute auf der kühlen Seitenveranda hatten es besser als ihre Eltern, die im stickigen Eßzimmer zusammengedrängt waren. Die kleinen Kinder mit ihren farbigen Kindermädchen wurden eingeladen, weil sie zur Familie gehörten. Sie mußten von frühester Jugend an lernen, was das bedeutet, und sich der Überlegenheit und dem Einfluß von Annabel Saxon beugen. Niemand wurde verschont, ausgenommen die Sterbenden.
Kinder, die an jedem anderen Tag friedlich miteinander spielten, spuckten, rauften und weinten plötzlich, und die Kinderfrauen stritten miteinander, wenn sie versuchten, ihre Schützlinge zu besänftigen. Erwachsene, die sich normalerweise harmonisch, ja sogar mit Zuneigung begegnen mochten, wurden zu Widerspruch und Anklage gereizt. Warum die Party immer schlecht ausging, konnte man nur vermuten. Vielleicht lag es bloß daran, daß der Gastgeberin jeglicher Wunsch, sich zu freuen oder anderen Freude zu bereiten, fehlte. Annabels Abend war – wie Sarah Jane anvertraute – die einzige Gelegenheit, bei der sie sich dabei ertappte, mit Casey streiten zu wollen, dem besten aller Menschen und dem liebevollsten aller Ehemänner. Als Gegenmittel gegen diesen unerfreulichen Abend hatten Sarah und Jane sich angewöhnt, am Tag danach den Familienfriedhof in Ordnung zu bringen. Das war eine Zeremonie, die von den ersten Herrinnen auf Oaks und Beulah Land eingeführt worden war, deren Grabstätten ebenso aneinandergrenzten wie ihre Plantagen. Es wäre leicht gewesen, die Arbeit von anderen besorgen zu lassen, aber Sarah und Jane genossen sie, da sie für diesen einen Tag von ihren alltäglichen Verpflichtungen befreit waren, über alle und alles sprechen konnten, was ihnen einfiel, und an ihre Toten eher mit neugierigem Interesse als mit Trauer denken durften. Es war immer ein glücklicher Tag. Scheren, Hacken, Rechen, Reisigbesen und Gartenwerkzeuge wurden hinten auf Sarahs Wagen geladen, und sie fuhren mit einem Proviantkorb und einer Flasche Wein davon, um bis zum Sonnenuntergang ihr eigener Herr zu sein. Niemand anders wurde geduldet: kein Kind oder Freund oder Ehemann. Doreen Davis hatte ihnen früher geholfen, aber seit sie vor fünf Jahren nach Highboro gezo-

gen war, um bei Miss Eloise Kilmer und ihren Katzen zu leben, kam sie nicht mehr. Als Benjamin Priscilla heiratete, bot Sarah ihr an, sich dem Familienritual anzuschließen, Mrs. Oglethorpe riet ihrer Tochter jedoch davon ab. Mrs. Oglethorpe rivalisierte mit Annabel Saxon um das größte Pflichtgefühl, allerdings nur, soweit es ihre Pflichten im Haus betraf. Sie war bereit, das Werk des Herrn zu tun, aber Damen arbeiteten nun einmal nicht dort, wo sie von Passanten beobachtet werden konnten.

Nach einem langen Schweigen, während sie nebeneinander Unkraut jäteten, fragte Jane: »Glaubst du, daß Frankie sich verändert hat?«

»Mit deiner Frage unterstellst du, daß es so ist. Ich weiß es nicht. Ich sehe sie nicht oft, und ich denke nicht viel an sie.«

»Gestern abend schien sie mir sanfter.«

»Wie meinst du das?«

Jane erklärte: »Jeder weiß, daß Bonard trinkt. Gewöhnlich wird Frankie um so bissiger, je mehr er trinkt. Aber gestern nahm sie ihn überhaupt nicht zur Kenntnis.«

Sarah nahm den Strohhut ab, den sie zum Schutz gegen die Sonne trug, und wischte sich mit einer schmutzigen Hand den Schweiß von der Stirn. »Wenn das dein Beweis für eine neuerworbene Sanftmut der Dame ist, dann lasse ich ihn nicht gelten. Menschen sind niemals typischer sie selbst, als wenn sie uns überraschen. Ich werde immer wieder von den Leuten überrascht, die ich am besten zu kennen meine, und wenn ich dann ernsthaft darüber nachdenke, merke ich, daß sie letztlich nur sich selbst treu bleiben.« Sie setzte den Hut wieder auf, schwang von neuem ihre Spitzhacke und holte Jane ein, die sich ein wenig nach vorn gearbeitet hatte.

»Wenn du den Einzelfall verallgemeinerst, so heißt das, daß du über den Einzelfall nicht sprechen willst.«

Sarah gab ihr mit dem Stiel ihrer Hacke einen leichten Schlag aufs Hinterteil und sagte: »Also schön, mein Kind. Vor fünf Jahren hätte ich gesagt, daß Frankie Benjamin nur unglücklich machen würde und daß Priscilla eine gute Frau werden wird. Das einzige Problem war Mrs. Oglethorpe, und das schienen sie lösen zu können. Es amüsierte mich ein bißchen, als ich merkte, wie Benjamin und Priscilla sich alle Mühe gaben, mir zu erklären, wie *gut* der andere sei. Das hätte mir eine Warnung sein sollen.«

»Bonards Trinken hat ihn nicht daran gehindert, seine Arbeit in der Sägemühle zu leisten. Papa sagt, ohne ihn könnte er den Betrieb nicht führen.«
»Viel Wahl hat Bonard nicht. In der Bank war kein Platz für ihn frei, den kriegt logischerweise Blair der Zweite, der ist ganz genau wie der Vater. Bei der Geschwindigkeit, mit der Frankie das Geld ausgibt, wäre Bonard bettelarm, wenn er nicht in der Mühle arbeiten würde, und zwar hart.«
»Frankie scheint eine gute Mutter zu sein.«
»Fanny ist ein hübsches Mädchen«, räumte Sarah ein, »und Blair der Dritte ist zivilisierter als die meisten Jungen mit fünf.«
»Alle Kinder benehmen sich musterhaft bei Tante Annabel, sogar meine. Sie fürchten sich vor ihr.«
Sarah lachte. »Wenn man bedenkt, wie ihre eigenen waren! Als du und Benjamin Kinder wart, pflegtet ihr euch mit ihnen herumzuschlagen. Einmal, gleich da drüben« – sie deutete mit dem Hackenstiel auf die Stelle –, »da bist du auf den großen Engel hinaufgeklettert, und jedesmal, wenn Bonard versucht hat, deine Schärpe aufzuknüpfen, hast du ihm mit der Bibel eins übergezogen. Benjamin stand unten und tat sein Bestes, um Blair den Zweiten umzubringen.«
»Prudence wird dicker.«
»Ich kann mir nicht vorstellen, daß sich irgend jemand darum kümmert«, sagte Sarah. Jane kicherte. »Ich glaube nicht, daß Blair der Zweite sich um irgend etwas kümmert außer um die Bank. Er und Blair der Erste sind dazu geboren, die Frauen, die sie heiraten, zu ignorieren. Während des Essens haben die Bankiers ihre Bankiersfrauen auch nicht ein einziges Mal angeschaut.« Sie schwiegen eine Weile und arbeiteten und hingen ihren Gedanken nach. Das einzige Geräusch war das ihrer Spitzhacken, mit denen sie Unkrautwuzeln zerschnitten und ausgruben. »Ich sah, wie Benjamin Fanny und Blair Drei beobachtete.«
»Benjamin hat Kinder gern. Ich wünschte, Priscilla wäre ebenso, sie ist's aber nicht. Es tut mir leid, doch ich bringe es nicht fertig, sie gern zu haben. Ich habe es fünf Jahre lang versucht, aber sie trotzt aller Liebe. Vielleicht dachte Benjamin gestern abend daran, daß Frankie ihm gesunde Kinder geschenkt hätte. Immerhin, er liebt Bruce so sehr, wie man sich's nur wünschen kann. Sie ist ein

fröhliches, braves Baby. Ich rechne das Benjamin und Velma hoch an, aber nicht Priscilla. Ich habe nie gesehen, daß sie das Kind anschaut, ohne dabei die Stirne zu runzeln.«

Nach einer Weile sagte Jane: »*Ich* habe gesehen, wie Frankie gestern abend Benjamin beobachtete.«

»Es sieht so aus, als hättest du den Abend damit verbracht, Leute zu beobachten, die Leute beobachteten. Ich nehme an, daß man die Zeit auch so totschlagen kann. Millies Kochkunst ist nicht mehr, was sie war. Der Spargel war zu weich, und die Kokosnußtorte war in der Mitte eingesunken. Josephine hätte Gästen so etwas nicht vorgesetzt.«

»Ich glaube, es war das allerschaurigste von Tante Annabels Familienbegräbnissen.«

»Das ist so, als ob man sagt, das linke Horn des Teufels sei schärfer als das rechte«, entgegnete Sarah. »Casey behauptet, daß es jedes Jahr gleich ist, bis hin zu den überweichen Spargeln. Er erklärte sich auch bereit, jede einzelne Bemerkung vorauszusagen sowie, von wem sie kommt und an welcher Stelle sie gemacht wird. Er weiß genau, wann er mit dem Zerschlagen des ersten Tellers am Kindertisch und mit dem ersten Gebrüll aus der Küche rechnen muß.«

»Donnerstag in einer Woche gehen wir zu Frankie zum Abendessen.«

»Warum?« fragte Sarah.

»Als wir herumstanden und wieder einmal Tante Annabels Porträt bewunderten, erinnerte Frankie Ben daran, daß er ihres noch nicht gesehen hätte. Er und ich waren mit Bruce in Savannah, als Casey es beendete und ihr alle hingingt, um es zu bewundern. Sie sagte, wir müßten es unbedingt anschauen, und lud uns auf der Stelle ein – Priscilla und Ben, Dan und mich.

»Aha.«

Sarah ging ein paar Schritte und blieb stirnrunzelnd vor einem Grabstein stehen. Jane trat neben sie. Es war das Grab von Edna Davis, der alten Herrin von Oaks und Urgroßmutter von Jane und Benjamin. Jane entfernte einen Kieselstein aus einem Sprung im Blatt ihrer Hacke. Sie benutzten niemals gutes Werkzeug für die Arbeit auf dem Friedhof. »Dein Gesicht hat einen ganz besonderen Ausdruck, wenn du an sie denkst«, sagte Jane.

Sarah erwiderte: »Sie war meine Freundin. Frauen brauchen einander, aber sie vertrauen einander nur selten. Du und sie, ihr seid die einzigen wahren Freunde meines Geschlechts, die ich jemals hatte. Mit Männern vertrage ich mich im allgemeinen besser.« Sie wandten sich von den Gräbern der Davis' zu denen der Kendricks. Sarah hob einen Reisigbesen auf und fegte welke Blätter von Felix Kendricks Grab. »Tante Nell wußte, daß wir herkämen, und trug mir auf, ihren Platz bereitzumachen. ›Neben meinem geliebten Felix‹, sagte sie, ›aber nicht zu nahe.‹«

»Liebte sie Onkel Felix oder heiratete sie ihn, weil ihre Schwester den anderen Kendrick-Bruder geheiratet hatte? Heute heiraten Schwestern keine Brüder mehr, wie das früher üblich war, nicht?«

Sarah sagte: »Sie sprach nie darüber und wollte auch nicht gefragt werden. Aus kleinen Andeutungen, nach und nach im Laufe der Jahre, entnahm ich, daß die intime Seite der Ehe nicht nach ihrem Geschmack war. Gewiß, Onkel Felix ging seinen Vergnügungen nach, wo er sie fand, und er fand sie überall. Andererseits waren er und Tante Nell einander treu ergeben. Als er den Schlaganfall hatte, ließ sie ihn nicht allein, bis er außer Gefahr war. Dann übergab sie ihn höchst vergnügt der Negerin, mit der er seit Jahren auf den Heuboden gegangen war. Sie ist seltsam, unsere Tante Nell. Sie liebt uns alle, nehm' ich an, aber ihre einzige Leidenschaft ist und war das Essen.«

»Ich kann nicht glauben, daß sie stirbt«, sagte Jane.

»Sie kann auch ewig leben«, versetzte Sarah vergnügt, »sie war nie sehr von Freude oder Schmerz geplagt. Daß sie im Bett liegt, bedeutet gar nichts. Wenn die Alten sich zu Bett legen, ist es das Vorspiel zum fünften Akt, aber – ich weiß nicht, ob's dir schon aufgefallen ist – der scheint immer der längste eines Stückes zu sein, ganz gleich, wie gut es dir auch gefällt.«

Sie lächelten und machten sich wieder an die Arbeit. Sie schwitzten und plauderten und sprachen Dinge aus, die sie zu einer anderen Zeit und an einem anderen Ort niemals gesagt hätten, und gewiß nicht zu irgendeinem anderen Menschen. Als sie ihre Werkzeuge wegräumten, sich wuschen und nachsahen, was Josephine für sie zum Essen eingepackt hatte, sagte Sarah: »Kein Wunder, daß ich diesen Tag so gern habe.«

13

Der Donnerstag, an dem sie bei Frankie eingeladen waren, war ein gewöhnlicher Tag, den Benjamin auf gewöhnliche Art verbrachte. Er ritt mit Zadok über die Felder und leitete die Neger bei der Arbeit an. Etwa zwanzig von ihnen wohnten auf Beulah Land und gehörten zur Plantage, ihre Frauen und die größeren Kinder arbeiteten mit ihnen auf den Feldern oder im Haus. Der Mais gedieh gut, er hatte das richtige Verhältnis von Regen und Sonne gehabt, und die Baumwolle erstreckte sich in sauberen Reihen weiter als das Auge reichte, nur hier und da unterbrochen von kleinen Baumgruppen, die man hatte stehenlassen, um Schutz vor der Sonne zu schaffen. Im Juli, August und September ermüdete sie selbst die Stärksten.

Benjamin und Sarah frühstückten weiterhin gemeinsam, da es im Haus auf der Lichtung keine formelle erste Mahlzeit gab. Priscilla bekam ein Tablett auf ihr Zimmer, und Bruce wurde im Kinderzimmer gestillt, obwohl man allmählich begann, ihr auch feste Nahrung zu geben. Benjamin trank oft mit Freda in der Küche einen Kaffee, bevor er seiner Großmutter im Haupthaus Gesellschaft leistete, aber er kam immer zum Mittagessen und einem frühen Abendessen heim, und er bat Velma, sie solle Bruce ins Speisezimmer bringen, damit sie von klein auf an den Familienmahlzeiten teilnehmen konnte. Die Maisonne wärmte, ohne zu brennen, und am späten Nachmittag trafen sich Benjamin und Daniel, um im Fluß zu schwimmen und sich mit spanischem Moos abzureiben. Auf dem Heimweg folgte Benjamin einem Brauch, der schon fast zur Gewohnheit geworden war: Er nahm Bruce auf den Arm und marschierte mit ihr über die Lichtung. Velma begleitete sie, nicht ängstlich, weil sie Benjamin mit dem Kind vertraute wie niemandem sonst, sondern nur um da zu sein, wenn sie gebraucht wurde. Bruce fühlte sich wohl in seinen Armen, und Benjamin stellte sich vor, daß sie auf diese Art die Lichtung lieben lernen würde, wie er sie seit seiner Kindheit liebte. Es machte ihm Spaß, sich vorzustellen, daß das eines Tages ihre allererste Erinnerung sein würde. Velma, die bemerkt hatte, daß Benjamin sich für die Abendeinladung umgekleidet hatte, folgte dichter als üblich, um das Kind nehmen zu können, wenn es sich naß machen sollte. Dies geschah jedoch nicht, und Benjamin lobte Bruce, als er sie nach beendetem Inspektionsgang wieder an Velma zurückgab. Sie strahlte ihn und das Kind an und fühlte sich in das Lob mit eingeschlossen. Zufrieden mit seiner Welt schlenderte Benjamin zum Zimmer seiner Frau. Sie hatten es seit Bruces Geburt noch nicht wieder geteilt, aber er ging ein und aus, wie es ihm gefiel. Er fand Priscilla so, wie er sie mittags verlassen hatte, und fragte verwundert, warum sie sich nicht zum Ausgehen umgezogen hätte. Sie antwortete, daß sie nicht mitginge. Ihre Schwester Elisabeth hatte nachmittags eine Nachricht von ihrer Mutter gebracht. Mr. Oglethorpe fühlte sich anscheinend wieder nicht wohl.

»Du hast Frankie versprochen zu kommen«, sagte Benjamin.

»Ich glaube, ›versprechen‹ ist ein zu großes Wort für eine Einladung, die leichthin ausgesprochen und gleichgültig angenommen wurde. Du hast sie im übrigen angenommen, nicht ich.«

»Ich schaute dich an, bevor ich zusagte, und du hast nicht abgelehnt. Ich glaubte sogar, du hättest genickt.«

»Ich glaube nicht, daß ich nickte.«

»Dann hast du mit den Augen dein Einverständnis gegeben.«

»Du hast es als selbstverständlich vorausgesetzt, mein Lieber.«

»Du hast keine Einwendungen gemacht. Du hörtest, wie Jane für sich und Daniel annahm. Ich sah dich an, und erst, als du nichts sagtest, habe ich für uns geantwortet.«

»Was macht es denn aus? Sicherlich akzeptiert jeder einen Krankheitsfall in der Familie als Entschuldigung.«

»Weiß man schon, was deinem Vater fehlt?«

»Dr. Platt ist nicht sicher, empfiehlt aber Schlaf und für ein oder zwei Tage keine feste Nahrung.«

»Dann ist es nicht ernster als alle Krankheiten, mit denen er sich bisher ins Bett gelegt hat. Nach all den Jahren ist es eigentlich erstaunlich, daß sein Magen nicht widerstandsfähig gegen die schlechte Küche deiner Mutter geworden ist.«

Ihre Stimme wurde eisig: »Du hast meine Mutter in bezug darauf schon oft genug beleidigt.«

»Wußte Mrs. Oglethorpe, daß wir zum Abendessen bei Frankie eingeladen sind?«

»Ich glaube schon. Aber ich habe ihr durch Elisabeth ausrichten lassen, daß ich nach Hause komme.«

»Und dieses Versprechen wirst du halten.«
»Ich kann zu Frankies Party ohnehin nichts beitragen. Ich bewundere sie nicht, und man würde glauben, daß ich ihr Porträt nicht richtig zu würdigen weiß. Du wirst das viel besser verstehen. Wenn du mich bloß zu Mama bringst und dort absetzt, dann bist du frei und kannst zu Frankie gehen und ihr Bild reichlich loben, so daß sie und Bonard zufrieden sind. Ich fühle mich wohler, wenn ich bei meiner Familie bin, und werde bereit sein, wenn du mich abholst.«
»Es wird als Rücksichtslosigkeit ausgelegt werden.«
Priscilla lächelte schwach. »Du übertreibst die Wichtigkeit der Sache. Du bist dir sicherlich klar darüber, daß du es bist, den sie haben will. Mich wird man nicht vermissen.«
»Du bist eifersüchtig«, vermutete Benjamin.
»Es ist häßlich von dir, das zu behaupten, sogar im Zorn.«
»Ist das alles, was du zu sagen hast?«
»Ich versichere dir, daß Frankie sich leicht mit der Enttäuschung abfinden wird.« Er wandte sich brüsk um und starrte auf das Bett. »Ich kann gehen, sobald du bereit bist.«
»Ich bin fertig«, sagte sie, nahm einen Schal auf, den sie herausgelegt hatte, und schlang ihn um ihre Schultern. Er folgte ihr aus dem Zimmer und fragte: »Möchtest du noch mit Velma sprechen oder Bruce gute Nacht sagen?«
»Velma kommt allein zurecht, und das Kind versteht gute Nacht nicht besser, als eine Katze es verstünde.«
Benjamin betrat das Kinderzimmer und fand Velma am Fenster sitzend, das Kind an der Brust. Als Velma ihn sah, lächelte sie ein Willkommen. Benjamin sah dem zufrieden saugenden Baby zu und empfand den Anblick als tröstlich. Er bückte sich und berührte den Kopf des Kindes leicht mit den Lippen. Er war warm, und ihr Haar schien zarter als eine Blume. Priscilla wartete an der Tür. »Ich hole den Wagen«, sagte er.
Die Besorgnis in Annabel Saxons Vorschlag, Frankie solle sich von Casey Troy malen lassen, um die Blüte zu verewigen, bevor sie welkt, war verfrüht. Angesichts ihrer sorgfältigen Pflege war es unwahrscheinlich, daß das Welken bald beginnen oder schnell fortschreiten würde, und sie wußte sehr genau, daß aus der Bemerkung ihrer Schwiegermutter weit eher der Neid einer gealter-

ten Schönheit auf eine junge sprach als die Angst, der rechte Augenblick könnte versäumt werden. Heute abend konnte von Besorgnis über ihr Aussehen jedenfalls nicht die Rede sein.
»Casey hat dich genauso getroffen, wie du wirklich bist«, erklärte Jane, als die Gäste nach dem Essen zum zweiten Mal vor dem Bild standen. Daniel beugte seinen langen, mageren Körper vor und murmelte einige Worte, von denen Jane hoffte, Gastgeber und Gastgeberin würden sie als Zustimmung auffassen. Daniel mißtraute Bonard immer noch, weil er einmal um Jane geworben hatte, und fühlte sich in seiner Gesellschaft stets gehemmt. Heute war es für ihn noch schwerer als sonst, weil Sarah nicht da war. In ihrer Nähe fühlte er sich überall wohl. Benjamin erhob sein Glas und trank Frankie und Bonard zu. »Ich muß gestehen«, sagte er, »daß das Modell viel reizender ist, als die Leinwand es ahnen läßt, aber was wiedergegeben werden kann, das hat Casey dargestellt.«
Bonard trank seinen Wein aus und schien erfreut. »Kostet mich schon ein paar Dollar«, prahlte er. Als er sich auf Caseys Verwandtschaft mit Jane und Benjamin besann, fügte er hinzu: »Aber es ist jeden Penny wert.« Benjamins Augen trafen Frankies. Er sagte: »Und noch mehr.«
»Gar keine Frage.« Bonard füllte sein Glas nach. Dann bot er die Flasche den anderen Männern an, die den Kopf schüttelten und ablehnten. Frankie lächelte vor Vergnügen, und als ihr Mann das Glas erhob und in einem Zug austrank, sagte sie zu Jane: »Komm, laß mich dir die neue Seide zeigen, die ich in Savannah gefunden habe. Ich weiß nicht, wie du es angestellt hast, so wenig von eurer Reise mitzubringen. Ich komme immer mit doppelt soviel zurück, als ich kaufen wollte.«
»Richtig«, sagte Bonard zustimmend, als seine Frau und seine Cousine die Männer im Wohnzimmer allein ließen. Er öffnete eine Zigarrenkiste mit dem Taschenmesser, nahm eine Zigarre heraus und klemmte sie zwischen die Zähne, bevor er die Kiste den anderen beiden hinhielt.
»Nein, danke«, sagte Daniel.
Benjamin nahm eine, rollte sie zwischen den Handflächen und schnupperte den Tabak, der sich erwärmte und feucht wurde. Bonard sagte: »Gehen wir damit lieber auf den Hof. Frankie läßt mich nicht im Haus rauchen, der Geruch zieht in ihre Kleider.«

Benjamin ging hinter ihm durch die Glastüre, die direkt in den Rosengarten führte – den Garten, den Nell Kendrick anpflanzen ließ, als Felix sie als junge Frau in sein Haus geführt hatte. Daniel blieb zurück. Es war ihm angenehm, allein zu sein, aber er blieb es nicht lange. Der Sohn des Hauses erschien im Nachthemd. Beide Kinder waren früher vorgeführt und dann von ihrer Kinderfrau abgeholt worden.
»Du bist nicht Papa, du bist Onkel Dan«, sagte der Junge.
»Hallo, Blair.«
»Mama hat mir aufgetragen, Papa gute Nacht zu sagen.«
»Er raucht draußen auf dem Hof. Ich werd's ihm ausrichten, wenn er zurückkommt.«
»Ich bin größer als Bobby Lee.«
»Du bist ein Jahr älter«, korrigierte Daniel.
»Ich wette, er wird nicht so groß sein wie ich, wenn er so alt ist wie ich. Davy ist ein Knirps.«
Daniel sah den Jungen stirnrunzelnd an und sagte: »Gute Nacht.« Außer seinen eigenen mochte er Kinder nur selten. Der Junge rührte sich nicht. »Du lebst auf dem Land«, sagte er. Daniel nickte. »Wir wohnen in der Stadt.« Daniel gähnte und sagte: »Stimmt, stimmt.« Fanny kam herein, gefolgt von der Kinderfrau, Jane und Frankie. Daniel erklärte, wo Benjamin und Bonard waren. »Onkel Daniel ist größer als Papa«, sagte Blair. Fanny pflanzte sich vor Daniels Sessel auf und sagte: »Du darfst mir einen Kuß geben.« Jane und Frankie lachten. Daniel sah sie ebenso ernst an wie sie ihn, küßte einen Finger und berührte damit die Wange des Kindes. Sie war begeistert, küßte ihren eigenen Finger und legte ihn an ihre Wange.
»Mir darfst du keinen Kuß geben«, sagte Blair.
»Dir würde ich keinen Kuß geben, selbst wenn man mich dafür bezahlte«, konterte Daniel, worüber Frankie sich amüsierte, während sie der Amme half, die Kinder aus dem Zimmer zu befördern.
Daniel flüsterte Jane zu: »Laß uns nach Hause gehen.«
»Bald«, versprach sie und stellte sich wieder vor dem Porträt auf. »Sie *ist* schön. Wirklich makellos. Ich war früher eifersüchtig auf sie, aber ich bin's nicht mehr.« Daniel trat zu ihr und runzelte kritisch die Stirn. »Das Bild sieht echter aus als sie selbst. Sie ist im-

mer so aufgeputzt. Und überhaupt, verglichen mit dir, zählt sie gar nicht.« Sie faßte ihn mit beiden Armen um die Taille, und er küßte sie, als Frankie zurückkam.

»Sieh mal an«, rief Frankie spöttisch, aber Jane entdeckte triumphierend Neid in ihren Augen.

Daniel drückte seine Frau noch einmal an sich, ehe er sie losließ. »Bloß ein altes Ehepaar vom Land.«

Die Nachtluft roch süß nach Rosen, als die beiden Männer aus dem Haus schlenderten und Tabakrauch in den Himmel bliesen. Sowie die Zigarren brannten, zählte Bonard mit einem zufriedenen Grunzen seine Erfolge auf: »Irgendwelche von deinen Leuten verloren, dieses Jahr?« fragte er schließlich.

»Meine haben doch alle einen Vertrag.«

»Du weißt, wie wenig ein Versprechen für einen Schwarzen bedeutet. Wenn sie eine Unterschrift leisten, so heißt das überhaupt nichts, obwohl dein Vater sie das in der Mühle auch machen läßt. Ein paar von unseren Leuten vernahmen den Ruf der Ferne und gingen nach Kansas oder sogar bis Illinois. Glaubten, dort könnten sie reich werden. Da sie aber kein Geld für den Anfang haben, betteln sie, oder sie stehlen. Leben einen Tag lang von einer Schachtel Keks oder einer Dose Schweinefleisch mit Bohnen. Sobald sie am Ziel sind, kriegen sie Heimweh nach dem Süden. Wie das Sprichwort sagt: Ein Nigger weg von zu Hause ist wie ein Floh im Teerfaß, keiner kümmert sich drum.«

Benjamin wechselte das Thema: »Das ist wirklich ein gutes Bild, das Casey von Frankie gemalt hat.« Bonard zwinkerte seinem Gast zu. »Hoffe, das macht sie für eine Weile umgänglicher. Ihr gefällt es nämlich auch sehr gut.« Sie spazierten auf und ab und rauchten schweigend. Nach einer Weile blieb Bonard stehen und blickte Benjamin nachdenklich an. »Ben, erinnerst du dich, was wir als junge Burschen für Spaß hatten? Genug Geld, keine Sorgen, eine Menge Weiber, für die wir nicht zahlten, wenn du von den Crawford-Mädchen absiehst. Jetzt zahle ich dafür und krieg's nicht immer.« Er ging weiter.

Benjamin war erstaunt, daß Bonard gerade ihm so etwas erzählte, denn obwohl sie auf unverbindliche Art immer recht gut miteinander ausgekommen waren, hätte man sie doch nie als Freunde bezeichnen können.

»Du hast zwei gesunde Kinder, Bo«, sagte er.
»Doch, ja«, gab Bonard zu, »da hast du wohl ein wenig Pech gehabt.«
»Bruce geht's jetzt gut. Wir haben ein braves Mädchen, das sich um sie kümmert, und sie ist munter wie ein kleiner Jagdhund.«
»Freut mich, das zu hören«, sagte Bonard herzlich, »ich wette, sie wird ihren Weg machen. Nicht jedes Mädchen ist eine Schönheit, und das muß auch nicht sein.« Er wurde wieder nachdenklich. Endlich entschloß er sich auszusprechen, was ihm durch den Kopf ging: »Ich arbeite wirklich hart im Werk. Das muß ich, um Frankie alles zu bieten, was sie haben will. Die Frau kann schneller Geld ausgeben, als ein Nigger Wassermelonen ißt und die Kerne ausspuckt.«
Bei Tageslicht oder wenn ihre Unterhaltung anders verlaufen wäre, hätte Benjamin seine Frage nicht gestellt: »Bo ... nachdem deine Kinder geboren wurden ... wie lange hat es gedauert ... bis du, du und deine Frau ...«
Bonard brauchte eine Weile, bevor er begriff. »Oh, du meinst ... Ich wartete ungefähr zwei Wochen, weil sie darauf bestand.«
Nach einer langen Pause fragte er: »Wie alt ist deine Bruce?«
»Sie ist im Februar geboren.«
»März, April, Mai«, zählte Bonard, »du lieber Gott! Na ja, ich denke, du verschaffst es dir woanders. Ich habe das auch getan – früher und auch heute noch.« Als Benjamin schwieg, fragte Bonard: »Soll das heißen, du hast es überhaupt nicht gemacht, als deine Frau schwanger war? Früher hast du es so gebraucht wie ein Pferd den Hafer. Eine Woche ohne, und er war so steif, daß er dir die Hosen sprengte, daran kann ich mich noch gut erinnern.« Benjamin ging weiter, doch Bonard holte ihn einen Augenblick später ein. »Vergiß es, wenn ich zuviel gesagt habe, aber für einen Mann ist es schlecht, ohne zu sein.«
»Sicher«, sagte Benjamin, und sie gingen ins Haus zurück. Ihre Zigarren verscharrten sie in einem Rosenbeet am Weg.

14

Elisabeth Oglethorpe war mit sechzehn hübsch, während ihre Schwester als Mädchen so unscheinbar gewesen war wie jetzt als Frau. Diese Unscheinbarkeit war sogar ein Teil des Reizes gewesen, den sie auf Benjamin ausübte – zusammen mit dem, was er damals ihre Güte nannte, damals, als Frankie Dollard ihm seinen Vetter Bonard vorgezogen hatte. Benjamin erinnerte sich daran, als Elisabeth ihm auf sein Klopfen hin öffnete. »Komm herein, Ben.«
Er schüttelte den Kopf. »Dank' dir, Betty, aber ich stehe um fünf auf, wenn Priscilla also bereit ist, dann fahren wir heim.«
»Sie wartet.«
Er hatte angenommen, daß sie warten würde, und sie kam sofort. Sie gingen schweigend zum Wagen. Erst als sie aus der Stadt herausfuhren, sprach er. »Wie geht es deinem Vater?«
»Er ruht jetzt. Er wollte allein sein, und wir hoffen, daß er einschläft.«
»Ich bin sicher, daß es ihm morgen früh besser geht, aber du wirst vielleicht trotzdem den Wagen brauchen. Ich sage es Zadok, und er schickt einen Mann, der dich in die Stadt bringt, wann immer du willst.«
»Mama wird es mir sagen lassen, wenn ich gebraucht werde.«
Die Stadt lag hinter ihnen, und sie überquerten die Brücke, die über den sumpfigen Fluß führte. Moosbewachsene Maulbeerbäume ragten hoch zu beiden Seiten auf. Es war eine stille Nacht, und die Pferdehufe, die über die Holzbalken klapperten, scheuchten das Wild auf. Benjamin hörte ein Rascheln im Unterholz und dann das Rauschen von großen Flügeln. Bussarde, dachte er.
»Hattest du einen netten Abend?«
»Sehr nett«, sagte er, »Frankie hat eine ausgezeichnete Köchin. Ich entschuldigte dich. Alle bewunderten deine Familienanhänglichkeit und gaben der Hoffnung Ausdruck, daß Mr. Oglethorpe sich bald erholen möge. Ich wollte sie nicht in unnötigen Schrecken versetzen, und so versicherte ich ihnen, daß seine Unpäßlichkeit nicht ungewohnt und daß der Arzt ihr durchaus gewachsen sei. Allerdings habe ich meine Vermutung, daß er nur Bauchweh hat, diskret verschwiegen.«
»Deine Witze sind grob und herzlos.«

»Bitte verzeih. Soll ich dir das Porträt beschreiben?«
»Man hat es mir bereits als Meisterwerk geschildert. Ist dem noch etwas hinzuzufügen?«
»Nichts, was dir Freude machen würde. Die Kinder wurden vorgeführt.«
»Wir alle haben sie neulich bei der alten Mrs. Saxon gesehen.«
»Tante Annabel würde es nicht gern hören, daß du sie als alt bezeichnest.«
»Es ist keine Bezeichnung, ich will sie damit nur von ihren beiden Schwiegertöchtern unterscheiden.«
»Die Kinder sind sehr lebhaft. Frankie und Bonard sind stolz auf sie.«
»Ich hoffe, sie werden zu guten Menschen heranwachsen«, sagte Priscilla.
Sie fuhren schweigend weiter. Als sie auf der Lichtung ankamen, half Benjamin seiner Frau aus dem Wagen, bevor er selbst das Pferd abschirrte. Er wollte niemanden von den Leuten wecken. Nachdem er den Wagen unter das Schutzdach gerollt und das Pferd für die Nacht versorgt hatte, ging er ins Haus. Als er das große Schlafzimmer betrat, fand er Priscilla schon im Nachthemd. Es war ein schlichtes weißes Gewand, am Hals hochgeschlossen, das bis zum Boden reichte, wenn sie saß – wie eben jetzt, wo sie vor dem Spiegel ihr Haar bürstete. Der Anblick erinnerte Benjamin an die frühere Intimität zwischen ihnen, wenn Priscilla auch nicht schön war. Er stellte sich hinter sie und betrachtete sie im Spiegel, vor dem eine Lampe brannte.
»Gute Nacht«, sagte sie und bürstete weiter. Als er sich nicht rührte, fügte sie hinzu: »Es ist spät, und du stehst zeitig auf.« Er legte ihr die Hände auf die Schultern. Sie stand auf, drehte sich um und warf ihr Haar mit beiden Händen nach hinten, dann band sie es im Nacken zusammen. Es verlieh ihrem Gesicht einen Ausdruck von Verwundbarkeit.
»Ich möchte heute nacht mit dir schlafen«, sagte er.
»Ich bin müde. Es ist für uns beide bequemer, wenn wir so weitermachen wie bisher, du in deinem Zimmer, ich in meinem.«
»Ich denke nicht an Bequemlichkeit.« Als sie sich abwandte, griff er nach ihrer Hand und hielt sie fest.
»Ich sagte dir schon, ich bin müde.«

»Ich brauche dich. Es ist drei Monate her, seit das Kind zur Welt kam. Ich habe Bonard gefragt, wie lange sie warteten . . .«
»Du hast mit einem anderen Mann über mich gesprochen?« Sie wurde rot.
»Wen sollte ich sonst fragen, wenn nicht einen verheirateten Mann?«
»Du hättest mich fragen können.«
»Du wolltest niemals über diese Dinge sprechen.«
»Ich schäme mich zu sehr«, sagte sie nach einer Pause.
»Du schämst dich, Priscilla? Wie unschuldig du auch gewesen sein magst, als wir heirateten, du wußtest doch sicherlich, was die Ehe bedeutet. Es ist so lange her, seit wir zusammen waren. Ich brauche dich, Priscilla, laß mich dich lieben. Versuche, mich zu lieben. Laß mich es dich lehren. Ich begehre dich, und ich will noch ein Kind.« Er küßte sie, aber sie entzog sich ihm, und er ließ sie los. Sie ging zum Kleiderschrank und sagte: »Ich lasse mich nicht zwingen.«
»Ich habe dich nie gezwungen und werde es auch nicht tun.«
»Ich habe meine Pflicht getan.« Sie nahm einen Schlafrock aus dem Schrank und zog ihn an. Er fragte: »War es sonst nichts?«
»Ich bin keine Hure.«
»Du mußt keine sein, um gern mit deinem Mann zusammen zu sein. Manche Frauen . . .«
»Verschone mich mit deinen Kenntnissen über manche Frauen . . .«
»Entschuldige.«
»Jetzt ist nicht die Zeit für solche Gespräche. Bitte geh, damit ich schlafen kann.«
»Laß mich bei dir schlafen. Ich verspreche, dich nicht anzurühren.«
»Nein.«
Seine Stimme zitterte, als er wiederholte: »Ich bitte dich, mich heute neben dir schlafen zu lassen.«
»Ich würde kein Auge schließen können . . . Du zwingst mich, jetzt etwas zu sagen, was ich dir heute abend ersparen wollte. Ich will dich nicht erzürnen, aber ich sehe keinen anderen Ausweg.« Sie hielt inne und suchte nach Worten. »Ich werde mit dir leben und meine Pflicht tun, aber ich werde nicht mehr mit dir schlafen.«
»Ich verstehe dich nicht.«

Sie zögerte, setzte sich wieder in den Sessel und zog ihren Schlafrock eng um die Beine. »Es zerstört mein Gefühl für dich. Ich kann dich nicht so respektieren, wie ich es sollte, wenn du schwitzend, rot und enthemmt auf mir liegst. Es darf nicht wieder vorkommen.«

»Erklär mir den Grund«, sagte er kalt.

»Ich habe gebetet, und Gott hat mir geantwortet, daß es unrecht ist, mit dir zu schlafen. Die Fehlgeburten waren der Ausdruck von Gottes Mißbilligung. Kannst du daran zweifeln? Bruce' Lippe war Gottes letzte Warnung . . .«

»Priscilla!« Einen Augenblick lang war er zu unglücklich, um mehr zu sagen.

Sie fuhr eilig fort. »Wenn wir versuchen, noch ein Kind zu bekommen, wird es sterben und ich auch. Ich weiß es. Gott hat es mir gesagt. Ich habe eine Stimme in meinem Herzen gehört.«

»Du hast deine Mutter gehört«, sagte er, und der Zorn flammte in ihm auf.

»Ich wußte, daß du das sagen würdest, weil du die Wahrheit nicht hören willst. Deshalb hatte ich gehofft, daß ich dir's nicht würde erklären müssen. Ich wollte, daß du mich verstehst, ohne daß ich spreche.«

Er sagte: »Du liebst mich nicht.«

»Wenn du mich in Ruhe läßt, werde ich versuchen, dich so zu lieben, wie es Gott gefällig ist. Ich kann dich aber nicht auf deine Art . . . lieben . . . wenn du das Liebe nennst. Ich schwöre, daß ich's nicht kann und daß ich's nicht tun werde.«

Er wiederholte: »Du liebst mich nicht.«

Sie schüttelte den Kopf. »Versprich mir, Benjamin, daß du zu Gott beten wirst. Du verstehst es jetzt noch nicht, weil du es nicht verstehen willst, aber wenn du betest, wie ich gebetet habe, wird es dir klar werden. Tu es nicht nur, weil ich dich darum bitte, sondern für dein eigenes Seelenheil. Wenn du deine Sünden nicht . . .«

»Welche Sünden?«

»Bitte Gott um Vergebung. Er ist streng, aber er wird dich erhören, so wie er mich erhört hat.«

»Du nennst meine Liebe eine Sünde?«

»Denk an Bessie Marsh und die anderen vor ihr. War das nicht Sünde? Sogar jetzt besuchst du sie noch . . .«

»Ich besuche meinen Sohn.«
»Er ist ein Kind der Sünde und verdammt, genau wie du es sein wirst, wenn du Gott nicht anflehst . . .«
»Ich flehe um gar nichts! . . . Du liebst mich also nicht?«
»Ich fürchte mich. Du hast kein Kind geboren, und du kannst nicht wissen, wie entsetzlich es ist, eine Frau zu sein. Ich habe endlich begriffen, daß alles, was ich erduldete, durch das verschuldet war, was du Liebe nennst und was immer nur dir Vergnügen machte.«
»Ich kann also nie auf ein zweites Kind hoffen?«
»Ich würde sterben. Ich würde sterben.«
»Du verlangst, daß ich wie ein Mönch lebe?«
»Willst du mich zu deiner Hure machen?«
»Du hättest meine Frau sein sollen und ich dein Mann. Zusammen sollten wir zu etwas werden, was wir einzeln nicht sein konnten.«
»Ich habe alles gesagt. Ich bin erschöpft.«
»Muß ich ohne Liebe leben?«
»Du bist wie ein kleines Kind. Geh schlafen.«
Er wandte sich um und verließ das Zimmer, die Türe fiel krachend hinter ihm ins Schloß. Das Baby nebenan wachte auf und weinte. Er blieb mäuschenstill im Korridor stehen, bis er Velmas Stimme hörte, murmelnd und besänftigend. Es war eine warme Nacht, und die Tür des Kinderzimmers war offen. Er wartete, bis Bruce sich beruhigt hatte, dann ging er in sein Zimmer und schloß die Tür. Die Fenster standen offen, und ein leiser Wind bewegte die Gardinen. Der Mond schien so hell, daß er keine Lampe brauchte. Nachdem er sich ausgezogen hatte, schob er die Bettdecke zurück und legte sich nackt auf den Rücken. Er überdachte alles, was Priscilla ihm gesagt hatte, und wußte, daß es keine Möglichkeit gab, sie zu ändern. Er begann sogar zu verstehen, warum sie so empfand. Er hatte seit langer Zeit nicht mehr geweint, aber jetzt weinte er, drehte sich um und lag auf dem Gesicht, wie um seinen Kummer und sein Verlangen zu verbergen.

15

»Sag mir, was du denkst.«

Er sah sie an und senkte die Augen dann auf seinen Teller. Sie saßen auf der Westveranda. Sarah hatte Mabella den Frühstückstisch hier decken lassen, weil es ein warmer Morgen war und schon begann heiß zu werden, obwohl es erst sieben Uhr war.

Sie sagte: »Die Melone war nicht reif, aber es tut gut, sie nach so langer Zeit wieder einmal zu kosten. Sie werden bald besser. Ich kann zwar nicht verstehen, daß du Pfeffer draufstreust, aber es gibt ja auch Leute, die Wassermelonen mit Salz mögen. Du hast zwei Eier gegessen und eine Scheibe Schinken und zwei Stücke Zwieback und ein bißchen Honig. Ich habe dich mehr zum Frühstück essen sehen, als du Fieber hattest und kaum schlucken konntest. Was ist los?«

»Nichts, Großmutter.«

»Ich würde fast alles für dich tun, Benjamin, außer vielleicht Casey oder Jane mit dem Messer bedrohen.«

Er schwieg.

Sarah seufzte. »Es ist, als ob man ohne Erfolg eine Pumpe anläßt, bis man sich schließlich fragt, ob überhaupt Wasser im Brunnen ist . . . Du warst gestern abend bei Bonard und Frankie. Ist dort irgendwas vorgefallen?« Er schüttelte den Kopf. »Also schön, du hast gerade die Nachricht bekommen, daß Sherman wieder durch unsere Gegend zieht.« Er runzelte die Stirn, aber er hatte nicht zugehört. Der scherzhafte Ton verschwand aus ihrer Stimme. »Was ist los, mein Junge?« Er sah ihr plötzlich gerade ins Gesicht, und seine Augen wurden feucht. Dann räusperte er sich, hustete, lachte, klatschte in die Hände und stand auf. »Es ist Zeit, daß wir beide einen Spaziergang machen, Gnädigste.« Er reichte ihr die Hand und führte sie die breiten flachen Stufen hinunter. Sie gingen durch den Garten, und er begann zu sprechen. Es war nicht leicht für ihn. Nach einer Weile blieben sie bei der Schaukel stehen, die Casey für Davy und Bobby Lee am Ast einer immergrünen Eiche aufgehängt hatte. Sarah hatte weder gesprochen noch versucht, ihm zu helfen. Sie hörte einfach nur zu, setzte sich auf die Schaukel, und Benjamin begann, sie auf und ab zu schwingen, erst sanft, dann höher und höher. Die rhythmische Bewegung lockerte seine

Zunge, und er erzählte ihr alles, was er auf dem Herzen hatte. Als er die Schaukel eine ganze Weile vor und zurück gestoßen hatte, fing er sie auf und wand die Seile zusammen. Dann ließ er sie los, und Sarah drehte sich im Kreis.

»Aufhören!« Sie bremste mit einem Fuß auf dem Boden. »Du machst mich ganz schwindlig. Gehen wir dort hinüber.« Sie schlenderten langsam zu einer Bank, die rund um den gekalkten Stamm einer Eiche führte. Eine Weile saßen sie schweigend da und dachten nach über das, was er ihr erzählt hatte. Als ob sie einen Gedanken laut weiterspann, sagte sie schließlich: »Du hast Bruce.«

»Ich möchte auch einen Sohn«, entgegnete er. Sie zögerte, denn sie wußte, daß ihre nächsten Worte nicht nur für sie beide, sondern auch für Beulah Land wichtig waren. Sie war im Begriff, eine Verpflichtung einzugehen, die sie vorher nie anerkannt hatte.

»Du hast einen Sohn.«

»Er gehört nicht mir.«

»Wir müssen uns etwas einfallen lassen, um ihn zu bekommen.« Ihr Gesicht war ernst, obwohl sie es leichthin gesagt hatte.

»Ihn seiner Mutter wegnehmen?«

»Sie kannst du nicht haben, außerdem willst du sie auch nicht. Ich habe Bessie immer für ein einfältiges Mädchen gehalten, aber das war dumm von mir. Jetzt, wo dieser Betchley mit ihr lebt, ist sie listig und verschlagen. Ich mache mir Sorgen um Leon. Ich habe ihm nicht den Namen deines Großvaters gegeben, damit er unwissend am Ende der Welt aufwächst. Sie hat uns ja gesagt, daß sie nicht die Absicht hat, ihn länger zur Schule zu schicken, als bis er lesen und schreiben gelernt hat. Es ist Zeit, daß wir etwas unternehmen. Aber du hältst dich da besser heraus. Frauen nützen dich aus. Mich nicht.«

»Was wirst du tun?«

»Sie wird erraten, was ich will«, überlegte Sarah, »ich muß also einen fetten Köder an meine Angel heften.«

Er lachte laut und erhob sich von der Bank. »Ich muß jetzt aufs Feld gehen.«

»Warum?«

»Ich habe alle Männer zum Grasjäten eingesetzt. Nach dem Regen in der vorigen Woche hat es die Baumwolle fast erstickt.«

»Zadok braucht dich nicht, um die Männer zu beaufsichtigen. Nimm dir einen freien Tag. Bist du sicher, daß sich Priscillas Gefühle für dich nicht ändern werden?«

»Ganz sicher«, sagte er finster.

»Dann vergiß sie«, riet Sarah.

»Ich kann nicht, sie ist meine Frau.«

»Ich meine nicht, daß du sie aus dem Haus jagen sollst. Verbanne sie aus deinen Gedanken. Du mußt deinen Stolz zurückgewinnen, ich habe lange genug zugesehen, wie er dir geraubt wurde. Ich rate dir nicht, dich wie ein wilder Stier aufzuführen, aber du sollst dein Leben als Mann leben, wenn sie dich nicht als Ehemann duldet.«

Sarah stand auf, und sie gingen zum Haus zurück.

»Sie wird nie eine von uns werden«, sagte sie nachdenklich, »obwohl ich das gehofft hatte. Ich wurde auch nicht auf Beulah Land geboren, ich heiratete es ... Gestern bekam ich einen Brief von Abraham. Er haßt Latein und hat ein Stück im Walnut-Street-Theater gesehen. Bring den Brief für mich zu Roscoe. Das wird dich auf andere Gedanken bringen. Sag ihm, daß er mich besuchen soll, wenn er den Brief gelesen hat; und wenn Luck bei ihm ist, richte ihr aus, daß ich ihr einen Kuß schicke.«

»Was soll ich tun, wenn sie verlangt, daß ich ihn abliefere?« fragte er im Scherz.

»Sie wäre nicht die erste kleine Schwarze, die du geküßt hast.«

Eine Stunde später hatte Benjamin den Brief übergeben, und Roscoe kam mit Luck auf die Veranda, um ihn fortreiten zu sehen. Als er aufs Pferd stieg, winkte ihm das Kind mit seinen dicken Fingerchen nach und wiederholte: »Bye-bye-bye.«

»Good bye, Lucky, ich werde Großmutter sagen, daß du sie morgen besuchen kommst.«

»Ich habe ein neues rosa Kleid.«

»Da wird sie neidisch sein«, sagte Benjamin. Das Mädchen lachte vergnügt. Als er die Straße hinunterblickte, sah er seine Großtante Selma am Eingang des Schulhauses stehen und einem Besucher in einem Wagen zuwinken. Der Wagen fuhr ab, und Selma ging ins Haus zurück, ohne Benjamin zu sehen. Sie war nach so vielen Jahren des Unterrichtens kurzsichtig geworden, und Benjamin vermutete, daß sie sich außerdem auch aussuchte, was sie sehen wollte. Er erwog, ob er anhalten und ihr einen Besuch machen sollte, aber sie hatte abgespannt ausgesehen, und er war außerdem neugierig, wer in dem Wagen saß. Er brachte sein Pferd in Trab, und als das Gefährt in die Hauptstraße einbog, war er neben ihm. Auf dem Bock saß seine Gastgeberin vom gestrigen Abend. Sie war ebenso überrascht wie er, und sie lachten miteinander über den Zufall. Frankie hatte wie er einen Botengang gemacht. Annabel, die sich als wichtigste Schirmherrin der Schule betrachtete, hatte ihr aufgetragen, ein Bündel Kleider abzuliefern, die sie Bekannten in der Stadt für die Schülerinnen abgeschwatzt hatte. Wegen der Hitze hatte Annabel keine Lust, die lange Fahrt selbst zu unternehmen. Man hätte jemand von der Dienerschaft schicken können, das hätte aber zu unpersönlich gewirkt, und Annabel bildete sich viel auf ihren Sinn für Humanität ein. Außerdem wollte sie, daß die Dankesworte ihr verständlich überbracht wurden und nicht durch Negersprache verstümmelt. Also überzeugte sie Frankie davon, daß nach ihrer Abendparty ein Morgen in frischer Landluft gerade das richtige für sie sei. Überraschung und Belustigung wichen dem Verlangen zu gefallen, während sie ihre Pferde im gleichen Schritt nebeneinander gehen ließen. Benjamin merkte verwundert, daß er und Frankie zum erstenmal entspannt miteinander sprachen. In den Tagen, da er ihr den Hof machte, war er dazu in ihrer Gegenwart viel zu verliebt und aufgeregt gewesen. Heute aber konnte er sie hübsch finden, ohne daß er den Zwang fühlte, es zu sagen. Ihr Teint war für gewöhnlich hell, aber jetzt glühten ihre Wangen. Ihr Gesicht leuchtete rosig in der Hitze, die ihr jedoch offenbar nichts ausmachte, obwohl keine Brise wehte außer dem Fahrtwind. Und der reichte kaum aus, um ihr Haar oder den offenen Kragen ihres Voilekleides zu bewegen.

Er fand, daß heute nichts Gekünsteltes an ihr war, einfach weil sie es nicht nötig hatte. Sie waren allein zusammen, und sie konnte sich geben, wie sie wirklich war. So wäre es vielleicht gewesen, wenn sie einander geheiratet hätten.

Beiden gefiel dieser Morgen über alle Maßen; Scherze flogen zwischen ihnen hin und her. Bei einer Wegkreuzung hielt sie ihr Pferd an und deutete mit der Reitpeitsche nach rechts. »Wo führt diese Straße hin?«

»Eine halbe Meile durch den Wald, und dann beginnt wieder Akkerland.«

»Ich möchte in den Schatten.«
»Willst du Gesellschaft?«
»Deine, ja.«
Als sie von der Hauptstraße abbogen, sah sie einen Baum voll gelber Pflaumen. »Schau!«
Er hielt sein Pferd an, pflückte eine und aß sie, ohne abzusteigen. »Noch nicht süß«, sagte er und warf eine Frucht in ihren Schoß.
»Ich möchte trotzdem ein paar.«
Er pflückte ein Dutzend und knotete sie in sein Taschentuch, dann folgte er ihr auf den Waldweg. Benjamin kannte die Straße; es war die, auf der er sich vor fünf Jahren mit Bessie getroffen hatte. Nicht er, sondern Frankie bestimmte den Rastplatz. War es nicht der Ort, an dem er damals seinen Wagen zu lassen pflegte? Er konnte sich nicht genau erinnern, aber der Platz sah hübsch und einladend aus mit den braunen Tannennadeln, die den Boden bedeckten, und dem würzigen Geruch der Fichten in der Luft.
Als er abstieg und sein Pferd festband, kletterte Frankie vom Wagen. »Für ein Mädchen aus Savannah kennst du dich recht gut mit Pferd und Wagen aus«, sagte er.
»Ich habe es gelernt, weil ich gern unabhängig bin.«
Der Gedanke an seine Situation zu Hause und ihre betörende Nähe verursachten ihm eine Erektion, und bevor er sie noch verbergen konnte, sah er, daß sie es gemerkt hatte. Sie schlenderte ein Stück in den Wald hinein, und er folgte mit dem Taschentuch voll Pflaumen. »Warst du schon einmal hier?«
Sie schüttelte den Kopf und bog einen niedrigen, reichbelaubten Ast aus dem Weg. Dann wartete sie lächelnd, bis er sie eingeholt hatte. »Hier fühlt man sich, als gäbe es außer uns keinen Menschen auf der Welt.«
Er knüpfte das Taschentuch auf und hielt ihr die Pflaumen entgegen. Statt eine zu nehmen, sah sie ihm gerade ins Gesicht; in ihren Augen lag eine Einladung, die mehr bedeutete als ein Flirt. Die Pflaumen rollten davon, als er sie fallen ließ, um Frankie in seinen Armen aufzufangen. Um neun Uhr war in seinem Kopf noch kein Gedanke an sie gewesen, um zehn hatten sie sich zufällig getroffen. Vor elf war sie seine Geliebte. Und jetzt, als sie nebeneinander auf dem Büffelfell lagen, das sie aus dem Wagen geholt hatte, wurden sie Freunde.

»Das ist es, was uns fehlte«, sagte sie. Er griff nach ihrer Hand, und sie ließ sie ihm. »Wir dürfen uns nicht wiedersehen.«
»Warum?« fragte sie.
»Ich bin Bonards Vetter.«
»So bleibt's in der Familie«, erklärte sie munter, »sehr vernünftig und südstaatlich.«
»Ich habe Bonards Vertrauen mißbraucht«, gab er zu bedenken.
»Er mißbrauchte deines vor fünf Jahren und ich auch. Jetzt hast du deine Rache.«
»Ich will mich gar nicht rächen.«
Sie ließ seine Hand los und drehte sich auf die Seite, um ihn anzusehen. »Ich weiß, daß du's nicht tust. Du bist ein guter Mensch, Ben. Ich hätte dich nicht fortschicken sollen.«
Er entschuldigte sie: »Du hast dich in Bonard verliebt.«
»Ich war ebensowenig verliebt in Bonard, als ich ihn heiratete, wie vorher in dich. Ich hatte einfach genug davon, arm zu sein, und ich verachtete meine dumme Familie. Ich wollte ein sorgloseres Leben führen, als sie es taten, und es gab nur einen Weg, das zu erreichen.«
»Du warst nicht in mich verliebt?« fragte er.
»Ha! Jetzt hab' ich dich bei deiner Eitelkeit gepackt . . . Vielleicht ein bißchen, wenn du es so gerne hören willst. Aber wichtiger war, daß dir eines Tages Beulah Land gehören würde.«
»Du kannst nicht so berechnend gewesen sein.«
Sie sagte, ohne sich zu entschuldigen: »Ich sorgte mich um die Zukunft und konnte mir nicht den Luxus leisten, wegen deines schönen Adamsapfels in Ohnmacht zu fallen.«
»Ich habe dich geliebt.«
»Wann hast du aufgehört, mich zu lieben?« fragte sie interessiert.
»Am 1. Januar 1874.«
»Weißt du auch die genaue Stunde?«
»Als ich dir und Bonard einen Besuch machte und erfuhr, daß du ein Kind erwartest.«
Sie lachte nicht, aber sie war amüsiert. Er fragte: »Willst du, daß ich mich wieder in dich verliebe?«
»Das wäre unklug. Ich werde immer Mrs. Saxon sein.«
»Warum hast du beschlossen, nicht Mrs. Davis zu werden?«
Sie sah ihn voller Verwunderung an. »Das weißt du doch. Wegen

des Kindes, das Bessie Marsh erwartete. Dein Kind, das eines Tages versuchen kann, das zu beanspruchen, was dir gehört. Reine Berechnung meinerseits. Das Entscheidende für mich war – wenn du dich erinnerst – deine Weigerung, die Vaterschaft abzustreiten.«

»Wie konnte ich lügen?«

»Das leichteste auf der Welt.«

Er beugte sich vor und küßte sie und hielt ihr Gesicht nahe an das seine. »Ist das eine Lüge?«

»Eine süße«, sagte sie.

»Würde es dich amüsieren zu erfahren, daß Bessie das Kind, um dessentwillen du dir's anders überlegtest, genau auf diesem Fleck hier empfing?«

Sie hob den Kopf und biß ihn ins Kinn.

Er rückte ab und lachte. »Du bist eifersüchtig!«

»Nein, aber eitel«, sagte sie, »du darfst nie Frauen miteinander vergleichen, außer in Gedanken.« Sie fuhr mit der Hand über seinen Nacken und fügte hinzu: »Du mußt dir die Haare schneiden lassen.« Er sagte: »In den fünf Jahren unserer Ehe hat mir Priscilla noch nie gesagt, daß ich mir die Haare schneiden lassen soll.«

»Vielleicht schaut sie dich nicht genau an«, sagte Frankie, »jedenfalls mußt du dir die Haare schneiden lassen.« Er näherte sein Gesicht wieder dem ihren und flüsterte: »Liebst du mich nicht ein klein wenig?«

»Ich bin froh, daß du keinen Tabak kaust. Bonard kaut und raucht außerdem noch diese stinkenden Zigarren.« Sie seufzte. »In diesem Augenblick liebe ich dich ein klein wenig, aber in einer Stunde werde ich an etwas anderes denken, und du auch.«

Er küßte sie lange und leidenschaftlich. »Ich nicht, wenn du bleibst.«

Sie rückte von ihm ab. »Das ist genug für heute.« Er beklagte sich: »Ich muß schon sagen, du bist ziemlich kühl.«

»Ganz und gar nicht, aber wir müssen auch nicht bis drei zählen und ertrinken. Wir sehen uns ja wieder.«

»Glaubst du?«

»Sicher.« Sie stand munter auf. »Schüttele die Fichtennadeln aus dem Fell, bevor du es in den Wagen zurücklegst.«

»Fühlst du dich schuldig?«

»Nein«, sagte sie, »aber du.«
»Hm.«
»Genieß es, solange es währt, es währt nicht lange.« Sie begann ihr Haar und ihre Kleider in Ordnung zu bringen. »Wegen Priscilla habe ich kein schlechtes Gewissen«, sagte er, »es ist wegen Bonard. Wir sind zusammen aufgewachsen.«
»Das hat er mir erzählt«, sagte sie trocken, »aber ihr wart nicht wirklich Freunde, nicht wahr? Wie sonst erklärst du dir, daß er mich dir weggeschnappt hat – ganz ohne Gewissensbisse? Das war meine Trumpfkarte. Es machte ihm Spaß, dich auszustechen.«
»Hat er das gesagt?«
»Aber natürlich!«
»Der Saukerl!«
»Sie sprechen vom Vater meiner Kinder, mein Herr.«
»Oh . . .«, er wurde rot.
»Ben«, tadelte sie, »wenn ich jemandem vertraue, dann mache ich über alles Witze. Laß mich dir vertrauen.«
»Ja«, sagte er.
Sie war bereit zum Gehen. Er schüttelte das Büffelfell aus und faltete es zusammen. »Ich sage nicht, daß Bonard ein schlechter Ehemann ist, denn das wäre gelogen. Er gibt mir ein Heim und die Stellung, die ich mir wünschte und die ich genieße. Ich werde ihn nicht enttäuschen. Ich bin eine gute Mutter. Ich führe seinen Haushalt und bewahre ihn vor Versuchungen. Weißt du, ohne mich hätte er ein schlechtes Ende genommen. Alle sagen, daß ich zuviel Geld ausgebe und ihn zu hart arbeiten lasse, aber was soll er sonst mit seinem Leben anfangen? Vor mir hat er sein Geld mit Wetten beim Pferderennen, mit Alkohol und Frauen vergeudet. Jetzt führt er ein anständiges Leben, und es geht ihm besser. Seine Mutter hat das sehr schnell begriffen. Wir mögen einander zwar nicht, aber sie weiß, was ich wert bin.« Sie ging langsam auf den Wagen zu.
»Ich bin kein romantisches Mädchen, und du darfst von mir keine Schwärmereien erwarten. Ich habe dich immer gern gehabt, und ich werde dein Freund sein, wenn du meiner bist.«
»Das werde ich sein«, versprach er.
»Ich hab's genossen vorhin, Ben. Bonard ist nicht besonders gut, verstehst du.«

»Er ist nicht . . .?« fragte Benjamin überrascht.
»Das hast du nicht gewußt?«
»Wie soll ein Mann das über einen anderen wissen?«
»Frauen spüren so was.« Sie zuckte die Achseln. »Hast du's nicht wenigstens erraten?«
»Er tat immer so, als sei er der größte Frauenheld von Georgia.«
»Das hätte dich mißtrauisch machen sollen. Jetzt schmeichelt es dir, aber später wirst du denken, daß es abscheulich von mir war, dir das zu erzählen.«
»Gemein, vielleicht.«
»Ich bin manchmal gemein, wenn Leute es verdienen. Ich kann nicht verstehen, wie Bonard dir soviel Loyalität einflößte. Weil er älter war?«
»Ich glaube eher, weil Männer zusammenhalten.«
»Frauen können das auch«, sagte Frankie, »aber nur wenn's zum Äußersten kommt.«
»Wann sehen wir uns wieder?« fragte Benjamin, als sie in den Wagen stieg, ohne die Hand zu ergreifen, die er ihr anbot.
»Weder zu bald noch zu oft«, sagte sie. »Ich werde mir's überlegen und dich benachrichtigen. Wir müssen beide vorsichtig sein. Du willst deine Familie nicht kränken und ich meine auch nicht. Es wäre überflüssig und dumm. Aber es wäre genauso dumm, uns nicht zu treffen, wenn wir Lust dazu haben. Hab' ich nicht recht?«
»Du weißt, daß du recht hast.«
Sie nahm die Zügel, als er sein Pferd losband. »Warte noch eine Weile, wenn ich abgefahren bin.« Er ging um den Wagen herum und trat neben sie. Als er die Hand ausstreckte, drückte sie sie fest mit ihren beiden. Er sagte: »Dank' dir, Frankie. Du weißt nicht, wie gut du mir getan hast.«
»Doch, ich weiß es«, sagte sie. »Bonard hat mir erzählt, was du ihm über Priscilla anvertraut hast, und daß du so lange Zeit ohne eine Frau warst.«
»Das hat er wirklich?«
»Er fand es komisch – du, der du so ein Frauenheld warst, soweit degradiert, daß du ihn fragen mußtest, wann du dich wieder der Gunst deiner Gattin erfreuen könntest. Oh, er lachte. Das war es, was mich bewogen hat, dich heute zu treffen, obwohl ich schon früher mit dem Gedanken gespielt habe. Deswegen war ich so

überrascht, als wir uns bei der Schule zufällig begegneten. Als ich dort wegging, hatte ich geplant, nach dir Ausschau zu halten. Warum, glaubst du, habe ich bei diesem Wetter ein Büffelfell mitgenommen?« Sie wendete den Wagen geschickt auf der Lichtung und fuhr auf die Landstraße hinaus. Dann wandte sie sich um und winkte ihm zu, denn sie wußte genau, daß er ihr fassungslos nachblickte.

Benjamin war so glücklich und erfüllt, daß er erst am späten Nachmittag merkte, daß er Hunger hatte. Als Frankie weggefahren war, entdeckte er, daß sein Pferd in der Sonne stand, die inzwischen weitergewandert war. Er führte es in den Schatten und lockerte den Sattelgurt, dann ging er zu der Stelle zurück, wo Frankie und er beisammen gewesen waren. Er ließ sich auf die Knie nieder und strich mit den Händen über den Boden, wie um sich zu vergewissern, daß alles sich tatsächlich so abgespielt hatte, wie er sich erinnerte. Dabei fand er eine Pflaume, aß sie, fand eine zweite und eine dritte und hob sie auf und aß sie alle. Dann legte er sich auf den Rücken, die Knie angezogen und den Kopf in den Händen, und blickte durch die Wipfel der Fichten in den Himmel hinauf. Er schlief ein, wachte durstig auf und dachte, daß auch sein Pferd durstig sein müsse. Er suchte und entdeckte nach einer Weile einen Nebenarm des Flüßchens, an dem sie vorher vorbeigekommen waren. An einer Stelle, wo das Wasser klar über den Kies floß, tränkte er das Pferd. Dann hockte er sich nieder, schlürfte aus den hohlen Händen und bespritzte sein Gesicht. Da erst meldete sich der Hunger, und er wandte sein Pferd nach Beulah Land.

16

Seine Großmutter kam ihm in der Einfahrt entgegen. Als sie ihn erblickte, sagte sie erleichtert: »Gott sei Dank.«

»Was ist denn los?«

»Bitte erschrick nicht . . .«

»Tante Nell?«

»*Er* ist da.«

»Wer?«
»Er ist hier im Haus.«
»Leon«, erriet er.
»Ich habe ihn in Daniels altem Zimmer untergebracht. Es ist nahe bei der Küche, aber weit weg von Tante Nell und liegt an der Ostseite des Hauses. Wie heiß auch der Morgen sein mag, der Nachmittag ist in jedem Fall schlimmer. In der Nacht wird er's kühl haben.«
»Er ist also krank?« fragte Benjamin, der schon nach dem Zimmer ging, das seine Großmutter beschrieben hatte. Sie folgte und sagte: »Dr. Platt war hier, es ist Malaria. Eine Stunde nachdem du weg bist, brachte ihn seine Mutter in ihrem Wagen her.«
»Für Malaria ist es zu früh.«
»Bessie sagt, er hatte sie im vergangenen Herbst, und Platt vermutet, daß sie nicht ausgeheilt war und er's im Blut behalten hat.«
Es war keines der Gästezimmer. Seit Daniel und Jane verheiratet waren, hatte man es für Notlagen oder Unfälle bereitgehalten. Auf einem großen Besitz mit so vielen Arbeitern war das sehr nützlich. Mabella stand neben dem Nachttisch und goß Limonade in ein Glas. Der Junge war schneeweiß und starrte das Dienstmädchen an, als ob sie aus einer anderen Welt käme. Mabella trat zur Seite, um Benjamin Platz zu machen. Er beugte sich zuerst über das Bett und ließ sich dann auf die Knie nieder, damit sein Gesicht mit Leons in Augenhöhe war.
»Ich bin's, Leon. Großmutter sagt, du bist krank. Aber du wirst bald wieder herumspringen, ich hab' vor zwei Jahren dasselbe gehabt.« In den Augen des Jungen spiegelte sich Erkennen, aber nur ganz schwach. Dann schlossen sie sich wie bei einem inneren Krampf. Er zuckte und zitterte, und es schüttelte ihn heftig. Als Benjamin seine Hand berührte, glühte sie im Fieber, und die Zähne des Jungen klirrten wie Hagel auf einer Fensterscheibe.
»Hol noch mehr Decken«, sagte Sarah zu Mabella.
Benjamin hob das Kind aus dem Bett, wickelte das Laken um ihn und fing das Zittern mit seinem eigenen Körper auf. Sarah hielt ihm zwei Decken hin, die Mabella aus dem Eckschrank geholt hatte, und Benjamin nahm eine nach der anderen, ohne seinen Sohn loszulassen, und wickelte sie um seinen fiebernden Körper. Dann setzte er sich so vorsichtig er nur konnte auf dem Bettrand nieder.

»Ich frier' mich tot«, sagte der Junge keuchend.
Weder die Steppdecken noch die Wärme von Benjamins Körper hatten irgendeine spürbare Wirkung. Der Schüttelfrost dauerte fünf oder sechs Minuten, ließ allmählich nach, kam zweimal wieder, wurde noch heftiger, bis er endlich aufhörte und der Junge schlaff und erschöpft dalag. Benjamin legte seine Wange an die des Kindes und flüsterte: »Er schwitzt jetzt.«
Sarah nickte. »Bring ein Handtuch, Mabella, und frische Bettlaken.«
Erst als der Junge wieder regelmäßig atmete, überließ Benjamin ihn seiner Großmutter und Mabella. Leon sah müde aus, seine Augen waren geschlossen, und er protestierte nicht, als die Frauen ihm den feuchten Unterrock seiner Mutter auszogen und ihn abtrockneten. Sarah legte ihn nackt aufs Bett, und Mabella breitete ein frisches Laken über ihn. Sein Kopf ruhte auf dem Kissen, und er schlief ein. Benjamin, der wieder neben dem Bett kniete, beobachtete ihn, bis Sarah seine Schulter berührte und ihm ein Zeichen gab, mit ihr in die Diele zu kommen. »Mabella wird uns rufen, wenn er aufwacht«, sagte sie.
Er folgte ihr ins Büro, wo Josephine einen Krug mit eisgekühltem Tee und einen Teller Kuchen bereitgestellt hatte. Benjamin nahm ein Stück Kuchen in jede Hand, setzte sich aber nicht hin, als Sarah zu sprechen begann. »Ich prüfte die Ziffern der Maisernte vom Vorjahr, konnte mich aber nicht recht konzentrieren, weil ich immer wieder über das nachdachte, was wir heute morgen besprochen haben. Und dann kommt plötzlich Mabella angerannt und sagt, draußen im Hof sei eine Frau mit einem kranken Kind im Wagen, und ich soll schnell kommen. Es war wie eine Antwort des Himmels, denn an die beiden hatte ich ja die ganze Zeit gedacht. Bessie sagte, Leon hätte Schüttelfrost und Fieber, und sie hätten zu viel zu tun, um sich um ihn zu kümmern, würden wir ihn nehmen? Natürlich sagte ich ja. Sie kam nicht herein, weil sie gleich zurückmußte. Sie sagte, sie wüßte, daß wir ihn durchbringen und ihr alles berichten würden, gut oder schlecht. Ich brachte ihn zu Bett. Er hatte diesen alten Unterrock an, einen von seiner Mutter, nehm' ich an. Aber wir machen ihm ein paar Nachthemden. Dorothea ist schon im Nähzimmer. Ich habe Wally zu Dr. Platt geschickt, weil er gern schnell reitet, und ihm sagen lassen, daß ich

ihm bei lebendigem Leib die Haut abziehe, wenn er nicht in einer Stunde hier ist.
Er kam mit Wally zurück und sagte, es sei tatsächlich Malaria, und alles, was man tun könne, sei, ihm Chinin und Kalomel zu geben und abzuwarten. Platt verschreibt Kalomel gegen alles, genau wie Mabella Zitronen anschleppt, sobald sie hört, daß jemand krank ist. Ich versuchte, Leon zum Essen zu bewegen, aber er wollte oder konnte nicht, und schließlich habe ich's aufgegeben. Ich habe ihn den ganzen Tag nicht länger als fünf Minuten allein gelassen. Er ist ein braver Junge, beklagt sich nie und wimmert nicht wie die meisten Kinder, wenn ihnen etwas weh tut. Aber er hatte hohes Fieber. Ich wußte nicht, was ich tun sollte, und wartete. Dann kamst du. Du hast den ganzen Kuchen aufgegessen. Hast du nichts zu Mittag bekommen? Setz dich endlich hin.«
»Nein.« Er setzte sich.
»Wo warst du? Warum hast du nichts gegessen?«
»Ich war da und dort und überall, wie du mir's geraten hast.« Er berichtete ihr von seinem Besuch bei Roscoe und daß Luck ihr morgen ihr neues rosa Kleid vorführen wollte. Zuerst sagte Sarah, sie würde sie bitten, morgen nicht zu kommen, dann, sie würde doch nicht absagen, und endlich, daß sie später darüber beschließen wolle. Beide versanken in Schweigen, bis Sarah gestand: »Ich schäme mich, es zu sagen, jetzt da das arme Kind so furchtbar leidet, aber ich bin froh, daß er da ist, auch wenn wir das seiner Krankheit verdanken. Wir dürfen ihm keine Angst machen und nicht zu viel tun. Wird Priscilla sich sehr aufregen?«
»Ich denke schon, du nicht?« meinte Benjamin gleichgültig. »Warum glaubst du, hat Bessie ihn gebracht?« fragte er dann.
Sarah runzelte nachdenklich die Stirn. »Es ist wohl so, wie sie sagte. Niemand ist da, der sich um ihn kümmern kann. Ihre Mutter ist fast blind, der Junge gibt auf sie acht, nicht umgekehrt. Bessie ist von früh bis spät auf dem Feld, wenn sie nicht gerade kocht oder wäscht. Sie tut mir leid, obwohl ich sie nicht mag.«
Benjamin stand auf und ging zum Tablett. Er formte die übriggebliebenen Kuchenkrümel zu einer Kugel und aß sie. »Benjamin, möchtest du, daß Josephine dir etwas zu essen macht? Es wäre ihr eine wahnsinnige Freude. Sie ist auf Freda eifersüchtig, weil sie dich so lange bekocht hat, und jetzt sorgt Freda für dich.«

»Nein, Ma'am. Ich gehe lieber nach Hause. Ich schaue vorher noch bei Leon vorbei. Nach dem Abendessen komme ich wieder.«
»Ich schicke einen Arbeiter zu Bessie, der ihr sagen kann, daß der Arzt da war und daß Leon jetzt schläft.«
Ehe er heimging, sprach Benjamin noch mit Zadok und Daniel, die beide schon wußten, daß Leon da war. Alles Wichtige, das sich im großen Haus auf Beulah Land ereignete, verbreitete sich sofort unter allen, die dort lebten und arbeiteten. Das kleinste Kind und die älteste Großmutter wußten, daß ein kranker Junge gekommen war und daß er bleiben würde. Sie wußten auch, wer er war. Als sich Benjamin seinem eigenen Haus auf der Lichtung näherte, erwartete er instinktiv, daß er es verändert finden würde, weil ihm so vieles widerfahren war, seit er es am Morgen verlassen hatte, aber alles war wie vorher. Bruce ging es gut, und sie war glücklich. Freda hatte sich aufgeregt, weil er zum Mittagessen nicht nach Hause gekommen war, und freute sich, als er ihr versicherte, er wäre dem Hungertod nahe. Priscilla fand er in ihrem Zimmer. Sie saß am offenen Fenster und hielt eine Stickerei auf dem Schoß. Sie war die einzige, die nichts von Leons Anwesenheit auf Beulah Land wußte, denn niemand hatte daran gedacht – oder gewagt –, es ihr mitzuteilen.
Benjamin hatte sie seit ihrem Streit am Vorabend nicht mehr gesehen. Als er an die offene Türe klopfte, blickte sie ruhig von ihrer Arbeit hoch und forderte ihn auf einzutreten. Sie wechselten ein paar höfliche Worte, und er erzählte ihr, daß ihn verschiedene Geschäfte abgehalten hätten, mittags nach Hause zu kommen, eine Erklärung, die sie ohne Kommentar zur Kenntnis nahm.
»Wußtest du, daß mein Sohn krank ist und daß seine Mutter ihn nach Beulah Land gebracht hat?«
Ihre Hände ruhten auf der Arbeit, aber sie blickte ihn nicht an.
»Das wußte ich nicht. Also dort bist du gewesen.«
»Erst seit einer Stunde. Er hat Malaria. Er bekam einen Anfall von Schüttelfrost, als ich bei ihm war.«
Sie sagte mit unbeugsamem Ernst: »Daß sie ihn herbringt, ist im günstigsten Falle eine Bürde, im ungünstigsten ein freches Aufführen des alten Skandals.«
»Es war richtig, daß sie ihn zu uns gebracht hat. Sie konnte ihn nicht selbst pflegen.«

»*Du* magst das billigen, aber von *mir* kannst du es nicht erwarten.«
Er sagte scharf: »Du kümmerst dich wenig genug um dein eigenes Kind. Ich verlange nicht, daß du dich um meines kümmerst.«
»Das ist alles höchst bedauernswert«, antwortete sie, seinen Vorwurf ignorierend. Er sagte: »Ja, das ist es.«
»Es wäre angebracht gewesen, daß Mrs. Troy ihn zurückgeschickt hätte.« Benjamin verschluckte die Worte, die ihm in den Sinn kamen, und antwortete statt dessen: »Zu meiner Freude darf ich sagen, daß Großmutter nicht dieser Ansicht ist.«
»Sie würde alles tun, nur um dir gefällig zu sein.«
»Dem Kind half sie aus Herzensgüte.«
»Nächstenliebe braucht nicht taktlos zu sein.«
»Ein bequemer Glaubenssatz.«
Sie errötete, sah ihn aber immer noch nicht an. »Ich glaube nichts aus Bequemlichkeit, Mr. Davis.«
Es war das erste Mal, daß sie ihn so anredete, obwohl es zu jener Zeit nicht ungewöhnlich war, daß altmodische Ehefrauen in Gesellschaft so von ihrem Gatten sprachen oder ihn bei offiziellen Anlässen sogar so anredeten. Benjamin war verletzt und sagte: »Ich habe Frankie heute wiedergesehen.«
Sie beugte sich über ihre Stickerei. »Sie war in der Schule, als ich Roscoe Elk besuchte.«
»Es schmeichelt zweifellos ihrer Eitelkeit, wenn sie sich im Lauf von vierundzwanzig Stunden zweimal deiner Bewunderung erfreuen kann. Ißt du zu Hause? Wenn nicht, werde ich Freda entsprechende Anweisungen geben. Sie kocht zu reichlich für meinen Geschmack.«
»Ich esse hier, und ich habe ihr gesagt, sie soll alles auf den Tisch bringen, was da ist. Nach dem Abendessen gehe ich zu Leon zurück und bleibe die Nacht über bei ihm.«
Sie hielt ihre Arbeit gegen das Licht und suchte nach Fehlern. »Ich werde für seine Genesung beten. Trotzdem ist er ein Kind der Sünde, und daran ändert sich nichts, ganz gleich, wie ironisch du auch gegen mich sein magst.«
Obwohl sie hinunterkam, als Freda zum Essen läutete, und von zwei oder drei unter dem Dutzend Speisen auf dem Tisch ein wenig naschte, kam es zu keinem weiteren Gespräch zwischen Priscilla und ihrem Gatten. Er aß mit ungeheurem Appetit und machte

Freda schmeichelhafte Komplimente. Sie sonnte sich in seinem Lob. Er unterhielt sich auch mit Velma und Bruce, die auf seine Anordnung hin an allen Mahlzeiten teilnahmen. Velma war allerdings zu schüchtern, um in Gegenwart von Mrs. Davis ungezwungen zu antworten.

Nach dem Abendessen nahm Benjamin Velma seine Tochter ab und ging mit ihr auf der Lichtung spazieren, die Amme hinterher. Nach einer halben Stunde gab er ihr das Baby zurück, wünschte beiden eine gute Nacht und erklärte, daß er noch einmal wegginge.

Velma sagte: »Ich habe gehört, daß Ihr Junge krank ist, Mr. Ben; wenn ich was tun kann, bitte sagen Sie's mir.«

»Dank' dir, Velma.« Benjamin kitzelte das Baby mit dem Zeigefinger unterm Kinn und fragte: »Glaubst du, daß sie mich kennt?«

»Sicher kennt sie Sie, Sir. Sie spricht den ganzen Tag von Ihnen.«

Im großen Haus erfuhr Benjamin, daß Leon einen von Mabella zubereiteten Haferschleim gegessen hatte und daß weder das Fieber noch der Schüttelfrost wiedergekommen seien. Sarah nahm sein Angebot, die Nacht über zu wachen, an und machte es ihm so bequem wie möglich, ehe sie sich mit Casey zurückzog. Zuvor hatte Benjamin ihr noch versprechen müssen, sie zu wecken, wenn er irgend etwas brauchte. Als sie allein waren, versuchte Benjamin, mit dem Jungen zu reden, aber Leon war zu erschöpft, und Benjamin rückte die Lampe vom Bett weg und schraubte den Docht herunter. Leon schlief, und nach einer Weile nickte auch Benjamin in seinem Sessel ein. Der Junge wachte zweimal auf und bat um Wasser, das Benjamin ihm aus einem von Mabella bereitgestellten Krug einschenkte. Um fünf Uhr morgens kam Sarah herein und fand Benjamin neben seinem Sohn auf dem Bett ausgestreckt. Beide schliefen fest, als sie auf Zehenspitzen hinausging.

17

Was Leon am meisten verwunderte, waren die Geschäftigkeit und der Lärm. Da er nie etwas anderes gekannt hatte als den kleinen Hof seiner Mutter, war er zuerst verblüfft über die – wie ihm schien – ungeheure Zahl von Leuten, Weiße und Schwarze, die unaufhörlich kamen und gingen. Am ersten Tag mußte er noch im Bett bleiben, er konnte aber durch das offene Fenster seinen Vater mit zwei Männern sehen, die er Dan und Zadok nannte, und außerdem – seiner übertriebenen Schätzung nach – »mindestens hundert Neger«, Männer, Frauen und Kinder, die einander alle beim Namen riefen, Späße machten, sich herumbalgten, arbeiteten und müßig waren. Er hatte noch nie so viele Neger auf einmal gesehen. Mabella erkannte er, denn sie war seit seiner Ankunft ständig um ihn gewesen, ebenso Josephine, die gelegentlich hereinkam, um zu fragen, ob er Blaubeertorte gern äße, oder um über irgendwelche Anordnungen Mabellas zu schelten, die ihr nicht paßten. Sarah kam häufig. Im Lauf des Vormittags brachte Jane Todd ihm eine Vase mit frisch geschnittenen duftenden Gadenien und erlaubte ihm, sie »Tante« zu nennen. Mit ihr kamen Robert E. Lee und Jefferson Davis, die wesentlich jünger waren als er und denen ihre Mutter verbieten mußte, aufs Bett zu springen, was ihm ein Gefühl der Überlegenheit gab. Die Kleinen durften noch bleiben, als ihre Mutter wegging, um eine Frau, die sie Tante Nell nannte, in einem anderen Teil des Hauses zu besuchen. Sobald Mabella sie für ein paar Minuten allein ließ, zogen Davy und Bobby Lee prompt ihre Penisse heraus und befahlen Leon, seinen zu zeigen, was er nur zögernd und errötend tat, da Mutter und Großmutter ihm eingeschärft hatten, es sei ein Ding, das man verborgen halten müsse. Zufrieden damit, daß Leons genauso aussah wie ihre eigenen, knöpften die Brüder ihre Hosen wieder zu und begannen, ihm von Beulah Land zu erzählen, höchst erfreut, jemanden gefunden zu haben, der von der Geschichte des Gutes nichts wußte.

Benjamin kam mittags herein, bevor er zum Essen nach Hause ging, und war voll des Lobes für Leon, weil er weder Schüttelfrost noch Fieber gehabt hatte. Am Abend, nachdem er im Fluß geschwommen und sich umgezogen hatte, kam er wieder. Mit ihm kamen die Todd-Jungen und ihr Vater, den er »Onkel Daniel« nennen durfte. Beim zweiten Besuch brachte Bobby Lee ihm ein paar ihrer Spielsachen mit, unter der Bedingung, daß Leon sie nur als geliehen betrachten würde. Da gab es einen winzigen Planwagen mit Rädern, die sich drehten, und mit einer Deichsel aus Holz, die sich aufwärts, abwärts und seitwärts bewegte. Da waren außerdem ein halbes Dutzend Murmeln, eine schöner als die andere und ein Ärgernis für die Erwachsenen, wenn sie vom Bett rollten. Zwei blieben unauffindbar. Es gab überdies eine aufziehbare Negerpuppe aus Metall, wie ein Minstrelsänger bemalt, die eine Gigue tanzte, wenn man sie auf den Boden stellte. Am besten von allem gefiel Leon ein Bilderbuch mit Löwen, Tigern, Straußen und Affen.

Dorothea war nicht müßig gewesen. Ein Wort an die Schneiderin wirkte wie eine Predigt an einen anderen Bedienten. Da sie daran gewöhnt war, für die Todd-Kinder zu nähen, machte sie außer den Nachthemden, die Sarah bestellt hatte, im Handumdrehen drei Paar Baumwollhosen mit passenden Oberteilen. Sie wußte, daß er sie brauchen würde, denn die Malaria hält ihre Opfer nur unmittelbar während der Fieber- und Frostanfälle im Bett fest. Sarah schilderte Leons Mutter in einem Brief den Zustand des Jungen schlimmer, als er war, denn sie wollte verhindern, daß Bessie ihn zu bald holen käme. Aber Bessie dachte offenbar gar nicht daran. Er war versorgt, und er mochte ruhig noch eine Weile bleiben. Für sie war er nutzlos, solange er nicht gesund war und nur einen zusätzlichen Esser bedeutete. Dies war der Inhalt der mündlichen Nachricht, die Sarahs Bote zurückbrachte, verbunden mit einer Mahnung an Leon, »den Herrschaften« zu folgen. Jede Stunde und jeder Tag erschienen Benjamin als ein Gewinn.

Allerdings gab es nicht nur Fortschritte.

An seinem zweiten Tag in Beulah Land hatte Leon wieder Fieber, gefolgt von entsetzlichem Schüttelfrost. Sechs Tage lang blieb das Krankheitsbild konstant: Schüttelfrost und Fieber an jedem zweiten Tag. Dann vergingen vier Tage ohne einen Rückfall und schließlich, zur Freude aller, eine ganze Woche.

Jede Stunde, die Leon außer Bett verbringen konnte, brachte eine neue Erfahrung. Wenn Benjamin die Post aus der Stadt holte, kam er mit Geschenken zurück: eine Tüte mit Pfefferminzstäbchen, einen Gummiball, der unheimlich hoch sprang, ein Bilderbuch mit Tieren, das ihm gehören sollte, ein Taschenmesser, das Sarah konfiszierte – sie sagte, sie würde es ihm wiedergeben, wenn er älter wäre –, eine Maultrommel und ein Stoffsäckchen zum Zuziehen, das zwei Dutzend Murmeln enthielt, alle von verschiedener Größe und Farbe und alle mindestens so schön wie Davys und Bobby Lees. Man gestattete ihm, die ehrwürdige Tante Nell zu besuchen. Sie beteuerte, daß er ihrem geliebten Gatten Felix Kendrick zum Verwechseln ähnlich sähe, obwohl sie sich an dessen Gesicht überhaupt nicht mehr erinnern konnte. Aber Sarah versicherte ihr, es zeuge von viel Familiensinn, so etwas zu sagen. Casey Troy machte Aufnahmen von ihm allein, von ihm und Benjamin und mit Benjamin und Sarah und mit Mabella. Die Todd-Kinder führten ihn überall herum, wo sie hingehen durften. Die Wälder waren verbotenes Gelände, es sei denn, ein Erwachsener begleitete sie, und so wurde Mabella zur Wärterin ernannt, eine Rolle, die sie ohnehin bereits übernommen hatte. Sie behielt Leon von morgens bis abends im Auge und bemutterte ihn. Josephine murrte zuerst, als Sarah ihr auftrug, ein anderes Mädchen in der Küche zu beschäftigen, solange Leon da war. Aber bald behandelte sie ihn mit derselben despotischen Freundlichkeit wie alle anderen, gemäß dem Vorrecht, das man guten Köchinnen überall einräumte.

Niemand hatte ihm gesagt, wie er Benjamin nennen sollte, und so entschied er sich für »Sir«. Benjamin sagte sich, daß es immer noch besser sei, als von seinem Sohn »Mr. Davis« gerufen zu werden. Aber er wollte ihn öffentlich anerkennen, und nur Sarahs Mahnung, langsam vorzugehen, im Interesse des Kindes und auch in seinem eigenen, hielt ihn zurück. Sooft er konnte, beschäftigte er sich mit dem Jungen, und wenn er keine Zeit hatte, setzte er Leon vor sich in den Sattel, und sie ritten über die Felder, um den Fortgang der Arbeit zu überprüfen. Leon verstand, daß er stolz darauf sein durfte, so mit Benjamin auszureiten, und zum erstenmal gestattete er sich, daran zu glauben, daß er der Sohn des Mannes war, von dem man ihm schon immer versichert hatte, er sei sein Vater. Benjamins Arm um seine Schulter war Gewißheit, und ab und zu gab Benjamin ihm die Zügel, während er sich niederbeugte, um etwas zu begutachten, was ihm ein Mann oder eine Frau hinaufreichte.

Das Ereignis, auf das Leon sich immer am meisten freute, fand am späten Nachmittag statt. Die Sonne brannte noch heiß, aber das Tagewerk war vollbracht, Benjamin entließ die Feldarbeiter, und er und Daniel holten Leon, Davy und Bobby Lee, um mit ihnen im Fluß schwimmen zu gehen. Sie hatten frische Kleider zum Umziehen dabei, denn das Schwimmen diente gleichzeitig als Reinigungsbad, und was sie tagsüber getragen hatten, war viele Male durchgeschwitzt worden. Die Jungen gingen barfuß, und weder sie noch die Männer trugen Unterwäsche, sondern nur Baumwollhemd und -hose.

Daniel Todd hatte eine ruhige, fast feierliche Art, der Benjamin mit einem Humor begegnete, an dem Leon großen Gefallen fand. Davy und Bobby Lee waren im Umgang mit ihrem Vater völlig ungezwungen und verehrten ihn maßlos. Leon beneidete sie um die Selbstverständlichkeit, mit der sie seine Hand ergriffen, wann immer ihnen danach zumute war. Nur ab und zu hob Daniel einen von ihnen auf und setzte ihn beiseite, wenn er gar zu übermütig auf ihm herumturnte, während er sich im Schatten ausruhte – und das genügte, um selbst den lebhafteren Davy zur Vernunft zu bringen. Eines Tages, als Leon sie im Spiel mit ihrem Vater beobachtete, ergriff er Benjamins Hand. Überrascht und freundlich sah Benjamin auf ihn herunter, aber dann wußte Leon nicht, wann er loslassen sollte, und machte es ungeschickt. Er hatte keine Erfahrung in der Berührung mit Menschen, die er gern mochte.

Er konnte nicht schwimmen. Die anderen lehrten es ihn mit solcher Begeisterung, daß sie ihn fast ertränkten, aber er lernte das Hundepaddeln und hatte nie wieder vor dem Wasser Angst, wie manche Landkinder es unerklärlicherweise ein Leben lang haben. Schwimmen – oder nicht schwimmen – schien Familientradition. Nach dem Bad (Davy war mit seinen zwei Jahren im Wasser eben so behende wie auf festem Boden) saßen sie am Ufer und ließen sich von der Sonne trocknen, ehe sie sich ankleideten. Ihre Sachen hängten sie an eine große Stechpalme, von der es hieß, sie sei frei von den roten Käfern – warum, wußte niemand genau –, die sich mit Vorliebe in die Kleidersäume setzten, bissen und schwer loszuwerden waren. Leon lernte, seine Kleider so auf den Ästen zu drapieren, daß sie weder zerrissen noch in den Fluß geweht wurden. Sie zogen sich schließlich an und gingen durch den Wald zu-

rück, der genau wie der Fluß inzwischen ruhiger geworden war. Nichts rührte sich; es lag etwas Nachdenkliches, Beschauliches in den bedächtigen Bewegungen von Mensch und Wasser am Ende des Tages.
Die Jungen lösten sich aus der Gruppe und liefen voraus, oder sie machten Abstecher ins Gehölz zu beiden Seiten des Weges. Dem schönsten Ereignis des Tages folgte das traurigste: die Trennung. Sein Onkel Daniel ging mit den Vettern nach Hause, sein Vater schickte ihn hinein zu seiner Urgroßmutter, und wanderte heim zum Haus auf der Lichtung. Dorthin nahm er Leon niemals mit, und der Junge wußte, daß es etwas mit der Frau zu tun hatte, die mit seinem Vater verheiratet war. Einmal brachte Benjamin eine Negerin mit, die er Velma nannte. Sie hielt ein Baby auf dem Arm, und sein Vater sagte, das sei seine Tochter Bruce. Leon wunderte sich über die Narbe auf ihrer Lippe, aber niemand erwähnte sie.
Der Junge vermißte seine Mutter nicht. Sie hatte sich nie viel um ihn gekümmert, und sie beachtete ihn gar nicht mehr, seit Eugene Betchley sich auf der Farm eingenistet hatte. Ein oder das andere Mal dachte er an seine Großmutter, die mehr als irgend jemand sonst seine Gefährtin gewesen war und deren Bett er geteilt hatte. Er hatte das gehaßt. Durch den verschlissenen Unterrock, den sie niemals ablegte, drang ein so scharfer, säuerlicher Geruch, daß er zu ersticken glaubte. Manchmal erinnerte er sich an diesen Geruch voller Mitleid und mit einem nagenden Schuldgefühl, weil er nicht mehr dort war, um ihr zu helfen. Wie konnte sie denn ohne ihn auskommen? Sie war nie zärtlich zu ihm gewesen, aber ein Kind liebt irgend jemanden, wenn es kann, und Leon hatte sich an seine Großmutter angeschlossen.
Eines Morgens, als er bei den Todds spielte, kam Bessie nach Beulah Land. Sarah, die zufällig auf der Veranda war, sah sie kommen und ging in den Hof hinunter, um sie zu begrüßen, gerade als Bessie das Maultier mit einem Ruck anhielt. »Steig ab und komm rein«, sagte Sarah.
»Das kann ich nicht, Mrs. Troy. Ich hab's nämlich sehr eilig, in die Stadt zu kommen. Hab' einen Haufen Tomaten und Wachsbohnen zu verkaufen. Wollte nur mal fragen, ob Ihnen mein Kleiner nicht lästig wird? Muß drei Wochen sein, seit ich ihn herbrachte, scheint mir.«

Es waren fast fünf, wie Sarah auf den Tag genau wußte, aber sie antwortete mit einer Unbestimmtheit, die weder glaubwürdig noch typisch für sie war: »So lange ist das her? Er fällt uns überhaupt nicht lästig. Seit er nicht mehr zu Bett liegt, ist er niemandem im Wege. Gewöhnlich zieht er mit den beiden von Mrs. Todd los. Wir merken kaum, daß er hier ist.«
»Er kann sich recht nützlich machen, wenn Sie ihm sagen, was er tun soll.«
Sarah log: »Er ist noch nicht kräftig genug, um etwas anderes zu machen, als mit den Kindern herumzuzockeln und ihnen beim Spielen zuzuschauen.«
»Geben Sie acht, daß er sich nicht nur krank stellt. Sie haben mir doch sagen lassen, daß Schüttelfrost und Fieber vorüber sind?«
»Du weißt, wie das mit Malaria ist. Einen Monat spürt man gar nichts, und dann kann's zurückkommen und einen fast umbringen.«
Bessie sagte freundlich: »Na also, ich glaub', er sollte lieber heimkommen mit mir, wenn ich aus der Stadt zurück bin. Deswegen bin ich nämlich gekommen, um Ihnen das zu sagen.« Mit Willensanstrengung zwang Sarah sich zu einem Lächeln für die Frau, die ihren breitkrempigen Hut abgenommen hatte, um sich die Stirn zu wischen. »Laß ihn zur Sicherheit noch eine Woche bleiben. Du kannst kein krankes Kind gebrauchen, wenn die Ernte kommt. Wie ist dein Mais?«
»Ganz gut, aber ich hoffe, er wird noch besser. Ich hab' riesig viel im Garten, deswegen will ich was davon verkaufen.«
»Gene Betchley hilft dir noch?«
»Ich verdank' ihm eine Menge«, sagte Bessie, und ihre Stimme wurde abweisend, »er ist ein guter Arbeiter.«
Sarah nickte. »Er ist besser dran, wenn er dir wirtschaften hilft, als wenn er in unserem Wald Fallen stellt.«
»Hat Ihnen das Ihr Enkel erzählt?«
»Jeder weiß, was Gene gemacht hat, bevor er sich bei dir verdingte. Wie zahlst du ihn?«
Jetzt war die Reihe an Bessie zu lächeln. »Der Junge soll sich bereithalten, wenn ich zurückkomme«, sagte sie, aber ihre Stimme war weniger selbstsicher als zuvor. Sarah, die ihren Vorteil erkannte, verbrachte weitere fünf Minuten damit, sie mit erzwungener

Gutherzigkeit zu überreden, mit Angriff und Rückzug und mit einem Lächeln, starr wie das einer Statue. Zum Schluß hatte sie gewonnen, aber als sie in der Einfahrt stand und dem Wagen nachsah, der in Richtung Landstraße durch den Obstgarten davonfuhr, da fragte sie sich, ob die Begegnung nicht so verlaufen sei, wie Bessie es geplant hatte.

18

Wenn er nicht mit Davy und Bobby Lee beisammen war oder schlief, war Leon bei seinem Vater. Die anfängliche Schüchternheit war beiderseitigem Vertrauen gewichen, und es schien Benjamin jetzt das natürlichste von der Welt zu sagen: »Komm mit, Leon.« Die Aufforderung mochte sie nicht weiter führen als bis zum Melonenbeet oder zum Schweinestall, aber der Eifer des Jungen, ihn überallhin zu begleiten, machte Benjamin jedesmal von neuem Freude. Sie ritten zusammen über die Felder und manchmal in die Stadt, um die Post zu holen oder Dr. Platt aufzusuchen, der Leon schließlich als geheilt erklärte. Einmal nahm Benjamin ihn mit zu seiner Tante Doreen und Miss Kilmer. Nach einem Augenblick der Bestürzung – ebensosehr über die Notwendigkeit, »zwei Gentlemen zu bewirten«, wie über die Identität des jüngeren – machten sie aus der halbstündigen Visite ein großes Fest. Es gab Tee und Kuchen und viel Getue um die zahlreichen Hauskatzen, die – gewöhnlich so distanziert – diesmal den Einfall hatten, zu paradieren und sich bewundern zu lassen. Die Damen waren völlig gewonnen, als sich der sonst übellaunige weiße Toby fünf Minuten lang zu Leons Füßen niederließ und mit einer Anbetung zu ihm aufschaute, welche die Hirten vor der Krippe beschämt hätte.
Ein anderes Mal gingen sie zur Egreniermaschine, die Isaac für die Spätsommerarbeit betriebsbereit machte. Und eines Tages hielt Benjamin in einer momentanen Eingebung bei der Sägemühle an, wo der blinde James Davis blutrot wurde, als Benjamin sagte: »Papa, ich habe meinen Sohn Leon mitgebracht, damit ihr euch kennenlernt.« Es dauerte einige Jahre, bevor Leon verstand, was der

Augenblick bedeutete. Benjamin war von James' Bruder Adam gezeugt worden, der an Gelbfieber gestorben war, als James Benjamins Mutter Rachel heiratete. Der einzige Streit, den Benjamin und James je hatten, fand an dem Tag statt, an dem Benjamin davon erfuhr. James hatte beschlossen, die vom Krieg verwüstete Plantage der Davis zu verkaufen, aber Benjamin war der Ansicht, daß sie durch Geburtsrecht ihm gehöre. James heiratete später zum zweiten Mal, wurde Vater von drei Töchtern und entfernte sich von der alten Familie, indem er eine neue gründete.
Benjamin hätte selbst nicht sagen können, was ihm den Impuls eingab, bei der Sägemühle anzuhalten. Vielleicht wollte er einfach einem Mann verkünden, was er nicht der ganzen Welt mitteilen konnte, nämlich: »Ich bekenne mich zu meinem Sohn.«
Die Tatsache, daß Benjamin Leon überallhin mitnahm, gab Anlaß zu Klatsch in der Stadt, der gewöhnlich in Sympathiekundgebungen für Priscilla Davis mündete. »Arme Frau«, hieß es, »nicht genug, daß Gott sie mit einem gezeichneten Kind heimgesucht hat, nun muß sie auch noch erdulden, wie ihr Mann seine sündige Vergangenheit zur Schau stellt.« Ann Oglethorpe machte einen ihrer seltenen Besuche auf der Lichtung, schrie ihre Tochter an und drängte sie zum Handeln. Priscilla wurde blaß und mäßigte den Wutanfall ihrer Mutter so gut sie konnte. Sie bat um die Erlaubnis, um Gottes Rat und Hilfe zu beten, ein Wunsch, den ihr Mrs. Oglethorpe kaum abschlagen konnte. An diesem Abend warf Priscilla ihrem Mann vor, daß er Schande über sie und über sich selbst brächte. Er entgegnete ihr, daß sie die öffentliche Kritik leicht zum Schweigen bringen könne. Sie solle einfach am nächsten Morgen mit ihm und Leon in die Stadt fahren und sich vor den Promenierenden auf der Hauptstraße sehen lassen. Sie sagte ernst: »Das wäre ungehörig«, und glaubte zweifellos daran. Er erwiderte, sie könne tun, was ihr beliebe, aber ihm mache die Gesellschaft seines Sohnes nun einmal Freude. Ungeachtet der Sorgen, die er hatte, konnte Benjamin sich nicht entsinnen, je so glücklich gewesen zu sein, und das wieder beunruhigte Sarah, denn sie hatte begriffen, daß Bessie Leon als Druckmittel gegen sie benutzen wollte.
Auf die Stunde genau nach einer Woche kam sie, um Leon zurückzuholen. Diesmal stieg sie aus dem Wagen und wartete auf der Veranda, während Mabella den Jungen zur Abfahrt bereit-

machte. Sie lehnte eine Erfrischung ab, war aber im übrigen ganz lächelnde Höflichkeit. Ihre Augen jedoch waren hart und funkelten wie Kristall in der Sonne. Sarah war froh, daß Benjamin mit Daniel und Zadok auf den Feldern war. Sie schickte Mabella zu den Todds, um Leon zu holen, der mit Bobby Lee und Davy Murmeln spielte. Nachdem sie ihm Gesicht und Hände gewaschen hatte, brachte sie ihn auf die Veranda. In der Hand hielt er die Reisetasche, die Sarah ihm für die neuen Kleider und das Spielzeug gekauft hatte.

»Ich bin fertig, Ma«, war Leons Begrüßung an Bessie, die er sechs Wochen lang nicht gesehen hatte.

Bessie nickte, sie umarmten einander nicht.

Sarah wies auf die Tasche und sagte: »Sachen, die wir für ihn genäht haben. Ich hoffe, du hast nichts dagegen.«

Bessie versicherte ihr, sie hätte nichts dagegen. »Ich hab' ihn fast nackt zu Ihnen gebracht. Ihr habt ihm so viel gegeben, wie kann ich da sagen, gebt ihm nichts mehr, ich sehe ja, daß es Ihnen Freude macht zu schenken, Ma'am, so wie es uns Freude macht, etwas zu bekommen. Hat er sich bedankt? Wenn nicht, hau' ich ihn bis aufs Blut, wenn wir heimkommen. Ich hab' den besten Baum zum Gertenschneiden im ganzen Land.« Ihre Augen funkelten, aber ihr Mund lächelte, um anzudeuten, daß sie nur Spaß machte.

»Uns hat es Freude gemacht, ihn hier zu haben«, sagte Sarah, »ich habe gehofft, daß du ihn bis zum Vierten Juli bei uns läßt. Wir haben da jedes Jahr eine Familienzusammenkunft. Das ist für uns das eigentliche Ereignis und nicht so sehr der Unabhängigkeitstag.« Sie entschuldigte sich fast, denn das Einhalten des Feiertages galt bei vielen jener Südstaatler, die am wenigsten unter der Erhaltung der Union gelitten hatten, als unangebrachter Patriotismus. »Sie haben darüber gesprochen, Leon und die Buben von Mrs. Todd. Die Saxons und Davises kommen aus der Stadt – und von überall . . .« Sie brach ab, weil sie Angst hatte, daß ihre Erklärung nach Bettelei klang.

»Glaub' kaum, daß die *alle* Wert drauf legen, mit meinem Sohn zum Barbecue zu gehen. Ich brauch' Sie nicht zu erinnern, Ma'am, Ihr Gedächtnis ist gerade so gut wie meins! Aber wenn Ihr Herz dran hängt, ihn dabei zu haben, dann borg' ich Ihnen den Jungen für diesen einen Tag. Soll keine Gewohnheit werden, nur um Ih-

nen einen Gefallen zu tun. Ich weiß, wie Leute sich auf etwas freuen können, das für andere überhaupt nichts bedeutet. Wenn er brav ist, befreie ich ihn von der Arbeit auf dem Hof. Aber abends muß er wieder zu Hause sein.« Sie schwenkte ihren Schaukelstuhl herum, so daß sie dem Jungen ins Gesicht sehen konnte. »Wirst du brav sein?« Leon nickte. »Dann sag ›Good bye‹ und ›Vielen Dank‹ wie ein kleiner Gentleman, denn das bist du ja jetzt, wie ich sehe. Zu Hause gibt's eine ganze Menge zu tun für dich, und deine Großmama braucht dich auch.«
Leon ging zu Sarah und sagte: »Good bye, Großmutter, und ich dank' dir.«
Bessie lachte vergnügt. »Jetzt nennt er Sie schon Großmutter!«
»Es war einfacher«, erklärte Sarah, »so rufen mich die anderen Kinder auch.« Sie küßte ihn schnell auf die Stirn und strich mit der Handfläche sein Haar glatt, so wie sie tausendmal das seines Vaters geglättet hatte. »Komm wieder, wenn du kannst.«
»Ja, Madam.«
Erst als er sich zu Mabella wandte, verlor er die Beherrschung, denn Mabella streckte ihm die Arme entgegen und heulte los vor Kummer. Sie hielten einander fest, bis Sarah sagte: »Also komm, Mabella.«
Mabella ließ ihn los, beide wischten sich die Tränen ab und gaben vor zu lachen, was ihre Herzen nur von neuem brach und zu einer abermaligen traurigen Umarmung führte, die schließlich durch Bessies unbarmherzig gute Laune beendet wurde. »O Gott, wenn der Ihre Niggerin nicht ins Herz geschlossen hat! Wie heißt du?«
»Mabella«, jammerte das Mädchen.
»Ich hab' ihn noch nie so aufgelöst gesehen. Du mußt verdammt gut zu ihm gewesen sein.« Sie wandte sich an Sarah: »Sie waren immer zu gut zu Ihren Niggern, nicht? – Los, komm Junge«, befahl sie munter.
Mabella konnte die Abfahrt ihres Lieblings nicht mitansehen, sie drehte sich um und floh. Leon trocknete seine Tränen mit dem Handrücken und nahm die Reisetasche in die Hand. Sarah half ihm auf den Wagen. Bessie, die schon auf dem Bock saß, nahm die Zügel und ließ sie auf den Rücken des Maultiers niedersausen. »Bye, Mrs. Kendrick – ich meine Troy. Für mich bleibt ihr alle immer Kendricks.«

Leon machte ein finsteres Gesicht und sprach kein Wort, als seine Mutter auf dem Rand eines Zinnienbeetes wendete und das Maultier im Schritt die Allee hinunter und durch den Obstgarten auf die Landstraße lenkte. Sarah sah ihnen nach, bis sie verschwunden waren. Als sie sich umwandte, entdeckte sie, daß sie die Hände zu Fäusten geballt hatte. Sie ging in ihr Büro, zog eine Schachtel aus der obersten Schreibtischlade und nahm einen Silberdollar heraus. Sie fand Mabella in der Küche und gab ihr das Geld.

»Wofür denn, Ma'am?« Das Mädchen hob den Blick von der Münze und starrte auf den Rücken ihrer Herrin, die wortlos hinausging. »Werd' nie die weißen Leute verstehen, und wenn ich hundertzwanzig Jahre alt werde . . .«

Josephine puffte sie in die Seite und sagte: »Wirst keine zwanzig werden, wenn du nicht die Augen aus den Kartoffeln herausschneidest. Das Mutterspielen ist vorbei.«

Bessie und Leon sprachen auf der Fahrt zum Marsh-Hof kein Wort miteinander. Sie sprachen nie um der bloßen Unterhaltung willen. Tatsächlich wußte Leon nicht einmal, daß es so etwas gab, bevor er nach Beulah Land kam, wo Schwarze ebenso wie Weiße die Stunden mit Gesprächen würzten, einfach aus Freude an der Unterhaltung.

Als sie zu Hause ankamen, fanden sie Gene Betchley am Brunnen, wo er Wasser aus dem Zugeimer trank. Er hatte gerade aufgehört zu arbeiten, um sein Mittagessen zu verzehren, das Bessie auf dem Küchenherd für ihn bereitgestellt hatte. Er hatte die Hacke an den Brunnenrand gelehnt, und über seinen nackten Rücken rann der Schweiß in kleinen Bächen. In der windstillen Luft lag ein herber Geruch, der Leon an den des feuchten Sägemehls in der Mühle erinnerte. Der Mann und das Kind starrten einander an, bis Gene den Eimer fallen ließ, das Wasser verschüttete und lachte. »Wenn du nicht hübsch herausstaffiert bist!« rief er, »sauber wie frischgefallener Schnee und steif wie ein Gewürzkuchen.«

Leon sprang vom Wagen herunter und stieg auf eine Radspeiche, um seine Reisetasche zu holen.

»Was hast du da?« fragte Gene.

»Hilf mir abschirren«, befahl ihm Bessie.

»Ich will erst sehen, was er gekriegt hat.« Gene entriß dem Jungen die Tasche, öffnete sie und zog mit spöttischer Geziertheit ein paar

Kleidungsstücke heraus. »Fein genug für den Sohn des Präsidenten«, höhnte er. Dann knüllte er ein Hemd zusammen und wischte sich damit den Schweiß aus den Achselhöhlen.
»Jetzt muß ich das waschen und bügeln«, klagte Bessie, »laß die Sachen in Ruh.«
Gene griff wieder in die Tasche und brachte eine Spielzeugkarre heraus. Er drehte die Räder und ließ das Wägelchen seinen schweißglänzenden Arm hinauflaufen, als ob er ein Weg wäre. Dann manövrierte er die Karre spielerisch über seinen Nacken und den anderen Arm wieder hinunter. Dabei ließ er sie fallen und trat mit den nackten Füßen darauf. Leon hatte bis jetzt ruhig zugeschaut, aber nun griff er an und trat und stieß den Mann so kräftig er konnte. Gene machte einen Schritt zurück und versetzte ihm eine Ohrfeige. Leon fiel in die Pfütze, wo Gene Wasser auf dem Boden vergossen hatte, und seine Knie wurden schmutzig. Als er das zerbrochene Spielzeug zusammengesucht hatte und aufstand, sagte seine Mutter zu Gene: »Kümmere dich um das Maultier, wie ich's dir gesagt hab'.«
»Bring ihm Respekt bei!« verlangte Gene.
»Du benimmst dich kindischer als er.«
»Wenn du's nicht tust, werd' ich's ihm beibringen«, drohte Gene.
Bessie sagte zu Leon: »Bring die Tasche hinein.« Als er danach griff, kam die Großmutter aus der Küchentür.
»Bist du zurück, Bessie? Ich hab' dich kommen hören. Hast du den Jungen?«
»Ich bin hier, Gran«, sagte Leon.
»Da sind eine Menge Sachen, die du für mich tun mußt«, kündigte sie an. Er ging an ihr vorbei ins Haus und durch die Küche. Sie folgte ihm. »Zuerst schneid mir eine neue Zahnbürste. Aus dem Eukalyptus draußen. Ich kann ihn nicht finden, und Bess kümmert sich nicht drum. Ich mußte mich mit harten Zweigen behelfen. Schäl die Rinde ab und kau das Ende, bis es für mein altes Zahnfleisch weich genug ist. Hörst du mich? Wo bist du?«
»Ja, ich hör' dich.« Er hatte die Reisetasche so gut es ging hinter dem Bett versteckt, das er mit der Großmutter teilte. Sie ging dem Ton seiner Stimme nach und zog ihn an sich, als sie ihn fand. Sie flüsterte: »Gene möchte mich umbringen.«
»Wieso Gran, was hat er gemacht?«

»Ich kann vielleicht nicht sehen, aber ich spür', was los ist.« Sie wandte sich ab und seufzte. »Gott, manchmal ist es mir gleich. Geh, mach mir meine Zahnbürste! Dann möchte ich meinen Schnupftabak richtig schieben. Deine Mutter hat mir eine frische Dose mitgebracht.«

19

»Du wirst es bereuen.«
»Ich weiß«, sagte sie zustimmend.
Casey gab zu bedenken: »Man soll sich nie in eine fremde Ehe einmischen.«
»Wenn aber noch irgendeine Hoffnung besteht . . .«
»Glaubst du, daß eine besteht?«
Nachdem sie mit Benjamin gefrühstückt hatte, war Sarah zurück in ihr Schlafzimmer gegangen, um mit Casey zu sprechen, während er sich ankleidete. Sie stand je nach Jahreszeit um fünf oder um sechs Uhr auf, er das ganze Jahr hindurch um sieben Uhr dreißig. Casey nahm sie bei der Hand und führte sie zu dem kleinen Sofa am Kamin. Jetzt im Sommer war das Sofa dem Zimmer zugekehrt, im Winter stand es dicht vor dem Feuer. Er faltete ihre Hände und rieb die Fingerknöchel sanft mit den Lippen. Dies war eine seiner besonderen Zärtlichkeiten, die sie beruhigte, wenn sie Sorgen hatte, aber heute morgen war sie wirkungslos.
»Siehst du, Casey, ich hatte meine Zweifel über die Verbindung, aber dann besann ich mich anders und förderte sie.«
»Nur weil Benjamin es so wollte.«
»Ich hätte vernünftiger sein sollen. Ich war immer unvernünftig.«
Er gab ihr einen Klaps auf die Hand und ließ sie in ihren Schoß sinken. »Wenn du mit Selbstkritik beginnst, muß ich gehen. Jeden anderen kannst du heruntermachen, soviel du willst.«
Sie küßte ihn auf die Wange. »Du überraschst mich immer von neuem. Ich denke, daß ich dich nicht noch mehr lieben kann, und dann tu' ich's doch.«
»Überlege es dir anders.«

»Nein. Ich *muß* mit ihr sprechen.«
Er stand auf. »Wenn du mich später fragst, warum ich dich gehen ließ, dann leg' ich dich übers Knie.«
»Was machst du heute?«
»Ich möchte das Bild von Jane anfangen.« Die Idee, Jane zu malen, war ihm in den Sinn gekommen, als er an Frankie Saxons Porträt arbeitete.
»Ich habe ein Dutzend Skizzen gemacht, ohne daß sie erriet, wofür. Für eine schöne Frau ist sie gar nicht eitel. Sie glaubt, daß ich die Jungen zeichne oder die Ziege, mit der sie spielen.«
»Wenn Daniel draufkommt, dann wird er auf ewig dein Freund.«
Casey sagte trocken: »Das wird er nicht, und du weißt ganz genau, warum. Er wird immer eifersüchtig sein, weil ich dich heiratete.«
»Unsinn«, sagte sie tröstend, »er betet Jane an.«
»Er hat zuerst dich angebetet. Ich habe nicht vergessen, wie er dich bei Laurettas Hochzeit anschaute.«
»Vor vollen fünfzehn Jahren.«
»Ich sehe, du leugnest es nicht. Ich möchte Kaffee.«
Sie nahm seinen Arm, und sie gingen gemeinsam ins Eßzimmer.
»Iß ein ordentliches Frühstück. Josephine macht sich Sorgen um dich, weil sie dich nicht mästen kann.«
»Kaffee und Zwieback genügen. Ich spalte weder Holz, noch schleppe ich Wasser wie du und Benjamin, und deshalb brauche ich keine Schüsseln voll Grütze und Schinken und Eier.«
Sie blieben vor Nells Tür stehen, und Casey wünschte ihr guten Morgen. Sarah hatte sie schon früher besucht. Nell zog sich unter die Bettdecke zurück und lächelte geziert.
»Bianca hat versprochen, daß sie mein Haar kräuselt. Sie sagt, alle Gäste werden mich sehen wollen.«
»Das werden sie wirklich, wenn du es erlaubst«, bestätigte Sarah.
Casey sagte: »Du wirst die hübscheste Siebenundneunzigjährige auf der Party sein.«
Eine Stunde später saßen Sarah und Priscilla allein auf der Veranda des Hauses auf der Lichtung. In einiger Entfernung spielte Velma mit Bruce auf einer alten Steppdecke, die sie im Schatten neben dem Bach ausgebreitet hatte. Sarah sah oft zu ihnen hinüber, Priscilla nicht.
Sarah hatte erklärt, daß sie mit ihr über Familienangelegenheiten

sprechen wollte. »Ich möchte mich zuerst einmal entschuldigen«, sagte sie, »ich weiß, daß es mich nichts angeht, aber es macht mir Sorgen. Benjamin erwähnte beim Frühstück, daß du morgen nicht zum Fest kommen willst. Darf ich fragen, warum?«
»Ich möchte den Tag zu Hause verbringen.«
»Im Haus deiner Mutter meinst du, nicht hier«, sagte Sarah, wie um es klarzustellen.
Priscilla nickte und runzelte die Stirn. »Papa fühlt sich in letzter Zeit nicht wohl.«
»Er fühlt sich seit dem Krieg nicht wohl«, warf Sarah ein, »ich hoffe, daß es nichts Neues oder etwas Ernsteres ist?«
Sie wartete, aber Priscilla gab keine Antwort. Nach einer Weile bat Sarah: »Ich wünschte, du würdest mit mir sprechen.«
»Sie sind es, die mit mir sprechen wollte, Mrs. Troy.«
»Das ist wahr, aber ich brauche deine Hilfe. Es sieht so aus, als würdest du dich von uns zurückziehen. Wir besuchen dich, und du hast uns besucht, aber das hat seit einiger Zeit aufgehört. Hat dich jemand verärgert oder gekränkt?«
Priscilla zögerte. »Es tut mir leid, wenn Sie und Jane diesen Eindruck haben.«
»Warum also?« Die Jüngere antwortete nicht, und nach einer Weile sagte Sarah, die Augen auf die beiden am Bach gerichtet: »Sie ist ein fröhliches Kind. Es scheint, als hätten wir sie schon immer gehabt. Ist dir das aufgefallen bei Babys? Sobald sie da sind, gehören sie zur Familie.«
»Während ich nicht dazugehöre.« Priscilla sah erschrocken aus, so als ob sie es hätte denken, aber nicht aussprechen wollen.
»Ich wollte, du gehörtest dazu. Ich glaube, daß du eine von uns werden wolltest, als du Benjamin heiratetest. Du hast mich damals an mich selbst erinnert. Als ich ein junges Mädchen war, kam ich zu Besuch hierher, und ich verliebte mich, nicht nur in Leon Kendrick, sondern in alle, und am meisten in Beulah Land.«
Priscilla dachte nach über das, was sie gesagt hatte. »Bei mir war es eher ein Abwenden von meiner eigenen Familie.«
»Ein anderer Aspekt derselben Entwicklung.«
»Ich habe jedoch inzwischen eingesehen, daß ich ungerecht war und daß meine Mutter die beste Frau der Welt ist. Sie wollte immer nur das Beste für mich.«

»Oder das, was sie dafür hielt. Fühlst du dich von uns im Stich gelassen?«
Priscilla wurde rot und fragte: »Mrs. Troy, müssen wir dieses Gespräch führen?«
»Macht dir irgend etwas Kummer, was du nicht ganz verstehst?«
Sarah ließ nicht locker. »Es ist nicht immer leicht, mit der eigenen Mutter über intime Dinge zu sprechen. Manchmal kann ein Außenstehender . . .«
Priscilla schüttelte den Kopf. »Sie und Benjamin sind es, die Kummer haben, ich nicht mehr.«
Sarah fuhr unbeirrt fort: »Ich weiß, daß man Vertrauen nicht erzwingen kann. Verzeih mir, wenn es so aussieht, als ob ich gerade das täte, aber – hast du die ›Nachtseite‹ der Ehe nie genossen?«
»Kann das irgendeine Frau?« antwortete Priscilla kalt.
»Ich bin eine von vielen, die es tun.«
»Ich halte mich an die Liebe Gottes. Benjamins Liebe ist vom Teufel.«
»Ich will nicht über Gott und den Teufel mit dir streiten, aber du hast unrecht.«
Priscilla blickte sich um. »Diesem Ort, den Sie die Lichtung nennen, schien für mich immer schon etwas Böses und Verhextes anzuhaften, als ob sich hier in vergangenen Zeiten furchtbare Dinge zugetragen hätten. Haben Sie das nie empfunden?«
»Ich liebe ihn, wie ich Beulah Land liebe«, entgegnete Sarah.
»Ich hasse ihn«, sagte Priscilla gleichmütig, »wie ich Beulah Land hasse.«
Sarah kämpfte um Selbstbeherrschung. »Es muß ein schreckliches Leben für dich sein, hier zu wohnen und dich nicht als eine von uns zu fühlen.«
»Ich akzeptiere es als meine Strafe.«
»Ist es nicht auch eine Strafe für deinen Mann?«
»Wenn es so ist, kann ich's nicht ändern. Ich bin die Dienerin des Herrn und sein Werkzeug. Seine Weisheit darf ich nicht in Frage stellen.«
»Es gab eine Zeit, da stelltest du die Weisheit deiner Mutter in Frage.«
»Ich hatte unrecht und habe dafür gelitten und gebüßt. Ich werde ertragen, was ich ertragen muß, aber nicht Ausschweifung.«

Sarahs Augen blitzten vor Wut und Mitleid. Sie erhob sich und sagte: »Es tut mir leid. Ich bitte um Entschuldigung für mein Kommen.«
Priscillas Stimme hielt sie auf der Treppe zurück. »Sie haben den Marsh-Bastard für morgen eingeladen.«
Sarah wandte sich überrascht um. »Benjamins *Sohn*. Du wußtest vor seiner Geburt von ihm, lange vor eurer Heirat. Du kannst niemanden beschuldigen, dich getäuscht zu haben.«
»Wo dieses Kind willkommen ist, kann ich nicht sein. In der Küche sagen sie, daß er morgen kommt.«
»Ja.«
Sarah stieg die Stufen hinab, winkte Velma und Bruce zu und ging den Hügel hinunter. Sie fand Otis dort, wo die Felder an ihren Garten grenzten. Er spannte Draht über die Grube, die ein junger Arbeiter für das Barbecue ausgehoben hatte. Otis war auf Beulah Land zur Welt gekommen und hatte sein ganzes Leben, erst als Sklave und dann als freier Mann, hier verbracht. Er und seine Zwillingsschwester Lotus waren unter den ersten Zöglingen der Schule gewesen, die Sarah in einer Hütte auf Beulah Land gegründet hatte, als sie eine junge Ehefrau, aber noch nicht die Herrin der Plantage war. Lotus hatte Floyd geheiratet und war, kurz nachdem sie Abraham zur Welt gebracht hatte, gestorben. Sarah sprach mit Otis über die Vorbereitungen für das morgige Fest, und er zeigte ihr das Holz, das er getrocknet hatte, um die richtige Glut zum Rösten des Fleisches zu bekommen. Als sie nach Hause ging, fühlte Sarah sich leichter.
Leon freute sich auf morgen, sprach aber – mit Ausnahme von Granny Marsh – zu niemandem darüber, damit man ihm den Ausflug nicht verböte. Sowohl seine Mutter wie Eugene Betchley hatten sich über die Manieren lustig gemacht, die er auf Beulah Land angenommen hatte, und er fand heraus, daß das Leben auf der Marsh-Farm leichter war, wenn er so tat, als hätte er sich nicht verändert. Daß er anders geworden war, wußte er, aber er begriff, daß er es nicht zeigen durfte. Nur zu Granny Marsh sprach er von dem Leben auf der Plantage. Sie hörte nicht immer zu, stellte aber doch von Zeit zu Zeit eine Frage, gewöhnlich über das Essen.
Während er der Kuh zusah, wie sie gemächlich wiederkäute, und die Großmutter auf einem Holzklotz saß – den Halfterriemen der

Kuh hatte sie sich um den Knöchel geschlungen, – da sprachen sie über die Speisen, die es morgen geben würde. Als er sie fragte, was es mit dem Riemen für eine Bewandtnis habe, erklärte sie ihm, daß Gene sie diesen Trick gelehrt habe. »Er hat gesagt, wenn ich schon zu nichts anderem gut bin, kann ich wenigstens auf die alte Kuh achtgeben. Wenn sie ausreißen will, dann spür' ich's, weil sie am Halfter zerrt.«

»Davy erinnert sich nicht an frühere Feste, obwohl er es behauptet«, berichtete Leon. »Aber Bobby Lee erinnert sich an voriges Jahr. Er sagt, es gibt Barbecue, Schwein und Ziege. Sie haben einen Mann da, Otis, der bewacht das Fleisch die ganze Nacht, während es langsam röstet. Und Josephine wird etwas machen, das heißt *Brunswick Stew.*«

»Das hab' ich schon gegessen«, sagte die alte Frau, »da sind Mais und Tomaten und Eibisch und Wachsbohnen drin – und Schinken und Huhn, so fein geschnetzelt, daß du kaum weißt, was du ißt. *Brunswick Stew* kann sehr gut schmecken.«

»O ja«, bestätigte Leon, obwohl er es nie gekostet hatte. »Außer dem Barbecue gibt's noch gebratene Hähnchen, Mixed Pickles und Rote-Bete-Salat und gerösteten Mais. Einen Waschzuber voll Kartoffelsalat! Den macht Mabella, sie hat es mir selbst gesagt.« Er schwieg und dachte nach. »Im Bach gekühlte Wassermelonen gibt's auch, und alle möglichen Torten und Kuchen: Schokoladen- und Zitronenkuchen – und Pfirsich- und Brombeertorte. Und noch viel mehr mit komischen Namen, die ich nicht behalten habe.«

Sie saßen nebeneinander auf dem Holzklotz und dachten an all die guten Sachen, die ihn erwarteten, und plötzlich fragte Granny Marsh verschwörerisch: »Sind sie gut zu dir auf Beulah Land?«

»Ja, Großmutter.«

»Paß auf, was ich dir sage. Frag Miss Sarah, ob sie dir ein bißchen *Brunswick Stew* für mich mitgibt. Nichts vom Barbecue, das vertrag' ich nicht; wirkt, als ob ich ein Messer im Bauch hätte. Aber ich wette, wenn du Miss Sarah darum bittest, gibt sie dir ein wenig *Brunswick Stew* in einem Topf für mich. Sag aber, daß es deine Idee war, verrat ihr nicht, daß ich dich angestiftet habe.«

»Mach' ich, Gran.«

»Und jetzt hol mir eine neue Zahnbürste. Die da ist schon ganz abgenutzt.« Sie zeigte ihm die alte, die er für sie zurechtgeschnitten hatte und die vom Schnupftabak und von ausgiebigem Gebrauch geschwärzt war.

20

Als man am nächsten Morgen auf Beulah Land erwachte, lag ein wohlbekannter Duft von Pfeffer- und Essigsauce in der Luft. Das Rezept dazu hatte Otis im Laufe der Jahre ausgetüftelt. Er begoß damit während der Nacht immer wieder das langsam bratende Fleisch. Otis selbst roch noch eine ganze Woche nach seiner Nachtwache nach der Sauce, aber sein Geruchssinn ebenso wie seine Kleidung waren so reichlich getränkt damit, daß er sie weder riechen noch schmecken konnte und nur auf gut Glück mit einem mit Lappen umwickelten Stock auftrug.

Während Annabel Saxons Dinnerparty in der letzten Aprilwoche so willkommen war wie Rüsselkäfer in der Baumwolle, erweckte Sarahs jährliche Familienfeier am Vierten Juli frohe Erwartungen. Es hieß, die Pferde trabten munterer auf dem Weg nach Beulah Land, und die Wagenräder drehten sich schneller, als sie es je auf dem Weg zum Bankiershaus in Highboro taten. Sie kamen vom Land und aus der Stadt, denn Sarahs Familienbegriff war weitherzig – Annabel sagte: lächerlich. Jedermann in der Gegend, der sich auf irgendeine Verbindung mit Beulah Land berufen konnte, pflegte das in der Hoffnung auf eine Einladung zu tun, und Sarah hatte ein gastfreundliches Herz. Sie lud sogar die Familie Oglethorpe ein, die aber lehnte immer ab.

Aus dem Elkschen Institut kamen die Lehrer, schwarze wie weiße, angeführt von Roman, Selma und Pauline. Auch Roscoe Elk war unter den regelmäßigen Gästen, und dieses Jahr erwartete man ihn mit der schüchternen Claribell und der aufgeweckten Luck. Annabel teilte die im Süden weitverbreitete Forderung nach gesellschaftlicher Trennung der Rassen. Heute aber ehrte man die Familientradition, und der Grund, auf dem die Schule stand, war einst die Plantage ihrer Familie gewesen. Die meisten Gäste aßen zum Glück stehend, denn es wäre undenkbar gewesen, daß Schwarz und Weiß sich miteinander zu Tisch setzten. Und außerdem war Roscoe reich, und war sie denn nicht selbst die bedeutendste Schirmherrin seiner Schule? Also entschied sie sich dafür, die Anwesenheit von Negern als ein ihr gezolltes Kompliment zu betrachten. Diese Version erzählte sie allen – genau das, worauf Sarah heimlich gehofft hatte.

Von der Todd-Farm, die jedermann, mit Ausnahme der Todds selbst, noch immer als Teil von Beulah Land betrachtete, kamen Daniel und Jane mit Robert E. Lee und Jefferson Davis. Doreen Davis und ihre Freundin Eloise Kilmer waren unter den ersten Gästen; Eloise war längst zur Ehrentante ernannt worden. Bevor die beiden ihr Haus in Highboro verließen, küßten sie alle ihre Katzen, ermahnten sie, brav zu sein (besonders Toby), und versprachen ihnen Ziegen-Leckerbissen bei der Rückkehr. Aus Highboro kamen noch viele Familien, die alle miteinander und mit Beulah Land verbunden waren: Annabel und Blair Saxon, Blair II. und seine Frau Prudence mit ihren Töchtern Belle und Anna, Bonard und Frankie mit Sohn Blair III. und Tochter Fanny, schließlich James Davis mit seiner Frau Maggie und ihren drei Töchtern Cora, Beatrice und Rebecca. Wenn man die Dienerschaft mitzählte, die jede Familie mitbrachte, und die paar Logiergäste, die länger geblieben waren als ursprünglich geplant, so mußte man mit siebzig oder achtzig Personen rechnen.

Das einzige Gefährt, das an diesem Tag gegen den allgemeinen Verkehrsstrom rollte, war der Wagen, der Priscilla Davis zu ihrer Mutter in die Stadt brachte. Benjamin verabschiedete sie und willigte in ihren Plan ein, erst am nächsten Mittag zurückzukehren. Sobald sie abgefahren war, warf er Bruce in die Luft, küßte sie, als er sie auffing, und übergab sie Velma. Dann bestieg er sein Pferd und ritt zum Marsh-Hof. Leon war schon fertig und wartete auf der grauen baufälligen Veranda, die noch genauso aussah wie damals, als Benjamin Bessie zu Spazierfahrten abgeholt hatte, damals, im Jahr vor seiner Hochzeit. Die alte Mrs. Marsh war bei ihrem Enkel. Leon hatte das Sonntagsgewand angezogen, das Dorothea während seiner Krankheit für ihn genäht hatte. Bessie und Eugene waren nicht zu sehen; sie hielt sich in der Küche auf, er arbeitete in der Scheune. Benjamin stieg ab und begrüßte Mrs. Marsh. Aber als er Leons Nervosität bemerkte, hielt er sich nicht

weiter auf. Der Junge sah ihn nicht an, seine alte Schüchternheit war wieder da, und mit ihr kehrte Benjamins Unsicherheit zurück. Als sie sich verabschiedeten, flüsterte die Großmutter dem Jungen etwas zu, was der mit bereitwilligem Nicken beantwortete. Benjamin setzte Leon vor sich aufs Pferd, und sie ritten los. Als sie die Landstraße erreichten und vom Haus nicht mehr gesehen werden konnten, hielt Benjamin im Schatten eines Baumes einen Augenblick an und fragte: »Alles in Ordnung, mein Junge?«
»Ja, Sir«, sagte Leon, ohne den Kopf zu wenden.
Benjamins Arm schloß sich in einer festen Umarmung um seinen schmächtigen Körper, die gewiß nichts mit dem Lenken der Zügel zu tun hatte. Er fühlte, wie sich sein Sohn entspannt an ihn lehnte, und sie ritten zusammen nach Beulah Land. Benjamin berichtete: »Bobby Lee hat fleißig geübt. Er sagt, er kann dich jetzt beim Murmelspiel schlagen.«
»Vielleicht«, sagte Leon, »vielleicht auch nicht.« Ohne ersichtlichen Grund lachten sie plötzlich miteinander, befreit und ungezwungen.

Sie ritten zuerst auf die Lichtung, wo Leon noch nie gewesen war. Benjamin führte ihn überall herum und freute sich über die aufgeweckte Neugier seines Sohnes. Es erinnerte ihn daran, wie begeistert er selbst als Junge die Lichtung durchstreift hatte; und plötzlich wußte er, daß er nie aufhören würde, diesen Ort zu lieben. Freda war mit Zadok und ihren Kindern vorausgegangen. Benjamin rief Velma zu, sie solle Bruce bringen, und die vier gingen miteinander den Hügel hinunter. Als sie das große Haus erreichten, eilten schon alle geschäftig hin und her, ganz gleich, ob sie als Diener oder Gastgeber oder Gäste am Fest teilnahmen, und die Rollen waren nur in den seltensten Fällen eindeutig. Sarah war überall, Casey bastelte auf der Schattenseite der Veranda in aller Gemütsruhe an seiner Kamera herum; er würde später das große Ereignis in seinen Bildern festhalten. Bianca hatte eine leichte Dekke aus zarter Häkelarbeit über Nells Bett gebreitet und erhitzte ihre Brennschere über dem Zylinder einer Öllampe, bevor sie damit das Haar der Kranken kräuselte. Nell sah ihr mit kritisch gespitztem Mund zu.
Schon vor zehn Uhr morgens kamen die ersten Gäste. Zebra regel-

te den Verkehr und wies jeder Kutsche, jedem Leiterwagen und Einspänner seinen Platz zu. Zwei Stallburschen halfen ihm beim Abschirren der Pferde und Maultiere der Gäste, die keine eigenen Bedienten mitgebracht hatten. Josephine befehligte die Küche, und bis acht Uhr hatte Mabella zweimal geweint, zuerst, als Josephine ihr eine Ohrfeige gab, und dann, als sie ihren Kartoffelsalat lobte. Zusammen jedoch verwandelten sie die Frauen und Töchter der Feldarbeiter in einen Stab von Küchenmädchen und Botengängerinnen. Sogar die kleinsten Mädchen wurden angestellt, um Palmwedel über den Schüsseln mit Essen zu schwenken, damit sich die Fliegen nicht draufsetzten.

Die geräumige Veranda, die drei Seiten des Herrenhauses säumte, war immer voller Menschen, obwohl die Gäste ständig ein- und ausgingen. Im Haus selbst waren mehrere Zimmer für die Besucher hergerichtet worden, zwei zum Ausruhen für die Frauen, wenn sie sich zurückziehen wollten, und zwei für die Kinder und ihre Gouvernanten, mit Betten, Pritschen und Nachttöpfen ausgestattet. Ein Rauchzimmer stand den Herren zur Verfügung, falls sie sich entschließen sollten, vor der brennenden Sonne ins Haus zu flüchten, aber eine der wenigen Vorschriften Sarahs war es, daß unter ihrem Dach niemand Tabak kauen durfte.

Sofort nach ihrer Ankunft machte Annabel einen Pflichtbesuch bei Nell, wie übrigens alle anderen auch im Laufe des Vormittags. Sie hatten einander nie gemocht, Nell hielt Annabel für eine eitle, anmaßende Frau und zögerte nicht, dieser Ansicht Ausdruck zu verleihen. Heute bemerkte Nell, daß Annabels Hals dem einer Eidechse zu ähneln begann. Annabel parierte mit der Feststellung, daß sie gewiß nicht erwartet hätte, die alte Dame noch einen weiteren Vierten Juli erleben zu sehen. Zufrieden damit, daß sie die andere verwundet hatte, wandten beide ihre Aufmerksamkeit neuen Opfern zu. Auch Sarah und Annabel waren alte Gegner und würden im Laufe des Tages ein paar Schüsse aufeinander abgeben, aber gewöhnlich stellten sie ein gewisses Gleichgewicht zwischen sich her, und sie wußten ganz genau, wie weit sie gehen konnten und wann sie aufhören mußten, wobei sie sich beide der Illusion hingaben, durch die andere hindurchzusehen wie durch Quellwasser.

»Ich liebe so eine altmodische Party auf dem Land wirklich«, sagte

Annabel wohlwollend, »alles sorglos und keine Mühe für die Gastgeberin.« Sarah, die seit einer Woche von früh bis spät an den Festvorbereitungen gearbeitet hatte, sagte heimtückisch: »Wie jung doch Maggie aussieht«, wissend, daß Annabel jedes ihrer Schwägerin gezollte Kompliment ärgerlich fand. Sie war nämlich der Ansicht, daß Maggie ihre Freundschaft aus der Jugendzeit zweimal verraten hatte, zuerst, indem sie ihren Bruder James heiratete, und dann durch die stillschweigende Duldung der Heirat zwischen Prudence, ihrer Tochter aus erster Ehe, und dem älteren Saxon-Sohn.

Maggie Davis, die ihren Namen gehört hatte, kämpfte sich zu ihnen durch und sagte mit überschwenglicher Unaufrichtigkeit: »Miss Sarah, sie sind ein Engel in Menschengestalt. Alle sagen es.«

Annabel zerrte heftig am Ärmel von Maggies Kleid, um anzuzeigen, daß es schlecht säße, und verkündete: »Voile paßt deiner junonischen Figur nicht.«

»James meint, es fühlt sich so schön an«, sagte Maggie mit funkelndem Haß, »der Tastsinn ist für die Blinden so wichtig.« Sarah fragte Annabel mit sanfter Stimme: »Was ist das, was du trägst?«

»Pongé. Neu.«

»Wirklich?« fragte Sarah mit nicht eben schmeichelhafter Überraschung. Sie prüfte den Stoff einen Augenblick lang. »Na, hier draußen in der Sonne sieht es besser aus. Im Zimmer drinnen macht es dich gelb wie einen Chinesen.«

Maggie lachte herzlich und schlenderte davon. Annabel sah ihr nach und sagte: »Sie muß zweihundert Pfund wiegen.«

»Vielleicht findet James, es fühlt sich schön an«, lächelte Sarah.

Blair Senior, Blair Junior, Bonard und James sprachen über's Geschäft: das der Bank und das der Sägemühle. Benjamin trat zu ihnen unter die Eiche, wo sie zwei Negern zusahen, die Klapptische für die Berge von Speisen aufstellten, die in der Küche zubereitet wurden. Das Gespräch wandte sich den zu erwartenden Ernteerträgen zu und führte schließlich zu allgemeineren Voraussagen über die Zukunft der Familie, des Distrikts, des Staates Georgia, des Südens, des Landes und der Welt. Düsteres und Hoffnungsvolles wechselten ab, bis Bonard den ersten unanständigen Witz des Tages erzählte. Er hatte ein Talent dafür, solche Histörchen zu sammeln und zu erzählen, und wiederholte sich niemals. Als ein Witz dem anderen folgte und sie immer derber wurden, bildeten die Männer unwillkürlich eine separate Gruppe. Es dauerte nicht lange, bis sich ihnen andere Männer und die älteren, dreisteren Jungen zugesellten, die das dröhnende Gelächter angezogen hatte. Während einer Pause beschlossen sie, die rituelle Inspektion des Viehs und der umliegenden Felder vorzunehmen. Bei Männern wurde vorausgesetzt, daß sie sich in diesen Dingen auskannten, obwohl in diesem Fall keiner, nicht einmal Benjamin, soviel von dem, was sie zu kontrollieren vorgaben, verstand wie Sarah. Größtenteils sprachen Männer mit Männern und Frauen mit Frauen, aber es bildeten sich auch gemischte Gruppen, als der Tag fortschritt.

Die Frauen sprachen über Krankheiten und deren Heilmittel, Diener und Rezepte, Kinder und die Alten, Mode und Blumengärten. Jede kannte die Vorurteile und Eitelkeiten von jeder anderen. Über »meine Begonien« und »deine Myrte« wurden Komplimente und Sticheleien ausgetauscht. Entschiedenem Widerspruch folgten gefühlvolle Beistandserklärungen. Jane sagte, sie habe herausgefunden, daß alte Teeblätter einen guten Dünger für Farne ergäben, und Prudence bat alle Anwesenden um Rat, wie sie ihre gelben Rosenstöcke von Blattläusen befreien könnte. Die Antworten reichten vom Begießen mit Essig und Tabaksaft bis zum Entfernen der Läuse von Hand. Frankie, die zerstreut mit der Spitze an ihrem Halsausschnitt spielte, dachte an die Stunde, die sie gestern mit Benjamin in jenem Gehölz verbracht hatte, wo sie das erste Mal und seither regelmäßig ein- oder zweimal in der Woche beisammen gewesen waren. Als die Frauen eine Stellungnahme von ihr zu erwarten schienen, seufzte sie und sagte, jedermann wisse ja, daß sie ein Mädchen aus Savannah sei und nicht imstande, Stechäpfel zu züchten. Miss Kilmer glättete ihre Bluse und erinnerte die Anwesenden an die Schwierigkeiten, die sie mit ihrem Garten hatte, weil »die lieben Kätzchen eben unbedingt plündern gehen«.

»Ersäufen Sie sie«, schlug Annabel vor, und als die Katzenfreundin entsetzt stöhnte, fügte sie begütigend hinzu: »Sie wissen, daß ich's nicht ernst meine, Miss Kilmer, aber Sie müssen zugeben, daß Sie den Geschöpfen viel zu sehr ihren Willen lassen. Zum Schluß werden Sie überhaupt keinen Garten mehr haben.«

»Meine Wicken waren noch nie so schön wie dieses Jahr«, verkündete Miss Kilmer mit mehr Schärfe in der Stimme, als irgend jemand je von ihr gehört hatte. Sarah bemerkte Casey gegenüber häufig, daß Annabel bei allen nur die negativen Seiten sah. Annabel gähnte und lächelte, und als Sarah zu der Gruppe trat, sagte sie herausfordernd: »Tante Sarah, alle bewundern mein Pongé. Schau dir Frankie in diesem Licht hier an. Ist ihr Teint nicht ein Wunder? Ich finde, daß sie das Ebenbild von dem ist, wie ich in ihrem Alter war. Alle sagen es. Es ist so, als ob ich meine Jugend wiederhätte. Ich könnte schwören, daß es dir oft leid getan hat, daß du sie dir als Schwiegertochter entgehen ließest! Ich danke dem Himmel dafür, daß Bonard so gescheit war, einen solchen Schatz deinem Enkel vor der Nase wegzuschnappen! Du kannst sagen, daß ich mir's einbilde, aber ich stelle in diesen letzten paar Wochen einen noch rosigeren Glanz auf ihren Wangen fest. Siehst du, wie glücklich Bonard sie macht? Ist's nicht wahr, mein Liebling?«

»Sicherlich, Madam«, antwortete Frankie zurückhaltend. Annabel hielt ihre Bemerkungen für einen Doppeltreffer, denn nicht nur waren Benjamin und Frankie kurz davor gewesen zu heiraten, Sarah hatte sich auch zur gleichen Zeit dem Bemühen Annabels, Jane mit Bonard zu verheiraten, heftig widersetzt. Sie führte ihren Angriff fort, indem sie sagte: »Ich finde das nicht sehr richtig, daß du Bessie Marshs Sprößling hier zu uns eingeladen hast.«

Sarah entgegnete: »Sowohl sein Vater wie ich wollten ihn dabeihaben. Er gehört zur Familie, und es wäre am besten, wenn du dich an ihn gewöhntest, Annabel, denn er wird in Zukunft bei uns sein, wann immer wir ihn haben dürfen.«

»Du siehst, wie klug du warst, einer solchen Ehe aus dem Weg zu gehen«, sagte Annabel zu Frankie, als ob die anderen nicht vorhanden wären. Sie rümpfte die Nase und fuhr fort: »Jetzt erstaunt es mich nicht mehr, daß Priscilla beschloß, heute lieber nicht zu kommen.«

»Sie ist bei ihrem Vater«, sagte Sarah, »er ist krank.«

Annabel schüttelte den Kopf wie eine, die es besser weiß. »Diese Verbindung bewährt sich nicht sehr, oder? Wenn man bedenkt, daß ich es war, die Ben dazu überredet hat.«

Sarah sagte: »Du mußt der freien Wahl teilweise ihr Recht lassen.«

»Lieber Gott, ja, aber diese Dinge sind immer eine Sache der Beeinflussung, und ich war es, die ihn auf die Idee gebracht hat, sonst hätte er ja nie an sie gedacht. Sie war nicht die Art Mädchen, die ein junger Mann wie Ben ansieht oder die andere junge Männer zur Ehe erwählen. Ich erinnere mich, wie er lachte, als ich ihm begreiflich machte, wie gut sie zu ihm passen würde. Na also, einer von den seltenen Fällen, in denen ich schlecht geraten habe.«

»Mir fallen Hunderte ein«, sagte Sarah, »obwohl ich nicht zugebe, daß es diesmal ein schlechter Rat war.«

»Du bist nicht böse, wenn ich so offen rede, nicht wahr? Wir sind hier alle eine Familie, und in der Familie darf man sagen, was man denkt.« Annabel lächelte gutmütig, überzeugt, daß sie sich für den Pongé gerächt hatte.

Doreen, die keine Begabung für Geselligkeit hatte, saß bei Nell und fragte sie, ob sie vielleicht ein Kirchenlied hören wolle. Nell lehnte dankend ab, aber Doreen bot auf alle Fälle ein paar Strophen von *Beautiful Isle of Somewhere* dar. Sie hatte eine wohltönende Stimme, die sie gerne übte, aber sie konnte die Melodie nicht halten. Nell gab vor einzuschlafen und schlief dann wirklich ein. Aber bevor Doreen ging, rüttelte sie sie wach und bat ernstlich: »Wenn du in den Himmel kommst, Tante Nell, frage Gott, wo Er Pharao hingeschickt hat, und wenn Er's dir sagt, dann such ihn bitte und sage ihm, daß ich im Jenseits zu ihm kommen werde.«

»Wer ist Pharao?« fragte Nell.

»Mein geliebtes Pferd, das die Yankees umgebracht haben, erinnerst du dich nicht?«

»Ja«, sagte Nell leise, »ich hatte es vergessen, aber jetzt erinnere ich mich an den Tag.«

Die Kinder, die auf dem Land viel Platz zur Verfügung hatten, liefen frei herum, obwohl ihre tratschenden Kindertrauen Wache hielten, um ihren Schützlingen beim ersten Heulton beizustehen. Es gab jedoch wenig Verdruß. Davy ließ ein welkes Blatt von einer Tomatenstaude in den Halsausschnitt von Anna Saxons Kleid fallen und machte ihr weis, es wäre eine Spinne. Anna schrie laut auf, weigerte sich für den Rest des Tages, auf dem Boden zu sitzen und drohte an, Davy zu beißen, wenn er sich ihr wieder näherte. Blair III. trat auf eine hübsche Schale aus blauem Glas und schnitt seine große Zehe daran in einem Neumondbogen. Er würde die

Narbe behalten, solange er lebte. Er weinte ein wenig, weil der Schnitt stark blutete, und wurde von seinem Kindermädchen verbunden und gestreichelt, bis die Untätigkeit ihn zu langweilen begann. Daraufhin meisterte er sehr schnell das Kunststück, auf den Zehen des einen und der Ferse des anderen Fußes zu hüpfen und sogar zu laufen.

Der Tischler der Plantage, ein Mann namens Scudder, hatte zwei zusätzliche Schaukeln, eine Wippe und eine sogenannte *Spinning Jenny* gezimmert, die freilich nichts mit dem Spinnen von Baumwolle zu tun hatte, sondern aus einem ausbalancierten und in der Mitte an einem Balken befestigten dicken Brett bestand. Dieses konnte mit mäßiger Geschwindigkeit im Kreis gedreht werden, wenn an einem Ende ein Kind saß, das ungefähr so viel wog wie sein Partner am anderen Ende. Wenn die Kinder verschieden schwer waren, dann mußte sich der leichtere Fahrgast am äußersten Ende seiner Seite halten, während der schwerere näher zur Mitte rückte. Das Problem bestand darin anzuhalten, wenn das Karussell seine Höchstgeschwindigkeit erreicht hatte, und ein Kind mußte schon flink und geschickt sein, um mit den Füßen am Boden Halt zu finden, bevor es mit Wucht darauf landete. Die Töchter von James und Maggie Davis waren zwölf, dreizehn und vierzehn und pflegten nur noch bei Familienfesten mit kleineren Kindern zu spielen. Als sie die *Spinning Jenny* mit Beschlag belegten, bis es Bobby Lee zu lange erschien, teilte er ihnen mit, daß jetzt er und Leon an der Reihe seien. Rebecca schubste Bobby Lee als er versuchte, sie abzuwerfen, worauf Leon sie mit beiden Fäusten auf den Arm schlug. Als sie zu jammern begann, schrie ihre Schwester Beatrice Leon an, daß er ein Bankert sei, weil sie gehört hatte, wie Papa es der Mama sagte. Bobby Lee, der wieder auf den Beinen stand, stieß Beatrice auf eine Seite und Rebecca auf die andere, obwohl jede von ihnen dreimal so schwer war wie er und fast doppelt so groß. Cora, die älteste der drei Schwestern, tra Leon in den Hintern, als er versuchte, die *Spinning Jenny* herumzudrehen. Fanny Saxon und Luck Elk, die kameradschaftlich ein Stückchen weiter weg auf derselben Schaukel saßen, sprangen ab und stürzten sich auf der Seite der Jungen in die Schlacht, einfach weil sie sich als ein Kampf von Groß gegen Klein darstellte. Davy der den Vorgängen mit wachsender Empörung zugesehen hatte begann, jeden mit dem Kopf zu stoßen, der in seine Nähe kam, und zwar ohne Rücksicht darauf, ob sein Opfer Freund oder Feind war. Als der Tumult seinen Höhepunkt erreichte, liefen die Kinderfrauen herbei, und die Kampfhähne waren bald getrennt und wurden je nach dem herrschenden Erziehungsprinzip entweder gescholten oder tröstend in die Arme genommen.

Es war ein glücklicher Tag. Sarah beauftragte Doreen, Gottes Segen für die versammelte Familie zu erbitten, bevor man zu essen begann. Als sich alle um die Klapptische unter den Bäumen drängten, beteuerten sie, wie hübsch alles aussähe und wie gut alles schmeckte. Die Fröhlichkeit wich ernsthafter Würdigung, und als auch der größte Mund und das gierigste Auge bis zum Übermaß gefüllt waren, folgte eine träge Stille. Die Frauen zogen sich in die Ruheräume zurück, und die Kinder wurden zu Bett gebracht, die meisten von ihnen auf Bodenpritschen, die sie den gewöhnlichen Betten vorzogen – teils wegen der Neuartigkeit, teils wegen der größeren Möglichkeit, Unfug zu treiben. Eine Weile kicherten sie und stießen einander an, wechselten die Plätze und beschuldigten einander, Wind gelassen zu haben, aber dann schliefen sie ein.
Die Männer und die großen Jungen zogen in den Wald, und als sie den Badeplatz der Kendricks am Fluß erreichten, lehnten sie sich an Baumstümpfe, oder sie ließen sich im Schatten der Bäume nieder, und die meisten schliefen ein. Später, als sie alle wieder munter waren, zogen sie sich aus und gingen schwimmen; alle bis auf die Schwarzen, obwohl Benjamin auch sie mit »Los, ins Wasser!« mehrmals herzlich aufforderte. Am späten Nachmittag schlenderten sie zum Herrenhaus zurück. Auf den Schultern trugen sie große gestreifte Wassermelonen, die sie im Fluß gekühlt hatten.
Die Frauen hatten sich ausgeruht und neue Energie für Konversation gesammelt, obwohl sich die Gesprächsthemen nicht geändert hatten. Die Kinder erwachten nach und nach und spielten wieder miteinander. Alle ließen sich bewegen, abermals etwas zu essen, obwohl sie lebhaft beteuerten, sie könnten nicht mehr. Sie genossen jetzt das rote süße, mehlige Fleisch der Melonen und spuckten die schwarzen Samenkörner zum Spaß auf ihre Gegenüber, während sie nach Fliegen schlugen und die Mücken verfluchten. Von

Zeit zu Zeit gelang es ihnen, unbeweglich dazusitzen, damit Casey eine Aufnahme machen konnte. So klang die Party allmählich aus. Pferde und Maultiere mußten angeschirrt und Hände mußten geschüttelt werden, und auf die hundert Einladungen: »Ihr müßt bald einmal zu uns kommen«, mußten Versprechen gegeben werden. Sarah und Josephine füllten Schüsseln und Körbe mit übriggebliebenen Speisen und verteilten sie an die abfahrenden Gäste, damit sie bei der Ankunft zu Hause ein Abendessen hätten. Der letzte, der sich verabschiedete, war Benjamin. Er brachte Leon zum Marsh-Hof zurück. Leon trug einen Topf mit *Brunswick Stew* in einem Henkelkorb, der außerdem noch geröstetes Schweinefleisch und Mixed Pickles und drei verschiedene Torten enthielt. Als Vater und Sohn langsam die dämmrige Straße entlangritten, sangen sie den *Yankee-doodle*; nicht weil heute der Nationalfeiertag, der Vierte Juli war, sondern weil sie den Text sehr lustig fanden: ». . . steckt eine Feder an den Hut und nannt' es Makkaroni!«

21

Aus dem würdevollen Betragen des Boten und den gebeugten Köpfen ihrer Herrinnen schlossen die Katzen, daß Ernsthaftigkeit geboten sei. Sie ordneten sich in einen Halbkreis und sahen so finster drein wie Diakone. »Irgend etwas muß es mir gesagt haben«, äußerte Doreen zu Eloise, »ich bin so froh, daß ich ihr ein Kirchenlied vorsang. Glaubst du, daß sie schon Zeit gehabt hat, sich zurechtzufinden und Pharao meine Botschaft zu bestellen?«

Als Annabel Saxon am selben Morgen dieselbe Nachricht erhielt, brach sie in Tränen aus und lief vom Frühstückstisch. Ihr Mann blieb verwirrt zurück und machte große Augen. Als er das Haus verließ, um die Bank aufzusperren, wunderte er sich darüber, daß man ein anderes Menschenherz nie wirklich verstehen kann.

Zwei Frauen, die auf der gleichen Meile Landes wohnten, starben am 4. Juli 1879. Beide nannte man alt, obwohl Mrs. Marsh vom Marsh-Hof nur halb so alt geworden war wie Nell Kendrick von

Beulah Land. Die Umstände ihres Todes hätten kaum verschiedenartiger sein können; die eine starb umsorgt von ihrer Familie, die andere allein und verachtet. Und doch dachten beide in ihrer Todesstunde an das gleiche.

Durch das Fenster sah Nell Kendrick noch, wie Benjamin mit Leon davonritt, und dann schlief sie ein. Es war ein langer, ereignisreicher Tag gewesen. Sie hatte freundlich mit allen (ausgenommen Annabel) gesprochen, die zu ihr kamen und ihre Aufwartung machten. Sie hatte mit Genuß gegessen – zuviel, das war schon richtig, aber so war sie eben. Nach dem Tumult des Tages brachte die einbrechende Nacht wieder Ruhe und Frieden über Beulah Land. Nur ein gelegentliches Stimmengemurmel war zu hören und hier und da ein müdes Gelächter, als die Dienerschaft Haus und Hof von den Spuren des Festes säuberte. Nell erwachte eine knappe Stunde vor Mitternacht und hörte Bianca auf der Pritsche neben ihrem Bett schnarchen. Sie erwog, ihre Bibel auf sie zu werfen, rülpste aber nur sanft und schloß die Augen, den Geschmack von *Brunswick Stew* in der Erinnerung nachkostend. Sie seufzte noch einmal und starb. Erst als Sarah um halb sechs am nächsten Morgen das Zimmer betrat, wurde ihr Tod entdeckt.

Mrs. Marshs Ende war weniger sanft und trat zwölf Stunden früher ein.

Sie hatte den Strick der Kuh um ihren linken Knöchel gebunden und saß am Rande des Unterholzes nahe dem Maisfeld. Viel Gras gab es da nicht, weshalb die Kuh sich schon mehrmals an die Maisstauden gemacht hatte. Aber die alte Frau war wachsam, trotz ihrer fast völligen Blindheit, und sie zerrte die Kuh jedesmal, wenn sie auf den Mais loszog, zurück. Mensch und Tier waren aufeinander böse, die Kuh wollte die Maisblätter haben, die Frau wollte ungestört dasitzen und an *Brunswick Stew* denken. Würde der Junge es auch nicht vergessen? Aber würde Miss Sarah nicht ohnehin daran denken? Sie war gütiger als die meisten reichen Damen und hatte ihnen immer geholfen, wenn sie etwas brauchten. Es ging auf die Mittagszeit zu, und sie war hungrig. Sie würde ihre Erbsen mit der Brühe aus dem Topf zu einem Brei vermischen; dann konnte man sie leichter kauen.

Eugene schlich auf das Unterholz zu. Er hielt einen lebenden Frosch in der Hand. Er hatte eigentlich nur beabsichtigt, einen

Streich zu spielen, da er wußte, wie scheu die Kuh war, aber dann fiel ihm ein, daß aus seinem Spaß mehr herauszuholen wäre als nur Lachen. Mrs. Marshs Ohren waren scharf genug, um zu hören, wie seine harten Tritte die trockenen Furchen zerstampften, als er näher kam. »Bist du's, Bessie?« fragte sie. Es kam keine Antwort, und plötzlich hatte sie Angst. »Bessie?« rief sie, und als wieder niemand antwortete und nur die Schritte immer näher kamen, schrie sie nach ihrer Tochter, »Bessie, wo bist du?« Aber mit einem Male wurde sie still; ihre Nase hatte ihr verraten, wer da war.

Eugene setzte den Frosch in das trockene Gras vor die Kuh. Der Frosch sprang, die Kuh scheute. Der Frosch sprang wieder, die Kuh bockte. Eugene schrie gellend und schlug die Kuh mit aller Kraft auf die Flanke. Sie begann zu laufen und zerrte die Frau mit sich ins Maisfeld. Eugene nahm einen Stein auf und folgte. Er holte die Kuh bald ein, die stehengeblieben war, um ein paar Maisblätter zu fressen, deren Unterseite rauher war als ihre Zunge. Die ein wenig benommene Frau versuchte, den Strick loszumachen, an dem sie mitgezogen wurde, aber Eugene schlug zu, bevor es ihr gelang. Er zertrümmerte die Seite ihres Schädels.

Als das Mittagessen, bestehend aus gekochten Erbsen und Maisbrot, fertig war und Bessie am Stand der Sonne sah, daß es Mittag war oder doch beinahe, ging sie aus der Küche auf den Hinterhof und läutete die verrostete Tischglocke, die ihr ganzes Leben dazu gedient hatte, alle zu rufen, die auf den Feldern arbeiteten. Eugene erschien kurz darauf, nachdem er am Brunnen haltgemacht hatte, um Wasser die Kehle hinunter und über seine Hände zu spülen, die er am Latz seiner Hose abwischte. Als er eintrat, dachte Bessie kurz an ihre Mutter, aber sie ärgerte sich nur, weil sie zu spät kam, und auf dem Marsh-Hof pflegte niemand auf irgend jemand zu warten, wenn das Essen auf dem Tisch stand. Mit einem Achselzucken setzte sie sich Eugene gegenüber und füllte ihren Teller, nachdem er sich bedient hatte. Beide aßen herzhaft; als Eugene aber im Begriff war, die letzten Erbsen auf das letzte Stück seines zerkrümelten Maisbrotes zu häufen, sagte Bessie: »Heb einen Löffel voll für Ma auf, sie hat die Glocke vielleicht nicht gehört.« An dem Hohn in seinen Augen erkannte sie, daß etwas geschehen war, und sie riß ihm die Schüssel aus der Hand. »Wo ist sie?«

Er kippte den Stuhl zurück, balancierte ihn auf zwei Beinen, saugte

an seinen Zähnen und sah ihr ins Gesicht. »Nicht schön hier, wir beide ganz allein?«
Sie stand auf und packte ihn am Haar. »Was ist los?«
»Mach das nicht noch mal.« Er schlug ihre Hand weg und erhob sich. »Auf dem Feld«, sagte er mürrisch, »Kuh hat sie geschleppt. So sieht's jedenfalls aus.«
»Du hast sie gesehen und liegenlassen?«
»Hätte schlafen können, nach allem, was ich weiß. Ich war nicht gar so nahe.«
»Wo?«
»Im Maisfeld, bei den Sassafrasbäumen. He, warte!«
Bessie rannte davon, Eugene hinter ihr her. Als sie an die Stelle kamen, fraß die Kuh zufrieden weiter, ohne sich um die Leiche von Mrs. Marsh zu kümmern, die auf dem Rücken lag. Das Blut an ihrer Schläfe trocknete dunkel und verfilzte das graue Haar, ihre Augen waren blicklos gegen den heißen Himmel geöffnet. Bessie sah sie an und verstand. Sie vermied es, den Mann anzublicken, denn das hätte sie zur Mitschuldigen gemacht. Sie fürchtete sich vor ihm und wußte doch, daß sie ihn beschützen mußte.
Eugene sagte: »Sie muß geschlafen haben, daß die Kuh sie hat herschleppen können. So wird's gewesen sein, scheint mir. Ich bring' sie ins Haus.«
»Bist du sicher, daß sie tot ist?« fragte Bessie überflüssigerweise.
Eugene hockte sich nieder und prüfte den Kopf der Alten, er war jetzt bemüht, hilfsbereit zu erscheinen. »O ja, mit ihr ist's aus, ganz bestimmt.«
Er löste den Strick von ihrem Knöchel. »Hätte sie niemals machen dürfen. Hat ihr nicht viel genützt und auch sonst niemand. Wir müssen uns denken, daß es ihr jetzt besser geht und uns auch. Ich bring' sie nach Haus. Du nimmst die Kuh.« Bessie nahm ihm gehorsam den Strick ab. Er hob den verbrauchten, beschmutzten Körper auf seine toten Beine und hielt ihn gegen das Licht, um den hängenden Kopf anzusehen, dann nahm er sie in die Arme. »Schwerer, als sie ausschaut«, sagte er. Bessie folgte mit der Kuh.
Nachdem sie sie gebadet und ihr ein sauberes Kleid angezogen hatte, legte Bessie ihre Mutter auf das Bett, das sie mit Leon geteilt hatte. Dann warf sie ein Laken über die Tote, um die Fliegen und Mücken abzuhalten. Eugene ging zur Kirche, die eine halbe Meile

weit entfernt war, und brachte die Frau des Predigers, Miss Ona, mit zurück, die sagte, sie würde bei der Leiche bleiben, damit sie die Arbeit auf den Feldern beenden könnten. Bessie und Eugene gingen wieder hinaus und kamen bei Sonnenuntergang heim. Sie schickten Miss Ona nach Hause mit der Bitte an den Reverend Paul, er möge das Begräbnis am nächsten Morgen durchführen. Sie würden zeitig kommen, um das Grab auszuheben.

Als Benjamin mit Leon eintraf, hatten Bessie und Eugene ein Abendessen aus Maiskuchen und gebratenem Speck verzehrt. Bessie teilte ihnen mit matter Stimme mit, daß Mrs. Marsh gestorben sei, »weil sie sich von der alten Kuh wegzerren ließ«. Sie hätte aus der Ferne gesehen, wie es passierte, berichtete sie, aber als sie hinkam, war es zu spät. Leon bestätigte Eugenes Aussage, daß Mrs. Marsh die Gewohnheit hatte, den Strick der Kuh um ihren Knöchel zu binden. Bessie sah, wie Benjamin seinen Sohn sorgenvoll umarmte, und warf ihm einen vorwurfsvollen Blick zu: »Wenn du nicht deinem Vergnügen nachgerannt wärst heute, dann hättest du sie retten können.«

Leons schuldbewußter Blick bestätigte die Wahrheit ihrer Worte.

»Willst du sie sehen? Ich hab' sie aufgebahrt.«

Sie führte die beiden hinein und zog das Bettuch vom Gesicht ihrer Mutter. Nachdem sie berichtet hatte, wann und wo das Begräbnis sein sollte, sagte Benjamin, er würde einen Sarg aus der Stadt bringen. Bessie nahm das Angebot an, ohne sich zu bedanken. »Sie wäre zufrieden damit«, sagte sie nur und bedeckte das Gesicht der Alten wieder. Auf der Veranda fanden sie Eugene, der gerade das Tuch vom Eßkorb hob.

»Was hast du da?« fragte Bessie.

Eugene übergab ihr den Korb. »Schade, daß wir schon gegessen haben. Na, verkommen wird nichts davon, was Gene?«

»Sicher nicht«, sagte Eugene und nahm den Topf mit *Brunswick Stew* heraus, um daran zu riechen.

»Das ist für Großmutter!« sagte Leon schrill.

Eugene lächelte ihn traurig an.

»Du spiel dich nur nicht auf«, warnte Bessie den Jungen. Dann vertrat sie Benjamin den Weg, der einen Schritt auf seinen Sohn zu machte. »Geh jetzt«, sagte sie, »wir erwarten dich so zeitig wie möglich am Morgen.«

Die Beerdigungen waren so verschieden voneinander wie Leben und Tod der beiden Frauen es gewesen waren. Mrs. Marsh wurde in ein Grab gelegt, das so hart war, wie ihr Schicksal gewesen war. Die ländliche Kirche mit ihrem Dutzend splittriger Bänke stand auf einem Hügel, auf dem kein Baum wuchs, keine Blume, ja nicht einmal ein Unkraut oder ein Grashalm. Der Boden war ausgedörrt, und der Sommer hatte ihn hart gebrannt wie Ton. Sarah hatte sich vorgenommen hinzugehen, konnte aber nicht, weil sie Nells Begräbnis vorbereiten mußte, und so kamen Benjamin und Zadok kurz nach acht Uhr allein beim Marsh-Hof an, nachdem sie den Ladeninhaber in Highboro um halb sieben aufgeweckt hatten, um ihm einen Sarg abzukaufen. Er sah ihnen zu, wie sie ihn zum Wagen trugen, und sagte, es bringe Glück, wenn der erste Verkauf des Tages ein Sarg sei.
Bessie wartete ungeduldig und bot ihnen keine Stärkung an. Sie sagte, selbst die langen Sommertage seien nicht lang genug für alles, was zu tun wäre. Eugene war auf dem Feld, er würde nicht mitgehen. Benjamin und Zadok trugen den Sarg ins Haus, wo Bessie half, die alte Frau hineinzubetten und zum Wagen zurückzubringen. Dann setzte sich Leon zwischen Bessie und Benjamin, der lenkte, während Zadok hinten im Wagen kniete, um den Sarg auf der holprigen Straße zur Kirche festzuhalten. Benjamin und Zadok schaufelten das Grab aus, die anderen warteten, geblendet von der Sonne. Miss Ona versuchte vorzusingen, gab es aber wieder auf nach schrillem Sologesang aller Verse von *In the Sweet By and Bye,* die sie sich rühmte zu kennen. Als das Grab fertig war und die schwitzenden Männer, die es ausgehoben hatten, zur Seite traten, hob der Reverend Paul die Hände und beugte den Kopf. Mit einer Stimme, die ohne Hoffnung flehte und ohne Kraft drohte, überlieferte er den Körper der Erde und die Seele dem Himmel. Die Feier war so öde wie die Umgebung. Während der ganzen Zeremonie furzte Bessie leise, da sie am Vorabend nach dem frühen Abendessen noch reichlich vom *Brunswick Stew* genossen hatte. Benjamin und Zadok schaufelten Erde über den Sarg, und niemand weinte. Bevor sie weggingen, gab Benjamin dem Reverend Paul einen Dollar.
Das Begräbnis von Nell Kendrick fand am nächsten Morgen in der St.-Thomas-Kirche in Highboro statt. Nicht alle, die gekommen

waren, fanden Platz in der Kirche, und jene, die nicht hinein konnten, warteten auf dem Friedhof, um wenigstens die Beisetzung mitanzusehen. Der Chor sang schön, und Eloise Kilmer und Doreen Davis sangen schlecht. Jede versuchte, die andere auf der richtigen Tonstufe zu halten, ohne daß es ihnen gelang, wie Schwimmer, die in Panik geraten und einander gegenseitig ertränken, statt sich zu retten. Außer dem Text der Totenmesse, die der Reverend Horace Quarterman im stolzen Bewußtsein seiner Wichtigkeit und der bedeutenden Versammlung vor ihm intonierte, gab es zwei lange Bibellesungen. Wenn Nell nicht tot gewesen wäre, hätte sie das Ganze verschlafen.

Im Hauptschiff der Kirche weinte man nicht, auf der Empore jedoch, die für die Neger von Beulah Land reserviert war, wurde sehr viel geweint. Mabellas vertrautes Wehklagen übertönte den Gesang, und Josephine juckte es, ihr eine Ohrfeige zu geben. Josephine trauerte tiefer als irgend jemand sonst, Sarah vielleicht ausgenommen. Als sie, die frühere Chefwäscherin, nach dem Tod von Lotus zur Köchin auf Beulah Land avancierte, klagte Nell, daß ihre Kekse nach Seife schmeckten, aber das war zu Beginn von Josephines Herrschaft über die Küche gewesen. Ihr Verhältnis war seit langem von gegenseitiger Bewunderung getragen, Josephine liebte Nell wegen ihres Appetits – welche Köchin kann der Gefräßigkeit ganz widerstehen? –, und Nell liebte Josephine wegen ihrer unfehlbaren Gabe, sowohl Appetit wie Gier zufriedenzustellen. Niemals wieder würde Josephine mit jener Gewißheit aufwachen, die sie während Nells Lebzeiten genossen hatte, der Gewißheit, wie *nötig* sie war, und gebraucht werden bedeutete ihr alles.

Sarahs Gedanken schweiften ab. Sie kam aus ihrem Arbeitszimmer und spürte den Geruch der alten Gesangbücher. Sie hatten alle Witterungen ausgehalten, und selbst in der trockensten Hochsommerhitze vermittelten sie die Erinnerung an den Frost der Dezemberandacht und an die nassen Sonntage im Februar. Auch der Duft der Blumen hing schwer in der Luft und mischte sich mit dem zu süßen Parfum des Puders der Damen. Einen Augenblick lang wußte Sarah zwar, wo sie war, aber sie konnte sich nicht entsinnen, warum sie da war. Sie brachte sich gewaltsam in die Gegenwart zurück. *Tante Nell.*

Sarah lächelte. Casey neben ihr lächelte auch und drückte ihre

Hand, als ob er ihre Gedanken erriet. Sarah hatte Nell Kendrick geliebt und würde sie lieben, solange die Erinnerung an sie wach blieb, obgleich sie wußte, daß Nell keine liebenswerte Frau gewesen war und auch nicht sein wollte. Sie war egoistisch vom Anfang bis zum Ende. Sie hatte ganz so gelebt, wie es ihr paßte – soweit sie konnte. Sie hatte sich selbst über fast alles und alle um sie herum belogen. Sie fand keinen Fehler an Leuten, die sie billigte, und keine Tugend in Menschen, die sie mißbilligte. Indem sie ihrem Gatten Felix Kendrick das Bett verweigerte, hatte sie ihm die Kinder verweigert, die er sich wünschte, und ihn zu einer Art Wüstling gemacht – und all das in der Überzeugung, daß sie ihn liebte. Aber Sarah konnte nicht vergessen, daß sie ihn Tag und Nacht pflegte, als er krank war, bis keine Lebensgefahr mehr bestand, noch vergaß sie, daß es Nell war – da Felix es nicht konnte –, die darauf bestand, daß jeder Penny, den sie besaßen, zur Rettung von Beulah Land geopfert werden sollte, als das Gut von Bankrott bedroht war, und sie erinnerte sich auch, daß es Nell gewesen war, die bettelnd und betend versucht hatte, Lotus und Nancy vor der Vergewaltigung durch die Soldaten der Union zu retten, und die, als das mißlang, Jane vor ihnen versteckt hatte. Und mit welcher Hingabe hatte Nell die Fehde gegen Annabel geführt. Wie sie ihre alte Verbündete hier vermissen würde! Aber außer diesen begründeten Ansprüchen auf Liebe und ehrendes Gedenken war da noch die fast unglaubliche, aber unleugbare Tatsache, daß vollkommene Selbstsucht wie die von Nell nicht selten die reinste Zuneigung erzeugt.

Jetzt hatte der Gesang wieder eingesetzt, der Gottesdienst war fast zu Ende. Als das letzte Amen gesprochen war, nahm Sarah Caseys Arm, und zusammen schritten sie den langen Mittelgang entlang, gefolgt von Benjamin und Priscilla, denen Jane und Daniel mit ihren Kindern folgten. Auf dem Friedhof wurde ein letztes Gebet gesprochen, und der Sarg wurde in den Boden gesenkt, wie sie es gewünscht hatte: »Neben meinem geliebten Felix, aber nicht zu nahe.« Sie wandten sich ab mit jenem schnellen Nachlassen der Spannung, das alle beendeten Feierlichkeiten bewirken. Fröhliche Stimmen erhoben sich und füllten den hellen Julimorgen.

»Die Letzte ihrer Generation . . .«

»Eine bewunderungswürdige Dame . . .«

»Für uns alle ein Verlust ...«
»Ihr edler christlicher Geist ...«
»Schade, daß sie nicht hundert werden konnte.«
Sarah lächelte wieder, als sie und Casey auf all jene warteten, die Worte sagen wollten, die sie sich bis jetzt aufgespart hatten. Es gab sehr wenig, das irgend jemand durch Nells Tod schmerzlich vermissen würde, und um überhaupt etwas zu sagen, versicherte man ein ums andere Mal, wie schön es gewesen wäre, wenn sie ein rundes Hundert erreicht hätte. Es war wie mit den Regeln der Gastfreundschaft in den Südstaaten, dachte Sarah: Niemand durfte nach Hause gehen, ohne daß ihm versichert wurde, sein Aufenthalt sei zu kurz gewesen.
Als eine der letzten kam Annabel, die sich mit einem Taschentuch den Schweiß vom Kinn tupfte. »Na, Tante Sarah«, sagte sie heiter, »jetzt, wo Tante Nell tot ist, wirst du das Familienoberhaupt.«
Unter den Trauergästen war eine, die die relative Kürze von Nells irdischem Exil nicht beklagte. Ann Oglethorpe, von Ehemann Philip und Tochter Elisabeth begleitet, trat vor Sarah hin und sagte: »Ich bete zum Herrn, damit Er ihr ihre Gier vergebe und sie rechtzeitig aus den Flammen errette.« Sie wandte sich ab und überließ es Tochter und Gatten, sich zu verneigen und begütigend zu lächeln.
Kurz darauf sah Sarah – während sie noch die Trostworte der Umstehenden entgegennahm –, wie Priscilla sich von Benjamin trennte und zu ihrer Mutter ging. Die beiden schritten bedächtig zwischen den Gräbern weiter, ihre Köpfe nahe beieinander. Elisabeth ließ ihren Vater einsam wie eine Bildsäule unter den gemeißelten Grabsteinen stehen und ging zu Jane hinüber, wo sich ihr Thomas Cooper augenblicklich zugesellte – der einzige von Janes alten Verehrern, der noch Junggeselle war. Benjamin stand bei Frankie und Bonard. Bonards übliche Röte vertiefte sich, als er zu lachen und dann – beim Anzünden einer Zigarre – zu husten begann. Frankie ignorierte ihn und sah Benjamin an, und Sarah erkannte plötzlich, daß sie so tat, als wären beide Männer ihr Eigentum. Hatte Jane recht gehabt, als sie vermutete, daß sie etwas miteinander hatten? Annabel nahm die Aufmerksamkeit ihres Bruders James und seiner sprudelnden Frau Maggie in Anspruch, deren guter Laune der Anlaß nichts anhaben konnte. Nells Zofe Bianca sah

zu, wie das Grab zugeschüttet wurde. Casey fing Sarahs Blick auf und ging zu Bianca hinüber, die unter den anderen Hausangestellten von Beulah Land keine engere Freundin hatte. Sie hatte, seit sie erwachsen war, Nell bedient und galt bei den Mädchen als aufgeblasen.

Nachdem die letzten Beileidsworte gesprochen waren und der Friedhof sich geleert hatte – nur die Familienangehörigen blieben noch –, ging Sarah zu Casey und Bianca. Casey sagte gerade: »Sie hat sehr hübsch ausgesehen, Bianca, und wir danken dir dafür.« An den Wimpern der Alten zitterten Tränen, die in die Runzeln ihrer Wangen flossen. »Was wird jetzt aus mir?«

»Du kannst tun, wozu du Lust hast«, sagte Sarah. »Wenn es etwas von Tante-Nell gibt, was du haben möchtest, ausgenommen ihr Schmuck, den sie Miss Jane zugedacht hat . . .«

»Ich möchte ihre Kleider«, sagte Bianca, ohne zu zögern.

»Sie gehören dir.«

»Und ihren Spazierstock.«

»Gehört dir auch.«

»Kann ich ihr Bett haben?«

Sarah bedachte sich nur kurz. »Alles aus ihrem Zimmer wird in deine Hütte gebracht. Ich sage Wally heute abend, daß er sich darum kümmert.« Bianca nickte zufrieden. »Ich möchte Josephines Gesicht sehen, wenn sie's erfährt.«

22

Sarah war keine Frau mit viel Geduld, aber sie zwang sich, über eine Woche zu warten, bevor sie zu Bessie ging. Auf Beulah Land gab es ohnehin viel zu tun. Während der Mais geerntet wurde, beugte sich alles den Anforderungen der Plantage. Futter wurde abgezogen, wenn der Mais reif war, die Blätter aber noch grün blieben. Sie wurden vom Halm gelöst, zusammengedreht und zum Trocknen auf ein Gestell gehängt. Später sammelte man sie ein, band sie mit einem starken grünen Blatt und lud sie auf die Wagen. Für die Männer war es heiße, schmutzige Arbeit. Ihre Arme und Rücken schmerzten, und ihre Hände, so sehr sie auch an harte Arbeit gewöhnt waren, bluteten von den scharfkantigen Blättern. Sobald der Mais eingebracht war, mußte die Baumwolle gepflückt und zum Egrenieren gebracht werden. Beim Pflücken taten die Hände nicht weh, wohl aber Knie und Rücken. Der Transport der Baumwolle zur Egreniermaschine war nach den langen Wochen harter Arbeit, die vorangegangen waren, wie ein Urlaubstag. Auch die Frauen des Hauses hatten zu tun, Früchte und Gemüse mußten eingelegt, eingemacht und getrocknet werden. Trotz all dieser Beschäftigungen und Sorgen vergaß Sarah nicht einen Augenblick ihren Entschluß, Leon nach Beulah Land zu holen, wenn sie nur irgend konnte. Sie und Benjamin sprachen darüber, und wenn er weiter die natürliche Frage stellte: »Wie?«, konnte sie nur antworten, daß sie es nicht wüßte, daß man aber Mittel und Wege finden würde.

An einem Sonntagnachmittag, als andere schliefen und wünschten, es wäre Montag, und wieder andere sich liebten und wünschten, daß der Montag niemals käme, spannte sie ihren kleinen Wagen an und fuhr zu Bessie. Sie hatte keinen Plan und verließ sich auf ihr Glück, und wie es manchmal vorkommt, war das Glück mit ihr. Sie fand Bessie allein in der Küche, wo sie Tomaten für den Winter einkochte. Wie Sarah beim Eintreten feststellte, waren sie bereits zu weich, und die Küche war voll Dampf. Auf Bessies Aufforderung nahm Sarah sich einen Stuhl auf die hintere Veranda vor der Küchentür, so daß sie sich unterhalten konnten, während Bessie drinnen auf die Tomaten achtgab.

»Der Geruch von den Dingern hat jede Fliege im Land angelockt«, seufzte Bessie. Als nach den Begrüßungsworten ein zwangloser Gedankenaustausch eingeleitet war, fand Sarah es leicht genug, ihr Bedauern darüber auszudrücken, daß es ihr nicht möglich gewesen war zu kommen, als die alte Mrs. Marsh starb. Bessie ihrerseits beteuerte, wie gerne sie zu Mrs. Kendricks Beerdigung gekommen wäre – »aber es ging einfach nicht, Madam«.

Sarah stimmte zu: »Beide – daß beide so zusammengekommen sind. Seltsam, daß es so geschehen sollte.«

»Die Wege des Herrn.« Bessie schüttelte den Kopf.

»Hm.«

»Allerdings, ich weiß nicht«, sagte Bessie abschwächend, »beide waren so alt. Mrs. Kendrick war reich und alt, und Ma war arm und alt, und das gleicht ihr Alter aus, könnt' man sagen. Ma war noch nicht so alt wie Sie, Miss Sarah, aber schon verbraucht. Wenn sie nicht die Kuh gezerrt hätte, dann wär's was anderes gewesen. Sie war soweit.«

Obwohl die Tomaten regelrecht stanken, sagte Sarah: »Schmecken die nicht gut im Winter? Mach einen Topf auf, und was immer gerade da ist, es wird eine richtige Mahlzeit.«

»Ja, Ma'am«, bestätigte Bessie bedächtig mit der Konzentration der Köchin, als sie die Festigkeit der Tomaten prüfte. »Jetzt.«

»Laß mich dir helfen.« Sarah stand auf, und die beiden Frauen arbeiteten flink mit einem Dutzend ausgekochter Töpfe. Sie sprachen kein Wort, bevor sie fertig waren, und als es endlich soweit war, hatte Sarah ihre Kleider ebenso durchgeschwitzt wie Bessie.

»Ich lasse alles stehen und mach' den Abwasch später«, sagte Bessie, »nur raus jetzt aus der Küche.« Während sie noch sprach, führte sie Sarah auf den Hof. In jeder Hand trug sie einen Stuhl. Im Hinterhof stellte sie die Stühle unter einem dichtbelaubten Chinabeerenbaum neben dem Brunnen auf. Sie drehte den Zugeimer um, schüttelte ein Büschel verwelkter Beeren heraus und ließ ihn mit Geklapper und einem dumpfen Aufprall in den Brunnen sinken, untergehen und abkühlen, bevor sie das Seil laufen ließ und Wasser aus der kühlsten Tiefe schöpfte. Den ersten Schöpflöffel voll bot sie Sarah an, die dankbar trank. Dann trank Bessie zwei volle Löffel, wischte sich den Mund an der Schürze ab und setzte sich zu Sarah in den Schatten.

»Wo ist Eugene?« fragte Sarah, auf der Intimität der gemeinsamen Arbeit aufbauend. Bessie lachte. »*Eugene* klingt wie jemand, den ich nicht kenne, aber *Gene* ist mit seinen Fallen im Wald. Nicht in Ihrem Wald, Madam, möcht' ich gleich sagen. Er und der alte Crawford hängen immer noch gern Schlagnetze für die Fische aus und erlegen Tiere.«

Sarah nickte zerstreut, als ob alle Männer das täten und als ob sie das genau wüßte. »Ist Leon mit ihnen gegangen?«

»O nein, Ma'am, Leon geht nicht mit. Nicht daß Gene ihn je aufgefordert hätt', aber Leon würd' ohnehin auf keinen Falter treten, auch wenn er ein Goldstück dafür bekäme. Weiß wirklich nicht, wo Leon hingegangen ist. Seit Ma gestorben ist, brütet er oft ganz

allein vor sich hin und wandert herum. Hab' zuerst gedacht, es geht um so einen Jungenunfug, aber dafür ist er zu jung, falls die je zu jung sind.« Bessie zwinkerte ihrem Gast zu.
Sarah zwang sich zu einem Lächeln. »Janes Kinder fragen immer nach ihm und wünschen sich, daß er ab und zu kommt und mit ihnen spielt.«
»Hab' den Eindruck, daß sie ihm auch fehlen«, gab Bessie zu, »hier gibt's keine Kinder in der Nähe zum Spielen.«
»Bring ihn doch mal morgens an die Straße, dann kann ihn jemand zu uns mitnehmen«, schlug Sarah vor. »Von jetzt bis November kommen eine Menge Wagen vorbei, in beide Richtungen. Wir kümmern uns um ihn und schicken ihn gesund und heil zurück, wie letztes Mal.«
Bessie nahm diese Erinnerung an geleistete Gefälligkeiten ungerührt zur Kenntnis und sagte: »Hab' keine Angst, daß Sie's nicht täten. Er war so dick wie ein Kloß nach der Zeit bei Ihnen.«
»Wenn er kommen will, nehm' ich ihn heute gleich mit«, bot Sarah an.
»Glaub' nicht«, erwiderte Bessie trocken, »vielleicht ein andermal.«
Sarah, die wußte, daß die meisten Frauen gerne über sich selbst schwatzten und daß Bessie wenig Gelegenheit dazu hatte, riskierte eine wohlüberlegte Frage: »Was hast du für Absichten mit Gene?«
Bessie runzelte die Stirne. »Weiß nicht, was Sie meinen.« Bevor aber Sarah ihre Niederlage zugeben, aufstehen und gehen konnte, lenkte Bessie ein: »Ja, ich weiß. Ja also, das ist so ein Problem . . .«
Sarah wartete und wagte nicht, aufmunternd dreinzusehen. »Es ist so: Bring einen Mann und eine Frau zusammen, dann passiert's eben, ganz egal, wie alt sie sind. Soweit kann sich's jeder vorstellen, glaub' ich. Ma hat immer gesagt, er ist auf den Hof aus. Vielleicht stimmt das, aber es ist nicht nur das. Manchmal ist er mehr ein Mann, als ich ihn brauchen kann, und manchmal ist er wie ein Kind, um das ich mich sorgen muß. Ich weiß, wie ich ihn behandeln muß, und er hat mir viel geholfen, sicher, das hat er.« Sie seufzte ungeduldig. »Ich muß mich entscheiden. Er drängt mich, daß wir heiraten sollen. Mir würd's schwerfallen, das einer anderen Frau zu erzählen, aber Sie kennen die Vergangenheit und werden mir's nicht verargen: Ich krieg' ein Kind von ihm, Ende des Jahres.«

Sarah hätte jauchzen mögen, sie hätte singen mögen, aber sie setzte ein teilnahmsvolles Stirnrunzeln auf und überdachte scheinbar das Problem. »Du bist ziemlich in der Klemme.«
»Ja, Ma'am«, Bessie versuchte zu lächeln, aber es wurde eine klägliche Grimasse daraus. »Ein Kind ohne Trauring ist genug für eine Frau. Noch eins und ich bin erledigt in der Gegend. Jeder Mann, den's juckt, würd' sich an meiner Tür kratzen und glauben, ich müßt' ihn reinlassen.«
Darauf folgte ein langes Schweigen. Sarah ließ es fast bis zur Unerträglichkeit andauern, dann erst sagte sie ihre Meinung: »Heiraten wär' vielleicht das Beste«, und nach einem Augenblick fügte sie hinzu: »Wir taten, was wir konnten, Bessie, aber ich habe nie geglaubt, daß es genug ist.«
»Ich habe nicht erwartet, daß Sie aus lauter Freude tanzen und mich an Ihren Enkel anhängen. Was Ben angeht, ein anderer hätt' die ganze Sache abgeleugnet.«
»Wenn du Gene heiratest«, sagte Sarah, »dann verlierst du uns nicht als Freunde, das verspreche ich dir.« Sie machte eine Pause, wissend, daß sie den nächsten Schritt kühn wagen mußte oder gar nicht. »Du warst niemals irgendwo, Bessie, außer in Highboro. Für uns hier heißt das überall, für den Rest der Welt heißt es nirgends. Wie würde es dir gefallen, mit Gene nach Savannah zu fahren und dort zu heiraten?«
»Den Hof im Stich lassen?« Bessie sah erschrocken aus. »Ich hab' noch nie im ganzen Leben auch nur eine Nacht woanders geschlafen.«
»Ich meinte nicht für immer«, sagte Sarah beruhigend, »ich habe mich schlecht ausgedrückt. Ich meine, daß ihr auf Hochzeitsreise gehen sollt.«
»Sie reden, als ob wir reich wären, Miss Sarah. Gene hat zwar viel getan auf dem Hof, aber wir schaffen's gerade, und das knapp.«
Sarah wartete, und dann kamen die Worte, die sie hören wollte: »Es ist aber eine schöne Idee.«
Sarah hatte hinter Bessies Überraschung die Erregung gesehen – wenn auch nur für einen Augenblick. Sie sprach mit Entschiedenheit. »Du mußt selbst entscheiden, ob du Gene heiraten willst oder nicht. Wenn du's aber tust, dann gebe ich euch fünfzig Dollar, damit ihr zur Trauung nach Savannah fahren könnt.«

»Wer würd' sich denn um alles hier kümmern? Leon könnte nicht mitkommen.«
»Ihr könntet ihn bei einem solchen Anlaß auch gar nicht gebrauchen. Ich schicke Otis, um für die Tiere zu sorgen. Er ist der beste von unseren älteren Leuten. Er kann entweder in der Scheune schlafen, oder, wenn du das nicht willst, er kann jeden Morgen herkommen und abends wieder zurückfahren.«
Bessie lachte und erklärte – der Wahrheit näher, als sie ahnte –: »Sie haben alles genau ausgetüftelt!«
»Etwas, worüber man nachdenken kann.« Sarah war klug genug, nicht zu drängen. Die Idee war angeboten und akzeptiert worden, und sie wußte es. Sie stand auf und sagte: »Ich bin halbwegs trokken, aber ich muß furchtbar nach Tomaten riechen. Ich fahr' lieber nach Hause zu Mr. Troy, bevor er sich fragt, ob ich mich den Zigeunern angeschlossen habe.«
Bessie folgte ihr zum Wagen. »Sie waren eine große Hilfe, Miss Sarah, wie immer.«
Sarah ordnete das Zaumzeug und glättete die Zügel. Wenn das Pferd irgendwo stehengelassen wurde, wo es Fliegen gab, wurde es zum Kopfschüttler und Schwanzpeitscher. Als Sarah mit dem Rücken zu Bessie auf den Bock kletterte, bemerkte sie, als ob es ihr gerade erst eingefallen wäre: »Leon kann bei uns bleiben, während ihr weg seid – wenn ihr beschließt, daß ihr fahren wollt. Janes Kinder würden sich freuen, ihn als Spielkameraden zu haben.« Sie zog die Zügel an.
Als der Wagen über die flache Mulde zwischen Hof und Straße rumpelte, rief Bessie: »Haben Sie das mit den fünfzig Dollar ernst gemeint, Miss Sarah?«
»Ganz ernst.«

23

Von den Regeln der guten Erziehung einmal abgesehen, ist es ebenso nützlich zu horchen, wie es unnatürlich ist, davon Abstand zu nehmen. Und wenn von einem selbst gesprochen wird, dann kann es auch Lehren fürs Überleben bieten. Leon hatte ungefähr eine Stunde geschlafen, als ihn die Stimme seiner Mutter und Eugene Betchleys Gelächter aus der Küche aufweckten. Sie sprachen von Beulah Land und Sarah Troy. Er wußte, daß sie am Nachmittag auf dem Hof gewesen war, seine Mutter hatte ihn beim Abendessen damit gehänselt, daß er zum Fluß gegangen war und den Besuch verpaßt hatte. Allein zu schwimmen machte ihm nicht viel Spaß, er ging aber trotzdem alle Tage, weil er wußte, daß Eugene es nie gelernt hatte und sich darüber ärgerte. Er tat, was er konnte, um Eugene zu reizen. Zum Beispiel nannte er ihn nicht Gene, sondern Eugene, was der Mann haßte.

Er war schon wieder im Halbschlaf, als er seinen Namen hörte. Ein paar Minuten später kam Eugene mit der Mutter ins Schlafzimmer, und ihre leisen Stimmen verrieten, daß sie ihn schlafend glaubten. Ganz still lag er in dem Bett, das er früher mit der Großmutter geteilt hatte, und lauschte.

»Du weißt, daß du hier nicht rein darfst«, sagte Bessie.

»Das war, bevor ich was von meinem Kind gewußt hab'. Fünfzig Dollar! Hätt' nie gedacht, daß mir ein Kendrick was fürs Ficken zahlt.«

»Geh jetzt lieber.«

»Er schläft doch.«

»Sie ist keine Kendrick mehr, sie ist eine Troy. Vorher hieß sie Kendrick, aber an ihren Mädchennamen kann ich mich nicht erinnern.«

»Macht nichts«, sagte Eugene, »Weiber sind, was ihre Männer sind. So wie du Bessie Betchley sein wirst.«

»Hab's nicht versprochen, oder?«

»Solltest du aber, wo ich doch meine ganze Kraft für den Hof opfere.«

»Und deine Männlichkeit für was anderes, wie?« Sie kicherten beide.

Leon hielt die Augen fest geschlossen und kehrte ihnen den Rük-

ken zu, aber gleich darauf sagte seine Mutter: »Jetzt hör auf und geh in die Scheune und leg dich schlafen.«
»Nur, wenn du mitkommst.«
»Ich mag hierbleiben.«
»Ich brauch' dich aber so«, lockte er zärtlich.
»Ich bin müde und muß über allerhand Sachen nachdenken.«
»Du brauchst über nichts nachzudenken«, sagte er, »außer über fünfzig Dollar und mein Baby in deinem Bauch. Sie ist verrückt, daß sie uns jetzt fünfzig Dollar gibt, weil sie damals nicht recht gehandelt haben, als du mit *ihm* schwanger warst.«
Leon lag starr unter dem groben grauen Laken.
»Sie gibt die fünfzig Dollar nicht *uns*, sie gibt sie *mir*.«
»Ich weiß immer noch nicht, warum.«
»Er.«
»Er?«
Leon spürte, wie sie zu ihm hinsahen. Er hätte sich gern umgedreht oder einen Fuß am anderen gerieben, aber er zwang sich, bewegungslos zu liegen. Bessie sagte: »Sieht so aus, als ob Ben keine Söhne haben kann. Dadurch wird Leon was Besonderes für sie, verstehst du?«
»Der kleine Schmutzfink«, sagte Eugene voll Entrüstung, »willst du mir einreden . . .«
Bessie gähnte laut. »Du geh zu Bett, wie ich dir's gesagt hab'.«
»Wenn die bereit sind, fünfzig Dollar auszugeben, damit sie ihn behalten dürfen, wenn wir nach Savannah fahren, wieviel glaubst du, würden sie zahlen, damit sie ihn für immer behalten können?«
»Ich geb' ihn nicht her.«
»Ich hab' nicht gesagt, daß du's tun sollst. Wieviel würden sie zahlen?«
Nach einem Augenblick sagte Bessie kurz: »Eine Menge, glaub' ich, und du vergiß es.«
»Es ist was zum Überlegen. Kein Grund, die Falle jetzt zuschnappen zu lassen, nicht? Wart, bis sie bitten kommen. Wenn der gute Ben allerdings noch ein Kind in das Sonntagsschulmädchen reinbumst, mit dem er verheiratet ist, dann könnt's ein Junge werden, und dann brauchen sie den hier nicht mehr.«
»Ich hab' gesagt, vergiß es und geh schlafen.«
»Ich hab' ein Recht, hier zu bleiben, jetzt, wo wir doch heiraten.«

»Du hast keine Rechte, die ich dir nicht gebe.«
»Ich geh' aber nicht weg.«
Eine Weile sprach keiner, dann flüsterte Bessie: »Er wird aufwachen.«
»Er ist noch ein Kind.«
»Ist mir gleich, ich will nicht, daß er uns hört.«
»Vielleicht lernt er was. Irgendwann muß er draufkommen. So wie ich Ma und Pa gehört hab'. Ich erinnere mich, daß ich meinen Bruder geweckt hab' zum Zuhören, und er hat versucht, mir's zwischen den Beinen zu machen.«
»Pssst. Ich glaub' nicht, daß er schläft.« Das Flüstern seiner Mutter war Verrat, und er haßte sie noch mehr, als sie im Ton gütigen Zuredens weitersprach: »Bist du wach, Leon?«
Er hörte das Geräusch von zerreißendem Stoff. »Schau, was du gemacht hast.«
»Zieh's aus.«
»Gehst du nicht weg, wie ich's gesagt hab', Liebling?«
»Nein.«
»Mir wär's lieber.«
»Ist dir nicht lieber.«
»Doch, wär' mir lieber«, schnurrte sie scheinbar spröde.
Leon wünschte sehnsüchtig, er wäre ein erwachsener Mann. Er würde sie beide umbringen. Eugene murmelte: »Es ist gut zu wissen, daß mein Sohn hier drinnen ist. Wecken wir ihn auf.« Bessie kicherte und wurde ruhig. Dann holte sie tief Atem, und Leon hörte, wie das Bett knarrte, und wußte, was sie taten. Er hätte sie gern angebrüllt, damit sie aufhörten, aber er begann zu weinen und tat auch das nur ganz leise. Zu diesem Zeitpunkt allerdings hätte es ihnen nichts ausgemacht, wenn sie gewußt hätten, daß er wach war.

24

Mit einer Verbeugung vor der Konvention, hauptsächlich aber zu ihrem eigenen Vorteil, heiratete Bessie Marsh Eugene Betchley einen Tag vor ihrer Abreise nach Savannah. Nachdem Bessie diese Heirat lange und manchmal mit Bitterkeit erwogen hatte, betrachtete sie sie jetzt nur mehr als eine Sache, die erledigt werden mußte. Am letzten Sonntag im September, zwischen dem warmen Mittagsmahl und dem kalten Abendessen, fuhr das Paar im Bauernwagen zur Kirche von Reverend Paul. Die einzigen Zeugen waren Leon, Sarah und Casey Troy und die Frau des Predigers, Ona. Eugene wollte seinen Vater und seinen Bruder nicht dabeihaben, und Bessie wollte überhaupt niemanden, aber Miss Ona konnte sie nicht ausschließen, und Sarah hatte darauf bestanden, mit Leon anwesend zu sein. Bessie wollte Casey nicht gestatten, sie zu photographieren, weil ihre Schwangerschaft schon sichtbar war, willigte aber ein, am Bahnhof für ihn zu posieren, bevor sie den Zug bestiegen, wenn er es unbedingt wollte. Da würde sie dann den Mantel vor sich halten.

Nach der Feier, die so schlicht ausfiel, wie Mrs. Marshs Begräbnis es gewesen war, fragte Sarah, ob Leon Lust hätte, mit ihr und Casey nach Beulah Land zu kommen. Bessie antwortete statt seiner, das hätte noch Zeit bis morgen. Sarah hatte ihr das Geld noch nicht gegeben, und sie wollte den Jungen nicht hergeben, ehe sie es in der Hand hielt. Allerdings war Leon nicht gezwungen, den Ekstasen der Hochzeitsnacht zuzuhören, denn es gab keine. Als Eugene nach ihr griff, wie es ihm nun rechtens zustand, verscheuchte Bessie ihn mit Schlägen und erklärte, sie habe nicht die Absicht, sich nach dem Bad noch einmal durchzuschwitzen. Sie hatte nicht für die Hochzeit gebadet, sowie aber das Abendessen vorüber war, füllte sie ein Waschfaß in der Küche, und Leon wurde aus dem Haus geschickt. Sie zog sich aus und seifte sich von Kopf bis Fuß ab. Als das erledigt war, befahl sie Eugene, sich im gleichen Wasser zu waschen und nachher die schmutzige Brühe über den nackten Fußboden zu gießen, der – wie sie sagte – eine Säuberung so dringend brauchte wie Eugene selbst.

Die drei standen am nächsten Morgen zeitig auf, doch Otis kam, bevor sie mit dem Frühstück fertig waren. Sarah hatte ihn bereits

in der Woche zuvor herübergeschickt, damit Bessie ihn mit seinen Pflichten vertraut machen konnte. Es war vereinbart worden, daß er während ihrer Abwesenheit auf dem Hof bleiben und in der Scheune schlafen würde. Bessie hatte sich mit diesen Vorkehrungen widerstrebend einverstanden erklärt, und auch das nur, weil sie Angst hatte, der Blitz könnte während ihrer Abwesenheit einschlagen und alles niederbrennen. Eugene dachte, es würde ihm Spaß machen, in Savannah herumzuerzählen, daß sie »einen Nigger auf dem Hof« hätten, der sich »um alles kümmert«. Um acht Uhr hatten sie ihre besten Kleider für die Reise angezogen, und Bessie packte alles übrige in die Reisetasche, die Sarah Leon geschenkt hatte. Leon legte seine eigenen Sachen in einen Korb.
Eugene spannte das Maultier vor den Wagen, und sie fuhren schweigend ab. Otis sagte nichts, weil Benjamin ihn gewarnt hatte, daß Betchley und seine junge Frau mit Farbigen vielleicht nicht umgehen konnten. Leon dachte voller Vorfreude an Beulah Land. Die Gewißheit, daß er zwei Wochen dort verbringen durfte, war wie ein Versprechen des ewigen Lebens. Bessie und Eugene blieben stumm – teils in Erwartung ihrer Eisenbahnreise, teils aus dem Entschluß, vor dem Neger die feinen Herrschaften zu spielen. Eugene lenkte, Bessie saß neben ihm. Otis hockte mit Leon hinter ihnen auf dem Boden.
Leon träumte von morgen und übermorgen und wurde dabei gewahr, daß ihn Otis freundlich beobachtete. Er lächelte. »Wie geht's, Onkel Otis?« fragte er.
»Leidlich«, antwortete Otis, »und dir?«
»Leidlich, ich dank' dir.«
Otis, der seine Augen nicht vom Gesicht des Kindes abwandte, sagte naiv: »Wie du mich an Mr. Ben erinnerst . . .«
Leon legte den Finger schweigengebietend an die Lippen.
»Oh, oh . . .« Otis überdachte die Zurechtweisung für einen Augenblick, dann lächelte er wieder, ein Lächeln, das sich zu lautlosem Lachen über sein ganzes Gesicht verbreitete. Der Junge wurde angesteckt und ahmte ihn nach. »Du machst dich lustig über mich«, sagte Otis anklagend. Der Mann und der Junge schüttelten die Schultern und schaukelten auf den Schenkeln in lautlosem verschwörerischem Gelächter, während die beiden vor ihnen steif wie Zaunpfähle dasaßen.

Sie kamen lange vor Abfahrt des Zuges am Bahnhof an, aber Sarah und Casey – ebenso wie eine stattliche Vertretung der Familien aus Stadt und Distrikt – waren schon vor ihnen gekommen. Eine beachtliche Menschenmenge gehörte in Highboro zweimal täglich zur Stunde vor der Ankunft des Zuges. Selbst wenn kein Brief, kein Besucher, kein heimkehrender Verwandter erwartet wurde, galt die Ansicht, daß jemand dort sein müsse, um zu beobachten und weiterzugeben, was er gesehen hatte. Wenn heute morgen die Menge größer war als gewöhnlich, dann deshalb, weil sich die Nachricht verbreitet hatte, daß eine zusätzliche Zerstreuung zu erwarten sei, bei der Sarah ihre Hand im Spiel hatte. Eugene hatte es Alf Crawford erzählt, und der hatte es allen anderen mitgeteilt. Es war ein schöner Tag und die Stimmung der Schaulustigen fröhlich und neugierig. Das einzige Stirnrunzeln kam von Brian Sullivan, der Bessie Marshs Gunst als Gegenleistung für Einkaufskredite genossen hatte. Er kam nur kurz aus seinem Laden, sah finster vor sich hin, schüttelte den Kopf und fragte mißbilligend, was das für Zeiten seien, in denen man die Schweine ermunterte zu fliegen. Zufällig war der einzige Mensch in Hörweite eine müßige Negerfrau, die erschrocken aussah, als man sie so anredete, aber herzlich zu lachen begann, um ihre Freundlichkeit zu zeigen. Mr. Sullivan zog sich zu seinen Mehlfässern und Kattunrollen zurück und ließ den Ereignissen ihren Lauf.

Sarah hob die Augenbrauen, als sie auf dem Bahnsteig die Reisetasche erkannte, aber sie begrüßte Bessie und Eugene mit jener energischen Herzlichkeit, deren sie sich bediente, um Distanz zwischen sich und Leuten zu schaffen, die sie nicht mochte, aber anständig zu behandeln entschlossen war. Casey überreichte Eugene die Fahrkarten. Der steckte sie in die Tasche und verbeugte sich so würdevoll wie ein Senator. Benjamin erschien, um dem Paar zu gratulieren, nicht zu ihrer Heirat, was taktlos hätte aussehen können, sondern zur bevorstehenden Reise, die – so versicherte er – vergnüglich verlaufen würde. Er lenkte ihre Aufmerksamkeit auf bestimmte Sehenswürdigkeiten in Savannah und empfahl Lokale, die sich in der Vergangenheit bewährt hatten. Von Bessie gerufen, kehrte Otis auf den Bahnsteig zurück, um nochmals die Durchführung der Anordnungen zu versprechen, die man ihm bezüglich des Hofes und der Sorge für die Tiere unzählige Male eingeschärft hatte. Als das erledigt und das Versprechen gegeben war, sagte Sarah, Otis könne nun mit Maultier und Wagen auf den Hof zurückfahren. Hätte Mrs. Betchley keine weiteren Aufträge oder Besorgungen für das Fahrzeug? Bessie sagte gönnerhaft nein, keine, und Otis ging mit einem Seufzer der Erleichterung davon. Gegen ihre Instinkte, immer zu helfen und zu beruhigen, wartete Sarah absichtlich, bis Casey das nervöse Paar in Positur gestellt und photographiert hatte. Zu diesem Zeitpunkt hatte bereits eine Anzahl von Herumschlendernden und Müßiggängern auf dem Bahnsteig haltgemacht, um die zentrale Gruppe im Auge zu behalten. Sarah beschloß, daß der Augenblick gekommen sei, um ihren Beutel zu öffnen und die gerollten Banknoten herauszuholen, die sie gezählt hatte, als sie sie aus dem Schreibtisch im Büro nahm. Ohne Heimlichkeit, so als ob sie einfach eine Schuld beglich, sagte sie: »Hier, Bessie Betchley. Ich sagte, ich würde dir fünfzig Dollar geben, und das tue ich. Ich versichere dir, daß diese Banknoten so gut wie Gold sind. Halt die Hand auf.« Das tat Bessie ebenso sachlich wie die Geberin. Von denen, die zusahen, tat es keiner so aufmerksam wie Eugene Betchley. »Zehn, zwanzig«, zählte Sarah, »dreißig, fünfunddreißig, vierzig, fünfundvierzig, sechsundvierzig, siebenundvierzig, achtundvierzig, neunundvierzig, fünfzig Dollar, wie versprochen. Willst du es nachzählen, oder bist du sicher?«

»Ich habe mitgezählt«, bestätigte Bessie, »und ich habe nichts ausgelassen, obwohl ich noch nie so hoch gezählt habe, seit ich's in der Schule lernte.«

Die kleine Ansammlung lachte mit demselben Verständnis, das sie dem witzigen Einfall eines beliebten Darstellers in einem Stück gezollt hätte, was Eugene veranlaßte, selbst in schallendes Gelächter auszubrechen – aus lauter Stolz, daß er eine Frau hatte, die zwar älter war als er, aber einen Hof und fünfzig Dollar mitbrachte.

Annabel Saxon und ihre beiden Schwiegertöchter waren auf dem Bahnsteig auf und ab stolziert und erwarteten den Zug, der ihnen Briefe bringen sollte. Sie blieben nun stehen, und Annabel sagte spitz, auf Sarah gemünzt: »Manche Narren werden ihr Geld schnell los.«

»Während andere sich von ihrem niemals trennen«, antwortete Sarah in einer Parodie von Selbstgefälligkeit. Prudence kicherte, Frankie lächelte. Annabel schüttelte den Kopf, wie um die Mücken loszuwerden, und sagte zu Bessie: »In Savannah gibt's böse Leute, die nur darauf warten, unwissenden Bauern vom Land die Geldbörsen wegzuschnappen.«

»Meine werden die nicht schnappen, Mrs. Saxon, weil ich sie mit einem festen Zwirn jeden Morgen in mein Kleid nähen werde.«

»Achtgeben, daß Sie Ihre Mitgift vernünftig ausgeben«, riet Annabel. »Ein Dollar geht mir so langsam aus der Hand, wie er hineinkommt.« Von den Frauen in der Nähe war Gekicher zu hören. »Das ist alles, was ich Ihnen zu sagen habe, Bessie Marsh.«

»Betchley«, korrigierte Bessie.

»Sicher, sicher«, meinte Annabel, »und nicht zu früh.«

Sie starrte auf Bessies Bauch, bevor sie sich an Leon wandte, der zwischen seiner Mutter und Sarah Troy stand. »Und du, mein Junge, wirst du von jetzt ab Leon Betchley heißen? Wirst du ihn« – sie nickte in Eugenes Richtung – »jetzt Pa rufen?«

Sarah öffnete den Mund, um dem Kind aus der Verlegenheit zu helfen, aber ehe sie noch Worte fand, sagte Frankie Saxon: »Du vergißt, daß der Junge einen Vater hat, nicht wahr, Leon?«

»Er hat einen«, sagte Benjamin und trat vor.

Leon war keineswegs verlegen, er freute sich vielmehr darüber, daß Benjamin sich in aller Öffentlichkeit zu ihm bekannte. Er hatte sich auch nicht geschämt bei der Idee, daß er gekauft und verkauft wurde, es war eher so, als ob seine Freiheit nun ordnungsgemäß bezahlt wäre. Daß Geld im Spiel war, bewies nur, daß er in ihrer aller Augen einen Wert hatte. Als der Pfiff der Lokomotive ertönte, schien es die natürlichste Sache von der Welt zu sein, daß Benjamin seinen Sohn auf die Schultern hob, damit er den einfahrenden Zug sehen könnte.

Obwohl der Zug schon seit geraumer Zeit durch Highboro fuhr, war er für seine Bewohner noch nicht zur Alltäglichkeit geworden. Sie kamen jeden Tag, um seiner Ankunft beizuwohnen, und sie bestaunten ihn so, wie sie jede andere unerreichbare Herrlichkeit bewundert hätten. Der Zug war allerdings eine Ausnahme, denn er gehörte jedem von ihnen persönlich.

Es bestand immer die Möglichkeit, wie gering sie auch sein mochte, daß er eine Botschaft aus der großen Welt brächte, etwa ein Paket oder etwas Unterhaltendes mit dem eigenen Namen dran, der anzeigte, daß weit weg jemand an einen gedacht hatte. Alle, die weder wegfuhren noch ankamen, noch auch jemanden erwarteten oder verabschiedeten, hatten doch das Gefühl, daß sie ein anderes Mal Gegenstand der Beachtung des Schaffners sein könnten, im Brennpunkt der Blicke zu beiden Seiten der Coupéfenster. Dampf zischte und verlor sich in der Luft, Kolben stampften, und die großen Räder drehten sich langsamer. Morgen oder nächste Woche mochte irgendeiner von ihnen den Zug besteigen und in der großen Welt von Savannah wieder aussteigen oder gar von dort aus irgendwohin weiterreisen.

Als der Zug hielt, wurden Fahrgäste, Post und Kisten mit Waren ausgeladen und abgeholt. Casey Troy half den Betchleys, ihre Plätze zu finden, und Leon starrte durch die Fenster, als ob ihn nun ein Ozean von ihnen trennte. Der Zug fuhr wieder an, Eisen knarrte und Wasser trat aus. Sarah ging mit Leon an der Hand den Bahnsteig entlang und winkte, andere taten das gleiche. Die Leute im Zug – Unbekannte und doch vereint für diese Fahrt – winkten zurück. Und dann war er verschwunden, die Menge auf dem Bahnsteig war allein und hatte keinen Grund mehr zu bleiben. Die Leute gingen wieder ihren Geschäften nach. (Vielleicht würde ein anderer Morgen die erwartete Nachricht bringen, die heute nicht gekommen war, oder das Geschenk aus der Welt dort draußen würde Überraschung und Entzücken bei einem selbst hervorrufen.)

»Gehen wir nach Hause«, sagte Sarah zufrieden.

25

Als sie aus Highboro heimkehrten, Sarah und Casey in ihrem Wagen, Benjamin zu Pferde nebenher mit Leon vor sich im Sattel, da stand Mabella wartend an der Tür. Mit weitausgestreckten Armen und einem königlichen Knicks hieß sie ihren Liebling willkommen. Als Leon aber an der Flanke des Pferdes heruntерglitt und auf sie zustürzte, erschien Josephine und befahl Mabella, ihren dicken Hintern wieder in die Küche zu bewegen. Sarah dankte Josephine mit einem Kopfnicken, denn sie wollte den Aufenthalt des Jungen auf Beulah Land als Alltäglichkeit behandeln und nicht als ein Ereignis, das gefeiert werden mußte. Aus dem gleichen Grund ging Benjamin zum Mittagessen nach Hause auf die Lichtung, und Jane hatte ihren Söhnen eingeschärft, sich nicht zu rühren, bis Leon zu ihnen käme. Aber selbst ein Indianerüberfall hätte Mabella nicht davon abgehalten, Leon eine Schokoladetorte zu machen, von der sie wußte, daß er sie allen anderen Desserts vorzog. Sie war wunderbar, mit dickem, schwarzem Schokoladeüberzug und mit Eierbaiser obendrauf, so hoch und goldgelb, daß Josephine ganz schmale Augen bekam, vor allem, weil Mabella daraus ein Geheimnis gemacht hatte und die Torte unmittelbar nachdem Josephine ihre eigene Gabe, einen Nußkuchen, ins Eßzimmer gebracht hatte, auftrug. Als sie sie vor Leon hinstellte, flüsterte sie ihm zu, niemandem etwas davon abzugeben. Sarah, die an seinem Gesichtsausdruck erkannte, daß er geneigt war, dem Rat zu folgen, schnitt ein Viertel für ihn ab und stellte den Rest aufs Buffet, so daß er nach Belieben mehr verlangen konnte. Das tat er nach dem Abendessen und noch einmal, bevor er zu Bett ging, wobei er zwei Gläser Milch dazu trank. Das letzte Viertel aß er zum Frühstück, nachdem er ein gebratenes Steak, drei Zwiebacke und eine Portion Grütze mit Soße verspeist hatte. Er war seinem Vater wirklich ähnlich, und das nicht nur durch die äußerlich sichtbare Verwandtschaft, die Otis bemerkt hatte.

Als er nach dem Mittagessen zu Bobby Lee und Davy ging, führten die beiden ihn überall herum, um ihm zu zeigen, wie sich alles seit seinem letzten Besuch verändert hatte. Das war vor vier Wochen gewesen, als er zwei Stunden bleiben durfte, während seine Mutter in der Stadt Besorgungen machte. Wege ändern die Richtung, wenn auch nur ein klein wenig. Blumen welken, und andere beginnen zu blühen. Die jungen Hähne, die im Vormonat die rechte Bratgröße hatten und dennoch der Pfanne entkamen, flattern auf den Zaun, um das Krähen zu üben. Auf einem Bauernhof sind Tod und Gedeihen eng miteinander verknüpft, und nichts ist bleibend. Bobby Lee wußte zwei neue Rätsel, aber bevor Leon versuchen konnte zu raten, flüsterte Davy ihm die Lösung zu. Nur eines hatte sich nicht geändert, und zwar das Wetter. Es war immer noch sonnig und heiß, und die drei Jungen und ihre Väter genossen das kühle Bad im Fluß nach dem Arbeitstag. Als sie ins Her-

renhaus zurückkehrten, saßen Jane und Sarah in Schaukelstühlen auf der Schattenseite der Veranda. Jane beobachtete sie schon von weitem und rief ihnen zu: »Dan, ist dir aufgefallen, wie sehr Leon seit dem Vierten Juli gewachsen ist?«
Dan, dem nichts aufgefallen war, sagte freundlich: »Sicher ist er gewachsen.«
»Bin ich nicht gewachsen?« wollte Bobby Lee wissen.
»Vielleicht«, sagte Jane, »aber dich seh' ich immer, da fällt es mir nicht auf.«
»Was ist mit mir?« fragte Davy.
»Nicht größer als ein Floh«, antwortete Sarah.
»Ich fahre für einen ganzen Monat allein nach Savannah«, drohte Bobby Lee, »und wenn ich nach Hause komme, dann bin ich um einen Fuß größer, und du wirst sagen: Huch, schaut doch, wie groß er jetzt ist!«
Davy zischte höhnisch.
Sarah sagte: »Ich lasse kein Nein gelten, alle bleiben zum Abendessen. Josephine hat das angeordnet, nicht ich. Und gegen sie kommt niemand auf, wenn sie einmal einen Beschluß gefaßt hat. Das gilt auch für dich, Benjamin. Und ich möchte, daß du Priscilla mitbringst. Sag ihr, daß ich sie ganz besonders hier haben will.«
»Sie wird nicht kommen«, sagte Benjamin.
»Versuch es, stell sie auf die Probe.«
»Ich gehe mit und helfe dir, sie zu überreden«, bot Jane an.
»Also gut.«
Als sich die beiden auf den Weg machten, sagte Davy, er wolle mit, und Bobby Lee lief seinem Bruder hinterher. Benjamin wandte sich um und sah, daß Leon ihn anstarrte. Da sagte er: »Komm, mein Junge.« Bruder und Schwester verschwanden mit ihren Kindern im Schatten der Bäume, die den alten ausgetretenen Weg zur Lichtung hinauf säumten.
Daniel setzte sich neben Sarah. Nach einem Augenblick des Schweigens sagte er: »Es ist wie früher. Erinnerst du dich an Tante Nell und ihren Schaukelstuhl?« Sie lächelte. »Ich frage mich, ob Gott ein Protokoll über alle ihre Schaukler geführt hat; es müssen eine Million oder mehr gewesen sein.« Sie schaukelten hin und her, ohne weitere Worte zu wechseln, bis Casey auf die Veranda herauskam und sie überraschte. Ihre Köpfe waren von den hohen

Rückenlehnen der Stühle fast verdeckt. Er schlich auf Zehenspitzen hinter Sarahs Stuhl und fing ihn in der Bewegung auf. Er zog ihn an sich und küßte sie aufs Haar. Als sie ihm ihr Gesicht zuwandte, rief er: »Du lieber Gott, ich dachte, das wär' Jane!«
Daniel schwang seinen Stuhl herum und wollte aufstehen, merkte aber gerade noch rechtzeitig, daß Casey ihn verschmitzt anlachte. Er setzte sich wieder und sagte: »Du machst Spaß, Casey.«
Casey sagte zu Sarah: »Heute abend zeige ich es euch. Ja, Madam. Es hat Monate gedauert, aber jetzt ist es fertig.«
»Casey!«
»Deswegen habe ich Josephine zu der Party angestiftet.«
»Ich habe mich schon gewundert, was ihr eingefallen ist. Sie liebt Geselligkeit mindestens so wie die Ameisen, aber sie würde niemals eine planen. Du hast das so geheimgehalten . . .«
»Verstohlen wie ein Marder, der Eier ausschlürft.«
Sarah lächelte erwartungsvoll. »Du hast es also geschafft.«
Casey nickte. »Ich habe es vor zwei Wochen beendet. Es ist sogar schon gefirnißt und gerahmt. Ich wartete aber auf einen ruhigen Augenblick.«
»Warum hast du mir nichts gesagt?«
»Du hättest mich nicht warten lassen, und ich wollte nicht, daß mir die Leute einzeln da hereinschlendern, um sich's ein bißchen anzugucken, zwischen dem Baumwollpflücken und dem Holzhacken und dem Schweinestallsäubern und dem Hühnerfüttern. Nein, meine Damen und Herren. Es soll feierlich enthüllt werden. Bis zu diesem Augenblick ist es mit einem Tuch verhängt und gegen etwaige Eindringlinge gesichert.«
»Wovon zum Teufel redest du eigentlich?« fragte Daniel gähnend. »Irgendein Bild?«
Casey antwortete feierlich: »Jawohl – und zwar eines, vor dem du den Kopf neigen und deine Augen wischen und die Nase schneuzen wirst.«
Daniel grunzte. »Porträt von jemand mit einem bösen Schnupfen, was?«
Casey sagte: »Sieh mal an, du machst Späße, Dan.«
Zum gleichen Zeitpunkt wurde auch Priscilla auf ihrer Veranda überrascht, allerdings war sie weniger erfreut. Velma war mit Bruce zum Bach gegangen, nachdem sie das Kind gebadet und angeklei-

det hatte, um es seinem Vater vorzuführen, wenn er von der Arbeit heimkäme. Als Benjamin und seine Begleiter die Hügelkuppe erreichten, nahm er Velma das Kind ab und küßte es durch ihr Musselinkleidchen auf die Brust, was Bruce zum Lachen brachte. Dann hockte er sich nieder, so daß die Jungen das Kind sehen konnten. Jane ging zu Priscilla auf die Veranda.

»Sie riecht nach Vanille«, behauptete Bobby Lee.

»Nach Milch«, sagte Davy. Benjamin fragte Leon: »Willst du sie halten?« Leon streckte die Arme aus, als ob sie mit Brennholz für den Küchenofen beladen werden sollten. Benjamin gab seinem Sohn seine Tochter. Bruce hob die dicken Fingerchen, um dieses Gesicht zu untersuchen, das sie nicht kannte. Velma sagte schmeichelnd: »Hab' nie gesehen, daß sie das mit 'nem Fremden macht, nicht wahr, Mr. Ben?«

»Nach Milch riecht sie«, wiederholte Davy entschieden.

Priscillas Stimme ertönte von der Veranda: »Benjamin! Gib Velma das Baby zurück!« Velma sah Benjamin an, und als er nickte, nahm sie Bruce aus Leons Armen, der recht erleichtert aussah.

»Sie riecht nicht so schlecht wie die meisten Babys«, sagte Bobby Lee zu Davy, »du riechst deine eigenen Lippen.«

»*Saure* Milch«, insistierte Davy hartnäckig. Benjamin ging zur Veranda. Als er die Stufen hinaufstieg, hörte er Priscilla zu Jane sagen: »An den letzten Sonntagen nach der Kirche blieb Betty zurück, um mit dir zu reden, und jedesmal kam Tom Cooper dazu. Mama möchte wissen, ob zwischen ihnen irgend etwas ist.«

»Was sollte denn sein?« fragte Jane kühl. »Sie kennen einander seit ewig.«

»Sie meint Besonderes und Ungewöhnliches.«

»Darüber kann ich nichts sagen.«

»Es wäre unpassend.«

»Du meinst, weil er älter ist?« Jane lächelte. »Er war einer meiner Verehrer, bevor ich heiratete, wenn auch kein sehr ernsthafter, aber das macht ihn nicht alt.«

»Er ist Farmer«, sagte Priscilla, »Mama will Elisabeth nicht verlieren.«

»Sein Hof ist nicht viel weiter weg von der Stadt als unserer.«

»Es würde ihr das Herz brechen, wenn wir beide auf dem Land lebten.«

»Es hat doch nichts mit mir zu tun, oder?« fragte Jane mit Bestimmtheit.
»Wenn du sie beobachten würdest und mir sagen, was du glaubst ...«
Jane sagte kurz: »Das werde ich nicht tun.«
»Elisabeth ist jung und unsicher ...«
»Denk doch, was du mir da zumutest«, rief Jane.
»Mama ist besorgt«, sagte Priscilla, »und sie wollte, daß ich dich darum bitte.«
»Sie sollte sich lieber an Betty wenden.«
»Das hat sie getan, aber sie glaubt nicht, daß sie ihr die Wahrheit sagt.«
»Dann würde sie mir auch nicht glauben.« Jane sah Benjamin hilfesuchend an, aber er blickte genauso zurück, denn er wartete darauf, daß sie Sarahs Einladung übermittelte. Jane war froh über die Ablenkung und sagte: »Ich bin mit Ben hergekommen, weil Großmutter möchte, daß wir alle bei ihr und Casey zu Abend essen. Sie läßt dich ganz besonders bitten zu kommen, es soll ein Familienabend werden.«
Priscilla lachte unsicher. »Ich könnte mich zu einem von Josephines gigantischen Dinners nicht einmal hinsetzen. Es war heute wieder so schrecklich heiß.«
»Ich möchte, daß du kommst«, sagte Benjamin.
»Ich glaube dir, daß du's möchtest«, antwortete Priscilla spöttisch. Sie zögerte, als ob sie erwöge, Jane zuliebe mitzugehen, dann sagte sie: »Lieber nicht. Freda hat schon – ich weiß, daß es ihr nicht recht wäre.«
»Ich werde mit Freda sprechen«, sagte Benjamin.
»Ich weiß, wie gut du mit ihr umgehen kannst, aber es hat keinen Sinn«, sagte Priscilla, »weil ich nämlich nicht mitkomme.«
Sie richtete den Blick auf die Kinder, die am Bach spielten. »Deine Söhne sind wirklich – oh, sieh nur, der Große hat den Kleinen hineingestoßen.«
»Bobby Lee!« rief Jane. »Hör auf, verstehst du, oder ich lasse dich bis zum Sonntag die Namen sämtlicher Bücher des Alten Testaments auswendig lernen.«
Priscilla fragte: »Ist es klug, die Bibel als Drohung zu verwenden?«
»Es ist die einzige Art, wie ich erreichen kann, daß er gehorcht«

sagte Jane ohne Reue, »er haßt es noch mehr als Füßewaschen vor dem Schlafengehen. Davy! Bist du naß?«
Velma antwortete für ihn: »Nur die Beine. Ich hab' ihn abgetastet, und der Rest ist trocken wie ein Tannenzapfen.«
Jane redete Priscilla von neuem gut zu: »Überleg es dir doch, du brauchst dich nicht umzuziehen. Schau mich an, ich trage auch, was ich schon den ganzen Tag anhatte.«
Priscilla antwortete hart: »Mrs. Troy wird mich bei der Begrüßungsparty für ihren Besucher entschuldigen. Ich bin erstaunt, daß du ihn als Spielgefährten für deine Kinder billigst.«
Jane zwang sich zu einem Lächeln. »Sie haben ihn so gern, wie sie einander gern haben. Vielleicht noch mehr.«
»Warum willst du nicht kommen?« fragte Benjamin seine Frau. Sie sah ihm ins Gesicht. »Du weißt es ganz genau.« Jane überhörte die Bitterkeit in Priscillas Stimme, stand lächelnd auf und ging langsam zum Bach hinunter. Als sie außer Hörweite war, sagte Priscilla: »Schaff mir den Jungen aus den Augen. Wie konntest du es wagen, ihn hier herauf zu bringen?« Benjamin sah sie noch einen Augenblick lang an, dann verließ er wortlos die Veranda und ging zu Jane und den Kindern. Priscilla nahm den Nähkorb wieder zur Hand, den sie auf den Boden gestellt hatte, als Jane kam. Dann drehte sie absichtlich ihren Stuhl so, daß sie den Besuchern den Rücken zukehrte.

26

Daniels Kopf war gebeugt, in seinen Augen schimmerten Tränen. Dann tat er etwas, was sie alle überraschte: er ging zu Casey und umarmte ihn. Alle klatschten Beifall. Obwohl Daniel selbst im letzten Kriegsjahr als Deserteur der Union nach Beulah Land gekommen war, hatte er Casey als Yankee abgelehnt und seine Stellung als Sarahs Gatte auf Beulah Land übelgenommen. Er war auf jeden Mann eifersüchtig, den Sarah oder Jane anlächelten.
Casey war ein fähiger und gewissenhafter Porträtist, der manchmal über sich hinauswuchs, aber alle waren sich darüber einig, daß Ja-

nes Bild sein Meisterwerk war. All ihre Züge waren wirklichkeitsgetreu wiedergegeben, kein Finger und keine Augenbraue waren zweifelhaft, nicht einmal der Winkel eines Ellbogens wirkte falsch. Das Bild zeigte die blühende Schönheit der Frau, und es spiegelte ihren Charakter. Ihre Geradheit und Ruhe waren da, ihr Humor, ihre Fähigkeit, zu lieben, und ihre Kraft, die sich gelegentlich in Ungeduld und Stolz verwandeln konnte. Und auch die Schatten der Vergangenheit waren da, angedeutet, aber nicht vorherrschend.

Als der gewöhnlich reservierte und mißtrauische Daniel Todd beim ersten Anblick des Porträts so überwältigt war, daß er seine Empfindungen zeigen mußte, da dachte Casey, daß er niemals höhere Anerkennung für seine Arbeit geerntet hatte noch auch schwerer verdiente.

»Ich wünschte, Priscilla wäre gekommen«, sagte Sarah zu Benjamin. »Ich hatte geglaubt, daß Leute sich ändern, wenn sie im richtigen Augenblick den richtigen Anstoß bekommen.« Benjamin schüttelte den Kopf. Sie sah ihn aufmerksam an. »Du scheinst nicht unglücklich zu sein.«

»Nein.«

Ihr Gesicht spiegelte deutlich eine Frage, er bot aber keine Antwort.

Es wurde ein heiterer, gelungener Abend. Sie aßen herzhaft von allem, was Josephine und Mabella ihnen vorsetzten, und das Gespräch pendelte ungezwungen von der letzten Ernte zu Spekulationen über die Preise im kommenden Jahr, vom täglichen Stadtklatsch zu alten Familiengeschichten, von denen alle Anwesenden mit Ausnahme von Leon die meisten schon kannten. Man erinnerte sich an komische Zwischenfälle und harte Zeiten, und alle Geschichten waren wahr oder hatten wahr begonnen und ihre grundlegende Echtheit bewahrt, ungeachtet der Schattierungen, die ihnen der jeweilige Erzähler verlieh. Die angenehmen Erinnerungen wurden den düsteren nicht vorgezogen, alle hatten ihren Platz im Familienherzen, und es erschien keineswegs unpassend, über den Hunger am Ende des Krieges zu sprechen, während sie jetzt die Früchte ihrer Arbeit genossen.

Nach dem Abendessen ging Jane zum Klavier und spielte. Die anderen sangen dazu, und als Jane sich beklagte, weil ihre Stimmen

so matt klangen, gaben sie Josephine die Schuld, die ihnen zu reichlich zu essen gegeben hätte. Dann wandten sie sich den Photoalben zu, die Casey hervorgeholt hatte. Sie betrachteten Seite um Seite bis zurück zu den Hochzeitsbildern von Sarahs Schwester Lauretta, die einen Oberst der Union namens Varnedoe geheiratet hatte. Das war im Jahre 1865 gewesen. Am längsten betrachteten sie die Familienaufnahmen, die Casey seit seiner Hochzeit mit Sarah an jedem Neujahrstag gemacht hatte.
Dann schauten sie wieder Janes Porträt an, von dem sie nicht genug bekommen konnten. Selbst Jane, die keinerlei narzißtische Veranlagung hatte, sah es sehr lange an und machte sich ihren eigenen Reim auf das, was von ihr festgehalten worden war. Kein Antlitz ist dem Menschen fremder als sein eigenes.
Als Davy einnickte, stieß Bobby Lee ihn mit dem Fuß an. Josephine kam herein und fragte, ob man nicht wieder hungrig sei. Obgleich alle verneinten, folgte Mabella ihr auf dem Fuß mit Kuchen, einer Teekanne und einem Krug Milch für die Kinder. Leon bekam das dritte Viertel seiner Schokoladentorte. Bobby Lee und Davy sahen ihm ehrfürchtig zu, während sie an ihrem Nußkuchen kauten. Sie waren nicht böse, weil er ihnen nichts von seiner Torte angeboten hatte, denn sie respektierten die Eigentumsrechte eines jeden von ihnen. Als Davy seinen Kuchen aufgegessen hatte, begann er zu gähnen, und Jane sagte, sie müßten sich auf den Nachhauseweg machen. Aber niemand stand auf, bis Mabella zurückkam, um gute Nacht zu wünschen. Sie versicherte, daß sie noch nie einen Mond gesehen habe wie den heute abend, und sie bat alle, hinauszugehen und ihn anzuschauen. Das taten sie und lobten Mabella, weil sie sie auf das Naturschauspiel aufmerksam gemacht hatte. Alle meinten, noch nie ein solches Mondlicht gesehen zu haben, und fragten sich, warum es so hell war und ob es wohl etwas *bedeutete*. Sie gingen ganz auf in Bewunderung.
»Er ist nicht einmal voll«, bemerkte Benjamin.
»Aber ganz nahe daran«, sagte Sarah, »es ist der Erntemond, der gleiche wie jedes Jahr, nur vergessen wir's immer wieder und sind jeden Sommer von neuem überrascht.«
Dann gingen sie endlich ihrer Wege, und Casey versprach Daniel, das Porträt am nächsten Morgen abzuliefern, er mußte nur noch den Draht am Rahmen verstärken. Er wollte es selbst aufhängen,

sobald sie einen Platz dafür bestimmt hätten. Daniel trug seine Söhne auf den Schultern, da sie behaupteten, sie wären nicht imstande, auch nur einen Schritt zu gehen. Jane erklärte, sie wären nur faul, und gab jedem einen Klaps aufs Hinterteil, um anzukündigen, daß das Verwöhnen für diesen Abend zu Ende sei. Als Sarah Leon küßte und ihn zu Bett schickte, schüttelte er Casey und Benjamin förmlich die Hand. Sarah hatte ihn in Nells ehemaligem Zimmer untergebracht. All ihre Möbel waren in Biancas Hütte gewandert, und das Zimmer war mit einzelnen Stücken, die man hier entlehnt und da entführt hatte, neu eingerichtet worden. Auf Beulah Land wurde nichts weggeworfen, bloß umgestellt oder beiseite geschafft, bis irgend jemand eine neue Verwendung dafür gefunden hatte. Nells altes Zimmer wurde bereits Leons Zimmer genannt. Darin befanden sich seine paar Kleider und die wenigen Spielsachen. Sarah und Benjamin hatten in kurzer Beratung beschlossen, ihn morgen in die Stadt mitzunehmen und ihm neue zu kaufen.

Benjamin verabschiedete sich, und Casey und Sarah gingen in ihr Zimmer, wo sie beim Auskleiden herumtrödelten, um den Abend in Gedanken nachzuerleben, indem sie einander kleine Begebenheiten in Erinnerung riefen.

Benjamin war müde, aber nicht schläfrig. Er verweilte im Seitenhof und genoß die kühle Nachtluft, bis eine Katze unvermutet an ihm vorbeistrich und ihn zusammenfahren ließ. Als ob das ein Signal gewesen wäre, wandte er sich der Lichtung zu. Er war nur ein paar Schritte gegangen, als er Leons Stimme hörte. »Gute Nacht, Sir.« Benjamin ging zu einem Fenster, wo er den Jungen am Sims lehnen fand. Leon begann zu erklären: »Ich habe meine Lampe ausgeblasen und wollte ins Bett gehen . . .« Aber weiter kam er nicht.

»Du bist doch nicht hungrig, oder?« fragte Benjamin.

»Nein, Sir«, sagte Leon, und sie lachten beide. Trotz der Helle der Nacht konnte Leon Benjamins Gesicht nicht deutlich erkennen, weil das Mondlicht ihn blendete. Das machte es ihm leichter zu fragen: »Kann ich morgen mitkommen?«

»Wohin?«

»Wohin auch immer.«

»Ich weiß noch nicht, was ich tun werde.«

»Ich werde nicht im Weg sein.«

»Bist du sicher, daß du nicht lieber spielen möchtest?«
»Mit Davy und Bobby Lee kann ich ja immer spielen.«
»Also schön.«
Benjamin setzte an, um noch etwas zu fragen, überlegte es sich aber dann anders. Statt dessen sagte er: »Geh jetzt zu Bett. Wir stehen früh auf.«
»Ich werde rechtzeitig fertig sein.«
Benjamin wandte sich ab, zögerte und kam nochmals zurück. »Gute Nacht, mein Sohn.«
»Gute Nacht, Pa.«
Am nächsten Morgen stand Leon zeitig auf, und das tat er von nun an jeden Morgen während seines Besuches auf Beulah Land. Er erwachte vom Krähen und Flügelschlagen auf dem Hühnerhof. Von seinem Bett am Fenster aus sah er die Hofhunde gähnen und sich strecken, ehe sie zu ihrer Runde durchs Gelände aufbrachen, das Dunkelheit und Tau geheimnisvoll verwandelt hatten. Als Leon hörte, wie Mabella in der Küche das Herdfeuer schürte, zog er sich an und ging zu ihr. Der Klang ihrer Stimme machte ihm Spaß, als sie zum Ofen sprach, dem Holz schmeichelnd zuredete, es möge doch brennen, den Rauch verwünschte und schließlich befriedigt murmelnd die Ofenklappe richtig einstellte. Als Josephine eine Viertelstunde später in die Küche kam, gestattete sie sich, »nicht begeistert« zu sein über diesen morgendlichen Besucher. Josephine hatte gern eine Weile Ruhe in der Frühe, um sich in langen Monologen über die Fehler in Mabellas Charakter und ihre Unzulänglichkeit als Küchenhilfe auszulassen. Statt dessen mußte sie jetzt mitanhören, wie Mabella gelobt und ihr noch einmal für die Schokoladentorte gedankt wurde. Der Ofen zündete, Mabella begann, im Eßzimmer den Tisch für das Frühstück zu decken, und Leon folgte ihr hin und zurück, eifrig schwatzend, bis Josephine sich beklagte, er halte sie von der Arbeit ab. Trotz dieser Klage hatte sie die Zeit genutzt, um Steaks zu klopfen und Mehl zu sieben und Schmalz einzurühren und Teig auszuwalzen. Als die frische Milch aus dem Stall hereingebracht wurde, mußte Mabella sie durchseihen und zum Kühlen in eine fensterlose Kammer stellen. Dann entrahmte sie die Milch, die am Vorabend gemolken worden war und von der nun Butter gemacht werden sollte. Kurz darauf erschien Sarah, und nachdem sie mit Josephine und Mabella

den Küchenzettel besprochen hatte, ging sie mit Leon auf den Hof und in den Stall. Dort schleckten vier kleine Katzen aus einem alten geschwärzten Tortenblech, das man eigens für sie hingestellt hatte, ihre Milch. Die Maultiere und Pferde in ihren Boxen stampften und schlugen mit den Schwänzen, teils um anzuzeigen, daß sie wach und unruhig seien, teils um die Fliegen abzuhalten. Die Schweine drängelten sich vor den trockenen Trögen ihres Geheges außerhalb des Stalles und grunzten monoton, während sie auf die erste Fütterung des Tages warteten.

Benjamin kam ihnen im Hof entgegen, er hatte bereits mit Zadok den Arbeitsplan besprochen und Daniel von weitem begrüßt. Die drei gingen zum Frühstück, trotz der frühen Stunde bereit für Steak mit Zwieback, Grütze und Soße, Pfirsichmarmelade und – jedenfalls Leon – für den Rest der Schokoladentorte. Nach dem Essen gingen Vater und Sohn zur Weide, wo Zadok drei von den Leuten eingesetzt hatte, um Pfostenlöcher für die neue Umzäunung zu graben. Während Benjamin mit Zadok sprach, kletterte Leon auf einen Birnbaum, um ein Vogelnest zu untersuchen, und stellte mit Freude fest, daß seine Faust genau in die weiche verlassene Höhlung paßte. Als er herunterkam, maßen Benjamin und Zadok die Abstände zwischen den frisch ausgehobenen Löchern. Dann marschierten Leon und Benjamin zum untersten, feuchtesten Feld hinunter, auf dem Zuckerrohr gepflanzt war. Ein halbes Dutzend Männer war dabei, das Rohr zu schneiden, aus dem man dann den Saft pressen würde, um Sirup herzustellen. Benjamin zog sein Messer aus dem Gürtel und schnitt ein Stück von einem Stiel ab. Er schälte die dunkelrote Rinde und machte Kerben ins Rohr, die er und Leon dann abbrachen, um den süßen Saft herauszukauen. Der halbe Vormittag war vorüber, als sie zum großen Haus zurückkamen und Sarah bereit fanden, mit ihnen nach Highboro zu fahren. Brian Sullivan freute sich, sie zu sehen, und als er Leon den »besten marineblauen reinwollenen Kaschmir-Matrosenanzug, den ein Junge bekommen kann«, anpaßte, tröstete er sich über den Verlust der Gunstbezeigungen von seiten der Mutter des Kindes mit dem Gedanken, daß er auf alle Fälle nie die Kleidung des Balgs würde bezahlen müssen, den sie im Bauch trug. Das sollten die hohen Herrschaften von Beulah Land tun wenn es ihnen beliebte, sich zu ihren Fehltritten zu bekennen. Er verkaufte ihnen außerdem zwei Paar Schuhe, zwei Kniehosen und einen zweiten Anzug, eine vierteilige Kombination, bestehend aus Jacke, zwei Paar Hosen und passender Mütze. Der nächste Besuch galt Mrs. Bascoms Bonbonladen, wo Leon Pfefferminzstangen für sich und die Todd-Kinder aussuchen durfte. Dann gingen sie zum Postamt, um nach Briefen zu fragen. Als sie keinen von Bessie vorfanden, stießen sie alle einen Seufzer der Erleichterung aus.

27

Wenn der erste Tag mit den zahlreichen Ereignissen und mannigfaltigen Beschäftigungen ihm lang erschien, dann waren die, die darauf folgten, für Leon nie lang genug. Er fürchtete sich vor jeder Nacht, in der Gewißheit, daß mit ihr seine Rückkehr auf den armen Hof näherrückte, auf dem er geboren war. Minutenlang und manchmal für Stunden mochte er den Eindruck haben, daß die Zeit stehenblieb, und glauben, daß die goldenen Tage niemals aufhören würden, aber dann wurden die Schatten länger, eine Glocke läutete, eine Stimme rief ihn ins Haus, und er erinnerte sich daran, daß die Zeit verging, daß der Winter kam und auch die Rückkehr seiner Mutter.

Er begleitete seinen Vater zu Fuß oder ritt mit ihm aus, zuerst im Arm des Vaters auf Jupiter, dann allein auf der sanften Minerva, der Stute, die Sarah gelegentlich ritt und die man zum Reitenlernen für geeignet hielt. Mindestens jeden zweiten Tag ritten Benjamin und Leon zu Otis, um zu sehen, wie er zurechtkam. Als Leon sein Zuhause zum erstenmal wiedersah, schämte er sich des Hofes, und dann schämte er sich über sich, eben weil er sich geschämt hatte. Er wollte nicht absteigen, aber Benjamin hob ihn aus dem Sattel. Doch er weigerte sich standhaft, das Haus zu betreten – aus Angst, daß ihn der Geist des Übels einfangen und festhalten könnte.

Für Otis war nicht viel zu tun gewesen. Er führte sie durch den Stall und zeigte ihnen, wie er den Dachboden in Ordnung gebracht, altes Geschirr und Ketten geflickt und die Boxen der Kuh

und des Maultiers gesäubert hatte. Die Schweine und Hühner gediehen prächtig, und Leon vermutete, daß Otis sie besser fütterte, als seine Mutter es tat.
Die Nachmittage verbrachte Leon meist mit Davy und Bobby Lee. Sie spielten Murmeln oder Verstecken, kletterten auf Bäume, sprangen herunter, fielen hin, und manchmal taten sie auch nur so, als ob sie hinfielen und rollten über den Boden wie Jagdhunde, die sich im Staub auf dem Rücken wälzen. Sie verbrachten eine volle Stunde mit dem Versuch, auf den Ziegen der Todds, die Billy und Nanny hießen, zu reiten, aber diese freundlichen Tiere vereitelten ihre Bemühungen, rittlings aufzusitzen, indem sie jedesmal flink nach der Seite auswichen. Als Bobby Lee sich schließlich dennoch auf Billys Rücken hinaufgearbeitet hatte, blieb die Ziege völlig unbeweglich stehen. Und so sehr Bobby Lee auch bettelte, sie hob weder Huf noch Horn.
Sie schnitten Ruten ab und versuchten, im Bach zu fischen. Die beiden älteren gaben Davy die Schuld, als sie nichts fingen, weil er Krach gemacht hatte. Obwohl die Tage warm waren, wachte Leon in der Nacht gewöhnlich auf. Er zog dann das Federbett hoch, das Mabella locker über das Fußende seines Bettes gebreitet hatte. Eines Morgens lag Rauhreif. Alle versicherten empört, daß es dazu noch zu früh sei, aber da war er: auf Feldern und Wiesen und Dächern, bis die Sonne ihn wegschmolz.
Sarah nahm Leon eines Nachmittags mit, als sie Roman und Selma und Pauline und Roscoe im Elkschen Institut besuchte. Zu ihrer Überraschung fand sie Frankie Saxon dort, die einen Botengang für ihre Schwiegermutter übernommen hatte. Auch ihre Tochter Fanny war da. Sie war mitgekommen, um auf ihren Wunsch mit Luck zu spielen. Die beiden Mädchen, die sich am Vierten Juli auf Beulah Land kennengelernt hatten, fanden Gefallen aneinander und wurden Freundinnen. Frankie schlenderte mit Sarah und Leon zu Roscoe hinüber. Die Mädchen wollten von Leon zuerst nichts wissen, waren aber zu neugierig, um ganz für sich zu bleiben, und nach kurzer Zeit wickelte er einen Verband vom Daumen ab und zeigte ihnen, wie er ihn mit einem Angelhaken durchbohrt hatte. Sie wetteiferten miteinander in Ausdrücken der Bewunderung und des Schreckens, während Leon prahlte, es täte nur weh, wenn er sich mit Seife wusch. Nachher spielten sie Fangen, bis Sarah

zum Aufbruch mahnte. Obwohl Frankie nicht eingeladen war, kamen sie und Fanny doch mit ihr und Leon nach Beulah Land. Die beiden Wagen rollten nebeneinander dahin, und die Insassen riefen Bemerkungen hinüber und herüber. Benjamin sah sie kommen, begrüßte sie und leistete ihnen auf der Veranda zum Tee Gesellschaft.

Es gab bisweilen Tanzveranstaltungen, geplante oder improvisierte, zu denen ganze Familien kamen. Wenn die Kinder schläfrig wurden, legte man sie auf ein großes Bett im Haus der Gastgeber, und wenn die Eltern sie später zur Heimkehr abholten, lagen sie dicht aneinander gekuschelt wie Körner in einer Ähre. Sarah und Casey, Benjamin und Jane, ja sogar Daniel – sie alle tanzten sehr gern. Nur Priscilla blieb gewöhnlich zu Hause. Sie hatte früher getanzt, sagte aber, sie wolle es nun nicht mehr tun. Die Bälle waren nicht nur für die Familien der Farmer gedacht, auch Gäste aus der Stadt kamen, ebenso wie die Leute vom Land gelegentlich an Veranstaltungen in der Stadt teilnahmen. Es war eine solche Party, von der Elisabeth Oglethorpe und Tom Cooper sich heimlich fortschlichen, um zu heiraten.

Der Herbst galt immer schon als die beliebteste Zeit zum Heiraten, und es gab in den meisten Fällen keinen Grund für ein Paar durchzubrennen, wie man es eher romantisch als sachlich nannte, denn die Eltern der Brautleute wurden nur selten von einer Verbindung überrascht. Wenn die Hochzeit einmal feststand, fanden sie sich in der Regel schnell damit ab, selbst wenn sie ursprünglich nicht begeistert waren.

Für Elisabeth jedoch schien das Durchbrennen die beste, ja vielleicht die einzige Möglichkeit. Ann Oglethorpe war natürlich gegen das Tanzen. Dieses Vergnügen wurde aber so allgemein akzeptiert und mit so einhelliger Freude begrüßt, daß sie ihrer Tochter die Teilnahme schlechterdings nicht verbieten konnte. Elisabeth allerdings befürchtete, daß es bald soweit kommen würde. Niemand denkt schneller als ein junges Mädchen, das seine Interessen gefährdet sieht.

An Orten, wo jeder jeden kannte, hielt man Anstandsdamen für überflüssig, und wenn ein unverheiratetes Mädchen nicht von Vater, Mutter, Bruder oder einer verheirateten Schwester begleitet wurde, dann ging sie eben mit irgend jemandem sonst, der an dem Fest teilnahm. Mrs. Oglethorpe mißtraute diesem lockeren Brauch, aber an dem Abend, an dem ihre jüngere Tochter auf und davon ging, kam es ihr nicht in den Sinn, daß Grund zur Besorgnis bestünde. Nachdem sich Elisabeth selbst für ein paar Tage auf der Lichtung eingeladen hatte, machte sie einen Besuch bei Jane Todd, wo sie aufgefordert wurde, mit Priscilla und Benjamin am gleichen Abend zum Essen wiederzukommen. Dieses eine Mal machte Priscilla keine Einwände gegen ein gesellschaftliches Beisammensein, obwohl sie das später bereute und von ihrer Mutter beschuldigt wurde, weil sie scheinbar von der Affäre gewußt hatte. Pünktlich und fröhlich, sauber, gekämmt und gebürstet – so präsentierten sich das Ehepaar Davis und ihre Schwester bei den Todds, wo man sie zu einem festlichen Abendessen willkommen hieß. Die Mahlzeit war kaum vorüber, als Tom Cooper erschien. Er behauptete, er sei ganz zufällig vorbeigekommen. Kurz darauf hielt ein umherziehender Violinspieler vor dem Haus und fragte, ob seine Dienste erwünscht seien. Elisabeth schien sehr begierig, und Daniel sagte, er möge doch eine Weile im Hof warten, wenn er nichts Besseres vorhätte, man würde schon sehen. Fast auf den Fersen folgte dem Geiger ein Banjospieler, und hinter ihm kam ein Wagen voll junger Leute, die fröhlich erklärten, sie suchten eine Party und hätten gehört, bei den Todds sei heute abend etwas los.

Daniel zweifelte zwar an der Zufälligkeit dieses Zusammentreffens, aber dergleichen kann vorkommen, und man zögert, Bedenken anzumelden, wenn sich Gelegenheit zur Zerstreuung bietet. Die Nachricht von solch improvisierten Festen verbreitete sich immer mit rätselhafter Geschwindigkeit, und bereits eine Stunde nach dem Abendessen hatten zwei große Wagen und mehrere Einspänner Freunde und Nachbarn gebracht, die sich aufs Tanzen freuten. Sarah hörte den Lärm, denn es waren nur ein paar Morgen Land, die sie von den Todds trennten. Sie legte ein wenig Rouge auf, nahm Casey an der einen Hand und Leon an der anderen und ging mit ihnen zur Party. Beim ersten Ton der Geige und beim schüchternen Zupfen des Banjos flüsterte Priscilla Jane zu, daß sie heimginge, und Benjamin bedeutete sie, daß er für den Rest des Abends die Verantwortung für Elisabeth übernehmen müsse. Sarah war nicht bereit, die Rolle der Großmutter zu spielen

und die Kinder zu beaufsichtigen. Sie sagte Leon, er solle mit Bobby Lee und Davy spielen, und wenn er müde wäre, einfach nach Hause gehen und sich ins Bett legen. Und als sich nach anfänglichem Zögern die ersten Paare auf die Tanzfläche begaben, waren sie und Casey dabei. Elisabeth wurde von Tom Cooper aufgefordert, Jane tanzte mit Daniel, wurde aber bald abgerufen, um Neuankömmlinge zu begrüßen. Bevor sie zu Daniel zurückkehren konnte, hielt Elisabeth sie am Arm zurück. Sie sagte, sie müsse vertraulich mit ihr sprechen, und zwar sofort. Jane war eher erheitert als beunruhigt, weil sie dachte, daß es sich um nichts anderes handeln könne als um einen gerissenen Träger oder um das Feststecken eines Saumes. Sie führte Elisabeth in ihr Nähzimmer. Hier jedoch setzte ihr das Mädchen sogleich ihren Plan auseinander. Sie gestand, daß sie den Besuch auf der Lichtung mit dem Vorsatz unternommen habe, von hier aus mit Tom durchzubrennen. Tom hatte die vermeintliche Überraschungsparty eingefädelt. Er hatte die jungen Farmer gebeten, in Gruppen zu kommen, und hatte Geiger und Banjospieler bezahlt und sie angewiesen, so zu tun, als kämen sie ganz zufällig vorbei.
Wie lebhaft ihre Gedanken auch Elisabeths Erzählung folgten – bei der Schlußfolgerung fand Jane sich sprachlos, und sie konnte ihren Gast nur hilflos anstarren, bis Daniels Eintritt sie der Notwendigkeit einer Antwort enthob. Daniel ließ Jane in Gesellschaft nie lange aus den Augen, und er hatte sich über ihr plötzliches Verschwinden Gedanken gemacht. Jane bat ihn, Tom und Benjamin zu holen. Das geschah, und es dauerte nicht mehr als zwei Minuten, bevor die fünf im Nähzimmer über die Intrige der jungen Liebenden zu lachen begannen, wenn auch mit einiger Nervosität. Daniel war reserviert und vorsichtig, aber Jane und Benjamin ließen sich bald überreden, den beiden ihre Hilfe zuzusichern.
Das junge Paar verlangte nicht mehr als stillschweigendes Einverständnis. Elisabeth und Tom wollten zum Haus seines Vaters fahren, wo bereits ein Priester wartete, der sie trauen sollte. Benjamin und die Todds sollten weiter am Tanzvergnügen teilnehmen, so als ob nichts vorgefallen wäre. Wenn Priscilla bei Benjamins Heimkehr noch wach sei, sollte er ihr so wenig wie möglich erzählen, nur daß Elisabeth gesund und glücklich und verheiratet sei und daß sie und ihr Mann der Familie ihre Aufwartung machen

würden, sobald sie sicher sein dürften, willkommen zu sein. Nachdem das vereinbart worden war, verließ das Paar – das genaugenommen nur zu seinem künftigen Zuhause entfloh – durch den Hintereingang das Haus, während die anderen sich wieder unter die Gesellschaft mischten. Sarah spürte, daß eine Verschwörung im Gange war, aber als Benjamin ein oder zwei indirekten Fragen auswich, ließ sie ihn in Ruhe. Der Abend endete, wie alle diese Abende zu enden pflegten, mit müden Füßen, einem Dutzend neuer Konstellationen, bestimmt von Anziehung oder Eifersucht, und einem Chor von Gute-Nacht-Wünschen.

Benjamin, den schlafenden Leon auf den Schultern, ging mit Sarah und Casey nach Beulah Land, und nach gegenseitigem wortreichem Abschied machte er sich allein auf den Heimweg zur Lichtung. Das Haus war dunkel, und er schlich in sein Zimmer, ohne seine Frau aufzuwecken und ohne Erklärungen abgeben zu müssen. Am nächsten Morgen klopfte er an Priscillas Tür, nachdem er seinen Kaffee bei Freda in der Küche getrunken hatte.

Priscilla war wach und bat einzutreten, weil sie Freda mit dem Frühstückstablett erwartete. Seit vielen Monaten hatte Benjamin Priscilla nicht mehr vor ihrer Morgentoilette oder im Bett gesehen, und der Anblick amüsierte ihn, worüber er sich unter den gegenwärtigen Umständen selbst wunderte. »Ich gehe gleich zu Großmutter frühstücken«, sagte er, »aber zuvor muß ich dir sagen, daß Betty gestern abend Tom Cooper geheiratet hat. Sie sind bei seinem Vater, in dessen Haus sie vorerst leben wollen. Wenn du es deinen Eltern mitgeteilt hast, würden die beiden sie gern besuchen und ihren Segen erbitten. Ich lasse den Wagen anspannen, damit du in die Stadt fahren kannst.« Priscilla starrte ihn fassungslos an. »Du tätest gut daran, Mrs. Oglethorpe zu überreden, sich einmal im Leben nicht wie ein Narr zu benehmen.« Damit verließ Benjamin das Zimmer.

28

Es lag weder in Priscillas Macht, den Rat ihres Gatten zu befolgen, noch war sie sonderlich geneigt, ihre Mutter zu einer versöhnlichen Haltung zu drängen. Sie war überaus böse auf ihre Schwester und verurteilte sie in Gedanken mehr als ein dutzendmal, während sie nach Highboro fuhr. Sie war der Ansicht, daß Elisabeth gegen Ehre und Pflicht gesündigt und außerdem ihr Vertrauen mißbraucht hatte. Was Priscilla aber am meisten aufregte, war die Tatsache, daß die Jüngere sich als unabhängige Frau gebärdete. Wie konnte sie es wagen, so einfach aus ihrer wohlbehüteten Kindheit auszubrechen? Priscilla hatte außerdem den furchtbaren Verdacht, daß ihre Schwester ohne großen Schrecken den ehelichen Pflichten entgegensah, sogar eher mit Vorfreude als mit der Angst, die man von jeder anständigen Frau angesichts des Brautbettes erwarten durfte. Sie entsann sich Elisabeths unstillbarer Neugier. Sie war nicht älter als zehn gewesen, als sie zwei streunende Hunde beobachtete, die versuchten, sich auf offener Straße zu paaren. Elisabeth fragte, ohne zu zögern, ob der Zipfel eines Jungen so aussähe wie das Ding, das der Hund hatte. Und erst vor einem Jahr hatte das unbeständige Geschöpf gestanden, einen jungen Mann geküßt zu haben; und es war keineswegs der gewesen, den sie heiratete. Und außerdem gab Elisabeth auch noch zu, diesen Kuß genossen zu haben. Priscilla war entsetzt und angeekelt gewesen und hatte ihr das auch gesagt. Seither hatte Elisabeth ihre Erfahrungen für sich behalten.

Schwestern schätzen einander nicht immer mit jener zärtlichen Zuneigung, die die Gesellschaft von einer engen verwandtschaftlichen Beziehung erwartet. Die acht Jahre Altersunterschied zwischen Priscilla und Elisabeth bedingten unterschiedliche Interessen und Lebensauffassung. Durch die Verschiedenheit ihrer Charaktere wurde die Kluft nur noch verschärft. Priscilla war eine nüchterne, unscheinbare Frau von fünfundzwanzig, Elisabeth war ein lebhaftes, hübsches Mädchen, gerade siebzehn geworden, das es ablehnte, sich die tugendhafte Schwester zum Vorbild zu nehmen. Sie war bisher gezwungen, ohne viel Sympathie und Verständnis von irgend jemandem in ihrer Familie zu leben. Sie konnte sich kaum eines Tages entsinnen, an dem sie nicht von Mutter oder Schwester gescholten worden war, in der Hoffnung, daß sie aus diesem oder jenem »bald herauswachsen« würde – was immer sie auch tat oder sagte. Als sie endlich antwortete, daß sie keine Absicht habe, aus ihrem eigenen Selbst herauszuwachsen, nannte man sie eitel und vorlaut. Ihr Vater war für den Charme seiner Töchter nicht empfänglich. Wie unfair es auch sein mochte, er konnte ihnen nicht verzeihen, daß sie lebten, nachdem seine geliebten Söhne im Kampf gefallen waren.

Elisabeth hätte vielleicht wegen dieser unerträglichen häuslichen Situation auf die Werbung eines jeden jungen Mannes empfänglich reagiert, aber so furchtbar war der Ruf ihrer Familie, daß es vor Tom Cooper niemand gewagt hatte, sich ihr zu nähern. Tom, der zehn Jahre älter war als sie, hatte eine Heirat bis zu dem Zeitpunkt aufgeschoben, da er seinem Vater nach den mageren Nachkriegsjahren wieder zu einer gesicherten Existenz verholfen hatte. Und dann, eines Tages, sah er Elisabeth, als ob es zum erstenmal wäre: sie war schön und bereit, geliebt zu werden. Er brauchte nicht lange, um zu der Überzeugung zu gelangen, daß ihre Familie keine unbezwingbare Schranke darstellte, und wenn es auch sonst niemand wußte, so begriff Elisabeth selbst doch sehr bald, daß sie Glück gehabt hatte, die Zuneigung eines Mannes zu gewinnen, der charakterlich und auch in bezug auf seine Fähigkeiten den meisten überlegen war. Als sie seine Güte erkannt hatte, beschloß sie, ihn nicht der Demütigung auszusetzen, bei ihrer Mutter um ihre Hand anzuhalten. Durchzubrennen war keine aus Frivolität geborene Idee, sondern ein Gebot der Vernunft.

Im Hause Oglethorpe stellte Priscilla die ihr bekannten Fakten ohne Kommentar dar und ohne auf Einzelheiten einzugehen. Mrs. Oglethorpes Wut ließ sich anfänglich im eigenen Heim aus, wobei ihr Mann und ihre ältere Tochter als Felsen dienen mußten, gegen die sie anstürmte. War jemals eine christliche Mutter so gottlos von einer verirrten Tochter behandelt worden, hatte je eine Ehefrau mit so schwächlicher Hilfe seitens des Ehemannes auskommen müssen? Sie rief den Himmel zum Zeugen an, daß sie dem Unglück ausgeliefert sei. Sie gab ihrer Dankbarkeit Ausdruck, weil Gott in der Tat jene strafte, die Er liebte, aber sie bat um Kraft, damit sie die kostbare Bürde auch tragen könne. Sie betete, daß ihr die Gnade der Entsagung zuteil werde, deutete aber gleichzeitig an, daß man damit warten könne, bis die Sünder gefunden und auseinandergerissen wären. Mr. Oglethorpe sollte beide öffentlich mit jenem Instrument auspeitschen, das gewöhnlich nur zur Züchtigung von Pferden diente. Als der arme Mann einen leeren Ärmel hob, um seine mangelnde Eignung für den erteilten Auftrag anzuzeigen, tat Mrs. Oglethorpe das als Ausflucht eines nachsichtigen Vaters ab, der niemals wirkliche Autorität gezeigt hatte.

Priscilla machte sich erbötig, sie zu den Coopers zu fahren. Zur gleichen Zeit, als Mutter und Tochter sich auf den Weg machten, das Ziel der Rechtschaffenheit zu erreichen, zog Benjamin Davis zum zweiten Male an diesem Vormittag die Hosen an, und in weit besserer Laune als beim ersten Mal. »Schade, daß man einen so schönen Hintern verstecken muß«, sagte Frankie neckend. Benjamin schien die Konstruktion seines Gürtels zu untersuchen und lächelte. Er schnallte ihn um die Hüften und sagte: »Was hast du im Sinn, wenn du zu Romans Schule gehst und dir von Großmutter Tee auf Beulah Land servieren läßt? Leon sagte heute morgen beim Frühstück ...«

»Er ist Fannys Held. Sie sagt, er kann pfeifen und schielen zur gleichen Zeit.« Sie sah sich in dem kleinen Zimmer um und lachte. »Im Bett in der Egrenieranlage. Wie bin ich denn dazu gekommen?«

»Der Pfad ist lang und gewunden«, erwiderte er. Sie streckte sich, hob die Arme und gähnte. Er sagte: »Bei Gott, Frankie, du bist ein Anblick!«

»Komm und erklär's mir.«

Er legte sich wieder zu ihr aufs Bett und küßte sie, als sie zur Seite rückte, um ihm Platz zu machen.

»Dein Hemd kratzt.«

»Ich ziehe es aus.«

»Ich muß gehen und du auch ... Warum ziehst du dich immer gleich danach an?«

»Weil du es willst.«

»Wenn ich nicht darauf bestehe, fängst du wieder an. Hast du nie das Gefühl: genug und erledigt?«

»Nein.«

»Laß deine Hose zu!«

Er wußte, daß sie es ernst meinte, denn sie drehte sich um und

griff nach ihrem Unterrock. Er umarmte sie und küßte sie wieder. »Du willst, daß ich dir sage, wie du aussiehst?«
Sie zog den Rock über den Kopf und setzte sich auf die Bettkante. Dann sagte sie: »Ich weiß, wie ich aussehe. Du hast mich ganz rot und wund gemacht. Ich muß mehr und mehr Puder verwenden. Man wird mich bald die Schneejungfrau nennen.«
Er umfaßte ihre Taille mit einem Arm und küßte sie durch das Kleid auf den Rücken. »Aber nicht die Eisjungfrau.«
»Benjamin . . .«
Er ließ sie los. Sie stand auf und zog sich fertig an. »Bist du sicher, daß der Mann verläßlich ist?«
»Er hat keine Fragen gestellt, als ich das Bett und die Stühle brachte und ihm sagte, er soll hier saubermachen. Er wird auch keine stellen.«
»Wo wohnt er?«
»Das kann man kaum eine Wohnung nennen. Ein Zimmer, in dem er schläft, kocht und mit seiner Katze spricht. Er haust eine wacklige Treppe hinunter auf der anderen Seite. Du wirst ihn nicht hin und her gehen sehen, außer wenn irgendeine Gefahr für uns besteht. Bei Isaac bist du sicherer aufgehoben als bei mir, das kannst du mir glauben.«
»Ich bin bei jedem Mann sicherer aufgehoben als bei dir, aber wird er sich denn nicht seine Gedanken machen?« Sie prüfte ihr Gesicht in einem Handspiegel.
»Nein. Du stimmst mir doch zu, daß es ein guter Ort ist zum Beisammensein, jetzt, wo es kalt wird? Es ist abgelegen, und niemand denkt im Winter daran.«
Sie nickte und begann, flink und geschickt ihr Haar zu kämmen. »Ich hätte nie gedacht, daß es mir am Morgen gefiele.«
»Ich wache auf und habe Hunger nach allem – Essen und Arbeit und Liebe.«
»Na, es ist eine günstige Tageszeit für uns«, gab sie zu, »am Morgen verdächtigt uns niemand der Untreue.« Er hatte den rechten Arm über die Brust gelegt und stützte das Kinn in die linke Hand. So sah er ihr zu, wie sie sich für die Augen anderer zurechtmachte.
»Frankie, du hast mich gerettet.«
»Vergiß nur nicht, daß ich nicht deshalb mit dir zusammen bin.«
»Warum bist du mit mir zusammen?«

»Das klingt kokett oder bettelnd. Du brauchst weder das eine noch das andere zu sein. Ich bin mit dir zusammen, weil wir liebende Freunde sind.«
»Ich bin froh, das Wort Liebe zu hören.«
»Du hast es nicht gehört. Ich sagte absichtlich ›liebende‹ Freunde. Wie geht's deinem berühmten Gewissen?«
»Eingeschlafen.«
»Sag das nicht, es mißfällt mir, und es ist nicht wahr.«
»Möchtest du, daß ich mich dir gegenüber beklage, sogar wenn wir gerade dabei sind?« Sie lächelte und nahm ihren Umhang auf.
»Wenn wir beisammen sind, schläft mein Gewissen.«
»Und wenn du allein bist, dann plagt es dich«, sagte sie und lächelte wieder, ungeduldig, aber hilflos.
»Und wie ist das bei dir?« fragte er.
»Benjamin«, sagte sie mit Entschiedenheit, »keine Frau, die dich verrosten läßt, ist wert, daß man sich Gewissensbisse macht.«

Ann Oglethorpe befahl Priscilla, im Wagen zu warten, und stieg im Vorhof der Coopers ab. Er war geräumig, aber ohne Gras oder Blumen, nur von drei großen Bäumen beschattet. Beim Näherkommen hatten sie Ford Cooper gesehen, der Blätter harkte und in eines der Feuer warf, die im Graben zwischen Hof und Hauptstraße schwelten. »Morgen, Mrs. Oglethorpe«, sagte er, als er ihr langsam entgegenging.
»Mr. Cooper, stellen Sie Ihren Rechen weg, und führen Sie mich zu meiner Tochter, wenn sie hier ist.«
Ford Cooper ließ seinen Rechen fallen, es war aber eher eine höfliche als eine gehorsame Geste. »Sie ist hier, Ma'am, Ihre Tochter und meine seit gestern abend. Ich bin froh, sie zu haben, und es tut mir nur leid, daß es so im geheimen geschehen mußte.« Er erhob die Stimme und sagte: »Mrs. Ben, lassen Sie Pferd und Wagen stehen, und kommen Sie mit Ihrer Mama herein. Sie sind beide willkommen, heute und immer, obwohl ich mich nicht entsinne, daß Sie früher schon gekommen wären, als Mrs. Cooper noch lebte und Sie empfangen hätte.«
In seinem Ton lag eine Warnung, die freilich nicht an Priscilla, sondern an ihre Mutter gerichtet war, und die besagte, sie dürfe sich nicht allzusehr auf seine guten Manieren verlassen ...

»Danke«, antwortete Priscilla, »ich warte lieber im Wagen.«
»Wie Sie wollen. Wie geht's Ihrem lieben Mann?«
»Leidlich«, sagte Priscilla kühl.
»Miss Sarah und ihrer Familie?«
»Gut, glaube ich.«
»Ich hoffe, auch den Todds geht es gut.«
Mrs. Oglethorpe wandte sich ungeduldig nach ihm um. »Mr. Cooper, das ist nicht der Augenblick für weitschweifige Artigkeiten. Sie wissen, weshalb ich gekommen bin. Bitte führen Sie mich unverzüglich zu Elisabeth oder sagen Sie ihr, sie soll zu mir herauskommen. Das wird vielleicht das beste sein.«
»Ich kann Ihnen nur meine Gastfreundschaft anbieten«, sagte Ford Cooper langsam, »Elisabeth ist die Frau meines Sohnes, und weder ich noch irgend jemand sonst erteilt ihr Befehle. Wenn sie Sie sehen will, dann wird sie's tun. Ich weiß, daß sie es will, vorausgesetzt, daß Sie in der rechten Stimmung kommen.«
Mrs. Oglethorpe schritt an ihm vorbei, quer über den breiten Hof, die Treppen hinauf, über die Veranda und durch den Flur, ohne anzuklopfen oder um Erlaubnis zu bitten. »Elisabeth! Es führt zu nichts Gutem, wenn du dich vor mir versteckst! Ich bin gekommen, um mich mit dir auseinanderzusetzen, und ich bin nicht in der Stimmung, um . . .« Sie hielt inne, als sie sich im Wohnzimmer plötzlich ihrer Tochter und Tom Cooper gegenüber fand. »Elisabeth, sage mir, was du getan hast.«
Das Mädchen begann unwillkürlich zu kichern. Tom errötete, sprach aber offen und fest. »Elisabeth und ich wurden gestern nacht getraut, Mrs. Oglethorpe. Wir sind Mann und Frau und bitten um Ihren Segen. Wir wären zu Ihnen gekommen, sobald Sie uns hätten wissen lassen, daß wir Ihnen willkommen sind.«
Mrs. Oglethorpe ignorierte ihn und starrte ihre Tochter finster an. »Ist das wahr?«
Elisabeth nickte und sagte atemlos: »Wir sind gestern abend direkt von Beulah Land hierher gekommen. Papa Ford hatte den Priester bestellt, der uns erwartete, und wir waren in fünf Minuten getraut. Dann trank jeder ein Glas Pfirsichbowle, und alles war gut.«
Ford Cooper war seinem Gast gefolgt. »Darf ich Ihnen ein Glas davon anbieten, Ma'am? Ich mache sie selbst, und ich garantiere für alles, was die Coopers machen oder züchten, Vater und Sohn.«

Mrs. Oglethorpe hatte den Blick nicht von Elisabeth abgewandt. »Du bist also verheiratet?«
»Mrs. Tom Cooper«, flüsterte Elisabeth.
»Name des Priesters?«
»Reverend Bob Stewart.«
»Methodist«, sagte Mrs. Oglethorpe so bitter, als ob es sich um einen Mohammedaner gehandelt hätte. »Du hast die Nacht hier mit diesem Mann verbracht.«
»Wir sind verheiratet, und das hier ist unser Zuhause«, sagte Tom Cooper.
»Du hast dich ins Verderben gestürzt.«
»Ich bin glücklich, Mama. Ich wünschte, du würdest das verstehen.«
»Du bist nicht mehr meine Tochter. Was du glücklich nennst, erkenne ich nicht an. Du hast deine Mutter, deinen Vater und deine Schwester getäuscht, betrogen und belogen, und du hast dich gegen uns versündigt. Wir vergeben dir nicht und werden dir nie vergeben. Kannst du von Glück sprechen, wenn ich dir sage, daß du deinem Vater das Herz gebrochen hast? Er wird dich weder ins Haus lassen noch je wieder mit dir sprechen. Er wäre selbst gekommen, um dir das zu sagen, aber er ist zu überwältigt von der Gottlosigkeit deines Tuns. Du kannst deine persönlichen Sachen haben, warte aber, bis ich sie dir schicke. Komm nicht zu uns, weder jetzt noch in Zukunft.«

29

Obwohl der Auftritt bei den Coopers ihr eine gewisse Genugtuung verschafft hatte, konnte Mrs. Oglethorpe doch nicht mit uneingeschränkter Befriedigung daran zurückdenken. Das Schuldbewußtsein und die reuevollen Tränen, die sie erwartet hatte, waren ausgeblieben. Sie erwog, auf Beulah Land anzuhalten. Um diese Tageszeit würde Benjamin Davis nicht zu Hause sein, und sie konnte darauf hoffen, die Damen Todd und Troy wegen der nachlässigen Überwachung ihrer Tochter außer Fassung zu bringen, zumal sie mit Gewißheit annahm, daß die Frauen den sündigen Schritt ihres Kindes unterstützt hatten. Andererseits waren die Reaktionen von Sarah Troy niemals mit Sicherheit voraussehbar, und sie wollte keinen weiteren Teilerfolg riskieren. Sie würde lieber heimfahren und über die Angelegenheit nachsinnen.

Als sie nach Hause kam, fand sie Mr. Oglethorpe in dem vollgestopften kleinen Zimmer, das er seine Bibliothek nannte und in dem er seine Kriegserinnerungen, seine Bücher, Briefe und Zeitschriften und die Säbel aufbewahrte, die seinen Söhnen gehört hatten. Ihn in ein Buch vergraben zu sehen hätte ihr mißfallen. Aber daß er sogar fähig war, ihre gegenwärtigen Sorgen so weit zu vergessen, sich sanft träumend vor dem Feuer zu entspannen, das er angezündet hatte, behaglich in seinen abgenutzten Samtsessel zurückgelehnt, den Bart auf der Brust, die Augen geschlossen und mit einer Hand auf dem Schoß das Halstuch umklammernd, das er von der Leiche seines jüngeren Sohnes genommen hatte, damals, als er bei Sharpsburg gefallen war, das ging zu weit. Doch das war der einzige Trost des armen Mannes: die Toten zu lieben und von ihnen zu träumen. Als Mrs. Oglethorpe ihn so sah, machte sich ihre Empörung über diese friedliche Flucht aus der Enttäuschung in einem Sperrfeuer des Tadels Luft.

Mr. Oglethorpe erwachte und starrte sie zuerst leer und dann mit traurigem Verständnis an. Er machte keine Anstrengung, sich zu verteidigen. Seine Augen füllten sich mit Tränen des Selbstmitleids, und er verschied. Sein Tod war die extremste Form der Ablehnung, und so war es nicht verwunderlich, daß Mrs. Oglethorpe in heiligen Zorn geriet. Sie fuhr fort, ihn zu verfluchen, bis ihre Tochter – durch die Lautstärke der Mutter alarmiert – ins Zimmer kam und auf den ersten Blick sah, was vorgefallen war. Sie rief nach dem einzigen Mädchen, das ihre Mutter beschäftigte. Die kam auch und offerierte in der nächsten halben Stunde alle tröstlichen Gemeinplätze für Unglück, die man sich nur wünschen konnte. Aber Mr. Oglethorpe war geflohen, und seine Frau konnte ihm nicht nach Walhalla folgen.

Von der neuerlichen Tragödie herausgefordert, wuchs Mrs. Oglethorpe, um ihr mit aller Kraft, die ihr zur Verfügung stand, entgegenzutreten. Die Stadt genoß gerade die Aufregung um Elisabeths heimliche Heirat, als die Nachricht vom Tod ihres Vaters den Sensationslüsternen neue Nahrung bot. Ein einziger Seufzer der von diesem doppelten Verlust betroffenen Mrs. Oglethorpe hätte ausgereicht, um die beiden Ereignisse in der Vorstellung ihrer Nachbarn für alle Zeiten miteinander zu verbinden, aber sie begnügte sich nicht mit etwas so Bescheidenem. Es wurde sofort verbreitet, daß der alte Soldat an gebrochenem – von seiner jüngsten Tochter gebrochenem – Herzen gestorben sei. Ein Augenblick vernünftiger Überlegung hätte das nach allem, was der alte Herr ausgehalten hatte, unwahrscheinlich, wenn nicht gar unmöglich erscheinen lassen, aber plötzliche Heiraten und vor allem plötzliche Todesfälle wirken sich auf die Vernunft der Menschen nicht gerade stimulierend aus. Eifrige Boten verbreiteten die Nachricht, daß Mrs. Oglethorpe Elisabeth enterbt und ihr verboten hätte, ihren toten Vater zu sehen oder seiner Beerdigung beizuwohnen. Als die Neuigkeit Beulah Land erreichte, machten sich Sarah, Benjamin und Jane sofort auf den Weg zum Haus der Oglethorpes. Benjamin, der seit Bruce' Geburt die Gesellschaft seiner Schwiegermutter vermieden hatte, wartete auf der Veranda, während seine Schwester und seine Großmutter das Haus betraten. Sarah versicherte Ann Oglethorpe, daß Benjamin seine Teilnahme durch sie übermitteln lasse und daß er an der Tür warte, falls sie und seine Frau ihn zu sehen wünschten. Er stünde für alles zur Verfügung, was die ordnende Hand eines Mannes erfordere. Mrs. Oglethorpe blickte ihre Besucherin kurz an und sagte: »Danke. Sie können ihm bestellen, daß nichts von ihm verlangt wird. Weder jetzt noch später.«

Sarah wandte sich an Priscilla: »Vielleicht möchtest du hinausgehen und selbst mit ihm sprechen?«

»Ich flehe Sie an«, rief Mrs. Oglethorpe mit finsterem Blick, »lassen Sie mir *diese* Tochter. Sie ist mein einziger Trost und meine Stütze.«

»Wie du willst.« Sarah wandte den Blick wieder Priscillas Mutter zu und sagte: »Ich gehe jetzt zu Elisabeth, die sicherlich sehr traurig ist. Darf ich ihr mitteilen, daß Ihnen auch ihr Trost willkommen wäre? Ich bitte Sie sehr, seien Sie barmherzig, Ma'am!«

»Sie haben kein Recht, sich auf diese Art einzumischen, Madam.«

Sarah ließ Benjamin in der Stadt zurück, um dem Reverend Horace Quarterman von St. Thomas diskret seine Dienste anzubieten.

Jane blieb bei Priscilla, um die praktische Hilfe zu leisten, die nötig war. Sarah selbst fuhr direkt zu den Coopers. Elisabeth, die vom Tod ihres Vaters gehört hatte und wußte, daß ihre Verbannung weiterbestand, weinte hilflos. Mann und Schwiegervater versuchten, sie zu trösten, waren aber so ungeübt im Umgang mit Damen, daß sie Sarahs Ankunft erleichtert begrüßten. Sarahs Anteilnahme war einfach und unsentimental, und Elisabeth fand bald ihr Gleichgewicht wieder. Sie überraschte alle, als sie sagte: »Mein armer Vater. Glaubt ihr, daß ihn die Mama umgebracht hat?«
»Das könnte sehr wohl der Fall sein«, antwortete Sarah mit einer Ruhe, die die beiden Männer in Erstaunen versetzte, und mit mehr Wahrheit, als ihr bewußt war. »Mrs. Oglethorpe hat ein leicht erregbares Naturell, wenn das auch nicht allgemein bekannt ist. Ich erinnere mich aber lebhaft an die Wutausbrüche aus der Zeit, als Benjamin und Priscilla ihre Heirat durchsetzen wollten. Ich kann wohl glauben, daß sie sich heute zu deinem Vater über dich und Tom in unmäßiger Weise geäußert hat. Mr. Oglethorpe hingegen hatte ein sanftes Wesen. Seine spärlichen Erfahrungen auf dem Schlachtfeld trugen wenig dazu bei, ihn auf heftige Familienzwiste vorzubereiten.« Elisabeth sagte: »Und doch, es ist meine Schuld.« Sie war beruhigt, aber noch nicht bereit einzugestehen, daß sie es war, und weinte wieder, allerdings nicht lange. Sie löste sich nach ein oder zwei Augenblicken aus der Umarmung, mit der Tom sie trösten wollte, trocknete sich die Augen und zwang sich zu einem Lächeln, um den dreien für ihre Geduld zu danken.
Ford Cooper sah fröhlicher aus. »Ich gehe in die Küche und sage Mercy, daß sie Kaffee kochen soll.«
»Nicht nötig, Vater«, sagte Elisabeth. »Wenn ich darf . . .« Sie eilte aus dem Zimmer. »Sie ist eine brave junge Frau«, sagte Ford ebenso zu sich selbst wie zu seinem Sohn und seiner Nachbarin.
Sarah antwortete mit Wärme: »Das ist sie, Mr. Cooper. Ich fand sie immer ebenso vernünftig, wie sie hübsch ist. Ich bedauere Mrs. Oglethorpes Haltung dieser Ehe gegenüber. Aber vor allem möchte ich jetzt etwas sagen, wofür früher keine Zeit war, nämlich daß ich glaube, Elisabeth hat für sich und für Sie, Tom, etwas Großartiges getan. Es tut mir leid, daß man sie vom Begräbnis ausschließt, das ist nicht recht.«
»Was das anbelangt«, sagte Tom, »so dürfen Sie beruhigt sein

Meiner Frau hat niemand Vorschriften zu machen. Wenn sie zur Beerdigung gehen will, bringe ich sie hin. Für mich gilt ihr Anspruch als Tochter ebensoviel wie der ihrer Mutter als Gattin.«
Ford Cooper sagte: »Ich kannte Mr. Oglethorpe seit langem, wenn auch nicht gut, und niemand hält mich von seinem Begräbnis fern, obwohl es nicht meine Kirche ist.«
»Ihr werdet mir eine Ehre erweisen«, sagte Sarah, »wenn ihr drei unsere Familienbank in der Kirche mit mir teilt.«
Priscilla fuhr für eine Stunde zur Lichtung, um Kleider zu holen, die sie in der Stadt brauchte, traf Benjamin aber nicht, da er um diese Zeit bei den Arbeitern auf den Feldern war. Sie ließ ein paar Zeilen zurück, um ihm mitzuteilen, daß sie in einigen Tagen zurückkäme, und endete mit den Worten: »Wenn du es für passend hältst, der Beerdigung beizuwohnen – sie findet übermorgen früh um zehn Uhr statt. Es wäre am besten, wenn ich bei Mama säße und du mit deiner Familie. Ich denke, daß irgend jemand von Beulah Land sich wohl verpflichtet fühlen wird zu kommen.«
Priscilla und Mrs. Oglethorpe, die außer schwarzen Rücken nichts von sich zeigten, saßen steif und allein in der vordersten Reihe, eine Armlänge vom Sarg entfernt. Ein paar Reihen weiter hinten saßen Tom, Elisabeth und Ford Cooper, von Sarah und Casey flankiert, und etwas weiter weg die Todds mit Benjamin. Zwischen Jane und Daniel saßen Davy und Bobby Lee und zwischen den Brüdern Leon, der den Auftrag erhalten hatte, beide zu kneifen, wenn sie Unfug machten. Kinder wurden allgemein zu Beerdigungen mitgenommen, damit sie sich von klein auf an ihre gesellschaftlichen Pflichten gewöhnten. Leon hingegen war noch nie bei einem großen Begräbnis in der Stadt gewesen, und seine Anwesenheit verstärkte sein Gefühl der Zugehörigkeit zu Beulah Land.
Der Gottesdienst lief in der üblichen Weise ab und erweckte in den Anwesenden keine tieferen Empfindungen als die Neugier, ob es zu einem Zusammentreffen zwischen Ann Oglethorpe und ihrer jüngeren Tochter kommen würde. Als die kirchliche Trauerfeier zu Ende war, machte die Gemeinde Platz für jene, die daran interessiert waren, sich einen Weg zum Friedhof für die Beisetzung zu bahnen. Man sah, wie Sarah Troy ein paar ernste Worte an Mrs. Oglethorpe richtete, aber die Witwe schüttelte energisch den Kopf, und Elisabeth wagte auch keinen Vorstoß.

Wie gewöhnlich nach einer Beerdigung schlenderten die Leute zwischen den Gräbern umher, ihrer eigenen Toten gedenkend und einander erinnernd, wenn Gedächtnislücken auftraten. Leon hatte gelernt, seinen Namen in Blockbuchstaben zu schreiben, und er erkannte ihn auch, wenn er ihn sah. Benjamin fand ihn auf einem Grabstein, ergriff die Hand des Jungen und sagte zu ihm: »Leon Kendrick war dein Urgroßvater. Und es war *sein* Großvater, dessen Grab du da drüben siehst, der den ersten Mais auf Beulah Land pflanzte und das erste Korn dort erntete.«

30

Sarah reichte Benjamin den kurzen Brief und wartete, bis er ihn gelesen hatte. »Ich wußte, es ist an der Zeit«, sagte er.

»Morgen.« Sie beobachtete ihn, während er zum Fenster ihres Büros ging und hinausblickte. »Ich werde Otis sagen, daß er mit dem Wagen zum Bahnhof kommt, und mich selbst darum kümmern, daß alles in Ordnung ist. An Otis zweifle ich nicht, aber ich will keine Klagen von Bessie oder Eugene über ihn hören.«

»Warum sollten sie sich beklagen?« fragte Sarah.

»Weil sie glauben, daß das die Art ist, wie man Neger behandelt.«

»Du hast wahrscheinlich recht.« Sie war ein wenig beruhigt.

Er hatte es besser aufgenommen, als sie erwartet hatte. Obwohl er bestürzt war, offenbarte seine Stimme nichts außer dem Widerstreben gegen den Verzicht auf seinen Sohn. So jedenfalls schien es ihr, und deshalb traf sie sein Ausruf ganz unvorbereitet: »Großmutter, ich kann ihn nicht zu ihnen zurückgehen lassen!«

»Wir können nichts dagegen tun.«

»Ich zahle Otis oder irgend jemanden, damit er Bessie auf dem Hof aushilft.«

»Hat Leon etwas zu dir gesagt?«

»Nein, Ma'am, er schaut mich nur fragend an, aber er will bei uns bleiben, das weißt du. Hier ist für ihn die Heimat.«

»Er wurde als ein Marsh auf dem Marsh-Hof geboren. Damals waren wir gar nicht so erpicht darauf, ihn zu bekommen.«

»Damals kannte ich ihn nicht.« Sarah lächelte unwillkürlich. Sie lebten und arbeiteten so eng zusammen, daß sie manchmal überrascht war, wenn man sie daran erinnerte, daß Benjamin noch so jung war. »Für mich bedeutete er nur Verdruß. Frankie wies mich zurück, als ich ihr sagte, daß er unterwegs sei.« Er setzte sich ihr gegenüber an den Schreibtisch, wie sie oft beisammen saßen, um über wichtige Dinge zu reden. Er schlug die Beine übereinander, zuerst nach links, dann nach rechts, und dann setzte er beide Füße fest nebeneinander auf den Boden. Er lehnte sich zurück und sagte: »Ich verachte mich, wenn ich daran denke, daß ich ihn nicht haben wollte.«

»Aber du wolltest ihn haben«, sagte sie, »du und ich, wir saßen hier genau wie heute, und du erklärtest mir, daß dich die Vorstellung, Vater zu werden, trotz allem glücklich mache.«

»Hab' ich das?« fragte er ungläubig.

»Nicht zum erstenmal vergißt du deine eigenen Tugenden.«

»Ich habe ja das Glück, daß du mich daran erinnerst.«

Sie erwiderte trocken: »Wenn ich's nicht täte, würde es wohl ein anderer tun.« Er stand auf und sagte: »Ich gehe morgen zum Zug und sage Bessie, daß ich ihn haben muß.«

»Tu das nicht.«

»Ich werde sie fragen, was sie für ihn verlangt.«

»Nein, Benjamin.«

»Ich lasse ihn nicht da draußen mit Eugene wohnen.«

»Laß es eine Weile ruhen.«

»Sie weiß, daß es ihm hier besser geht. Bessie ist wieder schwanger, es ist nicht so, als ob . . .«

»Sie ist keine Hündin, die ihr letztes Junges vergißt, wenn sie ein neues bekommt.«

»So hab' ich es nicht gemeint.«

Sie schwieg eine Weile und sprach dann mit mehr Bedachtsamkeit: »Benjamin, hol sie nicht ab, wenn sie kommen. Laß mich Leon in meinem Wagen hinbringen. Es wird für ihn so leichter sein. Er liebt dich, und es wäre schwerer für ihn, dich zu verlassen und in ihr Fuhrwerk umzusteigen, als von mir fortzugehen. Wenn ich es bin, empfindet er nicht soviel, aber dein bloßer Anblick geht ihm zu Herzen. Du sprichst davon, wie er aussieht. Du solltest dich selbst sehen.«

»Merkt man's mir an?«
Sie erhob sich und ging zu ihm. »Ich schon«, sagte sie weich.

Als Leons Schlafenszeit gekommen war, teilte ihm Sarah mit, daß seine Mutter und Eugene am nächsten Tag aus Savannah zurückkämen. Obwohl er sich darauf vorbereitet hatte, das irgendwann von ihr oder Benjamin zu hören, war es doch ein sehr schwerer Schock. Sie küßte ihn schnell und ließ ihn allein zu Bett gehen. Denn sie wußte, daß er weinen würde und dann einschlafen. Sie hielt es für besser, ihn erst am Abend von dem bevorstehenden Ereignis zu unterrichten, statt ihm seinen ganzen letzten Tag auf Beulah Land zu verderben. Wenn er aufwachte, würde er sich wohl wieder erinnern, aber der stärkende Schlaf würde ihn den schweren Tag leichter überstehen lassen, der vor ihm lag.
Sarah stand beizeiten auf, um vor Leon in die Küche zu kommen, weil sie Mabella vor Gefühlsausbrüchen warnen wollte. Mabella nahm die Nachricht von Leons Abreise jedoch überraschend gleichmütig, mit ein paar nichtssagenden Ausrufen der Verzweiflung auf, während es die dicke alte Josephine war, die sich abwandte und deren Schultern in stummer Trauer zuckten. Wie und wann es geschehen war, wußte Sarah nicht, aber es war offensichtlich, daß Josephine den Jungen ins Herz geschlossen hatte. Beim Frühstück schien Benjamin ruhig und gefaßt. Er sprach leichthin mit Leon über die Freude, ihn auf Beulah Land zu haben, sagte aber kein Wort über seinen Schmerz, ihn fortgehen zu sehen. Er erklärte, er würde nicht mit ihm zum Bahnhof kommen, um seine Mutter abzuholen, weil Zadok wollte, daß er sich die Kartoffelmieten ansähe. Er sei nicht sicher, ob man genug Stroh als Schutz gegen die kommende nasse Witterung verwendet hatte. Josephine brachte süße Zimtwecken, und sie sprachen darüber, wie gern die gute Tante Nell sie gemocht hatte.
Das Fuhrwerk mit Otis und der Wagen mit Sarah und Leon warteten am Bahnhof auf den Zug aus Savannah, aber diesmal kam keine festliche Stimmung auf wie damals, als die Betchleys weggefahren waren. Es war kühl und sah nach Regen aus, und die, die gekommen waren, um dem Ritual der Ankunft und Abfahrt zuzusehen, hatten sich im Gepäckraum untergestellt, wo der Stationsvorsteher das erste Herbstfeuer im Ofen angezündet hatte.

Der Zug hielt, aber Sarah hatte ihren Standort schlecht gewählt, und Bessie und Eugene stiegen hinter ihnen aus. Trotzdem fand man sich schnell und tauschte Begrüßungen aus. Dann folgten Fragen über die Reise und Bemerkungen über Savannah. Bessie wollte wissen, ob auf dem Hof alles in Ordnung sei und ob während ihrer Abwesenheit etwas Außergewöhnliches geschehen sei. Sarah stellte fest, daß sie müde aussah, während Eugene seine bäuerliche Grobheit mit der Verbindlichkeit der städtischen Sitten sowie mit einer gewissen Gewandtheit und einem wachsamen Blick übertüncht hatte. Das Fuhrwerk wurde beladen und zog mit Bessie, Eugene und Leon und mit ihrer aller Gepäck zum Marsh-Hof. Sarah lenkte den Wagen heimwärts. Otis saß neben ihr und hielt sein Kleiderbündel auf den Knien. »Bin schon froh, nach Haus zu kommen«, sagte er, »recht einsam dort draußen.« Sarah tätschelte seinen Arm zum Dank und gestattete sich ein paar zornige Tränen.

Als das Fuhrwerk durch die vertraute Gegend knarrte und schließlich auf ihrem Hof hielt, kehrten Bessies Vertrauen und gute Laune zurück, wogegen Eugene mürrisch und schweigsam wurde. Leon hockte hinter ihnen auf dem Boden des Wagens und sah so verzweifelt aus wie ein Herzog auf dem Schinderkarren.

Als es dunkel wurde, hatten die drei ihre alten Rollen wieder aufgenommen. Bessie übernahm das Kommando, nachdem sie sofort nach der Heimkehr mit Eugene im Stall gewesen war und die Tiere inspiziert hatte. Sie schimpfte darüber, wie der Maisvorrat während ihrer Abwesenheit geschrumpft sei. Leon lief überall neben seiner Mutter her, als er aber fragte, ob er im Stall schlafen dürfe, wo früher Eugene geschlafen hatte, sagte Bessie: »Nein, das darfst du nicht. Ich laß' dich nicht allein mit einer Kerze da draußen. Du würdest vergessen, sie auszublasen, und meine Tiere verbrennen.« Leon ging nach dem Abendessen zu Bett, ohne darauf zu warten, daß man es ihm befahl. Er wollte nur die Augen vor der Umgebung schließen und diesen Tag beenden. Er schlief bald ein. Die Empfindungen, die in ihm getobt hatten, waren ermüdender gewesen als das, was er getan hatte. Er wachte auch nicht auf, als Bessie und Eugene hereinkamen.

»Sei so leise wie möglich«, warnte Bessie, als sie sich auszogen.

»Wozu? Es ist niemand da, weit und breit . . .«
Sie warf ihm einen schnellen Blick zu, aber ohne etwas zu sagen, und deckte das Bett auf.
»Wir hätten in Savannah bleiben sollen«, murrte Eugene.
»Kostet Geld«, sagte sie.
»Ich hätt' was verdienen können, wenn wir geblieben wären.«
»Sag mir, wie.«
»Wenn ich ein Kapital hätte für den Anfang, könnt' ich was aufbauen, in einer Stadt wie Savannah.« Er schleuderte seine Schuhe an die Wand und schlüpfte aus den Hosen. Auf einem Fuß hüpfend, um das Gleichgewicht zu halten, fragte er leichthin: »Wieviel glaubst du, daß wir für den Hof kriegen können?«
»Ich hab' nicht die Absicht zu verkaufen«, sagte sie gereizt, aber ihre Züge wurden weich, als sie ihn im Lampenlicht anblickte. »Wieviel es auch ist, für das, was du brauchst, wär's nicht genug. Es ist müßig, darüber nachzudenken, und es ist vergeudete Zeit, dir vorzustellen, daß ich das einzige hergeb', was mir gehört.«
Er machte keine Einwände gegen das, was sie gesagt hatte, sondern fragte: »Wie wär's, wenn wir mehr von da bekämen, wo wir die fünfzig Dollar gekriegt haben?«
»Die sind nicht so dumm.«
»Die sind auf ihn versessen, sagst du.« Sie blies die Kerze aus und legte sich ins Bett. »Ich bin noch nicht fertig«, protestierte er.
»Such dir den Weg im Dunkeln.«
Sie lagen eine Weile schweigend auf dem Rücken, dann drehte er sich zu ihr hin. Sie stieß ihn weg. »Ich hab' keine Lust.«
»Ich aber.«
»Für mich ist es nicht mehr angenehm, mit dem Bauch da.«
»Was erwartest du von mir?«
»Wart, bis ich's gekriegt habe.«
»Zwei Monate?«
»Vielleicht nicht so lange.«
»Ich warte nicht so lange. Wenn ich dich nicht ficken kann, mach's mir anders.«
»Du sollst aufhören, dich wie ein Kind zu benehmen, das alles kriegen muß, was es haben will.«
Gleich darauf sagte er: »Ich muß es haben. Wenn du's mir nicht gibst, geben's mir andere.«

Sie streckte die Hand aus und berührte ihn. »Ich seh' schon, du versteifst dich drauf . . .«
»Hast recht. Steif und drauf.« Er kicherte.
»Pssst.«
»Deine Hände sind so rauh wie ein Reibeisen. Nimm Speichel.« Er wartete eine Minute und sagte dann: »Ist auch nicht viel besser. Mach's mit dem Mund. Ja, so ist es besser, das ist gut. Das ist richtig, das tut gut. Gut. Gut. Das ist gut. Mach's langsam. Langsam. Aufhören. Wart einen Moment. Weiter, so ist's recht. Halt ihn fester. Schnell. Schneller. Weiter, weiter, so ist's gut, so ist's gut, oh, oh, mir kommt's, mir kommt's!«
Als sie sich zum Schlafen zurücklegten, fragte er neugierig: »Hast du's geschluckt?«
»Ich hab' vergessen, wo der Nachttopf steht. Ich konnt's doch nicht auf die Bettücher rinnen lassen, nur daß ich sie eher waschen muß.«
»Erinner mich, daß ich dir eine Weile keinen Kuß geb'«, sagte er.
»Viele gibst du mir ohnehin nicht«, murrte Bessie.
»Beklagst du dich?« fragte er, und dann noch einmal, mit wachsendem Zorn, so als ob seine eigene Frage seinen Unwillen schürte: »Ich sag', beklagst du dich über mich, Alte? Wenn du's nämlich tust, dann kann ich jemand finden, die sich nicht beklagt, und vergiß das nicht. Verflucht noch mal!«
»Du und dein Schwanz«, sagte sie bitter, »das dürfte das einzige sein, auf das du stolz sein kannst.«
»Na, ich bin sicher nicht stolz darauf, daß ich dich geheiratet hab'. Ich hab' ein Niggermädchen gehabt, bevor ich zu dir gekommen bin, die hat besser blasen können als du ficken. Was sagst du dazu!«
»Daß du gemein bist. Schlaf' jetzt. Morgen gibt's Arbeit.«
»Wenn du glaubst, daß ich mir für alle Zeiten auf dem Dreckhof da den Arsch wund arbeiten werde, dann irrst du dich, dann irrst du dich gewaltig. Ich hab' andere Pläne, verstehst du denn das nicht?«
»Wirst wohl nicht mehr mit uns reden, wenn du der Herr Groß-und-Mächtig bist. Was stellst du dir vor, das du tun wirst? Fallenstellen mit dem alten Crawford? Verbotenen Whisky brennen? Oder einfach stehlen?«

»Da gibt's alles mögliche.«
»Das kannst du dir aus dem Kopf schlagen, den Hof unter mir weg zu verkaufen.«
Er schwieg eine Weile, und sie bemitleidete ihn, weil er jung war. Sie erinnerte sich noch gut daran, wie ihr zumute gewesen war in ihrer Jugend und wie sie gedacht hatte, daß es das Ende der Welt wäre hier draußen, mit niemandem, bei dem man sich Rat holen konnte. Sie flüsterte: »Schläfst du, Gene?«
»Laß mich in Ruh'.«

31

Drei Viertel der Sägemühle gehörten James Davis, aber Bonard Saxon, dessen Vater das restliche Viertel besaß, leitete sie. Das hatte sich ganz selbstverständlich ergeben, weil James blind war und man ihm alles vorlesen und erklären mußte, ehe er eine Entscheidung treffen konnte. Bonard traf inzwischen selbständig die alltäglichen Entscheidungen, obwohl er peinlich genau darauf achtete, daß sein Onkel zu Rate gezogen wurde, wenn es sich um wichtige Dinge handelte. Bonard begann seinen Tag zeitig und arbeitete manchmal bis spät in die Nacht. Um mit der Verschwendungssucht seiner Frau Schritt zu halten, sagte er, obwohl das eher Prahlerei war und den Tatsachen nicht entsprach, denn Frankie war nur halb so genußsüchtig wie andere Frauen in ihrer Stellung. Und trotz seiner Hingabe an die Geschäfte der Sägemühle fand Bonard immer noch Zeit für seine eigenen Vergnügungen bei Frauen und für den Alkohol. Alf Crawford und er waren alte Bekannte, und wenn Alf selbst nichts anzubieten hatte, so wußte er gewöhnlich doch, wo es zu bekommen war. Er war oft der Mittler gewesen, der Bonards Bedürfnisse zu befriedigen half. Und so kam es, daß Alf Eugene Betchley zu Bonard schickte, als der ihn um Rat fragte, wie Geld zu machen wäre. Denn das war der einzige Mann mit einigem Vermögen, den er um einen Gefallen angehen konnte. An dem Oktobermorgen, an dem Eugene an die Bürotüre klopfte, war Bonard allein.
»Gene!«

»Alf Crawford hat gesagt, ich soll vorbeikommen.«
»Gut, komm nur herein. Ich höre, du hast den Lebemann gespielt in Savannah? Wie hat's dir gefallen, hm? Nicht so wie Highboro? Mehr Augen, die schauen, aber nicht alle schauen dich an. Alf sagt mir, daß du dir über etwas Sorgen machst. Setz dich und erzähle.«
»Nicht so sehr Sorgen wie Wünsche. Ich suche eine Arbeit«, sagte Eugene.
»Du?« Bonard schaute ihn belustigt an. »Ich dachte, du bist ein angesehener Farmer geworden, hast dich häuslich niedergelassen . . .«
»Nieder stimmt, ich möcht' aber aufwärts. Möchte was werden, eine Woche Arbeit für eine Woche Lohn, und auf was Besseres hoffen, wenn ich beweise, was ich wert bin.«
»Wie geht's deinem Eheleben?« Bonard zwinkerte.
»Sie kriegt ein Baby. Müssen Sie ja gehört haben.«
Bonard nickte. »Flinke Arbeit, oder war der Wagen vor's Pferd gespannt? Macht nichts, macht nichts, kommt alle Tage vor, nicht?«
»Nicht viel Arbeit auf der Farm im Winter, und bald ein Mund mehr, der nach Essen schreien wird . . .«
Bonard lachte. »Klingt gar nicht wie der alte Gene, ganz gewiß nicht! Pflegtest einem Wild oder einem Mädchen nachzurennen. Ich geb' dir den guten Rat, verzichte bloß nicht auf deinen Spaß. Wenn du ihn später zurückhaben willst, dann wirst du merken, daß es nicht so leicht ist. Ich spreche aus Erfahrung.«
Eugene machte einen gelassenen Eindruck und rekelte sich in seinem Stuhl. Langsam bog er seine Knie einwärts und dann wieder auswärts. Er sagte: »Hab' noch nie gehört, daß Sie sich einen Spaß entgehen lassen. Tatsache, Alf sagt, daß Sie noch immer . . .«
»Naja, also weißt du, man muß in der Übung bleiben, sozusagen. Einen Posten, sagtest du? Meinst du's ernst?«
»Ich mein's ernst.«
»Weiber treiben einen an, was? Verfluchtes Zeug. Ich nehme an, der Anblick der Damen in Savannah hat deiner Bessie die Augen geöffnet, und jetzt will sie, daß du ihr ein bißchen von diesem kaufst und etwas von jenem. Als ob ich das nicht kenne! Ich sag' dir was, ich werde darüber nachdenken und es mit Onkel James besprechen. Ich treffe keine Entscheidungen ohne seine Zustimmung. Doch, wir könnten dich brauchen. Wir haben mehr Nigger

eingestellt, weil sie billiger sind als Weiße, weißt du, aber das Problem ist, sie zum Arbeiten zu bringen. Sag einem Weißen, daß er etwas machen soll, und er macht es. Laß einen Nigger allein, und er setzt sich auf seinen Arsch. Man muß sie auf den Beinen halten, sonst schlafen sie ein. Wie würde es dir gefallen, den Niggeraufpasser für mich zu machen, zuzusehen, daß sie nicht aufhören, meine Sägen zu ziehen und zu stoßen, außer zweimal täglich, um ein Stück Kautabak abzureißen?«

Eugene begann am nächsten Tag in der Mühle zu arbeiten, da Bonard ihm augenzwinkernd gesagt hatte: »Nachdem ich's mit Onkel James besprochen habe. Er ist der wirkliche Chef, wir anderen sind nur Lohnempfänger.« Eugene bewährte sich sofort. Die Tatsache, daß er in der Zusammenarbeit mit Negern keine Erfahrung hatte, erwies sich als Vorteil, da sie ihn reizbar machte. Die Leute hielten seine Nervosität für Gemeinheit, in die sie sich auch wirklich bald verwandelte. Sie mochten ihn nicht, aber sie faulenzten nicht mehr unter seiner Aufsicht, und Bonard erkannte bald, daß er einen nützlichen Mann eingestellt hatte.

Anfang November fuhr Sarah zu Bessie hinaus. Sie fand sie und Leon bei der Arbeit im Stall, die Frau mit der Heugabel, den Jungen mit einem Rechen. Ihre Fingerknöchel waren vor Kälte rot und aufgesprungen. Als Sarah zu erkennen gab, daß sie eine Weile bleiben wollte, legte Bessie die Gabel beiseite und führte sie in die warme Küche, wo sie einen Topf Kaffee auf den Tisch brachte. Sarah äußerte sich lobend über Eugene, vor allem darüber, daß er in der Mühle so fleißig sei. Aber dann bemerkte sie teilnehmend, daß nun alle Arbeit auf dem Hof Bessie zufiele.

»Ach, Ma'am, ich bin daran gewöhnt, wissen Sie.«

»Nicht so kurz vor der Geburt. Da solltest du dich ins Bett legen.«

»Leon hilft mir.«

»Leon wird bald in die Schule müssen. Du brauchst jemanden, der dir die schwere Arbeit abnimmt, jetzt, wo Gene unabkömmlich ist in der Mühle. Du weißt, wie viele Leute wir auf Beulah Land halten. Wir versuchen immer, sie für die Monate, in denen nicht viel zu tun ist, auszustellen, aber zum Schluß behalten wir sie doch für's ganze Jahr, weil wir die besten Kräfte brauchen, und anders kann man sie nicht kriegen. Sie bleiben und bleiben, und es ist nicht viel anders als in den alten Zeiten, nicht?«

»Das kommt, weil die Nigger es zu gut haben bei Ihnen. Gene erzählte mir . . .«
»Sie verdienen sich ihren Unterhalt, es gibt nur nicht so viel zu tun jetzt im Winter. Ich schicke dir morgen einen Mann herüber, und von nun an kann er all die schwere Arbeit machen, die du nicht mehr schaffst.«
»Das ist lieb von Ihnen, aber Gene wird's nicht haben wollen.«
»Ich bin heute nachmittag in Highboro und werde bei der Mühle vorbeifahren. Die hat einmal uns gehört, weißt du, bevor ich sie an Mr. Davis verkaufte.«
»Ja, Ma'am, ich erinnere mich.«
»Ich spiel' immer noch die Chefin, wenn ich dort bin, und die Leute sind gewohnt, mir zu gehorchen. Gene wird keine Ausnahme sein, du wirst schon sehen.«

32

Benjamin sprang über die hintere Veranda und stürmte in die Küche. Er schüttelte sich wie ein nasser Hund. »Es regnet Eiswasser, ich schwör's bei Gott! Kann mich nicht erinnern, daß es je so kalt war, ohne zu gefrieren. Heute nacht wird es Frost geben.«
Freda stand am Ofen und sagte: »Ich entsinn' mich, im September vor ein paar Jahren hat es gefroren! Dabei hatten wir noch einen Monat Sommer vor uns.«
»Aber jetzt haben wir fast Dezember, und wenn es friert und ein oder zwei Tage so bleibt, dann schlachte ich ein paar Schweine.« Er ließ sich müde auf einen Rohrstuhl mit wackligen Beinen fallen und zog sich die Schuhe aus.
»Schweineschlachten ist gut im Winter!« rief sie anerkennend.
»Was kochst du da, was so gut riecht?« Sie hob den Deckel von einem Topf, und er stand auf und trat an den Herd. »Du meinst, daß das bloß Huhn mit Klößen ist? Der Himmel am Ostermorgen kann nicht so verlockend sein, wie das duftet.«
Ihr Blick warnte ihn, bevor sie es aussprach: »Mrs. Ben ist zu Hause . . .«

»Wo ist sie?«
»Sie sollten hinaufgehen, Mr. Ben. Geben Sie mir den nassen Mantel.« Sie stieß die Schuhe mit dem Fuß unter den Ofen zum Trocknen.
Auf dem Treppenabsatz traf er Velma, die weinte und die Hände rang. »Ist etwas mit dem Baby?« fragte Benjamin.
»Bruce ist in Ordnung. Aber Mrs. Ben, sie sagt, ich soll meine Sachen packen und abhauen, weil Velma nicht mehr gebraucht wird!« Überwältigt von ihrer Eröffnung begann sie von neuem zu weinen.
Er ergriff ihre Hände und schüttelte sie nachdrücklich. »Weine nicht. Es wird alles gut werden. Ich verspreche dir, daß du bleiben darfst. Geh jetzt zum Baby.«
Er drehte sich um, ging zu Priscillas Zimmer und klopfte kurz an die Tür. Dann trat er ein, ohne die Erlaubnis abzuwarten. Priscilla hatte ihren Schrankkoffer in die Mitte des Zimmers gezerrt und kniete davor.
»Verreist du, oder was soll das bedeuten?«
Sie drehte den Kopf und begrüßte ihn mit einem Stirnrunzeln. »Du machst dich über alles lustig.«
»Entschuldige, es war nur meine Überraschung. Es ist eine Weile her, seit du zuletzt hier warst, und du hast mich nicht benachrichtigt, daß du heute kommst. Was machst du da?«
»Man sollte meinen, daß das nicht schwer zu erraten ist. Ich ziehe für ein paar Wochen zu Mama.«
»Du warst schon ein paar Wochen dort.«
»Dann eben noch ein paar. Vielleicht auch für einige Monate. Sie ist ganz allein, seit Elisabeth geheiratet hat und Papa tot ist. Sie braucht mich.«
»Du wirst hier gebraucht.«
»Nicht in einer Weise, in der ich erlauben kann, daß man mich benutzt«, erklärte sie.
»Die Lichtung ist dein Heim.«
Sie sah sich langsam im Zimmer um, dann schüttelte sie den Kopf. Sie ging zum Kleiderschrank, nahm zwei Mäntel, einen leichten und einen wärmeren, heraus und legte sie zusammen. »Das hier war niemals mein Heim, und als ich heute zurückkam, fühlte ich mich fremder denn je. Bei Mama ist mein Zuhause.«

»Du hast also die Absicht, dort zu bleiben?«
»Vorläufig.«
»Für unbestimmte Zeit?«
»Wenn du es so nennen möchtest.«
»Es ist nicht, was ich möchte. Aber du tust ja nie, was ich möchte.«
»Es macht dir Freude, mich zu beschimpfen.« Die starr geradeaus gerichteten Augen straften das mechanische Lächeln ihrer Lippen Lügen. »Also schön.« Sie kniete nieder und legte die Mäntel sorgfältig in den Koffer. »Wenigstens befriedige ich dieses Verlangen in dir.«
»Du bist wütend darüber, daß Elisabeth ohne Einwilligung deiner Mutter geheiratet hat. Das verstehe ich. Du glaubst, *ich* müßte zu deiner Mutter gehen und mich entschuldigen, um Verzeihung bitten für den Entschluß deiner Schwester, ihr Leben mit dem Mann zu führen, den sie liebt, statt in der weibischen Heuchelei und Selbstzerfleischung zu verfaulen, die deine Mutter ›Frömmigkeit‹ nennt. Du möchtest *mich* dafür verantwortlich machen.«
»Du kannst nicht behaupten, daß du keine Schuld trägst.«
»Du beschuldigst auch Großmutter und Jane. Und nun hast du beschlossen, uns zu strafen. Durch dein Weggehen zeigst du der Welt, daß du dich aus dem Sündenpfuhl von Beulah Land zurückziehst. Du und deine Mutter, ihr habt euch diese Strafe ausgedacht.«
»Meine Abwesenheit wird kaum eine Strafe für dich sein.«
»Du hoffst, mich zu beschämen.«
»Ich habe die Hoffnung aufgegeben, daß dich irgend etwas beschämen könnte.« Sie ging geschäftig hin und her, öffnete Türen und Schubladen, wählte hier und da etwas aus und legte es in den Koffer.
»Das ist die Rache deiner Mutter«, vermutete Benjamin.
»Wie kannst du es wagen, sie anzuklagen?« sagte Priscilla betont ruhig, so als ob sie entschlossen wäre, sich nicht in Zorn bringen zu lassen.
»Ich soll ohne Frau leben müssen.«
»*Du* hast mir doch erklärt, daß *ich* keine bin.«
»Ich habe einmal um deine Liebe gebeten, aber ich will es nicht wieder tun, und ich werde auch keine Abbitte leisten.«
Sie faltete einen Schal auseinander, betrachtete und prüfte ihn mit

übertriebener Aufmerksamkeit und legte ihn dann wieder zusammen. Endlich sagte sie: »Du hast offensichtlich jemanden gefunden, der *dieses* Bedürfnis befriedigt. Ich hoffe nur, daß es keine von den Negerinnen ist, Velma oder Freda.«

»Es sieht dir nicht ähnlich, dir über solche Dinge Gedanken zu machen«, bemerkte er.

»Fleischliche Liebe, wenn du das Liebe nennen kannst, berührt mich nicht. Ich bin kein seelenloses Tier.«

»Wenn ich an deine Mutter denke«, spottete er, »dann frag' ich mich, wie dein armer Vater vier Kinder zuwege brachte.«

»Du bist widerlich«, sagte sie so ruhig, als sei es eine traurige, aber unabänderliche Tatsache.

»Was hast du zu Velma gesagt?«

»Daß ich sie nicht mehr brauche, um meine Tochter zu betreuen. Ich nehme Bruce heute mit.«

Nach einer Pause sagte er mühsam beherrscht: »Du wirst sie nicht mitnehmen.«

»Doch, das werde ich. Ein Kind, besonders ein Mädchen, gehört zu seiner Mutter.«

»Sie ist ohne dich ausgekommen, seit sie geboren wurde. Du kümmerst dich kaum um sie, selbst wenn du hier bist.«

»Wenn es dir schien, als hätte ich sie vernachlässigt, dann deshalb, weil ich die Demütigung ihres Makels teilte, dieses Zeichens, das sie als Zeugnis deiner Sünden trägt. Von nun an werde ich meine Pflicht tun und sie aufziehen im rechten Geiste. Ich werde sie lehren, Gott zu fürchten und den Teufel zu hassen. Ich werde für sie und mit ihr um Erlösung beten.«

»Ich habe dich noch nie geschlagen . . .«

»Nein, du hast Schlimmeres getan.«

»Mach dir das eine klar: Bruce bleibt bei mir. Wenn es wirklich soweit kommen muß: ich bin stärker als du.«

Sie sah ihn mit großer Aufmerksamkeit an, so als wollte sie das Ausmaß seiner Kraft abschätzen. »Willst du mich zwingen, mich an Reverend Quarterman zu wenden?«

»Ich bin auch stärker als er.«

»Selbst du würdest einen Diener Gottes nicht schlagen.«

»Wenn du zu ihm gehst, bestelle ihm, was ich gesagt habe, und laß ihn selbst bestimmen, wie mutig er ist.«

»Du forderst deine Verdammnis heraus.«
»Ohne Gewissenbisse.«
»Ich werde es in der Stadt erzählen, da kannst du sicher sein.«
»Narren, die auf leeres Geschwätz hören, gibt's immer.«
»Ich weiß, warum du so darauf versessen bist, meine Tochter zu behalten, glaub nicht, daß *ich* ein Narr bin. Wie viele Bastarde du auch in die Welt setzen wirst, sie bleibt dein einziges legitimes Kind. Wiederverheiraten kannst du dich nicht.«
»Warum bist du ausgerechnet heute in diesem eiskalten Regen gekommen?«
»Mama mietete ein Fuhrwerk, um Elisabeths Koffer bei ihr abzuliefern. Der Wagen hat mich hergebracht und nimmt mich auf dem Rückweg mit meinem Koffer mit. So bin ich nicht von dir abhängig.«
»Wie gut ist deine Mutter gestellt?« fragte er nach einem Augenblick des Nachdenkens. »Ich werde veranlassen, daß du bekommst, was immer du brauchst.«
»Ich werde dir die Abrechnungen schicken. Was Mama anbelangt, so braucht sie deine Unterstützung nicht. Papa hatte Eisenbahnaktien und verkaufte sie nicht, wie so viele andere es nach dem Krieg taten.« Er blieb an der Tür stehen und sagte: »Ich hoffe, daß du später einmal zur Lichtung und zu deinem Kind zurückkehren wirst.«
»Wenn ich von meinem Kind getrennt bin«, entgegnete sie, »dann wird es zu seinem Schaden sein und auf deiner Seele lasten, die ohnehin schon so schwer mit Schuld beladen ist.«
Er verließ sie ohne ein weiteres Wort und ging ins Kinderzimmer, um Velma zu beruhigen. Das dauerte eine ganze Weile. Als er hinausging, trug er ihr auf, die Tür abzuschließen und niemandem außer ihm zu öffnen. Dann kehrte er zu Priscilla zurück und wartete, bis sie das Packen beendet und den Koffer verschlossen hatte. Als sie sich aufrichtete und nickte, hob er ihn auf die Schulter und trug ihn so vorsichtig die Treppe hinunter, daß er weder gegen die Wand noch ans Geländer stieß. Im Flur neben der Eingangstür stellte er ihn nieder. Priscilla, die ihm gefolgt war, setzte sich auf einen niedrigen Stuhl unter der Wanduhr und faltete die Hände im Schoß. Benjamin wartete auf der Veranda, bis der Mietwagen vorfuhr. Dann kam Priscilla heraus, um dem schwarzen Kutscher Anweisungen zu geben. Benjamin rief ihr zu, sie solle unter der

Plane Schutz suchen, die den hinteren Teil des Wagens überspannte. Aber sie hatte sich schon neben den Fahrer auf den Bock gesetzt und antwortete, ohne den Kopf zu wenden: »Ich will, daß alle mich sehen.« Der Kutscher nahm die Zügel und wendete Maultier und Wagen der Straße zu, die den Hügel hinunterführte.

33

Als er das Büro betrat, konnte er an der Art, wie sie ohne Überraschung den Kopf wandten, erkennen, daß sie über ihn gesprochen hatten. Es war fast, als ob er an ihrem Gespräch teilgenommen hätte und jetzt seine Zustimmung zu einem allseits gebilligten Beschluß geben sollte. Seine Schwester erklärte: »Ich brauche Freda, und ich habe heute morgen mit ihr gesprochen. Sie ist bereit, zu uns zu kommen, aber nur, wenn du einwilligst.« Seine Großmutter sagte: »Du solltest Bruce und Velma zu uns bringen.« Jane fuhr fort: »Freda war auf der Lichtung schon immer am falschen Platz. Niemand außer dir würdigte ihre Kochkunst, und du warst die Hälfte der Zeit weg. Ein solches Leben treibt eine Köchin zum Wahnsinn. Ich wundere mich, daß sie nicht längst mit dem Tranchiermesser Amok gelaufen ist.«

Sarah knüpfte an ihren früheren Vorschlag an: »Es ist ja nicht so, als ob nur die Lichtung dein Heim wäre. Du bist hier genauso zu Hause. Ganz Beulah Land ist dein Heim.«

»Ich wünschte, du würdest zu uns ziehen«, sagte Jane, »Bobby Lee hat mich schon gefragt, ob du bei uns wohnen wirst, und Davy wollte wissen, ob wir auch Bruce nehmen müßten.«

Sarah unterbrach: »Sei nicht albern, Jane. Er gehört hierher, mit Bruce, und Bruce *muß* zu uns kommen, das ist ganz außer Frage. Sie wird sonst genauso wunderlich werden wie deine Großtante Selma, wenn sie dort auf der Lichtung niemanden zu Gesicht bekommt außer dir und den Negern.«

»Ich weiß nicht, warum es so lange gedauert hat«, sagte Jane, »bis wir begriffen, daß Priscilla nicht zurückkommen würde, außer um ihre Kleider zu holen . . .«

»*Und* ihre Bibel!« warf Sarah triumphierend ein.
»Sie hat wahrscheinlich ein halbes Dutzend, eine für jeden Wochentag; und dann noch eine besondere mit Bildern und Stichwortverzeichnis, in Saffianleder gebunden, für den Sonntag.«
»Wirklich, Benjamin?« fragte Sarah voller Staunen, als ob ihr gerade ein Geheimnis verkündet würde, das man bisher vor ihr verborgen hatte.
»Du trittst mir Freda ab, nicht wahr?« bat Jane.
»Du verstehst, was ich meine, wegen Bruce?« wollte seine Großmutter wissen.
Er sah eine nach der anderen an, sagte auf beide Fragen: »Nein«, ging hinaus und warf die Türe hinter sich zu. Nach fünf Minuten kam er jedoch zurück. Sie sahen ihm in gekränktem Schweigen zu, wie er einen Stuhl nahm, ihn ihnen gegenüber aufstellte, sich rittlings darauf setzte und die Arme auf der hohen Lehne verschränkte. »Habt ihr es ernst gemeint, als ihr sagtet, ihr wußtet die ganze Zeit, daß Priscilla nicht zu mir zurückkommen würde?«
»Ich hab's vermutet«, sagte Jane.
Sarah meinte: »Es hätte mich überrascht, wenn sie gekommen wäre, jetzt, wo ihre widerwärtige Mutter ihr eine Ausrede bietet, die man nur einmal im Leben bekommt. Es hat ihr hier draußen nie gefallen, sie hat nie versucht, eine von uns zu werden. Ich habe Rücksicht genommen . . .«
Jane tätschelte die Hand ihrer Großmutter und sagte: »Bei Gott, das hast du. Wenn ich nur an die hochnäsige Art denke, mit der sie Dan immer behandelt hat, weil er ein Yankee ist, dann möchte ich ihr den Hals umdrehen.«
»Als ob ein Mann etwas dafür könnte, wie er geboren wurde«, bestätigte Sarah lebhaft. »Yankee oder nicht, Daniel Todd ist so gut wie jeder andere und besser als die meisten.«
»Als er zu uns kam, sagtest du, wir würden einen Südstaaten-Gentleman aus ihm machen. Aber das war gar nicht nötig. Dan ist ein geborener Gentleman.«
Sarah nickte zustimmend. »Mein Gott, wenn ich daran denke, daß er es war, der darauf bestand, euer erstes Kind nach unserem General zu nennen . . .«
Benjamin hob die Hände, bis sie beide schwiegen. »Also«, fragte er ruhig, »wie ist das mit Bruce, Großmutter?«

Sarah erklärte sachlich und ausführlich, warum sie glaubte, Bruce und Velma seien im Herrenhaus besser aufgehoben.
»Schön«, stimmte Benjamin schließlich zu, als sie innehielt, »ich glaube, du hast recht.«
Sarah sah erleichtert aus. »Es wird wirklich besser für sie sein.«
»Sicherer«, korrigierte Benjamin, »ihre Mutter kann nicht kommen und sie holen, wenn ich auf den Feldern bin.«
»Das möchte ich sehen, wie sie das versucht«, rief Sarah grimmig, »ich würde sie vierteilen.«
»Und nun zu Freda«, sagte Benjamin.
Jane wurde plötzlich zurückhaltend. »Sie ist wirklich eine zu gute Köchin, als daß man sie verkommen lassen sollte, Ben. Meine alte Poppy dagegen ist nicht wert, daß man ihr mit einem Stück Brennholz eins über den Kopf haut, obwohl ich mich furchtbar bemüht habe, ihr was beizubringen. Sie hätte zu Priscilla gepaßt: keine von beiden kann ein hartgekochtes Ei von einem Reispudding unterscheiden. Sogar die Jungen beklagen sich, und die essen wirklich alles. Kein Wunder, daß sie Josephine umschwärmen wie die Bienen den Honig.«
»Ich wußte nicht, daß Freda unzufrieden ist«, bemerkte Benjamin.
»Ben«, sagte Jane, »Freda würde . . . Alle aus Zadoks Familie würden zweimal täglich in die Hölle und zurück kriechen, und in einem Schaltjahr doppelt so oft, wenn du's von ihnen verlangst. Aber von einer guten Köchin zu erwarten, daß sie ihr Essen auf den Tisch bringen und es dann wieder abräumen soll, ohne daß es einer angerührt hat, das ist mehr, als ein Mensch ertragen kann.«
»Amen«, sagte Sarah.
Benjamin lächelte zum erstenmal. »Sorge für den Leib, und die Seele sorgt für sich selbst.«
»Ich bin nicht genußsüchtig wie du und Tante Nell«, sagte Sarah, »aber ein bißchen Gleichgewicht ist sinnvoll und nicht zu verachten.«
Benjamin stand auf, nahm den Stuhl und stellte ihn auf seinen Platz zurück. »Also schön, Jane, du kannst Freda haben. Ich werd' es ihr sagen.«
»Dafür wird dich vielleicht sogar Dan umarmen.«
Benjamin lachte. »Ich werde Velma helfen, Bruce mit ihren Sachen herzubringen, Großmutter.«

Sarah erhob sich. »Ich habe tausend Dinge zu erledigen. Ich lasse das große Eckzimmer oben herrichten, von dem man auf den kleinen Friedhof hinuntersieht. Es macht dir doch nichts aus, auf Floyds Grab zu schauen?«

»Es würde mir nichts ausmachen«, sagte Benjamin, »wenn ich dort wohnte. Aber ich bleibe in meinem eigenen Haus auf der Lichtung, Großmutter, vielen Dank.«

»Du bist ein Dickkopf«, verkündete sie. »Du kannst dort oben doch nicht ganz allein leben.«

Er sagte: »Ich komme zu den Mahlzeiten her, da Jane mir meine Köchin stiehlt. Aber ich bleibe in meinem Haus oben, Großmutter. Sei nicht gar so despotisch und laß auch mir meinen Willen.«

»Du bist der Despot«, sagte sie eigensinnig. Als er sie aber auf die Wange küßte, traten ihr die Tränen in die Augen. Sie versuchte nicht, sie zu verbergen, sondern wischte sie stillschweigend ab. »Ich fahre am Nachmittag zu Roscoe hinüber. Er und ich haben eine Menge zu besprechen. Hab' ich dir erzählt, daß ich einen Brief von Abraham bekommen habe? Er nimmt die Fähre von Philadelphia, und Roscoe holt ihn in Savannah ab und bringt ihn für die Ferien nach Hause. Ich habe eingewilligt, daß er bei Roscoe wohnt. Roscoe will ihn haben, und Abraham möchte auch gern zu ihm ziehen. Ich dachte, ich bringe Roscoe heute eine gute Portion Fleisch und ein oder zwei Meter Wurst. Sie schlachten nämlich selber erst kurz vor Weihnachten. Sie warten immer gerne so lange wie möglich. Er hat eine Idee, über die er mit dir sprechen möchte. Es geht darum, daß wir hier in Highboro unsere eigene Baumwollspinnerei bauen sollten. Er sagt, daß die Jungen und Mädchen, die im Elkschen Institut unterrichtet werden, nach Augusta oder in eine der anderen großen Städte abwandern und dort in den Spinnereien arbeiten. Da läßt man sie zwölf Stunden täglich an der Maschine stehen, sagt er. Sie sehen den ganzen Winter lang kein Tageslicht. Er wird einen Kostenvoranschlag machen und hofft, daß wir uns beteiligen. Was hältst du davon? Es könnte eine Sicherung für Abrahams Zukunft sein. Ich habe lange darüber nachgedacht. Benjamin, ich wünschte, du wärest nicht so zapplig. Es irritiert mich, wenn du so drängelst. Warte doch eine Minute, sei so freundlich.«

»Ich habe eine Menge zu tun.«

Er war schon an der Tür, aber ihre nächste Frage hielt ihn zurück.
»Wie ernst ist dir die Sache mit Frankie Saxon?«
Er sah sie verblüfft an, antwortete aber ziemlich ruhig: »So ernst, wie es einem verheirateten Mann mit einer Frau sein kann, die an einen anderen gebunden ist.«
»Ich freue mich, daß du nicht vergessen hast, daß ihr beide verheiratet seid. Ehebruch ist niemals eine einfache Angelegenheit, und er kann überaus schmerzlich für die Betroffenen und für ihre Familien werden.«
»Wie hast du von mir und Frankie erfahren?«
»Jane und ich haben euch zusammen beobachtet. Oh, es war nichts, was jemand bemerken würde, der euch nicht genau kennt, aber sei vorsichtig. Ich verurteile weder dich noch sie. Wie könnte ich, wo ich doch selbst eine Ehebrecherin war? Ihr tut mir nur beide furchtbar leid.«
»Großmutter!« riefen Benjamin und Jane wie aus einem Mund.
»Oh, ich habe den Mann später geheiratet. Ihr seid jung, und es gibt so vieles, was ihr nicht wißt. Leider fürchte ich, daß du Frankie nie wirst heiraten können. Priscilla wird Methusalem überleben.«

34

Für Benjamin begann eine unglückliche Zeit. Er war verheiratet und hatte doch keine Frau. Er war Vater und lebte doch ohne seine Kinder. Er sah Bruce zwar oft, aber sie gehörte ihm nicht mehr wie früher, als sie im Haus auf der Lichtung gewesen war, wo ihre Mutter sie mied und Velma das Leben des Kindes rund um Benjamins Kommen und Gehen einrichtete. Im großen Haus gab es viele Leute, und obwohl Velma ihre Pflichten als Kindermädchen weiterhin gewissenhaft, ja eifersüchtig erfüllte, knüpfte sie doch Freundschaften an und begann, ihren Schützling mit Sarah und Casey, Jane und Daniel und mit den häufigen Besuchern zu teilen, die sich auf Beulah Land einfanden, der eine nur für ein Gespräch, der andere für eine Mahlzeit und wieder ein anderer für eine ganze

Woche. Bruce wuchs unter der Obhut eines großen Haushalts heran und war so brav und gutmütig, daß sogar Jefferson Davis Todd zugab, sie sei nicht das schlechteste Baby, das er kannte, obwohl sie seiner Meinung nach immer noch nach Milch roch.

Benjamin vermißte seine Frau nicht. Sein Sohn allerdings fehlte ihm. Er ritt fast jeden Tag zum Marsh-Hof, um ihn zu sehen. Er wußte, daß er Eugene nicht antreffen würde, und er benutzte den Vorwand, Zebra kontrollieren zu müssen, den Mann, den Sarah Bessie zur Aushilfe geschickt hatte. Er sah Leon aber nie allein, außer wenn er ihn in die Stadt zum Haareschneiden mitnahm. Aber wenn er ihn danach auf den Hof zurückbringen und sich von ihm trennen mußte, war das fast noch schlimmer, als überhaupt nicht mit ihm zusammen zu sein. Er sehnte sich nach ihrer ungezwungenen Kameradschaft, suchte die Befriedigung, *seinem* Sohn etwas von dem weitergeben zu können, was er wußte und gelernt hatte.

Sarah besuchte Bessie oft, als ihre Niederkunft näherrückte, und sie kam selten mit leeren Händen. Die kleinen Geschenke waren Teil eines ausgeklügelten Bestechungsversuches. Sie wußte es, und Bessie wußte es auch. So oft wiederholte sie die Frage, wann Leon endlich zur Schule geschickt würde, und betonte immer wieder, wie bequem es für alle Beteiligten wäre, wenn er dann auf Beulah Land wohnte, bis Bessie nahe daran war nachzugeben.

Für Leon war es eine ebenso unglückliche Zeit wie für seinen Vater. Sowohl Benjamin wie Sarah vermieden es sorgfältig, ihm bei ihren Besuchen besondere Beachtung zu schenken. Denn sie wollten nicht, daß Bessie merkte, wie stark ihre Empfindungen für den Jungen waren. Bessie war allerdings mit ihren eigenen Sorgen beschäftigt und kümmerte sich nicht viel um Leon. Eugene ignorierte ihn soweit wie möglich, worüber Leon einerseits froh war, andererseits verletzte es ihn, daß er anwesend war und niemand sich um ihn kümmerte oder daß man ihn nur bemerkte, um ihn zu verfluchen oder um ihn fortzuschicken. Leon begann so verschreckt und unerwünscht auszusehen, wie er sich fühlte. Er gewann immer mehr die Überzeugung, daß niemand, absolut niemand etwas von ihm hielt. Er wurde ungeschickt und unbeholfen, ließ Dinge fallen und vergaß zu tun, was man ihm aufgetragen hatte.

Priscilla lebte sich bei ihrer Mutter so leicht ein, als ob sie ihr Haus nie verlassen hätte. Niemals war eine von beiden ohne die andere in der Stadt zu sehen, zwischen ihnen bestand das beste Einvernehmen. Sie saßen beisammen, nähten miteinander, schliefen in angrenzenden Zimmern, gingen nebeneinander durch die Straßen und teilten in der Kirche Gebet- und Gesangbuch. Mit Ausnahme von Trauungen blieben sie keinem Gottesdienst fern, und sie wohnten Beerdigungen so eifrig bei, als ob sie bezahlte Trauergäste wären, ohne Rücksicht darauf, ob sie die betreffende Familie kannten oder nicht. Reverend Quarterman begann ihrer ein wenig überdrüssig zu werden und wünschte insgeheim, daß sie irgendeine Schwäche offenbarten, der er abhelfen könnte. Nur ein einziges Mal ermahnte er Benjamin auf Mrs. Oglethorpes Geheiß, die arme Bruce der Obhut ihrer frommen Mutter und Großmutter zu überlassen. Benjamin lehnte strikt und nicht übermäßig höflich ab. Mrs. Oglethorpe klagte, Reverend Quarterman habe ihre Forderung nicht nachdrücklich genug vertreten. In Wirklichkeit aber war Priscilla es zufrieden, ihre Tochter los zu sein, denn sie genoß das Bedauern derer, die glaubten, daß sie sich nach ihr sehnte, wurde bemitleidet, weil sie sie entbehren mußte, und hatte obendrein die beruhigende Gewißheit, daß man nicht von ihr verlangen würde, sich nachts durch das Bedürfnis eines schreienden Kindes nach Milch oder Liebe im Schlaf stören zu lassen. Benjamin unternahm nichts, um Priscilla zurückzuholen. Ein leerer Teller ist nicht appetitanregend, und er wußte, daß sie für ihn nichts übrig hatte. Wenn sie einander zufällig im Vorbeigehen begegneten, wie es vor oder nach dem Kirchgang am Sonntag oder gelegentlich auf dem Gehsteig im Geschäftsviertel der Stadt vorkam, dann erfüllten sie die Erwartungen übelmeinender Nachbarn, indem sie sich wortlos voreinander verneigten. So standen die Dinge, als Bessie Betchley am siebenten Dezember, sieben Wochen nach der Rückkehr der Betchleys aus Savannah, einen zweiten Sohn zur Welt brachte. Der junge Dr. Rolfe, den vor kurzem der alternde, träge Dr. Platt als Assistenten eingestellt hatte, betreute Bessie. Das Baby wurde nach einer Figur in einem Theaterstück, das sein Vater in Savannah gesehen und großartig gefunden hatte, Theodore Aquinas genannt. Prediger Paul und seine brave Frau Ona kamen, um mit der Mutter zu beten. Sarah und Jane fuhren hin, um Worte der

Bewunderung zu äußern, während sie vor Bessie die Mützchen, langen Kleidchen und kleinen Schuhe ausbreiteten, die sie dem Baby zum Geschenk machten. Am Abend des großen Tages klopfte Alf Crawford an die Hintertür der Betchleys, und er und Eugene setzten sich an den Küchentisch, um einen Whisky zu kosten, den Alf eben erst aus seiner Brennerei abgezogen hatte.

Eugene stolzierte durch die Stadt und trug die weinroten Hosenträger zur Schau, die Bessie ihm auf der Hochzeitsreise gekauft hatte. Bonard Saxon feierte das Ereignis, indem er Eugenes Lohn um zwei Dollar pro Woche erhöhte und ihm eine Zigarre von seiner besten Sorte anbot. Der frischgebackene Vater hielt sie den ganzen Tag lang zwischen den Zähnen, bevor er sie endlich anzündete und damit über die Hauptstraße stolzierte. Wenn ihn irgend jemand für einen Narren hielt, so sagte er es nicht in seiner Hörweite, was immer er auch hinter seinem Rücken über ihn erzählen mochte. Denn Eugene hatte sich im Laufe eines Monats den einschüchternden Ruf eines Mannes erworben, der schnell beleidigt ist und ohne Federlesens angreift. Auf weiße Männer ging er mit den Fäusten los, aber die wenigen Neger in der Sägemühle, die seine Vormachtstellung nicht gleich anerkannten, schlug er mit einem Knüppel, den er sich aus abgelagertem Eichenholz zurechtgeschnitten hatte. Die meisten Arbeiter begriffen, daß es leichter war, zu schmeicheln und zu gehorchen, als Zähne zu verlieren oder, wie es in einem Fall geschah, ein Auge und das Hörvermögen eines Ohrs.

Es war kaum verwunderlich, daß Eugene den Eindruck hatte, er werde allmählich ein bedeutender Mann, und im Bewußtsein seiner Stellung sah er Leon noch finsterer an und verwünschte ihn mit härteren Flüchen als zuvor. Eines Abends, es war der zehnte im Leben von Theodore Aquinas, saß die Familie am Küchentisch beim Essen. Bessie hatte ihre Brust für das trinkende Baby entblößt und aß nebenher ihr Fleisch und Brot. Eugene war den ganzen Abend abwechselnd zu Späßen aufgelegt und reizbar gewesen, aber niemand sprach bei Tisch.

Seit Eugenes Heimkehr aus der Mühle hatte noch niemand mit Leon gesprochen. Das war oft so. Leon und Bessie mochten miteinander ohnehin den ganzen Tag recht schweigsam umgehen, wenn aber der junge Ehemann nach Hause kam, schmeichelte ihm

Bessie, indem sie seine Partei gegen Leon ergriff, wenn auch gewöhnlich nicht viel schlimmer als durch sanften Spott. Bessie haßte ihren älteren Sohn nicht, aber sie ließ an ihm ihren Ärger darüber aus, daß sein Vater sie nicht hatte heiraten wollen, und sie hatte nie versucht, Leon zu lieben. Ihrem Gefühl nach zahlte sie ihm nur heim für die Sorgen und die Schande, die er ihr gebracht hatte. Und jetzt reizte sie besonders die Aufmerksamkeit, die Sarah Troy und Benjamin Davis dem Jungen in letzter Zeit erwiesen. Wenn ihr Spott Leon unangenehm war und Eugene Spaß machte, warum sollte sie das nicht ausnutzen?
Leon beschloß, Sirup auf seinen Maiskuchen zu gießen, weil der gebratene Schweinebauch salzig schmeckte. Wie sein Vater aß er gern Süßes und Salziges zusammen. Er wollte nicht um den Sirup bitten, aber als er nach dem Krug langte, der neben Eugenes Teller stand, zuckte seine Hand, der Krug stieß an Eugenes Tasse, die fiel um, und der Kaffee ergoß sich über Eugenes vollen Teller. Hätte Bessie nicht gelacht, dann wäre die Krise vielleicht mit nicht mehr als einem Fluch und einer Ohrfeige vorübergegangen. Sie lachte aber, und ihr Lachen erschreckte das trinkende Kind an ihrer Brust, und es begann zu weinen. Eugene schlug mit der nassen Hand zu, und der Hieb stieß Leon vom Stuhl. Der Schock durchlief seinen ganzen Körper, als er aufstand und Eugene seine Anklage entgegenschleuderte – er wußte selbst nicht, woher die Worte kamen –: »Du hast Großmutter umgebracht!«
Es war totenstill im Zimmer, bis auf das Wimmern des Säuglings. Bessie und Eugene starrten Leon an. Eugene sagte: »Ich nehm' dich in den Stall und prügele dich durch.«
Bessie nickte ängstlich: »Ja Schatz, tu das, tu das wirklich.«
»Mama!« Leon stieß mit den Füßen, als Eugene nach ihm griff.
»Hat keinen Sinn, nach mir zu schreien. Du verdienst eine Tracht Prügel dafür, daß du so eine Lüge gesagt hast! Du wirst zur Strafe die ganze Nacht im Stall bleiben, egal, wie kalt es ist.«
Eugene packte ihn an den Haaren und zerrte ihn aus dem Haus. Bessie führte den Mund des Babys wieder an ihre Brustwarze. Es nahm sie und war ruhig.

35

Eugene ritt jeden Morgen auf einem Maultier von der Sägemühle zur Arbeit, nachdem Bessie ihm sein Frühstück gegeben hatte. Er war schon fort, als Zebra vor Sonnenaufgang von Beulah Land herüberkam. Er betrat den Stall im Dunkeln, fand seine Laterne, zündete sie an und freute sich auf seine morgendliche Pfeife, bevor er sich daranmachte, die Kuh zu melken. Als er die Laterne hob und sich umschaute, entdeckte er das dunkle kleine Bündel auf dem Heuhaufen. Er beugte sich hinunter, um zu sehen, was es war. Als er die Laterne ganz nahe daran hielt, wurde die Gestalt erkennbar. Er stellte die Laterne hin und berührte die kalte Hand und das wunde, geschwollene Gesicht des Jungen. Von Panik erfaßt, blies er das Licht aus.

Zebra und Sarah waren alte Freunde, und sie hatte ihn für die Arbeit bei Bessie ausgewählt, weil sie darauf vertrauen konnte, daß er ein Auge auf Leon haben würde. Sie hatte Zebra vor Eugenes Jähzorn und vor seinem Ruf, schnell zuzuschlagen, gewarnt, und er hatte das schlechte Verhältnis zwischen ihm und Leon beobachtet. Er erwog also gar nicht erst, den Jungen ins Haus zu tragen. Er hob ihn auf, so vorsichtig er konnte, bestieg sein Maultier und stieß immer wieder in die fetten Weichen des Tieres. Er kam schnell nach Beulah Land zurück, doch ohne zu wissen, ob das Bündel in seinen Armen lebte oder tot war.

Benjamin und Sarah saßen beim Frühstück, als sie Josephine schreien hörten. Atemlos erreichten sie die Küche, noch bevor Zebra Zeit gehabt hatte, das Kind hinzulegen. Benjamin nahm ihm den Jungen ab und folgte Sarah in Leons altes Zimmer. Dort legte er ihn aufs Bett. Mabella stand mit der Lampe daneben, ihre Augen so groß wie Teetassen. Benjamin stieß abwechselnd zornige und beruhigende Ausrufe aus, während er Leon die blutbefleckten Kleider auszog, und Sarah sagte Josephine, sie solle Wally so schnell er nur reiten könne zum Arzt schicken.

Rolfe langte in weniger als einer Stunde an. Leon lag jetzt ruhig da, nachdem man ihn mit warmen feuchten Tüchern, die Josephine aus der Küche brachte, vorsichtig gesäubert hatte. Rolfe stellte keine Fragen und beantwortete die nicht, die man an ihn richtete, bevor er seine Untersuchung beendet hatte. Er arbeitete langsam und gründlich, und die Umstehenden gewannen Vertrauen zu ihm, während sie ihm zusahen. Er war noch nie auf Beulah Land gewesen, denn Dr. Platt hatte sich Krankheiten und Unfälle, die sich auf der großen Plantage ereigneten, für den eigenen Lohn reserviert. Als Rolfe den Jungen verbunden hatte und Leon sorgsam mit einem Bettuch und dem weichsten alten Federbett im Haus zugedeckt war, forderte der Arzt alle auf hinauszugehen.

Josephine rührte sich nicht vom Fleck, die anderen aber, einschließlich Zebra, folgten Sarah in ihr Büro. Zebra wurde gebeten zu wiederholen, wie er den Jungen gefunden hatte. Rolfe hörte aufmerksam zu und sagte endlich: »Er ist am Leben geblieben, weil er jung ist. Die Kälte war Gift für ihn in diesem Zustand.« Er blickte von Sarah zu Benjamin. »Ich würde sagen, er wurde geprügelt und liegengelassen, gleichgültig, ob er lebte oder tot war.« Mabella brachte Kaffee und goß ihn ein. Als der Arzt einen Schluck getrunken hatte, fuhr er fort: »Ich habe zwei gebrochene Rippen und einen gebrochenen Finger festgestellt. Ich nehme an, er wurde zu Boden geworfen und fiel auf die linke Seite, denn das linke Handgelenk ist verstaucht. Die Augen sind zugeschwollen, aber nicht aus den Höhlen getreten, wie ich zuerst fürchtete. Vier lockere Zähne, von denen er einen oder zwei verlieren wird. Die Schnittwunden auf dem Rücken und an den Beinen haben Sie gesehen, sie können von einem Lederriemen herrühren. Ich habe getan, was ich konnte, aber er wird Schmerzen haben, und das für eine lange Zeit. Ich gebe Kindern nicht gern Opium in großen Mengen. Wenn er keine Lungenentzündung bekommt, dann wird er durchkommen. Ich schaue am Nachmittag wieder vorbei, vorausgesetzt, daß Sie nicht wünschen, Dr. Platt solle die weitere Behandlung übernehmen. Ich weiß, er betreut gewöhnlich Ihre Familie. Er schickte mich ausnahmsweise, weil er – einen anderen Fall behandelte.« Sarah, die Platt nie hatte leiden mögen, schüttelte den Kopf. Rolfe trank seinen Kaffee aus und stand auf. »Wenn er aufwacht, sollte jemand bei ihm sein.«

»Es wird jemand da sein«, sagte Benjamin. Er dankte dem Arzt und führte ihn hinaus zu seinem Pferd. Rolfe stieg auf und ritt davon. Als Benjamin in Leons Zimmer zurückkam, fand er seine Großmutter am Bett des Jungen. Durch die Fenster drang nun graues Tageslicht ein, und man hatte die Lampe gelöscht. Mabella

ging auf Zehenspitzen umher und löste Josephine nach kurzer Auseinandersetzung am Bett ab. Sie wandte die Augen nicht für eine Sekunde vom Gesicht des schlafenden Kindes. Benjamin blieb eine Weile mit Sarah am Fuß des Bettes stehen. Als er sich zum Gehen wandte, folgte sie ihm.
Im Flur trafen sie Casey. »Josephine hat es mir gerade gesagt.«
Benjamin erklärte: »Ich reite zum Marsh-Hof hinaus und versuche herauszufinden, was geschehen ist.«
Sarah nickte. »Ich bleibe bei Leon.«
»Ich komme mit«, sagte Casey zu Benjamin, der ihn erstaunt ansah, aber keinen Einwand erhob. Eine halbe Stunde später erreichten sie Bessies Farm. Bessie trat gerade aus dem Stall. Sie starrte Benjamin argwöhnisch an, als der sich aus dem Sattel schwang. Dann sagte sie: »Zebra ist nicht gekommen, ich mußte die Kuh selber melken, und Leon kann ich nicht finden.«
»Er ist auf Beulah Land.«
»Er ist also zu euch ausgerissen!« Ihre Stimme klang gleichzeitig entrüstet und erleichtert. »Er hat letzte Nacht im Stall geschlafen. Das wollte er schon immer, seit ich und Gene geheiratet haben, und gestern haben wir ihm seinen Willen gelassen.« Keiner der Männer sprach, Casey stieg nicht vom Pferd. »Also, was hat er euch erzählt?« fragte Bessie. »Du darfst nicht immer glauben, was Kinder reden, sie erfinden Sachen, um sich wichtig zu machen. Der Bengel reißt aus, und ich fang' an, mir Sorgen zu machen! Er kommt nicht immer zum Frühstuck. Jungen gehen ihren Interessen nach, genau wie Männer. Aber sie erwarten, daß man da ist, wann immer sie kommen. Da läuft er einfach nach Beulah Land, ohne zu fragen! Wart nur, bis ich ihn in die Finger kriege . . .«
»Niemand wird wieder Hand an ihn legen«, sagte Benjamin.
»Ich brauch' deine Erlaubnis nicht . . .«
»*Weißt* du denn nicht, was passiert ist?«
»Ich weiß, daß er ungezogen war und dafür bestraft worden ist. Er hat Gene mit Kaffee begossen und etwas Gemeines, Häßliches zu ihm gesagt. Gene hat sich eine Menge von ihm gefallen lassen, aber diesmal hab' ich ihm gesagt, er soll ihn in den Stall bringen und – wahrscheinlich hat er bei euch wiederholt, was er gesagt hat. Er hat doch Gene tatsächlich beschuldigt, er hätte Mutter umgebracht!« Sie mißdeutete Benjamins Erstaunen und fuhr lebhaft

fort: »Das hat er wirklich gesagt! Und ich war doch Zeugin von dem Unfall, bei dem sie gestorben ist.« Sie schlug sich in gespielter Entrüstung auf die Hüfte.

»Es *war* also Gene, der ihn geschlagen hat?«

Einen Augenblick lang verriet sie ihre Angst, aber gleich darauf versuchte sie, sie mit gespieltem Zorn zu überdecken. »Ben, sag du mir nicht, wie ich mein Kind erziehen soll!«

»Von jetzt an ist es nur noch mein Kind.«

»Das werden wir ja sehen! Was hast du mit ihm gemacht?« Sie blickte stirnrunzelnd auf den nackten Boden, als er ihr die Verletzungen aufzählte, die der Arzt festgestellt hatte. »Wie ich sagte, er und Gene hatten Streit miteinander, und ich muß sagen, Gene war im Recht.«

»Ist Eugene in der Sägemühle?«

»Wo sonst sollte er um diese Tageszeit sein?« Benjamin stieg ohne ein weiteres Wort auf sein Pferd Jupiter und lenkte es auf die Landstraße. Casey blieb dicht hinter ihm. Bessie lief ihnen nach. »Schickt ihn nach Haus, wenn er wieder in Ordnung ist! Was für ein Einfall, zu sagen, daß er dir gehört! Er gehört mir! Ich habe die Sorge um ihn gehabt, bis du auf die Idee gekommen bist, daß du ihn haben möchtest – und das wär' dir nicht eingefallen, wenn deine Frau einen Sohn bekommen hätte – hörst du mich, Ben Davis?«

Benjamin und Casey sprachen nicht über Bessie, als sie die Straße entlangritten, die an der Mühle vorbeiführte, bevor sie in Highboro einmündete. Casey wunderte sich über den Rauhreif, der auf den Feldern liegenblieb, obwohl die Sonne schon recht hoch stand. Die Straße war hart gefroren und hallte wider von den Hufen der Pferde, denn es hatte eine Woche lang nicht geregnet, und die Temperatur blieb nahe dem Gefrierpunkt. In der Sägemühle erklärte Bonard ihnen, Eugene schichte mit den Schwarzen Bauholz auf. Er lud sie ein, zum Aufwärmen ins Büro zu kommen, wenn sie ihr Geschäft mit Eugene erledigt hätten. Als sie sich zwischen den Holzstößen einen Weg bahnten, sahen sie Eugene in einiger Entfernung. Er überwachte ein halbes Dutzend Neger, die frisch geschnittene Bohlen in übereinandergreifenden Dreiecken aufschichteten, damit sie von der Luft getrocknet würden. Benjamin blieb stehen und rief: »Ich möchte dich unter vier Augen sprechen, Eugene!«

Eugene nickte, beobachtete die Neger aber noch eine volle Minute weiter, um sicher zu sein, daß sie den gleichmäßigen Rhythmus von Gehen, Tragen und Aufschichten beibehielten. Dann schlenderte er auf Benjamin zu, den Knüppel locker in der Hand, keineswegs bedrohlich, nur aus Gewohnheit. Seine Finger spielten damit, so wie ein Musiker ein stummes Instrument berühren würde.
»Was wollen Sie?«
»Du hast meinen Sohn geschlagen.«
»Ich nehme an, Sie sprechen von Bessies ältestem Jungen.« Er warf den Kopf zurück, und seine Stimme klang ein wenig grob, aber nicht herausfordernd. »Ich hab' ihm eine oder zwei gelangt, weil er frech war.«
»Der Arzt sagt, du könntest ihn totgeschlagen haben.«
»Arzt?«
»Er ist auf Beulah Land, und dort bleibt er auch.«
Eugene zuckte mit den Schultern. »Geht mich nichts an. Das müssen Sie mit Bessie ausmachen. Sie wollen ihn haben? Ich nicht. Hab' meinen eigenen, den ich selber gemacht hab'. Ich brauch' keinen anderen Mann, der's für mich tut. Ich sag' Ihnen was: vielleicht überred' ich Bessie, daß sie ihn an euch verkauft. Wie wär's mit fünfzig Dollar? Monatlich, mein' ich, solange Sie ihn brauchen. Sie können einen guten Nigger für fünfzehn haben, und die besten kosten zwanzig, aber für Ihr eigenes Fleisch und Blut müssen Sie schon mehr anlegen, finde ich, wenn er Ihrer ist, wie Sie behaupten.«
Benjamin sagte kein Wort, aber sein Gesicht war Warnung genug, und Eugene fing den Hieb mit einem schnellen Schwung seines Knüppels ab. Casey blieb abseits, aber auf dem Sprung. Die Neger erstarrten vor Neugier, als Benjamin Eugene ansprang und zu Boden warf. Die beiden rangen und wälzten sich auf der Erde. Ihre Kleider waren im Nu mit Blättern und Sägespänen bedeckt. Endlich hemmte sie eine Bodenerhöhung. Sie knieten voreinander, jeder bemüht, den anderen niederzustrecken. Sie wirkten zunächst gleich stark, und keiner war imstande, den anderen zu überwältigen. Ihre dumpfen Grunzlaute und roten Gesichter waren alles, was man von dem Kampf wahrnahm. Sie waren beide keine erfahrenen Raufbolde. Benjamin hatte seit seiner Kindheit mit niemandem mehr gerungen, und Eugene war daran gewöhnt, mit ei-

nem Fausthieb oder einem Schlag mit dem Knüppel seinen Willen durchzusetzen, ohne daß der Gegner sich wehrte. Jetzt hatte er den Stock fallen lassen, der ihnen aber langsam nachrollte, und Eugene streckte den Arm aus, um ihn zu ergreifen. Benjamin sah es und stieß den Knüppel mit dem Fuß weg. Gleichzeitig drückte er Eugene auf den Boden und setzte ihm ein Knie auf die Brust. Er setzte sich rittlings auf ihn. Eugene trat nach ihm, aber Benjamins Schenkel drückten ihn nieder. Eugene griff nach Benjamins Kopf, stieß ihn gegen den eigenen und versuchte mit aller Kraft, Benjamin abzuwerfen, aber der klammerte sich fest und schlug Eugene ins Gesicht und auf den Nacken. Eugene strengte sich gewaltig an, um sich aus der Umklammerung zu befreien, aber er war durch die Hiebe, die sein Gesicht trafen, geschwächt und gab den Widerstand bald auf. Benjamin schlug trotzdem weiter zu, bis Bonard herbeieilte und ihn gewaltsam von Eugene wegriß, der jetzt bewußtlos war.

»Was zum Teufel ...? Wie kommst du dazu, eine Schlägerei mit meinem besten Mann anzufangen? Was hat er angestellt? Gott im Himmel, Ben, der Mann ist bares Geld für mich!« Bonard wandte sich an die kleine Gruppe Neger, die sich versammelt hatte und den Ohnmächtigen anstarrten, wie Hungrige auf Brot starren mögen.

»Einer von euch soll mir helfen, ihn ins Büro zu tragen!« Casey führte Benjamin zu den Pferden zurück, und Benjamin lehnte sich schwer an Jupiter, bis er endlich ruhiger atmen konnte. Dann setzte er vorsichtig den Fuß in den Steigbügel und zog sich in den Sattel. Casey bestieg sein Pferd, und sie ritten davon, ohne sich umzublicken.

Leon konnte an diesem Tag nichts anderes zu sich nehmen als eine kleine Schüssel Haferschleim, unter den Josephine die Brühe eines wilden Truthahns gemischt hatte. Daniel hatte ihn geschossen. In der Nacht ließ Benjamin das Feuer im Kamin nicht ausgehen. Er schlief in einem Sessel neben dem Bett seines Sohnes. Sooft Leon im Traum aufschrie, erwachte Benjamin. Er kniete sich neben das Bett und weckte den Jungen mit tröstenden Worten.

»Pa?«

Er berührte die Stirne des Jungen mit seinen Lippen. »Ich bin hier.«

Zweiter Teil
1886

1

Bei Begräbnissen – das letzte war das von Margaret-Ella Davis gewesen – ergriff Annabel Saxon mit Vorliebe die Gelegenheit, die Frauen der Familie daran zu erinnern, daß sie älter wurden. Es war niemals »wir«, sondern immer »du«. Sie konnte etwa Sarah Troy ansehen und mit fester Stimme sagen: »Du wirst alt.« Dann pflegte sie an den Fingern beider Hände das Alter der verschiedenen weiblichen Verwandten abzuzählen, der nahen und der entfernten, der anwesenden und der abwesenden. Oftmals teilte sie ihnen dabei mehr Jahre zu, als sie wirklich zählten. Wenn aber eine darauf hinwies, sah Annabel die Klägerin mit einem so ungläubigen Ausdruck an, daß damit die Sache auf ewig in Zweifel gezogen war. An ihren guten Tagen – und sie waren gottlob in der Überzahl – machte es Sarah Spaß, sie kurz zu berichtigen, ohne ihr »Aber sicherlich« zu beachten oder ein Augenzwinkern als nachsichtiges Zugeständnis gelten zu lassen. »Du irrst dich, Annabel«, sagte sie in solchen Fällen etwa, »deine Schwester ist fünfundfünfzig. Ich erinnere mich an die Zeit, da du sie gerne für jünger als dich ausgabst, du warst aber immer gemein, wenn es um Doreen ging.«

»Ich bin die personifizierte christliche Nächstenliebe«, versicherte ihr Annabel.

»Jesus wird das gerne hören.«

Annabel ließ ihr freudloses Gelächter erschallen. »Jedenfalls, du bist fünfundsiebzig. Ich kann mir nicht vorstellen, daß du dich darüber auf eine Debatte mit mir einläßt. Neunzehn Jahre älter als ich. Eine erwachsene Frau, als ich gerade erst geboren wurde.«

»Das Ereignis deiner Geburt versinkt mit jedem unserer Atemzüge tiefer in die Geschichte. – Ist das Miss Kilmer hinter dem Farn? Ich muß sie nach Toby fragen. Auch er wird alt. Er hatte eine wunde Pfote, als ich ihn das letzte Mal sah.«

Sarahs fünfundsiebzig Jahre hinderten sie kaum an der Ausübung ihrer zahlreichen Aktivitäten. »Ich kann immer noch alles machen«, prahlte sie gern. Aber Jane gegenüber gab sie zu: »Ein bißchen weniger tue ich schon. Ich arbeite, bis ich müde bin, und dann ruhe ich mich aus. Hinterher arbeite ich weiter. Es ist ein Rhythmus, an den man sich gewöhnt.« Sie sah sich niemals als alte Frau. Sie hatte gelernt, manchmal so zu tun, als ob sie alterte, weil es die Jungen verwirrte zu sehen, daß sie die Beschränkungen nicht beachtete, die die Zeit den meisten Menschen aufzwingt. Aber selbst wenn sie daran dachte, etwas langsamer zu gehen, sich etwas weniger mühelos zu bücken, konnte sie insgeheim zu sich sagen: »Dies ist Sarah, die vorgibt, eine alte Frau zu sein.« Oh, es gab genügend Tage, an denen sie sich bereit zum Abtreten fühlte, aber das war nicht dasselbe wie sich alt fühlen.

Eine der Tätigkeiten, die sie schwor, niemals aufgeben zu wollen, war die Friedhofspflege. Allerdings bestand sie nicht mehr darauf, die Kinder auszuschließen, sie ließ neuerdings sogar die Jungen zu. Jane war leicht dazu zu bekehren gewesen, ihre Familie einen Tag lang im Stich zu lassen – plötzlich und vorsätzlich, zwei- bis dreimal im Jahr. Dieser milde und bewölkte Tag gegen Ende Januar war einer davon.

»Es wird nicht regnen«, hatte Sarah Jane versichert, als sie am Morgen in der Küche der Todds den Ausflug zum Friedhof vorschlug. »Es riecht nicht nach Regen.«

Jane pflichtete ihr bei.

Bruce war Feuer und Flamme, als Sarah ins Herrenhaus zurückkehrte und ihr eröffnete, daß sie heute statt zur Schule mit ihnen gehen dürfe. Sarah hatte Bruce seit zwei Jahren zur Teilnahme am Friedhofssäubern zugelassen. Bruce war damals gerade fünf geworden. Sie repräsentierte die jüngste Generation und mußte eingeführt werden in das Leben einer Frau auf Beulah Land. Kinder sind weit eher bereit, Verantwortung auf sich zu nehmen, als ihre Eltern bereit sind, sie zu teilen. Und so kam es, daß Leon und Davy und Bobby Lee nach dem Frühstück, als die Männer zur Arbeit auf der Plantage aufgebrochen waren, ihre Bücher nahmen und in den Wagen kletterten, um mit Urgroßmutter, Mutter und Bruce nach Highboro zu fahren.

Auf dem Weg zur Schule wechselten die Jungen von Meuterei zu

Schmeichelei und rangen den Damen schließlich die ungern erteilte Erlaubnis ab, mittags in der Pause auf eine Stunde zu ihnen kommen zu dürfen. Josephine, Mabella und Velma hatten einen Korb mit Lebensmitteln gepackt. Es gab Schinkenbrote und Schweinebraten zwischen mit Butter bestrichenen Zwiebackscheiben, eingemachte Wassermelonenrinde, eingelegte Gurken, gebakkene *Bataten*, die man mit der Hand schälen und essen konnte, hartgekochte Eier, Würste, steif in einer Pelle von gestocktem Fett, Äpfel und Obstkuchen und einen Topf mit gerösteten Walnüssen und obendrein eine Flasche Brombeerwein.

Nachdem sie die Jungen vor der Schule abgesetzt hatten (»Die Schande«, schimpften die drei, »daß wir ein Entschuldigungsschreiben bei Bruce' Lehrer abgeben müssen, damit sie heute frei bekommt«), lenkte Sarah den Wagen zum Wäldchen hinter der Kirche, wo sie das Pferd abschirrte. Die sanfte Minerva war gerne bereit zu warten. Sie stellte einen Fuß vor den anderen, träumte vom weichen Sommergras und ließ vollkommen gerundete Kugeln Dünger fallen, die auf dem harten, kahlen Boden zerplatzten und in der Kälte dampften. Jane raffte die Werkzeuge zusammen, während Sarah ihre Jacke aufknöpfte und Bruce vorauslief, um die schmiedeeisernen Doppeltore zwischen dem Kirchenvorplatz und dem Friedhof zu öffnen.

Die erste Besichtigung der Gräber der Kendricks und Davis' unternahmen sie zusammen, um erst einmal festzustellen, was am dringendsten zu tun war. Dann machten sie sich getrennt ans Werk. Wenn die Arbeit voranging, verlieh ihnen jedes fertige Stückchen eine kleine Befriedigung. In den zwei Jahren, in denen Bruce ihrer Tante und ihrer Urgroßmutter geholfen hatte, lernte sie auch, bei jedem Besuch ein bestimmtes Grab bevorzugt zu behandeln. Heute wählte sie das von Benjamin Davis, denn sie fand die Erinnerung tröstlich, daß dieser Mann als erster den Namen ihres Vaters getragen hatte. Sein Todestag war der 17. Juli 1831, und sein Stein trug eine Inschrift, die unter dem Schimmel und Moos der Jahre kaum noch lesbar war: *Over in the summer land.* Sie erinnerte sich, daß man ihr erzählt hatte, er sei durch einen Schlaganfall gelähmt gewesen, und in den letzten Jahren seines Lebens habe ihn ein großer, kräftiger Sklave namens Monday Kendrick tragen müssen. Dieser Benjamin Davis war der Urgroßvater ihres Vaters gewesen.

Sie empfand Mitleid mit ihm, so als ob er erst gestern gestorben wäre, und machte sein Grab zum Gegenstand ihrer zärtlichen Fürsorge. Sarah, die das Kind beobachtete, erriet einige ihrer Gedanken. Die Narbe auf der Lippe des Mädchens glänzte in hellem Rosa, als Bruce sich mit dem Ausbessern der Ziegeleinfassung um das Grab abmühte. Sie klagte weder über die Narbe, noch fragte sie, warum sie nicht so aussah wie andere Mädchen. Wenn die meisten der Männer und Frauen unter den Grabsteinen Bruce fremd und nur vom Hörensagen bekannt waren, so waren sie Jane vertraut wie Menschen aus Fleisch und Blut, und für Sarah waren sie einfach Familie, geliebt oder ungeliebt, aber alle gehörten dazu. Sie war sich darüber klar, ohne deswegen unglücklich zu sein, daß auch sie eines Tages hier liegen würde und daß Jane und später Bruce und dann die, die nach ihnen kamen, ihr Grab ebenso betreuen würden, wie sie heute die letzte Ruhestätte ihrer Vorfahren umsorgte. Bruce fragte plötzlich: »Warum ist Tante Selma nicht hier?«
»Sie wollte mit Lovey und Ezra auf unserem Friedhof in Beulah Land sein.«
Zögernd fragte Bruce: »Die beiden waren unser Eigentum, nicht?«
»Sie gehörten uns, und wir gehörten ihnen«, sagte Sarah, »Abrahams Eltern sind auch dort, und auch Pauline wird eines Tages dort sein.«
»Warum wollte Tante Selma bei den Negern sein?«
»Sie waren immer gut zu ihr, und deshalb liebte sie sie.«
Obwohl es keine strengen Regeln gab, begannen sie gewöhnlich an den Rändern, wo sie getrennt arbeiteten. Allmählich kamen sie dann in der Mitte zusammen. Sie mochten einander während der Arbeit wohl einen Scherz oder eine Frage zurufen, aber in den ersten ein oder zwei Stunden gab es nur kurze Wortwechsel. Ein Grab war da, das Sarah vermied, bis Jane daran zu arbeiten begonnen hatte, Blätter wegkehrte, ein Unkraut ausriß und das Gras so vorsichtig schnitt wie das Haar eines Säuglings. Ohne sich umzusehen spürte sie, daß Sarah ihr zuschaute, und sie wußte, daß sie jetzt sprechen würde. »Das ist lieb, daß du so vorsichtig bist.« Jane wußte nicht, daß sie so gespannt gewesen war, bis sie fühlte, wie sich ihre Schultern lockerten. Bruce hatte gelernt, sie an diesem Grab allein zu lassen. Einmal hatte sie, von Liebe und Mitleid

überwältigt, ihre Urgroßmutter vor diesem Grab bei der Hand genommen, und Sarah hatte laut zu weinen begonnen. Heute, als Sarah zu sprechen anfing, wurden Janes Gesten sofort nachlässiger. Sarah beugte sich nieder und half ihr, und bald schwatzten sie über alle möglichen Dinge, nur nicht über den Mann, dessen Leiche hier unter der Erde lag, für immer fern der Sonne.

Sarah sagte: »Ich glaube, Velma wird Zadoks jüngsten Sohn heiraten.«

»Hollis?« fragte Jane überflüssigerweise. Sarah nickte. »Freda hat nichts dazu gesagt. Ist es Rosalie recht?«

»Rosalie würde Prinzessin Alexandra nicht gut genug für Hollis halten, aber Velma zittert vor ihr, und das ist der beste Weg zu ihrem Herzen.«

»Ich wußte nicht, daß sie einander näher kannten.«

»Ich auch nicht, bevor Bruce es mir sagte. Velma hat es Bruce anvertraut. Ich kann mich an Zeiten erinnern, da konnte das, was sich in einer der Hütten ereignete, unser Leben ändern, und etwas, das uns zustieß, ihres. Jetzt leben wir alle dahin, ohne uns viel umeinander zu kümmern, obwohl wir behaupten, daß wir's tun. Aber das sind nur Attitüden und Floskeln. Das alte Gefühl ist weg. Vielleicht ist es besser so.«

Es war wärmer geworden, und Sarah zog die Jacke aus und hängte sie auf die erhobene Hand eines Engels. Bruce holte einen Eimer Wasser vom Brunnen neben der Kirche, und die drei unterhielten sich, während sie sich erfrischten. Von Zeit zu Zeit ging jemand in die Kirche, oder es kam jemand heraus. Doreen und Eloise Kilmer kamen auf den Friedhof, um sie zu begrüßen, gingen aber bald wieder weg. Andere begnügten sich damit, zu winken. Sie wußten, daß Sarah an ihren Arbeitstagen auf dem Friedhof keine Geselligkeit mochte. Zwei, die nicht grüßten, obwohl sie zu den regelmäßigen Besuchern der Kirche gehörten, waren Ann Oglethorpe und Priscilla Davis. Sarah brachte Bruce immer pünktlich zu ihrer Mutter, aber die Besuche waren nicht gemütlich, und keine Seite regte eine engere Verbindung an. Mutter und Kind waren so kühl und korrekt wie orientalische Gesandte auf einem Empfang.

Fünf Minuten nach zwölf wurde der Frieden ringsum durch die lärmende Ankunft von Leon, Bobby Lee und Davy erschüttert, die den ganzen Weg von der Schule gerannt waren. Jane teilte sie zur

Arbeit ein. Leon ging zu Minerva, um ihr Wasser und Heu zu bringen, während Bobby Lee einen weiteren Eimer Wasser zum Trinken und Händewaschen heraufzog, und Davy den Eßkorb zu dem breiten, flachen Stein schleppte, der auf dem Grab von Edna Davis lag. Wenn sie nur zu zweit oder zu dritt waren, aßen sie im Wagen. Heute aber brauchten sie den Platz von Ednas Gedenkstein. »Sie wäre die erste gewesen, die darauf bestanden hätte«, sagte Sarah, als sie das Tischtuch darüberwarf und zurechtzog. Bevor sie Zeit hatten, alle Schüsseln und Töpfe aufzustellen, gesellten sich Fanny und Blair Saxon zu ihnen, die offenbar den Jungen aus der Schule gefolgt waren. Fanny, die Sarahs Stirnrunzeln bemerkte, sagte schnell: »Wir sind auf dem Weg nach Hause zum Mittagessen.« Sie verschränkte die Hände auf dem Rücken, um anzudeuten, daß sie nicht erwartete, zum Mitessen aufgefordert zu werden. »Wie geht's deinem Vater?« fragte Sarah das Mädchen, und Jane glättete ihr das Haar, um den Mangel an Gastfreundschaft wieder auszugleichen.

»Schlechter«, antwortete Blair für seine Schwester.

»Wir kommen auf dem Heimweg vorbei«, sagte Sarah, »glaubst du, daß es eurer Mutter recht ist?«

»Ja, Ma'am, es wird ihr recht sein«, antwortete Fanny, ohne zu zögern.

»Inwiefern geht es ihm schlechter?« erkundigte sich Sarah.

»Es ist schwer zu erklären«, sagte Blair wichtig, »aber Mama sagte, wenn es bis zum Mittag nicht besser wird, muß sie wieder den Arzt holen, und Dr. Platt war auch gestern da.«

»Schön, lauft jetzt lieber heim«, sagte Sarah, »und richtet eurer Mutter aus, daß wir für ein paar Minuten vorbeikommen – gerade nur für ein paar Worte an der Tür, wir wollen nicht unnötig stören.«

»Jawohl, Ma'am.«

Die hungrige Familie machte sich ans Essen, Austeilen und Anreichen vom Gewünschten, und die Jungen benahmen sich artig, um ihre Dankbarkeit für die Erlaubnis, an dem Picknick teilzunehmen, auch zu zeigen. Als sich aber Sarah und Jane auf dem sauberen Grabstein des alten Ben Davis niedersetzten, um den Wein zu kosten, begann Davy, aus einem leeren Einmachglas Wasser zu schlürfen und den Betrunkenen zu spielen. Bruce gab ihm einen

Fußtritt, den er jedoch nicht zur Kenntnis nahm. »Jody Rountree muß heute nachsitzen und bekommt Prügel.«

»Was hat er denn angestellt?« fragte Jane.

»Er hat eine Schildkröte freigelassen während der Mathematikarbeit.«

»Klingt nicht gar so furchtbar«, sagte Jane.

»Nein, Ma'am, aber er hat ihr mit Kreide ein unanständiges Wort auf den Rücken gemalt.«

Sarah lächelte, worauf die drei Jungen vor Lachen brüllten und schrien. Es war ausgerechnet diese Szene, in die Annabel Saxon hineinplatzte. Sie öffnete die schmiedeeisernen Tore mit besonderem Nachdruck, um die vergnügte Gruppe zum Schweigen zu bringen. »Ich habe noch nie etwas so Gotteslästerliches gesehen oder gehört«, erklärte sie, »auf dem Grab der armen alten Großmutter zu essen – und gelacht habt ihr, als ob ihr alle im Zirkus wäret.«

»Möchtest du einen eingemachten Pfirsich?« fragte Sarah unbekümmert, »ich fürchte, das ist alles, was noch da ist, und er sieht leider ein bißchen weich aus.«

Annabel schüttelte den Kopf. »Ich möchte nichts. Fanny sagte, ihr wäret hier. Ich war bei Bonard, als die Kinder zum Essen aus der Schule kamen.«

»Mir tut es leid zu hören, daß es ihm nicht gutgeht«, sagte Sarah.

»Das scheint deine Stimmung nicht getrübt zu haben. Der Arzt war da und sagt, es muß Lungenentzündung sein – genau das, was Mr. Troy im vorigen Winter dahingerafft hat, gerade um diese Zeit.«

2

Von den möglichen Reaktionen auf den Tod ist Überraschung vielleicht die häufigste, wie sehr man das Ereignis auch vorausgeahnt haben mag. Annabel Saxon empfand für ihren jüngeren Sohn nicht viel mehr Zuneigung als für seine Gattin, und die ständig wiederholten Beteuerungen der ungläubigen Überraschung reichten für die Zusammentreffen nach seinem Dahinscheiden gewöhnlich aus. Bonard war noch keine siebenunddreißig, als er starb. Er war auch weder lange Zeit noch ernstlich krank gewesen, obwohl es viele gab, die einander nachher erinnerten, daß er seit einem halben Jahr gekränkelt hatte. Es hatte nichts Erschreckendes gegeben, das sie gewarnt hätte, wie etwa Schwindsucht oder jener körperliche Verfall, den ein bösartiges Geschwür hervorruft. Er hatte sich einfach »nicht wohl« gefühlt, war im letzten Sommer häufig erkältet gewesen und hatte ständig zwar niedriges, aber anhaltendes Fieber gehabt, das mit dem kühlen Herbstregen stieg und ihn im Januar ins Grab siechen ließ. Der arme Bonard war erstaunt, aber nicht ängstlich, als er entdeckte, daß er kein Verlangen nach Zigarren und Alkohol mehr hatte. Er wollte dieses Verlangen nur wiedergewinnen. Die Lungenentzündung, die man manchmal die Geliebte der Alten nennt, wurde der Würgeengel des noch jungen Mannes. Seinen Tod nannte man eine Tragödie, aber es wurden wenige Tränen vergossen, denn Bonard war nicht der Mensch gewesen, dem die Leute nachweinen. Der Todesfälle anderer in seinem Alter wurde gedacht, und diese wurden wieder von Reminiszenzen an das Hinscheiden noch jüngerer Leute in den Schatten gestellt, bis es schließlich so schien, als hätte sich nichts sonderlich Bemerkenswertes ereignet. Man hatte Blair und Fanny so lange eingeschärft, auf Zehenspitzen zu gehen, daß sie fast erleichtert waren, als ihnen eines Mittags ihre Großmutter entgegentrat und ihnen mitteilte, sie seien jetzt arme Waisenkinder und müßten für den Rest der Woche nicht zur Schule gehen. Obwohl alle schworen und gelobten, daß sie nicht verhungern würden, öffnete doch niemand die Börse. James Davis kam knapp eine Stunde, nachdem ihn die Nachricht vom Tod seines Direktors erreicht hatte, und versicherte der hübschen Witwe, daß er sein zweites Augenlicht verloren hätte. Bonard war sein Teilhaber gewesen, und niemand, der ihn Gatte oder Vater nannte, müßte Not leiden, solange er, James, imstande sei, einen Klafter Bauholz zu verkaufen. »Bekam er denn nicht die ersten Fieberanfälle, nachdem er eine Woche lang in dem Sumpfgebiet geschlafen hatte, wo wir im vorigen August unterhalb von Sharon Hill Holz kauften? Du kannst dich auf mich verlassen, und ich darf dir versichern, daß meine eigene Trauer als Witwer mein Herz empfindsamer macht für deinen Kummer und für deine Bedürfnisse.«

Frankie murmelte, daß er ein wundervoller Mensch sei, ein gütiger Onkel. Dann wurde ihre Stimme schwächer, als ihre Hände in der Luft Gebilde formten, um etwas auszudrücken, was man mit Worten nicht sagen kann. Als sie gewahr wurde, wie unnütz Gesten für einen Blinden sind, fragte sie in gefaßtem Ton, was ihr denn definitiv zustünde oder zu erwarten wäre. James hustete und dachte nach: Bei Lichte besehen, hatte der Anteil an der Sägemühle, den Bonard verwaltete, in Wirklichkeit immer zum Besitz des Vaters gehört.
Später am gleichen Tag bestätigte Annabel genüßlich, daß Frankie arm sei, und erläuterte, daß jenes Viertel der Mühle, aus dem Frankies Lebensunterhalt bestritten wurde, der »Bank« gehörte.
»Ich war mir nicht klar darüber«, sagte Frankie kalt, »daß die Dinge immer noch so standen.« Ihre Schwiegermutter antwortete: »Und warum solltest du dich auch darum kümmern, solange jeder einzelnen deiner Launen Rechnung getragen wurde?«
Frankie fragte: »Die Bank – das ist eigentlich Papa Blair, nicht wahr?«
Annabel schränkte peinlich genau ein: »Und die Herrschaften, die ihn beraten.« Ihr Zwinkern ließ keinen Zweifel daran aufkommen, daß sie selbst der wichtigste Mentor ihres Mannes war.
»Man versprach Bonard ein Viertel der Firma, und er hatte es sicherlich verdient. Er sagte es mir mehr als einmal, und Onkel James betonte hundertmal, er hätte den Betrieb ohne meinen Mann nicht aufrechterhalten können.«
»Er wird's jetzt wohl müssen, nicht wahr?« Annabel seufzte. »Man hielt es für das Beste, den versprochenen Anteil nicht uneingeschränkt an Bonard abzutreten. Meine Hingabe an die Interessen meines Sohnes – und ich glaube, die wird mir wohl niemand absprechen – ließ mich doch eine gewisse Neigung zum Leichtsinn bei meinem Jüngsten nicht übersehen. So konnten wir zum Beispiel nicht vergessen, daß er Gelder von der Sägemühle, die ihm nicht gehörten, für seine Zwecke verwendete, damals, als er seine plötzliche, überraschende Heirat durchsetzte.«
»Du hast ein gutes Gedächtnis. Ich muß mit Papa Blair reden.« Kaum hatte sie diese Worte ausgesprochen, da wußte Frankie, daß sie einen Fehler begangen hatte. Annabel würde ihr die Unterstellung, daß ihr Mann mehr Autorität besaß als sie, niemals verzeihen.

»Mit deiner charmanten Art hast du ihn überredet, dieses Haus auf deinen Namen zu überschreiben. Damals waren wir alle erleichtert, daß er nichts Schlimmeres getan hat. Aber wir sind inzwischen gegen deinen Zauber abgestumpft.« Annabel stampfte mit dem rechten Fuß auf. »Er ist eingeschlafen.«
»Steh auf und lauf ein bißchen herum«, riet Frankie.
»Hilft mir nicht.« Sie stampfte wieder mit dem Fuß auf den Boden.
»Du hast nicht genug Bewegung.«
»Wie kannst du das sagen? In jedem wachen Augenblick tue ich etwas. Ich habe keine Zeit für Ausflüge, wie du sie dir gestattest. Einer von der Dienerschaft – es muß Fox und Millies Enkel gewesen sein, er ist ein Faulpelz, aber er hat scharfe Augen – hat dich beobachtet, als du neulich, vorige Woche war es wohl, aus dem Egrenierwerk gekommen bist. Er hat sich gewundert, was du dort zu suchen hattest, wo der Betrieb doch im Winter geschlossen ist. Ich wollte dich schon immer danach fragen.« Frankie zupfte einen gelben Faden vom schwarzen Seidensamt ihres Kleides. »Eins geb' ich zu, dein Herumstreunen hält deine Figur in tadelloser Form, obwohl du ißt wie ein Stallknecht. Natürlich wird's dich bald einmal einholen. Ich habe oft genug gesehen, wie es anderen passiert ist. Eines Tages wirst du so dick sein wie Margaret-Ella. Sie hat ihre Füße in den letzten fünf Jahren ihres Lebens nicht mehr gesehen. Ich habe ihr immer gesagt, daß sie sich mit den eigenen Zähnen ihr Grab gräbt.«
»Sie hatte ein schwaches Herz.«
»Die Leute sagen das, was ihrer Ansicht nach am besten klingt. Nun zur Beerdigung. Als ich die Nachricht bekam, habe ich beide Mr. Saxon aus der Bank zu mir kommen lassen. Ich habe alles mit ihnen besprochen, und sie sind meiner Ansicht darüber . . .« Sie brach ab und erhob sich aus ihrem Sessel. »Glaubst du, daß sie schon dabei sind, ihn anzukleiden? Es fällt ihnen nie ein, es einem mitzuteilen, bevor sie Lob und Bezahlung wollen. Welche Halsbinde hast du ihnen gegeben?« Sie ging aus dem Eßzimmer, wo sie gesessen hatten, und überquerte den Flur zum Schlafzimmer. Nach ein paar Minuten kam sie zurück. »Die blaue ist ganz ungeeignet. Da war ein Fleck drauf, der aussah wie trockener Eidotter und den jemand notdürftig versucht hat abzukratzen. Ich habe eine schwarze herausgesucht, das ist auf alle Fälle passender. Sie

wechseln sie gerade aus. Sowohl Blair Eins wie Blair Zwei sind meiner Ansicht, daß die Beerdigung übermorgen um drei Uhr stattfinden soll. Ein Vormittagsbegräbnis wirkt so dringlich wie ein Yankee-Hausierer.«

Frankie zuckte die Achseln.

»Ich benachrichtige Quarterman und sage Doreen, welche Hymnen sie und Eloise einstudieren sollen. Du brauchst das nicht zu machen. Es sieht nicht gut aus, wenn sich die Witwe in die Vorbereitungen einmischt, so als ob niemand sich um sie kümmert. Du darfst bis zur Beerdigung überhaupt nicht aus dem Haus gehen und dich auch nicht am Fenster zeigen. Keinen von deinen Spaziergängen mehr, wohlgemerkt. Ich werde mich um alles kümmern.«

Frankie nickte. »Das ist lieb von dir.«

»Wozu hat man eine Mutter? Und mach dir keine allzu großen Sorgen um die Zukunft. Ich helfe dir, wo immer ich kann. Ich sehe ja, wie abhängig du jetzt von uns bist.« Sie blickte sich in dem langen, oval geschnittenen Zimmer um und runzelte die Stirn über die schweren Vorhänge, das polierte Holz und die silbernen Kaminleuchter. »Es wird das beste sein, das Haus zu verkaufen, da du ja kein Einkommen mehr hast, um es zu unterhalten. Wenn du es verkaufst, wird die Bank den Erlös benützen, um deine und Bonards Schulden zu bezahlen. Nach einem Todesfall sind immer Schulden da, wie gut ein Haushalt auch geführt sein mag. Hoffen wir, daß ein kleiner Betrag übrigbleibt, den wir für die Ausbildung deines Sohnes beiseite legen können. Du mußt zu mir und Mr. Saxon ziehen, bis wir eine Entscheidung über deine Zukunft getroffen haben. Wenn du gern einen längeren Besuch bei deiner Familie in Savannah machen möchtest, dann nehme ich mich in der Zwischenzeit der Kinder an. Ich drücke mich nicht vor meinen Pflichten, weißt du. Arme Waisenkinder. Sie sollen durch das Unglück ihrer Eltern nicht leiden, wenn ich es verhindern kann. Bonard sieht übrigens ganz natürlich aus. Das ist ein Trost, obwohl ich die grausame Überraschung seines plötzlichen Hinscheidens wohl nie überwinden werde.«

Das Begräbnis war vielleicht weniger bemerkenswert wegen der beweinten Vergangenheit als wegen der Zukunft, die sich hier

zum erstenmal deutlich ankündigte. Es wurden natürlich das allgemeine Wohlwollen und Mitgefühl für die junge Witwe und die vaterlosen Kinder zur Schau getragen. Das geschieht immer in solchen Fällen, wenigstens zum Schein.
Zwölf Jahre lang waren Annabel und Frankie ebenbürtige Gegner gewesen, plötzlich glaubte Annabel, daß sie die Oberhand hatte. Die Versuchung, ihren Vorteil auszunutzen, wurde durch ihre angeborene Herrschsucht gefördert. Während ihre Miene den Ausdruck schmerzlicher Trauer entschlossen beibehielt, gestattete sie ihren Gedanken, mit künftigen Möglichkeiten zu spielen.
James Davis saß mit seinen dreiundfünfzig Jahren immer noch aufrecht und stattlich auf seinem Platz in der Kirche, und sein blindes Antlitz verriet keines der Gefühle, die in ihm aufstiegen, als er den Worten des Reverend Quarterman und der Musik lauschte, die seine Schwester und Miss Kilmer machten. Er fieberte, um die Wahrheit zu sagen, vor Geilheit. Seine im Schoß gefalteten Hände dienten noch einem viel konkreteren Zweck als ruhiger Sammlung. Die zwei letzten Jahre vor dem Tod seiner Gattin Maggie hatten ihm weit weniger eheliche Freuden als Verantwortlichkeiten gebracht. Nachdem man für Rebecca, Cora und Beatrice Ehemänner gefunden hatte, ergab sich Maggie fröhlich der Völlerei. James mißgönnte ihr die Freuden der Tafel nur insofern, als sie seine Freuden im Bett schmälerten. Er war ein sinnlicher Mann. Durchaus kein Schürzenjäger, seiner jeweiligen Partnerin unbedingt treu, umgab ihn doch ein gewisses Fluidum, das von den empfänglicheren unter seinen weiblichen Bekannten weder übersehen noch mißverstanden wurde.
Die Blindheit verlieh seiner Anziehungskraft nur eine besondere Würze.
Maggies Leibesumfang hatte sie schließlich unfähig gemacht, den Bedürfnissen ihres Mannes Rechnung zu tragen, und James erlitt ein einsames sexuelles Martyrium. Seit dem Tod seiner Frau hatte er bis zum Überdruß die kindliche Fürsorge von Cora, Beatrice und Rebecca erfahren, deren Liebe sich mit der Zeit in bloßen Despotismus verwandelt hatte. Als er so dasaß, von seinen Töchtern umgeben und sich von ihnen erdrückt fühlend, eingerahmt von ihren stumpfsinnigen Ehegatten und ihren albernen Kindern, da hatte er das Bedürfnis, sie abzuschütteln und wieder sein eige-

ner, freier Herr zu sein. Er brauchte eine Frau, eine Frau, die warm und willfährig war in seinen Armen und in seinem Bett.
Ein halbes Dutzend Reihen hinter ihm saßen Eugene und Bessie mit Theodore Aquinas Betchley. Nach seiner Schlägerei mit Benjamin Davis hatte man ihn nach Savannah geschickt, um das Verladen des von der Davis-Saxon-Mühle zugeschnittenen Bauholzes zu beaufsichtigen. Dort hatte er gute Dienste geleistet, und es wurden ihm genügend Gelegenheiten geboten, sich einen Namen für Schlauheit und Zuverlässigkeit zu machen, um den ihm anhängenden Makel wegen seines groben Benehmens auszugleichen. Durch die häufigen Eisenbahnfahrten zwischen Savannah und Highboro war ihm das Gefühl des Abenteuers abhanden gekommen, das ihm jene erste Reise, ermöglicht durch die berechnende Freigebigkeit Sarah Troys anläßlich seiner Heirat, beschert hatte. Eugene war respektabel geworden, seine früheren Streiche in Gesellschaft von Alf Crawford waren vergessen. Alf selbst hatte sich plötzlich entschlossen, in den Ruhestand zu treten, und er wohnte nun bei der Familie seiner Tochter Alvina im nördlichen Nachbarbezirk. Man erzählte, daß er seine Tage mit Schnitzarbeit verbrachte und kein Interesse daran zeigte, die Bedürfnisse anderer nach Alkohol und Frauen zu befriedigen. Bessie kümmerte sich um ihren Hof und um ihren zweiten Sohn. Eugene sorgte für ihren Unterhalt, obwohl man nicht mehr sagen konnte, daß er mit ihnen lebte. Er wohnte nirgends. Eine Pension in Savannah, eine andere in Highboro für gelegentliche Übernachtungen, wenn es für die Rückkehr auf den Hof zu spät wurde – das genügte ihm als Unterkunft. Wenn er andere Vergnügungen suchte als jene, die ihm seine brave Frau bot, dann unterschied er sich darin nicht von den meisten Männern, mit denen er zu tun hatte.
Während des halben Jahres von Bonards Krankheit verbrachte Eugene mehr und mehr Zeit in Highboro, da James Davis ihn in der Sägemühle immer weniger entbehren konnte. Er hatte die Vorteile einer Respektsperson erlangt, ohne daß man deswegen von ihm verlangte, ein geordnetes Leben zu führen. Wenn er auch Bessie gegenüber nicht mehr als seine unbedingte Pflicht tat, hatte sie denn nicht Glück gehabt, als sie ihn heiratete? Sie war älter als er und Mutter eines unehelichen Kindes. Niemand behauptete, daß Eugene seine Frau vernachlässigte, nicht einmal Bessie selbst.

An dem Morgen, als er aus den Wäldern von Beulah Land floh und mit seinen Fallen seine Jugend zurückließ – obwohl er das nicht wußte –, war ihm der Marsh-Hof als ein Besitz erschienen, den es zu erwerben galt, und er hatte gearbeitet, um ihn zu bekommen. Er war nicht faul. Er hatte für Bessie gearbeitet, bevor und nachdem er sie und ihren Hof geheiratet hatte. Jetzt arbeitete er für die Sägemühle. Wenn ihm der Tod von Bessies Mutter damals den Weg geebnet hatte, so bot ihm der Tod von Bonard Saxon jetzt zumindest Stoff für Spekulationen.
Als die Trauerfeier vorüber war, sprachen die Anwesenden der Witwe ihr Mitgefühl aus. Eugene brachte seine Floskeln unbeholfen vor, er sah Frankie kaum an. James, dem seine Blindheit und seine Familienzugehörigkeit besondere Rechte verliehen, drückte ihre Hände auf sehr vertrauliche Art. Frankie beachtete keinen von beiden. Ihre Gedanken wurden verzehrt von der Frage, die sie seit zwei Tagen nicht mehr abschütteln konnte: Was wird aus einer mittellosen Frau?

»Was soll eine arme Frau anfangen?«
Sie lagen eng aneinandergeschmiegt, aber um sich zu wärmen und nicht aus Leidenschaft. Sie hatten einander bereits geliebt, und die Bettgewohnheiten des anderen waren ihnen so vertraut wie bei einem alten Ehepaar. »Ich wünschte, du könntest meine Frau werden«, sagte Benjamin. »Ich fühle mich nicht verpflichtet, dir für ein Angebot zu danken, das zu machen du nicht in der Lage bist. Priscilla wird ein hohes Alter erreichen. Wie lange du auch leben magst, Priscilla wird eine Stunde länger leben.«
Sein Lächeln war traurig. »Und man wird sagen, daß sie gestorben ist, weil sie ohne mich nicht leben konnte.«
Frankie fragte: »Wie gefällt's dir, dich nicht mehr schuldig zu fühlen?«
Er gab vor, überrascht und beleidigt zu sein. »Ich fühlte mich niemals schuldig.« Nach einem Augenblick berichtigte er seine Behauptung: »Ich fühle mich schon lange nicht mehr schuldig, schon seit Jahren nicht mehr.«
»Ich glaube, es fehlt dir.«
»Nein.«
»Irgend etwas war anders.«

»Du sprichst zuviel.«
»Ich spreche gern und du auch.«
Er dachte über das nach, was sie gesagt hatte. »Vielleicht war es anders. Es ist das erste Mal, seit er starb, und eine lange Zeit ist seit dem letzten Mal vergangen.«
»Dreizehn Tage«, sagte sie.
Er streichelte ihren Fuß mit seinem für das Kompliment, daß sie die Tage seit ihrer letzten Zusammenkunft gezählt hatte.
»Das ist Luxus.« Sie seufzte.
»Ein schmales Bett in einem unbenützten Zimmer im Egrenierwerk«, neckte er sie, »nicht einmal ein Ofen, der dich wärmt.«
»Du bist mein Ofen«, sagte sie. Er rieb sein Gesicht an ihrer Wange. »Zu heiß?« fragte er.
»Ich brenne.« Seine Arme und Beine umschlossen ihren Körper. »Ich habe genug gebrannt für heute.« Er lockerte seinen Griff, um es ihr leichter zu machen, sich zu befreien, wenn sie das wollte. Als er sich bewegte, streckte sie sich wohlig. »Luxus«, wiederholte sie, »ich bin Luxus, du bist Luxus, wir sind Luxus. Wie im Unterricht in Romans Schule. Ich wünschte, ich wäre schon aufgestanden und angezogen, dann wär' mir warm. Ich müßte nicht mehr aus dem Bett und frösteln, während ich mich ankleide, und darauf warten, daß mich mein eigener Körper wärmt.« Er rückte näher an sie heran, bereit, sie wieder in die Arme zu nehmen. Sie schmiegte sich an ihn, aber ohne seine Leidenschaft zu erwidern. Sie beobachtete ihn, wie er zärtlich ihre Brust liebkoste. Zuerst waren seine Lippen weich und nachgiebig, dann wurden sie fest und fordernd. Er öffnete den Mund und strich mit der Zunge über ihre Brustwarze. »Ich genieße dich«, sagte sie, »nicht bloß *dein* Vergnügen an *mir.* Ich genieße *dich.* Ich glaube nicht, daß Frauen im allgemeinen Männer sehr interessant finden. Ich kann mich amüsieren, wenn ich mir vorstelle, wie es wohl wäre im Bett mit diesem oder jenem. Gewöhnlich denke ich aber dabei an ihre Reaktion auf mich, nicht an meine auf sie. Und jetzt kommst du. Es schmeichelt mir, und ich bin gleichzeitig neugierig, zu wissen, warum ein bestimmter Körperteil von mir dich so in Ekstase versetzt. Was gibt's da so Besonderes? Ich denke an keinen Teil von dir als besonders reizvoll. Ich habe deine Hände gern, aber eigentlich nur das, was sie mit mir tun. – Autsch! Du hast mich gebissen . . .«

Er fuhr mit dem Mund durch ihr Haar. »Ich kann noch viel fester zubeißen. Ich könnte dich entzweibeißen.«
»Was ist aus dem Mädchen geworden, von dem du mir erzählt hast?«
Er lag schweigend da. »Weißt du, die eine, von der du manchmal träumst.«
»Du meinst Nancy?«
»Ja, das Negermädchen, mit dem du aufgewachsen bist und das du dann in einem Bordell in Savannah wiederfandest.«
»Nancy«, wiederholte er.
»Ja.«
»Sie ist auf Beulah Land geboren und blieb während des Krieges bei uns. Ich wünschte, sie wäre für immer geblieben.«
»Ihr habt euch auf der Lichtung getroffen und miteinander geschlafen, sagtest du. Weißt du nicht, was aus ihr geworden ist?«
»Ich weiß nicht, wo sie jetzt ist«, sagte er. »Abraham glaubt, sie einmal in Savannah auf der Straße gesehen zu haben, etwa vor einem Jahr, aber als er sie anrief, lief die Frau weg, und er war überzeugt, daß er sich geirrt hatte. Sie wurde Abrahams Ziehmutter, als seine eigene Mutter starb. Er hatte sie sehr gern.«
Nach einer Weile fragte sie: »War sie besser als ich?«
»Ja.«
»In welcher Beziehung?« fragte sie interessiert.
»In jeder.«
Sie schlug ihn hart auf die nackte Schulter und dann ins Gesicht.
»Das tut weh.«
»Ich wollte, daß es weh tut.« Er fing ihre Hand auf, als sie sie wieder hob, und sie überließ sie ihm gehorsam. »Hat sie dich ebenso genossen wie ich?«
»Ja«, sagte er.
»Du bist hassenswert.«
»Du hast mich gefragt«, erinnerte er sie.
»Hat sie irgend etwas an dir besonders gemocht?«
»Sie fand alles an mir besonders«, prahlte er, um sie zu ärgern.
Sie gähnte ausgiebig. »Ich muß aufstehen.«
»Ich habe nur Spaß gemacht.«
»Ich muß gehen. Ich wollte ohnehin aufstehen, wirklich. Es hat mit deiner Angeberei nichts zu tun.« Seine Hände streichelten sie be-

gütigend, bis sie zögerte. »Du hast zweimal Glück gehabt, mit Nancy und mit mir. Einmal unglücklich, zweimal glücklich. Die meisten Männer erleben dieses Glück nicht ein einziges Mal. Sie müssen sich mit ihrer eigenen Befriedigung begnügen, sie kennen niemals die einer Frau.«

Sie schwiegen einige Minuten lang.

Er sagte: »Wie war es mit ihm? Du weißt, wen ich meine.«

»Ich weiß es nicht.« Sie klang belustigt. »Sollte ich's wissen?«

»Du weißt es genau.«

»Oh!«

»Jawohl!«

»Mein Vetter.«

»Als ihr beide elf wart und er mit seiner Mutter und seiner Schwester zu Besuch zu euch nach Savannah kam.«

»Die machten eine Menge Besuche bei Verwandten«, sagte sie, »die waren sogar noch ärmer als wir.«

»Einmal frühmorgens kam er auf Zehenspitzen in dein Zimmer. Du sahst ihn die Tür öffnen und schließen, stelltest dich aber schlafend, selbst dann noch, als er zu dir ins Bett kam.«

»Ich wollte herausfinden, was er im Sinn hatte.«

»Und du fandest es heraus«, sagte er.

»Er hieß Fred.«

»Ich will seinen Namen nicht wissen! Das Entscheidende ist, daß er dich gehabt hat, als er *elf* war!«

»Also«, sagte sie sachlich, »ich war auch elf. Du hast mir erzählt, daß du auch in diesem Alter begonnen hast. Vielleicht tun es die meisten Kinder, ohne sich daran zu erinnern.«

»Ich glaube, sie würden sich erinnern«, widersprach er.

Sie sagte: »Wir waren vollkommener zusammen, als ich es je mit irgend jemandem war, mit irgendeinem Körper. Selbst mit dir ist es nicht so. Nur bei ihm wußte ich nicht, wo der eine von uns endete und der andere begann.«

»Meinst du das im Ernst?« fragte er kühl.

»Ich sage dir immer die Wahrheit.«

»Was ist aus ihm geworden? Du hast es nie erwähnt.« Er konnte fühlen, wie sie nachdachte, aber sie lagen so eng nebeneinander, daß er ihr nicht ins Gesicht sehen konnte, ohne sich zu bewegen. »Hast du ihn seit damals nie wiedergesehen?«

Sie lachte fast und seufzte und drückte ihr Gesicht an seine Brust. »O doch, einmal. Nur einmal. Ausgerechnet in dem Sommer, in dem ich zum erstenmal zu Besuch hierher kam, traf ich ihn. Das war der Sommer, in dem ich dich kennenlernte und alle anderen. Er hatte gerade geheiratet. Er kam mit seiner Frau nach Savannah, um die Familie zu sehen, das heißt eigentlich nur, um irgendwohin zu fahren und es eine Hochzeitsreise nennen zu können. Er heiratete das unscheinbarste Mädchen der Welt, und sie hatten nichts, absolut nichts, was für sie sprach oder für ihn oder für die Katze, die sie mitbrachten. Sie wohnen in Augusta und haben jetzt drei Kinder. Das war das einzige Mal, daß wir uns begegneten, seit wir elf waren und alles geschah, nicht einmal, sondern zweimal. Er kam zweimal morgens in mein Zimmer und ging mit mir ins Bett. Na also, als ich ihn dann später traf, tat er nichts als herumzuzappeln und mit seiner Uhrkette zu spielen. Er sah mich nicht ein einziges Mal an. Ich will sagen, er erkannte mich nicht, wenn er mich ansah. Zuerst dachte ich, er wäre nervös, aber dann wurde mir klar, daß er es vergessen hatte!« Benjamin lachte jetzt, und sie drückte ihr Gesicht in seine Achselhöhle. Nach einer Minute richtete sie sich auf, stützte sich auf den Ellbogen und sah ihn an. »Ich habe nicht die Wahrheit gesagt, als ich behauptete, daß ich keinen Teil von dir besonders liebe. Ich liebe die Wärme unter deinen Achseln und das feuchte, salzige Haar hier.« Ihre Hand glitt unter der Decke abwärts. »Ich verwandle mich in sengende Glut, wenn ich die glatte – Haut – hier berühre.« Er packte sie und drehte sie herum. »Siehst du!« Sie lachte. »Du mußt mich packen und festhalten und versuchen, mich unter dich zu schieben. Du erträgst es nicht, daß *ich* es *dir* mache!« Er ließ sie los. Sie verfielen in Schweigen. Im Laufe des letzten Jahres hatten sie solche Neckereien erfunden, um Monotonie zu vermeiden, und manchmal fachten sie dadurch für Momente die Glut wieder an. Heute aber hielt er sie nicht zurück, als sie sich anschickte aufzustehen. Auch sah er ihr nicht beim Ankleiden zu. Sie war in Eile, und er wußte, daß sie es nicht gern hatte, wenn er sie beobachtete. Als sie die Schuhe angezogen hatte, sagte er: »Es gibt keinen Grund, warum du sofort eine Entscheidung treffen müßtest. Vergiß nicht: Auch du bist eine Mrs. Saxon, ebensosehr wie Tante Annabel. Deine Rechnungen werden bezahlt werden.«

»Ah, aber von wem? Ich glaube, deine Tante Annabel wird mich für ihre Wohltätigkeit bitter bezahlen lassen.«
»Ich wünschte, ich könnte alles für dich in Ordnung bringen, Frankie.« Er klang düster und hoffnungslos.
Ihr Lachen entsprang purer Selbstironie, aber das konnte er nicht wissen. Er zog die Decke bis ans Kinn, wickelte sich fest hinein und drehte sich im Bett um, so daß er ihr den Rücken zuwandte. Sie ging weg, ohne noch etwas zu sagen. Seine Gedanken kehrten zu Nancy zurück, zuerst fröhlich und dann mit solcher Traurigkeit, daß er darüber bestürzt war.

3

Jefferson Davis trommelte mit den Fäusten an die Tür des Aborts, der am weitesten vom Herrenhaus entfernt war. »Was macht ihr da drinnen? Laßt mich rein! Ich wette, ich weiß, was ihr macht, ihr fickt eure Fäuste!« Er schlug wieder an die Tür. Nach einer geflüsterten Konferenz drinnen wurde die Tür einen Spalt breit aufgestoßen, eine Hand erschien in der Öffnung, ergriff ihn am Haar, zerrte ihn hinein und schlug die Tür hinter ihm zu. »Jetzt halt den Mund«, befahl ihm Robert E. Lee.
Davy hatte aber gar kein Bedürfnis nach weiteren Debatten. Die Szene, die sich ihm bot, war zu interessant. Sein Bruder und sein Vetter hatten die Hosen ausgezogen, und beide hatten Erektionen. Stumm vor Respekt sah Davy ihnen beim Onanieren zu. Bald darauf knöpfte er seine eigene Hose auf und tat es ihnen nach. Leon, mit rotem Gesicht und rotem Penis, keuchte plötzlich: »Ich glaub', mir kommt's! Ja, mir kommt's, mir kommt's!« Und mit dem letzten Wort floß wirklich ein Samenstrahl aus seinem Glied. Er hörte auf, sich zu bewegen, und hielt und preßte bloß, den Kopf geneigt, wie der sterbende Gladiator mit stolzem Ausdruck im Gesicht. Die anderen beiden starrten ihn voller Ehrfurcht an. »Ich hab's euch ja gesagt, daß ich's kann«, bemerkte er, wieder mit normaler Stimme. Davy und Bobby Lee massierten eifrig weiter. Leon sah ihnen mit mäßigem Interesse zu, nachdem er sich gesäubert hatte. Gleich

darauf krümmten sich die beiden Brüder im Orgasmus, doch leider schaffte es keiner von ihnen, das Ergebnis ihres Vetters zu erzielen.
Davy sagte wütend: »Ich weiß nicht, warum *er* es machen kann und ich nicht!«
»Ich habe es dir ja erklärt«, sagte Leon mit freundlicher Überlegenheit, »du bist noch nicht alt genug. Ich werde im April zwölf.«
»Ich bin elf«, unterbrach Bobby Lee rasch, »ich sollte es bald machen können, glaubst du nicht, Leon?«
»Sicher«, stimmte Leon zu.
»Ich glaube, ich hab's diesmal fast geschafft. Ein bißchen was war da, aber es war nicht weiß wie bei dir.«
»Du wirst nicht mehr lange warten müssen«, sagte Leon ermutigend. Bobby Lee wandte sich boshaft an seinen Bruder. »Du bist erst neun, du kleiner Scheißer. Es wird sehr lange dauern, bis du es kannst. Wir werden es schon viele, viele Jahre gemacht haben, bevor du überhaupt hoffen kannst, es zustande zu bringen.«
»Das ist nicht fair«, jammerte Davy.
»Sei still«, sagte Leon, »ich glaube, ich höre Onkel Dan.«
Sie ordneten ihre Kleider und eilten aus der Toilette, gerade als Daniel Todds Stimme aus einiger Entfernung hörbar wurde. »Davy! Bobby Lee! – Leon? Wo seid ihr alle?«
Sie liefen der Stimme entgegen und fanden Daniel auf dem Kutschbock eines Wagens, der vor dem Kuhstall hielt. »Kommt, ich brauche euch, um einen Klafter Holz aufzuladen und zu eurer Tante Doreen und zu Miss Eloise zu bringen.« Er ließ das Maultier lostrotten, ohne auf sie zu warten, und lenkte den Wagen auf eine Straße, die an Maisfeldern entlang in den Wald führte. Die Jungen liefen ihm nach und schwangen sich flink hinten auf den Wagen. Es war ein milder Samstagmorgen gegen Ende Februar.
Sarah, die ihnen vom Fenster ihres Büros aus nachsah, empfand plötzlich, daß sie sich nach Gesellschaft sehnte. Sie wußte, daß sie sie in der Küche finden würde. Noch bevor sie eintrat, hörte sie von drinnen vertraute Stimmen: Velma beklagte sich geschmeichelt, weil Josephine, Mabella und Bruce sie wegen ihrer bevorstehenden Heirat mit Hollis Davis hänselten.
Josephine rief fröhlich: »Wird nichts nützen, zu mir zu laufen, wenn Rosalie dir das Leben sauer macht . . .«

Mabella fügte kichernd hinzu: »Du glaubst, unsere Josie ist eine gemeine alte Person, du *warte* nur! *Warte nur*! Rosalie ist so wählerisch, die läßt dich ganz von vorne anfangen, und du mußt kochen lernen, wie *sie's* gewohnt ist. Sie glaubt, nur in ihrer Küche merkt ihr Hollis, daß er Erbsen und Maisbrot ißt und nicht Maisbrei mit Seifenlauge!«

»Was heißt das, *ich* bin eine gemeine alte Person?« brüllte Josephine in gespieltem Zorn. »Du nenn mich noch einmal gemein, und du hast eine sitzen!« Bruce' helles Lachen und Velmas abwehrender Kommentar ertönten, gespickt mit sorglosem Spott und Scherzen, denn Velma hatte durch ihre Fürsorge für Bruce und durch ihr bescheidenes Betragen längst Rosalies Zuneigung gewonnen. Es war ein Glückstag für Velma gewesen – und sie wußte es –, als Sarah Troy sie ausgesucht und nach Beulah Land gebracht hatte, wo sie die Amme von Benjamin Davis' Tochter wurde.

Sie hatte die Hand schon auf der Klinke, als sie sich anders besann und beschloß, nicht zu ihnen in die Küche zu gehen. Statt dessen machte sie kehrt und trat hinaus auf die Veranda. Gerade in dem Augenblick ritt Benjamin die Auffahrt hinauf. Solange Casey am Leben war, hatte sie niemals Zeit für all das gehabt, was sie tun wollte. Jetzt kam es manchmal vor, daß sie sich langweilte und nicht wußte, womit sie die nächste halbe Stunde verbringen sollte. Gewöhnlich gab es eine Menge Dinge, um die sie sich kümmern konnte, aber der Samstag war nur noch ein halber Arbeitstag, an dem es nur unwichtige kleine Verrichtungen auf der Plantage zu erledigen gab. Die Feiertagsstimmung sickerte ins Haus, und obwohl sie darauf achtete, daß alles erledigt wurde, was getan werden mußte, war die Routine doch weniger streng als an gewöhnlichen Werktagen. So waren auch das Gelächter und die Neckerei vorhin in der Küche zu erklären, ebenso wie Josephines bereitwilliges Einverständnis, als Bruce nach dem Frühstück fragte, ob sie wohl Zeit hätte, ihr beizubringen, wie man ein Zuckerwerk namens *Peanut brittle* machte. Sarah war froh, Benjamin zu sehen, aber auch ein wenig beschämt wegen ihres Bedürfnisses nach Gesellschaft, und sie nahm unwillkürlich einen schroffen Ton an: »Benjamin! Wo warst du eigentlich? Ich habe dich überall gesucht . . .«

»Was ist denn los?«

»Nichts ist los, der Himmel stürzt nicht ein, wenn du das meinst. Aber ich mache mir über etwas Sorgen, und ich fand nicht die Zeit, es mit dir zu besprechen.«

»Bin in einer Minute wieder da, Großmutter.« Er führte sein Pferd zu den Stallungen.

Sie war sich klar darüber, daß er sie manchmal besser verstand als sie sich selbst. Sie rief ihm nach: »Nur wenn du Zeit hast, es hat keine Eile . . .« Er tat so, als hätte er die letzten Worte nicht gehört. Denn sie tat ihm leid, wegen des dankbaren Tons in ihrer Stimme, und Mitleid war etwas, was er nicht für sie empfinden wollte. Er hatte das Gefühl ihr gegenüber auch nie verspürt, bevor Casey starb. Er ließ ihr ein bißchen Zeit – aber nicht allzuviel –, indem er mit Clarence, dem Jungen, der sich um sein Pferd kümmerte, ein repariertes Geschirr prüfte und dann kurz in der Küche vorbeischaute. Er nahm an dem Spaß teil, auf den seine Großmutter verzichtet hatte, umarmte Bruce und ließ sich von ihr ausschelten, weil er eine Handvoll schon geschälter Erdnüsse stibitzt hatte. Er kaute noch daran, als er zu Sarah hereinkam.

»Ich mache mir Sorgen um Abraham.«

Er nickte mit vollem Mund.

»Gib mir ein paar.« Er lehnte sich über den Schreibtisch und teilte die restlichen Erdnüsse in zwei gleich große Portionen. »Seit er zurück ist, hat er vom Betrieb der Baumwollspinnerei mehr gelernt als du und Roscoe zusammen.«

Benjamin schluckte, räusperte sich und schluckte wieder, bevor er sprechen konnte. »Er ist tüchtig, gar keine Frage.«

»Und er ist ein braver Kerl«, sagte Sarah. »Er verträgt sich mit allen gut, nicht wahr?« Sie sah ihn aufmerksam an. Benjamin antwortete nicht, aber er schien über ihre Worte nachzudenken. »Oh, er macht Späße«, räumte sie ein, »das war immer seine Art, mal einen Witz zu machen. Erinnerst du dich, wie oft wir über ihn lachen mußten, als er noch ein Kind war? Ich weiß nicht, wo er es her hat, denn Floyd war nie so, und seine Mutter war so würdevoll wie eine brütende Henne.«

»Vielleicht von Nancy.«

»Die Neger im Werk begreifen sehr gut, daß er witzig sein kann und doch ganz genau weiß, was er anordnet. Darüber mache ich mir keine Sorgen.« Sie hielt inne und sah ihn erwartungsvoll an.

»Du machst dir Sorgen über ihn und die Leute aus der Stadt.«
»Richtig.« Sie sagte es, als ob er soeben den Stein der Weisen entdeckt hätte. »Wir haben ihn verwöhnt. Alle, die ihn kannten, haben das getan. Wir liebten ihn um seines Vaters willen vom Augenblick seiner Geburt an. Und dann, als er fortging zur Schule und heimkam . . .«, sie zögerte.
Benjamin sagte ruhig: »Er wird es schaffen, Großmutter.«
»Er spricht anders als die Neger hier unten, und die Leute in der Stadt glauben, er ist arrogant, nicht?«
»Einige glauben es.«
»Siehst du, da hast du's.«
»Sie werden sich an ihn gewöhnen. Laß ihnen Zeit; er wirkt vorlaut mit seinen Witzen, weil er erst zwanzig ist.«
»Einundzwanzig. Er war zwanzig, als er heimkam und in der Spinnerei zu arbeiten anfing. Ich hätte gern noch mehr von den Erdnüssen.«
»Soll ich welche holen?«
»Du *glaubst* daran, daß er es schafft?«
»Wir müssen abwarten, nicht wahr? Ist es Gene Betchley, der dich beunruhigt, Großmutter?«
»Beunruhigt hat er mich immer«, gab sie zu, »immer seit er die Stelle in der Sägemühle antrat und Gefallen daran fand, Leute herumzukommandieren.« Er antwortete nicht, sah sie aber aufmerksam an. »Du weißt, daß er uns haßt.« Benjamin seufzte. »Daß wir Bessie tausend Dollar gegeben haben, um aus Leon rechtsgültig einen Davis zu machen, das läßt ihn uns nur noch mehr hassen, obwohl er hinter all dem stand und sie dazu anstiftete. Ich habe im ganzen Leben niemanden gekauft oder verkauft, weder Schwarz noch Weiß, und ich hätte nicht eingewilligt, wenn uns nicht Leon selbst darum gebeten hätte. Es gab ihm das Gefühl, vor Eugene sicher zu sein. Aber mir gefiel es von Anfang an nicht.« Benjamin wußte das alles, aber er ließ sie zu Ende sprechen, ohne sie zu unterbrechen. »Also, Gene kann uns direkt nichts anhaben, aber er könnte es durch Abraham und die Neger versuchen.«
»Es ist nichts vorgefallen, was man wirklich als Unannehmlichkeiten bezeichnen könnte«, gab Benjamin zu bedenken.
»Bonard war immer zur Stelle, um Gene zu bremsen. Bis jetzt.« Sie saßen eine Weile beieinander, ohne zu sprechen. Schließlich sagte

Sarah: »Ich habe mich bemüht, mich mit Gene anzufreunden, aber ich komm' mit ihm nicht zurecht. Dabei dachte ich immer, daß ich mit jedem Mann fertig würde.« Er lächelte, und sie sagte: »Na ja, du weißt doch, wie gut ich mit den meisten zurechtkomme. Ich habe Männer gern, und sie spüren das und vertrauen mir.«
»Weil du mit ihnen flirtest.«
»Ich tue nichts dergleichen.«
»Du gibst jedem Mann, mit dem du sprichst, das Gefühl, daß er der einzige auf der Welt ist. Du könntest es erreichen, daß der Teufel den Hut vor dir zieht. Oh, was für ein Luder du gewesen wärest, wenn Casey und Dan und ich dich nicht im Zaum gehalten hätten!«
»Benjamin, du machst dich über mich lustig . . .«
»Jawohl, Ma'am.«
»Ich hätte Lust, dich übers Knie zu legen, so groß wie du bist . . .«
»Also, da siehst du's! Welcher erwachsene Mann könnte dir widerstehen, wenn du ihm anbietest, ihn auf den Schoß zu nehmen? Alles in Ordnung, Großmutter. Ich gebe acht auf Gene und auf Abraham auch.«

4

Nach starken Regenfällen nahm der breiteste Seitenarm des Flusses, der sich durch Highboro schlängelte, die Ausmaße eines Stromes an und unterteilte ein Gebiet, das zuweilen noch heute als »der Exerzierplatz« bezeichnet wurde, weil dort während des Krieges Truppen gelagert und Übungen abgehalten hatten. Als James Davis und Bonard Saxon einen günstigen Platz für ihr Sägewerk suchten, hatte die Stadtverwaltung gerade auf Anraten des führenden Bankiers dieses Stück Land zum Verkauf ausgeschrieben, und die beiden Partner erwarben zwanzig Morgen. Der Fluß versorgte den Betrieb mit Wasser und diente zudem als Transportweg für das zugeschnittene Kiefern- und Zypressenholz, und so wurde die Sägemühle bald zu einem florierenden Unternehmen.
Als Roscoe Elk auf den Gedanken kam, in diesem Bezirk eine

Baumwollfabrik zu gründen, kaufte er fünf Morgen des ehemaligen Exerzierplatzes am jenseitigen Flußufer. Denn auch er brauchte sowohl die Wasserkraft als auch einen Transportweg. Doch aus dem Unternehmen wurde nichts, bis Roscoe und Benjamin Davis im November 1881 die Internationale Baumwollausstellung in Atlanta besuchten und ihre dort gewonnenen Erkenntnisse für die Arbeit zu Hause zu verwerten begannen. Benjamin ergänzte die Egreniermaschine mit zusätzlichen Apparaturen; der Samen brauchte nun nicht mehr als stinkender Abfall im Regen zu verrotten, sondern wurde von den neuerworbenen Maschinen zu Öl, Dünger und Viehfutter verarbeitet.

Nach Unterzeichnung eines gegenseitigen Abkommens errichteten Benjamin und Roscoe Elk das erste Gebäude der Baumwollfabrik. Sie war – und blieb eine ganze Weile – ein einfaches, nahezu primitives Werk, ein Nichts im Vergleich zu den Unternehmungen in Augusta und Columbus, die Hunderte von Leuten beschäftigten. Sie wurde gegründet, um den Absolventen von Romans Schule, die keinen Hang zum Leben auf dem Lande gegen Lohn oder Gewinnbeteiligung verspürten, Arbeit zu verschaffen. In den Betrieben der größeren Städte betrachtete man Neger als ungeeignet für diese Tätigkeit, da der Übergang von der Feld- zur Fabrikarbeit eine zu große Umstellung darstellte, weswegen man bevorzugt arme Weiße beschäftigte. Die Angestellten der Beulah-Fabrik, wie sie bald genannt wurde, waren jedoch zur Schule gegangen und an die Arbeit in geschlossenen Räumen gewöhnt. Die armen Weißen aus der Umgebung von Highboro wurden wegen der besonderen Besitzverhältnisse von Beulah Land gar nicht erst aufgefordert, sich dort zu bewerben. Sie scheuten sich ohnehin, Seite an Seite mit Negern zu arbeiten, die zur Schule gegangen waren; und obgleich es sich beim Elkschen Institut lediglich um eine Volksschule handelte, versicherten sich die Weißen gegenseitig: »Wenn ich eins nicht ausstehen kann, dann ist's ein gebildeter Nigger.« Doch sie waren eifersüchtig auf die Löhne, die man in der Beulah-Fabrik zahlte: ein Dollar pro Tag für Männer, fünfundsiebzig Cents für Frauen.

Obwohl weder die Sägemühle noch die Baumwollfabrik bei der Einstellung ihres Personals eine gezielte Rassentrennung verfolgten, waren die Arbeiter, die einander über den Fluß hinweg beäugten, auf der einen Seite überwiegend weiß und auf der anderen Seite überwiegend schwarz. Sie konkurrierten nicht miteinander; es gab Arbeit für alle, und sie verfügten gemeinsam und in gütlichem Einvernehmen über das Wasser. Die Baumwollfabrik wurde verächtlich als eine schäbige, arme Verwandte des blühenden Sägewerks abgetan, von geringem Wert für ihre Besitzer, die es zufrieden waren, sie in diesem Zustand zu belassen. Sie erfüllte den Zweck, für den sie geplant war. Von ihren Spindeln und Webstühlen wollte keine Armee mit Uniformen und Zelten ausgerüstet werden; kein Schiff in Savannah brauchte seinen Fahrplan nach dem Ausstoß ihrer Produktion zu richten. Abraham Kendrick jedoch gelüstete es nach Expansion, und jenseits des Flusses gab es einen ebenso ehrgeizigen jungen Mann, der ihn aufmerksam beobachtete: Eugene Betchley.

Am Abend desselben Samstags, an dem Sarah Troy ihrem Enkel gewisse Bedenken vortrug, empfing Frankie Saxon einen Besucher, dessen Person und Anliegen sie in Erstaunen versetzten. Das Abendessen war vorüber, und ihre Tochter Fanny übte im Wohnzimmer Klavier; sie machte jedesmal an derselben Stelle denselben Fehler und begann das Stück immer wieder von vorn. Frankie verstand sich nicht besonders gut mit ihrer Tochter, und die Nachsicht, mit der Fanny zuweilen ihrer Mutter begegnete, so als seien ihre Rollen vertauscht, war einem freundschaftlichen Verhältnis zwischen ihnen durchaus nicht zuträglich. Ihr Sohn Blair, sann Frankie mit Befriedigung, war ihr weit ähnlicher. Er sah blendend aus, war stolz, selbstbewußt und charmant, kurz alles, womit ein Sohn das Herz einer Mutter zu erwärmen und ihr die Bürde einer vernunftbegabten Tochter so recht fühlbar zu machen vermag.

Frankie hatte schlimme Wochen hinter sich, zumal der Schock, plötzlich als Witwe dazustehen, nicht durch die Gewißheit finanzieller Absicherung gemildert wurde. Ihre Schwiegermutter versäumte keine Gelegenheit, ihr vorzuhalten, wie arm und abhängig sie nun war. Annabel kam und ging jeden Tag und zu jeder Stunde, da sie zu dem Schluß gelangt war, wenn das Haus nun verkauft werden mußte, sei es öffentliches Eigentum. Frankies Bitte an ihren Schwiegervater, ihr einen Aufschub von einem Monat zu gewähren, bis sie sich ein wenig gefaßt habe, wurde stattgegeben.

»Zwei, drei, sechs Monate, meine Liebe; es hat keine Eile«, sagte

der Mann, der sich dank seiner herrischen Gemahlin nur zu leicht von einem reizenden Lächeln und einem weinenden Auge betören ließ.
Frankie faßte sich ein Herz und machte einen Vorschlag: Bonard könne sich ja nun des Besitzes eines Viertelanteils an der Sägemühle, den man ihm versprochen und den er nach Meinung aller mehr als verdient hatte, nicht mehr erfreuen; gewiß würde seine Seele im Himmel Frieden finden, wenn dieser Anteil seinen irdischen Angehörigen überschrieben würde.
Annabel aber hatte ein solches Ansinnen vorausgeahnt und ihrem Mann untersagt, auf den hinterhältigen Vorschlag der Witwe einzugehen. Und so kam es, daß Blair Saxon, noch bevor Frankie ihr Anliegen zu Ende vorgetragen hatte, den Kopf schüttelte, als ob sich Bienen darin tummelten. »Nein, nein, nein, meine Liebe. Meine Frau, Mrs. Saxon – du weißt schon.«
Morgens, mittags und abends beriet und drangsalierte Annabel sowohl ihren Mann als auch ihre Schwiegertochter. Hatte Frankie sie zuvor abgelehnt, so verabscheute sie ihre Schwiegermutter jetzt geradezu, zumal sie vor einer Zukunft unter deren Regiment zurückschreckte.
Ihre Stickerei im Schoß vergessend, dachte sie an Priscilla: Würde sie doch nur von durchgehenden Pferden niedergetrampelt, vom Blitz erschlagen oder einfach dank ihrer Güte vergeistigt – irgendwas! – oh, irgendwas, das sie schleunigst in den Schoß des Guten Hirten beförderte, von dem sie unentwegt blökte.
»Mama?«
»Ja?« Frankie erschrak, als sie ihre Tochter vor sich sah.
»Du hast geträumt.«
»Du hast aufgehört zu spielen.«
»Ich bin aufmachen gegangen, weil es an die Tür geklopft hat. Mr. Betchley von der Sägemühle möchte dich sprechen. Ich habe ihn gebeten, in der Halle zu warten.«
Froh über jede Ablenkung, dankte Frankie ihrer Tochter und bot dem Besucher in dem kleinen Salon, der ihr für ihre persönlichen Gäste zur Verfügung stand, einen Stuhl an. Er nahm Platz, räusperte sich und blickte sich in dem fremden Zimmer um. Kaum hatte er sich gesetzt, stand er wieder auf und setzte sich dann abermals hin. Er war sichtlich nervös und roch nach Whisky, mit dem

er sich offenbar Mut angetrunken hatte; doch die Röte in seinem Gesicht rührte von innerer Erregung und nicht vom Trinken her, wie Frankie aufgrund ihrer Erfahrung mit der Sauferei ihres Mannes vermutete. Sie lächelte in der Absicht, ihm seine Befangenheit zu nehmen und ihm gleichzeitig zu bekunden, daß sie eine Dame war.

Er fuchtelte mit den Händen, schluckte und blickte mit gerunzelter Stirn zu Boden, wie ein schüchterner Freier. Was würde sie ihm antworten, wenn er tatsächlich einer wäre? Sie musterte ihn, ohne ihren höflichen Ausdruck zu verändern, und genoß die Situation, jemanden vor sich zu haben, dem unbehaglich zumute war. Er hatte für diesen Besuch einen Anzug angezogen und war frisch rasiert, doch durch den Puder, mit dem der Barbier ihn eingestäubt hatte, schimmerten winzige Stoppeln. Seine kurzen, abgebrochenen Fingernägel waren schwarz; seine Hände wirkten rauh wie Kiefernrinde. Frankie kannte seinen Ruf als Schläger, Arbeiter und Liebhaber und spürte ein wenig von seiner Vitalität, als er still und aufgeregt vor ihr saß; doch er war brutal, und Roheit bei einem Mann übte auf sie keine Anziehungskraft aus. Da sie es lächerlich fand, weiterhin schweigend dazusitzen, fragte sie: »Hat Ihr Kommen mit der Mühle zu tun, Mr. Betchley?«

»Ja, Ma'am«, er klang zugleich schuldbewußt und erleichtert, weil sie ihn verstand. »Deswegen – also deshalb bin ich hier. Ihr Gatte, Mr. Saxon . . .« Er brach ab.

Um ein neuerliches Schweigen zu verhindern, setzte Frankie ein wärmeres Lächeln auf. »Ich glaube, Sie nannten einander beim Vornamen. Ihre Freundschaft ist durch seinen Tod nicht erloschen, hoffe ich.«

Er blickte sie mißtrauisch an. »Also, Mrs. Saxon – Bonard und ich haben uns oft über die Mühle unterhalten.«

»Das überrascht mich nicht.« Frankie hätte lachen mögen, doch sie bemühte sich um einen mitfühlenden Ton. Die Landbevölkerung war so argwöhnisch wie das Getier im Gebüsch, und Eugene Betchley war trotz seines urbanen Gehabens ein Mann vom Land. Aus seinem linken Nasenloch löste sich ein heller Tropfen, doch er merkte es nicht.

»Wissen Sie – Bonard und ich haben uns in der Mühle ganz schön abgerackert. Damit soll natürlich nichts gegen Mr. James Davis gesagt sein.« Wieder hielt er inne, doch Frankie kam ihm nicht zu Hilfe. »Ich weiß, Mr. Davis hat Sie in die Buchführung eingeweiht – soweit ein Blinder das überhaupt kann.«

»Das stimmt«, bestätigte Frankie, während sie den sich stetig mehrenden Rotz auf seiner Oberlippe beobachtete. »Ich hielt meinen Mann für einen wirklichen Partner. Dann stellte sich heraus, daß dies nicht der Fall war, und Mr. Davis und Mr. Saxon haben mir erklärt, wie die Dinge laufen. Das hat in mir ein echtes Interesse am Betrieb der Mühle geweckt, und daraufhin haben sie mir noch mehr erklärt, und so führte eines zum anderen. Es ist leichter zu begreifen, als ich gedacht hätte, bei weitem nicht so schwierig wie sticken oder häkeln. Natürlich konnte Mr. Davis mir das nicht richtig zeigen, aber er weiß über jeden Aktenordner Bescheid. Ich brauche ihn nur selten zu korrigieren, wenn wir die Papiere durchgehen. Er hat ein fabelhaftes Gedächtnis.«

»Ja, Ma'am, fabelhaft. Man muß ihm nichts öfter als einmal erklären. Er hat, wie man so sagt, das Gedächtnis eines Mississippi-Maultiers.«

»So?« Frankie lachte. »Das gefällt mir, wenn ich auch nicht weiß, was es bedeutet.«

Wieder sah er sie mißtrauisch an, und ihre Haltung wurde etwas förmlicher. Eine Dame ihres Standes scherzte nicht mit einem Mann von seinem Niveau.

Er machte ein ernstes Gesicht, um seinen Ausführungen Nachdruck zu verleihen. »Bonard und ich haben 'ne Menge über die Mühle nachgedacht und 'ne Menge darüber geredet.« Wieder stockte er.

»Ja, Mr. Betchley?« ermunterte sie ihn.

»Er hätte mich beteiligt, wenn er länger gelebt hätte, wie wir es alle gehofft hatten. Das kann ich Ihnen versichern.«

Frankie kam sich ein wenig hilflos vor. »Ich bezweifle nicht, daß er die allerbeste Meinung von Ihren Fähigkeiten hatte, Mr. Betchley, und für die Zukunft die allergrößten Erwartungen in Sie setzte. Doch das sollten Sie vielleicht lieber mit Mr. James Davis besprechen.«

»Mrs. Saxon, kennen Sie die Baumwollfabrik drüben am anderen Flußufer?«

Sie dachte zuerst, er meinte das Egrenierwerk, und errötete, doch

dann besann sie sich und erwiderte: »Ich weiß, daß sie dort ist. Mehr kann ich dazu nicht sagen.«
Seine Miene wurde ernst, als müsse er seine Gedanken sammeln. »Der Kerl, der den Laden da schmeißt, hat 'nen Haufen Ideen, das kann ich Ihnen flüstern.«
»Abraham Kendrick?«
Plötzlich spürte er ein Kitzeln unter seiner Nase; er faßte sie mit zwei Fingern, schneuzte sich und wischte sich die Hand am Hosenbein ab. »Genau der. Er hat sich große Rosinen in den Kopf gesetzt.«
»Ich habe Mr. Benjamin Davis nie dergleichen erwähnen oder überhaupt darüber sprechen hören.«
»Das kann schon sein, Ma'am. Aber er ist der Besitzer, oder vielmehr einer von zweien, zusammen mit dem reichen Nigger Elk . . .« Frankie fühlte, daß sie etwas gegen seine Ausdrucksweise einwenden müßte, doch er weckte allmählich ihr Interesse, nicht mit dem, was er bisher geäußert hatte und wovon sie kaum etwas verstand, sondern durch die Heftigkeit, mit der er sein Anliegen vortrug. Der Mann hatte etwas ganz Bestimmtes im Sinn, und irgendwie, wenn sie auch noch nicht begriff, auf welche Weise, war sie daran beteiligt – das schien er jedenfalls anzunehmen. »Der Knabe mit seinem Yankee-Nigger-Getue will die Baumwollfabrik vergrößern.«
»So?« Frankie wartete, und als er nicht weitersprach, fragte sie: »Nun, warum nicht?«
»Reiche Nigger, das macht hungrige Weiße«, gab Eugene so gleichmütig von sich, als zitiere er einen Bibelspruch.
»Ich wüßte nicht, was ich dagegen tun sollte, Mr. Betchley.«
»Nichts, Ma'am. Das mach' ich schon. Aber Sie könnten mich als 'ne Art Schlagstock benutzen, um gegen ihn zu kämpfen.«
»Wie soll ich das verstehen?«
Während er wieder mit gerunzelter Stirn zu Boden blickte, sagte er: »Sie haben also Bonard gut von mir sprechen hören.«
»Das stimmt.«
»Er hatte Vertrauen zu mir.«
Frankie nickte, war aber nicht überzeugt.
»Ich möchte das machen, was er gemacht hätte. Das kann ich, Mrs. Saxon, wenn Sie . . . Mr. James will nicht auf mich hören. Er be-

hauptet, ich misch' mich in Sachen ein, die mich nichts angehen. Die Baumwollfabrik kann ohne mehr Grundbesitz nicht vergrößert werden. Und Bonard gehört das Land auf der besseren Seite. Die andere Seite ist Sumpfgebiet und taugt für nichts als Schlangen und Moskitos.«

Frankie sah ihn durchdringend an. »Ich fürchte, Sie irren sich, Mr. Betchley. Auch ich war der Meinung, daß mein Mann einen Anteil an der Sägemühle besaß, aber das stimmt nicht, wie ich zu meinem Bedauern feststellen mußte.«

»Ich spreche nicht von der eigentlichen Fabrik. Darüber weiß ich nicht so genau Bescheid; ich dachte, die ist ganz im Familienbesitz. Ich meine drüben, das andere Flußufer. Bonard gehörte das Land, das an die Beulah-Fabrik grenzt, und ich bin gekommen, um Ihnen dieses Land abzukaufen. Ich habe Bargeld, und ich zahle Ihnen, was Bonard dafür gezahlt hat, und noch ein Zehntel obendrein. Ich finde, dabei machen Sie 'nen ganz schönen Profit.«

»Tut mir leid, Mr. Betchley, das muß ein Mißverständnis sein . . .«

»Er hat dreißig Dollar pro Morgen bezahlt. Das weiß ich, weil er's mir selbst erzählt hat, wie er mir überhaupt 'ne Menge erzählt hat, was ich für mich behalten sollte. Ich gebe Ihnen dreißig Dollar pro Morgen und ein Zehntel dazu, macht dreihundertdreißig Dollar.«

»So was ist mir noch nie vorgekommen!«

Eugene faßte ihr Staunen falsch auf und sagte: »Ein Haufen Geld, Mrs. Saxon. Mehr wird Ihnen niemand dafür bieten.«

Sie erhob sich von ihrem Sessel und blieb abwartend stehen, und zwar auf eine Art, die er nicht mißdeuten konnte. Er errötete noch tiefer und stand auf. Um Höflichkeit bemüht, streckte sie die Hand aus, die er jedoch so entgeistert anguckte, daß Frankie sie just in dem Moment zurückzog, als er sich entschloß, sie zu ergreifen. Sie starrten einander an.

»Guten Abend, Mr. Betchley. Danke für Ihren Besuch.«

Er nickte steif und ging ohne ein weiteres Wort hinaus.

5

Nach altem Brauch widmete man denen, die jüngst einen lieben Angehörigen verloren hatten, besondere Aufmerksamkeit und brachte ihnen kleine Geschenke, um ihrer Trauer Achtung zu zollen und ihnen gleichzeitig Hoffnung für die Zukunft zu geben. Nach dem Tod seiner Frau erhielt James von aufmerksamen Jungfern und Witwen so manchen Kuchen und allerlei Pasteten, die er sich, wenn sie gelungen waren, munden ließ, ohne jedoch viel über die Träume nachzudenken, die mit hineingebacken waren. Er würdigte Annabel keiner Antwort, als sie ein Stückchen von einer dieser Liebesgaben kostend, bemerkte: »Ich kann mir nicht vorstellen, daß du noch einmal zu heiraten gedenkst, nachdem du's zweimal versucht hast.« Er hatte seine geheimen Gedanken seiner Schwester nie anvertraut und hatte es auch jetzt nicht vor.

James fühlte sich wohl im Haus seiner zweiten Frau, in das er nach der Eheschließung eingezogen war. Die alte Tenah, deren Hütte am Ende des Küchengartens stand, kochte und putzte weiterhin für ihn, und ihr einfältiger Neffe Enoch hatte immerhin noch genügend Verstand, um ihm in der Stadt als Führer zu dienen. In der Sägemühle brauchte er keinen Begleiter; hier kannte er sich aus, und Gerüche wie Geräusche sagten ihm, wo er sich befand, und bewahrten ihn davor, sich zu nahe an gefährliche Maschinen zu begeben. War er auch während der Stunden, die er daheim zubrachte, einsam und zuweilen von Begierde geplagt, so war er doch nicht unzufrieden mit sich, und nach einer Weile begann er darüber nachzusinnen, ob Frankie Saxon ihn wohl für sehr alt hielt. Er war dreiundfünfzig, sie erst zweiunddreißig, doch der Unterschied schien nicht so groß, als wenn sie neunzehn und er vierzig gewesen wäre. Er erinnerte sich freilich, daß Benjamin ihr einst den Hof gemacht hatte, doch das war lange her, und beide hatten jemand anderen geheiratet. Der Vorteil war auf seiner Seite: Frankie war arm, liebte ein luxuriöses Leben und hatte zwei Kinder zu versorgen.

Er hatte sie nie gesehen, wußte jedoch, daß sie schön war, und das nicht nur vom Hörensagen. Ihr Duft war für ihn ein durch und durch weibliches Aroma; ihre Hände fühlten sich wohlgeformt und zart an; ihre Stimme, von mittlerer Tonlage und objektiv betrachtet nicht weiter bemerkenswert, war für sein Ohr einzigartig geworden, gleichgültig, wer sonst noch in einem Raum sprach. Bei einem kürzlichen Barbierbesuch hatte James gebeten, ihm Haar und Bart mit besonderer Sorgfalt zu stutzen, und er wollte ganz genau wissen, wie grau er war. Der Barbier versicherte ihm: »Fast überhaupt nicht; ein Dreißigjähriger wäre stolz, wenn er so aussähe wie Sie.« James konnte freilich den Spott in den Augen des Mannes nicht sehen, als dieser die Antwort gab, von der er fühlte, daß sie gewünscht wurde, und er schwelgte in dem Glauben, daß ein Freund oder Verwandter zwar schmeicheln mochte, um ihm zu gefallen oder ihn zu trösten, daß dieser Mann jedoch nichts zu gewinnen oder zu verlieren hätte, wenn er die Wahrheit sagte.

Zu denen, die ihm besondere Beachtung schenkten, seit er Witwer geworden war, gehörte auch Sarah Troy. Selbst verwitwet, hatte sie nichts weiter im Sinn, als einen Freund und ehemaligen Nachbarn zu trösten. Hatte doch James' Vater *ihr* die Ehe angetragen, lange bevor James ihre Tochter Rachel zu seiner ersten Frau machte. Am ersten Sonntag im März war James nach dem Gottesdienst zum Mittagessen auf Beulah Land eingeladen, ebenso wie Frankie Saxon und ihre Kinder, und James hatte vom Mietstall einen viersitzigen Landauer kommen lassen, der sie gemeinsam aufs Land und wieder nach Hause fahren sollte. Als sie nach der Kirche, von Enoch kutschiert, aufbrachen, machten sie auf manche, die sie beobachteten, einen ergreifenden Eindruck; denn betrauerte dieser Herr im mittleren Alter nicht seine Gattin, und hatte die schwarzgekleidete Dame an seiner Seite nicht erst kürzlich ihren Mann verloren? Doch wenn ihr Anblick auch manches Herz in Rührung versetzte – so gewiß nicht das Annabel Saxons, die ihnen vom Kirchhof her nachblickte. Tiefer in Gedanken versunken, als sie es während Reverend Quartermans Predigt gewesen war, zog sie ihre Handschuhe an und aus und wieder an, bis ihr Mann, der sich selten eine Zurechtweisung erlaubte, ungeduldig sagte: »Was ist denn mit dir? Komm schon, ich habe Hunger.«

Frankie hatte gründlich über ihre Unterhaltung mit Eugene Betchley nachgedacht, jedoch weder James noch ihrem Schwiegervater gegenüber etwas davon verlauten lassen, obwohl sie die beiden häufig sah. Sie wußte selbst nicht, warum sie zauderte, da sie doch entschlossen war, sich die Geschäfte ihres Mannes von ihnen eingehender und präziser erklären zu lassen, als sie es bisher getan hatten. Zwar schienen sie ihr gegenüber offen zu sein, doch keiner von beiden hatte erwähnt, was ihr von Rechts wegen zustand. Sie sprachen immer nur von dem »Vermögen«, und sie hatte vermutet, es bestehe aus nichts anderem als dem Haus und dem dazugehörigen Grundstück. Möglicherweise war aber noch weiterer Besitz vorhanden. Wenn Eugene Betchley wußte, wovon er sprach – und mochte der Mann auch brutal sein, ein Einfaltspinsel war er gewiß nicht –, so umfaßte dieser Besitz die Hälfte des Landes, das derzeit von der Sägemühle genutzt wurde, sowie zehn Morgen, die am anderen Flußufer an die Baumwollfabrik grenzten. Frankie mochte zwar arm sein, aber deswegen war sie noch lange keine Bettlerin, die an der Hintertür um Almosen bat. Sie wollte den richtigen Augenblick abwarten und dann ihre Fragen stellen.

Auf dem Sitz hinter James und Frankie schwatzten ihre Kinder über Lehrer, für die sie schwärmten oder die sie haßten, und versuchten ein Lied zu singen, das seit neuestem unter ihren Schulkameraden die Runde machte; als sie sich aber über den Text einer Zeile uneinig waren und zu streiten anfingen, wurden sie durch einen strengen Blick ihrer Mutter zum Schweigen gebracht. Blair sagte, er habe ein Kaninchen gesehen, doch als Fannys Blick seinem Finger folgte, war es verschwunden. Hätte er einen Stein gehabt, prahlte er, so hätte er es getroffen. Fanny empörte sich, er sei gemein, wenn er so etwas tun wollte, und dazu noch an einem Sonntag. Blair zog ein langes Gesicht, womit er den Reverend Quarterman nachzuahmen trachtete, und als Fanny ihn nicht beachtete, zog er die Schärpe ihres Kleides auf. Als sie ihn dafür mit dem Ellbogen in die Rippen stieß, wimmerte er: »Hör auf!«

Das trug ihnen einen weiteren mahnenden Blick ihrer Mutter ein, doch sie sagte nur: »Aber Fanny.« Blair lächelte sie an, und Frankie langte nach hinten, um ihm die Wange zu streicheln, dann wandte sie sich wieder zu James und sagte: »Der Junge ist mir ein wahrer Trost. Auf ihn baue ich für unsere Zukunft. Jetzt biegen wir ein.«

»Ich dachte mir, daß es soweit ist«, erwiderte James. »Hundert Meter vor der Auffahrt ist eine Mulde in der Straße. Ist Ihnen die noch nie aufgefallen?«

»Nein.«

»Mir auch nicht, als ich mein Augenlicht noch hatte.« James hob die Stimme, ohne den Kopf zu wenden. »Was möchtest du einmal werden, mein Junge – Bankier, wie dein Großpapa? Arzt, Advokat – oder möchtest du den Fußstapfen deines Vaters folgen und in die Sägemühle eintreten?«

»Nein, Sir«, erwiderte Blair. »Ich hasse die Sägemühle. Immer, wenn ich dahin komme, habe ich das Gefühl, ich müßte ersticken. Ich werde Schriftsteller oder vielleicht Senator. In Savannah hab' ich mal einen Senator gesehen. Der sah reich aus, und Mama sagte, er war es auch.«

»Und hast du auch schon mal einen Schriftsteller gesehen?« fragte James kühl. Der Junge antwortete nicht, sondern machte eine Geste, als halte er eine Schleuder in der Hand, mit der er auf den Kopf des Mannes zielte.

Der Landauer rollte durch den Obstgarten, und am Ende der Allee kam das Herrenhaus in Sicht. Frankie dachte zum hundertsten Male, daß es ihres wäre, hätte sie vor zwölf Jahren Benjamin Davis' Heiratsantrag angenommen – Beulah Land mit seinen Feldern und Wäldern, Häusern und Bediensteten: alles hätte ihr gehört. Statt dessen plagte sie sich mit zehn Morgen Uferland neben einer schäbigen kleinen Fabrik. Leon und Bruce, Bobby Lee und Davy sahen sie von weitem kommen und liefen ihnen entgegen. Als sie vor dem Haus anlangten, waren auch die anderen auf die Veranda getreten: Sarah und Benjamin, Jane und Daniel. Sie hatten sich zwar alle schon in der Kirche gesehen, doch hier draußen verlief die Konversation lebhafter als im Schatten frommer Pflichterfüllung. Die Kinder verschwanden um die Hausecke, während die sechs Erwachsenen Schaukelstühle im Halbkreis aufstellten, um sich die Zeit mit Gesprächen zu vertreiben, bis Josephine zum Mittagessen läutete. Benjamin unterbrach die Familie mitten in der Unterhaltung und platzte heraus: »Also Frankie! Was höre ich da – Gene Betchley hat dich besucht und will das Land bei der Baumwollfabrik kaufen? Hör mal, das mußt du doch an uns verkaufen!«

Die allgemeine Überraschung gab Frankie Zeit, sich zu fassen. Sie hatte die Sache niemandem gegenüber erwähnt und hielt es für unwahrscheinlich, daß Eugene Betchley mit jemandem darüber gesprochen hatte, schon gar nicht mit Benjamin Davis. »Woher weißt du das?«

Benjamin schüttelte den Kopf. »Du streitest es also nicht ab.«

»Es stimmt, er hat mich aufgesucht. Es war am Samstag vor einer Woche.«
»Ich konnte es kaum glauben«, sagte Benjamin, und weil er lachte, taten es ihm die anderen nach, ohne jedoch belustigt zu sein. »Aber das sieht ihm ähnlich. Heckt einen Plan aus und springt mitten hinein, ohne weiter darüber nachzudenken.«
James meinte: »Er stellt sich recht klug an, wenn's um bestimmte Dinge geht . . .«
»Wie sind Sie mit ihm verblieben?« erkundigte sich Sarah.
»Ich sagte, ich hätte keine Ahnung, daß dieses Land Bonard gehörte«, erwiderte Frankie.
»Ich muß gestehen, ich wußte es auch nicht«, bekannte Benjamin. »Es war auch für Roscoe und Abraham eine Überraschung, das könnt ihr mir glauben . . .«
»Wann hast du es erfahren?« fragte Sarah Benjamin.
»Ich bin vor der Kirche bei Roscoe gewesen. Wir waren beide der Meinung, dieser Teil des Exerzierplatzes sei Eigentum der Stadt. Hast du davon gewußt?« wandte er sich an James.
»Wie um Himmels willen hat Roscoe von Mr. Betchleys Besuch erfahren?« fragte sich Frankie verwundert. Allmählich ging ihr ein Licht auf, doch es glimmte nur schwach, und sie hatte jetzt keine Zeit, ihrem Verdacht nachzugehen.
»Ich wußte von dem Land«, gestand James, »und Bonards Vater auch.« Er wandte den Kopf dorthin, wo er Frankie vermutete. »Es gehört zu Ihrem Vermögen, Ma'am. Es gibt noch zwei oder drei solch kleiner Grundstücke, mit denen wir uns demnächst befassen müssen.«
»Das ist mir neu«, sagte Frankie. »Wenn so viel Besitz da ist, dann bin ich vielleicht gar nicht gezwungen, mein Haus aufzugeben.«
»Die Grundstücke sind von geringem Wert, fürchte ich.«
»Für dich vielleicht, aber nicht für Gene Betchley«, mischte sich Benjamin ein. »Und was, glaubt ihr, hat er damit vor?«
Frankie wußte die Antwort. »Er will euch daran hindern, die Baumwollfabrik zu vergrößern.«
»Er ist gut informiert; wir haben eben erst angefangen, darüber zu beraten!«
Sarah meinte: »Abraham spricht offen über alles und kennt keine Geheimnisse.«

»Wie dem auch sei«, sagte Benjamin gut gelaunt, »ich möchte, daß du Roscoe und mir das Land verkaufst.«
»Was bietest du?« fragte Frankie herausfordernd.
»Hundert Dollar mehr als Gene.«
»Der Preis klettert in die Höhe. Vielleicht sollte ich es meistbietend versteigern ...«
James sagte ernst: »Gewiß wollen Sie es an die Baumwollfabrik verkaufen, Miss Frankie?«
Frankie lächelte. »Mr. Betchley hat mich zuerst gefragt, und wenn ich es jemand anderem gebe, ist er vielleicht enttäuscht oder gar wütend, nicht wahr?«
Benjamin erwiderte: »Mit seiner Wut werde ich schon fertig, überlaß das nur mir.«
»Wir wollen ihn doch nicht kränken, nicht wahr, Onkel? Er ist für das Sägewerk von größtem Nutzen. Ach, ich vergesse, daß die Sägemühle mich jetzt nichts mehr angeht. Nichts ist mehr so, wie es zu Bonards Lebzeiten war.«
»Ich möchte auf keinen Fall, daß wir Betchley vor den Kopf stoßen«, sagte James ruhig.
»Traust du ihm?« fragte Sarah.
»Ich muß, es bleibt mir nichts anderes übrig.«
»Aber seine Arbeit könnte doch auch jemand anders übernehmen«, schlug Jane ihrem Vater vor.
Frankie legte eine Hand auf seinen Arm. »Warum nicht, Onkel? Sie und Papa Blair haben mir beide versichert, ich hätte Talent fürs Geschäft!« Sie schüttelte den Kopf. »Und doch mußte ich den Umfang meines Vermögens von dem Mann erfahren, der für Sie arbeitet.«
»Ich wünschte«, sagte James, »Sie würden sich nicht über diese Dinge lustig machen, Ma'am. Es schmerzt mich, wenn Sie annehmen, ich hätte etwas anderes als Ihr Bestes im Sinn.«
»Das weiß ich, Sir, und ich bin Ihnen dankbar dafür. Ben, vielleicht kannst du dich entschließen, die Baumwollfabrik nicht zu vergrößern; dann brauche ich mich nicht gezwungen zu fühlen, an irgend jemanden zu verkaufen. – Aber das würde mir nichts nützen; bedauerlicherweise bin ich arm. Meine Schwiegermutter hält mir das unentwegt vor.«
Daniel, der still zugehört hatte, wandte sich nun an James: »Benja-

min und ich kennen uns mit der Arbeit im Sägewerk aus, Mr. Davis. – Das kann man ohne Übertreibung sagen, was, Bruder Ben? – Einer von uns oder auch wir beide könnten Ihnen sicher eine Zeitlang aushelfen, falls Sie die Mühle ohne Gene Betchley betreiben möchten.«

James errötete. »Um ehrlich zu sein, obgleich ich nicht vorhatte, es jetzt schon bekannt zu geben – aber wir gehören ja alle zur Familie, und da wird schon nichts nach außen dringen . . .«

»Sie sehen doch, was mit meinem kleinen Geheimnis geschehen ist!« ereiferte sich Frankie.

James fuhr unbehaglich fort: »Ich habe mit Gene darüber gesprochen, ihn zu meinem Partner zu machen – nach und nach. Er hat mich aufgesucht. Das muß nach seiner Unterredung mit Ihnen gewesen sein, Miss Frankie.«

Benjamin staunte: »Soll das heißen, du willst ihm einen Anteil von deinem Besitz abtreten?«

James schüttelte den Kopf. »Ich habe mit Blair und Annabel darüber gesprochen. Nach Bonards Tod sehen sie keinen Grund, ihren Anteil zu halten. Ich habe ihnen angeboten, ihn zu übernehmen, und wenn es Gene möglich ist, kann er ihn mir abkaufen.«

»Wirklich, Papa!« verwunderte sich Jane. »Heute scheint ein Tag für Enthüllungen zu sein. Hast du tatsächlich vor, Gene Betchley zum Partner zu machen?«

»Ich weiß keinen anderen Weg, wie ich ihn dazu bringen kann, daß er sich für die Sägemühle verantwortlich fühlt. Es stimmt schon, was die Leute sagen: Will man sich der Ergebenheit eines Mannes versichern, so muß man sie sich erkaufen.«

Die Hände fest um die Armlehnen ihres Stuhls geklammert, stemmte Sarah sich hoch, als sie einen Wagen die Einfahrt heraufkommen hörte. »Das sind Tom und Betty mit ihrer Horde – bei so einer großen Gesellschaft fühlt sich Josephine in ihrem Element; es ist wie in alten Zeiten, wird sie sagen.«

Die Gruppe auf der Veranda erhob sich, um die Neuankömmlinge zu begrüßen. Die Familie Cooper bestand aus Vater, Mutter und fünf Söhnen, die alle lachten und riefen, und der Wagen schien von ihnen überzuquellen. Toms Vater war inzwischen gestorben, und die junge Familie hatte das alte Haus und die dazugehörige Farm übernommen. Von dem allgemeinen Lärm herbeigelockt, ka-

men die anderen Kinder zurück. Während sich die beiden Gruppen im Hof trafen, zog Frankie ihre Tochter beiseite. »Hast du neulich am Samstag meine Unterredung mit Eugene Betchley belauscht?«
»Sie war nicht zu überhören.«
Frankie packte das Mädchen am Handgelenk. »Mit wem hast du darüber gesprochen?«
»Bloß mit Luck, als sie mir gestern die Veilchen brachte.«
»Luck Elk! Und die hat es natürlich brühwarm ihrem Vater und Abraham erzählt. So ist es also herausgekommen.«
»Luck ist meine Freundin, Mama.«
»Aber sie ist nur ein Negermädchen.«
»Was Mr. Betchley gesagt hat, richtete sich gegen ihren Papa und Abraham.«
»Du hättest es aber getrost mir überlassen können, das zu entscheiden.«
Als Fanny auf diese Ermahnung nur mit einem störrischen Blick reagierte, ließ Frankie ihr Handgelenk los und versetzte ihr eine Ohrfeige. Das geschah so geschwind und war so schnell vorüber, daß es niemand außer Leon bemerkte. Gleich darauf zog Frankie ihre Tochter an sich, und sie gingen zusammen zu den anderen. Elizabeth Cooper küßte Fanny auf die Wange und klagte mit lachender Miene: »Warum wurde mir nicht ein einziges hübsches Mädchen beschert, dem ich nette Kleider anziehen kann und das mir Gesellschaft leistet? Schaut euch nur meine Horde von Nichtsnutzen an!«
Es herrschte ein solcher Trubel, daß niemand Josephine läuten hörte, und Velma kam angelaufen und sagte ihnen, das Mittagessen sei fertig. Im Speisezimmer waren zwei Tische gedeckt. Während der Mahlzeit wechselten fröhliches Plaudern und schwelgendes Schmausen einander ab. Sarah hatte am Kopfende des größeren Tisches Platz genommen, Benjamin ihr gegenüber; zwischen ihnen saßen James Davis und Frankie Saxon, Jane und Daniel Todd sowie Tom und Elizabeth Cooper, die Jeremiah, ihren Jüngsten, auf dem Schoß hielt. Am Nebentisch thronte Leon am einen und Bruce am anderen Ende, dazwischen Robert E. Lee und Jefferson Davis Todd, Fanny und Blair Saxon und die vier anderen Söhne der Coopers: Jesse, Jacob, Marvin und Garvin.

Die neunzehn Mäuler waren gestopft, die neunzehn Stimmen hatten sich in unterschiedlicher Lautstärke und Munterkeit zu Wort gemeldet. Als der Hunger gestillt war, wurden die Kinder schläfrig oder zappelig, je nach Temperament, während die Erwachsenen, satt und träge, sich in belanglose Höflichkeiten flüchteten; denn alles, was sie sagen wollten, war bereits gesagt, und das mehr als einmal. Josephine, Mabella und Velma waren unzählige Male gekommen und gegangen. Sarah, die sich um jeden und alles gekümmert hatte, verspürte plötzlich den Wunsch, für sich oder lieber mit Casey allein zu sein, und als sie sich besann, daß dies nie mehr möglich war, vergönnte sie sich einen kurzen Augenblick des Hasses auf alle Anwesenden, weil sie lebten und lächelten und plauderten, während sie ihren teuren Geliebten für immer verloren hatte.

Gerade als sie sich Elizabeth Cooper zuwandte, die begeistert schilderte, wie gut sich ihre getrockneten Pfirsiche den Winter über gehalten hatten, ohne zu schimmeln, erschien Josephine mit dem ihr eigenen, Aufmerksamkeit heischenden Stirnrunzeln an der Tür. Sie zögerte, entfernte sich, stand aber gleich darauf wieder da. Die Augen der beiden Frauen trafen sich, und mit einem Blick forderte Sarah Josephine auf, hereinzukommen und zu sagen, was ihr auf der Seele lag. Josephine trat heran, beugte sich herab und flüsterte ihrer Herrin etwas zu.

»Benjamin!«

Vom Klang ihrer Stimme, die Entsetzen verriet, aufgeschreckt, erhoben sich Benjamin und Jane von ihren Stühlen. Ohne ein Wort der Entschuldigung eilten sie, ihre Gäste staunend und flüsternd zurücklassend, zur Tür hinaus. Daniel wollte hinterher, blieb aber dann zurück, um sich der verstörten Kinder anzunehmen.

Josephine öffnete die Tür zum Büro und trat zur Seite. Drinnen erblickten sie die ausgezehrte Gestalt einer Frau, die zusammengekrümmt in einem Sessel kauerte. Sie hob den Kopf, als Benjamin ungläubig fragte: »Nancy?«

Aus ihrem Versuch zu lächeln wurde ein Schluchzen. »Ich bin zum Sterben nach Hause gekommen!«

6

Als sie aufzustehen versuchte, sank sie kraftlos zu Boden. Benjamin hob sie auf und trug sie in die Kammer, die für die Behandlung von Unfällen oder leichten Krankheiten reserviert war. Josephine hastete voraus, um das Bett aufzudecken, und sie und Sarah entkleideten Nancy und legten sie hinein. Benjamin eilte fort, um Dr. Rolfe zu holen, und als Jane feststellte, daß sie nicht gebraucht wurde, besann sie sich auf das Haus voller Gäste, die ihr Bruder und ihre Großmutter vergessen hatten. Im Speisezimmer traf sie nur noch Selma beim Abräumen an und erfuhr von ihr, daß Mr. Daniel alle auf die Veranda gescheucht hatte, weil sie nicht wußten, was sie mit sich anfangen sollten. Dort trat Jane einen Augenblick später zu ihnen.

Die Erwachsenen hatten ihre Schaukelstühle unablässig hin und her geschoben, mal in die Sonne, mal in den Schatten; die einen wollten sich dem leichten Wind zukehren, um sich nach der Hitze des Eßzimmers Kühlung zu verschaffen, die anderen wollten den Wind im Rücken haben, damit sie ihn weniger spürten. Die Kinder bevölkerten die breiten, niedrigen Stufen und waren kichernd in ein Spiel vertieft, bei dem sie ständig die Plätze wechselten, um neben diesem zu sitzen oder jenem auszuweichen, bis sie sich schließlich darauf einigten, Davy zu necken. Jane erschien just in dem Augenblick, als er begriff, daß ihn alle mieden, und ihnen mit lauter Stimme verkündete, sie sollten nicht so häßlich zu ihm sein, denn er sei weder von der Krätze befallen, noch habe er gepupst. Daniel gab ihm im Vorbeigehen einen begütigenden Klaps und kehrte sich dann seiner Frau zu. Als sich die Blicke aller fragend auf sie richteten, erklärte Jane, daß eine von allen auf Beulah Land geliebte, aber viele Jahre abwesende Frau soeben heimgekehrt und, wie sie fürchteten, sehr krank sei.

Frankie sagte: »Wir haben uns schon gewundert, warum Benjamin in solcher Eile fortgeritten ist, ohne auch nur einmal zu winken.«

»Meinst du etwa Miss Sarahs Schwester?« fragte Elizabeth. »Miss Lauretta heißt sie; aber ich war noch ein Baby, als sie den Yankee-Colonel heiratete und in den Norden zog. Ich habe immer gedacht, sie müßte nett sein, weil Mama sie nicht leiden konnte.«

Jane schüttelte den Kopf. »Die ich meine, ist nicht weiter als bis

Savannah gezogen. Sie ist hier geboren, sie war eine von unseren Leuten und ist während des Krieges und auch danach bei uns geblieben.«
Tom Cooper fragte: »Du meinst eine Sklavin?«
»Ihr habt alle schon mal von Nancy gehört«, wandte sich Jane an die Kinder auf den Stufen.
Doch es war Frankie, die als erste darauf antwortete. »Allerdings.« Ihr plötzliches Auflachen überraschte Jane, und sie warf Frankie einen fragenden Blick zu, den diese jedoch ignorierte.
Bobby Lee sagte: »Ich hab' von ihr gehört!«
Davy rief: »Ich auch!«
Jane lächelte erst ihnen zu und dann den Erwachsenen, so als wolle sie damit das Thema abschließen. »Bobby Lee und du, Davy, und ihr anderen alle, lauft jetzt und spielt. Sonst habt ihr heute nacht schlechte Träume nach den vielen Leckereien, mit denen ihr euch vollgestopft habt. Vielfraße seid ihr, jawohl. Verschwindet. Fort mit euch.«
Sie sausten davon, Davy voran, der auf eine Zeder zuflitzte, als beabsichtige er, sie zu rammen und sich selbst in tausend Stücke zu zerfetzen. Dann raste er, den Baum um wenige Zentimeter verfehlend, ums Haus herum und verschwand im Garten. Leon und Bobby Lee nahmen gewohnheitsgemäß die Verfolgung auf, und die Cooperjungen stürmten hinterdrein, während Blair mit Fanny und Bruce zurückblieb, bis die Mädchen ein Hüpfspiel begannen. Blair blieb stehen, um eine Feder vom Rasen aufzuheben; er tat so, als untersuche er sie, überzeugt – weil er es so wünschte –, daß aller Augen auf der Veranda ihn beobachteten. Mit einem tiefen Seufzer, der einem der Welt entsagenden Heiligen wohl angestanden hätte, ließ er sodann die Feder fallen und verschwand um die Hausecke, indem er hinter den anderen herhüpfte.
Er fand sie auf dem Zaun, der den Schweinepferch umgab; die Mädchen kletterten gerade zu den Jungen hinauf, von denen einige wie schlafende Hennen auf der obersten Latte hockten, während andere Arme und Beine wie Efeuranken zwischen und um die niedrigeren Latten geschlungen hatten. Blair gaffte sie mißbilligend an. Als die Mädchen oben anlangten und die Jungen ihnen Platz machten, sagte er: »Bruce, du bist häßlich!«
Bruce sah zu ihm hinunter und erwiderte ruhig: »Ich weiß.«

Mit ihrer unbekümmerten Antwort nicht zufrieden, fuhr er fort: »Deine olle Narbe ist jedesmal schlimmer, wenn ich dich sehe.«

Leon drohte: »Halt die Klappe, oder ich schmeiß' dich in den Schweinekoben zu der fetten bösen Sau.«

Blair stemmte die Hände in die Hüften und spottete: »Weißt du, was *meine* Großmama sagt, was *du* bist? Ein Bastard!«

Flink wie ein Wiesel ließ Leon sich auf ihn fallen; er machte sich nicht die Mühe, mit ihm zu raufen, sondern begnügte sich damit, ihn zu Boden zu drücken und rittlings auf ihm zu sitzen. Blair tat so, als habe er schreckliche Schmerzen. »Auah, au, au, du hast mir was gebrochen! Ich glaube, mein Arm ist gebrochen, guck doch nur, er ist ganz schlaff. Oh, und mein Knöchel ist gebrochen, ich kann meinen Fuß nicht bewegen!«

Leon ließ von ihm ab, und Blair rappelte sich unter Jammern und Humpeln anscheinend mühsam auf. »Auah, au, au, au!«

»Du hörst dich an wie'n Schwein«, stellte Jacob Cooper ungerührt fest.

»Mama!« heulte Blair in gebieterischem Ton, während er davonhinkte. »Laß sofort den Doktor kommen – Leon hat versucht, mich zu ermorden!«

Sie hatten ihn augenblicklich vergessen. Davy sagte: »Mama wollte uns loswerden, damit sie über Nancy reden können.«

»Schätze, du hast recht«, stimmte Bobby Lee zu.

»*Ich* habe nie von Nancy gehört«, beklagte sich Bruce.

Davy blickte sie ungläubig an.

Bobby Lee erklärte: »Sie hat Mama gerettet, als Shermans Yankee-Plünderer sie vergewaltigen wollten. Nancy legte sich einfach auf den Boden und ließ sich an Mamas Stelle von denen vergewaltigen, und da haben sie Mama in Ruhe gelassen. Aber sie haben Onkel Ezras Grab aufgewühlt und nach Gold und Silber gesucht, und die arme Lovey haben sie mit einer Axt erschlagen.«

»Einen Yankee hasse ich mehr als alles auf der Welt«, sagte Jesse Cooper.

»Du hast ja noch nie einen gesehen«, hielt ihm Jacob entgegen.

Bruce, der Kriegsgeschichten durchaus geläufig waren, fragte nur: »Was heißt ›vergewaltigen‹?«

»Das heißt, sie haben sie gevögelt«, klärte Davy sie auf.

Die Cooperjungen kicherten, doch Bobby Lee boxte seinen Bruder

mit der Faust auf den Arm, aber solche Balgereien waren zwischen ihnen so üblich, daß Davy kaum mit der Wimper zuckte. »So was sagt man nicht, wenn Mädchen dabei sind.«
»Sind doch bloß Cousinen«, verteidigte sich Davy.
»Sie sind aber Mädchen«, betonte Leon ernst.
»Mädchen wissen, was das heißt«, beharrte Davy, und sein Bruder boxte ihn abermals.
Fanny meinte: »Ich finde es sehr mutig von Nancy, daß sie das getan hat.«
Bobby Lee erinnerte sich: »Ich weiß noch, wie Tante Nell einen Tag, bevor sie starb, gebeten hat, Nancy sollte kommen und ihr die Hand halten. Sie hat Nancy bestimmt liebgehabt.«
»Was schätzt ihr, was das für 'ne Krankheit ist, die sie hat?« fragte Leon.
»Woher soll ich das wissen?« erwiderte Bobby Lee verärgert, so als hätte man eben dies unsinnigerweise von ihm verlangt.
»Ich wette, 'ne Klapperschlange hat sie gebissen«, vermutete Marvin Cooper.
»Bestimmt«, befand sein Zwillingsbruder Garvin.
»Gelbfieber«, vermutete Jesse.
Leon widersprach: »Nicht zu dieser Jahreszeit. Außerdem hätte sie damit nicht den ganzen Weg von Savannah bis hierher geschafft. Kennt ihr nicht das alte Sprichwort übers Fieber? ›Nach zwölf Stunden braucht der Kranke entweder einen Koch oder einen Sarg.‹«
Davy, der in Gedanken versunken war, tauchte wieder auf. »Ich bin heilfroh, daß keiner Mama vergewaltigt hat! Gott segne Nancy!«
Marvin schlug vor: »Laßt uns was spielen. Ich hab's satt, auf diesem ollen Zaun rumzusitzen.«
Garvin sagte: »Wir haben zu Hause Zäune, die sind mindestens so hoch wie der hier.«
Die Brüder Todd gaben Bruce und Fanny zu verstehen, daß Jungen untereinander viel mehr Spiele machen könnten als mit Mädchen, und ob sie sich nicht vielleicht auf die Veranda setzen und ausruhen wollten. Aber Fanny und Bruce schüttelten energisch die Köpfe, und so beschloß man, gemeinsam Verstecken zu spielen. Davy wurde dazu bestimmt, sich die Augen zuzuhalten und bis

hundert zu zählen, während die anderen sich versteckten. Statt zu protestieren, zählte er so geschwind, daß die anderen hastig in alle Richtungen davonstoben.
Plötzlich entdeckte Leon Fanny wie durch Zufall hinter einer Tür im Kuhstall. »Ich schätze, ich verstecke mich lieber woanders«, sagte er mit schlecht gespielter Überraschung.
»Ist vielleicht besser«, meinte Fanny.
»Hoffentlich bist du mir nicht böse, weil ich mich auf deinen Bruder gesetzt hab'.«
»Du hast ihm ja nicht weh getan.«
Leon machte ein übertrieben erleichtertes Gesicht. »Da bin ich aber mächtig froh, daß du nicht böse bist. Weißt du, warum?«
»Nein, warum?«
Leon wurde rot. »Weil ich will, daß du mein Schatz wirst.«
»Wieso?«
»Weil ich dich liebe.«
»Ist das wahr?«
Leon nickte.
»Gut«, sagte sie, »in Ordnung«, und sie schüttelten sich die Hände.

7

Seit Leon, nachdem Eugene ihn vor sieben Jahren beinahe totgeschlagen hatte, auf Beulah Land lebte, rief man Doktor Rolfe, wenn eine Krankheit ausbrach oder jemand einen Unfall hatte. Er sprach offen, wenn er sich seiner Diagnose sicher war, und wenn nicht, sagte er frei heraus: »Ich weiß es nicht.«
»Schwindsucht«, eröffnete er Sarah und Benjamin, nachdem er Nancy untersucht hatte.
»Wird sie wieder gesund werden?« fragte Benjamin.
»Ich kenne ihre Widerstandskraft nicht, weil ich sie noch nie behandelt habe. Sie will mir nicht sagen, wie lange sie schon krank ist, und vielleicht erinnert sie sich auch nicht mehr. Haben Sie die Pockennarben gesehen?« Sie nickten. »Die Pocken hatte sie vor fünf Jahren, und seitdem hat sie als Wäscherin gearbeitet.«

Sarah klärte ihn über Nancys Vergangenheit auf.
»Ich bin froh, daß Sie sich um sie kümmern«, sagte er, »denn wenn niemand sie pflegt, stirbt sie ganz sicher, und vielleicht muß sie ohnehin sterben.«
Obgleich sie an diesem Abend bei ihr saßen, während Mabella sie fütterte, sprachen Sarah und Benjamin erst am folgenden Morgen mit Nancy über die Zukunft. Sarah sagte ihr die Wahrheit über ihren Zustand, bis auf das, was Doktor Rolfe am Ende seiner ersten Visite angedeutet hatte.
»Machen Sie die Tür zu und lassen Sie mich hier sterben. Das ist alles, was ich will.«
»Wir lassen dich auf gar keinen Fall sterben, wenn wir es verhindern können«, widersprach Sarah.
»Ich habe nicht an die Kinder gedacht. Ich hätte nicht kommen sollen.«
Benjamin meinte: »Die stecken sich schon nicht an. Sie sind kräftig wie Bulldoggen. In ein paar Tagen bringe ich dich in mein Haus auf der Lichtung.« Nancy machte ein ängstliches Gesicht, doch Sarah versicherte ihr mit einem Kopfnicken, daß dies bereits beschlossene Sache sei.
»Und was ist mit der Herrin?«
»Die lebt bei ihrer Mutter in der Stadt. Ich wohne hier allein mit meinem Sohn Leon und meiner Tochter Bruce.«
»Mabella hat mir von ihnen erzählt.«
»Das Haus auf der Lichtung hat bis jetzt leergestanden«, erklärte Sarah. »Dort hast du Ruhe, wenn du willst, aber Rosalie wird sich um dich kümmern. Seit all ihre Kinder verheiratet sind, hat sie nicht genug zu tun, und jetzt wird sie wenigstens aufhören zu nörgeln. Wir schauen natürlich auch immer mal vorbei.«
Nancy hielt die Augen geschlossen, doch ihr Stirnrunzeln drückte Protest aus.
»Du wirst ausnahmsweise mal tun, was man dir sagt«, befahl Benjamin.
»Das wichtigste«, fand Sarah, »ist Ruhe.« Sie tätschelte ihr die Hand. »Wir lassen dich jetzt allein. Versuch zu schlafen, und wenn du jemanden brauchst, läutest du die Glocke auf dem Tisch.«
An der Tür sagte Benjamin: »Du bist daheim, Nancy.«

Frankie Saxon dachte am Montagmorgen über Nancy nach, während sie auf James Davis wartete. Als Jane tags zuvor verraten hatte, wessen Ankunft die Aufmerksamkeit der Gastgeber beanspruchte, waren Frankies Gedanken zu jenem Vormittag zurückgeschweift, als sie zum letztenmal mit Benjamin in dem kleinen Zimmer im Egrenierwerk, wo sie sich zu treffen pflegten, über Nancy gesprochen hatten. Es war ihr erstes Zusammensein nach Bonards Tod gewesen, und sie unterhielten sich darüber, daß es jetzt anders für sie war. Sie ahnten damals nicht, *wie* anders es sein sollte, grübelte sie, und sie fragte sich, ob es wohl an dem Tag passiert war. Das war der früheste Zeitpunkt, an dem es hätte geschehen können, rechnete sie nach. Seit jenem Vormittag hatten sie viermal miteinander geschlafen. Sie fragte sich erbittert: Warum war sie, nachdem sie im Laufe der Jahre so häufig mit Benjamin geschlafen hatte, ausgerechnet jetzt schwanger geworden?
Sie brauchte einen Ehemann, und zwar bald. Wie mitfühlend man sich in der Stadt auch gewöhnlich Witwen gegenüber zeigte, dafür, daß Frankie Saxon zehn Monate, nachdem ihr Gatte nach langer Krankheit verschieden war, ein Baby bekam, würde niemand Verständnis haben. Also mußte sie sich einen Mann verschaffen, und sie wußte auch schon, wer es sein und wie sie ihn sich angeln würde. Sie hatte seit langem bemerkt, daß James Davis sie begehrte. Es war zwar bedauerlich, daß sie damit Benjamin verlor, und der würde es wohl nie verwinden, daß sie ausgerechnet seinen Vater heiratete, doch eine solche Verbindung hatte ihre Vorzüge und entbehrte auch nicht eines persönlichen Triumphes: Sie brauchte sich nie wieder um Geld zu sorgen, und Annabel Saxon würde die Wände hochgehen.
In dem Augenblick, als sie das Klopfen an der Tür vernahm und eiligst öffnen ging, schlug die Uhr in der Halle zehn. Sie hatte Molly, das einzige Dienstmädchen, das ihr geblieben war, angewiesen, sich an diesem Morgen in den Wirtschaftsräumen aufzuhalten und Wäsche zu waschen. Als Frankie und James allein in ihrem kleinen Salon Platz genommen hatten, sprachen sie über das schöne Wetter. Sie erzählte ihm, wie ungern die Kinder nach dem fröhlichen Ausflug nach Beulah Land zur Schule gegangen waren. Er fragte sie, ob Annabel ihr schon ihre gewohnte Morgenvisite abgestattet hätte.

»Nein, Sir, und sie kommt heute auch nicht. Sie veranstaltet mit dem Damenclub der Kirchengemeinde ein Treffen. Sie wollen über den Vorschlag abstimmen, für unsere Toten der Konföderation ein Denkmal zu errichten. Sie haben widersprüchliche Ansichten hinsichtlich der Gestaltung.«

»Warum sind Sie nicht dabei? Ich fürchte, ich halte Sie hier auf . . .«

»Wofür ich Ihnen dankbar bin.«

Er lächelte. »Wie lauten die gegensätzlichen Vorschläge?«

»Miss Doreen und Miss Eloise führen eine Gruppe an, die eine Darstellung von General Lee befürworten, wie er mit gezogenem Schwert einen steinernen Drachen erschlägt, auf dessen Seite deutlich sichtbar ›Die Union‹ geschrieben steht!«

James' Lächeln wurde breiter. »Hat ihnen denn niemand gesagt, daß der Ausgang des Krieges mit einem solchen Monument unvereinbar ist?«

»Ich glaube schon, aber das hat sie nicht beeindruckt.«

»Und wie sieht Annabels Vorstellung aus? Wenn wir ihr glauben dürfen, dann ist sie es doch, die darauf besteht, daß wir auch ein Denkmal bekommen wie die anderen Gemeinden.«

»Und sie wird ihren Willen durchsetzen«, sagte Frankie. »Daran ist nicht zu zweifeln, aber zuvor gibt es einen Kampf, den sie bestimmt genießen wird. Ausnahmsweise muß ich zugeben, daß sie die vernünftigere Ansicht hat. Sie hat allen, die für eine Statue zu Ehren des Generals eintreten, klargemacht, daß die Stadt Highboro nicht den Ruf genießt, von ihm jemals beachtet worden zu sein. Er ist nicht hier geboren; er ist bei keiner Gelegenheit auf seinem Pferd durch die Stadt geritten. Annabel bevorzugt die schlichte Darstellung eines einfachen Soldaten der Konföderation. Das ist würdevoll und kommt auch billiger.«

»Und welche Meinung haben Sie geäußert?«

»Ich bin nicht gefragt worden. Ich gehöre nämlich nicht richtig dazu. Doch wir bewahren die Erinnerung an die Vergangenheit im Herzen, und das ist das Beste, was wir tun können.«

»Da sprechen Sie ein wahres Wort. Dem klugen Kopf auf Ihren Schultern nach zu urteilen, könnten Sie eine weit ältere Frau sein.«

»Ich bitte Sie, machen Sie mich nicht älter, als ich bin, Sir, denn das ist weiß Gott alt genug!«

»Verglichen mit mir sind Sie ein Kind.«
»Alter bedeutet nichts bei einem Mann«, sagte Frankie. »Sie stehen in der vollen Blüte Ihrer Manneskraft, wie jeder sehen kann.«
Allerdings hätte man in diesem Augenblick zumindest ein Anzeichen seiner Männlichkeit erblicken können; denn James, der zeit seines Lebens zu plötzlichen Erektionen neigte und sie kaum zu kontrollieren vermochte, bekam auch jetzt eine. Frankie lächelte; es war ja alles so einfach. James bemühte sich, seine Gedanken nüchternen Themen zuzuwenden. »Ich hoffe, Sie teilten gestern die Mißbilligung der anderen nicht, als ich meinen Plan verriet, Eugene Betchley eine Partnerschaft an der Sägemühle anzubieten?«
»Aber nein«, erwiderte Frankie schlicht. »Mir scheint der Vorschlag höchst plausibel. Wie Sie so richtig sagten: Will man die Ergebenheit eines Mannes, so muß man sie sich erkaufen.«
»Bei einer Frau ist das jedoch anders.«
»Gewiß«, stimmte Frankie zu. »Jedenfalls bei einer Frau, die es wert ist, daß man sie besitzt.«
Er seufzte. »Ein Mann, der die Ergebenheit einer Frau zu kaufen versucht, ist ein Narr, finde ich.«
»Sie hatten das nicht nötig«, sagte Frankie. »Miss Maggie war eine Heilige.«
»Gott sei ihrer Seele gnädig«, ergänzte James.
Eine Pause trat ein, während der Frankies Augen auf dem schlaffen, zerknitterten Hosenzwickel ihres Besuchers ruhten.
»Ich fürchte, meine Ehe war weniger idyllisch als Ihre. Ich würde sonst mit niemandem darüber sprechen . . .« Sie hielt inne.
»Ich bin Ihr Freund.«
»Davon war ich stets überzeugt; jetzt mehr denn je. Mein Mißgeschick treibt mich an Ihre Seite, denn Sie sind eine wahre Stütze. Es schickt sich nicht, schlecht über die Toten zu reden, und ich könnte es auch nicht über mich bringen; doch mein Mann hatte für die Bedürfnisse einer Ehefrau nicht immer Verständnis. Ist es schlimm von mir, Ihnen das anzuvertrauen? Ich fühle mich nämlich dadurch erleichtert. Bedenken Sie doch, Sir, ich wußte, daß mein Mann ein Schürzenjäger war. Das habe ich keiner Menschenseele erzählt. Nach der Geburt unserer Kinder wandte er sich anderen Frauen zu, als sei er meiner überdrüssig.«

»Unmöglich«, stieß James hervor.
»Aber Sir, es war doch gewiß allgemein bekannt, daß er fremdging ...«
»Das habe ich nicht gemeint. Ich meinte, es ist unmöglich, daß ein Mann Ihrer jemals überdrüssig werden kann, meine liebe Miss Frankie.«
Sie lächelte dankbar wie jemand, der nach der geringsten Andeutung eines Komplimentes lechzt. »Hätte ich jemanden wie Sie geheiratet, stark und gütig, wie glücklich hätte ich sein können.« Es überraschte sie nicht, den Hosenzwickel nun nicht mehr schlaff und zerknittert zu sehen.
»Miss Frankie ...« James' Stimme klang heiser. Er brach ab, schluckte und leckte sich die Lippen.
»Ich bin zu weit gegangen. Sie halten mich für eine abscheuliche ...«
»Nein!« entfuhr es ihm frohgemut.
»Ich sehnte mich nach Zuneigung, die mir versagt blieb, nach zärtlicher, echter Zuneigung ...«
James tastete blindlings in die Luft. Frankies Finger berührten seinen Ärmel. Er ergriff ihre Hände, dann ihre Arme. Sie stand auf. Er stand auf. Sie lag in seinen Armen. Ihn fest an sich drückend, was er allein als sein Werk betrachtete, brachte sie ihre Lippen dicht an sein Ohr.
»Ich bin wahnsinnig ...«
»Ich auch – vor Liebe zu dir!« flüsterte er.
»Was werden die Leute von uns sagen?«
»Können wir gestört werden?« fragte er heiser.
Statt einer Antwort bot sie ihm abermals ihre Lippen. Sie führte ihn über den Flur in das Zimmer, das sie einst mit Bonard geteilt hatte. Eine Stunde später, als James sich von seinem zweiten Erguß ausruhte, sagte er: »Wir müssen heiraten.«
»Geliebter«, murmelte sie, und sein Penis richtete sich erneut auf, hoffnungsvoll wie eine Blume, die ihren Kopf der Sonne entgegenreckt.

8

»Fast eine Stunde hab' ich gewartet«, beklagte sich Benjamin, als Frankie ihren Einspänner ins Gehölz lenkte und das Pferd zum Stehen brachte.

»Bin aufgehalten worden«, gab sie kurz zurück. »Tut mir leid.« Sie band die Zügel fest und blickte auf Benjamin hinunter.

Da er ihre Stimmung nicht zu ergründen vermochte, fuhr er fort: »Ich hab' mich gewundert, warum du mir geschrieben hast, daß wir uns hier treffen sollen.«

»Ich habe nicht an die Kälte gedacht.«

Er ließ seinen Ärger am Wetter aus. »Es müßte längst wärmer sein, ist ja schon fast April. In diesem Jahr ist alles zu spät dran.«

Sie machte keine Anstalten, zu ihm hinunterzusteigen, sondern blickte an ihm vorbei in die Kiefern. »Hier waren wir zum erstenmal zusammen.« Er lächelte und streckte eine Hand aus, um Frankie vom Wagen zu helfen, doch sie schüttelte den Kopf. »Ich wollte einen Treffpunkt, wo wir ungestört sind.«

Er warf ihr einen fragenden Blick zu. »Beim Egrenierwerk sind wir immer sicher, und ein Bett haben wir da auch. Hier ist es mir zu feucht, und für Kiefernnadeln als Unterlage bin ich zu alt.«

»So was hab' ich gar nicht vor. Ich will mit dir reden. Komm, setz dich zu mir, hier ist es wenigstens nicht windig.«

Er kletterte zu ihr hinauf, und sie langte hinter sich, zog das Büffelfell hervor und breitete es ihm und sich über Schoß und Beine. Er griff unter dem Fell nach ihrer Hand, spürte, wie kalt sie war, und fing an, sie zu massieren. Seine bettelnden Augen rührten Frankie, und sie wandte ihm das Gesicht zu.

Er küßte sie auf den Mund, aber nur flüchtig, so wie sich ein Paar, das schon lange miteinander vertraut ist, zu begrüßen pflegt.

»So ist's besser«, sagte er munter. »Du hast dir zuviel Sorgen über die Zukunft gemacht.«

Sie mußte unwillkürlich lachen. »Damit ist es vorbei.«

Immer noch ihre Hand haltend, sah er sie erstaunt an.

»Ich bin gekommen, um dich über die Zukunft aufzuklären.«

»Wie eine Wahrsagerin?« neckte er sie. »Wenn es uns möglich wäre zu heiraten, könntest du das nächste Jahr und das nächste Jahrhundert vergessen . . .«

»Scht, Ben.«
Als sie nicht weitersprach, zog er die Augenbrauen zusammen.
»Du hast so komisch gelacht.«
»Lachen ist immer komisch.«
»Aber nicht so.« Er wartete.
»Eigentlich dürfte es mir nicht schwerfallen – ich mache das Beste draus, aber dir wird es wohl nicht so vorkommen. – Du mußt zugeben, daß es für uns keine gemeinsame Zukunft gibt.«
»Kaum, und daran wird sich nichts ändern, fürchte ich.«
»Ich habe mich entschlossen zu heiraten«, eröffnete sie ihm. Sie hatte einen Moment lang weggeschaut, damit er sich fassen konnte, und blickte ihn nun wieder an. »Ich muß heiraten.«
»Bonard ist doch erst zwei Monate tot«, wandte er ein.
»Und wenn er erst zwei Minuten tot wäre«, sagte sie gereizt, »es ist unumgänglich, daß ich wieder heirate.«
»Wen?«
»Ich kann mir nicht Brot und Kleidung von Annabel Saxon erbetteln. Die ist ein hundsgemeines Biest.«
»Keine Ausflüchte . . . sag mir endlich . . .«
»Ich mache keine Ausflüchte! Du wirst mich hassen.«
Er zwang sich, ruhig zu atmen, und meinte nachdenklich: »Ich kann mir nicht vorstellen, wen ich am meisten hassen würde, wenn du heiratest. Schade, daß ich es nicht sein kann, aber wie darf ich dir Vorwürfe machen, wenn ich mich dir nicht als Ehemann anbieten kann?«
»Ich heirate deinen Vater. Heute noch.« Er starrte sie an und schüttelte den Kopf, als hätte sie ihn aus dem Schlaf geweckt. »Ich werde James Davis' dritte Frau, und er wird mein zweiter Mann. – Gott, Ben!« Als ihre Stimme erstarb, war es auch um ihre Beherrschung geschehen, und sie weinte hemmungslos. Benjamin blieb regungslos sitzen, ohne sie anzusehen oder zu berühren, bis er schließlich auf den Gedanken kam, Frankie ihr Täschchen zu reichen. Sie ergriff es dankbar, kramte ein Taschentuch hervor und wischte sich die Augen.
»Wieso gerade ihn?« fragte er endlich.
»Er hat mich schon immer gewollt . . .«
Sein heftiges Nicken drückte Spott aus. »Du hast es dem bedauernswerten alten Mann also leichtgemacht. Hast ihn in dein

Haus kommen lassen, als du allein warst, hast dich parfümiert, weil er ja nicht sehen kann, wie hübsch du bist, hast dich dicht zu ihm gesetzt und geplaudert und . . .«
»Sei nicht so verdammt überheblich!«
»Schon gut, Frankie. Ich verstehe deine Gründe. Du willst nicht auf Tante Annabel angewiesen sein. Wer möchte das schon? Darum willst du heiraten. Aber warum ausgerechnet *ihn*?«
»Er ist ein guter Mensch. Du warst immer gegen ihn, weil er die Plantage Oaks verkauft hat, statt sie dir zu vererben. Nun, jetzt hast du Beulah Land, und er braucht mich.«
»Deine Logik leuchtet mir nicht ein. Tante Maggie ist noch nicht lange tot, und du bist die taufrischeste Witwe der Stadt. Hättet ihr nicht eine Weile warten können?«
Sie setzte zu einer Antwort an, zuckte aber statt dessen nur die Achseln. »Hätte sich dadurch für dich irgendwas geändert?«
»Weiß Tante Annabel es schon?«
Frankie schüttelte den Kopf. »Ich hab' noch nicht mir ihr gesprochen.«
»Bin ich der erste, dem du's erzählst?«
Wieder schüttelte sie den Kopf. »Ich hab's heute morgen den Kindern gesagt, bevor sie zur Schule gingen. Ich wollte sie nicht damit überraschen, wenn sie zum Essen nach Hause kommen.«
»Wie haben sie's aufgenommen?«
»Fanny war empört. Mädchen sind nun mal so. Blair hat bloß gelacht und gefragt, ob wir dann wieder reich wären.«
»Denkt praktisch wie seine Mutter. Warte noch, Frankie. Um deinetwillen, nicht wegen mir oder sonst jemandem. Stell dir doch nur mal all das Gerede vor. In ein paar Monaten, wenn du's dann noch willst und er auch – o nein, ich bezweifle nicht, daß er dich will, aber es wäre gut für ihn, einen schicklicheren Zeitpunkt abzuwarten . . .«
»Hast du jemals gern gewartet?«
»Verlobt euch, gebt es bekannt, laßt die Leute sich an den Gedanken gewöhnen. Das dürfte reichen, um Annabel in ihre Schranken zu weisen, und Fanny bliebe genügend Zeit, um sich damit abzufinden.«
Frankies Atem ging schneller; sie starrte Benjamin an, und ihre Stimme zitterte vor Zorn. »Warten?«

»Keiner von euch beiden steht mehr in der ersten Blüte der ungestümen Jugend.«
»Nein. Aber ich kann nicht warten, weil ich ein Baby bekomme. Und zwar von dir. Kapierst du jetzt? Ich weiß nicht, warum es nicht schon früher passiert ist, sondern ausgerechnet jetzt. – Du sagst, es gibt Gerede. Denk doch bloß, was für 'nen Tratsch es erst geben wird, wenn ich zehn Monate nach dem Tod meines Mannes ein Kind kriege. James braucht nichts davon zu wissen. Wenn es soweit ist, sorge ich dafür, daß er glaubt, es ist seins. Das wird ganz einfach sein, weil er's glauben will. Ben, weinst du etwa?«
»Ich laß nicht zu, daß du das tust.«
»Ben, ich muß weg. Ich hab' heute noch so viel zu tun. Ich treffe James um zwölf Uhr am Pfarrhaus. Reverend Quarterman hat eingewilligt, uns zu trauen. Morgen früh fahren wir für eine Woche nach Savannah, um den Leuten hier die Möglichkeit zu geben, sich zu fassen. Reverend Quarterman hat auch gesagt, wir sollen warten. Er war erst bereit, uns zu trauen, als wir ihm drohten, wir würden sonst in Savannah heiraten.«
»Wie kannst du ihn glauben lassen, mein Baby sei von ihm?«
»Ist doch alles ein- und dasselbe Blut. Deins, seins – was spielt das schon für eine Rolle? Ihr Männer seid so komisch; ich werde euch nie begreifen. Es ist nicht sein Kind oder deins; es ist meins, weil ich die Scherereien damit habe!«
Er taumelte aus dem Einspänner und mußte sich vom Erdboden aufraffen, bevor er zwischen den Bäumen verschwand.
»Ben, komm zurück und sag mir auf Wiedersehen und wünsch mir Glück!«
Er drehte sich zu ihr um. »Leb wohl, Frankie, und verflucht sei der Tag, an dem ich dich zum erstenmal sah!«
»Du bist kindisch!« Sie hob ängstlich die Stimme. »Du gehst doch nicht in den Wald und hängst dich auf, nicht wahr?«
»Nein!« brüllte er wütend zurück.
»Welche Erleichterung. – Ben, ich kann dich nicht sehen; hörst du mich noch?«
»Ja.«
»Ich habe eine gute Nachricht für dich – du brauchst dir wegen dieses Grundstücks keine Sorgen mehr zu machen! Ich wollte dir so viel erzählen – James sagt, ich soll es dir und Roscoe überlassen

und nicht Gene Betchley. – Warum gibst du mir keine Antwort, freust du dich nicht? James hat mir fünfhundert Dollar dafür gezahlt und gemeint, wir sollen es dir anläßlich unserer Hochzeit schenken. Ist das nicht großzügig von ihm? Siehst du, du hast ihn falsch eingeschätzt. Ben, komm zurück und sprich mit mir. Ich habe niemanden, mit dem ich reden kann – keiner kennt mich außer dir. Ben!«

Er war verschwunden.

Frankie hatte nicht erwartet, daß der Tag leicht für sie würde, doch sie war nicht gewillt, mehr Hiebe als nötig einzustecken; so nahm sie denn, nachdem sich ein kurzer Tränenausbruch zu einem ungleichmäßigen Heben und Senken der Brust verflüchtigt hatte, die Zügel in die Hand, fuhr nach Hause, zog sich um und traf sich mit James beim Pfarrhaus, wie sie es verabredet hatten, um jegliches Aufsehen zu vermeiden, das gewiß entstanden wäre, hätte man sie Arm in Arm dorthin gehen sehen. Reverend Quarterman vollzog die Trauung in einer ausgewogenen Mischung aus christlicher Mißbilligung und glanzäugiger Erregung, worauf das Paar sich zu einem intimen Hochzeitsmahl in Frankies Haus begab. Die Kinder waren nach dem Mittagessen zur Schule zurückgekehrt, und Molly bediente die Neuvermählten mit vergnügter Ehrerbietung, wußte sie doch, daß der blinde Herr mit dem geröteten Gesicht ihr fortan ihren Lohn zahlen würde. Sie tischte die Hochzeitstorte auf, die sie als Überraschung gebacken hatte, und sah Frankie beim Anschneiden zu. Als James ihr anerkennend einen Silberdollar in die Hand drückte, knickste sie so tief, daß ihr plumper Körper beinahe den Boden berührte. Sie war gerade wieder in der Küche angelangt, als Annabel durch den Haupteingang ins Haus marschierte und, ohne sich anzumelden, die Wände anherrschte: »Frankie! He, Frankie! – Was hab' ich da gehört?«

James brummte: »Quarterman hat keine Zeit verloren, ihr Bericht zu erstatten. Daß er Angst vor ihr hatte, wußte ich ja, aber nicht, daß die Angst so groß war.«

»Hunde, die bellen, beißen nicht«, meinte Frankie.

Im Speisezimmer angekommen, blieb Annabel an der Tür stehen und gaffte das frischgebackene Ehepaar an. »James, du widerlicher Lüstling!«

»Ist das nicht unsere Schwester?« erkundigte sich James.

»Frankie, erzähl mir haargenau, was du getan hast!« wetterte Annabel.
Frankie erwiderte wohlüberlegt: »Wir wollten Sie aufsuchen und um Ihren Segen bitten, sobald wir mit dem Essen fertig sind.«
James sagte: »Molly hat uns eine vorzügliche Torte gebacken, und ich habe ihr einen Dollar gegeben. Nimm dir einen Stuhl und laß dir ein Stück schmecken, Annabel.«
Annabel schob sich ins Zimmer wie jemand, der von den entsetzlichsten Vorahnungen geplagt wird. »Doreen und Eloise haben euch durchs Fenster im Pfarrhaus gesehen. Sobald ihr fort wart, haben sie Quarterman ausgequetscht und erfahren, daß ihr euch von ihm habt trauen lassen. Sie sind natürlich schleunigst zu mir gekommen.«
James sagte zu Frankie: »Ich habe dem armen Mann Unrecht getan«, und zu Annabel: »Ich bin froh, daß du dich mit Doreen wegen des Konföderierten-Denkmals geeinigt hast. Schwestern sollten sich nicht in der Öffentlichkeit zanken, sonst hält man sie am Ende für ordinär.«
»Möchten Sie sich nicht setzen?« bot Frankie ihr liebenswürdig an. »Die Torte ist wirklich ausgezeichnet, wie mein Mann sagt, und Molly wird sich freuen, wenn Sie davon kosten.«
Annabel verdrehte die Augen. »›Mein Mann‹! – Gott bewahre. Er hatte so viele Ehefrauen wie er Schwestern hat. Habt ihr denn überhaupt keinen Anstand, ihr zwei?«
»Doch«, erwiderte James. »Darum haben wir ja geheiratet, statt ohne geistlichen Segen unserer Liebe zu frönen.«
»Diese Mißachtung«, klagte Annabel, »dieser gefühllose Frevel am Andenken meines Sohnes . . .«
»Ich glaube nicht, daß Bonard in der Lage ist, irgendwelche Einwendungen zu machen«, bemerkte James.
»Dich so tief sinken zu sehen, James! Von dir, du Kokotte«, wandte sie sich an Frankie, »überrascht mich das allerdings nicht. Ich habe nicht vergessen, wie hinterhältig du meinen unschuldigen Jungen umgarnt hast.«
»Dein unschuldiger Junge war ein schlimmerer Lüstling als Don Juan persönlich, und zwar vor und nach der Hochzeit; und du weißt das ganz genau, Annabel, also hören wir auf davon.« James knallte seine Gabel auf den Tisch.

»Aber was soll ich bloß den Leuten sagen?«

»Daß du eine Tochter verloren und eine zweite Schwester gewonnen hast«, riet James. »Das verschafft dir den wenn auch unverdienten Ruf, Witz und ein gutes Gemüt zu besitzen.«

Annabel wandte sich wieder Frankie zu. »Ich habe dir vieles verziehen, aber das hier verzeihe ich dir nie. Hast du denn gar nicht an deine Kinder gedacht?«

»Meine Gedanken sind stets bei ihnen«, erwiderte Frankie wahrheitsgemäß.

»Ich habe ihnen mein Haus angeboten!«

James sagte: »Das trifft sich ausgezeichnet, Annabel, denn wir fahren morgen früh nach Savannah und sind dir dankbar, wenn du dich während unserer Abwesenheit um sie kümmerst.«

Frankie schenkte ihr ein versöhnliches Lächeln. »Sie haben einmal gesagt, Sie würden sie nehmen, wenn ich beabsichtige, meine Familie zu besuchen, Miss Annabel.«

»Die armen verlassenen Kleinen!«

»Wir holen sie in einer Woche wieder ab«, versprach James, »bevor du sie ins Waisenhaus bringen kannst.«

»James, an dir ist Hopfen und Malz verloren. Du lebst offenbar nur für die Sinnlichkeit. Na schön, ich geb's auf mit dir. Nachdem du zwei anständige Frauen ins Grab gebracht hast . . .«

»Von denen du keine ausstehen konntest . . .«

»Die eine meine liebste Freundin, die andere die Perle von Beulah Land, die Tochter von Tante Sarah, die ein halbes Jahrhundert lang die Freundin und Nachbarin unserer seligen Mutter und unseres gemarterten Vaters war. – Was kannst du jetzt nur im Sinn haben?«

»Glücklich zu leben bis in alle Ewigkeit«, antwortete James.

»Wo?« fragte Annabel schnell.

»Hier«, erwiderte Frankie.

»Das ist mein Haus«, hielt ihr Annabel entgegen.

»Es gehört mir«, widersprach Frankie mit fester Stimme.

Annabel schnitt eine höhnische Grimasse. »Ich besinne mich noch gut, wie du Blair beschwatzt hast, das Haus auf deinen Namen zu überschreiben. Jetzt ist uns allen klargeworden, warum. Laß dir das eine Warnung sein, James. Nimm dich in acht. Ich will mit euch beiden nichts mehr zu schaffen haben. Ihr werdet sehen, die ganze Stadt wird meinem Beispiel folgen, denn ich genieße großes Ansehen. Keine Freunde, keine Bekannten werdet ihr haben, deren Achtung ihr euch nicht erkaufen müßt. Ich gehe auf der Stelle zur Schule und nehme die Kinder mit zu mir, und ich sage ihnen, daß sie in diesem Jahr zum zweitenmal verwaist sind, und dabei ist das Jahr noch keine drei Monate alt!«

James und Frankie blieben ruhig sitzen, bis sie Annabel die Haustür hinter sich zuschlagen hörten. Dann ergriff James Frankies Hand. »Das erspart uns einen Besuch bei ihr. Sie meint es ernst, daß sie die Kinder mit zu sich nach Hause nimmt. Da können wir doch ebensogut ein Stündchen im Bett verbringen, hm? Ich verspüre große Lust dazu.«

Annabel irrte sich mit ihrer Prophezeiung, daß die Stadt das frischgebackene Ehepaar verdammen würde. Der Bahnhof hatte seit seinem Bestehen schon viele Menschenansammlungen gesehen, und selbst eine unbedeutende Ankunft oder Abreise konnte einer bescheidenen Beachtung sicher sein; doch am nächsten Morgen, zu der Stunde, da der Zug nach Savannah abfuhr, war eine ansehnliche Menge, soweit die Stadt Highboro eine solche auf die Beine zu bringen vermochte, zusammengeströmt, um Glückwünsche auszusprechen und Lebewohl zu sagen. Wir sind immer ein wenig dankbar gegenüber jenen, die uns vor der Eintönigkeit des Alltags bewahren, und es tut wohl, die niedrigen Instinkte unserer Mitmenschen zu entdecken.

9

Es hatte schon ein paar warme Tage gegeben, aber das Wetter war noch nicht so beständig, daß man sich hätte darauf verlassen können. Doch im April blieb es endlich warm, und eines Tages trug Nancy einen mit Fell bezogenen Lehnstuhl ans Bachufer, und dort saß sie, die Hände im Schoß, die Augen zum Schutz vor der Sonne geschlossen. Sie mochte wohl ein wenig eingenickt sein, doch eigentlich dachte sie nach und träumte; ihre Gedanken gingen in Träume über, und die Träume wurden wiederum zu Gedanken, unzusammenhängende Momente aus der Vergangenheit tauchten auf und verschwammen zu einem unsinnigen Nebeneinander, nicht Alptraum und nicht Posse, sondern von beidem ein bißchen. Das war, wie sie es nannte, ihr »böser Geist«, ein Element der Krankheit, an der sie litt.

»Woran du auch denkst, hoffentlich nicht an mich, mit so einem finsteren Gesicht.«

Sie öffnete die Augen und erblickte Abraham, der sie anlächelte.

»Was machst du hier während der Arbeitszeit?«

»Hab dir 'ne Angel gebracht«, erwiderte er. »Ich soll dir von Luck bestellen, sie holt dich morgen früh zum Fischen ab, egal, ob's regnet oder die Sonne scheint.«

»Ich hab' noch nie im Leben geangelt«, protestierte Nancy.

»Du brauchst gar nichts zu tun; das kann jeder, das ist einem angeboren wie atmen und – mal überlegen ...«

»Ist doch egal.«

»Schwimmen, wollte ich sagen. Du behandelst mich noch immer, als ob du meine Mama wärst.«

»Ich *war* ja auch deine Mama, als deine Mama starb.«

Er hockte sich vertrauensvoll neben sie und ließ sich zu ihren Füßen ins Gras fallen. »Wieso wolltest du nichts von mir wissen, als ich dich damals in Savannah getroffen hab'?«

»Weiß nicht, wovon du redest.«

»Ich hab' dich erkannt, Miss Guck-in-die-Luft. Wollte nichts zu tun haben mit ihrem Hätschelkind von einst ...«

Sie versetzte ihm einen leichten Schlag auf den Kopf, der an ihrem Knie ruhte. »Störrisch wie'n Esel«, hielt sie ihm vor.

»Wer glotzt uns denn da drüben so an?«

Sie folgte seinem Blick zu der leberbraunen Jagdhündin, die sich auf halbem Wege zwischen ihnen und dem Haus auf ihr Hinterteil gehockt hatte, um zu pinkeln. Selbst während sie ihr Geschäft verrichtete, wedelte sie zum Zeichen ihrer Gutmütigkeit mit dem Schwanz.

»Rosalies Hündin. Heißt Old Mama.«

»So sieht sie auch aus.«

Immer noch schwanzwedelnd trottete Old Mama mit hängenden, schwabbelnden Zitzen herbei. Als sie stehenblieb, erntete sie einen anerkennenden Blick, und Nancy kraulte dem Tier den Kopf.

»Schluß jetzt«, sagte sie eine Minute später und ließ sich in den Lehnstuhl zurückfallen. »Zu anstrengend. Dein Fell ist so rauh wie der Kopf von dem Jungen hier.«

»Du siehst besser aus«, fand Abraham. Er sprach jetzt ohne den spöttischen Ton, der in seiner Rede fast immer mitschwang.

Nancy runzelte die Stirn. »Was machst du hier, so weit weg von der Baumwollfabrik? Dachte, die haben schon zu bauen angefangen.«

»Bist du nie einsam hier oben?« fragte er zurück.

»Rosalie geht den ganzen Tag rein und raus. Dann Miss Sarah, Miss Jane. Und die Kinder. Ich versuch' sie zu verscheuchen, sag' ihnen, ich bin ansteckend, aber sie schleichen sich immer wieder an.«

»Da bleibt dir trotzdem 'ne Menge Zeit.«

»Es geht.«

»Woran denkst du so?«

»An alte Zeiten.«

»Hier oder in Savannah?«

Ihr scharfer Blick wies seine Frage zurück. »Ich denke mir auch Geschichten aus: Was aus dir wird und aus Luck und Bruce und Leon.«

»Was wird aus mir?«

»Eines Tages wirst du erwachsen, hoffe ich.«

»An meinem letzten Geburtstag bin ich volljährig geworden.«

Sie richtete sich auf. »Dann zeig endlich, daß du deinem Pa Ehre machst, und sei nicht so'n alberner Klugschwätzer.«

»Ich bin zu allen Leuten höflich.«

»Aber nicht nigger-höflich. Bei Miss Sarah und ihrer Familie ist das in Ordnung, das sind unsere Leute. Aber ich hab' dich mit anderen in der Stadt gesehen. Keiner stolziert herum und stellt sich vor sie hin wie *du*. Du mußt *buckeln* lernen. Schätze, das haben sie dir in Philadelphia nicht beigebracht. Guck dir deinen Onkel Roman an, der weiß, wie man's macht. Ist der angesehenste Mann, den man sich denken kann, und jeder hat ein gutes Wort für ihn, aber das war nicht immer so. Er hat lernen müssen, langsam zu gehen und leise zu sprechen, als er aus Philadelphia zurückkam, und er sieht Weißen nie ins Gesicht, weil sich's nicht gehört. Nimm dir'n Beispiel an dieser alten Hündin, wie sie vor mir dienert.« Old

Mama war nicht weggegangen, als Nancy aufhörte, sie zu kraulen, sondern wartete, zwar ohne im Weg zu sein, aber doch so, daß sie bemerkt würde, falls man sich ihrer erinnerte.
»Du meinst«, sagte Abraham, »wenn ich so kriecherisch werde wie sie, dann wachsen mir Titten, die am Boden schleifen?« Nancy versetzte ihm einen Stoß, und er kullerte auf der Erde von ihr weg. »Und was ist mit dir? Was wird aus dir, wenn du erwachsen bist?«
»Mit mir ist's vorbei. Da tut sich nichts mehr. Ich sterb' eines Tages, das ist alles.«
»Du brauchst 'nen Mann.«
Sie stöhnte in gespielter Verzückung. »Da waren Mädchen in dem Haus, wo ich gearbeitet hab', die sagten, sie könnten Männer nicht ausstehen. ›Fein, meine Damen‹, hab' ich ihnen erklärt, ›aber wenn's die Männer nicht gäbe, müßtet ihr mit euren Händen arbeiten.‹«
Sie lachte, und er lachte auch, und dann mußte sie husten, und auf einmal war Benjamin da.
»Verflixt, Abraham, seit sechs Monaten höre ich nichts anderes von dir als: ›Wir müssen vergrößern, die Fabrik muß ausgebaut werden!‹ Und dabei treibst du dich hier herum, bringst Nancy zum Husten, und die Arbeit muß ohne dich vorangehen . . .«
Abraham sprang auf die Füße. »Yes, Sir, Boss, hab' Sie nicht kommen sehen, Sir! Ich eile, so schnell meine armen alten Füße mich tragen! – War's so richtig, Nancy?« Immer noch lachend, warf er ihr die Angel vor die Füße und zog ab, holte sein Pferd vom Hof und ritt, ihnen zum Abschied zuwinkend, den Hügel hinunter.
Nancy blickte ihm nach und sagte, als spinne sie einen früheren Gedanken fort: »Und noch was. Er sollte nicht auf diesem Pferd reiten. Ein Nigger auf 'nem Maultier, das geht; ein Nigger auf 'nem Pferd, das ist unmöglich.«
»Ich glaube, ihr seid beide verrückt.«
»Ich hab' versucht, dem Jungen Vernunft einzutrichtern, damit er keinen Ärger kriegt. Ich kann nicht vergessen, was mit Floyd passiert ist.«
»Du möchtest wohl immer noch seine Amme spielen? Du und Großmama, ihr macht euch die gleichen Sorgen. Er ist schon in Ordnung, die Leute müssen ihn nur erst besser kennenlernen und sich an ihn gewöhnen. Die einzigen, die – aber was reden wir von Abraham. Ich bin gekommen, um zu sehen, wie's dir geht.«

»Gut geht's mir«, sagte sie mürrisch.
»Ich hab' dich aber husten hören.«
»Husten tut jeder.«
»Aber nicht Blut.«
»Wen hast du mit ›die einzigen‹ gemeint?«
Er sah sie eindringlich an, bevor er antwortete. »Die ärmeren Weißen, die am anderen Flußufer im Sägewerk arbeiten. Die hassen alles an ihm: Wie er geht, wie er redet, wie er sich anzieht, wie er sie anguckt.«
»Weißer Abschaum.«
Benjamin zuckte die Achseln. »Ich muß weiter. Alles war spät dran; jetzt hat's alles eilig, bei dem guten Wetter zu wachsen. Das Gras überwuchert die Erde . . .«
»Wird auch bald über mir wachsen.«
»Meinst du?« Sie wartete darauf, daß er widersprach, und als er schwieg, zog sie ein finsteres Gesicht, und da mußte er lächeln.
»Geh schon«, kommandierte sie und sah ihm nach. Als sie allein war, schlich sich Old Mama näher und wedelte mit dem Schwanz.
»Du und ich«, sagte Nancy zu ihr und kraulte ihr den Kopf.

10

Nachdem sie einen leidenschaftlichen Gatten und einen ebenso leidenschaftlichen Liebhaber gehabt hatte, betrachtete Frankie sich auf sexuellem Bereich nicht als unerfahren. Sie hatte Bonard zu lenken gewußt und sich ihm je nach Lust hingegeben oder verweigert. Mit Benjamin hatte sie es noch besser getroffen; sie kamen der vollkommenen Harmonie so nahe, wie man es in geschlechtlichen Beziehungen selten findet. Doch trotz ihrer Erfahrung und Phantasie war sie auf James Davis nicht vorbereitet. Ein Gefühl der Geborgenheit, als sei sie sicher über einen gähnenden Abgrund gesprungen – eine an Triumph grenzende Erleichterung –, erfüllte sie während der ersten Woche ihrer Ehe in Savannah. Sie war stolz auf das Verlangen ihres neuen Gatten; empfand sie es doch als Kompliment an ihre Weiblichkeit, daß er sie zwei-, dreimal täglich begehrte. James war, besann sie sich, etliche Monate ohne Frau gewesen, und wenn sie an die fette, rotgesichtige Maggie Davis dachte, konnte sie ihn nur bedauern und ihn gewähren lassen. Zudem war er gut zu ihr; er ermunterte sie, alles zu kaufen, woran sie in den Geschäften Gefallen fand; er bestand darauf, daß sie in den feinsten Restaurants speisten, und sorgte dafür, daß ihr zu jeder Stunde des Tages eine Kutsche zur Verfügung stand. Sie erinnerte sich an ihre armselige Kindheit in derselben Stadt und stellte sich vor, wie ihr Leben jetzt aussähe, wäre sie weiterhin auf Annabel Saxon angewiesen. In den Augenblicken, da sie solche Gedanken hegte, war sie durchaus willig, James' Verlangen mit mehr als Nachsicht zu begegnen.

Doch als die Zeit kam, da sie nach Highboro zurückkehrten, waren ihre Nerven so wund wie ihr Körper, und sie sah der Zukunft mit bösen Vorahnungen entgegen, da ihr nichts übrigblieb, als sich zu fügen. Sie hatte genügend Einblick in den Charakter ihres Mannes gewonnen, um zu erkennen, daß er sich nicht beiseite drängen oder gängeln ließ, wie Bonard es hatte mit sich geschehen lassen. Was James wollte, das würde er auch bekommen; er wollte sie, und sie gehörte ihm. Bei Bonard brauchte sie sich nie selbst aufzugeben, und daher blieb er stets lenkbar. Sie hatte selten Spaß mit ihm gehabt und war nie in ihn verliebt gewesen, doch er war immer zu durchschauen, und so konnte sie beim Zusammensein mit ihm ganz sie selbst bleiben. Wenn sie an Benjamin dachte, mußte sie die Tränen zurückdrängen, so sehr bedauerte sie, daß sie sich je mit ihm gestritten hatte. War er nicht in jeder Hinsicht der vollkommene Liebhaber gewesen? Rücksichtsvoll trotz seines flammenden Begehrens, war er sanft und zärtlich und ging auf die kleinste Nuance in ihren Reaktionen ein.

Bei James hingegen war sie nicht mehr sie selbst, und sie hatte keine Ahnung, wer er war oder was er von ihr hielt. Er war unentwegt lüstern und überfiel sie mit einem Drang, der sich zwar austobte, jedoch nie befriedigt schien. Selbst wenn sie es nicht miteinander trieben, ließ er sie nicht in Ruhe. Sie wachte nachts auf und fand seinen klebrigen steifen Penis gegen ihren nackten Schenkel gepreßt; seine plumpen trockenen Finger tasteten sie suchend ab. Seine Blindheit schien seinen ganzen Körper ergriffen zu haben. Sie sehnte sich nach Alleinsein, aber das war ihr nicht vergönnt. Er wollte sie die ganze Zeit neben sich haben, Tag und Nacht. Im Beisein anderer hielt er ihre Hand, um sich zu vergewissern, daß sie da war. (Ihre Bekannten waren gerührt von dieser Anhänglichkeit und beglückwünschten sie.) Er hatte seinen jungen Begleiter Enoch entlassen; Frankie wurde sein Führer. Fanny und Blair gegenüber verhielt er sich schweigsam oder abweisend, und sie suchten ihm möglichst aus dem Weg zu gehen, wodurch Frankie um so mehr vereinsamte. Und wenn sie allein waren, brachte er es fertig, sie überall und jederzeit zu nehmen – auf einem Sofa, auf dem Fußboden seines Büros in der Sägemühle, auf der nackten Erde, einmal, als sie über Land fuhren, sogar im Einspänner: da hatten sie das Pferd sich selbst überlassen und waren plötzlich im Graben gelandet. Frankie schlief furchtsam ein und wachte mit Grauen auf. Was ihn trieb, vermochte sie nicht zu sagen, und es war ihr auch einerlei. Die Erinnerung an ihren anfänglichen Stolz auf seine Hingabe ließ nun ihr Herz erstarren. Er war beseelt von einem freudlosen, unerbittlichen Verlangen, sie zu verzehren.

Am wenigsten unangenehm war ihr die Zeit, die sie im Sägewerk verbrachten, und in dem Bestreben, den Aufenthalt dort auszudehnen, lernte sie nun gründlich alles über die Arbeit im Betrieb, worüber sie bisher nur vom Hörensagen Bescheid gewußt hatte. Eugene Betchley besaß inzwischen, wie versprochen, ein Viertel der Mühle. Er schien die Unterredung vergessen zu haben, während der er Frankie bedrängt hatte, ihm Bonards Land, das am anderen Flußufer an die Baumwollfabrik grenzte, zu verkaufen. Er begegnete ihr mit steifer Höflichkeit, da er kein Gespür für gute Manieren besaß. Doch er war bemüht, sich ihr gegenüber korrekt zu verhalten. Als er merkte, daß sie sich ernsthaft für den Betrieb interessierte, ignorierte er ihre Bestrebungen zunächst, doch nach und nach fügte er sich in das Unabänderliche. Sie wußte, daß er sie beobachtete, und nach wenigen Tagen hatte sie begriffen, daß er es war, der die Firma leitete, und von dem die Leute ihre stündlichen oder täglichen Anweisungen und Aufträge entgegennahmen.

Es schien zwar, als würden die Entscheidungen im Büro getroffen, wo James das letzte Wort hatte, doch es bestand kein Zweifel daran, daß in Wahrheit Eugene Betchley der führende Kopf der Sägemühle war.

James fand Gefallen an dem geschäftlichen Interesse seiner Frau, und bald brüstete er sich vor aller Welt, er habe den idealen Partner gefunden. Über solches Lob verstimmt, sagte Annabel spitz zu Frankie: »Du darfst dich nicht übernehmen; du siehst schon richtig abgehärmt aus, wirklich.«

Nach einigen Wochen des Ehelebens »entdeckte« Frankie, daß sie schwanger war, und ihre Blässe wurde ihrem Zustand angelastet. James tat nach außen hin hocherfreut, im Herzen aber verdammte er das Kind als Störenfried, der seinem Vergnügen eine Pause aufzwingen würde.

Annabel musterte Casey Troys Gemälde und dann sein Modell und staunte: »Wie du dich verändert hast, Frankie! Glaube ja nicht, daß eine Schwangerschaft in deinem Alter so einfach ist. Du warst ziemlich jung, als du Blair III. und Fanny bekamst, und du kennst doch das Sprichwort: ›Ein Baby läßt eine junge Frau aufblühen, eine alte aber vertrocknen.‹ Doch mach dir nichts draus.« Sie tätschelte gönnerhaft Frankies Hand. »Du hast es gut getroffen, und da darfst du jetzt nicht klagen, nicht wahr?«

Natürlich machten sich ihre Bekannten über sie lustig. Die Ehegatten witzelten ein wenig neidisch über alte Männer und junge Liebe, während die Frauen sich in gröberen Sticheleien über alte Narren und Schmeichelkatzen ergingen. James war bei den Damen der Stadt beliebt gewesen; aber damit war es nun vorbei. Daß er zweimal verheiratet war, hatte ihn interessant gemacht, bewies er doch damit seine Hochachtung vor ihrem Geschlecht. Daß er sich aber eine dritte Frau nahm, noch dazu eine wie Frankie-Julia Dollard Saxon, entlarvte ihn als Lüstling. In seinem Alter, meinten sie, sollte ein Mann seine Sinne auf das Jenseits richten. Das freilich tat James ganz offensichtlich nicht.

So vieles es auch gab, worüber sie verzweifelte, Frankie ließ den Kopf nicht hängen und klagte nicht. Sie beschäftigte sich; sie nahm die Akten aus der Sägemühle mit nach Hause, um sie zu studieren. Sie bestätigte oder reklamierte Additionen und Subtraktionen. Mußte sie schon ihres Mannes Führer sein, so wollte sie in dieser Aufgabe mehr sehen, als ihn nur durch die Stadt zu begleiten, wie Enoch es getan hatte. Sie war mehr als ein wandelnder Spazierstock. Da sie in der Mühle täglich ein und aus ging, gewöhnten sich die Männer an sie und bemühten sich nicht länger, in ihrer Gegenwart ein gesondertes Verhalten an den Tag zu legen, und das gefiel ihr. Freilich hatte sie ihren Stolz, doch sie wußte, daß sie wenig vom Gang der Geschäfte erfahren würde, wenn die Leute sie wie eine zu Besuch weilende Dame behandelten. Jetzt arbeiteten und redeten sie weiter, wenn Frankie zu ihnen kam, und unter anderem enthüllten sie ihre Abneigung und ihren Widerwillen gegen die Neger, die in der Baumwollfabrik am anderen Flußufer arbeiteten. Diese Entdeckung gab Frankie nicht sonderlich zu denken; sie registrierte sie einfach, weiter nichts.

Eines Samstags überraschte sie Eugene Betchley, wie er mit einem merkwürdigen Ausdruck über den Fluß starrte, was sie zu der Überlegung veranlaßte: »Klar, der ist weißer Abschaum, genau wie seine Leute. Sie denken wie er, und wenn nicht, dann bringt er sie dazu, daß sie spuren.« Sie spürte, daß hier Gefahr lauerte. Eugene hatte ihre Anwesenheit nicht bemerkt, bis er Benjamin Davis vom anderen Ufer herüberwinken sah und sich umdrehte. Da erblickte er Frankie hinter sich.

Es war das erste Mal, daß sie sein wahres Gesicht gesehen hatte. Als er davonging, rief sie Benjamin zu: »Komm rüber! Ich muß dich sprechen!«

Die Männer vom Sägewerk hörten die Einladung, hielten in ihrer Arbeit inne und wechselten bedeutsame Blicke; denn es geschah selten, daß Vater und Sohn Davis einander in ihren Betrieben aufsuchten. Benjamin zog übertrieben deutlich die Schultern hoch, wie man es zu tun pflegt, wenn man sich aus der Ferne verständlich machen will. »Keine Brücke! Ich seh' dich morgen früh in der Kirche!«

»Frankie?« Ihr Mann war an ihrer Seite. »Ich wunderte mich, wo du geblieben bist. Mit wem sprichst du?«

»Mit deinem Sohn Benjamin am anderen Ufer. – Aber jetzt ist er wohl weggegangen.«

James nahm sie bei der Hand. Seit ihrer Hochzeit war er auf jeden Mann eifersüchtig, mit dem sie sprach, und er hatte nicht vergessen, daß Benjamin und Frankie einst beinahe geheiratet hätten. Er wußte natürlich, daß Priscilla es seit langem vorzog, bei ihrer Mutter statt bei ihrem Mann zu leben. Er hatte keine Ahnung, wo und wie Benjamin sich sexuelle Befriedigung verschaffte, und er war mißtrauisch wegen der freien und ungezwungenen Art, in der

Frankie mit Benjamin redete, denn das ließ auf eine vertrauliche Beziehung schließen.

»Es wird Zeit, daß wir nach Hause gehen.«

»Ach ja?« murmelte Frankie. »Die Tage im Mai sind so lang.«

»Für mich sind Tag und Nacht eins. Hast du nicht was vergessen?«

Sie schlenderten zum Büro zurück, und Frankie gewahrte die Arbeiter, die sich in einer langen Reihe davor aufgestellt hatten. »Zahltag!« rief sie aus.

»Die Geldkassette steht bereit«, sagte James. »Blair II. hat sie von der Bank gebracht.«

Am Anfang ihrer Ehe war es nur eine Galanterie von James gewesen, Frankie zu gestatten, den Leuten am Ende der Woche ihren Lohn auszuzahlen. Inzwischen war es zur Gewohnheit geworden. Als sie sich Seite an Seite am Zahltisch niederließen, schob die Reihe der Männer sich vorwärts. Frankie händigte jedem die Summe aus, die er verdient hatte, hakte seinen Namen auf der vor ihr liegenden Liste ab und trug die ausbezahlte Summe säuberlich in eine dafür vorgesehene Spalte ein. Diese Tätigkeit verschaffte ihr Befriedigung, denn sie begriff nur zu gut, daß arme Menschen denjenigen, von denen sie Geld erhalten, eine an Ehrfurcht grenzende Achtung entgegenbringen.

Schließlich war sie selbst einmal arm gewesen.

Als der letzte Mann seinen Lohn in Empfang genommen hatte, klappte Frankie die Kassette zu und reichte sie ihrem Mann. Der schloß sie ab und zündete sich eine Zigarre an, ebenfalls ein fester Bestandteil des Rituals. Frankie fragte: »Und ich, Sir? Habe ich keinen Lohn verdient?«

James klemmte sich die Kassette unter einen Arm, erhob sich und nahm seine Frau bei der Hand. »Du hast mich«, sagte er und drückte einen Kuß auf ihre Handfläche.

11

Die Sommersonne und die Winterstürme setzten ihr mit jedem Jahr mehr zu, und Sarah trat das Regiment auf Beulah Land nach und nach an Benjamin ab. Sie wagte sich nur noch selten auf die Felder hinaus, und wenn, dann schirrte sie Buster an, ein sanftes und erstaunlich williges Maultier, das sie allen Reit- und Kutschpferden vorzog. Bei den Mahlzeiten und am Abend traf sie mit Benjamin zusammen; dann besprachen sie alles, was sich auf der Plantage ereignete, doch die Entscheidungen über die Feld- und Stallarbeit überließ sie ihm.

War er auch jetzt der Herr von Beulah Land, so blieb sie doch in den Augen der Leute die Gebieterin. Sie hätte ihre Macht wohl nicht so bereitwillig abgetreten, wenn eine Ehefrau an Benjamins Seite vor den Augen der Bewohner von Beulah Land darauf gelauert hätte, sie abzulösen, denn Sarah war gewillt, ihr Leben als Herrin der Plantage zu beschließen. Nach Loveys Tod gegen Ende des Krieges war kein Dienstmädchen mehr in den Rang einer Verwalterin des großen Haushaltes aufgestiegen. Sarah hatte diese Verantwortung selbst übernommen. Das war nicht einfach damit abgetan, daß die Betten gemacht und Mehlsäcke gezählt wurden, sondern der gesamte Ablauf des Lebens mußte organisiert werden. »Ich kann nicht mal eine halbe Stunde am Tag weggehen«, klagte Sarah, aber sie war stolz darauf. Sie wußte, daß die Dinge wohl auch ohne sie ihren Gang genommen hätten, doch sie behielt das Heft in der Hand, damit alles in Schwung blieb. Sie, die nie ein Kind geboren hatte, war eine durch und durch mütterliche Frau. Sowohl Floyd wie Casey hatten ihr, und das durchaus nicht nur im Scherz, immer wieder versichert, Beulah Land sei ihr Kind, obwohl sie viele andere ihr eigen nannte. Als Roman ein kleiner Junge und Sarah gerade jungvermählt war, hatte sie ihn als ihr erstes Kind angenommen; ihm folgten Rachel, die Tochter ihres Mannes Leon und ihrer Schwester Lauretta; dann Rachels Kinder Benjamin und Jane; und nun deren Kinder; dazu Floyds Sohn Abraham und nicht zuletzt Roscoe Elk. Sie alle waren ihre Kinder in einem Sinn, wie ihn ihre leiblichen Mütter nie gekannt hatten.

Zu den Pflichten, die sie am wenigsten schätzte, jedoch gewissenhaft befolgte, gehörten die Besuche, die sie mit Bruce bei Priscilla und mit Leon bei Bessie zu machen hatte. Nur vor Benjamin und Jane gab sie zu, daß sie das Haus der Oglethorpes in Highboro nie ohne Zorn und die Farm der Betchleys nie ohne Niedergeschlagenheit verließ. Einmal wöchentlich aber suchte sie beide auf, wobei sie Tag und Stunde ständig wechselte, damit die Visiten nicht so pflichtgemäß wirkten, wie sie von ihr empfunden wurden.

An jenem Junimorgen, als sie Buster von Bessies Hof auf die Straße lenkte, stieß Sarah ihren üblichen Seufzer der Erleichterung aus, und als sie die erste Kurve hinter sich hatte und vom Bauernhaus aus nicht mehr gesehen werden konnte, fand sie Vergnügen an der Fahrt und fing zu summen an. Sarah folgte nie einer vorgegebenen Melodie; die Laute ähnelten eher dem Schnurren einer Katze. Die Sonne entlockte dem Zaumzeug und den Polstern des Einspänners einen würzigen Lederduft. Roter Staub wirbelte unter Busters Hufen von der Lehmstraße auf. Es hatte die ganze Woche nicht geregnet, doch die Luft war klar, und ein leichter Wind wehte die Gerüche aus Feld und Stall herüber. Sarah hatte ihren Urenkel fast vergessen, bis er eine Bemerkung machte, die ihr sagte, daß ihn etwas bedrückte.

»Sie tut mir leid, aber ich kann sie nicht liebhaben.«

»Das solltest du aber.«

»Tu ich aber nicht«, beharrte er schuldbewußt.

»Sie ist deine Mutter.«

»Ja, Ma'am«, gab er zu, »aber sie hat mich an Pa verkauft.«

»Dein Vater ist immer dein Vater gewesen, das hat nichts mit kaufen und verkaufen zu tun.« Das Maultier trabte ruhig dahin, der rote Staub wirbelte auf und wehte mit dem Wind davon. »Es ging nur darum, daß du den Namen Davis rechtmäßig führen darfst; das Blut der Davis' floß schon immer in deinen Adern.«

»War das wirklich so einfach, wie sich's jetzt anhört?«

Sie lächelte. »Nein. Aber eines Tages wirst du Beulah Land übernehmen, und daran darf es schon jetzt keinen Zweifel geben.«

Er wurde wieder nachdenklich. »Das habt ihr doch auch gemacht, damit Eugene Betchley mir nichts mehr tun kann, nicht wahr?« Er legte seine Hand in die ihre, zog sie aber augenblicklich wieder zurück. Anfangs, gleich nachdem er für immer zu ihnen nach Beulah Land gekommen war, verlangte es ihn oft danach, seinen Vater oder Sarah bei der Hand zu nehmen, doch nun, während der langen Jahre zwischen Knabenzeit und Reife, vermied er solche Gesten der Vertraulichkeit, außer in Augenblicken besonderer Bedrängnis oder Rührung. Seine Liebe zu Benjamin war grenzenlos, doch er bildete sich ein, es sei kindisch, sie zu zeigen.

»Was hast du mit Theodore gespielt, als ich mit deiner Mama in der Küche war?«

»Ich mag ihn nicht besonders.«

»Du verkündest heute Vorurteile wie ein Baptistenprediger.«

»Er ist gemein.«

»Vielleicht ist er nur schüchtern. Er kommt nie mit anderen Kindern zusammen, außer in der Schule.«

Leon schüttelte mißbilligend den Kopf. »Wäre ich nicht älter und stärker als er, würde er bestimmt versuchen, mir eins auszuwischen. Neulich hat er mir ein Bein gestellt und gesagt, er war's nicht, aber ich weiß, daß er's war.« Leon schwieg einen Augenblick. »Er hat mir im Nußbaum ein Nest mit fünf Vogeljungen gezeigt. Die Mutter war schrecklich aufgeregt, als wir raufgeklettert sind, darum wollte ich nicht, daß er den Ast mit dem Nest anfaßt, und da ist er furchtbar wütend geworden.«

An einer Biegung kam ihnen plötzlich ein Wagen entgegen. Auf dem Bock saß Eugene Betchley. Er war auf dem Weg zu der Farm, die sie soeben verlassen hatten. »Schönen guten Morgen!« rief Sarah hinüber, als die beiden Wagen auf gleicher Höhe waren. Eugene deutete eine Verbeugung an, ohne den Gruß zu erwidern, und Leon blickte stur in die Brombeersträucher am Straßenrand.

Eugene fand seine Frau am Brunnen, wo sie einen Eimer Wasser hinaufzog, und ihm schoß jener Morgen durch den Sinn, als er sie so antraf, nachdem er vor Benjamin Davis davongelaufen war und seine Fallen im Wald von Beulah Land zurückgelassen hatte. Bessie hielt inne und sah ihn an, doch keiner sprach ein Wort, während er ein Faß Mengfutter vom Wagen zerrte und in den Stall schleppte. Als er wieder herauskam, wischte er seine fettigen Hände an der Stalltür ab und sagte, er wolle Kaffee. Bessie folgte ihm mit dem vollen Eimer über die hintere Veranda in die Küche.

Nachdem sie den Kaffee gekocht und er zwei Tassen getrunken hatte, fragte sie: »Bleibst du heut nacht hier?«

Er blickte sie an und sog die Luft durch die Zähne ein. »Sehe nichts, das mich reizen könnte.«

Bessie zupfte an ihrem Kleid. »Ich kann nicht gekämmt und gepudert dasitzen und warten, ob du zufällig mal vorbeikommst.«
»Vielleicht bleib' ich zum Essen. Gibt's was Anständiges?«
»Ich koch' Butterbohnen mit 'nem Stück Bauchspeck.«
»Ist kein mageres Fleisch da?« Sie schüttelte den Kopf.
»Dann schlacht ein Huhn und brat es. Ich esse schließlich nicht alle Tage hier.« Sie nickte, als sei sie froh, etwas zu tun zu haben.
»Wo ist der Nigger?«
»Jätet Unkraut im Maisfeld.« Sie nahm einen Eisenring von der Herdplatte und setzte einen Wasserkessel direkt übers offene Feuer.
»Hab' die alte Troy und deinen Bastard getroffen. Wette, die waren hier.« Bessie nickte. »Warum hast du mir nichts davon gesagt?«
»Bin noch nicht dazugekommen.«
»Was wollte sie?«
»Mich besuchen, wie immer. Außer ihr kommt niemand, und ich geh' nirgends hin.«
»Fang bloß nicht wieder davon an, daß du mit mir in die Stadt ziehen willst. Das kommt überhaupt nicht in Frage. Hat sie was mitgebracht?«
»Ein Paar Strümpfe, die ihr zu groß sind. Keine abgetragenen. Hat sie bloß mal anprobiert und wollte sie nicht zurückschicken, sagt sie. Ihre Beine fallen vom Fleisch, weil sie alt wird, aber sie will's nicht zugeben.«
»Verbrenn die Strümpfe. Ich will nicht, daß du ihre abgelegten Klamotten trägst.«
Bessie preßte die Lippen zusammen.
»Hast du mich verstanden?«
»Erst schlacht' ich das Huhn.«
Er ging zur Tür. »Mal sehen, was der Nigger macht. Wenn ich ihn erwische, wie er dasitzt und auf seine Füße glotzt, tret' ich ihm die Scheiße aus'm Arsch.«
Bessie folgte ihm in den Hof, um auszukundschaften, welche Ecke sich die Hühner zum Scharren ausgesucht hatten. Als sie eins von der richtigen Größe zum Braten gefangen und ihm den Hals umgedreht hatte, sah sie in der Küche nach, ob das Wasser schon heiß genug sei, um das Tier vor dem Rupfen zu überbrühen. Es war noch nicht soweit, und Bessie ging ins Schlafzimmer. Sie hielt

die Strümpfe, die Sarah ihr geschenkt hatte, prüfend ans Gesicht, um zu fühlen, wie zart sie waren, und versteckte sie dann in einem Paar Schuhe. Darauf stopfte sie listig einen Fetzen von einem zerlumpten alten Unterrock in ihre Tasche. Den wollte sie in den Ofen werfen, wenn sie Eugene zurückkehren hörte, und er würde aus dem Geruch schließen, daß sie die Strümpfe verbrannt hätte.
Sie hatte das Huhn angebraten und die Kasserolle zugedeckt, um es gar schmoren zu lassen, als sie auf dem Hof die Stimmen von Mann und Sohn vernahm. Sie verbrannte rasch den Lumpen, und als die beiden nicht hereinkamen, ging sie auf die Veranda, um nachzusehen, was sie trieben. Sie machten sich drüben am Stall zu schaffen, aber sie konnte nicht erkennen, womit. Sie beschattete die Augen zum Schutz gegen die Mittagssonne. Theodore erspähte sie und rief: »Pa hat mir 'ne Schleuder mitgebracht. Die hat ein Arbeiter von der Mühle gemacht.«
Jetzt sah sie es ganz deutlich. Theodore hatte das Nest aus dem Nußbaum geholt und die nackten Vogelkinder auf ein über zwei alte Ziegelsteine gelegtes Brett vor der Stalltür gesetzt. Die Vogelmutter flatterte wie rasend um ihre Jungen herum, bis Theodore sie mit den Händen verscheuchte. Eugene füllte den Lederbeutel der Schleuder mit Steinen. Er zielte sorgfältig und sagte zu seinem Sohn: »Paß auf, wie man's macht.« Dann ließ er die Vogelkinder eins nach dem anderen gegen die schwere Stalltür spritzen.

12

Die heißen Sommertage waren hereingebrochen, und bis Oktober war keine Änderung zu erwarten außer einem gelegentlichen Gewitter, das die Sinne erschrecken, die Luft jedoch höchstens für eine Stunde abkühlen würde. Ein jeder klagte über die Hitze, doch die jüngeren meinten es nicht so ernst, und die älteren hielten sich im Haus auf, bei weitgeöffneten Vorder- und Hintertüren; oder sie stellten sich einen Stuhl in den Schatten eines dichtbelaubten Baumes. Mit Ausnahme der Kranken langten alle weiterhin bei den Mahlzeiten kräftig zu, denn ihre Arbeit, die sie täglich zu bewältigen hatten, war hart. Die Jugend beiderlei Geschlechts und jeder Rasse lief von April bis Oktober barfuß, und viele der erwachsenen Neger taten es ihnen gleich, während die erwachsenen Weißen ihnen diese Bequemlichkeit neideten, ohne jedoch ihrem Beispiel zu folgen, es sei denn, sie lebten in abgelegeneren ländlichen Regionen. Besucher kamen jahrein, jahraus, doch im Sommer wurden die Visiten zu einer wahren Epidemie; denn stets behauptete jemand, hier sei es kühler als dort, und dann hieß es: »Warum kommst du nicht einfach für ein paar Tage zu uns?«

Die Freundschaft zwischen Fanny und Luck hatte sich vertieft, doch da es sich nicht schickte, daß die eine über Nacht bei der Familie der anderen blieb, lud Sarah Fanny ein, für ein paar Wochen im Juni und Juli bei Bruce auf Beulah Land zu Gast zu sein. Fanny nahm dankbar an, denn sie liebte das Landleben und wollte zudem gern von Mutter und Stiefvater fort. Blair III. blieb daheim, weil niemand ihn zu einem Besuch aufforderte. Und er war es zufrieden, James kleine Geldbeträge abzuschmeicheln und sich von Annabel zur Belohnung dafür, daß er seiner Mutter nachspionierte, verwöhnen zu lassen.

Die drei Mädchen benutzten die Lichtung häufig als schattige Abkürzung zwischen Beulah Land und dem Elkschen Anwesen, und unterwegs vertrödelten sie gern eine Stunde bei Nancy, wenn die sie dazu ermunterte. Man hatte sie ermahnt, Nancy nicht zu ermüden, doch sie mochten sie gern; außerdem waren sie neugierig, und zuweilen gelang es ihnen, ihr hier und da kleine Geschichten aus ihrem Leben zu entlocken. Sie fanden Nancys Art, ganz alltägliche Dinge lebhaft und drollig zu schildern, höchst unterhaltsam. Auch die Jungen besuchten Nancy, doch nicht so oft wie die Mädchen; denn sie verbrachten ihre Zeit hauptsächlich in den Wäldern, beim Schwimmen und Fischen; oder sie kletterten auf Bäume und erforschten die Gegend. Mochten sie den Wald auch so gut kennen wie die Ställe: Es gab immer irgend etwas, das sich über Nacht verändert hatte.

Rosalie kümmerte sich regelmäßig um das Haus auf der Lichtung, für den Fall, daß es eines Tages wieder bezogen würde; doch sie und Nancy hatten die meisten Räume, in denen die Möbel zum Schutz vor Staub mit Tüchern verhängt waren, verschlossen. Da die beiden Frauen sich hauptsächlich in der Küche aufhielten, richteten sie der Bequemlichkeit halber das Eßzimmer für Nancy her, und Benjamin half ihnen eigenhändig, es mit Bett und Kleiderschrank auszustatten. Die vordere und die rückwärtige Veranda belebten sie mit Pflanzen in Kübeln und Bottichen. Nancy nahm sich der Blumenbeete an, da sie gelegentlich Arbeit brauchte, um die Rastlosigkeit, die ihre wiederkehrenden Kräfte begleitete, zu zähmen. Oft brachte ihr der eine oder andere eine Knolle zum Einpflanzen, einen Ableger oder einen Schößling, den sie in die Erde steckte und begoß. Benjamin kehrte von einer Reise nach Savannah mit einer überdachten Hängematte zurück, die Zadok zwischen zwei Bäumen befestigte. Hier verbrachte Nancy ruhend und sinnend viele Stunden; sie lauschte dem Wind in den Blättern und sah dem Treiben der Vögel und Eichhörnchen zu. Eine Hasenfamilie wurde sogar so zutraulich, daß sie sich in der Kühle des Morgens und der Dämmerung ans Bachufer wagte und dort graste. Old Mama erschien, um gekrault und unterhalten zu werden, und eines Tages folgte ein Kater namens Revelation Rosalie von ihrem Haus zur Lichtung, des Lärms und der Gefahren müde, die das Leben bei Rosalies Enkelkindern mit sich brachte. Nachdem er die Lichtung und ihre Bewohnerin sorgsam inspiziert hatte, beschloß Revelation, sich hier niederzulassen. Er hielt sich ebenso gern in der Hängematte auf wie Nancy, und wenn sie es ihm gestattete, machte er sich's auf ihrem Schoß oder auf ihrem Bauch bequem. So ruhten sie eines Nachmittags gegen Ende Juni einträchtig beisammen, als Priscilla Davis und Ann Oglethorpe ihren Einspänner den gewundenen Pfad hinauf zur Lichtung lenkten.

Revelation hörte sie zuerst und bekundete sein Mißfallen, indem er die Ohren ruckartig aufstellte und die Krallen hervorschnellen ließ. Davon wachte Nancy auf und hob den Kopf. Sie glitt aus der Hängematte und näherte sich dem Wagen; sie ahnte, wer die Insassen waren, obwohl sie Mrs. Oglethorpe vor vielen Jahren zuletzt gesehen und Priscilla noch nie zu Gesicht bekommen hatte. Mit einem höflichen Knicks fragte sie die Damen, ob sie aussteigen wollten. Sie kletterten hinunter, ohne Nancy einer Antwort zu würdigen. Mrs. Oglethorpe schlug mit der Peitsche an ihre Schuhspitzen. Priscilla fragte Nancy: »Wo ist dein Herr?«

»Wenn Sie Mr. Davis meinen, der wohnt unten im großen Haus, nicht hier, Madam.«

Mutter und Tochter wechselten einen Blick. »Und wer wohnt dann hier?« fragte Mrs. Oglethorpe barsch und blickte Nancy prüfend ins Gesicht. »So wie's hier aussieht, wohnt hier doch jemand.« Zu Priscilla gewandt, deutete sie mit der Peitsche auf die Blumen. »Schau dir diese Petunien an, in allen erdenklichen Farben. Ich habe nichts gegen Farn, Farn ist unauffällig und dezent. Aber Petunien! Sieht das nicht nach einer Negerin aus, so grelle Farben zu wählen? Na so was, ein Hund ist auch da. Du hast hier keine Hunde geduldet; und ich bin sicher, ich habe eine Katze weglaufen sehen, als wir herauffuhren.«
»Stimmt, Mrs. Oglethorpe«, sagte Nancy. »Das war mein Kater; sofern eine Katze irgend jemandem gehören kann. Er heißt Revelation nach der Bibel.«
»Ich weiß, was Revelation bedeutet, Weib. Du weißt also, wer ich bin?« Sie pflanzte sich die Peitsche auf die Schulter.
»Ja, Ma'am. Hab' Sie in der Stadt und hier in der Gegend gesehen, als ich als kleines Mädchen hier lebte. Damals waren Sie'n paar Jährchen jünger, wenn ich das so sagen darf, aber eine Dame wie Sie verändert sich im Lauf der Jahre nicht sehr.« Zu Priscilla gewandt fuhr sie fort: »Sie sind Mrs. Ben Davis, nehme ich an.«
»Ich war . . . ja, das bin ich.«
»Hier wohnt keiner außer mir«, sagte Nancy, »und ich benutze auch bloß ein oder zwei Zimmer. Rosalie und die anderen gehen ein und aus und Revelation auch. Und die alte Jagdhündin, die sich bei Ihrem Eintreffen aus dem Staub machte. Sie heißt Old Mama, weil sie nämlich inzwischen hundert oder gar zweihundert Junge haben muß; ihr Körper ist alt und müde und ihr Geist vielleicht auch. Wenn man sich ihre Zitzen anguckt, könnte man meinen, sie hat die Hälfte aller Jagdhunde weit und breit gesäugt, und die Gegend hier wimmelt nur so von Jagdhunden.«
»Willst du uns etwa erzählen«, fragte Mrs. Oglethorpe zweifelnd, »daß man dir erlaubt, dich in diesem Haus zu bewegen, als wär's dein eigenes?«
»Ich krame nicht in anderer Leute Sachen rum, Ma'am. Ich halte mich bloß in meinen ein oder zwei Zimmern auf.«
»Was nennst du *deine* ein oder zwei Zimmer?« wollte Mrs. Oglethorpe wissen, wobei sie ihre Tochter mit hochgezogenen Augenbrauen bedeutungsvoll ansah.

»Nun ja, Ma'am, ich schätze, mir gehört nichts als die Luft, die ich atme, und die puste ich gleich wieder dahin zurück, wo sie hergekommen ist.«
Mrs. Oglethorpe musterte Nancy, während sie sprach. »Du bist ein merkwürdiges Frauenzimmer«, sagte sie schließlich.
»Das mag manchem so vorkommen, aber für mich bin ich bloß ich. Geht es Ihnen nicht auch so? Wenn jemand zu Ihnen käme und sagte: ›Sie sind 'ne merkwürdige Frau‹, ich wette, Sie wären nicht gleich einverstanden, wenn's auch vielleicht manche gibt, denen Sie merkwürdiger vorkommen als ich.« Nancy blinzelte.
»Man hat uns berichtet, du bist krank und liegst im Sterben«, sagte Priscilla, als wittere sie Betrug.
»Da hat man Ihnen 'n Märchen aufgetischt.«
»Du streitest doch nicht ab, daß du krank bist?« fragte Mrs. Oglethorpe.
Priscilla setzte an: »Dr. Rolfes Frau sagt ...«
»Klar bin ich krank«, gab Nancy zu. »Schwindsucht. Wenn ich zu husten anfange, gehen Sie lieber von mir weg, denn ich weiß nie, was da an Eiter und faulem Zeugs raufgewirbelt kommt. Was wir alles in uns drin haben, das reicht, um uns schlimme Träume zu bescheren, das dürfen Sie mir glauben. Es würde mich nicht wundern, wenn manchmal Holzsplitter zum Vorschein kämen, so wie's in meiner Kehle kratzt. Mal geht's mir besser, mal schlechter und dann wieder besser. Heut geht's mir besser, so ist das eben.«
»Die vielen Pockennarben«, bemerkte Mrs. Oglethorpe nachdenklich, »müssen von was anderem kommen. Hast du mal Fleckfieber gehabt? Man sagt, du warst eine ... Diese Sorte Weiber hat oft ... Die Strafe des Herrn.« Sie wandte sich ihrer Tochter zu, um sich mit ihr zu beraten, ohne jedoch die Stimme zu senken. »Es fällt mir schwer, den Berichten voll und ganz zu glauben. Keinen Mann, wie verderbt er auch sei, würde es nach einer solchen Kreatur wie dieser hier gelüsten. Ich weiß, es ist der Fluch so manchen Mannes, Sklave seiner niedrigen tierischen Natur zu sein. Selbst dein seliger Vater besaß eine Neigung dazu, die ich mit großem Eifer bekämpfen mußte. Wenn sie ihn zu überkommen drohte, betete ich so laut zu unserem Herrn und Heiland, daß ich das Dach durchdrang und Sein Ohr erreichen konnte. Ich darf voll Dankbarkeit sagen, daß Er mich gehört hat.«

»Wir alle haben dich gehört, Mama«, sagte Priscilla, und sie meinte das durchaus nicht ironisch. »Elizabeth hat jedesmal geweint und neugierige Fragen gestellt.«
»Sie hätte lieber stolz darauf sein sollen, ihre Mutter mit dem Teufel ringen zu hören. Doch ich fürchte, sie ist verloren. Du dagegen hast mir so manchen Schrecken deines ehelichen Bettes anvertraut, daher begreifst du, daß ich von Sünde und Verderben spreche.« Sie wandte sich wieder Nancy zu, deren Gesicht sie so angestrengt musterte, daß sie die Peitsche in ihrer Hand verbog. »Was hast du dazu zu sagen?«
Nancy senkte den Kopf. »Ich bin bloß, was Sie sehen, Ma'am, eine kränkelnde Schwarze; ich leb' allein mit 'ner schreckhaften Katze und 'ner Hündin mit 'nem schwachen Charakter.«
Priscilla meinte: »Ich frage mich, ob sie vielleicht nicht ganz richtig im Kopf ist.«
»Schon möglich«, stimmte Mrs. Oglethorpe zu, während sie die Peitsche glättete.
Nancy kicherte albern, dann hielt sie sich wie ein verlegenes Schulmädchen die Hand vor den Mund.
»Ist sie verrückt, oder tut sie nur so?« überlegte Mrs. Oglethorpe. »Man sagt, sie hat der Familie während und nach dem Krieg gute Dienste geleistet. Mrs. Troy war immer übertrieben liebenswürdig zu ihren Negern. Sie sieht vielleicht einen Grund zu christlicher Barmherzigkeit auch dort, wo sie nicht angebracht ist.«
»Es wäre nicht das erste Mal, daß ihr Handeln einem Fehlurteil entsprang«, bemerkte Mrs. Oglethorpe sauertöpfisch. »Mrs. Rolfe sagt, es ist ungewiß, ob diese Person am Leben bleibt oder stirbt. Bei Schwindsüchtigen kann eine scheinbare Besserung bisweilen lediglich die ewige Ruhe um einen Monat hinauszögern. Vielleicht schlägt sich das auf ihren Gemütszustand nieder.« Sie sah Nancy mit gerunzelter Stirn unbarmherzig an. »Du bist eine wunderliche Person und hast eine ungebildete Ausdruckweise; aber worin deine früheren Fehltritte auch bestanden haben mögen – und ich nehme nicht an, daß sie belanglos waren –, ich kann mir einfach nicht vorstellen, daß du jetzt noch für irgendeinen Mann eine Versuchung darstellst.« Sie wies mit der Peitsche zu Boden. »Auf die Knie mit dir, und bitte den Herrn, dir deine Sünden zu vergeben. Wir gehen nicht eher, als bis du das getan hast.«

Nancy sank auf die Knie, schloß die Augen, ließ den Kopf sinken und faltete die Hände.
Benjamin war in der Absicht, Nancy in ihrer Hängematte zu überraschen, zwischen den Bäumen herangeschlichen, doch als er sie sprechen hörte und ihre Besucherinnen erkannte, blieb er stehen, um zu lauschen. Die letzten Worte seiner Schwiegermutter zwangen ihn jedoch, unter dem Laubdach, das ihn verbarg, hervorzutreten. »Ich bin erstaunt, dich hier zu sehen«, begrüßte er seine Frau.
Mrs. Oglethorpe wollte bei seinem Anblick aufbrausen, beherrschte sich jedoch und wandte sich an Priscilla. »Ich habe geahnt, daß hier etwas nicht stimmte – der Herr hat es mir zu sagen versucht. Sie haben uns kommen sehen und sich diesen Trick ausgedacht. Er wollte sich verstecken, und sie mußte sich so verrückt benehmen, um uns in die Irre zu führen.« Sie nickte heftig. »So ist das also, jawohl. Was wir gehört haben, ist wahr. Wenn ein Mann auf der Welt verderbt genug ist, sich zu sündigen Zwecken eine solche Kreatur ins Haus zu holen, dann ist es Benjamin Davis, dein Ehemann!«
Priscilla sagte zu Benjamin: »Man hat uns in der Stadt erzählt, daß diese Person hier lebt. Man sagt, sie war eine von diesen ehrlosen Kreaturen in Savannah, die sich jedem verkaufen. Stimmt das?«
»Sie ist eine *Hure*«, erklärte Mrs. Oglethorpe, indem sie das letzte Wort triumphierend hervorstieß. »Und Sie, Sir, verdienten es, öffentlich ausgepeitscht zu werden. Indem Sie ihr Zuflucht in Ihrem Haus gewähren, bekennen Sie sich als ihr Zuhälter!«
»Steigen Sie in Ihren Wagen und machen Sie, daß sie fortkommen – oder ich nehme Ihnen die Peitsche aus der Hand, Mrs. Oglethorpe, und verdresche Sie alle beide. Das dürfte der Stadt neuen Stoff zum Klatsch verschaffen.«
Auf dem Boden bettelte Nancy: »Laß sie doch gehen, Ben . . .«
»Hörst du, wie sie ihn nennt?« verwunderte sich Mrs. Oglethorpe, während sie hinter ihrer Tochter zum Wagen eilte. Sobald sie sich auf ihrem Sitz in Sicherheit wähnten, ergriff die ältere mit der einen Hand die Zügel und hob mit der anderen die Peitsche. »Möge der Herr sich eurer erbarmen, wenn es Ihm gefällt, Sohn und Tochter Luzifers! Von mir könnt ihr das nicht erwarten!« Sie ließ die Riemen heftig auf den Rücken des Pferdes knallen, und der Einspänner rollte davon.

Als sie fort waren, stand Nancy auf und jammerte mit verstellter Stimme: »Herrjeh, Mr. Ben, weiß nicht, was ich gemacht hätte, wenn Sie nicht just im rechten Augenblick gekommen wären! – Böse beschimpft haben sie mich, diese zwei Frauen! – Danke sehr, Mr. Ben!« Er trat erschrocken zurück, bis sie mit normaler Stimme fortfuhr: »Es ist mir schnuppe, was die über mich reden – ich hätte ihre Neugier gründlich befriedigt, wenn du bloß fünf Minuten später hier aufgekreuzt wärst! Jetzt gehen die natürlich hin und setzen alles daran, um uns Schwierigkeiten zu machen.« Sie taumelte zur Hängematte, ließ sich kraftlos hineinfallen und schloß die Augen.

Benjamin betrachtete sie eine Weile, ohne sich von der Stelle zu rühren, dann trat er näher und setzte sich wenige Schritte von ihr entfernt auf die Erde, doch so, daß ihre Köpfe auf gleicher Höhe waren. Als sie die Augen öffnete und ihn erblickte, drehte sie sich zur Seite. Diese Geste gebot ihm zu gehen, doch er blieb, und als sie abermals hinschaute und ihn immer noch dort sitzen sah, sagte er: »Tut mir leid. Ich hätte sie dir überlassen sollen, aber als ich sie reden hörte, bin ich so wütend geworden . . .« Ihre finstere Miene entspannte sich und wurde traurig. »Sie sagen schließlich die Wahrheit.«

»Willst du, daß ich mich auch noch mit dir streite?«

»Hat keinen Zweck, Ben. Ich komm' doch nicht mehr auf die Beine, weil ich keinen Grund dazu habe.«

Er holte tief Luft, als ringe er sich zu einem Entschluß durch.

»Ich werde dir einen Grund nennen. Werd gesund, damit ich mit dir ins Bett gehen kann.«

»'ne feine Art, mit 'ner Sterbenden zu reden . . .«

»Ich werd' dir sagen, wann du sterben kannst, und wehe, du tust es vorher.«

»Hör sich einer diesen Befehlston an.« Sie lächelte matt.

»Es ist mein Ernst, Nancy.«

»Sieh mich an«, forderte sie. Sie blickten einander forschend ins Gesicht, ehe sie fortfuhr: »Als wir's das erste Mal miteinander trieben, da warst du – zehn oder elf? Ich war dreizehn. Ich war immer älter als du. Jetzt bin ich hundert Jahre alt. Ich bin von Pocken gezeichnet. Ich hab' in diesem Haus in Savannah gearbeitet, bis ich selbst für diejenigen, die als die ›Allerverderbtesten‹ gelten, zu

häßlich war. In den letzten Jahren war keiner besoffen genug, um sich nach meinem Preis zu erkundigen.«
»Du warst mein erstes Mädchen«, sagte Benjamin schlicht.
»Du warst nicht mein erster Junge und auch nicht mein letzter. Ich bin nicht in das Gewerbe hineingeschlittert. Ich wußte, was ich tat, und meistens hat es mir Spaß gemacht. Jetzt hab' ich keine Gefühle mehr übrig. Ich bin das, was alle sehen, wenn du es auch nicht wahrhaben willst: eine ausgemergelte Hure, die an Schwindsucht stirbt.«
»Halt den Mund, wenn du sonst nichts zu sagen hast.«
»Guck mich so lange an, bis du die Wahrheit erkennst.«
»Ich will dir erklären, wie die Wahrheit aussieht«, sagte er zärtlich. »Weißt du nicht, daß ich darauf brenne, dich zu vögeln, seit du heimgekommen bist?« Sie starrte ihn fassungslos an. »Ich gehe jetzt ins Haus und nach oben in mein altes Zimmer. Ich leg' mich ins Bett. Komm bald nach, ich warte auf dich.« Er stand auf und schritt quer durchs Gehölz zum Haus.
In seinem alten Zimmer öffnete er ein Fenster und entfernte das Laken, das zum Schutz vor dem Staub über das Bett gebreitet war. Dann streifte er seine Kleider ab und streckte sich auf der bloßen Matratze aus. Es dauerte eine halbe Stunde, doch dann kam sie; sie trat ohne zu zögern ein und schloß die Tür hinter sich. Er sah ihr zu, wie sie sich auszog, und als sie ans Bett trat, richtete sich sein ganzer Körper auf, um sie zu empfangen. Sie umklammerte ihn stöhnend mit Armen und Beinen, und sie liebten einander mit einer Heftigkeit, die an Selbstzerstörung grenzte. Als sie zum Höhepunkt kamen, waren ihre Leiber naß von Schweiß und ihre Gesichter naß von Tränen. Sie schlief erschöpft ein. Er blieb wach, und eine Stunde später wurde sie vom Kitzeln seines Zeigefingers unter ihrem Kinn geweckt.
»Lange her«, sagte er.
»Bei mir sind's Jahre«, bekannte sie wehmütig.
»Ich meine, seit wir beide zusammen waren.«
»Ich hätte mir auch kaum vorstellen können, daß du lange keine Frau mehr hattest.«
»Ist aber schon 'ne ganze Weile her.«
Er berichtete ihr von seiner Affäre mit Frankie, die nach Bonards Tod schwanger wurde und James Davis heiratete.

»Allmächtiger. Du bist ja noch schlimmer dran als ich.«
Er schüttelte den Kopf. »Ich hab' dich wieder. Die glücklichste Zeit meines Lebens waren die Tage, die wir zusammen in Savannah verbrachten, als ich neunzehn war.«
»Das war schön«, stimmte sie zu.
»Ich wollte keine mehr, nachdem du mich weggeschickt hattest.«
»Für ein oder zwei Wochen?«
»Fast drei.« Sie gab ihm einen Klaps auf die nackte Schulter. »Ach Nancy, wieviel Unglück hättest du uns beiden ersparen können, wenn du damals mit mir gekommen wärest, als ich dich darum bat.«
»Das wäre unser beider Verderben gewesen.«
»Rede jetzt nicht von Tod und Verderben.«
»Ich hab' noch nicht vor zu sterben«, gestand sie. »Aber glaub nur nicht, ich bin 'ne Maultierkuh, die immer brav auf dich wartet.«
Er streichelte ihren Rücken und ihre Schenkel, und nach wenigen Augenblicken preßte sie sich fest an ihn. »Mit deinen Gefühlen ist's aus und vorbei. Das hast du doch gesagt, nicht wahr?«
Sie hob den Kopf und sah ihn an. »Du hast so eine gewisse Gabe.«
Er lächelte, und sie stellte staunend fest, daß ein einziges Lächeln die ganze Welt erhellen kann.

13

Zwei Jahrzehnte nach dem Krieg betrachtete man auf Beulah Land das ganztägige Fest am vierten Juli noch immer in erster Linie als Familienzusammenkunft und weniger als Feier anläßlich der Gründung der Union. Annabel erwog, Sarah das Vorrecht auf diesen Tag streitig zu machen, indem sie ihn für die Enthüllung des neuen Konföderierten-Denkmals erkor; als sie sich jedoch darüber klar wurde, daß niemand, der sich mit Beulah Land verbunden fühlte, dem von ihr geplanten Festakt beiwohnen würde, falls man ihn vor eine solche Wahl stellte, bestimmte sie den zweiten Juli, um zum Preise ihrer Bemühungen um das allgemeine Erbe ihre Mitbürger mit einer flammenden Rede zu beglücken. Annabel

brachte eine ansehnliche Menschenmenge auf die Beine, und selbst Sarah hielt es für unklug, nicht zu erscheinen. Das Elksche Institut schickte eine Abordnung schwarzer Kinder, die begeistert die Fahnen der Konföderierten schwenkten und *Dixie* sangen. Annabel genoß ihren großen Tag in der Sonne, und Sarah genoß den ihren im Schatten; die alten Bäume von Beulah Land spendeten dem alljährlichen Fest wohltuende Kühle.
Benjamin begleitete Bruce und Fanny Saxon zu Annabels Veranstaltung nach Highboro; Sarah fuhr mit Leon in ihrem Einspänner hin, die Familie Todd kam in ihrer Kutsche. Auf dem Heimweg hielt Sarah, einer plötzlichen Eingebung folgend, bei der Marsh-Farm an und fragte Bessie, ob sie Lust hätte, am vierten Juli ihr Gast auf Beulah Land zu sein. Bessie lehnte ab, und Sarah versprach, ihr eine Auswahl der Speisen bringen zu lassen. Damit es nicht so aussah, als schicke man ihr die Reste, packte Sarah bereits früh am Morgen des vierten Juli einen Korb und beauftragte Leon, ihn abzuliefern. Die Aussicht, den Einspänner eigenhändig kutschieren zu dürfen, obsiegte über Leons Unwillen, seine Mutter allein aufzusuchen. Bobby Lee und Davy verschmähten die Einladung, an seinem Ausflug teilzunehmen, da es an diesem Tag auf Beulah Land so viel Interessantes zu beobachten gab. Leon war stets unbehaglich zumute, wenn er mit Sarah die Farm besuchte, denn er ging ungern dorthin; er war mit seiner Mutter nicht mehr allein gewesen, seit er, nachdem Eugene ihn verprügelt hatte, bewußtlos nach Beulah Land gebracht worden war. Wenn Theodore bei Bessie war und nicht irgendwo im Wald oder auf dem Feld, so könnte Leon ihr den Korb aushändigen und gleich wieder gehen, unter dem Vorwand, er würde auf der Plantage gebraucht. Doch als er die Farm erreichte, traf er Bessie allein in der Küche an, wo sie nach dem Frühstück einen fettigen Tiegel abspülte. Während sie ihre Hände abtrocknete, bevor sie den Korb in Empfang nahm, blieben beide stumm. Endlich räusperte Bessie sich und fragte: »Miss Sarah ist nicht mitgekommen?« Die Antwort gab sie sich selbst: »Wohl zu beschäftigt. Ich weiß nicht, wo Theodore – der steckt irgendwo draußen.«
»Na dann, Ma'am.« Leon zog sich zur Tür zurück. »Ich muß weiter.«
»'n Becher Wasser gefällig? Ist zwar noch früh, aber das ist 'n Tag,

der einem das Fell versengt. Ich nehm' nicht an, daß du hungrig bist.« Sie war nicht erpicht darauf, daß er blieb, aber sie verübelte ihm seinen offensichtlichen Wunsch zu entfliehen.

Einfach mit »Nein, Ma'am« zu antworten, schien ihm nicht genug, daher fügte er hinzu: »Ich hab' reichlich gefrühstückt«, und ergänzte dann noch überflüssigerweise: »Mit Großmama und Pa auf der Veranda.«

Da sie seine Ausführlichkeit für Angeberei hielt, verhärtete sich ihre Stimme und bekam einen spöttischen Tonfall. »So? Und von 'ner schnatternden Schar Nigger bedient, nehm' ich an.«

Er wies auf den Korb, den Bessie auf den Tisch in der Mitte der Küche gestellt hatte. Nie würde er diesen Tisch sehen können, ohne daran zu denken, wie er den Kaffee verschüttet und Gene ihn geschlagen hatte. »Da ist von allem was drin«, erklärte er. »Ich hab' Großmama beim Packen zugeguckt. Gegrillter Schweinerücken und Ziegenfleisch . . .«

»Von uns rührt keiner Ziegenfleisch an.«

»Ein ganzer Kuchen, eine Schüssel *Brunswick Stew* und ein Krug mit . . .«

»Du quasselst, als ob du 'ne Speisekarte in 'nem Lokal in Savannah runterliest; aber mir braucht keiner zu sagen, daß Miss Sarah 'ne reiche Tafel deckt.«

»Also Ma'am. Ich mach' mich jetzt besser auf die Socken.«

Sie wischte sich zum wiederholten Mal die Hände an ihrem Kleid ab, obwohl sie längst trocken waren. »Ich geh' mit dir raus. Ich muß auf's Klo. Wie bist du hergekommen – hat dich 'n Nigger im Wagen gebracht, oder haben sie dich den Korb den ganzen Weg schleppen lassen?«

»Ich durfte Großmamas Einspänner kutschieren. Buster ist an mich gewöhnt. Er ist ein gutmütiges altes Muli.«

Sie beäugte Buster kritisch, als sie sich dem Wagen näherten. »Fett wie 'n Mastferkel von zuviel Fressen und zuwenig Arbeit. Bestell Miss Sarah, ich danke bestens, verstanden? Und sie braucht sich um ihr Geschirr nicht zu sorgen, wenn ich auch nicht annehme, daß sie mir gerade ihr bestes geschickt hat. Das ist bei mir in guten Händen, bis sie's abholen kommt.«

»Ich werd's ihr ausrichten.«

Sie lachte kurz auf. »*Brunswick Stew.* Erinnert mich an die Zeit . . .«

Ihr rauher Nacken lief rot an. »Wollte sagen, als du zum erstenmal zu ihrer Familienfeier gingst und mit 'nem Korb voll Essen für Oma Marsh, Gott hab' sie selig, zurückkamst.«

»Das ist 'ne ganze Weile her«, erinnerte er sie und nestelte an Busters Zaumzeug, nur um etwas zu tun zu haben. Er wußte, daß alles in Ordnung war; Wally hatte ihm zugesehen, als er das Maultier anschirrte, und ihm bestätigt, daß er es richtig machte.

»Dir kommt's eben länger vor als mir. Zeit bedeutet mir nichts, weil ich nirgends hingehe; ich hocke hier rum und höre und sehe nichts von der Welt. Da bleibt mir bloß die Vergangenheit.«

Es drängte ihn fortzukommen, doch er kannte ihre Launen. »Ich bringe manchmal Blumen auf Oma Marshs Grab.«

»Herrjeh, wie ich sie vermisse. Du und Miss Sarah, ihr habt Zeit, an so was zu denken.«

Er kletterte auf den Sitz des Einspänners und nahm die Zügel in die Hand, mit langsamen Bewegungen, um ja keine Eile zu zeigen. Bessie erriet seine Gedanken und lächelte grimmig. »Denkst wohl, du bist erwachsen, wenn du da oben sitzt, was? Du hast 'ne ganze Menge von deinem Pa. Der war'n hübscher Bengel, als er hier um mich herumschlich.« Seine Verlegenheit stachelte ihren Zorn an. »Warte noch 'nen Moment, Junge, ich hab' noch nicht gesagt, daß du gehen kannst. Muß dich was fragen, was mir schon lange im Kopf rumspukt. Von wegen dem Abend damals, du weißt schon. Wie bist du darauf gekommen, Gene zu beschuldigen?«

»Ist mir einfach so eingefallen.« Er zögerte. »Als ich einmal mit Oma Marsh allein war, hat sie mir erzählt, sie fürchtete sich vor ihm, weil er wünschte, sie wäre tot.«

»'ne Phantasie haben die Alten – und die Jungen genauso! Ich wette, du bildest dir das bloß ein.«

»Bestimmt nicht. Du hast behauptet, du hättest gesehen, wie's passiert ist, dabei war das gar nicht wahr.«

»Da hast du recht«, gab sie unumwunden zu. »Du sollst aber noch was wissen, was ich bis jetzt nicht sagen konnte. Der Grund, warum ich dich verkauft hab', war, daß die Familie von deinem Pa besser für dich sorgen konnte als ich.« Er hob die Zügel. »Fahr nicht los, ehe ich's dir erlaube! Du redest dir ein, was ihr euch alle einredet, daß ich's getan hätte, weil Gene mich dazu gezwungen hat. Das ist 'ne Lüge. Du bist immerhin das Bündel, das ich neun Monate lang in meinem Bauch geschleppt habe, während alle Welt mich ausgelacht hat. Kein Mensch auf dieser Erde hat dich damals gewollt. Jedenfalls nicht, bis Ben Davis klar wurde, daß er nie zu einem Sohn käme, wenn er dich mir nicht wegnähme. So hast du den Namen gekriegt, für den ich nicht gut genug war. Glaub ja nicht, daß er *dich* gewollt hat. Mein Lebtag werd' ich sein Gesicht nicht vergessen, als ich ihm sagte, daß du unterwegs bist. Wenn du den Blick gesehen hättest, kämst du nie auf die Idee, daß er dich wollte.« Er ließ das Maultier lostrotten, und es gelang ihm, den Wagen rechtzeitig zu wenden, um seine Tränen über die Demütigung zu verbergen. »Egal, wem das fette Maultier gehört, mit dem du durch die Gegend kutschierst, du bist so gewöhnlich wie die Elendsfarm, auf der du geboren bist, merk dir das, du kleiner Bastard!«

Als er an diesem Morgen von Beulah Land aufgebrochen war, hatte er sich ausgemalt, wie er erhobenen Hauptes über die Auffahrt heimkehren würde, während alle seine Gewandtheit im Umgang mit Maultier und Wagen bestaunten; doch als er nach Hause kam, strömten die Gäste bereits zusammen; Leute gingen aus und ein und bevölkerten Veranda und Hof. Sarah sah ihn, blieb jedoch nur kurz stehen, um ihn zu fragen, ob seine Mutter sich über den Korb gefreut hätte. Dann eilte sie weiter in die Küche, denn sie mußte Josephine mit Schmeicheleien überreden, sich von den Bediensteten, welche die Gäste mitgebracht hatten, beim Servieren helfen zu lassen. Josephine duldete keine schwatzenden und lachenden Leute in ihrer Küche, ja sie durften nicht einmal lächeln, es sei denn, sie befahl es ausdrücklich: »Lächeln!«, und jeder, dessen Schritt schwerer war als ein Huschen auf Zehenspitzen, wurde aus ihrem Reich verbannt, wenn Meringen und Soufflés in den Öfen garten. Schon an der Tür rief Sarah: »Josephine, du bist meine beste Freundin, ich vertraue also darauf, daß ich mich auf deine Großmut verlassen kann!« Josephine bedachte sie mit einem finsteren, mißtrauischen Blick.

Leon fand Wally und den Stallburschen damit beschäftigt, die Pferde und Maultiere der Besucher zu begutachten, daher schirrte er Buster selbst aus und rollte den Einspänner an seinen Standplatz. Davy und Bobby Lee, die sonst oft überall zugleich zu sein schienen, waren jetzt nirgends zu sehen; sie hatten nämlich geschworen, den Triumph ihres Vetters zu ignorieren. Seinem Bruder gegenüber formulierte Davy es so: »Schlimm genug, daß er so auf Kommando kommen kann und wir nicht. Jetzt ist er auch noch in Großmamas Einspänner rumkutschiert, da wird er sich aufblasen wie König Kacke. Ich wünsche bei Gott, ich wäre achtzehn Jahre alt und hätte lockiges Haar und keine Sommersprossen im Gesicht. Dann käme ich hundertmal am Tag, darauf kannste wetten!«

Bobby Lee wies ihn gewohnheitsmäßig zurecht. »Laß deine schmutzigen Reden. Wenn du in Gegenwart von Tante Doreen ›Kacke‹ sagst und sie ärgerst, zieh' ich dir's Fell ab wie 'nem Kaninchen und schmeiß dich in ein Pökelfaß. – Schätze, er stolziert herum wie'n Kampfhahn, der das Krähen lernt.«

In Wirklichkeit war Leon froh, daß niemand ihn beachtete, denn er war überzeugt, daß alle ihn so sähen, wie seine Mutter es gesagt hatte: als einen nichtsnutzigen, von einer Elendsfarm stammenden, gekauften Bastard. Geduckt schlich er im Schatten umher, und wenn jemand an diesem Tag seinen Namen rief, verkrampfte sich sein Herz in banger Vorahnung. Als Bobby Lee und sein Bruder schließlich merkten, daß ihr Vetter nicht in der Stimmung war, den Hahn im Korb zu mimen, fühlten sie ihm auf den Zahn.

»Hast du den Wagen in einen Graben gesteuert und die Räder verbogen?« erkundigte sich Bobby Lee.

»Nein!« fauchte Leon wütend.

»Du hast bestimmt was angestellt«, vermutete Davy, »sonst würdest du nicht so trübsinnig herumschleichen.« Seine Augen leuchteten auf. »Hast du vielleicht versucht zu kommen und konntest nicht?«

Leon stapfte in seinem Elend davon und ließ seine Vettern verwirrt und über das Geheimnis nachgrübelnd zurück.

Jedermann war so beschäftigt, daß es ihm fast den ganzen Tag gelang, es bei einem flüchtigen Kontakt mit den Gästen bewenden zu lassen; doch als er mittags mit verdrießlicher Miene eine Portion gegrilltes Schweinefleisch verzehrte, drang Fannys Stimme in seine Einsamkeit. »Ich kann den alten Kerl einfach nicht ausstehen.«

Die Neugier trieb ihn, sich umzuschauen und festzustellen, wen sie meinte, und als er den Gegenstand ihrer Verachtung entdeckte, nickte sie bekräftigend.

»Er ist mein Großvater«, widersprach er sanft.
Sie zuckte die Achseln. »Eure Verwandtschaft auf Beulah Land ist so verzwickt, daß ich gar nicht erst versuche, mich da durchzufinden. Ich weiß bloß, daß er mein Stiefdaddy ist, und das reicht. Du solltest mal sehen, wie Blair ihm schöntut, um einen Vierteldollar zu ergattern, und das gelingt ihm fast immer. Ich hasse Männer und Jungen. Luck denkt genauso. Von jetzt an wollen wir nichts mehr mit denen zu tun haben.« Aus seiner Versunkenheit aufgeschreckt, betrachtete er ihr entschlossenes Gesicht. »Ich wollte, es gäbe wieder Krieg. Dann würde ich Krankenschwester. So wie Clare Barton.«
»Dann müßtest du dich aber mit Männern abgeben«, gab er zu bedenken.
»Bloß, wenn sie im Sterben liegen«, erwiderte sie mit Befriedigung. »Warum läufst du heute eigentlich herum, als ob du dich selbst bedauerst? Du ziehst ein Gesicht, das so lang ist wie Busters, und ich hab' dich kein einziges Mal lachen hören, auch nicht, als Abraham seine Geschichte von der Ziege in Philadelphia erzählte, die rückwärts laufen konnte. Ich finde, Ziegen sind klug, ganz anders als manche Menschen. Merk dir eins: *Du* kannst von Glück sagen, daß du auf Beulah Land lebst.«
»Du meinst wohl, ich gehöre nicht hierher«, murmelte er und schaute sie fragend an.
Sie seufzte ungeduldig. »Wohin denn sonst? Ich meine, *ich* gehör' nicht hierher, und dabei wäre ich so gern eine von euch.« Sie grübelte, während sie ihn beim Essen beobachtete. »Ich mag Mama auch nicht viel lieber als ihn. Magst du sie leiden? Du kannst es ruhig sagen. Sie bildet sich ein, alles, was Hosen anhat, ist in sie vernarrt, also tu, was du nicht lassen kannst.«
»Warum sollte ich sie mögen oder nicht mögen? Sie ist eben Tante Frankie, weiter nichts.«
»Das heißt also, du magst sie.«
»Dir ist heute wohl die Hitze zu Kopf gestiegen?«
Entschlossen, sich nicht beleidigen zu lassen, fuhr Fanny fort: »Sie ist eingebildet und geldgierig, und jetzt sagt sie dauernd, sie ist müde. Das schiebt sie auf das Baby, das sie kriegt. Ich finde das alles widerlich, aber ich kann abwarten. Wenn ich groß bin, schüttel' ich sie, bis ihre Gelenke knirschen, und ich schmeiß' ihre Puder-

quaste und all ihre Schminktöpfe in den Fluß. Dann sieht sie aus wie alle anderen, und wir haben endlich Ruhe. – Großmama Annabel sagt: ›Du ißt soviel wie'n Dutzend Schwarze, die jeden Tag vierzehn Stunden Baumwolle pflücken. Wo läßt du das bloß alles?‹« Ihr Blick schweifte wieder zu James Davis, dem es gelang, sich so zu setzen, daß sein Knie sich in den Schenkel seiner Frau bohrte, während sie Seite an Seite im Schatten aßen. »Er ist schmutzig.«

Leons Blick folgte abermals dem ihren. »Vielleicht erwischt er beim Waschen nicht alle Stellen, weil er blind ist.«

»Ich meine nicht so schmutzig. Ich meine, er ist schmierig-schmutzig.« Als er seinen Großvater betrachtete, errötete Leon und gelobte sich, seinen Schwanz nie wieder anzurühren, außer zum Pinkeln. »Mama sagt, in ein oder zwei Wochen muß ich nach Hause, sonst nehme ich eure Gastfreundschaft zu lange in Anspruch.«

»Es ist doch egal, wie lange du bleibst«, versicherte er tröstend.

»Ich will nicht heim. Nachts hasse ich das Haus, da kann ich ihn durch die Flure und Wände hören.«

In Leon rührten sich Erinnerung und Mitgefühl. »Manche Leute haben eben keinen Grips«, sagte er beschwichtigend.

»Wenn du sonst nichts zu sagen weißt, gehe ich zu Bruce und unterhalte mich mit ihr. Sie hat sowieso mehr Verstand für ihr Alter als sonst jemand, den ich kenne.« Sie stolzierte davon.

Leon wanderte mit seinem leeren Teller zu einem der langen, mit Speisen beladenen Tische. Mabella begrüßte ihn mit freundlichem Grinsen. »Du schon wieder? Du kriegst 'nen Bauch, so dick wie der heilige Nikolaus.«

»Ich hätte gern dieses Hühnerbein«, sagte er würdevoll, »etwas Kartoffelsalat und einen Löffel Maiskörner.«

Während sie seinen Teller füllte, warnte sie: »Eines Tages wirst du platzen wie 'ne Baumwollkapsel. Hoffentlich bin ich nicht in der Nähe, wenn's soweit ist.«

»Mir egal«, sagte er und fand einen Platz unter einem Baum, wo sonst niemand saß.

Verlief der Tag auch für Leon nicht so fröhlich, wie er erwartet hatte, so sahen doch die wenigsten Anwesenden einen Unterschied zu den Vierter-Juli-Feiern vergangener Jahre. Freilich hatte Sarah seit Caseys Tod kaum noch Vergnügen an Festlichkeiten, doch sie nahm ihre Pflichten als Gastgeberin sehr ernst, und nur Benjamin und Jane wußten, daß sie nicht mehr mit ganzem Herzen dabei war.

Nachdem Annabel die Statue zum Gedenken an die Toten der glorreichen Konföderation mit Erfolg präsentiert hatte, war sie nun gewillt, sich zu amüsieren. Sie hatte allen Grund, vergnügt zu sein. Frankie sehe »sehr elend« aus, flüsterte sie frohlockend, und intime Freunde betraute sie mit ihrer »Hoffnung, daß wir sie nicht verlieren«. James' Töchter aus zweiter Ehe waren ihrem Vater immer noch gram, weil er das Andenken ihrer Mutter verunglimpft hatte. Prudence, Annabels nunmehr einzige Schwiegertochter, das »Kind meiner geliebten Freundin Maggie aus *erster* Ehe«, war unglücklicherweise schon wieder schwanger. Annabel fand überdies Genugtuung in der Überzeugung, Sarah in ihrer beider ständigen Fehde ausgestochen zu haben, und sie hatte den Mitgliedern der Familienversammlung, denen es nicht gelang, ihr auszuweichen, rückhaltlos ihre »ehrliche Meinung« über ihre Kleidung, Aussehen, Gesundheitszustand und die Handhabung ihrer elterlichen, ehelichen und finanziellen Belange kundgetan. Darüber hinaus sonnte sie sich in den Schmeicheleien Blairs III., der, bei den anderen Kindern unbeliebt, die Rolle von »Großmutters Junge« spielte, wie Annabel ihn beständig titulierte, und der immer an ihrer Seite war, wenn er nicht gerade Besorgungen und Aufträge für sie erledigte.

Wie gewöhnlich hatte Sarah ihr Netz weit genug ausgeworfen, um auch nicht zur Familie gehörende liebe Freunde, wie etwa Tom und Elizabeth Cooper mit ihren fünf lebhaften Söhnen, in die Feier einzubeziehen. Roscoe, Luck und Abraham waren ebenfalls da, allerdings ohne Claribell, der man mit Rücksicht auf ihre Schüchternheit erlaubte, sich von größeren Veranstaltungen fernzuhalten und zu Hause zu bleiben. Roman und Pauline waren von der Schule herübergekommen und hatten sich über ein geographisches Thema gestritten; ansonsten verbrachte Pauline den größten Teil des Tages auf einem Stuhl zwischen den Gräbern ihres Bruders Floyd und ihrer langjährigen Freundin Selma. Im Verlauf des Tages wanderten die anwesenden Schwarzen zur Lichtung, um Nancy einen Besuch abzustatten, und weil die meisten ihre Gesellschaft erheiternd fanden, blieben sie ein Weilchen. Und auch wei-

ße Besucher kamen zu Nancy; die älteren schätzten sie in dieser oder jener Hinsicht, seit sie als Sklavin geboren wurde.
Nach der umfangreichen Hauptmahlzeit – am späteren Nachmittag würde es noch einen Imbiß, bestehend aus Wassermelonen, Tee und Kuchen, geben – löste sich die Versammlung in Gruppen auf. Die Kleinen wurden von ihren Kindermädchen zum Mittagsschlaf ins Haus gescheucht. Die Männer und die größeren Jungen verzogen sich in die Ställe und dann in den Wald; manche legten sich auf die bloße Erde und schliefen beim Reden ein, wachten auf, gingen schwimmen und kehrten schließlich, die im Fluß gekühlten Wassermelonen auf den Schultern, frohgestimmt zum Haus zurück. Die älteren Mädchen und die Frauen machten es sich mit Fächern auf aufgedeckten Betten bequem, wohin sie sich zu Geschwätz und Mittagsruhe zurückzogen. Als die Männer zu ihrem Spaziergang aufbrachen, gelang es Frankie, Benjamin hastig zuzuflüstern: »Um Himmels willen, nimm deinen Vater mit – ich brauche unbedingt eine Stunde Ruhe!« Über ihre Heftigkeit erschrokken, tat ihr Benjamin den Gefallen; er legte einen Arm um James' Schultern und führte ihn so hinter den anderen her.
Frankie suchte allerdings nicht bei den schwitzenden, sich fächelnden, kichernden, gähnenden Frauen in den Ruheräumen Zuflucht. Nachdem Sarah ihren Pflichten als Gastgeberin genügt und es Jane überlassen hatte, sich um das Wohl ihrer weiblichen Gäste zu kümmern, entschuldigte sie sich und entwischte für ein stilles Stündchen auf die schattige Seitenveranda. Dichte Glyzinienranken hüllten die Ecke in kühlen Schatten; sie zog sich einen Schaukelstuhl heran, und erst als sie sich gesetzt hatte, entdeckte sie Frankie in dem Stuhl neben sich.
»Meine liebe Frankie . . .«
»Sie wollen gewiß allein sein«, vermutete Frankie.
»Nein.« Sarah drehte ihren Stuhl so, daß sie der jüngeren Frau gegenüber saß, um ihr zu zeigen, daß ihre Gesellschaft willkommen war.
»Ich kann fast nie allein sein, und Sie dürften auch wenig Zeit für sich selbst finden.«
Sarah lächelte verbindlich. »Wenn wir wollen, können wir einfach hier sitzen, ohne ein Wort zu sprechen.«
»Ich möchte nur weg von James.«

»Er ist gewiß ein liebevoller Gatte.« Sie meinte diese Äußerung nicht als Tadel, sondern als Beschwichtigung.
»Das kann man wohl sagen, Ma'am«, erwiderte Frankie flüsternd. »Nicht viele Ehefrauen würden sich darüber beklagen.«
Sarah schaukelte in ihrem Stuhl vor und zurück, so wie einst Nell sich nach dem Essen in den Schlaf zu wiegen pflegte. Sie hatte die Augen geschlossen, als es Frankie verzweifelt entfuhr: »Ich habe böse Fehler gemacht, Miss Sarah!«
»Wir alle machen Fehler.«
»Sie aber nicht.« Frankie suchte offensichtlich Trost, doch Sarah, die ihr nie über den Weg getraut hatte, war nicht gewillt, sich ihren Frieden rauben zu lassen. »Ich habe immer die falschen Entscheidungen getroffen«, fuhr Frankie unbeirrt fort. »Wenn ich bedenke, daß . . .« Sie schüttelte den Kopf. »Ich hätte Benjamin heiraten und bis ans Ende meiner Tage sorglos leben können.«
»So einfach ist das Leben auf Beulah Land nicht«, bemerkte Sarah trocken.
»Ein Fehler nach dem anderen, ein jeder führte zum nächsten«, lamentierte Frankie, »und dabei wollte ich doch nur eine von Ihnen sein. Ich weiß, Sie finden es nicht richtig, daß ich so rede.«
Sarah überlegte, ob sie sich wegen einer Besprechung mit Josephine entschuldigen sollte, doch sie entschied, daß dies wie vorsätzliche Rücksichtslosigkeit wirken würde. Wenn sie aber blieb, so konnte sie nicht zulassen, daß sich die jüngere Frau dermaßen ihrem Selbstmitleid hingab. »Vielleicht sind Sie allzu entschlossen ans Werk gegangen«, gab sie ihr unverblümt zu verstehen. »Wir sind großzügig, müssen Sie wissen. Wenn wir einen Fehler haben – und wir haben Fehler, so ungern ich es zugebe –, so ist es unsere Großzügigkeit. Wer uns liebt, der kann alles von uns haben. Es darf nur keiner versuchen, uns zu gängeln oder uns vorzuschreiben, was wir zu tun haben, denn wir sind auch dickköpfig und stolz. Mein Casey hat das so gut verstanden.« Es war für Sarah selbstverständlich, Casey zu erwähnen, war sie in Gedanken doch ständig bei ihm, doch dies war das erste Mal, daß sie Frankie gegenüber eine vertrauliche Bemerkung fallenließ, und Frankie ging sogleich darauf ein.
»Es muß schön sein«, meinte sie, »seinen Mann so geliebt zu haben. Ich habe mir aus keinem meiner Ehemänner viel gemacht.«

»Ich glaube zu wissen, weshalb Sie Bonard geheiratet haben«, sagte Sarah ruhig, »aber warum James? Sie hätten sich doch mit Annabel arrangieren können. Sie ist ein Querkopf, und sie hätte Ihnen zweifellos das Leben schwergemacht, doch sie betet Ihre Kinder an und prahlt vor aller Welt damit, daß sie ihre Pflicht tut.«
Aus dem Schatten ihres hochlehnigen Stuhls war es Frankie möglich, ihre Gastgeberin unverhohlen zu betrachten. »Ich habe es immer gefühlt, daß Sie für Ihren Enkel und mich Verständnis hatten, Miss Sarah, und daß Sie wußten, wir empfanden mehr füreinander als in kindlicher Unschuld verliebte Backfische.« Sarah saß reglos da, es fiel ihr nicht ein, Frankie zu weiteren vertraulichen Mitteilungen zu ermuntern. »Ich habe James Davis geheiratet, weil er mich wollte und weil ich heiraten mußte. Ich hatte entdeckt, daß ich von Benjamin ein Kind erwarte.«
»Meine liebe Frankie!« Mitleid und Kummer sprachen aus Sarahs Stimme. »Wenn es irgend etwas gibt . . .«
»Nein, Ma'am, nichts. Ich wollte nur, daß Sie es wissen, und ich fühle mich erleichtert, weil ich's Ihnen gesagt habe.«
Sarah blieb ruhig und setzte ihren Schaukelstuhl wieder in Bewegung. »Ich war vielleicht ungerecht, aber wenn es irgendwie möglich ist, will ich versuchen, es wiedergutzumachen.«
Frankie bewegte ihren Schaukelstuhl in gleichem Rhythmus wie Sarah, so als wolle sie die neue Bindung zwischen ihnen bekräftigen. »Ich erinnere mich an eine Unterredung, Miss Sarah, die wir vor langer Zeit wegen Bessie Marsh führten. Benjamin hatte mich gebeten, seine Frau zu werden und mir eröffnet, daß Bessie Marsh ein Kind von ihm erwartete – Leon. Wissen Sie noch, wie empört ich war und was für unsinnige Forderungen ich stellte? Nun, ich habe dafür büßen müssen.«
»Ich will nicht hoffen, daß Sie das so betrachten«, sagte Sarah unbehaglich. Zwar empfand sie Mitleid mit der jungen Frau, doch sie konnte ihr langjähriges Mißtrauen nicht unterdrücken, und sie war nicht gewillt, die Vertraulichkeit, die ihr aufgezwungen wurde, zu vertiefen.
»Ich verachte mich.«
»Meine Liebe, *bitte.*«
Sarahs besorgten Blick mißdeutend, fuhr Frankie fort: »Manchmal wünsche ich mir morgens, ich wäre in der Nacht gestorben.«

»Sagen Sie nichts mehr!« flehte Sarah.

Aber Frankie war nicht zu halten. »Wem würde das schon etwas ausmachen? Mir selbst am allerwenigsten. Sie ahnen ja nicht, wie widerwärtig es ist, die Zärtlichkeiten eines ungeliebten Mannes über sich ergehen zu lassen. Ungeliebt? Ich hasse ihn aus tiefster Seele, wenn er mich anrührt, und das tut er zu jeder Stunde an jedem Tag. Doch ich muß es aushalten, mich entgegenkommend zeigen, muß es irgendwie erdulden . . .«

»Armer James!« entfuhr es Sarah.

Frankie wich zurück, als habe man sie geschlagen. »Sie bedauern ihn?«

»Der arme einsame Mann!« Sie machte ein Gesicht, als ob sie weinen wollte.

Sich mit Mühe beherrschend, erkundigte sich Frankie: »Darf ich fragen, warum er Ihnen leid tut, Madam?«

»Aus vielen Gründen, von denen ich Ihnen keinen nennen kann. Wenn Casey nur hier wäre! Ich brauche ihn mehr und mehr . . .«

Sie wurden von Mabella unterbrochen. Sarah, deren Sinne auf jede Aufregung empfindlich reagierten, hörte sie schon, bevor sie schluchzend herankam. »Miss Sarah, Sie müssen unbedingt kommen! Josephine geht mit dem großen Schlachtermesser auf Mercy los – das Mädchen, das Miss Annabel mitgebracht hat. Sie hat ihr noch nichts getan, aber sie hat sie auf einen Küchenstuhl gestellt und läßt sie nicht eher runter, als bis sie um Entschuldigung bittet, weil sie an der Glasur von der Torte genascht hat.«

Tom Cooper war ein sanfter Mensch, ganz anders als seine quirligen Söhne, und als er Frankies Traurigkeit bemerkte, sprach er mit seiner Frau Elizabeth darüber. Elizabeth ließ es sich durch den Kopf gehen und redete später mit Tom. Gemeinsam ersannen sie einen Plan, wie man ihre alte Bekannte aufheitern könnte. Elizabeth hatte von jenen Tagen gehört, als Tom und die anderen Farmerssöhne aus der Nachbarschaft die hübsche Besucherin aus Savannah, Miss Frankie-Julia Dollard, umschwärmten. Elizabeth erinnerte Tom an die Abende, als er und Hobart Kenning, Frederick Shields und John Baxter hier auf dieser Veranda auf Beulah Land Frankie und Jane ihre Ständchen darbrachten. Ob man heute nicht etwas Ähnliches aufführen könnte, um die trübsinnige Frau an glücklichere Tage zu erinnern? Tom wollte nicht singen, und die anderen waren nicht da, doch die Söhne der Coopers, Jesse, Jacob, Marvin, Garvin und Jeremiah, waren begeisterte Sänger und ergriffen mit Freuden jede Gelegenheit zu einer Darbietung. So ließen sie sich mühelos überreden, Mrs. James Davis nach der zweiten Mahlzeit des Tages zu überraschen, als sich alle, übersättigt von Wassermelonen, Kuchen und Tee, auf den Veranden rekelten, die Herren zu Füßen der Damen, und auf jenen Geist harrten, der sie beflügeln würde, sich zu erheben und den Heimweg anzutreten. Diesen Augenblick wählte Tom, um seinem Chor ein Zeichen zu geben.

Hurtig wie die Hasen umringten sie die verblüffte Frankie und stimmten die muntere Weise eines ihrer alten Lieblingslieder an: *Glendy Burk.* Doch leider fanden sie nicht das Echo, das sie erwartet hatten. Frankie erkannte die Melodie und besann sich auf frühere Anlässe, bei denen sie ihr hingerissen gelauscht hatte; aber was auch der Grund sein mochte – der Gegensatz ihrer Lebensumstände damals und heute, ihr Altersunterschied zwischen jetzt und einst, das Gefühl, an diesem Tag von Sarah Troy schroff abgewiesen worden zu sein, mit deren Unterstützung sie am Ende doch noch gerechnet hatte – möglicherweise traf das alles zusammen, um in ihrem Herzen eine Qual auszulösen, die sich nicht anders als in schrillem, herzzerreißendem Weinen ausdrücken ließ. Der Gesang verstummte; die fassungslosen Chorsänger wurden von ihrer Mutter weggeführt und getröstet. Alle ergingen sich gleichzeitig in Entschuldigungen und Erklärungen, ohne daß einer auf den anderen hörte. Das allgemeine Spektakel endete schließlich damit, daß die Versammlung aufbrach. Die völlig erschöpfte Sarah versuchte nicht, sie zurückzuhalten, sondern ließ sie ziehen; sie vergewisserte sich lediglich, daß sie Schüsseln oder Körbe mit den Überbleibseln der Mahlzeiten mitnahmen, damit sie ihr Abendbrot nicht selbst zubereiten mußten. Der Aufbruch nahm allerdings geraume Zeit in Anspruch; Pferde mußten vor Einspänner und Kutschen gespannt, Dutzende letzter Beteuerungen und Versprechungen ausgetauscht, weitschweifige Dankbarkeitsbekundungen gegenüber der Gastgeberin geäußert werden.

Erst nachdem ihr Gatte ihr in ihren Einspänner geholfen hatte, kam es Frankie in den Sinn, Fanny mitzunehmen, da sie während der Fahrt um keinen Preis mit James allein sein wollte. Sie rief nach Fanny, und Fanny kam. »Du mußt heute mit nach Hause kommen. Ich kann dich nicht länger entbehren.«

Das Kind protestierte, man habe ihr versprochen, daß sie noch eine oder zwei Wochen bleiben dürfe. Sarah, Bruce und Benjamin verwendeten sich für Fanny und baten Frankie, sie noch hierzulassen. Ihre Kleider seien nicht gepackt. »Sie hat genug daheim, und die Sachen, die noch hier sind, können nachgeschickt werden«, entgegnete Frankie. Sie brauche die Gesellschaft ihrer Tochter, und damit basta. So kletterte Fanny denn, nachdem ihr ein wenig Zeit gewährt wurde, um ihre dringendsten persönlichen Utensilien zu holen, in den Einspänner; Frankie zerrte sie hinauf und setzte sie entschlossen zwischen sich und ihren Ehemann. Sie fuhren davon, und nun war es Fannys Jammern, das die Luft zerriß. Leon ertrug es nicht, Zeuge ihres Schmerzes zu sein; er beobachtete die Szene von einem Ast der ältesten Magnolie der Plantage, wohin ihm, wie er wußte, niemand folgen konnte, denn seine Vettern schafften es nicht, hier hinaufzuklettern.

Sarah zog sich in ihr Zimmer zurück. Die Todds gingen nach Hause. Nachdem Benjamin die Ställe kontrolliert hatte, kehrte er zum großen Haus zurück, wo Leon allein auf den Eingangsstufen hockte. Er setzte sich neben ihn. »Das war ein Tag, was?« Leon antwortete nicht, sondern blickte stur die Einfahrt hinunter. Näher an ihn heranrückend, fragte Benjamin: »Hast wohl zuviel gegessen, und jetzt tut dir der Bauch weh, hm?« Leon schüttelte den Kopf. »Hast einfach nichts zu sagen, wie?« Benjamin stieß einen leichten Seufzer aus und lehnte sich mit den Ellbogen gegen die Stufen hinter ihm.

Plötzlich platzte Leon heraus. »Ich will nie von Beulah Land weg!« Benjamin legte seinen Arm um den Jungen und drückte ihn fest an sich. Leon fühlte seine Angst und sein Elend schwinden, als er sich an die Brust seines Vaters sinken ließ, und als Benjamin sprach, begriff er, daß die Worte für sie beide galten: »Hier ist die Heimat.«

14

Eingedenk Fannys Kummer über ihre Rückkehr nach Highboro nahm Sarah Luck mit zu ihr in die Stadt, als sie mit Bruce ihre nächste Visite bei den Oglethorpes machte. Wie gewöhnlich wurden Bruce von ihrer Mutter und Großmutter tiefsinnige Fragen gestellt, die sie pflichtschuldigst so beantwortete, wie Sarah es ihr zuvor beigebracht hatte. Anschließend drückte man Bruce ein frommes Traktätchen in die Hand, an dem sie sich erbauen sollte, während die Erwachsenen sich unterhielten.

»Das sind die einzigen Leute«, berichtete Sarah Benjamin seufzend, »bei denen ich regelrecht schwätze. Das kommt daher, daß ich es gräßlich finde, mit Menschen, die ich nicht leiden kann, zu schweigen. Zu meiner eigenen Überraschung erzähle ich ihnen – weil ich ihnen absolut nichts zu *sagen* habe – von unserer Ernte und unserem Vieh, von Josephines Fortschritten beim Obst- und Gemüseeinmachen, von Janes Ausdauer und Geschick beim Nähen und von den Unpäßlichkeiten der Frauen hier bei uns. Nancy würde sich vor Lachen auf dem Boden wälzen, wenn sie hören könnte, wie ich ihre allmähliche, aber sichere Genesung in allen Einzelheiten schildere. Einmal haben sie mich nämlich nach dem Zustand ›dieser kränkelnden Negerin‹ gefragt, nachdem sie ihr jenen denkwürdigen Besuch auf der Lichtung abgestattet hatten, und solch christliche Anteilnahme darf doch nicht unbelohnt bleiben. Von dir spreche ich nie. Ich spreche überhaupt von keinem Mann; denn das könnten sie für unziemlich halten. Aber wenn ich ihnen alles erzählt habe, was mir einfällt, stelle ich fest, daß von dem Augenblick an, als wir zur Tür hereinkamen und zum Platznehmen aufgefordert wurden, kein bißchen Zeit vergangen ist. Ich setze mich immer so, daß ich die Kaminuhr im Blickfeld habe, ohne mir den Hals zu verrenken oder zu blinzeln. Ich achte jedesmal darauf, daß wir nicht genauso lange bleiben wie beim letzten Besuch. Du verstehst, warum ich schwätze. Ich tu's sogar jetzt, indem ich dir davon erzähle. Bald bin ich soweit, daß ich ihnen auch noch erkläre, wie wir die Samen für die Aussaat im kommenden Jahr trocknen oder unsere Brunnenfilter säubern. Ich hoffe nur, das langweilt sie ebenso wie mich.

Als wir nach einer Ewigkeit, in Wirklichkeit waren es siebenunddreißig Minuten, aufbrachen, fuhr ich gleich zum Laden der alten Mrs. Bascom und kaufte ihr genug Süßigkeiten ab, um einer ganzen Mädchenschule eine Kolik zu bescheren. Dann auf eine Stunde zu Frankie; die Kinder haben die Näschereien gegessen und gespielt. Frankie sieht blaß und irgendwie abwesend aus. Ob James sie wohl mit Fanny für ein paar Wochen zu uns läßt? Beulah Land tut jedem gut. Ich werde James mal aushorchen. Während wir uns in ihrem kleinen Salon unterhielten, ging Eugene Betchley nebenan durch das Wohnzimmer, um James, der wegen einer Erkältung daheim ist, ein paar Papiere zu bringen. Als er das Haus wieder verließ, machte Eugene durch die offene Tür eine Verbeugung zu uns herüber, und durchs Fenster konnte ich sehen, wie er im Garten stehenblieb und die Kinder beobachtete. Er hat sie richtig streng angeschaut. Wie's der Zufall wollte, rollte Lucks Reifen ihm genau vor die Füße. Er fing ihn auf und machte ein Gesicht, als wollte er ihn zerbrechen, doch als das Kind die Hand ausstreckte, warf er ihn zurück. Er hielt es ganz offensichtlich für *unrecht,* daß sie mit den anderen im Vorgarten spielte.

James sieht nicht gut aus, allerdings habe ich ihn nur kurz gesehen. Es wäre mir lieb, wenn du ihn mal besuchen würdest. Ich weiß, wie dir zumute ist, aber geh trotzdem hin. Bei jedem Hustenanfall – und durch seine Zigarren wird's immer schlimmer – bekommt er purpurrote Ohren; sie werden fast schwarz, wie bei einem plötzlichen Fieberanfall. Vielleicht sollten wir die ganze Familie für einen Monat hierher holen und sie gesundpflegen. James hat früher nicht soviel geraucht, aber er behauptet, er bekommt einen klaren Kopf davon. Und Frankie hat mir anvertraut – für meinen Geschmack ist sie allzu vertrauensselig –, daß er oft unmäßig viel Rotwein trinkt. Meines Wissens war er nie ein Trinker. – Siehst du, was das für ein Vormittag war? Und du kommst her und redest von der Baumwollernte!«

Es war Frankie seit langem aufgefallen, daß Eugene sie beobachtete. Da ihre Tage nun mit Arbeit angefüllt waren und sie einen untadeligen Lebenswandel führte, wurde ihr sein forschender Blick während der Stunden, die sie täglich im Sägewerk verbrachte, um so mehr bewußt. Sie führte ihn nicht, wie es andere, eitlere und weniger vorsichtige Frauen vielleicht getan hätten, auf die Unwiderstehlichkeit ihrer Reize zurück. Sie wußte, wie sie aussah: müde, unglücklich und hochschwanger; also war es nicht ihre Schönheit, die seine Blicke auf sich lenkte. In seinen Augen lag etwas Grübelndes, Abwartendes. »Worauf wartet er?« fragte sie sich. Hatte er nicht mit dem Viertelanteil an der Mühle, der, wie sie sich in Erinnerung rief, nicht einmal ihrem Mann zu seinen Lebzeiten vergönnt war, erreicht, was er wollte? Der eine Mann arbeitete für eine Belohnung, die ihm nie zuteil wurde, weil er glaubte, er würde sie erhalten, ohne darum zu bitten, während sie seinem Nachfolger auf Verlangen gewährt wurde als Bedingung dafür, daß er die Arbeit fortsetzte, für die er ohnehin bezahlt wurde. Eugene Betchley erreichte sein Ziel durch offene oder versteckte Drohungen. Ihr erster Mann war tot, ihr zweiter blind, und daher konnte Eugene sie getrost so unverschämt beobachten und ihr Kommen und Gehen registrieren, wie es ihm beliebte, wohl wissend, daß sie sich nicht wehren würde.

James' Erkältung schleppte sich dahin, doch sie minderte sein Verlangen nach Frankie keineswegs. Sie protestierte. Seiner Gesundheit zuliebe, sagte sie, müsse er seine Kräfte schonen; doch er begehrte sie, und so bekam er sie. Als Benjamin der Familie James Davis die Einladung seiner Großmutter überbrachte, einen Monat auf Beulah Land zu verbringen, lehnte James höflich, aber bestimmt für alle ab.

»Du wirst langsam kolossal dick«, sagte Annabel im August zu Frankie. »Das ist doch sicher viel zu früh. Das Baby wiegt bei der Geburt mindestens zwanzig Pfund. Was, erst im Dezember? Bis dahin müssen wir uns ja fragen, ob die Mutter das Baby trägt oder das Baby die Mutter! James, ich wollte, du könntest sehen, was du angerichtet hast, du grausamer Kerl!«

Trotz fünf erwachsener und verheirateter Kinder erinnerte James sich noch recht gut an die Schwangerschaften ihrer Mütter, so daß ihn wegen seiner jetzigen Frau ein unbehagliches Gefühl überkam und er sie eingehend ausfragte. Sie antwortete mürrisch und, wie er fand, unzureichend. Als er ihr zusetzte, mimte sie beleidigten Stolz, verfiel dann in nahezu hysterisches Weinen und schließlich in Schweigen.

An einem heißen Septemberabend saß Frankie am offenen Fenster ihres Schlafzimmers und betete, es möge regnen und sich abkühlen, und mit gleicher Inbrunst flehte sie zum Himmel, daß er James schlafen lassen möge. Doch noch während ihres Gebetes wachte James auf, merkte, daß er allein im Bett war, und rief ihren Namen. Als er anfing, auf den Kissen umherzutasten, sagte sie: »Hier bin ich.«

»Warum bist du auf?« Sie erklärte es ihm. »Mir macht die Hitze nichts aus«, bemerkte er. »Komm wieder ins Bett.«

»Später.«

»Jetzt gleich.«

»Mir ist zu heiß.«

»Du mußt tun, was ich sage, Frankie.« Sie gab keine Antwort und rührte sich nicht vom Fleck. Plötzlich fragte James: »Denkst du an ihn?«

»An wen?«

»An ihn, wer immer das ist.«

Sie stöhnte. »Manchmal glaube ich, du bist verrückt.«

»An den, der dich vor mir hatte«, beharrte er.

»Mir ist, als hätte mich vor dir noch keiner angerührt.«

»So muß es von jetzt an auch bleiben.«

»Willst du etwa behaupten, das Kind ist nicht von dir?«

»Du bist jetzt schon so dick. Ich kann dich fühlen, und Annabel hat es oft genug erwähnt.«

»Die würde mich sogar beschuldigen, ich hätte mich vom Teufel bespringen lassen, wenn sie der Meinung wäre, das könnte dich gegen mich aufbringen. Du ziehst mit ihr am gleichen Strang, obwohl du vorgibst, ihre Intrigen zu kennen.«

»Komm her.«

»Später. Schlaf jetzt.«

»Ich bin nicht müde.«

»Du brauchst Schlaf«, erwiderte sie. »Du sagst, die Hitze hält dich nicht wach. Aber mich. Wenn es sich nicht abkühlt, tu' ich die ganze Nacht kein Auge zu.«

»Komm ins Bett, Frankie. Ich will dich.«

»Mir ist wirklich nicht gut.«

»Dann kann's dir ja hinterher kaum schlechter gehen, nicht wahr?« meinte er spöttisch. »Du klagst viel in letzter Zeit.«

»Ich hab' auch allen Grund dazu. Es ist eine schwierige Schwangerschaft. Wenn alles vorbei ist . . .«

»Du klagst übertrieben viel.«
»Nur über deine Maßlosigkeit.«
»Sieh dich vor, daß ich dich nicht holen komme.«
Sie verließ ihren Platz am Fenster, ging zum Bett und setzte sich auf die Kante. Er ergriff ihr Handgelenk, aber sanft, nicht so, als ob er ihr weh tun wollte. »Bist du mir untreu gewesen?«
»Wie könnte ich, wenn du mich nie allein läßt?«
»Bonard bist du jedenfalls untreu gewesen. Ich denke seit längerer Zeit darüber nach. Ich bin kein Idiot, auch wenn du mich vielleicht für verrückt hältst. Nach unserer Hochzeit bin ich dahintergekommen, daß du die ganze Sache eingefädelt hast, weil du heiraten mußtest. Deshalb habe ich dich nie von meiner Seite gelassen. Ich hätte es wissen müssen, als du dich mir das erste Mal so einfach hingegeben hast, aber ich begehrte dich ja so. Du liebst mich nicht, nicht wahr?«
»Was bedeutet schon Liebe?« erwiderte sie träge. »Man glaubt, was andere einem sagen oder was man sich selbst einredet. Du bist immer eifersüchtig gewesen; und eine Eifersucht wie deine erfordert wenig Phantasie, um ein Gebäude aus Lügen und falschen Beschuldigungen zu errichten. Die Liebe ist für dich nichts anderes als ein Freibrief zum Ficken!«
»Ich warne dich, Mädchen, mit mir ist nicht zu spaßen. Zieh dein Nachthemd aus, damit ich dich richtig fühlen kann.« Sie blieb sitzen und rührte sich nicht. Er wartete nur einen Moment, und als sie nicht tat, was er verlangte, riß er das Nachthemd vom Nacken bis zur Taille entzwei. Es rutschte zu Boden, und er richtete sich auf, damit seine Hände leichter über ihren feuchten Körper gleiten konnten. Dann stieß er sie nach hinten, so daß sie auf dem Rücken lag, und indem er sich neben ihr ausstreckte, schlug er ein Bein über ihre Schenkel und machte Anstalten, sich auf sie zu legen.
»Ich weiß nicht, wer von uns beiden den dickeren Bauch hat«, sagte sie. »Du bist fett geworden von dem vielen Wein, den du trinkst.«
»Er gibt mir Kraft.«
»Das hat Bonard auch immer behauptet, aber der Suff hat ihn bloß abstoßend gemacht.«
James glitt von ihr herab; es gelang ihm nicht, in sie einzudringen.
»Du mußt auf mir reiten.«

»Nein.«
»Du hast es schon mal gemacht. Du sagst, es ist einfacher in deinem Zustand.«
»Heute abend mach' ich's nicht.«
»O doch, und ob du's machen wirst, Mädchen.« Er packte sie abermals an beiden Handgelenken. Sie versuchte aufzustehen, aber er ließ sie nicht hoch.
»Du hast recht mit deiner Anklage«, sagte sie, indem sie sich ihm zu entwinden suchte und ihrem aufgestauten Groll Luft machte. »Ich war untreu, aber nicht dir; du weißt genau, daß das unmöglich gewesen wäre. Du beobachtest mich mit all deinen Sinnen außer mit den Augen, dafür verfolgt mich Eugene in der Firma unablässig mit seinen Blicken. Bezahlst du ihn dafür, wie du jedermann für alles bezahlen mußt?«
»Willst du mir etwa sagen, daß du deine Hurerei mit Gene treibst?«
»Ich war nicht dir untreu, sondern Bonard – falls du's so nennen willst. Bonard hatte längst aufgehört, mit mir zu schlafen, als ich einen anderen fand.«
»*Wer war das*?«
»Dein Sohn Benjamin – *das* ist ein Mann!«
Bei den Ohren fing es an, dann schoß ihm das Blut in einem plötzlichen Fieberanfall ins Gesicht und färbte es dunkel. »Er ist nicht mein Sohn! Seine Mutter war genauso eine Hure wie du! – Los, steig auf mich drauf, Madam und stoß zu, oder du wirst es bereuen!«
»Ich denk' nicht dran . . .«
Er wälzte sie unsanft herum, warf sich auf sie und drang von hinten in sie ein. Als sie aufschrie, hielt er ihr mit einer Hand den Mund zu. Brutal vor- und zurückstoßend kam er schnell zum Erguß; er glitt kraftlos von ihrem schwitzenden Rücken und schlief keuchend ein. Sein Schnarchen wurde immer lauter, und als es einen gleichmäßigen Rhythmus annahm, getraute sie sich endlich, sich zu bewegen. Sie schob sich zur Bettkante, ihre Füße berührten den Boden.
Sie raffte die Fetzen ihres zerrissenen Nachthemdes auf und setzte sich wieder ans Fenster. Es war nicht kühler geworden; es wollte einfach nicht regnen. Schließlich nickte sie im Sitzen ein. Als sie

erwachte, schlich sie vorsichtig ans Bett. James schnarchte nicht mehr. Sie fragte sich ängstlich, ob er sich ihrer abermals bemächtigen würde, wenn sie sich an seine Seite legte. Sie holte einen Umhang aus dem Schrank, verließ rasch das Zimmer und ging über den Flur in die Kammer, in der Fanny schlief. Fanny rührte sich nicht, als sie sich neben sie auf das Laken legte, welches das Kind abgestreift hatte.
Frankie war vor Erschöpfung noch ganz umnebelt, als Fanny sie wachrüttelte. »Mama, es ist schon fast acht Uhr. Keiner ist aufgestanden, deshalb hat Molly Blair in euer Zimmer geschickt, um nachzuschauen. Er sagt, er kann Onkel James nicht wachbekommen.«

15

Wenn sie Frankie auch mit durchaus ernsten Gesichtern begegneten, so reagierten die Stadtbewohner auf James' Tod doch leichtherziger, als wenn jemand anders gestorben wäre. Es war ein unübersehbares Zeichen, eine eindringliche Mahnung an alte Köter, welch schreckliches Wagnis es bedeutete, sich wie Welpen aufzuführen. Die Ehefrauen schärften ihren Gatten genüßlich ein, aus dem Ereignis eine Lehre zu ziehen. Alle waren überrascht, wenn auch einige das Gegenteil behaupteten; Eugene Betchley aber war maßlos erstaunt. Wenn die Erde unter den Füßen eines Menschen zweimal bebt, so muß er sich fragen, ob dies nicht ein Fingerzeig des Schicksals ist. Zuerst war Bonard Saxon Jahrzehnte zu früh gestorben, und nun James Davis, der gut und gern noch zwanzig Jahre hätte leben können – die beiden Männer, denen er seinen Aufstieg verdankte. Eugene dachte angestrengter nach als je zuvor. Müßte die Sägemühle von Rechts wegen jetzt nicht ihm gehören? Aber das war leider nicht der Fall, denn dort, in ihrer Kirchenbank zwischen Sohn und Tochter, saß die zweimal verwitwete Frau, von der seine Zukunft abhing, in wallendes Schwarz gehüllt, welches das werdende Leben, das sie trug, keineswegs verbarg. Eugene wußte, wer für dieses Leben verantwortlich war. Drüben auf der anderen Seite des Ganges saß der Mann mit Großmutter, Sohn und Tochter in der Bank, die ihrer Familie gehörte, seit diese Kirche bestand. Die Kirche selbst war ihre Schöpfung; sie benötigten sie, um vom Wohlstand von Beulah Land Zeugnis abzulegen. Eugene wußte so vieles, wovon die Betroffenen nicht ahnten, daß er es wußte. Er hatte sich noch nicht entschlossen, wie er seine Kenntnisse verwerten sollte, doch der Vorsatz, es zu tun, steckte hinter den grübelnden Blicken, die Frankie bei ihren Aufenthalten in der Sägemühle so verwirrt hatten. Er wußte nicht, wie weit er gehen konnte, aber er würde einen Weg finden, soviel stand fest. Sonst hätten ja all die schicksalhaften Ereignisse keinen Sinn; dabei enthüllte doch selbst die Struktur eines einfachen Blattes, daß System und Ordnung und nicht Chaos die Gesetze des Lebens diktierten.

Eugenes Augen wanderten zu zwei anderen Gemeindemitgliedern. Annabel Saxon und Priscilla Davis saßen ein paar Reihen auseinander, die eine von ihrem Gatten und dem ihr noch verbliebenen Sohn flankiert, die andere neben ihrer alten zänkischen Mutter. Die eine haßte Frankie Davis, die andere haßte Benjamin Davis – auch das gehörte zu den Dingen, über die Eugene Bescheid wußte. Ob er die beiden zu seinen Verbündeten machen könnte? Doch dann besann er sich auf eine, die nicht zugegen war: seine Frau. *Die* war nicht seine Verbündete, jedenfalls jetzt nicht mehr. Als Benjamin Davis ihn beim Wildern erwischte, hatte ihn der Zufall zu Bessie Marshs Farm getrieben, und dort erkannte er an jenem Morgen zum erstenmal die Chance, Fallen und Netze hinter sich zu lassen. *Mitten im Leben sind wir vom Tod umfangen* – nie wurde ein wahreres Wort gesprochen, Amen.

Während er auf das Ende des Gottesdienstes wartete, betrachtete Eugene ungestört die anderen Köpfe vor ihm. Er hatte sich einen Platz im Hintergrund gesucht, wie es seinem Stand zukam. Warum heulte Doreen Davis so hemmungslos? fragte er sich verwundert. Er hätte nie geglaubt, daß eine vertrocknete alte Jungfer so viele Tränen vergießen konnte. Sie war nur eine Schwester des Toten, doch sie benahm sich wie Witwe-Mutter-Schwester-Tochter in einem, während jene, denen Weinen wohl angestanden hätte, wie trauernde Statuen dasaßen. (Arme Doreen! Sie weinte um verlorene Liebe und Unschuld, um ihre und James' Kindertage, bevor er

anfing, den Weibern nachzulaufen, und als sie die einzige war, die ihn liebte und gut zu ihm war. Ihr Herz schrie: »James, James – dreh die Zeit zurück und laß uns wieder Knabe und Mädchen sein! Du bist gerade von dem Acker heimgekommen, den Papa dir überlassen hat und den du ganz allein bestellen darfst. Deine Hände sind schwarz von Erde; du nimmst das Glas Tee, das ich dir eingeschenkt habe und dankst mir mit einem Lachen. Bis zu diesem Augenblick war ich niemals glücklich, und ich bin seither nie mehr glücklich gewesen ... Aus, aus und vorbei!«)
Ben Davis und seine Schwester waren beinahe zu gefaßt, fand Eugene. Hinter ihnen saßen die faden Töchter aus des alten Mannes zweiter Ehe in Begleitung ihrer Männer und ihrer bläßlichen, unruhigen Kinder. Es war gut, sinnierte Eugene, daß ein Mann nicht ahnte, was für Kinder er in die Welt setzen würde, denn dieses Wissen könnte ihm die Lust an ihrer Zeugung gründlich verderben. Endlich war es vorbei. Die Orgel spielte; alle standen gleichzeitig auf. Er konnte nicht als erster hinausgehen, obgleich es ihn drängte, schnellstens an die frische Luft zu gelangen.
Die Stunde, in der James von seinem Stiefsohn tot aufgefunden wurde, machte Frankie zur glücklichsten Frau von Highboro. Sie gab sich keine Mühe, die Wahrheit vor sich selbst zu verhehlen. Mochten die anderen ihre Tränen der Erleichterung getrost als Zeichen ihres Kummers deuten. Als Annabel eintraf, um sich von der Wahrheit der Kunde, die man ihr überbracht hatte, zu überzeugen, hatte sich Frankie schon wieder gefaßt, doch sie mußte beinahe lachen, als Annabel keinerlei Anstalten machte, ihr zu kondolieren. »Nun, Ma'am, was hast du denn diesmal angestellt?« platzte sie angriffslustig heraus.
Ohne auf den Vorwurf in dieser herzlosen Begrüßung einzugehen, erwiderte Frankie: »Es ist wahr, Schwester. Wir haben einen schweren Verlust erlitten und müssen uns gegenseitig trösten. Ich Sie, Sie mich, haben doch Sie einen grundgütigen Bruder und ich einen liebevollen Gatten verloren.«
»Ich weiß, daß er gestorben ist«, sagte Annabel, »aber ich weiß nicht woran.«
Frankie bemühte sich, einen Seufzer zustande zu bringen. »Dr. Platt sagt, sein armes Herz wollte nicht mehr.«
»Das kann man von jedem sagen, der aufhört zu atmen. Für diese

Diagnose wird er fünf Dollar berechnen, die du kaum aufbringen kannst. Du mußt bedenken, daß du jetzt wieder arm bist.«
»Nein, Ma'am, das bin ich nicht.« Wie konnte sie ihre Stimme dämpfen, wenn sie am liebsten Hosianna gejubelt hätte? Wenige Menschen lernen aus ihren Erfahrungen. Frankie gehörte zu den wenigen. »James hat am Tag unserer Hochzeit, als wir nach Savannah fuhren, ein neues Testament gemacht. Er war tief bewegt von meiner mißlichen Lage nach Bonards Tod und wollte nicht, daß ich noch einmal so dastünde. Keiner von uns sah einen Grund, Sie mit diesem Geheimnis zu belästigen. Es schien ja noch so viel Zeit zu sein. Jetzt aber bleibt leider keine Zeit mehr, daher werden Sie mir vergeben, wenn ich Ihnen die Tatsachen so unvermittelt eröffne. Sein Sohn und seine Tochter aus erster Ehe sorgen für sich selbst, und eines Tages wird ihren Kindern ganz Beulah Land gehören. Die Töchter aus seiner zweiten Ehe, Cora, Beatrice und die liebe Rebecca, sind verheiratet und stehen unter der Obhut ihrer wohlhabenden Ehegatten. Seine Schwester Doreen hat keine materiellen Bedürfnisse, da sie ihr Leben Gott und Miss Kilmer geweiht hat. Wir alle freuen uns, daß seine andere Schwester – und durch unsere Heirat auch die meine – die Gattin unseres Bankiers und somit die erste Dame der Stadt ist. Alles, was James zum Zeitpunkt seines Todes besaß, gehört mir.«
Annabel blitzte sie eiskalt an. »Eher schneit es im August, als daß ich dich auch nur einen Pfennig einstecken lasse.«
Frankie, die den Verlauf der Unterredung vorausgeahnt hatte, zog eine Kopie des Testaments aus ihrem Handtäschchen und reichte sie Annabel, die genau wußte, welche Stellen sie auslassen und welche sie überfliegen konnte und wie jedes einzelne der wichtigeren Worte zu bewerten war. Binnen einer Minute hatte sie die Tatsachen erfaßt. Sie rollte das steife Aktenpapier geräuschvoll zusammen, knickte es wütend und warf es Frankie zu, die es triumphierend mit einer Hand auffing.
»Wir werden das anfechten.«
»Das glaube ich kaum.« Frankie strich das Testament sorgsam glatt.
»Es wird ein leichtes sein, deine Labilität und Unfähigkeit zu beweisen. Ich verlange eine Überprüfung des Vermögens zum Wohle der Kinder. Du wirst ja wohl nicht leugnen, daß zwei überra-

schende Eheschließungen von einer Neigung zum unsteten Lebenswandel zeugen.«

»Wenn Sie das versuchen, sorge ich dafür, daß Sie zum Gespött der ganzen Stadt werden, darauf können Sie sich verlassen. Aber ich glaube, Mr. Saxon wird es nicht zulassen, daß Sie eine solche Dummheit begehen. Für ihn steht der Ruf der Bank auf dem Spiel, gleichgültig, wie sorglos Sie mit dem Ihren umgehen.«

»Mein Ruf ist untadelig, wogegen du mehr als einmal zum Klatsch Anlaß gegeben hast, zum Beispiel auch jetzt.«

»Was soll das heißen?«

»Ich habe Bonard in dem Monat, bevor er starb, jeden Tag gesehen; ich weiß, wie krank er war. Er kann nicht der Vater des Kindes sein.«

»Das behaupte ich auch gar nicht.«

»Du hattest es sehr eilig, wieder zu heiraten. Ich habe mich gefragt, warum. Es wird höchst interessant sein zu sehen, wann das Kind zur Welt kommt.«

»Ihre klatschsüchtige Zunge kann nicht verhindern, daß es das legitime Kind von James Davis wird.«

Annabel machte eine geringschätzige Handbewegung. »Das mag zwar nach dem Gesetz richtig sein, aber man wird es uns allen nicht verübeln, wenn wir uns fragen, wohin deine einsamen Spazierfahrten in deinem Einspänner dich geführt haben.«

Frankie erhob sich. »Sie befinden sich in meinem Haus, Madam. Ich möchte Sie bitten, jetzt und in Zukunft daran zu denken, sollten Sie weiterhin hierherkommen wollen, um Ihre geliebten Enkelkinder zu besuchen. Oder haben Sie die Absicht, sie samt ihrer Mutter zu verurteilen?«

Frankie bemerkte, wie Annabel blinzelte und einen Augenblick unsicher wurde. »Du kannst mich nicht mit den Kindern erpressen.«

Frankie bewegte sich selbstsicher auf die Tür zu. »Würden Sie es wieder übernehmen, das Begräbnis auszurichten? Sie haben in solchen Dingen mehr Erfahrung, weil Sie älter sind als ich. Dergleichen lernen wir wohl alle mit der Zeit, wenn ich das so sagen darf.«

Eugene Betchley erschien ebenfalls, sobald die Kunde von James' Tod sich in der Stadt herumgesprochen hatte, doch es kam bei die-

ser Gelegenheit nur zu einer kurzen und förmlichen Unterhaltung, wobei Frankie ihn bat, sie nach der Beerdigung wieder aufzusuchen, um die Weiterführung des Betriebes zu besprechen.
Frische Brötchen waren traditionsgemäß die einzige warme Speise bei der kalten Abendmahlzeit, welche die Familie des Verblichenen nach einem Begräbnis gemeinsam einzunehmen pflegte. Der säuerliche Hefeduft aus Mollys Küche erfüllte das Haus, als Eugene eintraf, um seine Instruktionen zu empfangen. Als sie in Frankies Salon Platz genommen hatten, eröffnete Frankie die Unterredung, indem sie Eugene bat, den Arbeitern in der Fabrik zu versichern, daß die Firma unverändert weitergeführt würde. Sie hoffe, die Leute würden ihr Bestes für sie tun, so wie sie es für ihren Gatten getan hatten; sie dankte Eugene für seine Pflichttreue und fügte hinzu, sie erwarte, daß alles weiterhin so laufe wie bisher.
»Aber das geht nicht, Ma'am.«
Sie hatte still dagesessen, die Augen auf die Hände in ihrem Schoß gerichtet, in jener Haltung, die der Anstand für eine Witwe vorschrieb. Jetzt blickte sie ihm zum erstenmal ins Gesicht. Ihre Unterhaltung nach Bonards Tod kam ihr wieder in den Sinn. Damals war Eugene nervös und unbeholfen gewesen. Heute war davon nichts zu spüren. Ein neues Selbstbewußtsein hatte die einstige Unsicherheit verdrängt. Er saß aufrecht in seinem Sessel, die Beine fest nebeneinander auf den Boden gestemmt, die Hände ruhten lässig auf den Armlehnen.
»Wie soll ich das verstehen?«
»Mr. Davis ist nicht mehr. Er kann uns nicht mehr anleiten, kann keine Entscheidungen mehr treffen und keine Befehle erteilen.«
»Ich habe längst erkannt, Mr. Betchley, daß Sie es sind, der die meisten Befehle in der Mühle gibt. Was die übergreifenden Entscheidungen angeht, so werde ich sie selbst treffen.« Sie lächelte, sanft und einschmeichelnd, ein Lächeln, das schon so manchen Mann gefügig gemacht hatte.
Eugene aber hatte es offenbar nie gelernt, so zu reagieren wie die Männer ihrer Kreise. »Ein Viertel der Mühle gehört mir, Mrs. Davis; ich habe jahrelange Erfahrung im Umgang mit den Leuten; ich versteh' was von den Maschinen und vom Handel.«
»Ich schätze mich glücklich, einen so tüchtigen Partner zu haben. Sie besitzen mein volles Vertrauen.«

Er runzelte die Stirn. »Ich brauche mehr als das.«
Sie blickte ihn ärgerlich an. »Sie sind – unverschämt.«
»In geschäftlichen Angelegenheiten muß man so sein, finde ich.«
»Ich kann mir nicht vorstellen, daß Sie in persönlichen Angelegenheiten sehr viel anders sind.« Sie lächelte wieder, in der Erwartung, daß er entweder erröten oder ihr Lächeln erwidern würde, doch er tat nichts von beidem. Es wurde ihr klar, daß ein Mann von seiner Herkunft nichts von den unschuldigen Neckereien verstand, die zum Gehabe einer Dame der Gesellschaft gehörten. Das würde sie ihm beibringen müssen.
»Wir brauchen eine neue Übereinkunft, Mrs. Davis.«
»Ich glaube, Sie haben sich alles schon genau überlegt«, sagte sie mit gespieltem Erstaunen.
»Stimmt.«
»Was schlagen Sie vor?«
»Eine andere Gewinnverteilung.«
Sie schien verwirrt. Zögernd sagte sie: »Wenn Sie einen Viertelanteil an der Mühle besitzen, so steht Ihnen selbstverständlich nach wie vor ein Viertel des Gewinns zu. Sie werden gewiß nicht weniger erhalten, wenn sich auch meine Verhältnisse verändert haben.«
Eugene hüstelte und schlug die Beine übereinander. »Sie sind nicht in der Lage, die Firma zu leiten. Zusammen mit Ihrem Gatten war das was anderes, aber bis das Kind da ist, dürfen Sie jetzt nicht mehr in die Mühle kommen.«
»Ich habe es nicht nötig, mir Verhaltensvorschriften machen zu lassen, Mr. Betchley.«
»Überlassen Sie alles mir. Ich übernehme die Verantwortung für die Mühle und für den Vertrieb. Kein anderer ist dazu in der Lage, das dürfen Sie mir glauben, weder die Bank noch sonst jemand. Lassen Sie sich das gesagt sein. Sie sehen also, es geht nicht darum, daß alles so weiterläuft wie bisher, sondern wie's von jetzt an laufen wird.«
Frankie nahm sich Zeit mit ihrer Antwort, und er wartete ohne jedes Zeichen von Ungeduld. Schließlich lächelte sie schwach. »Ich bin, wie Sie schon sagten, momentan nicht in der Lage, die Firma zu leiten, die meine zwei Ehemänner besessen und geführt haben. Es ist richtig, daß vieles von Ihnen abhängen wird.« Ihre Miene hellte sich auf, ihre Stimme gewann an Kraft und Entschlossen-

heit. »Ich hatte mir das nicht so gründlich überlegt wie Sie, doch wenn ich es recht bedenke, gebe ich zu, daß es richtig ist, was Sie sagen, Mr. Betchley. Ich werde mich vorläufig voll und ganz auf Sie verlassen, und wir müssen eine neue Übereinkunft treffen. Ich bin Ihnen äußerst dankbar, daß Sie die Angelegenheit zur Sprache brachten, ohne Rücksicht auf die Diskretion und Schonung der Hinterbliebenen, die während der Trauerzeit sonst üblich sind. Ich werde zusehen, daß Sie den Lohn erhalten, der Ihnen gebührt. Ist das alles?« Sie schenkte ihm ein beherztes Lächeln.

»Hm, nein, Ma'am. Ich müßte schon wissen, wie die Übereinkunft aussieht.«

»Du lieber Himmel!« rief sie gutgelaunt aus. »Sie haben's aber eilig! Fürchten Sie etwa, ich könnte versuchen, Sie über's Ohr zu hauen?«

»Es ist immer das beste, wenn man weiß, wie man dran ist«, beharrte er.

»Gut, lassen Sie mich überlegen.« Sie klatschte spielerisch in die Hände. »Ein Geschäftsführergehalt, das ist es. Zusätzlich zu Ihrem Gewinnanteil. Das ist absolut fair, finden Sie nicht?«

Eugene schüttelte den Kopf. »So geht das nicht, Mrs. Davis. Als Miteigentümer habe ich keine Lust, für ein Gehalt zu arbeiten.«

»Ich bin sicher, daß Sie es verdienen«, räumte sie großzügig ein.

»Ich verdiene weit mehr als das«, konterte er barsch.

Sie beugte sich in ihrem Sessel vor. »Und wenn ich nicht einverstanden bin?«

»Dann können wir eben nicht als Partner weiterarbeiten«, erklärte er bedachtsam. »Einer von uns muß dann dem anderen seinen Anteil verkaufen. Sind Sie bereit, meinen zu übernehmen?«

»Das kommt sehr überraschend für mich«, sagte sie nach einer Weile. »Ich denke, ich muß die Bank ersuchen, mir so viel zu leihen, daß ich Ihnen Ihren Anteil ausbezahlen kann, falls Sie das wünschen. Verstehe ich Sie richtig, Mr. Betchley ...?« Sie machte eine Pause, um seine Miene zu erforschen. »Was wollen Sie tun, wenn ich Ihren Anteil kaufe?«

»Erstens: Ich verlange mehr, als Sie meinen, daß mein Anteil wert ist. Und dann, wenn Sie zahlen, kaufe ich mir meine eigene Sägemühle und setze Ihre Firma matt, weil ich nämlich was von der Arbeit verstehe, während Sie sich bloß einbilden, daß Sie sich auskennen. Ich hab' mich mit Haut und Haar da 'reingekniet, und ich hab's gelernt, Madam. Ich kann einen Betrieb allein führen. Ich hab' das ein Jahr lang gemacht, sogar länger, denn Bonard Saxon hat mir fast die ganze Arbeit überlassen, als er krank wurde und zu Hause bleiben mußte.«

»Ich werde mit den beiden Herren Saxon in der Bank sprechen, und wenn ich ihren Rat eingeholt habe, treffe ich meine Entscheidung.«

»Und unterdessen?«

»Was, unterdessen?«

»Wie soll der Betrieb weiterlaufen, wenn überhaupt?«

»Er läuft weiter wie bisher.«

»Nein, Ma'am. Ich geh' heute abend nicht eher von hier weg, als bis ich weiß, wie's mit meiner Zukunft aussieht.«

»Mr. Betchley, lassen Sie uns doch vernünftig sein. Ich besitze Dreiviertel der Mühle. Daher stehen mir von Rechts wegen Dreiviertel vom Gewinn zu. Nun gut. Während der Zeit, da ich nicht in der Lage bin, die Leitung selbst zu übernehmen, werden Sie alles allein machen und mir hier Bericht erstatten. Sie sagen, Sie wollen kein Gehalt. Wir wissen beide über die Abrechnungen Bescheid. Ich bin bereit, Ihnen fünfunddreißig Prozent vom Gewinn zu überlassen, so daß mir für meine arme Familie nur fünfundsechzig bleiben.«

»Ihre Familie ist nicht arm, Ma'am.«

»Dann sind wir uns also einig.«

»Das habe ich nicht gesagt.«

»Was wollen Sie denn noch?«

»Wir müssen den Betrieb vergrößern. Ich kenne die Geschäftslage in Savannah und in Highboro, und ich weiß, wo und wie ich weitere Aufträge kriegen kann. Sagen wir so: Wenn das Geschäft im ersten Jahr, in dem ich die Firma führe, genausoviel einbringt wie im Vorjahr, bekomme ich vierzig Prozent und Sie sechzig. Alles, was über den Vorjahresgewinn hinausgeht, teilen wir halbe-halbe.«

»Ich bin nicht das hilflose Opfer, für das Sie mich halten, Mr. Betchley. Ich weiß jetzt, daß Sie ein gewissenloser Schuft sind, und ich ersuche Sie, auf der Stelle mein Haus zu verlassen.«

»Aber nicht mit eingekniffenem Schwanz. Wenn Sie darüber nachdenken, werden Sie auf meine Bedingungen eingehen.« Er erhob sich von seinem Sessel. »Und noch etwas. Ich weiß von Ihren Rendezvous im Wald in der Nähe der alten Marsh-Farm. Mein Sohn hat eines Tages einen Brief gefunden, den Sie dort verloren haben, und einen Kragenknopf, den ich mal an Ben Davis gesehen hatte. Da bin ich neugierig geworden, und ich hab' mich ein bißchen umgeschaut und vorsichtig rumgefragt. Ich hab' rausgekriegt, daß Sie sich im Winter im Egrenierwerk trafen. Sie wollen doch nicht, daß außer uns jemand von Ihren Geheimnissen erfährt? Ich komme morgen vormittag wieder, nachdem ich den Leuten ihre Arbeit zugeteilt habe. Wir dürfen nicht einen Tag verlieren, wenn wir so viel Gewinn machen wollen, wie wir nach meiner Meinung können.«

Als er bei der Tür angelangt war, sagte Frankie: »Das Begräbnis hat Ihnen gewiß gefallen, Mr. Betchley.«

Er machte ein bestürztes Gesicht. »Ich fand es sehr schön.«

16

Am nächsten Morgen fuhren Sarah und Jane nach Highboro, um Frankie einen Besuch abzustatten. »Wir müssen ihr gegenüber einen anderen Ton anschlagen«, sagte Sarah, während sie mit den Zügeln schlug, um Buster zu einem flotteren Tempo zu bewegen. »Die Menschen versammeln sich um ein Grab und zeigen sich mitleidig, doch ehe die Kränze verwelkt sind, haben sie alles vergessen. Ob wir sie mögen oder nicht, Frankie hat's verdient, daß wir uns ihrer annehmen.«

Sie trafen sie in aufgeregter Verfassung an; denn soeben hatte Eugene Betchley das Haus mit einer unterzeichneten Vereinbarung verlassen, die seinen Bedingungen bezüglich der Arbeit im Sägewerk voll Rechnung trug. Während sie ihr Trost zusprachen, da sie ihre Tränen als Ausdruck fortgesetzter Trauer deuteten, lud Sarah Frankie abermals nach Beulah Land ein. »Ach, Ma'am«, schluchzte Frankie, »nichts wäre mir lieber!« Sie kamen überein, Frankie und ihre Kinder morgen abzuholen; Wally würde einen

Lastkarren für das Gepäck mitbringen. Als sie fort waren, sagte sich Frankie, dies sei für sie das allerbeste. Umgeben von denen, die ihr nun wohlgesinnt sein mußten, wäre sie geborgen. Sie hätte Zeit zum Nachdenken und wäre vor Annabel in Sicherheit; denn Annabel, keineswegs darauf erpicht, ihre Würde mit Sarahs Schlagfertigkeit zu messen, ließ sich nur selten auf der Plantage blicken.

Da sie außer Molly niemanden hatte, der das Haus in der Stadt versorgen konnte, ließ Frankie sie dort; Sarah meinte jedoch, daß Frankie während ihres Besuches jemanden zu ihrer persönlichen Bedienung brauchte. Bei ihrem täglichen Gang zur Lichtung sprach sie mit Nancy darüber. »Jetzt, wo die Ernte eingebracht wird, habe ich niemanden zur Verfügung außer kleinen Mädchen und alten Omas, und die eignen sich nicht dafür. Wir brauchen eine irgendwo dazwischen.«

»Bleibt sie hier, bis das Kind kommt?«

»Ich weiß nicht.«

»Ich könnte mich doch um sie kümmern.«

»*Du*, Nancy?«

»Ich bin nicht gefährlich für sie«, meinte Nancy vieldeutig.

Sarah verstand sie nur in einem Sinn und stimmte ihr darin zu. »Du bist jetzt wieder genauso gesund wie ich; aber du bist kein Dienstmädchen, sondern eine von uns. Du wohnst hier.«

»Lassen Sie mich trotzdem.«

Sarah überlegte. »Es wäre natürlich nicht nötig, daß du den alltäglichen Kram erledigst. Das können die Mädchen ebensogut; aber sie wird eine Frau um sich haben wollen, die was vom Ankleiden versteht und die mehr kann als bloß kreischen und glotzen, wenn's plötzlich losgeht.«

Frankie war einverstanden, denn sie war neugierig auf Nancy. Es lag in ihrer Natur, daß sie versuchte, sie mit ihrem Charme für sich einzunehmen, doch als Nancy ihre Bemühungen nur belächelte, verzichtete sie auf ihre Tricks, und die beiden kamen recht gut miteinander aus. Waren ihre Gefühle auch nicht gerade von Zuneigung bestimmt, so fand doch eine jede die andere interessant und gelegentlich sogar amüsant. Es war das erste Mal seit ihrer Rückkehr nach Beulah Land, daß Nancy regelmäßig im großen Haus aus und ein ging. Sie verbrachte zwar nach wie vor die mei-

ste Zeit auf der Lichtung, doch sie kam morgens und abends hinunter, um Frankie beim An- und Auskleiden zur Hand zu gehen, und da diese ihre Hilfe dankbar annahm, erledigte Nancy bald auch andere Kleinigkeiten, die dazu beitrugen, der Schwangeren das Leben angenehmer zu machen.
»Du bist gut zu ihr, Nancy«, sagte Benjamin, als sie wieder einmal für ein paar Stunden auf der Lichtung beisammen waren.
Nancy machte ein verwirrtes Gesicht. »Wieso tut sie mir eigentlich leid?«
Er zog sein Hemd aus und warf es über eine Stuhllehne. »Weil du mich hast, schätze ich.«
»Sie hat dich auch gehabt.«
Er nahm sie bei der Hand und zog sie neben sich aufs Bett. »Nicht so wie du. – Wie kommt's, daß du da unten kraus bist?«
»Wie kommt's, daß du's nicht bist?«
Ihre Hände regten sich, die seinen auf ihrem, die ihren auf seinem Körper. »Ich hab' mein kraushaariges Mädchen vermißt.«
»Erntezeit.« Plötzlich lockte sie ihn mit sanfter Stimme: »Gib's mir, gib's mir, gib's mir.«
Er beobachtete ihr Gesicht, als er in sie eindrang; seine Augen forschten in den ihren nach den Geheimnissen, die sie verborgen hielten. Als sie sich hinterher ausruhten, sagte er: »Ich sehe ein graues Haar.«
»Ich werd' eben alt.«
»Das sollst du nicht sagen.« Ihre Köpfe waren dicht beieinander, und er blies ihr seinen Atem gegen die Stirn, die sie daraufhin in Falten zog. »Sag jetzt: ›Nimm deinen fetten Steiß aus meinem Bett und mach, daß du wieder aufs Feld kommst . . .‹«
Sie unterbrach ihn und beendete den Satz für ihn: »› . . . damit ich mein Bett machen kann. Ich hab' das Bett heute schon gemacht, und jetzt muß ich's noch mal machen.‹«
Er lächelte. »Erinnerst du dich noch an den Tag, als ich vor Daniel und Floyd nach Hause geritten kam? Wir hatten uns aufgemacht, um diesem Yankee – Sergeant Smede hieß er – heimzuzahlen, was er dir und Lotus und Lovey und Großpapa angetan hatte. Du hast draußen auf Tante Nells alter Bank gestanden und auf mich gewartet. Und dann hast du gesagt: ›Sie haben meine Entehrung gerächt!‹«

»Hast du ja auch.«
»An dem Abend waren wir zum erstenmal zusammen.«
»Ich mußte dich regelrecht zwingen«, stichelte sie liebevoll; sie fand an dieser altvertrauten Geschichte ebensoviel Gefallen wie er. »Du hattest Angst und warst elf Jahre alt. Hast dich spät entwikkelt.«
Er nahm ihr Gesicht in seine Hände. »Wären die anderen, die dir das angetan hatten, auch bei Smede gewesen, ich hätte jeden einzeln abgeschlachtet.«
»Meinetwegen brauchst du niemanden zu töten.«
Annabel kam nicht nach Beulah Land, weil ihr keine neue Rache an Frankie einfiel, nachdem Blair, ihr Gatte, ihr dringend geraten hatte, sich um ihre eigenen Angelegenheiten zu kümmern und die Witwe ihres Sohnes und ihres Bruders in Ruhe zu lassen. Er versicherte sich ihres Gehorsams, indem er ihr androhte, falls sie die Anwälte bemühe, werde er sich auf Frankies Seite stellen. Annabel mußte sich damit zufriedengeben, Frankie bei den Damen ihres Zirkels anzuschwärzen, doch deren Reaktion enttäuschte sie. Sie mochten nicht glauben, daß irgend jemand aus ihrem Bekanntenkreis zu den Sünden fähig war, deren Annabel Frankie bezichtigte, obwohl sich alles als wahr herausstellte, wenn auch nicht in der niederträchtigen Absicht begangen, die Annabel Frankie unterstellte. Die Damen schockierte es jedoch weit mehr, als sie hörten, daß sie gegenüber ihrer Köchin mit Butter und Eiern geizte.
Annabel blieb also fern; doch Eugene Betchley kam jeden zweiten Tag, um über die Arbeit in der Sägemühle Bericht zu erstatten, wie er es versprochen hatte. Frankie empfing ihn allein, während Nancy als Anstandsdame vor der Tür postiert war und Wache hielt, damit sie nicht gestört wurden. Es waren kurze und geschäftsmäßige Zusammenkünfte, bei denen Frankie aufmerksam lauschte und die Aktenordner prüfte, welche er ihr vorlegte. Eugene erhielt seine neuen Verfügungen, die sogar noch über das hinausgingen, was er sich ausbedungen hatte. Frankie glaubte allmählich, daß sie dabei nicht schlecht abschnitt, und vergaß völlig, daß sie gar keine andere Wahl hatte.
Eugene, dem sich, wie er es ausdrückte, »der Weg nach Beulah Land geöffnet« hatte, hielt die Augen offen. Er beobachtete, wie alles gemacht wurde und wie die Dinge liefen, und eines Morgens

in der zweiten Woche seiner regelmäßigen Besuche blieb er dort stehen, wo die Auffahrt an einer Biegung den Blick auf die Eichenallee freigab, an deren Ende das große Haus stand. »Das soll meins werden«, sagte er sich und lächelte bei dem Gedanken. Doch er besann sich auf einen anderen Morgen, als er sich Bessies armselige Farm als mögliche Beute auserkoren hatte. »Gut«, meldete sich seine innere Stimme, »aber das hier ist Beulah Land.« Der Klang des Namens genügte, um jedem armen Weißen in der Umgebung vor Ehrfurcht und Neid die Knie zittern zu lassen. Na und? Eugene war es gewöhnt, sich als auserwählten Menschen zu betrachten, und vielleicht wies ihm die Zukunft einen Weg.
Er träumte zwar gern, doch er arbeitete, rechnete und plante auch. Seit er in der Pension in der Stadt wohnte, gehörte der Besuch der St.-Thomas-Kirche für ihn zum Geschäft. Mit der Zeit wurde er für Frauen wie Annabel, Doreen und Priscilla ein vertrauter Anblick. Der kräftige, grobschlächtige junge Mann erschien ihnen allmählich wenn auch nicht als einer der ihren, so doch als jemand, der höher hinauswollte und mit Eifer ihre Umgangsformen erlernte und sich an ihre Spielregeln hielt.
An einem Sonntagmorgen im Oktober wartete er nach dem Gottesdienst am Fuß der Kirchentreppe auf Mrs. Oglethorpe und Priscilla, um in einer delikaten Familienangelegenheit ihren Rat zu erbitten. Priscilla blickte erschrocken drein; das Wort »delikat« reichte aus, ihr das Blut in den Kopf schießen zu lassen; Mrs. Oglethorpe dagegen musterte ihn mit furchtlosem Blick und forderte ihn auf, deutlicher zu werden. Er wolle seinen Sohn Theodore in die Stadt holen, damit die Schule für ihn bequemer zu erreichen sei und er von den städtischen Einrichtungen profitieren könne. Die Pension, in der er selbst Kost und Logis fand, schien ihm nicht das richtige; denn dort gingen Reisende aus und ein, und deren Sprache, die Damen mögen bitte verzeihen, sei als Vorbild für einen Christenmenschen beileibe nicht immer geeignet.
Priscilla gab zu bedenken, seine Mutter werde ihn sicherlich vermissen, worauf Eugene gespielte Verlegenheit zur Schau trug, die darauf abzielte, Mrs. Oglethorpes Neugier anzustacheln. Gab es etwa, so fragte sie, indem sie ihn durchbohrend anstarrte, ein bestimmtes Problem, das ihn zu dem Entschluß trieb, seinen Sohn in die Stadt zu holen?

Eugene zögerte; er schluckte, er schüttelte den Kopf; er holte tief Luft, was sie als Resignation auslegen mochten. Er bekannte, daß er sich wegen Mrs. Betchleys Einfluß auf den Jungen sorgte.
Aha! – Mutter und Tochter wechselten einen Blick.
Er begann mit seinem Bericht, brach dann mit einem neuerlichen Kopfschütteln ab, bis er aus der Enttäuschung in Mrs. Oglethorpes Augen den Schluß zog, er dürfe ruhig ein wenig mehr enthüllen, ohne ihren Tadel fürchten zu müssen. Indem er um sich blickte, als wolle er sich vergewissern, daß kein Unberufener ihn hören konnte – und tatsächlich beobachtete Annabel die Gruppe mit zunehmendem Interesse – murmelte er etwas von früheren Verfehlungen; er habe Bessie nicht recht durchschaut, als er sie heiratete, da er doch kaum dem Knabenalter entwachsen, sie hingegen eine reife Frau war, die, wie er zaudernd hinzufügte, »einen gewissen Schatz an Erfahrungen« besaß. Zu guter Letzt ließ er durchblicken, daß er um ihren Verstand fürchte.
Mrs. Oglethorpe wünschte eine Bestätigung. »Sie führt sich also verrückt auf?«
»Ma'am . . .« Er ließ den Kopf hängen. »Sie trinkt.« Mrs. Oglethorpes Augen gaben ihm zu verstehen, daß sie auf Schlimmeres gefaßt war, und er beeilte sich zu ergänzen: »Eines Tages – es ist mir zuwider, dies von ihr sagen zu müssen – kam ich unvermutet heim und überraschte sie, wie sie mit unserem Nigger am Küchentisch zu Abend aß.«
»Mit einem Schwarzen?« fragte Priscilla atemlos.
Eugene nickte.
»Mit ihr am gleichen Tisch?« Mrs. Oglethorpe wollte es genau wissen.
»Ja, Ma'am. Ich hab' ihn vom Stuhl geworfen und ihm gesagt, er soll machen, daß er aufs Feld kommt, wo er hingehört.«
»Recht so«, stimmte Mrs. Oglethorpe mitfühlend zu.
»Mrs. Troy geht sie manchmal besuchen, glaube ich.« Priscilla seufzte. »Sie ist immer so großzügig mit ihren Farbigen umgegangen; das hat Mrs. Betchley vielleicht beeinflußt.«
»Mein Junge war außer sich, das dürfen Sie mir glauben«, sagte Eugene.
»Armes Kind«, murmelte Priscilla.
Mrs. Oglethorpe straffte die Schultern. »Sie haben recht daran ge-

tan, zu uns zu kommen, Mr. Betchley. Ich werde es mir durch den Kopf gehen lassen, was Sie uns erzählt haben, und teile Ihnen dann mit, wozu ich Ihnen rate. Der Junge muß von seiner Mutter weg, soviel steht fest.«
Eugene bekundete in aller Demut seine Dankbarkeit für die Güte, ihm bei seinem Problem ihre Hilfe anzubieten. Sobald er sich entfernt hatte, rückte Annabel Priscilla und Mrs. Oglethorpe so entschieden zu Leibe, daß es ihnen nicht lange möglich war, das Geheimnis, das Eugene ihnen soeben anvertraut hatte, für sich zu behalten. Stets bereit, sich einer neuen Aufgabe zu widmen, meinte Annabel sogleich: »Sie müssen den Jungen aufnehmen, Mrs. Oglethorpe.«
»Einen *Knaben*?« Ann Oglethorpe erschauerte, als sie das Wort aussprach. »In *meinem* Haus?«
»Er wird Sie nicht fressen«, versicherte ihr Annabel. »Ich weiß doch genau, wie kümmerlich Ihre Einkünfte aus Ihren alten Eisenbahnanteilen bemessen sind. Die Verköstigung des Jungen wird Ihnen ein kleines zusätzliches Einkommen verschaffen. Haben Sie beide nicht immer gesagt, Sie seien des kleinen Mädchens beraubt? Also nehmen Sie, was der Herr Ihnen bietet; und ich gebe Ihnen mein Wort, daß Er Eugene zu Ihnen geschickt hat. Wenn Sie den Betchley-Jungen nicht aufnehmen, will ich von Ihnen nie wieder etwas von Christenpflicht hören. Sie müssen es so betrachten: Sie erfüllen Gottes Willen und werden für Ihre Güte belohnt. Und wer könnte einen besseren Einfluß auf einen heranwachsenden Knaben ausüben als Sie, Miss Ann?«
Im Laufe der Woche brachte Eugene seinen Sohn zum Barbier, der sein bäuerliches Aussehen verfeinerte und lieferte ihn dann bei den Oglethorpes ab, wo er ein schlicht möbliertes Zimmer bezog, das Vater und Sohn Betchley jedoch im Vergleich zu dem alten Farmhaus wahrhaft luxuriös erschien. Jedes Kind sieht sich gern als Mittelpunkt eines Dramas, und Theodore benötigte nur einen kleinen Wink seines Vaters, um Ann Oglethorpes finsteren Phantasien über sein Leben auf der Farm Nahrung zu geben. Da Ann und Priscilla von keinem Kind Artigkeit erwarteten und Theodore von keinem Erwachsenen annahm, daß er nett sei, war keiner vom anderen enttäuscht.

17

Ohne daß sie einen erkennbaren Grund dafür hätte angeben können, war Sarah durch die neue Entwicklung alarmiert; sie spürte, daß mehr dahintersteckte, als es den Anschein hatte. Annabel erzählte ihr, was geschehen war, als sie sich zufällig auf der Bank trafen. Mit Vergnügen Sarahs Bestürzung registrierend, prahlte sie, daß das Ganze ihre Idee gewesen sei. »Du siehst also, Tante Sarah, du bist nicht die einzige, die den vom Schicksal Geschlagenen einen Hafen zu bieten vermag!«

»Aber warum? Bessie wird einsam sein da draußen . . .«

»Von deinen häufigen fürsorglichen Besuchen bei ihr wirst du sicherlich wissen, daß sie trinkt?«

»Nicht einen Tropfen!«

Annabel rümpfte die Nase. »Du glaubst natürlich immer nur, was du glauben willst. O ja, die ganze Stadt weiß Bescheid. Sie trinkt. Und ihre Mahlzeiten ißt sie mit dem Nigger, den Gene Betchley für die Feldarbeit eingestellt hat. Ich weiß nicht, wie das enden soll; es ist einfach ein Skandal. Aber was für alle anderen ein Skandal ist, nimmst du ja meist als unabänderlich hin. Das hat deine Urteilsfähigkeit getrübt, wie ich bereits früher feststellte.«

Ohne sich auf einen Disput einzulassen, erledigte Sarah ihre Besorgungen bei der Bank und lenkte ihren Einspänner dann geradewegs zur Marsh-Farm. Bessie machte einen teilnahmslosen und gleichgültigen Eindruck.

»Je nun, Ma'am, Gene wollte es so haben, und der Junge wollte weg, was konnte ich da machen? Seit er zur Schule geht, war er mir ohnehin keine Hilfe mehr und leistete mir auch nicht Gesellschaft, er war ja den ganzen Tag nicht da. Vielleicht kann Mrs. Oglethorpe was Anständiges aus ihm machen. Meinetwegen soll sie's versuchen. Auf mich hat er ja ohnehin nicht gehört.«

Das Gerücht wegen der Trinkerei, das Sarah erwähnte, fand Bessie bloß amüsant. »Nein, Ma'am, aber ich kann's ja mal versuchen. Dann fühl' ich mich vielleicht nicht immer so einsam, daß ich am liebsten sterben möchte.« Sie äußerte diese Worte als harte Tatsachen, ohne jegliches Selbstmitleid.

Sarah beschloß, das Gerede über sie und den Knecht nicht zu erwähnen. Sie sagte in einem Ton, als bitte sie um einen Gefallen:

»Ich wollte, du kämst mich besuchen, wenn du Lust auf Gesellschaft hast.«
Bessie lachte. »Horrjeh, Miss Sarah, bei Ihrer Schar von Leuten brauchen Sie mich doch nicht!«
»Du bist jederzeit willkommen, denk daran. Du solltest dich mal einen ganzen Tag frei machen. Das ließe sich doch einrichten, oder?«
»Hm, Ma'am«, erwiderte Bessie unbestimmt. »Ich geh' aber nirgends hin. Hab' ich nie gemacht, und mach' ich auch jetzt nicht. Ich wart's einfach ab, daß alle Welt mich besuchen kommt!« Sie grinste ironisch, doch als Sarah fünf Minuten später aufbrach, wurde sie ganz zerknirscht. »Ich bin Ihnen ja so dankbar, daß Sie vorbeigekommen sind. Mama sagte immer, Sie waren die beste Frau, die sie kannte.«
Zwar verspürte Sarah beim Weggehen eine gewisse Niedergeschlagenheit, doch sie wußte, daß sie nichts weiter tun konnte, als ihre Besuche fortzusetzen. Wenn sie das nächste Mal käme, wollte sie Bessie ein Geschenk mitbringen; nichts zu essen oder zum Anziehen, sondern etwas Hübsches, Ausgefallenes, das sie eigens für sie gekauft hatte.
Da der Frühling spät gekommen war, ging der Herbst spät zu Ende, und der Schulanfang verzögerte sich. Doch jetzt war es soweit, und die Kinder machten sich bereit für neue Freundschaften und Feindschaften, von denen manche ein Jahr, andere ein Leben lang währen würden; sie gewöhnten sich an neue Lehrer, die sie verehrten oder haßten. Leon wurde die Verantwortung übertragen, den Wagen zu kutschieren, der zum Transport der sechs Kinder und ihrer Bücher bereitgestellt war. Leon handhabte die Zügel lässig, doch gewissenhaft; nie ließ er das Maultier gemächlich trotten, und niemals gab er Davys Drängen nach, in die Seitenwege einzubiegen und sie zu erforschen, als ob sie alle nicht längst wüßten, wohin jeder einzelne führte – meistens nämlich nirgendwohin; die Pfade öffneten sich vielmehr in der Regel auf eine Waldlichtung und zwangen zum Halten. Bobby Lee saß neben Leon, wie es seinem fast ebenbürtigen Stand zukam. Fanny, Bruce, Davy und Blair saßen hinter ihnen auf niedrigen Stühlen aus Rohrgeflecht, die Mädchen mit aufgespannten Sonnenschirmen, gleichgültig, wie das Wetter war. Davy zappelte herum, und oft sprang er vom Wa-

gen, um in ein Feld oder Wäldchen zu flitzen und mit einem Halm, einem Stein oder einer Feder, die für keinen außer ihm von Bedeutung waren, wieder zum Vorschein zu kommen. Anders als die meisten Kinder, die zur Schule hasteten, aber auf dem Heimweg trödelten, waren sie bestrebt, nach dem Unterricht so schnell wie möglich nach Beulah Land mit seinem abwechslungsreichen Leben zurückzukommen. Das alte Maultier, vom stundenlangen Warten gelangweilt, verfiel oft aus eigenem Antrieb in Trab, während die Kinder prahlten und alberten, stritten und sangen.

Am Donnerstag der ersten Novemberwoche fanden sie bei der Heimkehr ein neues Lebewesen vor; es war krebsrot, saugte zufrieden an der Mutterbrust, und es hatte sogar schon einen Namen. Als das Kind geboren war, erkundigte sich Nancy bei Frankie, wie es denn heißen solle, und Frankie erwiderte ohne zu zögern: »Edna May Davis. May nach meiner und Edna nach James' Großmutter.«

»Das war meine beste Freundin!« erklärte Sarah ihr erfreut, und sie hatte Frankie einen Augenblick lang beinahe gern, bis sie sich fragte, ob hinter der Wahl des Namens nicht Berechnung steckte.

»Ja, Ma'am«, erwiderte Frankie. »Das hat mir Benjamin – wann, weiß ich nicht mehr – mal erzählt.«

Annabel traf am nächsten Morgen mit einer Rassel und einem bebänderten Häubchen ein, das, wie sie sagte, Bonard als Baby getragen hatte. »Sie ist schrecklich rot«, tadelte sie. »Und dazu noch rote Haare, ein schwerer Schlag für ein Mädchen, weil sie garantiert Sommersprossen bekommt. Es wird interessant sein, wem sie gleicht, wenn sie heranwächst.«

Sarah erwiderte scharf: »Kleine Kinder sehen selten jemandem ähnlich. Das sagen die Leute nur, weil ihnen nichts Vernünftigeres einfällt.«

»Unsinn, Tante. Das Blut läßt sich nicht verleugnen. Der Zeitpunkt ihrer Geburt ist doch wirklich merkwürdig, da wird man uns ein paar Mutmaßungen schon verzeihen.«

Frankie war rasch wieder bei Kräften, und nach einer Woche kam Nancy nicht mehr von der Lichtung herunter, um ihr zur Hand zu gehen. Sarah forschte nicht nach dem Grund, aber Benjamin fragte sie bei ihrem nächsten Beisammensein.

»Weil ich das Baby nicht liebhaben will«, antwortete Nancy

prompt. »Weil's deins ist, und ich wollte, es wäre auch meins.« Benjamin ließ sie allein; er wußte, daß es jetzt nicht gut wäre, sie anzurühren oder noch mehr zu sagen.

Es war, als zwinge sich Frankie, so schnell wie möglich wieder auf die Beine zu kommen, nachdem sie wegen der Schwangerschaft so lange unbeweglich gewesen war. Sie wollte unbedingt in ihr eigenes Haus zurück. Mit einemmal hatte sie genug von den Menschen, die den ganzen Tag ein und aus gingen, so daß sie nicht eine Stunde für sich allein sein konnte. Sie vergaß, wie dankbar sie gekommen war, und brannte darauf, Beulah Land zu verlassen. Sie war von ihrer Last befreit und strebte vorwärts; vor allem wollte sie die Leitung der Sägemühle in die Hand nehmen. Eugene Betchley hatte seinen Vorteil erkannt und zu nutzen gewußt. Sie gelobte sich, alles daranzusetzen, um ihr Eigentum zurückzuerobern.

Fanny hatte gehofft, das Baby würde nie geboren, denn sie wäre am liebsten für immer auf Beulah Land geblieben, oder doch wenigstens über Weihnachten; aber sie wußte, daß es keinen Sinn hatte, sich dem Entschluß ihrer Mutter zu widersetzen, und so mußte sie sich mit Sarahs Einladung begnügen, wiederzukommen, wann immer sie konnte, und so lange zu bleiben, wie es ihr gefiel. Was Sarah für Frankie nicht empfinden konnte, das empfand sie für deren ältere Tochter, und Fanny hatte in Sarah endlich einen Menschen gefunden, den sie uneingeschränkt verehren konnte.

Eugene machte Frankie weiterhin auf Beulah Land seine Aufwartung; als sie aber in die Stadt zurückkehrte, nahm sie ihren Platz in der Mühle wieder ein, den sie wegen Witwentum und Schwangerschaft vorübergehend hatte verlassen müssen. Sie ging täglich hin und blieb gewöhnlich den ganzen Tag dort; ihr Mittagessen ließ sie sich hinausbringen. Molly murrte anfangs, und die Frauen in der Stadt klatschten. Einige bewunderten sie, weil sie sich damit abmühte, die Arbeit eines Mannes zu bewältigen, andere bemitleideten sie. Die meisten freilich verurteilten sie, sahen sie doch in ihrem Arbeitseifer einen Verrat an ihrem Geschlecht. Frankie beachtete sie nicht. Sie stillte Edna nicht mehr selbst, sondern engagierte eine Amme für sie.

Fanny liebte das Baby abgöttisch. Sie überließ es nur so lange dem Kindermädchen, wie sie in der Schule war, und pflegte ihre kleine Schwester in der übrigen Zeit selbst.

Frankie machte sich über Fannys Hingabe lustig, griff aber selten ein, da ihr an keinem der beiden Mädchen gelegen war. Wenn Blair aus der Schule kam, hielt er sich meistens bei Annabel auf. Da Fanny nach und nach die Führung des Haushalts übernahm, wandte sich Molly immer häufiger an sie, um ihren Rat oder ihre Entscheidungen einzuholen. Frankie begrüßte es, daß Fanny sich die ganze Verantwortung für den Haushalt auflud, weil ihr das mehr Freiheit für die Arbeit in der Mühle ließ. Luck besuchte ihre Freundin bei jeder sich bietenden Gelegenheit; sie schien genau zu wissen, wann jemand vom Elkschen Institut für ein paar Stunden in die Stadt fuhr. Sie warnte Fanny scherzhaft, nicht überheblich und herrschsüchtig zu werden, und Fanny gelobte es ihr. Es langweilte sie beide, mit Puppenhäusern zu spielen, und sie fanden in der echten Hausarbeit Befriedigung.
Eugene war so sehr in seine Tätigkeit im Sägewerk vertieft, daß er Frankies ständige Anwesenheit nicht übelnahm. Nachdem er seine Bedingungen durchgesetzt hatte, akzeptierte er Frankie, wo sie ihm nützte, war jedoch stets bereit, ohne sie auszukommen, sollte sie der Geschäfte überdrüssig werden. Als sie aber ausharrte, gewöhnte er sich an sie und sprach mit der Zeit zwangloser über die täglichen Belange; und auf einmal wurde ihr klar, wenn er es auch nicht zugab, daß er angefangen hatte, ihr Urteil zu schätzen und sich bisweilen danach zu richten. Eugene war nicht dumm, und er erkannte, daß Frankie ihm gewachsen war. In der Reife ihrer Jahre war sie nie schöner gewesen als jetzt in ihrer Unabhängigkeit. Ohne mit einem Ehemann belastet zu sein – und da sie zwei gehabt hatte, wußte sie, welche Plage Ehemänner sein können –, besaß sie ein eigenes Haus und ein einträgliches Geschäft. Sie strahlte vor Gesundheit und Zufriedenheit. Sie war zweiunddreißig und selbstbewußt. Er war fünfundzwanzig und ehrgeizig, und er wußte, was er als nächstes tun würde.
Wenn sie auch nie über persönliche Angelegenheiten sprachen, so herrschte doch eine gewisse Vertrautheit zwischen ihnen. Eines Abends, nachdem sie eine Fuhre Fichtenholz, die bei der Mühle abgeladen worden war, inspiziert hatten, schlenderten sie gemeinsam am Fluß entlang zum Büro zurück, und für Eugene war es ganz natürlich, mit einem Kopfnicken zu den neuen Gebäuden am anderen Ufer zu deuten und zu sagen: »Hätten Sie denen das

Land nicht gegeben, hätten die nicht bauen können und müßten wegziehen, und wir hätten Platz an beiden Ufern. Den werden wir bald brauchen, und jeden Tropfen Wasser aus dem Fluß dazu.«
Für sie war es ebenso natürlich zu antworten: »Damals wußte ich nicht, was ich jetzt weiß.«
Dies war der höchste Grad an Vertraulichkeit, den sie sich leisteten, doch es war ein Einverständnis, das ihr gemeinsames Interesse an ihrem Geschäft förderte. Frankie war ihre Macht über Männer dermaßen in Fleisch und Blut übergegangen, daß sie die Möglichkeit, Eugene in ihren Bann zu ziehen, durchaus erwog, sosehr sie auch bei ihren täglichen Begegnungen bestrebt war, sich ausschließlich auf ihre Augen und ihren Verstand zu verlassen. War Eugene auch ungeschliffen, so war er doch lernfähig. Er tat heute, was er früher nie getan hatte: lächeln. Er lächelte oft, auf rein mechanische Weise. Niemand führte das auf gute Laune zurück; aber war es auch unecht, so ebnete es ihm doch seinen Weg. Im Gegensatz zu Frankie wußte er, daß er auf das Wohlwollen der Stadtbewohner angewiesen war. Seine Anerkennung durch Ann Oglethorpe und Annabel Saxon war der Anfang gewesen, und nun machte er sich bereit, die nächste Sprosse auf der Leiter zu erklimmen.

18

Petey war ein Mann Ende Fünfzig, weder dumm noch gewitzt. Er arbeitete, wenn er beobachtet wurde, nicht flink und nicht gut, doch er lavierte sich stets irgendwie durch. Pflückte er Baumwolle, so übersah er ein paar reife Kapseln; melkte er eine Kuh, so führte er die Aufgabe nie zu Ende, sondern ließ ein Viertel der Milch im Euter zurück. Jätete er Unkraut, so ließ er genug stehen, so daß es sich beim nächsten Regen wieder ausbreiten konnte. Als Eugene ihn vor zwei Jahren für die Feldarbeit einstellte, war Petey bereit, die abgeschiedene Lage der Farm in Kauf zu nehmen, und der Lohn, den er verlangte, war fast so niedrig, wie Eugene zu zahlen beabsichtigte. Bessie, die ihm anfangs mit Mißtrauen begegnete, hatte sich inzwischen mit ihm abgefunden. Solange sie ihn nicht allzuoft dabei erwischte, daß er sich von der Arbeit ausruhte, schalt sie ihn nicht. Sie ließ ihn ein wenig pflügen, Wasser pumpen, Holz hacken, aber nie Schweine und Hühner versorgen; um die kümmerte sie sich selbst. Eugene verlangte mehr von ihm, und Bessie sah sich in die Lage gedrängt, den Knecht zu verteidigen. Petey wünschte sich nichts weiter als ein friedliches Leben. Er tat nichts Unrechtes, sagte sie sich und ihrem Mann. Und hatte er nicht die riesige Klapperschlange getötet, die sie da unten an der Stelle gesehen hatte, wo der Fluß in jedem August bis auf ein Rinnsal austrocknete? Hätte er das nicht getan, so würde sie vor lauter Angst nie wieder dorthin gehen. Oder sie wäre womöglich eines Nachts totgebissen worden, und niemand wäre in der Nähe gewesen, um ihr zu Hilfe zu kommen. Die Andeutung, daß sie allein leben mußte, genügte gewöhnlich, um Eugene zum Schweigen zu bringen.

O ja, anfangs war sie argwöhnisch gewesen. Sie verachtete Neger und hatte Angst vor ihnen. Doch Petey bewegte sich auf der Farm, als ob er Bessie gar nicht wahrnähme, es sei denn, sie stand unmittelbar vor ihm; außerdem verzehrte er immer alles, was sie ihm auf den Teller lud, bis auf den letzten Krümel. Während dieser ersten Zeit war Theodore bei ihr, oft auch – später nur manchmal und jetzt nie mehr – Eugene; warum also sollte sie sich vor dem alten schwarzen Mann fürchten, dessen linkes Bein beim Gehen so eigenartig zuckte, was ihr aber erst auffiel, als er schon ein halbes Jahr bei ihr arbeitete? Bei kaltem Wetter wurde das Zucken schlimmer, und manchmal, wenn sie am Morgen Feuer im Herd machte und die Küche langsam warm wurde, ließ sie ihn ein Weilchen dort stehen, nachdem er die Milch hereingebracht hatte. Er schlief im Schuppen und aß allein auf den Stufen zum Hintereingang von einem extra Teller. Das Besondere an diesem Teller war ein Sprung, und Bessie benutzte ihn zu nichts anderem als für Peteys Verpflegung. Er trank auch aus einer bestimmten Tasse und hatte sein eigenes Besteck.

Bessie sagte nicht viel zu dem Mann; sie erkundigte sich nicht nach seinen Angehörigen, ja sie wußte nicht einmal, ob er überhaupt welche hatte, wenngleich sie sich zu erinnern glaubte, daß Eugene ihr einmal erzählte, Petey habe keine Familie. Es kümmerte

sie auch nicht weiter. Doch nun, da sie allein war, ohne ein Lebewesen, dem sie »Pfui!« zurufen, ohne einen Hund, den sie treten, ohne eine Katze, die sie verscheuchen konnte, sprach sie ihn hin und wieder an. Er sagte nichts, schien aber zuzuhören, und manchmal nickte er. Ein- oder zweimal hatte er gelacht, wenn sie eine komische Redewendung gebrauchte oder eine, die er für komisch hielt. Neuerdings ertappte sie sich dabei, daß sie sich überlegte, was wohl seine Lieblingsspeise sei, und sonntags, wenn sie Lust hatte, buk sie eine kleine, einfach glasierte Torte. Sie redete sich ein, sie tue dies für den Fall, daß Theodore sie besuchen käme, doch er kam nie, und Eugene ließ kein Wort verlauten, daß er ihn einmal mitbringen wolle. Sie hätte natürlich ohne weiteres zu ihm gehen können, sagte sie sich. Sie wußte, daß Miss Sarah dieses Haus in der Stadt aufsuchte, wenn sie Bens Tochter zu ihrer Ma und Großmama brachte. Doch es kam nie dazu, und eigentlich war ihr die ganze Sache auch viel zu umständlich. Das kam ja einer Bettelei gleich; und was wäre, wenn sie sich zufällig einen Tag aussuchte, an dem niemand zu Hause war?
Als die Tage kürzer wurden, schienen ihr die Nächte endlos. Zuweilen saß sie auf ihrem Stuhl am Küchenherd, dessen Glut längst zu Asche verkohlt war und keine Wärme mehr ausstrahlte, doch sie machte sich nicht die Mühe, in dem einzigen vorhandenen Kamin ein Feuer zu entfachen; oder sie lag in ihrem Bett und fragte sich, welche Stunde es wohl sein mochte; sie wußte es nicht, weil sie keine Uhr besaß. Wozu brauchte sie eine Uhr? Die Nächte fürchtete sie am allermeisten, denn sie wurden länger und kälter, ehe sie abermals kurz und warm würden und sie die Decken von sich werfen und sich ausstrecken konnte, statt sich zusammenzurollen, um ihr einsames Ich zu wärmen.
Sie hatte keine näheren Nachbarn mehr, seit Reverend Paul und Miss Ona fortgezogen waren. So wenig sie auch zum Leben brauchten, nicht einmal das brachte die kleine Landkirche ein, deshalb hatten sie die Tür vernagelt und waren weggegangen. Bessie war einmal hinübergewandert und hatte sich auf dem Kirchhof niedergesetzt, ohne jemanden anzutreffen. Sie fragte sich, wann Miss Sarah wiederkommen würde. Das ließ sich nie voraussagen; sie hielt sich nicht an einen bestimmten Tag. Bessie hatte eigentümlicherweise immer im Kopf, was für ein Wochentag es war.

Mit dem kalten Wetter war auch das Zucken in Peteys Bein wiedergekehrt. Es widerstrebte ihr, sich das einzugestehen, doch sie fürchtete den Augenblick, da er sein Essen verzehrt hatte und zum Schuppen zurückging. Er war nicht gerade gesellig, aber er war da, und es verschaffte ihr Befriedigung zuzusehen, wie er alles aufaß, was sie ihm auf den Teller häufte. Eines Abends war es windig, regnerisch und kalt, und sie ließ es zu, daß er seine Mahlzeit auf der Holzkiste neben dem Herd einnahm. Er blickte sie dankbar an, und sie sagte ihm, er könne es von jetzt an immer so halten, solange niemand anders zugegen sei.
So kochte sie denn, lud sich ihren Teller voll und leerte ihn allein am Tisch. Danach machte sie seinen Teller fertig, ging zur Tür und rief ihn vom Schuppen herein. Da sie es aber bald zu umständlich fand, zwei Portionen nacheinander zuzubereiten, ging sie dazu über, ihren und seinen Teller gleichzeitig herzurichten; sie ließ ihn hereinkommen und auf der Holzkiste Platz nehmen, während sie sich an den Tisch setzte. Sie zeigte ihm, daß er dies nicht als Vertraulichkeit zu verstehen habe, indem sie nie das Wort an ihn richtete, solange sie aßen. Das würde er respektieren, dachte sie. Doch dann sagte sie einmal etwas – sie vergaß gleich wieder, was es war – irgendwas über das schlechte Wetter, oder wann er glaube, daß der Plymouth-Gockel geschlachtet werden müsse, damit er nicht zu alt und zum Essen zu zäh würde. Irgend etwas in der Art, beileibe nichts Persönliches.
Es war Mitte Dezember an einem stockfinsteren Abend, als sie das letzte Mal so zusammensaßen. Sie sann laut darüber nach, ob sie ihren Hühnerstall versetzen sollte, weil der Wind anscheinend meistens von dort wehte und sie im letzten Sommer an manchen Tagen den Gestank nicht mehr ertragen konnte. Er hatte wie gewöhnlich nichts erwidert, nur ein- oder zweimal genickt. Sie saßen einfach da, sie am Tisch, er auf seiner Holzkiste, ein jeder führte den Löffel zum Mund, als die Tür aufflog und, Gott behüte, Gene mit einer Axt in der Hand hereinkam und auf sie losging. Sie wußte es, sie hatte es die ganze Zeit gewußt, seit er ihre Ma umgebracht hatte, aber sie fragte, als habe sie keine Ahnung: »Gene, was hast du vor?«

19

»Hast du schon gehört? Hast du gehört, was Schreckliches passiert ist?«
»Was denn? Erzähl schon!«
»Der arme Mann, ach, der *arme* Mann! Seine eigene Frau! Welch ein Anblick für ihn!«
Nicht nur die Bummler in der Stadt und die Müßiggänger auf der Bahnhofstreppe, auch die ehrbarsten Damen und die rechtschaffensten Herren bemitleideten den Mörder und verdammten seine Opfer.
»Hat sie mittendrin erwischt, ihn mit runtergelassener Hose, sie mit hochgerafftem Rock. Der Sheriff sagt, noch lange, nachdem er tot war, war sein Schwanz so hart wie'n Stück Walnußholz.«
»Und überall hat's nach Schnaps gestunken.«
»Schlimm genug mit 'nem Weißen, und sie war ja nie wählerisch. Ben Davis war nicht der einzige, der seine Füße in ihrer Quelle gebadet hat. Ehrlich gesagt, wenn ich's auch ungern zugebe . . .« (ein verschlagenes Zwinkern, ein Warten, ob Gelächter folgte) » . . . aber mit 'nem *Nigger*.«
»Wo sind sie, hast du sie gesehen?«
»Der Sheriff hat sie auf seinem Wagen in die Stadt geschafft. Es heißt, Gene hat dem Nigger den Schädel in zwei Hälften gespalten, und sie sieht nicht viel besser aus.«
»Hat den Verstand verloren, als er sie sah, schätze ich.«
»Kein Wunder . . .«
»Was denn noch? Erzähl mir alles!«
»Also, wie er sieht, was er getan hat, reitet der arme Mann zum Sheriff. Dann sind sie zusammen zurück. War genau, wie er's beschrieben hat: Sie und er Seite an Seite auf dem Boden.«
»Er hätte sie auf die Straße schleppen und den Geiern zum Fraß vorwerfen sollen.«
»Genau.«
»Was wird mit Gene?«
»Der Sheriff hat ihn nicht eingelocht.«
»Das will ich meinen! – Man müßte ihm ein Denkmal setzen, wie wir's für unsere Soldaten getan haben.«
»Die alte Troy und ihr Ben haben die Frau abgeholt. Der reiche

Elk-Neger drüben von der Schule ist gekommen und hat den Kerl mitgenommen. Schämt sich wohl für seine Rasse; will ihn unter die Erde bringen, damit alle die Sache schnell vergessen.«
»Ich vergeß' das meiner Lebtag nicht.«
»Die Nigger verkriechen sich, merkst du's? Keiner läßt sich draußen blicken, außer wenn sie wohin geschickt werden, und dann huschen sie ganz schnell über die Straße.«
Es wurde alles mögliche geredet; nur weniges kam der Wahrheit nahe, die niemand außer Eugene genau kannte. Selbst auf Beulah Land ließen sich Sarah und Benjamin nur auf Vermutungen ein, wenn sie allein in Sarahs Büro zusammensaßen. Sie teilten Leon die Fakten mit, da sie wußten, daß er sie ohnehin erfahren würde, und drückten ihre Überzeugung aus, daß seine Mutter sich nichts Unrechtes hatte zuschulden kommen lassen. Als Leon sagte: »Er hat sie umgebracht, wie er's mit Oma Marsh gemacht hat«, erwiderte Sarah gefaßter, als ihr zumute war: »Das kann man nie wissen.«
Benjamin aber vertraute sie an: »Ich wollte ihr etwas Hübsches schenken, aber ich hab's aufgeschoben, weil Leon in der Schule war und ich nicht allein gehen wollte. Es ließ sich immer etwas anderes finden, das dringend erledigt werden mußte. Das einzige, was ich ihr nun geben kann, ist ein hübscher Sarg. – Ich hasse hübsche Särge!«
Sie kauften trotzdem einen, und Jane und Nancy wuschen Bessies gemarterten Körper und legten sie hinein. Reverend Horace Quarterman von St. Thomas weigerte sich, in seiner Kirche den Trauergottesdienst abzuhalten, doch Tom und Elizabeth brachten den Landpfarrer, der sie getraut hatte, nach Beulah Land, und er improvisierte auf dem Kirchhof von Highboro eine kurze Feier. Sarah bestand darauf, daß Bessie in dem Teil des Friedhofs begraben wurde, der den Toten von Beulah Land vorbehalten war, obgleich jedermann sagte, dies sei ein Skandal, wenn nicht gar Blasphemie; und Annabel Saxon erklärte, sie wolle jedesmal auf das Grab spukken, wenn sie daran vorbeikäme. Gehsteige und Veranden blieben leer, als der Trauerzug, bestehend aus drei Einspännern und einem Wagen mit dem Sarg, seinen Weg durch die Stadt zum Kirchhof nahm. Außer dem Geistlichen, der mit Wally auf dem Leichenwagen fuhr, waren nur die Familie Todd, das Ehepaar Cooper, Sarah, Benjamin, Bruce und Leon zugegen. Als der Geistliche gerade sei-

ne Ansprache begann, kam Fanny Saxon atemlos angelaufen und gesellte sich wortlos zu ihnen. Der Pfarrer hielt eine schlichte Rede und rezitierte den dreiundzwanzigsten Psalm. Gemeinsam sangen sie *Beautiful Isle of Somewhere,* wobei Benjamin Leons Hand umklammerte, und das war alles.

Während das Begräbnis stattfand, saßen Eugene Betchley und Frankie Davis im Büro des Sägewerks. Sie hatte ihre Erschütterung und ihr Mitgefühl bekundet, als ihr tags zuvor mitgeteilt wurde, was geschehen war. Der Sheriff hatte sogleich verlauten lassen, daß Eugene Betchley von Rechts wegen für seine Tat kein Vorwurf zu machen sei. Er hatte wie ein Ehrenmann gehandelt. Da die Frau und der Mann für Sühne und Verdammnis unerreichbar seien, lasse man die Sache am besten auf sich beruhen. Möge das Geschehene allen eine Lehre sein, Schwarzen *und* Weißen.

Eugene versteckte sich nicht, sondern erschien wie gewöhnlich im Sägewerk. In der Mühle war kein einziger Neger beschäftigt, und die weißen Arbeiter stellten sich in einer Reihe auf, um ihm die Hand zu schütteln. Frankie beobachtete die Szene vom Fenster aus, und als Eugene das Büro betrat, erwähnte sie beiläufig eine Bestellung, die auf dreihundert Klafter entrindetes halbzolldickes Fichtenholz lautete und die sie am Morgen auf ihrem Schreibtisch vorgefunden hatte. Danach erörterten sie weitere Bestellungen. Erst als er sagte, er wolle hinausgehen und nach den Arbeitern sehen, wagte sie eine persönlichere Bemerkung: Sie sei überzeugt, er werde die Vergangenheit bald vergessen und nur noch an die Zukunft denken.

»Ist bereits geschehen«, erwiderte er.

Sie wartete, daß er entweder hinausging oder weitersprach, doch als nichts von beidem geschah, sagte sie: »Das freut mich.«

Er nickte. »Ja, und das geht auch Sie an.«

»Ich erwarte, daß wir weiterhin als Partner zusammenarbeiten, in beiderseitigem Interesse.«

»Ich denke, wir sollten mehr sein als das.«

»So?« Die Überraschung verlieh ihrer Stimme einen scharfen Klang.

»Mann und Frau.«

Sie starrte ihn an.

»Das kommt überhaupt nicht in Frage«, erwiderte sie kühl. »Ich

muß mich wohl höflich für den Antrag bedanken, aber ich fühle mich keineswegs geschmeichelt.«
»Schade«, sagte er langsam, »weil's nämlich sein muß.«
»Ich sagte nein.«
»Was glauben Sie wohl, weshalb ich es getan habe?«
Ihre gekränkte Miene wich ungläubiger Bestürzung. »Wir wollen nie wieder davon sprechen. Ich gebe Ihnen mein Wort, daß ich nie mehr an das denken werde, was Sie gerade gesagt haben.«
»Nicht nächste Woche oder nächsten Monat. Nicht einmal Sie dürfen drei Ehemänner in einem Jahr haben. Sagen wir: Hochzeit im Mai.«
»Nein.«
»Wenn ich Mrs. Saxon erzähle, was ich weiß, wird sie mir glauben und, mit mir als vereidigtem Zeugen, gegen Sie antreten. Ben Davis wird es nicht abstreiten, denn das würde bedeuten, daß er jeden Anspruch auf das Baby aufgibt. Er weiß, daß es seins ist, und Beulah Land hatte schon immer eine Vorliebe für seine Bastarde. Wer wüßte das besser als ich? Mrs. Saxon nimmt Ihnen die Mühle weg und jagt Sie aus der Stadt. Wollen Sie etwa wieder arm sein? Ich kenne Ihre Familie in Savannah. Sie waren die Lilie vom Rübenacker, kein bißchen besser als ich. Heiraten Sie mich, und Sie sind für immer in Sicherheit, weil jeder ein Geheimnis vom anderen hütet.«
Frankie gehörte nicht zu den Frauen, die leicht hysterisch werden, obgleich sie sich zuweilen so gestellt hatte, wenn sie fand, daß es ihr einen Vorteil einbrachte. Doch jetzt kreischte sie wutentbrannt und in vollem Ernst. Der Lärm wurde allerdings vom Singsang der Sägen draußen verschluckt, die das Holz schnitten, durch das sie reich bleiben konnte.

Als Sarah nach Hause kam, schickte sie Mabella zu Nancy und ließ sie zu sich ins Büro bitten. »Nancy«, sagte sie ohne Umschweife, »ich wünsche, daß du ab sofort den Haushalt führst. Ich bin dazu nicht mehr in der Lage, und keine andere kennt mich und Beulah Land so wie du. Dafür kommst nur du in Frage.«

Dritter Teil
1895

1

Lange Zeit hatte es auf Beulah Land nur ein einziges Grab gegeben, nämlich das des Sklaven Ezra; inzwischen aber waren auch seine Frau Lovey, sein Sohn Floyd, dessen Frau Lotus und Selma, die Tochter des allerersten Herrn von Beulah Land, an den sich nur noch wenige unter den Lebenden erinnern konnten, hier begraben. Sarah hatte einen Eisenzaun um den Friedhof errichten lassen, um streunende Tiere fernzuhalten. Es gab dort Blumenbeete, die Jane pflegte, einen Baum und eine von niemandem benutzte Steinbank. Besucher kamen nur auf einen Sprung, lasen pflichtschuldigst Namen und Daten und gingen wieder, und jene, die gern an der Stätte verweilten, ließen sich lieber auf den Grabsteinen nieder. Sarah und Roman saßen häufig auf Loveys Grab.

»Glaubst du, es gibt wirklich einen Himmel?« fragte Roman eines Tages.

Sarah nickte und zuckte gleichzeitig die Achseln. »Irgendwo, für jene, die wir lieben. Die wir hassen, kommen natürlich in die Hölle. Für die hier gibt es gewiß einen Himmel, und auch für Casey und Leon und meine liebe Edna.«

»Und Proctor.«

Sie berührte seine Hand. »Und Rachel.«

»Arme Rachel«, sagte er. »Ob sie jemals glücklich war?«

»Mit James«, antwortete Sarah, nachdem sie eine Weile nachgedacht hatte, »und als Kind. Ich erinnere mich an sie und Leon, vor allem einmal, obwohl es bestimmt recht oft vorgekommen ist. Da drüben stand früher ein Granatapfelstrauch, und du hattest mit Rachel eine Frucht auseinandergepflückt . . .«

»Das weiß ich noch.«

»Leon schnappte sich Rachel und warf sie in die Luft. Ich höre die beiden noch juchzen und lachen.«

»Oh, die Qualen der Liebe«, sagte Roman ruhig, doch mit einem Anflug von Spott. »Ob Leon dort, wo er jetzt ist, mich wohl als seinen Sohn anerkennen und lieben wird, was meinst du? – Denn ich komme ganz gewiß dorthin!«

»Sicher«, sagte sie und meinte damit sowohl die Frage wie die Feststellung.

Roman lachte. »Tante Nell wird jeden Tag süße Reibeplätzchen zum Frühstück essen.«

»Und ein wenig Eichhörnchenhaschee«, ergänzte Sarah.

Roman ahmte liebevoll Nells Stimme nach: »Ich hatte stets eine Vorliebe für Eichhörnchenhaschee. – Wie geht's Lauretta?«

»Ist lange her, seit ich das letzte Mal von ihr gehört habe. Ich kann mir allerdings nicht vorstellen, daß sie tot ist. Das hätte mir irgendwer geschrieben. Ich glaube nicht, daß Lauretta ohne einen letzten großen Auftritt abtreten würde.«

»Für mich ist es unvorstellbar, daß sie überhaupt jemals stirbt«, meinte Roman.

»Nun, sie verhieß uns, es *auf der Stelle* zu tun, als der gute Colonel ins Paradies marschierte. Das war im Juni – vor sechs Jahren.«

»Es würde mich nicht wundern, wenn uns jemand erzählte, man hätte sie in Paris Cancan tanzen sehen.«

»Roman, sie ist sechsundachtzig.«

»Ich schätze, inzwischen hat sie fünfzehn Jahre abgestrichen und überlegt sich genau, wie sie lange vergangene Ereignisse schildert. Übrigens sollen die Pariser ein Faible für alte Damen haben.«

»Dann muß ich schleunigst mein Bündel schnüren und sehen, daß ich dorthin komme.«

»Und was ist mit Annabel? Himmel oder Hölle?«

Wie auf ein Stichwort lehnte Annabel sich über den Zaun und gaffte die beiden an. »Wie könnt ihr nur auf dem kalten Grabstein hocken? Wir haben Januar, wißt ihr das nicht?«

»Wir sind warm angezogen«, gab Sarah zurück.

Annabel musterte Sarahs altes Wollkleid mit dem roten Schal und rümpfte die Nase. »Von Mode hast du noch nie etwas verstanden. Es war dir immer egal, wie du dich anzogst.«

»Ich bin froh, daß es mit der Turnüre vorbei ist. Ihr habt damit alle so lächerlich ausgesehen.«

»Die einzige, die grotesk aussah, warst du, weil du keine hattest.«

»Casey war mit meinem Hintern zufrieden, so wie er ist, und ich sah keinen Grund, ihn zu verändern, indem ich wie ein Gaul einen Karren hinter mir herzog.«
»Tu doch nicht so, als wärest du hinterm Mond, Tantchen. Du hast Reifröcke getragen; ich sehe dich noch ganz deutlich vor mir.«
»Die hatten doch alle.«
»Außer mir«, bemerkte Roman.
»Guten Morgen, Roman. Wieso sind Sie nicht in der Schule? Ist heute ein Feiertag?«
»Ich habe mit dem Unterricht aufgehört«, rief er ihr in Erinnerung, »und bin heimgekommen, um hier in Ruhe zu leben.«
Da fiel es ihr plötzlich wieder ein. »Seht ihr, wie durcheinander ich bin? Komm irgendwohin, Tantchen Sarah, wo wir uns unterhalten können, denn hier draußen setze ich mich ganz bestimmt nicht hin. Aber ich habe etwas Wichtiges mit dir zu besprechen.« Sie ging zielstrebig aufs Haus zu und hinein, unentwegt redend, denn sie nahm es als selbstverständlich an, daß man ihr folgte. Sie marschierte am Wohnzimmer vorbei, als hielte sie es für einen zu frivolen Rahmen für das, was ihr auf dem Herzen lag, und begab sich geradewegs in Sarahs Büro. Roman flüsterte Sarah zu, er wolle gehen, doch sie schüttelte den Kopf und zog ihn so lange mit sich, bis er freiwillig folgte. Wenn es sich irgendwie vermeiden ließ, empfing sie Annabel nie allein.
»Ach, Sie sind auch mitgekommen«, sagte Annabel, als Roman sich einen Stuhl neben den Sarahs zog. »Das ist schon recht, denke ich, denn schließlich waren Sie der erste Skandal auf Beulah Land.« Sarah und Roman brachen in Lachen aus. »Ich weiß wirklich nicht, was daran so lustig ist.«
»Annabel«, sagte Sarah, »auch mit fünfundsechzig kannst du dir noch längst nicht jede Unverschämtheit erlauben.«
Annabel verdrehte die Augen. »Leider; man hat beklagenswert wenig Vorteile vom Alter. – Nun bin ich hier und weiß nicht einmal recht, warum ich gekommen bin, aber weil du die älteste in unserer Familie bist, Tantchen, kommen eben alle zu dir, obwohl ich mich nicht entsinnen kann, daß du jemals einen wirklichen Orakelspruch von dir gegeben hättest.«
»Ich erteile keine Ratschläge«, sagte Sarah. »Ich höre zu, wenn auch manchmal widerwillig.«

»Es geht um Blair III. Er kehrt nicht nach Charlottesville zurück.«
»Ich dachte, er verlängert bloß seine Weihnachtsferien.«
»Wir müssen entscheiden, was er tun soll.«
Sarah sah sie verwundert an. »Was möchte er denn tun?«
»Nichts«, sagte Annabel.
»Aha, da liegt dein Problem.« Sarah hatte gelernt, Annabel bestimmte Fragen nicht zu stellen, wohl wissend, daß diese nur noch unverständlichere Erklärungen nach sich zog; sie vertraute darauf, daß sie das Wesentliche erfassen würde, wenn sie Annabel einfach reden ließ.
»Vielleicht die Bank?« schlug Roman vor.
»Kein Köpfchen für Zahlen.«
»Warum verschafft Frankie ihm nicht einen Posten in der Mühle?«
Annabel schnaubte vor Erbitterung. »Kannst du dir Blair im Sägewerk vorstellen?«
Die drei führten sich den geschniegelten jungen Mann vor Augen.
»Nein«, gab Sarah zu. »Immerhin, er müßte ja keine Bäume fällen und brauchte die Leute nicht herumzukommandieren. Könnte er sich nicht für Büroarbeit und Transport erwärmen? Vielleicht wäre das Büro in Savannah das richtige für ihn.«
»Gene will davon nichts hören. Er will Blair in keiner seiner Unternehmungen dulden und hat ihm befohlen, das Haus zu verlassen. Natürlich ist Blair zu mir gekommen. Er hängt an mir, wie jedermann weiß. Sogar seine Mutter hat ihn im Stich gelassen.«
»Frankie liebt den Jungen«, widersprach Sarah.
»Schon möglich, aber sie hat Angst vor Gene und würde nichts gegen ihn unternehmen. Wenn ich bedenke, daß denen die Firma gehört – mir haben sie den Betrieb gestohlen! Eine Schwester hat ja wohl ein größeres Anrecht als eine dahergelaufene leichtsinnige Ehefrau ...«
»Jetzt berichte uns doch erst einmal, was passiert ist.«
Annabel fummelte nervös am Verschluß ihres Täschchens. »Gene hat den Jungen immer gehaßt.«
»Blair ist auch nicht gerade in Eugene vernarrt.«
»Wer ist das schon?«
Sarah meinte: »Blair hat auf jeden Fall das Recht, bei seiner Mutter zu wohnen, bis er sein eigenes Heim hat.«
»Gene hat eine Stinkwut auf den Jungen.«

»Weswegen?«
»Er hat sogar gedroht, ihn umzubringen; ein ausgesprochen brutales Scheusal ist er.«
»Darüber möchte ich nicht mit dir streiten.«
»Es hat ein Mißverständnis gegeben. Gene ging gestern in Theodores Zimmer – ich weiß nicht, was er am hellichten Nachmittag zu Hause wollte. Blair sagt, er ist um diese Zeit sonst nie daheim. – Ich kann's einfach nicht glauben; der Mann muß verrückt sein. Blair streitet es ab, aber Theodore behauptet, Blair hat ihn gezwungen.«
»Theodore ist fünfzehn und läßt sich gewiß zu nichts zwingen.«
»Stimmt, aber Gene will gesehen haben, daß *unser* Junge *seinen* Jungen im Arm hielt und küßte! Siehst du? Er ist nicht normal. Männer küssen keine Männer, es sei denn, sie sind Vater und Sohn oder liegen im Sterben oder so was.« Während Sarah und Roman einen Blick wechselten, wanderten Annabels Augen zu Roman. »Ich sehe, Sie sind genauso erstaunt wie ich. Männer mögen zuweilen Freundschaften haben wie Sie mit diesem – wie hieß er doch gleich? – der Hauslehrer, der Adam und James unterrichtet hat und Sie irgendwie adoptierte oder so. Raten Sie mir, was ich tun soll. Oder sagen Sie mir wenigstens, daß Sie mir recht geben. Soll ich Mr. Saxon überreden, daß er Gene sagt, wir lassen uns das nicht gefallen?«
»Ich glaube nicht, daß du das tun solltest«, wandte Sarah vorsichtig ein.
Annabel versank mit einem unglücklichen Seufzer in ihrem Sessel. »Also, jetzt wißt ihr Bescheid. Frankie will ja nicht darüber reden, aber sie findet auch, daß Blair jetzt zu mir ziehen muß. Ich wollte ihn ja immer bei mir haben, doch sie wollte es nicht erlauben, und jetzt ist sie auf einmal bereit, ihn fallenzulassen.«
»Man könnte es vielleicht mit einer anderen Schule versuchen«, schlug Roman vor.
Annabel schüttelte den Kopf. »Sie wollen bestimmt wissen, warum er aus Virginia fort ist. Also, da war dieses Mißverständnis – pure Bosheit natürlich. Blair war mit anderen empfindsamen jungen Männern in so einem Club, da haben sie Pater und Wilde und so gelesen, und die Rabauken haßten sie und haben Geschichten über sie verbreitet. An der Universität können sie nämlich schrecklich blöde sein, müßt ihr wissen.«

Sie schwiegen, bis Roman sagte: »Warum lassen Sie ihn nicht Jura studieren?«
Die Frauen blickten zuerst ihn und dann einander an.
Sarah meinte zögernd: »Ob Roscoe ihm nicht helfen könnte? Er hat Jura studiert.«
»Er würde sicher alles tun, was er kann«, sagte Roman. »Das Institut steht dank Ihrer ehemaligen Schirmherrschaft tief in Ihrer Schuld, Miss Annabel.«
»Das ist wahr«, stimmte sie zu, glücklich, daran erinnert zu werden, daß jemand ihr etwas schuldete. »Natürlich mangelt es Mr. Saxon und mir nicht an Verbindungen zur juristischen Fakultät . . .«
»Denkst du an Philadelphia?« fragte Sarah Roman, und er nickte.
»Nein«, sagte Annabel entschlossen. »Er muß hierbleiben. Er braucht den Beistand derer, die ihn lieben. Ich will nicht, daß es so aussieht, als würde er verbannt.« Sie klatschte in die Hände und stand auf. »Sie haben den Nagel auf den Kopf getroffen, Roman. Es war richtig von mir, daß ich Sie bat, zu bleiben und zuzuhören, während du, Tante Sarah, mir nicht im geringsten geholfen hast.« Sie nickte. »Recht und Gesetz. Ich sehe ihn schon in unserem Gerichtssaal, mit seiner hübschen Figur und der edlen Stirn, wie er mit seiner packenden Stimme Richter und Geschworenen sagt, was die Stunde geschlagen hat. O ja, das ist genau das richtige. Ein ausgesprochener Gentlemanberuf, und wer weiß, wohin ihn das führt? Eines Tages bringt er es womöglich zum Gouverneur von Georgia – oder zu was noch Höherem? Ich werde ihn auf seinem Weg begleiten, und seine Mutter und Gene können sich zum Teufel scheren. Tante Sarah, fällt es dir denn nie ein, Tee anzubieten? Muß ich immer erst darum bitten? – Jurisprudenz! Geschätzt und geachtet seit Mosis Zeiten.«

2

»Gräme dich nicht länger, Liebste.«
Doreen Davis drückte Eloise Kilmer einen Kuß auf die runzlige Wange, und Miss Kilmer wischte sich mit einem bereits feuchten Taschentuch tapfer die Augen. »Ich kann die häßlichen Dinge nicht vergessen, die Miss Annabel immer gesagt hat. Er hat die Kornblumen doch nur gefressen, weil sie ihm so gut gefielen.«
»Es war ein schönes Begräbnis«, fand Leon.
»Er hatte dich gern«, sagte Miss Kilmer. »Ich weiß noch, wie er sich auf deinen Schoß setzte, als du uns das erste Mal besucht hast. Da wußte ich, daß du ein guter Junge bist. Toby hatte eine untrügliche Menschenkenntnis. Das eine Mal, als er Miss Annabel sah, geriet sie mit ihrem Schaukelstuhl auf seinen Schwanz, und da biß er sie in den Knöchel. Sie verlangte von mir, ich müßte ihn einschläfern lassen, weil er bösartig sei! Eher hätte ich sie einschläfern lassen. Danach hat er sich immer, wenn sie kam, ins Dachgeschoß verzogen.«
»Er war bestimmt der älteste Kater von Highboro«, meinte Benjamin tröstend.
»Das glaube ich auch«, bestätigte Doreen. »Siebzehn Jahre, und an jedem Tag seines Lebens hat er uns Freude gemacht. Das können wir nur von wenigen anderen sagen.«
»Von keinem«, beteuerte Miss Kilmer. »Ich liebe alle meine Katzen, aber Toby war der beste Kater, der mir je begegnet ist. Als unser guter Herr Toby schuf, hat er sich selbst übertroffen.«
Als Doreen merkte, daß ein neuerlicher Tränenschwall drohte, erhob sie sich hastig von ihrem Stuhl, um den Herren noch eine Tasse Tee anzubieten. Die lehnten jedoch ab, und Benjamin meinte, sie müßten nun leider aufbrechen.
Nach einigem Hin und Her von Einwendungen und Beteuerungen stand Miss Kilmer auf, um ihrer Pflicht als Gastgeberin zu genügen. »Es war nett, daß ihr gekommen seid. Toby wäre stolz gewesen.« Sie ging zu der Kiste neben dem Kamin und griff aus einem Wurf von fünf dösenden Kätzchen, deren Mutter es bereits wagte, sie hin und wieder für eine Stunde allein zu lassen, einen kleinen Kater heraus. Sie betrachtete das ganz und gar schwarze Geschöpf, das ihren Blick mit lebhaft glitzernden Augen erwiderte, und dann

setzte sie das Tierchen auf Leons Knie. »Du kannst ihn haben, wenn du willst.«
Leon hielt dem kleinen Kater einen Finger hin, und der schnappte mit sanften Vorderpfoten danach, während er mit den Hinterpfoten Leons Handfläche in Angriff nahm. »Danke, Miss Eloise. Er ist wunderschön, und ich kann eine Katze gebrauchen.« Das Kätzchen ließ von seinem Spiel ab und erforschte interessiert und prüfend das Gesicht des jungen Mannes.
Benjamin sagte: »Vielen Dank, meine Damen, für den Tee und, wenn ich das unter diesen Umständen so sagen darf, für eine sehr angenehme Stunde.« Er gab seiner Tante Doreen und ihrer Freundin Miss Kilmer einen Kuß. Dann küßte auch sein Sohn, so groß und fast so breit wie er selbst, die beiden Damen. Das Kätzchen miaute und klammerte sich mit sämtlichen Krallen an Leons Jacke fest.
»Wie willst du ihn nennen?« fragte Doreen. »Wir haben ihn der Einfachheit halber Blackie gerufen, aber das sollte nicht sein Name werden.«
Leon barg das Kätzchen schützend in seiner gewölbten Hand. »Man sagt, die Hölle sei schwarz, aber schaut euch nur seine Augen an. Ich denke, ich taufe ihn Hellfire, Höllenfeuer.«
Miss Kilmer war begeistert, und sie schieden mit überaus freundlichen Worten voneinander. Vor dem Haus stiegen die beiden in Leons zweirädrigen Wagen und fuhren in die Innenstadt. Benjamin sagte: »Ich mußte vorhin an den kalten Morgen vor vielen Jahren denken, als ich dich und deine Mama vor Sullivans Laden traf und dir ein Kätzchen schenkte. Ich kam von der Egreniermaschine, und der alte Isaac, Gott sei seiner Seele gnädig, hatte mir das Tier aufgedrängt. Was ist aus der Katze geworden?«
Leon erzählte es ihm, und nachdem Benjamin eine Weile darüber nachgegrübelt hatte, sagte er: »Arme Bessie.«
Leon blickte auf den Kopf des Kätzchens hinunter, das er unter seine Jacke geschoben hatte. »Dich wird niemand ertränken, Hellfire.« Das Tier beachtete ihn nicht und blickte sich unbekümmert um, als sei es das Selbstverständlichste von der Welt, in einem offenen Wagen über die Hauptstraße kutschiert zu werden.
»Zeit für den Zug aus Savannah«, meinte Benjamin so nebenbei.
»Hm.«

»Hast du Lust hinzugehen? Einfach so, zum Zeitvertreib?«
»Warum nicht, wenn wir schon mal hier sind.« Ihre Blicke trafen sich, und sie lachten.
Als sie vor dem Bahnhof hielten, stießen sie auf Roscoe Elk, der in seinem Wagen wartete. Sie stiegen alle aus und spazierten gemeinsam an den Müßiggängern vorbei, die aus dem warmen Frachtkontor gekommen waren, um die Ankunft des Zuges zu beobachten. Auf dem Bahnsteig sagte Roscoe: »Es sollte mich wundern, wenn das Kind nicht halb Savannah mit heimbringt und die andere Hälfte herbestellt hat.«
»Vielleicht haben Nancy und Fanny sie gebremst«, meinte Benjamin.
Die drei waren nach Savannah gefahren, um die Aussteuer für Lucks Hochzeit zu kaufen, und wurden nun nach einwöchiger Abwesenheit zurückerwartet.
Die üblichen Bemerkungen und Vermutungen austauschend, schritten die Männer ungeduldig auf und ab. Der Zug fuhr pünktlich ein, und als er zum Stehen kam, stieg Luck als erste aus. Roscoe hatte sie aufgefangen und herumgewirbelt, bevor ihre Füße den Bahnsteig berühren konnten. »Papa, Papa!« Sie umarmte ihn, und ihr Atem ging vor Aufregung ganz schnell. »Hab' dein ganzes Geld ausgegeben und überall Schulden gemacht, wo man deinen Namen kannte – stimmt's, Fanny? – Nein, Papa, ich mache nur Spaß, aber ich hab' mir ein paar wunderschöne Sachen gekauft. He, wo ist er denn? Ist er etwa nicht hier, nachdem ich eine ganze Woche weg war? Er sollte mir doch jeden Tag schreiben und mich hier abholen!«
Er war da, aber er war frühzeitig eingetroffen und hatte beschlossen, sie zu überraschen. Nachdem sie über ihn geschimpft hatte, bis sie aufhören mußte, um Luft zu holen, trat er aus dem Telegraphenamt und nahm sie aus Roscoes Armen. Anfangs sträubte sie sich mit sprachlosem Entzücken.
»Abraham, du Schuft! Hast du mich ein bißchen vermißt, oder hast du mich ganz arg vermißt?«
Inzwischen hatten sich auch die übrigen zusammengefunden. Während er ihr mit den kleineren Gepäckstücken half, konnte Benjamin Nancy still begrüßen, und sie verriet ihm mit einem Lächeln ihre Liebe, wobei ihre Worte für die Leute, die sie hörten,

ganz belanglos klangen. Leon verbarg zunächst seine Freude, Fanny zu sehen, indem er ihr das Kätzchen zeigte. Die beiden häuften überschwengliche Komplimente und komische Bemerkungen auf das Haupt des verdutzten Hellfire, bis sie sich schließlich an den Händen hielten und miteinander sprachen. Das Tierchen war vergessen. Erst als die Lokomotive anfuhr, vermißten sie den Kater und suchten ihn in panischer Angst. Doch als der Zug fort war, fanden sie Hellfire friedlich zwischen einer Hutschachtel und einer aus einem Güterwagen geladenen Apfelsinenkiste hockend. Sie schalten und lobten ihn, doch bis Luck und Abraham sich so weit gefaßt hatten, daß sie sich auf ihre Freunde besannen, fanden auch Fanny und Leon zu einem passablen Maß gesitteten Benehmens zurück.
»Komm, Liebes«, sagte Roscoe zu Luck. »Ich habe den Wagen hier. Wir wollen nur die Sachen mitnehmen, die du mir unbedingt zuerst zeigen möchtest. Die anderen lassen wir nachkommen.«
»Nein, Papa! Ich muß alles beisammen halten. Fanny! – Da bist du ja. Ist es nicht schön, wieder daheim zu sein?«
Das mußte Fanny zugeben. Luck bemerkte, daß Leon Fannys Hand umklammert hielt, und sie mußte lachen. »Ihr seid die nächsten!« prophezeite sie.
»Ich habe auch einen Wagen hier«, sagte Abraham. »Ich fahre dich nach Hause, dann kann Roscoe *alle* deine Sachen aufladen und heimschleppen.«
»Nun mal langsam!« empörte sich Roscoe. »Ich bin doch kein Gepäckträger, oder? Ich will verdammt sein, wenn ich ohne zu murren tue, was man von mir verlangt. Würdest du das an meiner Stelle machen, Ben? – Hm, ja, vielleicht. Also gut. Zieht ab. Und daß ihr unterwegs nicht trödelt, denn ich wünsche, daß du da bist, wenn ich heimkomme, Mädchen, und über jeden Pfennig abrechnest, den du von meinem Geld ausgegeben hast, verstanden?«
Luck zog Fanny beiseite, um ihr flüsternd und kichernd etwas anzuvertrauen, und dann lief sie mit Abraham zu seinem Einspänner, den er gegenüber dem Bahnhof vor Sullivans Laden abgestellt hatte. Benjamin und Leon halfen Roscoe nach Kräften, Lucks Gepäck auf seinen Wagen zu laden, begleitet von Fannys und Nancys Anweisungen, mit diesem Stück besonders sorgsam umzugehen und jenes neben das große Holzfaß zu stellen, weil die beiden Gegenstände unbedingt zusammenbleiben müßten. Das Ding in der Lat-

tenkiste, das wie ein Ballon aussah, müßte weich auf Säcken verstaut werden, und Roscoe sollte ja langsam fahren, damit der Inhalt nicht geschüttelt würde. Nein, sie dürften noch nicht wissen, was darin sei. Es sei für das neue Haus bestimmt, das Abraham gebaut hatte, und sie würden es ohnehin nicht begreifen, ehe sie es an Ort und Stelle sähen. Daran gewöhnt, dem Diktat der Frauen zu gehorchen, wenn es um Hochzeitsvorbereitungen ging, taten die Männer wie befohlen.

Obwohl es ein kalter Tag war, schwitzten sie, als alles aufgeladen und verstaut war. Als Benjamin hörte, wie Leon Fanny bat, sie möge für ein paar Tage nach Beulah Land kommen, unterstützte er ihn und versicherte, wie sehr Bruce und Sarah sie vermißt hätten, und daß sie es nicht erwarten könnten, sie zu sehen. Fanny, die nur zu gern einwilligen wollte, sagte nein, ließ sich jedoch von dem Argument überzeugen, daß ihre Kleider ja bereits gepackt waren und sie nur noch bei ihrer Mutter vorbeizufahren und deren Erlaubnis einzuholen brauchten.

In diesem Augenblick erschien Eugene mit einem Wagen und erklärte Fanny, er wolle sie abholen.

»Wir haben schon einen anderen Plan, Mr. Betchley«, sagte Leon höflich und unterrichtete ihn von ihrem Vorhaben, dem nur noch die Zustimmung der Mutter fehlte.

Eugene bedachte Fanny mit einem ernsten Blick. »Deine Mama braucht dich zu Hause.«

»Fühlt sie sich nicht wohl?« fragte Fanny

»So wohl wie's nur geht, aber du mußt dich um den Haushalt kümmern«, antwortete Eugene streng. »Und deine Schwester braucht dich auch.«

»Ich habe ein Geschenk für sie . . .«

»Wo ist dein Koffer?« Als Fanny ihn herausgesucht hatte, ließ Eugene ihn von einem der Herumlungernden auf den Wagen laden.

»Wir kommen nach und sprechen selbst mit Mrs. Betchley«, sagte Benjamin.

»Nicht nötig«, erwiderte Eugene kurz angebunden. »Steig ein, Fanny. Es ist meine Aufgabe, mich um dich zu kümmern.«

Als sie sah, daß Leon etwas einwenden wollte, wandte sich Fanny an Benjamin: »Grüßen Sie Bruce und Tante Sarah von mir und richten Sie ihnen aus, daß ich sie recht bald besuchen komme.«

Eugene half ihr in den Wagen und fuhr ohne ein weiteres Wort davon.
»Ich nehme Nancy mit«, sagte Roscoe. »Neben mir ist genug Platz, und es liegt ohnehin an meinem Weg.«
Leon reichte die letzten Kleinigkeiten zu Nancy hinauf, die schon neben Roscoe Platz genommen hatte. Keiner von ihnen hatte zu den Nichtstuern hingesehen, doch sie spürten ihre Gegenwart. Während er beobachtete, wie Roscoe und Nancy davonfuhren, sagte Benjamin zu Leon: »Wir könnten eigentlich mal bei der Mühle vorbeischauen; Davy ist bestimmt dort.« Leon nickte; sie stiegen in den Einspänner und überließen den Bahnhof den Müßiggängern.
»Habt ihr das gehört? Habt ihr Gene gehört?«
»Na klar.«
»Der läßt sich von keinem was bieten, was? Von der Göre nicht und nicht von den Davis'.«
»Diese aufgeblasenen Nigger reden Weiße einfach mit Vornamen an . . .«
»Heiliger Bimbam!«
»Stelzt herum wie die Königin von Saba, nachdem sie den ganzen Plunder für die Hochzeit in *Savannah* gekauft hat. Was meint ihr – ob für die unsere Ware in Highboro nicht gut genug ist?«
»Ich hab' immer gehört, schwarze Affen bauten sich ihr Nest auf Bäumen, ist das nicht so?«
»Versuchen weißer zu sein als die Weißen.«
»Das haben denen die von Beulah Land in den Kopf gesetzt. Wenn's nach mir ginge, würde ich jeden Nigger aus der Gegend verjagen, und wer nicht schnell genug rennt, der würde abgeknallt.«
»Das findet Gene auch. Der hält gar nichts davon, die Nigger zu verwöhnen.«
»Die olle Troy hat damit angefangen, damals mit dieser Schule. Bringt denen lesen und schreiben bei und daß sie sich den Arsch abwischen genau wie du und ich.«
»Seit wann wischst du dir denn den Arsch ab, Raymond? Das ist ja ganz was Neues.«
Sie lachten. Sie spuckten aus, sie wiederholten sich, sie stritten, sie redeten sich die Köpfe heiß; und als sämtliche Variationen dessen,

was sie schon tausendmal durchgekaut hatten, abgehandelt waren, gingen sie ins Frachtkontor zurück und setzten sich rund um den Ofen in der Mitte des Raumes, husteten hin und wieder und sahen zu, wie ihre Spucke auf dem dicken roten Bauch des Ofens verzischte.

3

Da Leon nun bald einundzwanzig würde, war er für die Arbeiter kein eifriger Junge mehr, sondern ein erfahrener Mann. Er schien sich jede Kleinigkeit, die er aus einer Legende oder Sage aufschnappte, zu merken, wenn sie Regen und Mond, Sonne, Ackerboden und Saat betraf, und er hatte gelernt, die Überlieferung an seinen eigenen Erfahrungen zu messen und dabei Raum für das Unvorhersehbare und Unerklärliche zu lassen. Unter seinen Händen waren die Tiere zahm, und die Menschen vertrauten ihm. Ohne übertrieben nachsichtig zu sein, kümmerte er sich um ihr Wohl und war mit einem Lob für Mühe und gewissenhafte Arbeit schnell bei der Hand. Benjamin war der »große Boss«, aber mit Leon arbeiteten die Leute, und Benjamin, der die Verantwortung für die Baumwollfabrik, das Egrenierwerk und den übrigen Besitz trug, war glücklich, einen solchen Sohn zu haben. Bei allem, was es zu tun gab, waren sie Kameraden. Wenn sie nicht arbeiteten, und manchmal auch bei der Arbeit, waren sie zusammen, und so entstand auf der Plantage die Redensart: »Suchst du den einen, findest du auch den anderen.«

Mit fünfzig Jahren bewirtschaftete Daniel Todd seine eigene Farm, unterstützt von Bobby Lee, dem die Liebe zum Land ebenso angeboren war wie Leon. Mit an Selbstgefälligkeit grenzender Befriedigung pflegte Daniel zu sagen, für Farmer gebe es keinen Feiertag, und mit naivem Staunen fügte er hinzu: »Mir scheint, es gibt doppelt soviel zu tun wie früher.« Trotzdem blieb noch Zeit für die Jagd, meist in der Nacht, und Vater und Sohn Todd belieferten die Tische der Plantage mit Wild: es gab Wachteln und Truthahn, Kaninchen, Eichhörnchen und gelegentlich einen Hirsch. Benjamin und Leon machten sich nichts aus der Jagd. Jane brummte nicht ohne Stolz, Dan und Bobby Lee seien nie glücklicher, als wenn sie die ganze Nacht herumstreunten und bei Tagesanbruch naß, lärmend und nach Federn, Fell und Blut riechend zurückkehrten. Jane wurde allmählich fülliger, doch trotz der Brille, die sie nun trug, und trotz der grauen Fäden in ihrem Haar blieben ihre Züge mädchenhaft. Sie erinnerte Sarah an ihre Urgroßmutter Edna. »Schau dir Dan an«, beklagte sie sich bei Sarah, »der ißt viel mehr als ich und ist mager wie eine Angelrute. Jeder Bissen, den ich zu mir nehme, setzt hier an und hier und, so wahr mir Gott helfe, überall. Warum ist das so, Großmama?«

Für Davy gab es nichts Langweiligeres, als zu pflügen und zu pflanzen und abzuwarten, wie alles wuchs. Als er siebzehn wurde und die Schule in Highboro beendete, lehnte er es ab, seine Ausbildung an der Universität fortzusetzen, und bat darum, in der Baumwollfabrik arbeiten zu dürfen. Er liebte das Surren und Klappern des kleinen Betriebes, das summende Gerede, das Kommen und Gehen; denselben Staub und dasselbe Vibrieren in der Luft, die Leon bei seinen gelegentlichen Besuchen mit Benjamin sehnsüchtig an die sich endlos bis zum Horizont erstreckenden Reihen von Baumwolle und Mais, an die stumme Fruchtbarkeit der Erde denken ließen. Roscoe und Benjamin hatten Abraham die Leitung der Fabrik übertragen; denn wie sie sich gegenseitig versicherten: »Hätten wir sie ihm nicht gegeben, dann hätte er sie uns weggenommen.« Für Davy, den jungen Weißen, war es ganz natürlich, sich von dem Neger anleiten zu lassen, denn Abraham, der ein Dutzend Jahre älter war als er, war ihm immer ein Freund gewesen.

Es zeigte sich, daß die beiden, jeder zu leichter Überspanntheit neigend, zusammen vernünftiger handelten als getrennt. Sie trieben ihre Späße, an denen die schwarzen Arbeiter in der Fabrik ihr Vergnügen hatten, aber sie schufteten auch hart und nahmen die Arbeit ernst. Die Fabrik war klein, verglichen mit den Werken in Columbus und Augusta, die Tausende von Arbeitern beschäftigten. Abrahams Firma produzierte nicht eine solche Vielfalt an Waren wie ihre großen Konkurrenten, die alles herstellten, vom feinsten Musselin bis zur gröbsten Zeltleinwand. In Abrahams Fabrik hingegen wurde Garn produziert, nichts als Garn, und das in nur vier verschiedenen Stärken in Schwarz und Weiß. Sie hatten es mit Färben versucht, aber die Sägemühle am gegenüberliegenden Flußufer, die das gleiche Wasser benutzte, beklagte sich über die Verschmutzung.

Eugene Betchley hatte seinen Besitz vergrößert und verfügte inzwischen über ein halbes Dutzend kleiner Farmen außer jener, derentwegen er Bessie geheiratet hatte. Ferner gehörten ihm ein paar tausend Morgen Nutzholzwald, und auf der parallel zur Hauptstraße von Highboro verlaufenden Straße besaß er ein paar Ladengrundstücke, die er an Neger vermietete. Daher lag ihm nichts daran, sich mit seinen alten Feinden jenseits des Flusses zu überwerfen, solange ihre Interessen nicht miteinander in Konflikt gerieten. Doch seine Leute verachteten die schwarzen Arbeiter und mißgönnten ihnen ihre ansehnlichen Löhne. Sie setzten sich auch über die staatliche Verordnung hinweg, die 1889 erlassen wurde und den Arbeitstag in den Fabriken auf elf Stunden beschränkte, und sie brüsteten sich damit, daß sie für ihre Erbsen, für Maisbrot und Schweinebauch zwölf und vierzehn Stunden schufteten. Es gab keine gewalttätigen Auseinandersetzungen, aber die weißen Arbeiter riefen den schwarzen Männern und Frauen über den Fluß hinweg Schimpfwörter zu, während diese, durch die Wasserfläche geschützt, sich betont gleichgültig gaben oder ihrer Verachtung für die Weißen, die viel niedrigere Arbeit verrichteten als sie, in witzigen Bemerkungen Ausdruck verliehen, die sie jedoch nur einander zuzuschelten.

Als erstes kaufte sich Davy von seinem in der Fabrik verdienten Geld ein Fahrrad. Da er sich vorgenommen hatte, ein Städter zu werden, ging er dazu über, statt eines Pferdes für den Weg zu und von der Arbeit sein Rad zu benutzen, obgleich die Lehmstraße zwischen Beulah Land und Highboro bei nasser Witterung schlüpfrig und zum Reiten weit besser geeignet war als zum Radfahren. Manchmal war er gezwungen, das Rad die ganze Strecke von daheim bis zur Fabrik zu schieben, wobei er seine Stiefel ebenso ruinierte wie seine Stimmung; denn die Leute aus der Sägemühle, die ihn ohnehin behandelten wie die Neger, mit denen er arbeitete, sparten nicht mit ihrem Spott über ihn.

Eine aber, die ihn über den Fluß hinweg beobachtete, lachte nicht: Frankie-Julia Dollard Saxon Davis Betchley. Entschlossen, sich den

Hauptanteil des Sägewerks zu sichern, verbrachte Frankie täglich mehrere Stunden im Betrieb und bestätigte damit den Verdacht der Frauen in der Stadt, daß ihr schon früher bewiesener Arbeitseifer weniger der Notwendigkeit entsprang als einem niedrigen Hang zur Geschäftemacherei, den sie aus Savannah mitgebracht hatte. Frankie hatte diese Frauen kaum beachtet, und sie fand es auch jetzt nicht der Mühe wert, sich um ihren Klatsch zu kümmern. Sie hatte viel eingesetzt, um zu ihrem jetzigen Besitz zu gelangen, und sie würde es auf keinen Fall zulassen, daß Eugene ihn ihr fortnahm, wenn er auch gewöhnlich das Sägewerk als »meines« und nicht als »unseres« oder das »meiner Frau« bezeichnete. Seine Frau erwähnte Eugene überhaupt kaum. Nachdem er sich zu Bessies Zeiten für sein Auftreten in der Öffentlichkeit eine kummervolle und resignierte Miene zugelegt hatte, entschied er, daß es ihm gut anstand, diese auch in seiner zweiten Ehe beizubehalten, was ihm bei den Frauen in der Stadt durchaus zustatten kam. (»So ein guter Mensch; jeden Sonntag geht er in die Kirche, während ihr alle möglichen Ausreden einfallen, um zu Hause zu bleiben. Wer weiß, was hinter den zugezogenen Gardinen vorgeht.«)

Fügte sich Eugene, unter der Maske seiner zur Schau gestellten Frömmigkeit, geduldig und resigniert in seine Ehe, so war bei Frankie nichts dergleichen zu spüren. Die Jahre hatten sie herb und verdrießlich gemacht. Es war bitter für sie, alt zu werden, ohne jemanden zu haben, der sie liebte und bewunderte; sie, einst gerühmt als die Schönste weit und breit, die wohl immer noch ein gewisses Maß an Verehrung und Anhänglichkeit verdient hätte. Es war bitter für sie, mit Eugene verheiratet zu sein, der sie ständig mit seinem Spott verfolgte: »Du bist und bleibst sieben Jahre älter als ich, und ich war schon einmal mit einer alten Frau verheiratet, und die hatte auch Ben Davis abgelegt.«

Ihr schlimmster Feind war die Erinnerung. Frankie brauchte nur über den Fluß hinweg Davy Todd in seiner Jugendfrische zu betrachten, und unwillkürlich mußte sie an ihre eigene Jugend denken, an die Zeit, als sie Benjamin hätte heiraten und Herrin von Beulah Land werden können. Sie aber hatte Ben wegen seiner Liaison mit Bessie Marsh zurückgewiesen.

Das Kind aus dieser Verbindung war inzwischen ein hübscher junger Mann geworden und liebte ihre, Frankies, Tochter. Frankie hatte Fanny nie geliebt, und es war ein schmerzlicher Gedanke, daß Fanny ohne Anstrengung oder Absicht die Position in den Schoß fallen würde, die Frankie so sehr begehrt hatte. Edna May, ihre andere Tochter, war eine bittere Erinnerung an die Stunden mit dem einzigen Mann, den sie wirklich gemocht hatte und der ihr nun auf ewig versagt war. Schlimmer noch: es tat ihm nicht leid, sie zu verlieren, es war kein schmerzlicher Verzicht für ihn, denn er war glücklich mit einer unansehnlichen, pockennarbigen Negerin, die dazu noch älter war als er! Da sollte einer die Männer begreifen!

Der Sohn, den sie verhätschelt und auf den sie ihre ganze Hoffnung gesetzt hatte, verließ sie, wie sie sich einredete, um zu Annabel zu ziehen und unter Anleitung des pensionierten Kreisrichters Claude Meldrim Rechtswissenschaften zu studieren. Zuweilen dachte Frankie daran, sich von der Vergangenheit zu lösen und ein neues Leben anzufangen. Doch sie wurde alt, und wer einmal arm war und ein wenig reich geworden ist, der trennt sich nicht so leicht von seinem Eigentum. Ihrer Bitterkeit ausgeliefert, ging sie einsam umher, mager und darbend, voll Sehnsucht nach einer Schlange, die ihren Weg kreuzen möge, auf daß sie sich durch die Freude, die Kreatur zu töten, Erleichterung verschaffen könne. Kein Wunder, daß sie verzweifelte, wenn sie Gelächter vernahm und über den Fluß blickte; denn auf dieser Seite gab es kein Lachen, in das sie einstimmen konnte.

»Abraham! Findest du nicht, daß du zu alt bist, um so ein junges Mädchen zu heiraten?«

»Die Tochter eines Prinzen noch dazu.«

»Die Tochter von 'nem Boss, meinst du wohl. Hat dich in seinem Haus aufwachsen lassen und dich wie einen Bruder behandelt . . .«

»Öffne mir, meine Schwester, meine Liebste, meine Taube, meine Unbefleckte . . .«

»Mit ›unbefleckt‹ kenn' ich mich nicht aus, aber sie ist weiß Gott die schwärzeste Taube, die *ich* je gesehen habe!«

»Zurück an eure Webstühle und Spulen, ihr Sklaven . . .«

Helles, fröhliches Lachen wehte über den schmalen Wasserlauf, der Sägewerk und Baumwollfabrik voneinander trennte. Holzfäller und Zuschneider hielten stirnrunzelnd in der Arbeit inne, und Frankie spürte wieder die Anzeichen ihrer Kopfschmerzen, die im schlimmsten Fall dazu führten, daß sie die Vorhänge in ihrem Zimmer zuzog und – manchmal zwei Tage lang – im Dunkeln lag ohne eine Seele, die sie tröstete.

4

Sarah hatte sich nie von einem Dienstmädchen beim Ankleiden helfen lassen, und sie machte es auch jetzt allein; wenn sie sich allerdings für besondere Gelegenheiten herausputzte, kam Bruce, die mit dem Anziehen immer schnell fertig war, in Sarahs Zimmer und fragte, ob sie sich hinsetzen und ihr zuschauen dürfte. Sie hatte damit schon als kleines Mädchen angefangen, kurz nachdem Casey Troy gestorben war, und nun, als Sechzehnjährige, hielt sie es immer noch so. An Lucks Hochzeitstag herrschte, wie man so sagt, typisches Märzwetter mit rasch über den Himmel ziehenden Wolken und Regenböen, obwohl der Monat schon fast zu Ende war und der Frühling seinen Einzug längst gehalten hatte.

Als Bruce anklopfte und eintrat, war Sarah beinahe fertig. »Ich hab' keine Geduld mit dem Altwerden. Da wird einem eins nach dem anderen weggenommen, und eines Tages wache ich auf und stelle fest, daß fast nichts mehr übrig ist, und dann sage ich zum Herrn: ›Schon gut, nimm den Rest, nimm mich ganz, wenn Du schon mal dabei bist.‹ Wer weiß, vielleicht spielt es sich am Ende immer so ab.«

Bruce kicherte, und Sarah warf ihr einen warnenden Blick zu. »Kind, mach mich nicht rasend; ich tue mein Bestes.« Bruce zog sich einen Stuhl ans Fußende des Bettes, aber nahe genug zu Kleiderschrank und Toilettentisch, um Sarahs Bewegungen verfolgen zu können. Sarah hatte sich für ein gelbes Seidenkleid mit weiten Ärmeln und enger Taille entschieden. Sie versuchte, die Ärmel zu bauschen, doch das wollte mit der Seide nicht gelingen. Mit einem energischen Ruck steckte sie die letzte Nadel in den Knoten, zu dem sie ihr Haar im Nacken geschlungen hatte. Diese Frisur war ein paar Jahre zuvor dank Mrs. Cleveland in Mode gekommen.

»Ich schau dir gerne zu«, sagte Bruce auf einmal, aber das sagte sie bei solchen Gelegenheiten immer.

Stehend betrachtete sich Sarah in dem hohen Spiegel. Sie stellte ihn schräg, damit der Lichteinfall besser würde. »Ich bin ein schlechtes Beispiel für eine Dame«, meinte sie kritisch, »denn es schert mich keinen Deut, wie ich aussehe, solange ich die öffentliche Moral nicht verletze.«
»Du bist originell und selbstbewußt, Großmama.«
Sarah blickte sie argwöhnisch an und betrachtete dann wieder ihr Spiegelbild. »Bin ich elegant genug, um vor Luck zu bestehen? Mit Kleidung nimmt sie es sehr genau; so war sie schon als kleines Mädchen. Rosa trug sie immer am liebsten. Viele Farbige mögen Rosa, und warum auch nicht? Es steht ihnen gut. Ich brauche noch was.« Sie zog eine Schublade auf. Drinnen herrschte ein wirres Durcheinander. Sarah wühlte darin herum und richtete ein noch größeres Chaos an, bis sie schließlich eine Kette aus lila Glasperlen zum Vorschein brachte. Während sie den Schmuck musterte, sagte Bruce entschieden: »Nein.«
Ohne sie anzublicken oder ihr Urteil zu bezweifeln, warf Sarah die Perlen in die Schublade zurück und stöberte von neuem.
Bruce schlug vor: »Die Opale, die Großpapa dir geschenkt hat.«
Sarah fand sie, legte sie an, trat vom Spiegel zurück und machte ein zufriedenes Gesicht. »Aber ich sehe immer noch so kahl aus.« Sie zog einen Strauß dicker, roter künstlicher Kirschen hervor, doch ehe sie ihn an ihr Kleid heften konnte, meinte Bruce: »Die sehen aus wie von einem Hut abgeschnitten.«
»Sind sie auch. Du weißt schon, von so 'nem grünen.«
Bruce preßte die Lippen zusammen und erwiderte nichts.
Sarah verwarf die Kirschen. »Dann muß es eben so gehen. Vielleicht stecke ich mir – was blüht zur Zeit im Garten?«
»Du steckst gar nichts an.« Bruce stand auf, trat auf sie zu und gab ihr einen Kuß. »Du bist hübsch, so wie du bist, und du willst doch nicht die Blicke von der Braut ablenken.«
»*Du* hast dich hübsch gemacht«, fand Sarah.
»Ob ich auch mal jemanden heirate, Großmama?«
»Wenn du heiratest, dann natürlich jemanden, oder?«
»Glaubst du nicht . . .« Sie zog die Oberlippe an die Zähne.
Sarah fuhr sanft über die rote Narbe. »Ich will ja nicht so tun, als ob sie nicht da wäre; denn sie ist nun einmal da; aber sie ist ein Teil von dir, und keiner sieht sie als etwas anderes.«

»Papa und Leon warten schon. Wir fahren in der großen Kutsche, damit wir genug Platz haben, wenn wir Fanny nachher mit heimbringen. Das Verdeck ist zu, weil es nach Regen aussieht.«
Fanny stand schon ungeduldig am Fenster; sie konnte es kaum erwarten fortzukommen. Annabel und Blair III. wollten sie auf dem Weg zum Elkschen Institut abholen; sie waren außer Fanny die einzigen Weißen aus der Stadt, die an der Hochzeit teilnahmen. Edna May stand neben Fanny und bat sie noch einmal dringend, ihr ein Andenken von der Hochzeit mitzubringen, und sei es nur eine Blume, die sie pressen könnte. Edna May war acht Jahre alt und meinte, jedes Ereignis, das auch nur entfernt ihr Leben berühre, müsse ein Denkmal erhalten. Als Fanny ihr Versprechen wiederholte, klagte ihre kleine Schwester: »Ich weiß nicht, warum du hingehen darfst und ich nicht.«
Eugene, der im Begriff war, das Haus zu seinem morgendlichen Rundgang durch die Stadt zu verlassen, blieb an der Wohnzimmertür stehen und sagte: »Du weißt genau, warum ich es nicht erlaube. Das ist eine Niggerhochzeit, und obendrein noch *seine*. Und jetzt mach, daß du zur Schule kommst.«
»Heute ist doch Samstag, Papa.«
»Für Faulheit gibt's keine Entschuldigung.« Edna May huschte an ihm vorbei, er aber blieb an der Tür stehen und blickte zu dem Mädchen am Fenster hinüber. »Du bleibst also bei deinem Entschluß? Die Leute finden das nicht richtig. Wenn du meine Tochter wärst, würde ich es dir verbieten.«
Fanny drehte sich um und sah ihn nun zum erstenmal an. »Ja, Sir, das haben Sie mir bereits gesagt.«
»Und trotzdem bleibst du eigensinnig. Wie kannst du nur den Wunsch . . .«
»Luck Elk ist meine Freundin.«
»Ihr zukünftiger Ehemann ist mein Feind, und die Leute finden es merkwürdig, daß du zu seiner Hochzeit gehst.«
»Es würde noch merkwürdiger aussehen, wenn ich nicht hinginge, denn wir sind von Kindheit an miteinander befreundet.«
»Du kommst anschließend sofort nach Hause. Mit denen wird nicht gegessen oder getrunken, verstanden?«
»Nein, Sir. Ich bleibe ein paar Tage auf Beulah Land. Ich habe Mama Bescheid gesagt, und sie ist einverstanden.«

»Du fragst nicht«, stellte er herausfordernd fest, »du sagst einfach Bescheid.«

Ohne seinen spöttischen Ton zu beachten, der eine Vertraulichkeit andeutete, von der sie nichts wissen wollte, blickte sie wieder aus dem Fenster. »Da sind sie. Großmutter ist sehr elegant, und Blair sieht aus wie ein echter Dandy . . .«

»Ich habe ihm verboten herzukommen.«

»Dann muß ich eben zu ihnen hinausgehen.« Sie huschte flink an ihm vorbei und ergriff die Reisetasche, die im Flur bereitstand. Eugene blickte durchs Zimmer und trat hinein. Es war still, der Duft des Mädchens hing noch in der Luft. Seine Augen wanderten vom Pendel der Kaminuhr zu dem Porträt seiner Frau, das darüber hing, und er runzelte die Stirn.

Auf dem Gelände und in den Gebäuden, die zum Elkschen Institut gehörten, herrschte seit dem frühen Morgen ein unentwegtes Summen, aus dem sich dann und wann einzelne Stimmen erhoben und wieder abschwollen, eine Bitte hier, ein Befehl dort und, wie die Schüler des Instituts klagten, ein ewiges »Das tut man, und das tut man nicht«. Sie durften alle der Trauung im großen Saal beiwohnen; es war fast wie bei einer Theateraufführung. Die Stärke in den Kleidern hätte für ein ganzes Zirkuszelt gereicht, und alle Räume waren mit duftenden Essenzen besprengt worden.

Im Hause Elk hatte Roxanne eine Woche lang gekocht, und Claribell führte überall die Aufsicht. Sie war scheu und zurückhaltend gewesen, solange Roscoes Haushälterin Geraldine lebte, aber zu ihres Mannes und ihrer Tochter Überraschung hatte sie sich nach Geraldines Tod vor einem Jahr zur Herrin ihres Hauses aufgeschwungen. Bis dahin waren Mann und Tochter daran gewöhnt gewesen, daß sie sich mit den Verhältnissen, in die sie hineingeheiratet hatte, widerspruchslos abfand. Heute trug sie ein Kleid aus pfirsichfarbenem Musselin, und das schien überall zur gleichen Zeit aufzutauchen. Sarah begrüßte sie herzlich, doch ehe sie ihr ein Kompliment machen konnte, war Claribell schon wieder verschwunden, und so gab sie das Kompliment an Roscoe weiter, der es mit stolzem Lächeln entgegennahm.

»Du genießt das Leben zur Zeit ja in vollen Zügen«, neckte sie ihn mit einem warnenden Augenzwinkern. »Wie geht's der Braut?«

»Claribell hat ihr Rosa ausgeredet.«

»Fanny hat uns das Brautkleid beschrieben. Bruce war entzückt, doch ich fürchte, ich habe von der ganzen Schilderung nicht viel mehr mitbekommen, als daß es lang und elfenbeinfarben ist.«
»Aber alles übrige *ist* rosa«, sagte Roscoe, »einschließlich des Baldachins über dem Altar, zu dem sie mich überredet hat. Sie wolle um sich und Abraham einen Rahmen haben wie ein Bild, hat sie gesagt.«
»Ich wünschte, Casey wäre hier und könnte Aufnahmen machen.« Sie seufzte, doch es klang nicht traurig. »Ist sie aufgeregt?«
»Keine Spur. Warum sollte sie nervös sein, sagt sie; sie hat doch die ganze Zeremonie selbst vorbereitet, mitsamt den Liedern und einem neuen Spruch für den Geistlichen, den sie in einem Buch entdeckt hat. Mich kann nichts überraschen, und wenn sie mit einer rosa gefärbten Ziege an der Leine den Gang entlang käme.«
Benjamin und Leon gesellten sich zu ihnen. »Alles, was ich rieche, riecht gut«, bemerkte Leon.
»Heute weiß man nicht, was stärker duftet: die Speisen oder die Menschen«, meinte Roscoe und blickte auf die Uhr.
Bruce trat zu ihnen und sagte zu Roscoe: »Fanny hat mich geschickt. Ich soll Ihnen sagen, Sie möchten jetzt kommen. Luck ist fertig, und es wird allmählich Zeit.« Bruce strahlte, als sie triumphierend hinzufügte: »Langsam wird sie nervös.«
»Gott sei Dank«, entfuhr es Roscoe, und die anderen lachten. Er blickte abermals auf seine Uhr, mit der düsteren Miene eines Mannes, dessen Zeit abgelaufen ist.
Sarah rückte ganz nah an ihn heran und flüsterte ermutigend: »Kopf hoch, mein Freund«, worauf er lächelnd davonging.
Sarah und Benjamin, Bruce und Leon begaben sich zum Schulgebäude und bahnten sich einen Weg zur Tür des überfüllten Saales, wo sie ein erwartungsvolles Stimmengewirr empfing. Viele Schüler waren aufgestanden und hatten sich an den Seiten und an der Rückwand aufgestellt, um den erwachsenen Gästen Platz zu machen. Während sie das Gebäude gewöhnlich nur zögernd betraten, hatte es heute keiner Glocke bedurft, um sie hereinzurufen.
Sie forderten die Zuspätkommenden höflich drängend auf, Platz zu nehmen und es sich bequem zu machen. Ein junger Mann, der als Saaldiener fungierte, versuchte, Pauline und Nancy hurtig den Gang entlang zu schieben. Pauline protestierte: »Ich bin die Tante

des Bräutigams, und diese Dame hier war sein Kindermädchen. Nicht einmal ein Bienenschwarm bringt mich dazu, auch nur einen Schritt schneller zu gehen.«

Gemeinsam mit Roman hatte Pauline die Schule geleitet, seit diese zum Elkschen Institut umgewandelt worden war, und beide waren erst vor kurzem in den Ruhestand getreten. Sarah ertappte sich bei dem Gedanken, daß Pauline eine uralte Frau sei, und besann sich dann, daß Pauline lediglich ein Jahr älter war als sie selbst. Der Saaldiener, der Nancy und Pauline zur vorderen Reihe auf der rechten Seite des Ganges geleitet hatte, kam zurück und führte die Gesellschaft von Beulah Land zu den Plätzen neben Pauline und Nancy. Dahinter saßen Jane, Daniel und Bobby Lee mit Annabel und Blair III. Blair blickte sich gönnerhaft um und tippte Bruce auf die Schulter, als sie sich auf den Platz vor ihm setzte. Sie drehte sich um, und er zog eine Augenbraue hoch, so als wolle er sagen: »Wie amüsant all diese Kinder doch sind.«

Als Annabel sah, daß Sarah sich direkt vor sie hinsetzte, hüstelte sie mißbilligend. »Das muß eine Verwechslung sein«, rügte sie, als Sarah sich fragend umschaute. »*Ich* bin die Schirmherrin der Schule.«

Sarah nickte zustimmend. »Aber wir sind die Familie des Bräutigams. Er ist der jüngste Kendrick, wie du weißt.« Sich ungeniert den Hals ausrenkend, ließ sie ihre Augen über die Versammlung schweifen. Sie kannte nicht alle Leute, aber die Leute kannten sie, und Sarah konnte sich ungefähr denken, wer jeder einzelne war. Alle, die fünf Jahre oder länger in der Baumwollfabrik gearbeitet hatten, waren eingeladen. Zadok und seine Familie waren da (Velma war schon wieder schwanger, und Rosalie ließ sie nicht aus den Augen), außerdem die Dienstboten von Beulah Land, die Luck und Abraham am längsten und am besten kannten. Der alte Otis, der Zwillingsbruder von Abrahams Mutter Lotus, saß neben Wally, der für gewöhnlich nichts lieber tat als im Galopp zu reiten oder die Kutschpferde zu rascherem Tempo anzutreiben; aber heute morgen wirkte er so unbeweglich wie eine Marmorstatue. Jenseits des Ganges saß Claribell; den Platz neben sich hielt sie für Roscoe frei. Hinter ihr saßen Roman und ihre alte Freundin und Betreuerin Mathilda Boland. Sie waren umgeben von den anderen Lehrern, männlichen und weiblichen, jungen und alten, deren Gegenwart dem Ereignis einen Anflug von Schulabschlußfeier verlieh.

Auf der Bühne oberhalb des Altars stand das ramponierte Schulklavier, frisch poliert und gestimmt, und dahinter hatte ein Chor aus dreißig Schülerinnen Aufstellung genommen. Dirigiert von der Musiklehrerin, einer Miss Flutie Pierce, deren Name Sarah ungeheuer spaßig fand, sangen sie nun *Abide with Me* und *Come Where My Love Lies Dreaming*, ausgewählt von der Braut, der diese Lieder besonders gut gefielen. Hinter dem Altar mit dem roten Baldachin stand der Geistliche und studierte stirnrunzelnd durch seine randlose Brille den von Luck ausgesuchten Text auf einem Blatt Papier. Jetzt verstummte der Gesang, und der Klavierspieler stimmte den Hochzeitsmarsch an.

Fanny, Lucks einzige Brautjungfer, trat mit einem Armvoll rosafarbener Rosen allein in den Saal. Sarah wandte den Kopf, schaute an Benjamin vorbei und sah Leons Augen beim Anblick des Mädchens freudig aufleuchten. Abraham kam mit Davy Todd, den er sich als Trauzeugen gewählt hatte, von der Seite herein. Sarahs Herz stockte, als sie die beiden erblickte. »Floyd«, dachte sie, »wenn du ihn sehen könntest, wie hübsch er ist, wie glücklich . . .« Benjamin, der ihr näherstand als sonst irgend jemand unter den Lebenden, ahnte ihre Gedanken und staunte ein wenig, weil sie ihre Gefühle so offen zeigte.

Alle hatten sich umgedreht, um Luck den Gang entlang kommen zu sehen. Sie umklammerte Roscoes Arm, als benötige sie eine Stütze. Das sonst so stolze, selbstbewußte Mädchen sah aus, als werde sie gleich zu weinen anfangen oder in Ohnmacht fallen. Am Altar antwortete Roscoe auf die feierliche Befragung durch den Geistlichen, und dann führte er Luck zu Abraham. Er selbst setzte sich neben Claribell, und die beiden verharrten starr und aufmerksam auf ihren Plätzen. Als der Geistliche sich an das Brautpaar wandte, begann der Mädchenchor auf einen Wink von Miss Flutie leise zu summen.

»Willst du, Abraham, diese Frau zu deinem angetrauten Weib nehmen und mit ihr nach Gottes Sakrament im heiligen Stand der Ehe leben, sie lieben und ehren, für sie sorgen, in Krankheit und Not zu ihr stehen, allen anderen entsagen und ihr die Treue halten, bis daß der Tod euch scheidet?«

»Das will ich«, erwiderte Abraham vernehmlich.

»Willst du, Luck, diesen Mann zu deinem angetrauten Gemahl nehmen und mit ihm nach Gottes Sakrament im heiligen Stand der Ehe leben, ihn lieben und ehren, für ihn sorgen, in Krankheit und Not zu ihm stehen, allen anderen entsagen und ihm die Treue halten, bis daß der Tod euch scheidet?«

»Ja, Sir«, flüsterte sie, »das will ich.«

Ehe der Geistliche ihn darum bat, reichte Davy ihm den Ring, und in der zweiten Reihe brach Blair in schallendes Gelächter aus, bis ein Blick von Bruce ihn zum Schweigen brachte. Die Trauung war vollzogen.

». . . indem ihr euch nun die Hände reicht, bekennt ihr euch als Mann und Frau und gelobet und verpflichtet euch feierlich in Gegenwart dieser Zeugen, einander zu lieben und zu ehren und füreinander zu sorgen, bis daß der Tod euch scheidet; somit erkläre ich euch im Namen des Gesetzes des Staates Georgia für Mann und Frau.«

Eine Sekunde lang fragte sich Sarah, ob die Explosion zu Lucks Festprogramm gehörte, doch ein Blick in das erschrockene Gesicht der Braut, die entsetzt herumfuhr, belehrte sie eines Besseren. Nach dem Knall herrschte ratlose Stille. Es war eher eine instinktive Eingebung als ein überlegter Entschluß, was Benjamin und Leon veranlaßte, den Mittelgang entlang zum Ausgang zu hasten. Während die meisten Anwesenden sich auf ihren Plätzen zusammenkauerten und einige zu schreien anfingen, stand Sarah beherzt auf und sah, daß die Tür des großen Saales weit geöffnet war. Ein ihr unbekannter weißer Mann stand dort und lachte. Gerade als er seine Hand zum Wurf hob, sprang Leon ihn an, und gleich darauf landete Benjamin auf den beiden. Doch es gelang dem Mann trotzdem, die Schnur mit den brennenden Feuerwerkskörpern von sich zu schleudern, und unter neuerlichem Geschrei explodierten sie krachend einer nach dem anderen.

Davy und Roscoe waren an ihrer Seite, als Sarah den Ausgang erreichte, wo sich die Menge schon zusammendrängte, um nach der Erlösung von dem ersten lähmenden Schrecken die Szene im Hof zu beobachten. Leon und Benjamin rauften mit zwei Männern in grobem Arbeitszeug; die vier wälzten sich auf dem Boden, rollten übereinander und bearbeiteten sich gegenseitig mit den Fäusten.

Ein dritter Unbekannter stand auf einem Leiterwagen und spornte das Maultier mit der Peitsche zu schnellerem Tempo an. Als der Wagen in voller Fahrt war, ließ der Mann ein brennendes Maisblatt in ein Faß fallen, das er seitlich herunterrollte. Es schlug rauchend auf dem Boden auf und explodierte mit ohrenbetäubendem Knall. Von der Veranda des Schulhauses sprang im selben Augenblick Davy dem Mann auf den Rücken, schubste ihn vom Wagen und warf sich auf ihn. Maultier und Wagen rasten herrenlos davon, während Leon, Davy und Benjamin sich mit den drei Fremden prügelten. Die Feuerwerkskörper waren inzwischen alle explodiert oder verpufft.

Von Sprung und Fall ohnehin schon benommen, wurde Davy obendrein noch von einem Fausthieb an der Schläfe getroffen. Mit blutendem Ohr und glasigen Augen saß er allein am Boden, bis Bruce – wo war sie nur so schnell hergekommen? wunderte sich Sarah – sich neben ihm niederhockte. Der Mann, den Davy angefallen hatte, half einem seiner Kumpane, Benjamin abzuschütteln, und gemeinsam befreiten sie den dritten. Sie rannten alle hinter dem Wagen her; auf ihr Rufen wurde das unbeaufsichtigte Maultier langsamer, so daß sie sich an der hinteren Wagenklappe hochziehen konnten. Keuchend blickten sie zurück, um zu sehen, ob sie verfolgt würden. Als sie feststellten, daß die Luft rein war, hieb einer mit der Peitsche auf das Maultier ein, bis es in raschen Trab verfiel, während ein anderer schrie: »Arschkriechernigger! Niggerhuren! Muttervögelnde, niggerfickende Hurenböcke!« Unter wildem Triumphgebrüll zogen sie ab.

Daniel und Bobby Lee, die bei Sarah geblieben waren, bahnten sich nun einen Weg durch die Menge, um zu Davy vorzudringen.

»Wo ist Jane?« rief Sarah.

»Bei Miss Annabel. Die ist ohnmächtig geworden.«

»Um die kann sich doch Blair kümmern, oder?«

»Der ist auch ohnmächtig.« Daniel und Bobby Lee waren verschwunden, und Sarah drängelte sich ins Schulhaus zurück und in den Saal. Dort fand sie Roscoe, der Luck in den Armen hielt, während Abraham, unterstützt von Davy, der sich wieder erholt hatte, umherging und versuchte, die Leute zu beruhigen. Benjamin betastete seine blutende Lippe, und Leon rief über alle Köpfe hinweg: »Hat jemand Fanny gesehen? Ich suche Fanny!«

Als Sarah feststellte, daß niemand ihre Hilfe brauchte, gab sie es auf, sich durch das Gewühl zu kämpfen. Sollen sie sich doch allein wiederfinden, dachte sie. Die Menge scharte sich um Abraham und Davy, wie es immer geschieht, wenn jemand inmitten einer Panik mit Auskünften dienen kann und Besonnenheit an den Tag legt. »Es ist alles in Ordnung. – Niemandem ist etwas geschehen. – Wir wissen, wer diese Männer sind. – Arbeiter vom Sägewerk. – Stimmt, wir haben sie am anderen Flußufer gesehen. – Nein, wir wissen nicht, wie sie heißen. Kennt von euch jemand ihre Namen? – Die haben 'ne komische Vorstellung von Spaß.«
Den Erklärungen folgten Entrüstung und Mißbilligung, schließlich aber Erleichterung. Die Gäste besannen sich auf das Brautpaar und den Anlaß, der sie an diesem Tag zusammengeführt hatte. Zu zweit und zu dritt oder in größeren Gruppen schlenderten sie vom Schulgebäude zu Roscoes Wohnhaus hinter den japanischen Quitten, die er vor langer Zeit gepflanzt hatte, um sein Heim ein wenig abzuschirmen. Bald schon waren sie in der Lage, die Speisen und den süßen, kalten rosa Hochzeitspunsch zu genießen, die Claribell und Roxanne ihnen aufdrängten. Sie umarmten einander, lachten, und mit wiedergewonnener Zuversicht machten sie ihre Scherze, anfangs noch zögernd, dann aber in zusehends besserer Stimmung.
Das Fest verlief schließlich doch noch wie geplant, aber es herrschte nicht ganz die gleiche fröhliche Ausgelassenheit wie zu Beginn des Tages.
Sarah und Benjamin trafen zu einer kurzen Unterredung mit Roscoe in seinem Büro zusammen, und während ihrer Unterhaltung kam Abraham ohne anzuklopfen herein. Nachdem es ihm gelungen war, die Gäste zu beruhigen, machte er nun vor den Menschen, mit denen er vertraut war, seinem Zorn Luft. Roscoe war der Meinung, sie sollten den Vorfall nicht dem Sheriff melden; denn es käme nichts Gutes dabei heraus. Selbst wenn sich die Personalien der drei Männer feststellen ließen – und niemand konnte auch nur den Namen eines einzigen mit Sicherheit nennen –, würden sie ihr freches Eindringen als harmlosen Schabernack abtun. Vor und nach Hochzeiten auf dem Lande – und zuweilen auch mittendrin – wurde immer allerlei Jux getrieben. Der Sheriff würde keine Anklage erheben und keine Verhaftung vornehmen; le-

diglich die schwelende Feindseligkeit zwischen den Arbeitern des Sägewerks auf der einen und denen in der Baumwollfabrik auf der anderen Seite des Flusses würde neue Nahrung bekommen.

Es war später Nachmittag, als die Familie nach Beulah Land zurückkehrte, müde, nachdenklich und froh, wieder daheim zu sein. Jeder suchte sein Zimmer auf, um in bequeme Alltagskleider zu schlüpfen; die Frauen nahmen ihre alltäglichen häuslichen Pflichten wieder auf, während die Männer sich zu Scheunen und Ställen begaben, das Vieh versorgten und von der Hochzeitsfeier erzählten; denn alle, die nicht daran teilgenommen hatten, waren begierig, davon zu hören.

Die Todds blieben an diesem Abend daheim. Im großen Haus bereitete Josephine, wohl wissend, daß ein noch so reichhaltiges Hochzeitsmahl hauptsächlich aus kalten Gerichten bestand, eine warme Abendmahlzeit aus gebratenem Schinken mit Reis und Pilzsauce, gebackenen Süßkartoffeln, gedünsteten eingelegten Tomaten, Frühjahrsgemüse, Mixed Pickles und Rote-Bete-Salat, Biskuits und dünnen Maisfladen, Krügen mit frischer Milch und Buttermilch und einem mit Eierkrem überzogenen Kuchen, in den Mabella eingeweckte Pfirsiche gerührt hatte. Bei Tisch schaute Sarah mitleidig auf die Kratzer und Prellungen, die Benjamin und Leon davongetragen hatten, und machte den Vorschlag, daß sie morgen zu Hause bleiben sollten, statt in die Kirche zu gehen. Alle waren einverstanden. Leon sagte nach dem Essen, er wolle zu den Todds hinübergehen und ihnen Bescheid sagen, und er bat Fanny, ihn zu begleiten.

Im Laufe des Nachmittags hatte es sich aufgeklärt. Es war wärmer geworden, der Wind hatte sich gelegt, kein Blatt rührte sich; der Frühling versuchte, sich mit dem Gewand des Sommers zu schmücken. Bei den Todds trafen Leon und Fanny auf Elizabeth und Tom Cooper. Elizabeth wollte von der glanzvollen Hochzeit hören. Da ihre eigene sehr schlicht gewesen war, faszinierte die Pracht der anderen sie um so mehr. Tom Cooper unterhielt sich mit Daniel und Leon über die Vergrößerung seiner Tabakpflanzungen und den zu erwartenden Gewinn, und er wollte von den anderen bestätigt wissen, daß er sich nicht zuviel zumutete.

Es war finstere Nacht, als Fanny und Leon den kürzesten Weg zum großen Haus einschlugen. Sie gingen dicht nebeneinander,

als fürchteten sie sich vor Gespenstern, und natürlich schlang Leon dabei seinen Arm um die Taille des Mädchens. Auf dem kleinen Friedhof überraschten sie eine weißgekleidete Gestalt, die an einem Grabstein lehnte.
»Großmama!«
Sarah drehte sich um wie eine zum Leben erwachte Statue. »Leon? Und du auch, Fanny? Ich gehe gleich zu Bett. Ich war schon in meinem Zimmer, als etwas mir sagte, der Tag sei noch nicht zu Ende, und da fiel mir ein, daß ich nicht hier gewesen bin. Abraham hat heute geheiratet, und niemand ist gekommen, um es seinen Eltern und Großeltern zu sagen.«
»Ich begleite dich ins Haus«, sagte Fanny.
»Nein, laßt mich allein gehen. Bleibt ihr nur hier. Es gibt keinen friedlicheren Ort auf der Welt als einen Friedhof bei Nacht.«

5

Der Überfall auf die Hochzeitsgesellschaft war zwar nicht Eugenes Idee gewesen, aber er hatte auch nichts dagegen eingewendet, als Stacy Winn mit dem Vorschlag zu Perry Mitchell und Elmo Pitts kam. Sein Lächeln hatten sie als Billigung aufgefaßt, und er sah in ihrem Vorhaben tatsächlich eine günstige Gelegenheit, den Leuten von Beulah Land eins auszuwischen. Am Samstagabend, als er, dem allgemeinen Brauch folgend, durch die Stadt flanierte, um Neuigkeiten und Meinungen auszutauschen, vernahm er verschiedene Versionen des Ereignisses, und indem er das, was er gehört hatte oder gehört zu haben vorgab, weitersagte, verbreitete sich schließlich die Darstellung – und wurde auch geglaubt –, daß man diesen hochnäsigen Negern lediglich einen harmlosen Streich gespielt habe, ohne jegliche böse Absicht, genauso wie bei all den anderen Gelegenheiten, wenn man die Schwarzen um Mitternacht auf Kirchhöfen erschreckte oder sie wegen ihrer rituellen Tänze bei Tauffeiern auslachte. Eugene bedauerte, daß der Scherz falsch aufgefaßt worden war, denn man behauptete – und er hatte alle nötigen Beweise –, daß den Spaßmachern von Mitgliedern der

Hochzeitsgesellschaft, schwarzen wie weißen, übel mitgespielt wurde, so als seien sie bei etwas erwischt worden, dessen sie sich schämen müßten.

Zugegeben, seine eigene Stieftochter war auch dort gewesen – aber was konnte man schon machen, wenn die jungen Leute heutzutage keinen Respekt mehr hatten und den Rat der Älteren in den Wind schlugen? An diesem Samstagabend beteiligte sich Annabel Saxon nicht an der allwöchentlichen Promenade und dem Klatsch, und als man sie am nächsten Morgen beim Kirchgang nach dem Zwischenfall bei der Trauung fragte, erklärte sie, nichts von dem Tumult bemerkt zu haben, da sie beim ersten Knall in Ohnmacht gefallen sei. Bis Sonntagmorgen stand fest, daß Neger, angeführt von Benjamin Davis und seinem Sohn, einen tückischen Überfall auf Weiße verübt hatten.

»Ist es wahr, was wir gehört haben?« fragte mit ernster Miene Ann Oglethorpe nach dem Gottesdienst.

Mit gleichem Ernst erwiderte Eugene, er fürchte, daß ihr Schwiegersohn (hier gestattete er sich einen Seitenblick auf Miß Priscilla) an dem Frevel beteiligt war, und er versicherte, daß es für ihn, Eugene, keinen Grund gebe, die Tatsachen, so wie man sie ihm geschildert habe, zu bezweifeln. Sie waren sich einig, daß es eine Schande sei, wenn Weiße sich mit Farbigen gegen ihre eigene Rasse verbündeten, und daß eine solche Vermischung zu nichts Gutem führe, sondern nur Verderbnis und Bastardisierung der weißen Rasse zur Folge haben könne.

Eugene Betchley hegte und vertiefte diese Freundschaft, die damit begonnen hatte, daß Mutter und Tochter Oglethorpe sich erboten, seinen Sohn Theodore bei sich aufzunehmen. Unter dem Druck väterlicher Drohungen hatte sich Theodore während der Monate, die er bei Mrs. Oglethorpe verbrachte, manierlich aufgeführt, bis er zu seinem Vater in Frankies Haus zog, nachdem Eugene und Frankie geheiratet hatten. Täuschungen sind leicht zu bewerkstelligen, wenn auf beiden Seiten Einverständnis herrscht.

»Ich glaube, ich habe Mrs. Betchley heute morgen nicht in der Kirche gesehen«, sagte Priscilla in jenem spitzen Tonfall, den sie stets annahm, wenn sie Frankie erwähnte.

»Kopfweh«, erklärte Eugene mit einem Seufzer.

»Ach so.« Mrs. Oglethorpe lächelte hinterhältig und lud Eugene

und Theodore zum Mittagessen ein. »Ich würde Edna May ja auch bitten, aber ich nehme an, daß sie lieber nach ihrer kranken Mutter schaut.«
Da er schon gelegentlich eine Mahlzeit an Mrs. Oglethorpes Tafel eingenommen hatte, wußte Eugene, was ihm bevorstand, doch sein Interesse gebot ihm, die Einladung mit gekünstelter Dankbarkeit anzunehmen.
Auf Beulah Land verlief der Sonntag still und vergnügt, und niemand hätte sich an diesen Tag erinnert, wäre er nicht durch einen außergewöhnlichen Besuch gekrönt worden. Nach dem üblichen reichhaltigen Mittagsmahl zerstreuten sich die Familienmitglieder auf der großen Plantage. Am späten Nachmittag gesellte sich Nancy nach einer Besprechung mit Josephine in der Küche zu Roman, der auf der warmen Westveranda las und döste. An das unaufhörliche Kommen und Gehen den ganzen Tag über gewöhnt, blickten sie, als sie eine Kutsche die Auffahrt heraufkommen hörten, nicht gleich auf, um festzustellen, wer die Ankömmlinge waren. Als sie aber die Insassen des Wagens beim Näherkommen erkannten, erhob sich Nancy von ihrem Stuhl, ging den beiden Besuchern entgegen und führte sie in die geräumige Eingangshalle. Sie bat sie, Platz zu nehmen, doch sie blieben stehen, während Nancy Sarah Troy und Benjamin Davis holen ging, wie man ihr aufgetragen hatte.
»Mrs. Oglethorpe und Mr. Betchley!« rief Sarah aus.
»Alle *beide*«, betonte Nancy.
»Bring sie ins Büro und sag ihnen, ich komme gleich.«
Als sie wenige Minuten später eintrat, war Benjamin bereits dort; schweigend saßen die drei da, während sie auf Sarah warteten.
»Guten Abend, Mrs. Oglethorpe, 'n Abend, Mr. Betchley. Wie geht es Miss Frankie?«
»Liegt mit Kopfweh in ihrem Zimmer.«
»Das tut mir leid. Und Edna May?«
»Vermißt ihre Schwester.«
»Ich wünschte, sie wäre mit Ihnen gekommen, um ein paar Tage bei uns zu bleiben.«
»Wir haben Sie aus einem besonderen Anlaß aufgesucht, Mrs. Troy.« Sarah nahm hinter ihrem Schreibtisch Platz, nicht, weil ihr das einen Anflug von Autorität verlieh, sondern weil sie sich dort

wohler fühlte. »Wir sind gekommen, um Ihre Erklärung des gestrigen Vorfalles zu hören.«
Gastgeber und Gastgeberin sahen ihre Besucher erstaunt an. Nach einer Pause sagte Benjamin: »Ich sollte meinen, es ist eher an Ihnen, eine Erklärung abzugeben, falls eine solche vonnöten ist, denn die Männer, die die Trauung gestört haben, waren vom Sägewerk.«
»Stacy Winn wurde von Ihnen schwer verletzt.«
»Das wäre mir nur recht, aber ich bezweifle es. Richten Sie ihm aus, wenn er so etwas noch einmal versucht, schlage ich ihm den Schädel ein und lasse ihn ins Gefängnis werfen.«
Die Besucher wechselten einen Blick. Ann Oglethorpe bemerkte spitz: »Da sieht man's wieder: ein ausgesprochen gewalttätiger Mensch.«
Sarah fragte: »Warum interessiert *Sie* die Angelegenheit, Ma'am?«
»Aus Liebe zur Gerechtigkeit. Und, so widerwillig ich es auch zugebe, ich bin durch die Heirat meiner Tochter mit Ihrer Familie verbunden.«
»Was wir alle mit gemischten Gefühlen betrachten.« Sarah zwang sich, ihre geballten Fäuste zu öffnen und die Hände flach auf die Schreibtischplatte zu legen.
»Sie streiten also nicht ab, daß Sie über Stacy Winn hergefallen sind?« fragte Eugene.
»Die Namen der drei Raufbolde sind mir nicht bekannt, aber wenn er einer davon war: Mein Sohn, mein Neffe und ich haben sie vertrieben, nachdem ihr Feuerwerk explodiert war. Jawohl, so ist es gewesen.«
»Die Explosion, von der Sie sprechen, war nach meinen Informationen nichts weiter als eine Handvoll harmloser Knallkörper. Haben die Leute etwa Ihren Grund und Boden betreten?«
Sarah erwiderte: »Sie müssen doch wissen, Mr. Betchley, daß der Vorfall sich im Elkschen Institut ereignete, während der Trauung von Luck Elk und Abraham Kendrick.«
Ann Oglethorpe erkundigte sich: »Und was ist mit den Wilden, die Sie auf die bedauernswerten Männer losgelassen haben?«
»Wie bitte?« fragte Benjamin leise.
»Die ganze Stadt weiß davon.« Eugene schüttelte den Kopf, als wolle er jeden Versuch einer Ausflucht abwehren. »Gestern abend

und heute morgen wurde in der Stadt von nichts anderem gesprochen. Die Leute sind empört. Es würde mich nicht wundern, wenn etwas Ähnliches passierte wie letzten Sommer drüben in Washington County.«
Sarahs Stimme wurde scharf: »Meinen Sie den Neger, den sie gelyncht haben, weil er die Faust gegen einen Weißen schüttelte, der versucht hatte, ihn um einen Ballen Baumwolle zu betrügen?«
»Man muß den Schwarzen zeigen, daß sie sich nicht gegen uns erheben dürfen«, sagte Eugene kalt.
»Oder sich an unseren Frauen vergreifen.« Ann Oglethorpe blickte Sarah unmißverständlich ins Gesicht.
Als sie sah, daß Benjamin aufstehen wollte, hob sie warnend die Hand. »Ich möchte eines klarstellen«, sagte sie, »und das können Sie den Leuten in der Stadt weitererzählen. Kein Neger hat gestern diese drei Esel angerührt. Die Rauferei spielte sich ganz allein zwischen denen und meinem Enkel, seinem Sohn und seinem Neffen ab. Wenn sich, wie Sie behaupten, die Affäre in der Stadt so gründlich herumgesprochen hat, so haben Mrs. Blair Saxon und ihr Enkel, die auch bei der Hochzeit waren, Sie gewiß längst über das informiert, was Sie jetzt von uns hören.«
Wieder wechselten Eugene und Ann Oglethorpe einen Blick. Mrs. Oglethorpe sagte: »Sie konnten gar nichts bemerken, weil sie bewußtlos waren. Vor Schreck und Abscheu, nehme ich an.«
»Richtig«, erinnerte sich Sarah. »Dann wissen Sie es aber sicher von Ihrer Enkelin, Ma'am, und Sie von Ihrer Stieftochter, Mr. Betchley.«
Mit einer Grimasse erwiderte Mrs. Oglethorpe: »Die sagen doch, was *Sie* sagen, daran besteht für mich kein Zweifel.«
»Es gab Hunderte von Zeugen«, erklärte Sarah.
»Nigger.« Eugene nickte mit dem Kopf. »Ein Eid von denen ist keinen Pfifferling wert, das weiß doch jeder.«
Mrs. Oglethorpe meinte: »Wenn die Sache so harmlos war und keine Neger beteiligt waren, wieso wurde der Streit dann nicht dem Sheriff gemeldet? Da das nicht geschah, muß man annehmen, daß irgend jemand ein schlechtes Gewissen hat. Wir haben heute nachmittag, bevor wir hierher kamen, mit Sheriff Farrow gesprochen. Er weiß soviel, wie alle wissen, nicht mehr und nicht weniger. Ich vermute, da heute morgen niemand von Beulah Land in

der Kirche war – die Sie ohnehin nur sonntags zu besuchen pflegen –, hatte er keine Gelegenheit, Sie zu befragen. Ich glaube, er zieht eine Verhaftung in Erwägung.«

»Aufgrund welcher Anschuldigung?« fuhr Benjamin auf. »Weil wir unsere Freunde gegen Störenfriede verteidigt haben? – Und das bei etwas, was Sie, Mrs. Oglethorpe, als eine heilige Handlung achten müßten, nämlich dem Ehegelöbnis von Mann und Frau.«

»Sprechen *Sie* mir nicht von heiligen Handlungen! Es wundert mich, daß der Herr Sie nicht auf der Stelle niederstreckt, wenn Sie solche Worte in den Mund nehmen.«

»Wir wollen das alles in Ruhe besprechen«, schlug Eugene vor. »Wir sind mit dem berechtigten Anspruch hergekommen, von Ihnen eine Erklärung zu verlangen und zu hören, wie Sie ein Benehmen rechtfertigen, für das es, so scheint mir, keine Entschuldigung gibt.«

Benjamin, der sich nur mit Mühe beherrschte, sagte: »Ich habe die Tatsachen dargelegt. Ich habe es nicht nötig, Erklärungen oder Entschuldigungen abzugeben.«

»Was Sie als Tatsachen anführen, stellt mich nicht zufrieden, und der Stadt dürfte es auch nicht genügen, denke ich.«

»Verdammt, was schert es mich, ob Sie zufrieden sind!«

»Hab' ich's nicht gesagt, daß er ausfallend werden würde«, registrierte Mrs. Oglethorpe genüßlich. »Immer gewalttätig, dieser Mensch.«

»Wem sagen Sie das, Ma'am. Mich selbst hat er bei anderer Gelegenheit tätlich angegriffen, an der Sägemühle, die heute mein Eigentum ist.«

»Ich dachte, die gehört Ihrer Frau«, hielt Sarah ihm entgegen.

»Wir sind eins.«

Die Falten auf Ann Oglethorpes Stirn vertieften sich. »Sie halten also weiterhin zu den Negern?«

»Das haben sie schon immer getan«, bemerkte Eugene betrübt. »Gehört denen nicht ein großer Teil der Baumwollfabrik? Unter Leitung eines Niggers, der die farbigen Arbeiter mehr verdienen läßt als Weiße. Die Kerle geben damit an. Ich hab' sie selbst gehört.«

Ann Oglethorpe sagte: »Sie, Mrs. Troy, werden es wohl nicht leugnen, daß Sie die treibende Kraft bei der Gründung dieses Elk-

schen Instituts waren, wo Negern eingeredet wird, daß sie genausoviel wert sind wie wir Weiße. Vorher haben Sie die hier unterrichtet, obwohl es gegen unser Gesetz verstieß. Das streiten Sie doch nicht ab, oder?«
»Warum hassen Sie die Neger?« fragte Sarah.
»Ich hasse ihre niederen Instinkte. Wenn die Schwarzen aufsteigen wollen, so mögen sie es getrost versuchen, solange sie sich an das halten, was ihr Anführer Booker T. Washington gepredigt hat: in Bescheidenheit wandeln und hart arbeiten auf dem Posten, den Gott ihnen zugewiesen hat. Ich begreife einfach nicht, wieso ausgerechnet Sie so an den Negern hängen, nach allem, was die Ihnen angetan haben. Es ist allgemein bekannt, daß Roscoe Elks leiblicher Onkel Sie einst, als Sie noch ein junges Mädchen waren, im Wald überfallen und geschändet hat. Für jede andere weiße Frau hätte das wohl genügt, um sie die Neger zeit ihres Lebens hassen zu lehren und sie zu fürchten und zu verachten.«
»Ich muß schon sagen«, stellte Sarah gelassen fest, »Sie haben ein gutes Gedächtnis. Das ist fünfzig Jahre her.«
»So etwas vergesse ich eben nicht.«
»Nein«, konstatierte Sarah nachdenklich, »das hatte ich auch nicht erwartet.«
»Nicht nur mir, dem ganzen Bezirk ist es in Erinnerung geblieben. Die Tragödie ist jedem weißen Mann und jeder weißen Frau in der Umgebung nahegegangen.«
»Wie edelmütig.«
»Sie beleidigen Unsern Herrn, wenn Sie sich über solche Dinge lustig machen.«
»Es gibt gewiß viele Dinge, die Unsern Herrn beleidigen.«
»Das ist endlich mal ein wahres Wort von Ihnen.« Mrs. Oglethorpe nickte bekräftigend. »Diese Frau, die uns hier hereingeführt hat . . .«
»Meine Wirtschafterin?«
Mrs. Oglethorpe sah Benjamin bedeutsam an. »Die kenne ich«, sagte sie zu ihm. »Das ist die, die in Ihrem Haus den Platz meiner Tochter eingenommen hat.«
»Sie hat mir den Haushalt besser geführt als Ihre Tochter«, erwiderte Benjamin, »obwohl sie damals krank war. Überdies hatte Ihre Tochter das Haus schon Jahre vorher verlassen.«

»Wenn sie sich erböte, jetzt zurückzukommen, um als Ihre Frau bei Ihnen zu leben, wären Sie damit einverstanden?«
»Ich kann mir nicht vorstellen, daß sie dazu bereit ist«, meinte Benjamin.
»Sie würde es tun, um Ihre Seele zu retten.«
»Ein solches Opfer kann ich nicht annehmen.«
Mrs. Oglethorpe verzog triumphierend den Mund.
Als hätte sie endlich die Lösung für ein Problem gefunden, das sie beunruhigte, legte Sarah abermals die Hände flach auf die Schreibtischplatte. »Jetzt ist mir alles klar. Sie sind natürliche Verbündete. Sie gehen in die Kirche und erwarten, daß alle Welt sich entsprechend Ihren Vorstellungen von Recht und Unrecht verhält. Wer das nicht tut, wird verdammt. Wir von Beulah Land sind immer unsere eigenen Wege gegangen, und wenn Ihnen das nicht paßt, können Sie mit Ihrer Meinung woanders hausieren gehen, aber nicht hier. Ihre Ansichten, Mrs. Oglethorpe, entbehren jeglicher Konsequenz. Jedermann weiß, daß Sie eine streitsüchtige Exzentrikerin sind, die sich überall einmischt.«
»Der Herr hat zu mir gesprochen!«
»Wenn er Ihnen befahl, hierher zu kommen, so werde *ich* wohl mal ein Wörtchen mit Ihm reden müssen.«
»Sogar die alte Dame lästert Gott!«
»Sie dagegen beunruhigen mich, Mr. Betchley«, fuhr Sarah fort, ohne Mrs. Oglethorpe zu beachten. »Es gibt so vieles an Ihnen, das ich nicht begreife. Ich erinnere mich, wie Sie als Junge in unserem Bach heimlich Netze ausgelegt haben und in unseren Wäldern Fallen stellten. Wenn Sie die Tiere nicht brauchen konnten, haben Sie die armen Kreaturen einfach sterben lassen. Später erfuhren wir, daß Sie sich auf der Marsh-Farm eingenistet hatten. Und dann ist die alte Mrs. Marsh gestorben. Sie war eine Freundin von mir, und ihre Tochter ebenfalls.«
»Wir wissen alle, warum Sie sich mit ihr angefreundet haben«, sagte Ann Oglethorpe.
»Ja, hauptsächlich wegen Benjamins Sohn, aber ich hatte sie wirklich gern. Und jetzt ist auch sie tot. Ich kannte Bessie Marsh recht gut. Was Sie ihr vorwerfen, hätte sie nie getan, Mr. Betchley.«
»Das ist eine sehr gewagte Behauptung, Mrs. Troy. Die Wahrheit meiner Aussage wurde nie bezweifelt.«

»Von mir schon, nur fehlten mir die Beweise für eine Anfechtung.«
Ann Oglethorpe riet Eugene: »Lassen Sie sich nicht von ihr einschüchtern, Mr. Betchley. Jeder kennt Sie als guten und gottesfürchtigen Menschen, so wie man Bessie als verderbtes Frauenzimmer kannte.«
Sarah heftete ihren Blick auf den Mann, der an ihren Schreibtisch getreten war. »Machen Sie keinen Ärger, ich bitte Sie. Ich meine nicht wegen dieser Rauferei gestern. Sie übertreiben doch den Unmut der Stadt, weil Ihnen das nur zu gut in den Kram paßt. Nun, das ist nicht meine Sache. Aber wenn Sie einen Schritt weiter gehen und versuchen, uns oder unseren Leuten zu schaden, dann kenne ich kein Pardon.«
»Sie bitten und drohen, und das alles auf einmal.«
»Ich wünsche verstanden zu werden.«
Benjamin wußte wohl, daß Sarah es vorgezogen hätte, wenn er sich nicht einmischte, doch er konnte sich nicht länger zurückhalten.
»Verschwinden Sie von Beulah Land, und kommen Sie nie wieder.«
Ann Oglethorpe stand als erste auf. Eugene Betchley folgte ihr.
Als sie fort waren, blieben Sarah und Benjamin eine Weile schweigend sitzen. Schließlich stieß Benjamin einen ärgerlichen Seufzer aus, doch gleich darauf schüttelte er sich vor Lachen. »Du hast gehört, was die gesagt haben, Großmama. Ich sei ein gewalttätiger Mensch. Laß mich sie umbringen.«
»Aber nicht heute, mein Junge. Ich weiß, was wir zu tun haben. Ich kümmere mich zu wenig um die Meinung der Stadt. Ich zeige kein Interesse, ich ignoriere die Leute, und das schafft böses Blut. Morgen früh ziehe ich ein hübsches Kleid an und kutschiere meinen Einspänner eigenhändig in die Stadt, denn was getan werden muß, das kann nur eine Frau tun. Als erstes muß ich mit Sheriff Farrow reden und dabei Entschlossenheit so mit Koketterie paaren, daß jeder Mann, der einigermaßen bei Verstand ist, mich übers Knie legen würde. Aber der Sheriff ist ausgesprochen dumm, sonst wäre er nicht unser Sheriff. Der steht vielleicht eine Stufe über diesen Kerlen, die am Bahnhof herumlungern. Allerdings findet man die beiden Gewerbe auch manchmal vereint. Da-

nach werde ich Annabel einen Floh ins Ohr setzen. Ich habe sie vernachlässigt, und Annabel ist wie ein Kind. Wenn man sie nicht beschäftigt, richtet sie Unheil an. Im Laufe der Woche mache ich dann mit ihr, möglicherweise zusammen mit Tante Doreen und Miss Kilmer, ein paar Besuche. Der Name Beulah Land wird wieder einen guten Klang bekommen, das verspreche ich dir.«
Benjamin ging um den Schreibtisch herum und beugte sich zu Sarah herunter. »Großmama, ich muß dir was sagen: Nie hatte ich dich so lieb wie heute, und nie hatte ich mehr Grund dazu.«

6

Hellfire entdeckte, daß er leicht an der herabhängenden Bettdecke, die Leon in der Nacht von sich gestrampelt hatte, hinaufklettern konnte, und er tastete sich an dem Schlafenden entlang, bis eine plötzliche Bewegung unter dem Laken ihn gefangennahm. Etwas, das vorher nicht zu sehen war, wölbte sich hervor. Der Kater setzte sich auf, nahm das Ding in Augenschein und streckte eine Pfote aus, um es zu betasten. Leon erwachte lächelnd aus seinem Traum, doch als er Hellfire erblickte, klang seine Erektion ab. Langsam zog er unter dem Laken die Knie an, was den kleinen Kater noch mehr erschreckte. Er starrte unbeweglich auf das Gesicht des jungen Mannes, und Leon streckte einen Arm unter dem Laken hervor und zwickte das Tier ein wenig. Hellfire schoß vom Bett und ergriff die Flucht.
Leon stieg aus dem Bett, reckte sich, trat ans Fenster und schaute hinaus, wie es jeder Farmer beim Aufstehen zu tun pflegt. Er stieß beide Läden weit auf und spürte die warme Sonne und die Luft auf seinen Händen. Mabella, mit dem Rücken zu ihm, überquerte den Hof. Sie war auf dem Weg zum Brunnen, und als er über sie und die Scheunen hinweg auf die Felder blickte, fiel ihm ein, daß heute der 8. April 1895 war, sein einundzwanzigster Geburtstag. Heiliger Bimbam, dachte er in freudiger Erregung. Er wandte sich vom Fenster ab, zog den Schmutzeimer unter dem Waschtisch hervor und ließ Wasser. Doch noch bevor er fertig war, hörte er

seinen Namen rufen. Rasch klappte er den Deckel auf den Eimer, kehrte ans Fenster zurück und erblickte Bobby Lee und Davy draußen im Hof.

»Kommst du mit schwimmen?«

»Wartet auf mich«, sagte Leon. Noch gingen sie nicht jeden Morgen, wie sie es später im Sommer tun würden, aber heute war es warm genug, und das Wasser würde kühl und erfrischend sein. Sie würden mit großem Geschrei hineinspringen, dann aber prahlen, daß es gar nicht so schlimm sei.

Davy zwinkerte seinem Bruder zu. Eine Minute später war Leon bei ihnen, barfuß, in weiten Baumwollhosen, das Hemd erst halb zugeknöpft. Als sie die Sonnenblumen erreicht hatten, welche die Aborte abschirmten, machte sich Bobby Lee über seinen Vetter her. Leon versuchte wegzulaufen, doch sie holten ihn ein und hielten ihn fest. Davy versohlte ihm mit einem Stock, den er unterwegs scheinbar zufällig aufgehoben hatte, den Po. Lachend und die Schläge laut zählend, vollzogen sie das Ritual. Leon konnte sich endlich befreien, und seine Vettern jagten ihn über ein Feld bis in den Wald, den alten Pfad entlang bis zu jener Stelle am Fluß, wohin die Männer von Beulah Land seit mehr als hundert Jahren zum Schwimmen gingen.

Man hätte meinen können, daß sie sich kaum kannten; sie wechselten fast kein Wort, während sie prustend und spritzend durchs Wasser glitten, auf und ab, vor und zurück. Gewöhnlich trieben sie beim morgendlichen und abendlichen Bad im Fluß allerlei Späße; heute aber waren sie still, bis sie sich anzogen. Da verkündete Davy: »Heute gibt es Champagner zum Abendessen, und auf dem Ball gibt's Punsch mit Brandy.«

»Ist doch klar«, bekräftigte Bobby Lee.

»Tu nicht so, als ob das jeden Tag vorkäme. Ich hab' noch nie Champagner getrunken, und du auch nicht, und ich kann mich an keinen einzigen Ball auf Beulah Land erinnern, dabei bin ich schon achtzehn.«

»Fast«, berichtigte Leon. »Früher hat es hier viele Bälle gegeben, sagt Großmama. Sie hat Großpapa Casey bei einem Ball auf Beulah Land kennengelernt.«

Während Davy sich kämmte, sagte er zu Leon: »Ich schätze, du bildest dir mächtig was ein, weil du jetzt einundzwanzig bist.«

»Keine Sorge, Kleiner«, erwiderte Leon. »In ein paar Jahren darfst du auch einundzwanzig werden, das erlauben wir ihm doch, nicht wahr, Bobby Lee?«

Bobby Lee machte ein bedenkliches Gesicht. »Aber wenn wir es zulassen, dann sorge ich dafür, daß kein anderer was davon merkt.«

Der Ball war Annabels Idee gewesen. Große Gesellschaften fand sie ungeheuer vergnüglich, solange sie auf Kosten anderer stattfanden, und als Sarah sich ihrer Hilfe bediente, um in der Stadt den guten Ruf von Beulah Land wiederherzustellen, schien ein Ball zur Feier von Leons Eintritt ins Erwachsenenleben ein ausgezeichneter Einfall. Sarahs Werben um das Wohlwollen der Stadt wurde angenommen und hatte Erfolg, weil es mehr bot als forderte. Die Leute in Highboro warteten ja nur darauf, daß die Familie auf Beulah Land von ihnen Notiz nahm – daß man sie umschmeichelte, um Rat bat, tröstete. Der beste Weg zum Herzen schwacher Naturen besteht darin, von ihnen einen Gefallen zu erbitten, der leicht zu gewähren ist. Das vergaß Sarah zuweilen, weil sie nicht glauben mochte, daß die Menschen so einfältig waren. Eugene Betchley und Ann Oglethorpe richteten kein Unheil mehr an; sie hackten zwar noch auf alten Wunden herum und präsentierten alte Rechnungen, doch niemand schenkte ihnen Beachtung. Was ist schon Stolz, gemessen an den Vergnügungen eines Balles? Eugene hatte sich von der Herausforderung nach der Negerhochzeit ohnehin keinerlei Nutzen versprochen, sondern das Ganze als eine Art Manöver oder Probealarm betrachtet.

Leon erschien als letzter am Frühstückstisch, der, um die Morgensonne einzufangen, seit einem Monat auf der östlichen Veranda gedeckt wurde; noch einen Monat, und sie würden die Sonne meiden und auf der Westveranda frühstücken. Sarah, Bruce und Benjamin hatten schon angefangen, nachdem Mabella eine Platte mit Spiegeleiern, eine andere mit gebratenen Rindersteaks, Schüsseln mit Bratkartoffeln und Soße, Zwieback, einen Krug Milch und eine Kanne Kaffee herausgebracht hatte. Während sie sich bedienten, setzte sich Leon an seinen Platz. Er hob den Teller hoch, der umgekehrt auf dem Tischtuch stand, und entdeckte darunter drei kleine Päckchen. Lächelnd, doch ohne ein Wort, öffnete er das mit der hübschesten Verpackung; denn er wußte, das war ein Ge-

schenk von Bruce. Es enthielt Manschettenknöpfe aus Perlmutt, die Fanny für Bruce ausgesucht hatte, als sie mit Luck und Nancy in Savannah war. Er bestaunte die Knöpfe, gab Bruce einen Kuß und öffnete das nächste Päckchen. Ein schlichter goldener, offensichtlich getragener Ehering kam zum Vorschein. Leon blickte Sarah fragend an.
Sie sagte: »Für deine Frau, wenn du mal heiratest. Es war mein Trauring, als ich deinen Urgroßvater Leon heiratete. Jedes Mal, wenn im Krieg die Yankees kamen, habe ich ihn in meinem Mund versteckt, bereit, ihn zu verschlucken, falls die mich anrühren sollten. Nach dem Krieg habe ich ihn nicht mehr getragen, und von Casey habe ich einen neuen bekommen.«
Vor Freude errötend, stand er auf, um sie zu umarmen und ihr zu danken. Das dritte Geschenk war eine goldene Taschenuhr mit Kette. Vorsichtig öffnete er sie und las laut die Inschrift, die auf der Innenseite des Deckels eingraviert war: »Für Leon Marsh Davis von Beulah Land in Liebe von seinem Vater.« Die Uhr war aufgezogen und zeigte die genaue Zeit an, ihr Ticken war jedoch nicht zu hören, nicht einmal, wenn er sie dicht ans Ohr hielt. Seine Finger zitterten, als er sie untersuchte, als fürchte er, sie könne unter seinen Händen zerschmelzen. Sie war das Hübscheste, was er je besessen hatte, und als er aufsah und Benjamin über den Tisch hinweg anblickte, hatte er Tränen in den Augen. Bruce nahm seinen Teller und belud ihn mit einem großen Steak und drei Spiegeleiern, das Gelbe dick mit Pfeffer bestreut, wie er es liebte. Sarah legte noch einen Zwieback dazu, und Mabella goß Kaffee in seine Tasse. Sie aßen, redeten und lachten, bis sie von Davy abgelenkt wurden, der ihnen zum Abschied zuwinkte und mit seiner Fahrradglocke bimmelte, als er in die Baumwollfabrik zur Arbeit strampelte.
Jeder auf Beulah Land hatte an diesem Tag viel zu tun. Die Männer machten sich in den Ställen und auf den Feldern zu schaffen, froh, den Frauen zu entrinnen, deren Vertiefung in Speisepläne, Blumen- und Möbelarrangements ihnen auf die Nerven ging. Essensgerüche vermischten sich mit dem Aroma von Bienenwachs und neuen Kleidern und dem Duft der Blüten.
Die geräumige Halle, die sich über die ganze Breite des Hauses erstreckte, würde sowohl die meisten Tänzer als auch die Musikan-

ten aufnehmen; da aber das Wetter warm war und viele Gäste erwartet wurden, wollte man Fenster und Türen offenlassen, so daß auch auf den Veranden getanzt werden konnte. Die Öllampen waren geputzt und aufgefüllt worden, aber es wurden auch Kerzen aufgestellt, um für zusätzliches Licht und angenehme Stimmung zu sorgen.

Sarah sagte zu Jane: »Ich habe keine Lust herumzuschwirren, ich bin zu alt dazu. Laß die Leute heute zu mir kommen.« Und das taten sie auch, wenn es galt, Auskünfte einzuholen, mit denen Jane, Nancy und Bruce nicht dienen konnten; denn immer war es Sarah gewesen, die auf Beulah Land die Vorbereitungen für ein so großes Fest geleitet hatte. Achtzig oder mehr würden es sein, die tanzen wollten, und noch einmal so viele, die zu jung oder zu alt waren, um diesem gesellschaftsfähig gemachten Brauch der Wilden zu frönen, und die überlegen grinsend zwischen den aufgestellten Kübeln mit Farnkräutern schwatzen, scherzen und gähnen würden. Die blühenden Zweige aus dem Obstgarten, die sie jetzt so sorgsam arrangierten, würden, wenn sich die Räume vom Dunst der vielen Menschen erwärmten, ihre Blütenblätter abschütteln, bis sie nur noch als kahle Äste in die Luft ragten.

Das Mittagessen wurde ein kurzes, hastiges Mahl auf der seitlichen Veranda, wo sie schon das Frühstück eingenommen hatten, doch Mabella benutzte die Gelegenheit, um Leon die Schokoladentorte zu präsentieren, die sie gebacken hatte und die seit seiner ersten Geburtstagsfeier auf der Plantage jedesmal dazugehörte. Er lohnte es ihr mit freudiger Überraschung, die alle Jahre neu zu sein schien, und vergaß auch nicht, nach dem Essen in die Küche zu gehen, um Josephine zu umarmen. Benjamin und er schaukelten und dösten auf der Veranda, bis Otis die Turmglocke läutete, das Zeichen für alle, zur Nachmittagsarbeit auf die Felder zurückzukehren. Sarah zog sich zum Ausruhen in ihr Zimmer zurück, Jane ging nach Hause, Nancy schlenderte zur Lichtung, und Josephine verschwand in ihrer Hütte und überließ es Mabella, die zusätzlichen Helferinnen in der Küche zu beaufsichtigen. Die Pause währte jedoch kaum eine Stunde, denn es gab noch viel zu tun und zu besorgen; Bäder mußten genommen, Haare gebürstet, gekräuselt, eingerollt und aufgesteckt werden.

Am späten Nachmittag fanden sich Benjamin und Daniel, Leon,

Bobby Lee und Davy am Fluß ein, um sich abzuschrubben, bevor sie sich für das Fest umzogen. Als die Dämmerung hereinbrach und die Lampen angezündet wurden, breitete sich auf ganz Beulah Land eine erwartungsvolle Stimmung aus. Sarah und Bruce trafen im großen Salon auf Benjamin und Leon, und als Benjamin allen ein Glas Wein reichte, äußerte Sarah befriedigt: »Auf uns vier.«
Sie hatten ihren ersten Schluck getrunken, als die Todds eintrafen. Bruce kicherte beim Anblick von Davys bestickter Hemdbrust, und er warf ihr vor, sie habe keine Ahnung von Mode. Kurz darauf kam Annabels Gesellschaft in ihrer Kutsche an. Annabel sah sehr elegant aus in schwarzem Seidenbrokat, und sie hielt einen neuen Straußenfächer in der Hand. Sie war begleitet von Blair I. und III. (Blair II. und seine Frau Prudence würden später in ihrer eigenen Kutsche nachkommen) sowie von Frankie, Fanny und Edna May. Nachdem Annabel während der halbstündigen Fahrt von Highboro nach Beulah Land zu Edna May gesagt hatte, sie würde zu dick, zu Frankie, sie sei so mager, daß man sie schon dürr nennen müsse, zu Fanny, ihr linker Ärmel sei sichtlich kürzer als der rechte, begnügte sie sich damit, sich ausschließlich mit Blair III. zu unterhalten. Frankie und der älteste Blair Saxon tauschten Artigkeiten aus, und Fanny versicherte Edna May, es werde jede Menge Kleinigkeiten geben, die sie als Erinnerung an den Abend mit heimnehmen und ihrem Andenkenalbum einverleiben könne. Edna May vergaß die kritische Bemerkung ihrer Großmutter (mit acht Jahren war sie zu jung, als daß dergleichen eine nachhaltige Wirkung auf sie ausüben konnte) und blickte den Ereignissen auf Beulah Land mit der Freude eines Historikers entgegen, der sich Ninive oder Tyrus nähert.
Sarah hatte ein einfaches, intimes Abendessen für die Bewohner von Beulah Land geplant, doch Annabel hatte anderes im Sinn, und sie obsiegte. »Ich lehne es ab, mit den übrigen anzukommen; das ist so gewöhnlich. Du mußt uns vorher und nachher bewirten, Tante Sarah. Das wird dir bei deiner Armee von Bediensteten doch nicht schwerfallen. Du hast ja alles im Überfluß.«
Darauf erwiderte Sarah: »Für alles, was wir besitzen, haben wir gearbeitet.«
»Sicher, aber ist es nicht sehr förderlich, wenn man beim Brotbakken schon ein wenig Sauerteig vorrätig hat?«

So saßen denn vierzehn Leute beisammen, um Josephines Festmahl, ein ganzes gebratenes Ferkel, Spargel und Salate, zu genießen. Als dies und alle weiteren Gänge bis auf das Eis zum Nachtisch verzehrt waren, trug Josephine höchstpersönlich mit leuchtenden Augen die Geburtstagstorte ins Speisezimmer, was Leon zu Applaus und Beifallsrufen hinriß, in die alle einstimmten. Wie Davy vorausgesagt hatte, gab es Champagner, und Leon erhielt so viele Wünsche für Glück und ein langes Leben, daß Mabella, die ihn als *ihren* Jungen betrachtete, von Rührung übermannt wurde und unter Josephines Spottgelächter und zur Belustigung der Gäste hinausgeführt werden mußte, um sich trösten und hätscheln zu lassen.

Die Empfindungen der einzelnen Teilnehmer an einer großen Veranstaltung sind niemals gleich, auch wenn ein und derselbe Anlaß sie zusammenführt, und während es an diesem Abend die einen mit ihren guten Wünschen ehrlich meinten, waren andere neidisch und von Bitterkeit erfüllt. Benjamin beobachtete Frankie voller Mitleid, die den Getränken mehr zusprach als den Speisen, und er wunderte sich, daß er einst geweint hatte, als er sie verlor. Er entfaltete eine solche Ritterlichkeit ihr gegenüber, daß Frankie den Verdacht hegte, er versuche, ihre alte Liebesaffäre aufzuwärmen. Doch als sie merkte, wie oft sein Blick zu Edna May wanderte, sagte sie sich, daß Benjamin sich aus keiner Frau etwas mache, sondern daß ihm nur an den Kindern gelegen sei, die sie ihm schenkten, und daß sie froh sei, Eugene Betchley geheiratet zu haben. Eugene hatte recht mit seiner Meinung über die Leute von Beulah Land: Die glaubten, sie wären die Herren der Welt. Ihre angebliche Großzügigkeit war von Arroganz überschattet. Nachdem sie zu diesem Schluß gelangt war, verengten sich Frankies Augen, als sie das fröhliche Lachen ihrer ältesten Tochter vernahm und beobachtete, wie liebevoll, ja familiär Sarah Troy, die Davis' und die Todds sie behandelten.

Der jüngste Blair Saxon bewunderte die Ausstattung. Die war freilich nicht hochmodern, strahlte jedoch Würde und Sicherheit aus, die eine eigene Autorität besaßen; da war nichts von jener Unschlüssigkeit, durch welche sich Neureiche, falls sie es nicht durch ihre Vulgarität tun, so oft verraten. Er wog das Silber in seiner Hand und betrachtete den Champagnerkelch anerkennend von al-

len Seiten. Der Vorschlag seiner Großmutter, er solle sich an das Mädchen auf Beulah Land heranmachen, war vielleicht gar nicht so abwegig.
Sarah führte die Damen zum Kaffee in den Salon, während die Herren rauchend über Landwirtschaft und Politik plauderten. Von dem einen Thema verstanden sie alles, von dem anderen wenig oder nichts; und gerade deshalb redeten sie zurückhaltend über das erste und forsch über das zweite. Blair III. sehnte sich nach Annabels Nähe und gähnte mißmutig in den Zigarrenrauch. Seine Augen glitten von einem Gesicht zum anderen. Alle waren vom Wetter oder vom überreichlichen Schwelgen beim Abendessen gerötet, doch er mußte zugeben, daß seine drei Vettern, wenn auch auf derbe ländliche Art, gut aussahen. Nase und Kinn des älteren Todd-Jungen wirkten sogar irgendwie sensibel, seine Augen hatten etwas Melancholisches, und Blair fragte sich, was wohl hinter dieser nachdenklichen, abwesenden Miene vorgehen mochte. Tatsächlich hatten sich Bobby Lees Gedanken in diesem Augenblick von der Gesellschaft entfernt; er stellte Mutmaßungen über das Geschlecht des Kalbes an, das eine Kuh namens Daisy, welcher er den ganzen Winter über besondere Fürsorge hatte angedeihen lassen, nun bald zur Welt bringen würde.
Roman wollte an diesem Abend unbedingt dabeisein, und da er wußte, daß die Etikette sein Erscheinen als Gast untersagte, verdingte er sich als Faktotum, was ihm gestattete, nach Herzenslust umherzuwandern, jedoch ohne sich zu setzen. Soviel Sarah sonst auch wagte – sie würde niemals Neger zusammen mit Leuten aus der Stadt, die nicht zur Familie gehörten, als Gäste einladen. Bei den jährlichen Barbecues am vierten Juli war das etwas anderes. Das waren Familienfeste, die noch dazu im Freien stattfanden. Sarah wußte, daß Roscoe und Claribell, Abraham und Luck die Regeln akzeptierten und an diesem gesellschaftlichen Ereignis ohnehin kein Vergnügen gehabt hätten; doch selbst wenn Claribell und Luck für große Bälle geschwärmt hätten, wäre es unmöglich gewesen, sie einzuladen. Und so hinkte Roman, Sarahs ältester Freund und der einzige Mann unter den Lebenden, der sie »Sarah« ohne die Anrede »Miss« titulierte, heute abend geschäftig umher und wies das Orchester an, was es spielen sollte.
Jetzt sprach er mit dem ersten Geiger, und die Musik setzte ein.

Die Klänge lockten die Herren aus dem Speisezimmer und die Damen von ihren Kaffeetassen in die große Halle, gerade als die ersten Gäste aus der Stadt eintrafen. Sie kamen mit allem, was Räder hatte – mit Einspännern, Equipagen und Lastfuhrwerken. Sogar ein paar Fahrräder waren darunter. Wally und seinen Stallburschen stand eine emsige Nacht bevor. Sarah und Leon auf der einen Seite des Eingangs, Benjamin und Bruce auf der anderen: So hießen sie ihre Gäste willkommen, während Nancy hinter ihnen beim Ablegen der Mäntel und Umhänge behilflich war.
Jeder kannte jeden, doch heute abend waren die Augen begierig auf alles Neue. Chinesische Seide wurde an japanischer gemessen, der Schnitt eines Kleides gelobt oder getadelt, dieser Teint bewundert, jene Figur mißbilligt, Manieren für untadelig oder abstoßend befunden. Fast jedes weibliche Wesen trug einen Fächer aus Papier oder Seide, und alle verstanden, vorzüglich damit umzugehen. Annabel prunkte mit ihrem Straußenfächer, und als ihre alte Freundin aus Kindertagen, Ann-Elizabeth Dupree, klagte, daß er viel zu lang und jedermann im Weg sei, entgegnete Annabel leichthin: »Ach weißt du, die Länge der Federn hängt von der Größe des Vogels ab.« Gab es auch viel blasiertes Getue und Oberflächlichkeit, es währte ja nur einen Abend, und über dem ganzen Fest lag eine Heiterkeit, die sich allen mitteilte.
Als Sarah bereit war, den Tanz zu eröffnen, flüsterte sie mit Roman, und der sprach mit dem Kapellmeister. Die Musiker beendeten die Melodie, die sie gerade spielten, und machten eine Pause, bis die ganze Gesellschaft erwartungsvoll verstummte. Der erste Geiger setzte seine Violine forsch ans Kinn, und das Orchester stimmte einen Walzer an. Leon verbeugte sich vor Sarah; sie reichte ihm die Hand, und er führte sie auf die Tanzfläche. Nach ein paar Takten gesellten sich Benjamin und Bruce dazu, dann Jane und Daniel. Ihnen folgten Bobby Lee mit seiner Großtante Doreen, und als Davy sich vor Fanny Saxon verneigte und ihr den Arm bot, erhob sich fragendes Raunen. Mit zurückgeworfenem Kopf und wehenden Straußenfedern betrat Annabel mit dem ergebenen Blair III. das Parkett. Unter ausgelassenem Gelächter, das ihnen einen peinlich berührten Blick des jungen Blair eintrug, folgten Elizabeth und Tom Cooper. Der Ball hatte begonnen, und von nun an bedurfte es keiner offiziellen Aufforderung mehr.

Leon kannte seine Pflichten und erfüllte sie mit Freuden. Nach Sarah forderte er seine Tante Jane und seine Großtanten Annabel und Doreen auf. Als nächste war Miss Joyce Kilmer an der Reihe, aber als er sich danach über die magere Hand der hochbetagten Miss Emmy Goldthwaite beugte, verscheuchte sie ihn mit ihrem Fächer. »Du springst mit uns alten Weibern um, als ob du das Einmaleins aufsagtest«, tadelte sie ihn. »Geh, tanze mit einem jungen Mädchen!«

Leon lachte. »Ich liebe alte Damen!«

»Dann kommst du gewiß in den Himmel, und dort tanze ich mit dir; denn da sind wir alle jung und hübsch.«

In den Pausen, die man den Musikanten zum Ausruhen gönnte, promenierten die Gäste durch die Räume und über die Veranden. Annabel nahm einen günstigen Augenblick wahr, um zu Sarah zu sagen: »Ich bin ja so froh, daß sich genügend Partner für die kleine Bruce finden. Nicht, daß ich glaubte, sie bekäme keinen – sie ist schließlich die zukünftige Herrin von Beulah Land. Aber du mußt achtgeben, daß ihr nicht einer den Kopf verdreht, der es auf mehr abgesehen hat als auf ihre Hand!« Sarah warf ihr einen scharfen Blick zu, und als die Musik wieder einsetzte, schaute sie sich suchend um, bis sie Bruce entdeckte.

»Ihr Partner ist Blair III. Der ist ja wohl sicher genug«, bemerkte Sarah spitz.

»Was ist er doch für ein gutaussehender junger Mann«, stellte Annabel selbstgefällig fest. »Ich muß schon sagen, er scheint der Hahn im Korb zu sein, so lieb und auch so rücksichtsvoll. Weißt du, er macht große Fortschritte in der Jurisprudenz. Richter Meldrim sagt, er ist außerordentlich begabt.«

»Annabel«, warnte Sarah; denn keine von ihnen hatte jene Zeit vergessen, als Annabel sich als Ehestifterin zwischen ihrem Sohn Bonard und Jane versucht hatte.

»Wie mißtrauisch du bist. Du darfst nicht vergessen: Die Jugend ist nur kurz, und die jungen Leute lassen sich nicht dreinreden, sondern gehen ihre eigenen Wege.«

Kurz vor dem Mitternachtssouper traf Bruce auf Davy. »Du hast dreimal mit Blair III. getanzt«, sagte er in einem Ton, als zähle er Melonen an einer Ranke ab.

»Er tanzt besser Walzer als du.«

»Wenn es dir nur darum geht, dann könntest du ebensogut mit dem alten Midas Mott da drüben tanzen. Der war nämlich Tanzlehrer.«
Bruce kicherte. »Ich glaube, der hat sich nicht aus seinem Sessel gerührt, seit sie ihn hineinbugsiert haben. Er ist mindestens hundert Jahre alt.«
Davy wirbelte Bruce in einem so kühnen Schwung herum, daß er sie vom Boden hob, was ihm ein mißbilligendes Kopfschütteln von Mr. Mott einbrachte. Dann sagte Davy herausfordernd: »Den anderen Mädchen gefällt mein neues Hemd.«
»Elvira Kennedy gefällt alles, solange nur ein Paar Hosen darunter ist. Sie drängt sich zu eng an ihre Partner.«
»Ich habe keinen gehört, der sich beklagt hätte.«
»Ich kenne kein Mädchen in ihrem Alter, das sie nicht regelrecht verachtet wegen der Art, wie sie mit Jungen umgeht.«
»Sie braucht wohl nicht gerade einen Partner, oder?« Er lächelte eingebildet, und sie streckte ihm die Zunge heraus.
Nachdem Blair III. seinen eigenen Vorstellungen von Pflichterfüllung genügt und mit Annabel, Sarah und seiner Mutter getanzt hatte, forderte er nur noch die auf, die ihm gerade gefielen; meistens jedoch tanzte er gar nicht, sondern schlenderte lässig umher und ignorierte die Damen, denen ein Partner fehlte. Bei der Punschterrine fragte er Bobby Lee, wie ihm »Das Bildnis des Dorian Gray« von Oscar Wilde gefiele. Errötend erwiderte Bobby Lee, er habe es nicht gelesen, und er sei Blair dankbar, wenn er den Namen dieses Halunken in Gegenwart von Damen nicht erwähnen würde. Er stellte sein leeres Glas hin und entfernte sich, und Blair lachte laut auf, um den Eindruck zu erwecken, sie hätten sich zusammen über einen Witz amüsiert.
»Ein interessantes Buch, wenn auch nicht in weiten Kreisen geschätzt.«
Blair drehte sich um; der Sprecher war Roman. »Haben Sie's gelesen, Onkelchen?« fragte er gönnerhaft. »Ach – Sie sind ja der, den sie Roman Kendrick nennen.« Er nickte, seine eigene Feststellung bekräftigend. »Haben in Philadelphia unterrichtet und alles mögliche gemacht, ehe Sie nach dem Krieg nach Hause gekommen sind. Und Sie haben . . .« Er hielt inne, als ihm einfiel, was er sonst noch alles über den alten Neger gehört hatte, und an Romans warnen-

dem Blick erkannte er, daß dieser seine Gedanken erriet. Mit einem Achselzucken ging er davon.

Nach dem Souper beteiligten Fanny und Leon sich nicht am Tanzen, das nun fortgesetzt wurde, sondern verließen zusammen das Haus. Sobald sie den schattigen Hof betraten, fingen sie zu laufen an, blieben aber abrupt stehen, als sie zu dem kleinen Friedhof gelangten, der ihr liebster Treffpunkt geworden war. Innerhalb der eisernen Umfriedung verschloß der junge Mann das Tor, als schirme sie das von der Welt ab; er zog das Mädchen an sich und küßte sie. Nach einer Weile befreite sich Fanny sanft von ihm und sagte: »Ich wünschte – oh, und wie ich es wünsche!«

»Mach mir ein richtiges Geburtstagsgeschenk, Fanny, ein schöneres als alle anderen. Sag mir, und laß es mich denen da drinnen sagen, wann wir heiraten.«

»Ich kann nicht.«

»Warum nicht?«

»Das hab' ich dir doch schon gesagt: Wegen Mama und Edna May. Ich kann sie nicht mit ihm allein lassen.«

»Deine Mama kann recht gut auf sich selbst aufpassen, denke ich.«

»Du willst mich nicht verstehen.«

»Schließlich hat sie ihn geheiratet und nicht du.«

»Sie schlafen nicht mehr zusammen, sie streiten nur noch. Was sie manchmal zueinander sagen, macht mir angst. Er ist durch und durch böse, Leon.«

»Das weiß ich, aber das zwingt dich doch nicht, dein Leben lang aufzupassen, daß er Miss Frankie und Edna May nichts tut, oder?«

»Doch.«

»Und wenn das zehn Jahre so weitergeht?«

»Bis dahin ist Edna May erwachsen.«

Leon stöhnte. »Und dann sind wir alt! Fanny! Das kann doch nicht dein Ernst sein. Alle wollen dich hier haben; du gehörst hierher. Aber das ist es nicht, das zählt nicht. *Ich* will dich, Fanny. Ich liege nachts wach und denke an dich, an *uns*, wie wir zusammen sind. Manchmal ist mir dabei zum Heulen zumute. – Wie kann ich an meine Arbeit denken, wenn du mir keine Minute aus dem Kopf gehst?«

»Tut mir leid, wenn ich der Baumwolle in die Quere komme, wirklich!«

»Sei doch nicht so stur.«
»Und benimm du dich nicht wie mein Lehrmeister. Du kannst mich nicht herumkommandieren wie einen Feldarbeiter.«
»Du weißt, daß ich das nie tun würde«, sagte er ernst.
»Verzeih mir.« Ihre Stimme klang sanft. Sie ergriff seine Hand und drückte sie an ihre Wange, bis er abermals die Arme um sie legte. Als er sie jedoch küssen wollte, sagte sie: »Laß uns wieder hineingehen.«
»O mein Gott«, jammerte er, »mußt du dich denn gar so prüde anstellen?«
»Würde es dir besser gefallen, wenn ich ein männermordendes Weib wäre?«
Er bemühte sich, nicht zu lachen, aber schließlich lachte er doch. »Wenn ich dich schon nicht haben kann, dann laß uns wenigstens noch etwas hierbleiben.«
Sie ließen sich auf Selma Kendricks Grabstein nieder und hielten sich an den Händen, bis die Musik verklang und wieder einsetzte. Dann standen sie schweigend auf und kehrten, noch immer Hand in Hand, zum Haus zurück.

7

»Gute Nacht, gute Nacht, *gute* Nacht!« trällerte Frankie ausgelassen hinter Annabels Kutsche her, die sie und ihre beiden Töchter vor der Haustür abgesetzt hatte. Frankie stolperte zweimal auf dem gepflasterten Gehsteig, kam aber ohne Hilfe von Fanny oder Edna May wieder auf die Beine. Im Dämmerschein der Öllampe, die Molly in der Eingangshalle hatte brennen lassen, wirkte Frankie durchaus nüchtern, lediglich blaß und müde. Als Fanny fragte, ob sie ihr beim Auskleiden helfen solle, lehnte sie schroff ab und sagte, die Mädchen müßten sofort ins Bett. Die drei, Frankie voran mit der Lampe in der Hand, stiegen die Treppe hinauf. Frankie nickte nur, als ihre Töchter ihr gute Nacht wünschten – sie gaben sich nie einen Kuß – und ihr gemeinsames Zimmer betraten. Das Haus war eigentlich groß genug, um jedem Bewohner ein Zimmer

für sich zu bieten, und Fanny war in einem Alter, da sie gern ihr eigenes gehabt hätte, doch sie wußte, daß Edna May sich allein fürchtete und manchmal während der Nacht in panischer Angst aufwachte.
Fanny kramte nach Streichhölzern und zündete ihre Lampe an; übermütig drehte sie den Docht einen Moment lang ganz hoch, so daß der Glaszylinder verrußte; dann regulierte sie die Flamme. Die beiden Mädchen lächelten einander zu, froh, allein zu sein. Nach einem Blick auf die kleine Kaminuhr, die Leon Fanny zu ihrem letzten Geburtstag geschenkt hatte, rief Edna May erstaunt: »Es ist schon Viertel vor drei! So lange bin ich noch nie aufgeblieben; ich war nie länger auf als bis kurz nach Mitternacht, und auch das nur, um das neue Jahr zu begrüßen.«
Während sie sich auszogen, neckte Fanny ihre Schwester: »Wie du gebettelt hast, als du das erste Mal aufbleiben durftest! Du hast gejammert: ›Und was ist, wenn ich mitten in der Nacht sterbe und das neue Jahr nie zu sehen kriege?‹«
Edna May lächelte bei dem Gedanken, daß sie je so kindisch hatte sein können. »Es gab gar nicht so viel zum Mitnehmen, wie du gesagt hast. Aber schau, diese Blüte läßt sich gut pressen; die ist doch nicht zu dick, oder? Und hier hab' ich eine Schleife, das Band ist zweifarbig . . .«
»Nun mach schon, du mußt ins Bett.«
Sie schüttelten ihre Kleider aus und hängten sie sorgfältig in den Schrank, den sie ebenfalls teilten, dann bürsteten sie ihr Haar; Edna May gähnte, und ihre Bürstenstriche wurden immer langsamer, bis sie schließlich ganz aufhörten. Fanny band ihr Haar zusammen, dann nahm sie Edna May die Bürste aus der Hand und begann energisch zu striegeln, wodurch ihre kleine Schwester wieder hellwach wurde.
»Tanzt du gern mit Leon?« fragte Edna May.
»Natürlich.«
»Lieber als mit jemand anderem?«
»Viel lieber.«
»Er ist sehr hübsch, nicht wahr?«
»Ja.«
»Findest du, daß er der hübscheste Junge auf der Welt ist?«
»Ich kenne doch nicht alle Jungen auf der Welt, oder?«

»Ich meine, von denen, die du kennst.«
»Mama und Großmama finden, daß unser Bruder besser aussieht.«
»Brüder zählen nicht. Aber was ist mit Roger Shields?«
»Nun ja«, meinte Fanny, »der sieht auch ganz nett aus.«
»Ich kann Marvin und Garvin Cooper nicht auseinanderhalten, deswegen weiß ich nicht, ob ich mit beiden getanzt habe oder zweimal mit demselben. Wir Kinder haben nämlich draußen auf der Veranda getanzt. Aber nicht oft. Die Jungen hatten keine richtige Lust, und man mußte ihnen schon mächtig zureden. Marvin und Garvin spielen in der Schule immer Streiche, weil sie beide gleich aussehen. Einer ist voriges Jahr mal für den anderen verprügelt worden, hab' ich gehört.«
»So, das reicht.« Fanny legte die Bürste hin und suchte nach einem Band.
»Meinst du, Negermädchen können hübsch sein, und Negerjungen können gut aussehen?«
Fanny lachte. »Ja. Ich finde, Luck ist hübsch.«
»Weil sie deine Freundin ist. Ich meine ganz gewöhnliche Neger. Ich glaube, die können sich nur gegenseitig hübsch finden. So wie Katzen eben manche Katzen mögen und andere nicht.«
»Du bist albern.«
»Wetten, daß ich recht habe?«
Fanny hatte das Haar ihrer Schwester zusammengebunden und schob sie zum Bett. »Sprich dein Nachtgebet, damit ich die Lampe ausblasen kann.«
Edna May kniete neben ihrem Bett nieder und senkte den Kopf über ihre gefalteten Hände. »Lieber Gott, nun gute Nacht, halt über meine Seele Wacht; sterbe ich vor morgen früh, meine Seele zu dir zieh'. Herr, segne Mama. Herr, segne Fanny. Herr, segne Leon an seinem Geburtstag und Marvin und Garvin Cooper kannst du auch segnen.« Während sie »Amen« sagte, hopste sie ins Bett und zog die Decke über sich.
»Ich bitte den lieben Gott nicht mehr, Papa und Theodore zu segnen. Ist das schlimm?« Ohne zu antworten, blies Fanny die Lampe aus und legte sich in ihr Bett. »Ich möchte mal wissen, warum du dich nicht mehr hinkniest und deine Gebete laut sprichst.«
»Ich hab' dir doch gesagt, ich bete lieber still für mich im Bett.«

»Hast du Geheimnisse, die ich nicht hören darf?«
»Vielleicht. Schlaf jetzt.«
»Ich wette, es ist wegen Leon. Also, *ich* hab' auch Geheimnisse, und die zähle ich jetzt auf, wenn du deine auch aufzählst.« Als ihre Schwester keine Antwort gab, sagte Edna May ganz schnell: »Also gut, ich schlaf' ja schon! Gute Nacht, liebe Fanny.«
»Gute Nacht, Edna May.«
Am Ende des Flurs ging eine Tür auf, und Frankies Worte – Fanny nahm an, sie war in das Zimmer ihres Mannes gegangen – klangen wie ein höhnisches Echo auf die Worte der Schwestern. »Gute Nacht! Gute Nacht! Wach auf, Eugene, und sag gute Nacht!«
Als Eugene antwortete, war seine Stimme barsch und schlaftrunken. »Halt den Mund und geh zu Bett, Alte.«
»*Alte*? Das würdest du nicht sagen, wenn du mich tanzen gesehen hättest, mit diesem und jenem . . .«
»Es ist mir scheißegal, mit wem du tanzt.«
Frankie lachte triumphierend auf. »Grießgrämig wie'n alter Gockel, was? Weil *du* nicht auf das Fest gehen konntest. *Du* konntest nicht, weil du nicht eingeladen warst, und *du* warst nicht eingeladen, weil sie dich nicht leiden können; du bist ihnen nämlich zu ordinär!«
»Mach, daß du rauskommst!«
»Ordinär! – Oh, die dort sind vornehm und gebildet. Alle haben sich gern, und sie reden so höflich miteinander. Niemand wollte weg – deswegen ist es so spät geworden. So viele Gutenachtwünsche hast du noch nie gehört. Dauernd sagten sie gute Nacht, ohne zu gehen; gute Nacht hieß es, aber sie blieben an der Tür stehen oder auf der Veranda, oder sie riefen es von ihren Kutschen herunter und hofften, sie würden gebeten, noch ein wenig zu bleiben. Keiner wollte aufbrechen.«
»Scher dich mit deiner betrunkenen Fratze hier raus.«
Ihr Gelächter war spitz und verächtlich. »Du bist nicht gut genug für Beulah Land. Du bist bloß gut genug für so alte frömmelnde Puten wie Priscilla Davis und ihre Mama, die ständig die Bibel mit sich rumschleppen, und selbst für die bist du nur akzeptabel, wenn du dein frommes Sonntagsgesicht machst!«
»Geh ins Bett, du Luder.«
»Das sagst du *mir*, du teuflischer Mörder!«
Fanny wußte, was jetzt kam; sie hatte darauf gewartet: als das

Klatschen einer Ohrfeige zu hören war, wollte sie aus dem Bett schlüpfen, zögerte aber, als sie Eugenes Stimme abermals vernahm, ruhig und beherrscht. »Ich hab' dich gewarnt. Und jetzt hau ab.« Türen öffneten und schlossen sich, dann war es still.
Als sie sich wieder zurücklegte, in der Hoffnung, daß ihre Schwester nichts gehört hatte, ertönte neben ihr ein Flüstern: »Darf ich zu dir kommen, Fanny?«
»Ja.«
Edna May kroch unter Fannys Decke und lag zitternd neben ihr. »Er will, daß ich Papa zu ihm sage, aber ich bin froh, daß er's nicht ist. Er ist doch nicht mein Vater, oder?«
»Nein.« Fanny streichelte ihren Arm. »Pst. Pst.«
Das Zittern des kleinen Mädchens ließ allmählich nach, und bald atmete sie gleichmäßig im Schlaf; Fanny aber lag noch lange wach.

8

Der Telegraphist im Bahnhofsgebäude von Highboro war ein junger Mann um die zwanzig, und er konnte sich auf die Nachricht für Sarah Troy von Beulah Land keinen Reim machen; als er sie aber Gideon Trim zeigte, da stieß der alte Mann, der schon Stationsvorsteher gewesen war, als, wie man zu sagen pflegt, Methusalem noch in der Wiege lag, erschrocken hervor: »Heiliges Kanonenrohr!« Das sagte er immer, wenn er zum Ausdruck bringen wollte, daß höchste Eile geboten sei. Das Telegramm lautete: »Ankunft Mrs. Ward Varnedoe mit dem Nachmittagszug.« Mr. Trim verlor keine Zeit und lieferte das Telegramm höchstpersönlich ab.
Sarah hatte ihre Schwester nicht mehr gesehen, seit Lauretta nach dem Krieg den Offizier der Union, Colonel Ward Varnedoe, geheiratet hatte und mit ihm nach Maryland gezogen war. Sie schrieben sich in unregelmäßigen Abständen, das heißt, Sarah antwortete stets unverzüglich, wenn sie einen Brief von Lauretta erhielt, Lauretta aber schrieb, wann es ihr gerade einfiel. Sie hatten sich oft vorgenommen, einander zu besuchen, aber es hatte nie geklappt. Daß die Nachricht Sarah betroffen machte, lag hauptsächlich an

zwei Dingen: dem formellen Text und dem Umstand, daß Lauretta ihre Ankunft auf Beulah Land noch nie zuvor angekündigt hatte; sie war einfach gekommen, meistens unter dramatischen, um nicht zu sagen melodramatischen Umständen, die ihrer Bühnenlaufbahn weit besser anstanden als ihrem Privatleben. Sarah war so aufgeregt, daß sie ihr Mittagessen kaum anrührte, und sie stand schon lange auf der Veranda zur Abfahrt nach Highboro bereit, als Leon mit dem Einspänner vorfuhr, gefolgt von Wally mit einem Wagen für Laurettas Gepäck. Es war Mai, der Tag war heiß, und Leon wollte das Maultier nicht unnötig zur Eile antreiben, obschon er Sarahs Ungeduld spürte. Trotzdem kamen sie eine halbe Stunde zu früh. Leon redete Sarah zu, im verhältnismäßig kühlen Drugstore gegenüber dem Bahnhof auf die Ankunft des Zuges zu warten, sie aber wollte nicht, sondern schritt zwischen den Müßiggängern auf und ab, die vom Telegraphisten erfahren hatten, warum sie gekommen war.

»Dreißig Jahre, Leon! Ob ich sie wohl noch erkenne? Sie ist sechsundachtzig, meine Schwester! Unglaublich. Vorgestern lebten wir noch als junge Mädchen bei unserer Tante Pea in der Broughton Street in Savannah. Lauretta war in diesen Shakespearedarsteller verliebt – Savage hieß er, Douglas Savage vom Schauspielhaus am Chippewa Square. Herrgott, wie schnell die Zeit vergeht. Sehe ich anständig aus? Ach, du kannst das doch nicht beurteilen, aber Bruce würde es mir ehrlich sagen. Ich hoffe, ich habe dich hinreichend gewarnt, was dir bevorsteht. Lauretta hat keinen vernünftigen Knochen im Leib – so war es wenigstens früher. Vielleicht hat das Leben mit dem Colonel sie zur Besinnung gebracht, obwohl ich es bezweifle. Er war ein guter Mensch, wenn er auch ein Yankee war. Alle haben gesagt, sie sei die hübschere von uns beiden, ja ich sei unscheinbar im Vergleich zu ihr, und darum hat sie sich alles genommen, was sie wollte, und mir blieb das, was sie nicht mochte. Oh, wie traurig war ich früher deswegen! Aber was macht es jetzt noch aus, was vor einem Menschenalter geschah? Du mußt dich auf den Anblick einer sehr alten Frau gefaßt machen. Sie ist nämlich zwei Jahre älter als ich, aber ich darf es nicht zeigen, wenn mich ihr Aussehen erschüttert. Ich bin froh, daß ich Jane und Bruce nicht mitgenommen habe, sondern nur dich. Ich habe so viele, und sie hat niemanden, seit der Colonel gestorben ist. Kein

Kind, kein Enkelkind – folglich auch keine Urenkel, so wie ich.« Sie klopfte ihm auf die Brust. »Nenn sie ›Großmama‹; das gibt ihr das Gefühl, willkommen zu sein. Oder nein, sag ›Miss Lauretta‹ und flirte ein bißchen mit ihr. Dann fühlt sie sich erst recht willkommen. Ich kann nicht sagen, ob sie Männer mag, aber es gefällt ihr, wenn die Männer sie mögen. O ihr Heiligen und Sünder, gebt mir Kraft, denn da kommt er!«

Doch während der Zug langsamer wurde und unter der üblichen Dampfentladung quietschend und schnaufend zum Stehen kam, befiel Sarah ein plötzliches Gefühl der Leere, so als rechne sie nicht wirklich damit, Lauretta aus dem Zug steigen zu sehen. Das Gefühl verstärkte sich, als kein Reisender die bereitgestellten Stufen hinabkletterte. Und als sie warteten, Sarah Leons Arm umklammernd, glitten die Türen des Gepäckwagens auf, und die Träger auf dem Bahnsteig nahmen ehrfürchtig einen Sarg in Empfang. Sarah stockte der Atem, als sie darauf zuschritten, und jetzt war es Leon, der ihren Ellbogen umklammerte, um sie zu stützen. Selbst in die Müßiggänger kam Bewegung, und einige erhoben sich von den Holzkisten, auf denen sie saßen. Sollte dies Laurettas »letzter Auftritt« sein? Auf dem Sarg klebte ein großer Zettel, und als Sarahs Augen die Worte *Mrs. Ward Varnedoe, per Adresse Beulah Land* erfaßten, fiel sie in Ohnmacht. Weil es keine Bank in der Nähe gab, bettete Leon Sarah vorsichtig auf den Bretterboden. Kurz darauf kam sie wieder zu sich und erblickte über sich Leons besorgtes Gesicht. Da lag sie wahrhaftig auf den splitterigen Bohlen des Bahnsteigs, Seite an Seite mit dem Sarg – Schwester neben Schwester. Bei diesem Gedanken stöhnte sie auf. Und dann, hinter Leons Gesicht, starrte sie ein anderes Augenpaar fragend an. »Bist du's wirklich, Sarah? Wieso liegst du da wie eine dem Suff ergebene Kreatur aus Baltimore? Steh auf und gib mir einen Kuß, denn ich kann mich weiß Gott nicht zu dir herunterbeugen.«

Sarah hatte sich auf der Stelle wieder gefaßt; sie erhob sich, auf Leons Arm gestützt, und stand vor Lauretta. »Wie kannst du nur!«

Lauretta blinzelte. »So hast du mich noch nie begrüßt. Freust du dich nicht, mich zu sehen?«

»Ich dachte, du wärst *da drin*!«

»Warum sollte ich? Es heißt zwar, daß Sarah Bernhardt in ihrem Sarg schläft, aber ich schleppe meinen nur deshalb mit mir herum, weil ich in meinem Alter ja nie wissen kann, wann ich ihn brauche. Wer ist der junge Mann?«

»Leon Davis, mein Urenkel.«

»Also auch meiner. Wir sind zu gleichen Teilen an ihm beteiligt, auch wenn du in dieser Hinsicht immer komische Vorstellungen hattest, nicht wahr? Tag, Leon: du darfst Tante Lauretta zu mir sagen. Und das hier . . .«, sie deutete auf die kohlschwarze Frau, die eifrig über das Ausladen der Koffer aus dem Gepäckwagen wachte, »das ist Pearl, meine einzige teuerste Pearl, die sich um mich kümmert und für ein geregeltes Leben sorgt. Sie war es auch, die darauf bestand, daß wir herkommen und dir vorher das Telegramm schicken sollten. Du hast es doch bekommen?« Sie lachte. »Wie konntest du nur annehmen, ich sei *da* drin? Leon, wird sie etwa wunderlich? Pearl! Sag dem Mann, er soll vorsichtig mit der Hutschachtel umgehen – da sind nämlich Schmetterlinge drin!« Und zu Sarah gewandt, erklärte sie: »Flor auf schwarzem Stroh, du wirst sehen, ein Gedicht.«

Jede Umdrehung der Wagenräder auf dem Weg durch die Stadt und die Straße nach Beulah Land entlang rief einen Schwall von Erinnerungen hervor oder gab zu einer Frage Anlaß, die sich auf eine Veränderung bezog. Mit ausgebreiteten Armen umfing Lauretta jeden Ausblick, beklagte Zerfall und Wandel, weinte vor Glück, das alles wiederzusehen, und meinte: »Wie eine schlummernde Märchenprinzessin, die nach dreißig Jahren erwacht, um ihr Reich zu besichtigen!« Auf Beulah Land wollten Staunen und gerührte Umarmungen nicht enden. Daniel war ihr erklärter Liebling, hatte er sie doch einst »heim nach Beulah Land« geführt, als die Yankees Atlanta niederbrannten und sie zur Flucht gezwungen war; Roman erhielt abermals Dankesbezeugungen, weil er sie 1861 (diese Stunde würde sie nie vergessen) in Philadelphia vor einem zornigen Publikum gerettet hatte, das sie beschuldigte, eine Spionin der Konföderierten zu sein. Jane und Benjamin mußten begrüßt werden, und es galt, Bruce, Bobby Lee und Davy kennenzulernen und sie zu bitten, sie möchten Lauretta in ihr Herz schließen. Die Dienstmädchen waren ganz aus dem Häuschen, und Mabella verspürte einen Schauer bis in die Fußsohlen; der Willkommensgruß von Josephine allerdings, die sich noch an Lauretta erinnerte, fiel weniger überschwenglich aus.

Der Tag verging schnell. Laurettas Zimmer wurde hergerichtet. Pearl überwachte das Auspacken und ließ die Kleider bügeln, bevor sie in den, wie sich herausstellte, viel zu kleinen Schrank gehängt wurden. »Ich bin froh, daß du mir ein Zimmer nach vorn gegeben hast, so daß ich sehen kann, wer kommt und geht. Ich habe mich immer tödlich gelangweilt, wenn ich nach hinten über die Felder schauen mußte. Du weißt ja, ich hatte nie viel für die Landwirtschaft übrig.« Sie stellte tausend Fragen, ohne die Antworten abzuwarten. Sie schmückte ihr Geplauder mit Schilderungen aus ihrem Leben in Maryland, erzählte von Reisen nach Washington und New York, wo der Colonel geschäftlich zu tun und mit Ministerien zu verhandeln hatte. Sie berichtete von üppigen Banketten, neben denen gewöhnliche Hausmannskost fade wie Haferschleim schmeckte. »Schildkrötensuppe ist köstlich, doch es macht mich schaudern, wenn ich bedenke, daß die armen Dinger *lebendig* in den Topf müssen!« Das alles hörte sich nach einem wohlhabenden und glanzvollen Leben an; und wenn sich Lauretta auch nie ihrer hohen gesellschaftlichen Stellung brüstete, so lag die Vermutung doch nahe, daß sie in der Welt, in die der Colonel sie eingeführt hatte, hochgeachtet war. Sie bemerkte vertraulich, daß eine gewisse reiche Einsiedlerin, deren Name jeder kannte, sich »so selten blicken ließ wie die Gattin des chinesischen Botschafters«. Sie machte liebevoll-scherzhafte Bemerkungen darüber, daß der Colonel so großen Wert darauf gelegt hatte, daß sie die Juwelen trug, die er ihr schenkte, insbesondere ein Paar Diamantohrringe. »Die waren ebenso schön wie teuer – bei jedem Kopfnicken habe ich fünftausend Dollar geschüttelt.«
Die Faszination, die sie auf die Bewohner von Beulah Land ausübte (auf alle außer Sarah, Josephine und Nancy), hielt noch tagelang nach ihrer Ankunft an. Da alle gebannt ihren Geschichten lauschten, das Leben auf der Plantage aber trotzdem seinen gewohnten Gang nehmen mußte, bot sich Sarah fast eine Woche lang keine Gelegenheit zu einer Unterredung unter vier Augen. Nancy hatte die Erlaubnis erhalten, den Sarg, sorgsam in alte Decken und Sackleinwand verpackt, auf dem Heuboden einer Scheune zu verstauen. »Bevor er starb, hat der Colonel zwei ganz gleiche ausgesucht, einen für sich, einen für mich. Er hat wirklich an alles gedacht – oder jedenfalls fast.«

Sarah bot ihr an, ihren Schmuck im Safe des Büros aufzubewahren; nicht, weil sie jemandem unter den Hausbediensteten mißtraute, sondern weil Lauretta so audrücklich auf den hohen Wert der Juwelen hingewiesen hatte. »Nein«, sagte Lauretta. Sie habe nichts wirklich Wertvolles mitgebracht, nur ein paar alltägliche Stücke; das Armband hier – sie streckte ihr Handgelenk vor, um es zu zeigen – lediglich Bergkristall. Nein, Sarah möge ihren Safe getrost für ihren eigenen Schmuck und für ihr Geld freihalten, das, davon war Lauretta überzeugt, im Überfluß vorhanden war.
»Wir kommen einigermaßen zurecht.«
»Einigermaßen! Beulah Land strotzt vor Wohlstand.«
»Es ist genug da, aber es hat auch jeder seine Arbeit zu leisten.«
Lauretta lachte. »Du kannst nicht von mir erwarten, daß ich Baumwolle pflücke.«
»Ach, das ist doch erst im August«, sagte Sarah, ohne nachzudenken.
»Nun, ich habe vor, recht lange zu bleiben. Ich hoffe doch, ich bin willkommen?«
»Aber natürlich.«
»Und du hast auch nichts gegen Pearl? Sie ist eine gute Seele, aber leider ein bißchen rechthaberisch.«
»Nancy und Josephine werden sie schon in ihre Schranken weisen. Die lassen sich nichts gefallen. Hast du jemanden, der sich während deiner Abwesenheit um dein Haus kümmert?«
Lauretta zögerte nur ganz kurz. »Ach, das habe ich aufgegeben. Ich war so allein, weißt du, und alles hat mich an meinen geliebten Mann erinnert. Das war einfach zu viel für mich.«
»Und wo willst du nun wohnen?«
»Ich glaube nicht, daß ich noch mal zurückkehre.« Wieder lachte Lauretta. »Die Menschen dort bezeichnen sich zwar als Südstaatler, aber du würdest sie nicht dafür halten. Sie können im geschäftlichen Umgang sehr hart und in privaten Beziehungen sehr kühl sein. Sie sind nicht wie wir.«
»Wenn es ums Geschäft geht, ist es vielleicht ganz gut, ein bißchen hart zu sein.«
»Ich verstehe nichts davon.« Lauretta seufzte. »Ich bin Idealistin. Das hast du selbst oft genug gesagt.«
»So?« fragte Sarah erstaunt. Lauretta befaßte sich eingehend mit

dem Inhalt eines gläsernen Pantoffels auf ihrem Ankleidetisch. Er enthielt Knöpfe in allen erdenklichen Größen. »Ich hoffe, Colonel Varnedoe hat gut für deine Zukunft gesorgt, Lauretta.«
»Niemand hätte das großzügiger tun können als er, vermute ich.«
»Willst du damit andeuten, daß du im Augenblick ein wenig im dunkeln tappst?« erkundigte sich Sarah vorsichtig. »Er hat eure Angelegenheiten doch gewiß einer zuverlässigen Anwaltsfirma anvertraut?«
»Das schon, glaube ich, aber wie kann ich das beurteilen? Die Anwälte haben sich jedenfalls nicht besonders gut bewährt.«
Lauretta kramte jetzt ausgesprochen gereizt in dem Pantöffelchen. »Ich kann sie nicht finden! Ich muß doch hier zwei kleine Knöpfe haben, mit Goldseide überzogen – ich brauche sie unbedingt für . . .« Ihre Stimme brach ab.
»Setz dich lieber hin, und erzähl mir alles.«
Seufzend ließ sich Lauretta neben Sarah in einen Sessel fallen. Sie lächelte zuversichtlich. »Du warst schon immer schnell von Begriff. Ich wollte, ich wäre in mancher Hinsicht wie du. Ich besitze nicht einen roten Heller.«
»Wie ist das möglich?«
»Das weiß ich nicht!«
»Als der Colonel starb, haben dir da die Anwälte nicht alles über seine Hinterlassenschaften erklärt?«
Lauretta zuckte die Achseln. »Ich habe Rechtsanwälte noch nie verstanden – du etwa?«
»Allerdings«, sagte Sarah grimmig.
»Es schien keinen Grund zur Sorge zu geben, doch mit der Zeit fielen die Dividenden nicht mehr so aus, wie ich es erwartet hatte, und nach dem Tod des guten Ward habe ich ziemlich viel – zu viel, würdest du vermutlich sagen – ausgegeben. Ich war einsam. Die Leute waren freundlich zu mir, solange er lebte, und ich habe nicht geahnt, daß sie mich die ganze Zeit nicht wirklich akzeptiert haben. Nach seiner Beerdigung haben sie sich allmählich, einer nach dem anderen, von mir abgekehrt. Ich wurde nicht mehr so oft eingeladen. Anfangs dachte ich, das geschehe aus Achtung vor meiner Trauer, aber auch die Besuche wurden immer seltener.«
»Hattest du denn keine echten Freundschaften geschlossen?« fragte Sarah.

»Ich habe mich nie mit Frauen angefreundet.« Schrecken und plötzliche Erkenntnis verhärteten ihren Blick. »Und für Männerbekanntschaften bin ich zu alt. Außerdem mögen ihre Frauen das nicht. Und die Männer haben mich – mit Ausnahme von Ward – immer ausgenutzt, wenn sie mich auch nie betrogen haben.«

»Bis auf einen oder zwei«, bemerkte Sarah trocken.

»Ich bin nicht nachtragend.«

»Nein«, gab Sarah zu, »das bist du wirklich nicht. Manchmal glaube ich, das liegt daran, daß du so ein kurzes Gedächtnis hast.«

»Ist das nicht am besten?«

»Ich fürchte, das kann man sich nicht aussuchen.«

»Warum müssen die Männer immer zuerst sterben«, klagte Lauretta, »und uns allein und schutzlos zurücklassen?«

»Wäre der Herr vor dich getreten, Lauretta, und hätte gefragt: ›Einen von euch nehme ich zu mir, wer soll es sein?‹, was hättest du geantwortet?«

»Sei gnädig, Herr, und nimm uns beide!«

Sarah schüttelte den Kopf. »Wenn der Herr gesagt hätte: ›Nur einen – wen?‹ – Überlege dir deine Antwort gut, denn wie man sagt, kann er den Menschen ins Herz blicken.«

»Du bist unausstehlich, Sarah.«

»Erzähl mir das übrige auch noch.«

Lauretta lehnte sich zurück. »Mir bot sich eine Chance – jedenfalls sah es so aus –, an eine große Menge Geld zu kommen. Wäre alles gutgegangen, brauchte ich mir keine Sorgen mehr zu machen. Ich hätte sie alle ausgelacht – diese Anwälte und diese niederträchtigen Maryland-Dämchen, die mich hatten fallenlassen wie eine heiße Kartoffel. Ich habe mich in Versuchung führen lassen. Du mußt mich verstehen. Dieser Mann . . .«

»Aha.«

»Sag nicht so überheblich ›aha‹. Dann komme ich mir wirklich töricht vor.«

»Du bist ja auch töricht.«

»Der war nicht so, wie du denkst: kein goldener Zahnstocher, keine Zigarren, keine Schmeicheleien. *Ich* mußte mich um ihn bemühen. Als ich ihn fragte, ob es möglich sei, daß eine arme Witwe ein wenig in die neuen Silberminen investieren könne, von denen er gesprochen hatte . . .«

»Silberminen, ach du meine Güte!« Sarah schüttelte den Kopf. »Ich dachte, darauf könnte keiner mehr hereinfallen . . .«
»Ich sage dir, der Vorschlag hörte sich ganz vernünftig an.«
»Haben die Anwälte dich denn nicht beraten?«
»Anwälte sind doch immer übervorsichtig. Mr. Worthington hat gesagt . . .«
»Worthington? Welch passender Name!«
»Bitte mach dich nicht lustig . . .«
»Erzähl weiter«, bat Sarah zerknirscht.
»Da gibt's nichts mehr zu erzählen. Ich habe eine bescheidene Summe investiert, aber dazu mußte ich natürlich Wertpapiere zu Bargeld machen.«
»Dann hast du die Summe ein wenig erhöht . . .«
Lauretta nickte. »Und schließlich war alles weg. Ich fürchte, sogar noch etwas mehr. – Sarah, sie sagen, ich schulde ihnen siebentausend Dollar. Alles ist futsch. Der Colonel hätte mir nichts hinterlassen sollen, was mir die Möglichkeit zum Spekulieren gab.«
»Nein«, bestätigte Sarah, »aber er hat dich geliebt, und es hätte so ausgesehen, als vertraue er dir nicht, wenn er alles festgelegt hätte.«
»Ich wollte, er hätte es getan!«
»Dann hättest du für den Rest deines Lebens auf ihn geschimpft.«
»Ich wollte dich nicht damit belästigen, Sarah, aber Pearl hat mir klargemacht, daß uns gar nichts anderes übrigbleiben würde. Ich habe sogar daran gedacht, wieder zum Theater zu gehen, aber . . .«
»Pearl hat recht.«
»Ich bin ja *so* froh, daß du das auch findest.« Laurettas Miene hellte sich auf. »Du meinst also, es war richtig von mir, hierherzukommen?«
»Natürlich.«
»Wo ich auch war, ich habe immer gewußt, daß du hier bist und bereit, mich aufzufangen, wenn ich falle. Du und Beulah Land, meine Zuflucht.« Lauretta erhob sich von ihrem Sessel und trat ans Fenster. Auf einmal sagte sie mit gepreßter Stimme: »Da ist Jane, sie ist angezogen, als wollte sie in die Stadt. Ob sie wohl Zeit hat, nach passenden Knöpfen zu suchen . . .« Als sie nicht weitersprach, wußte Sarah, obwohl Lauretta mit dem Rücken zum Zimmer stand, daß sie weinte. »Es ist schrecklich, alt und arm zu sein.«

Sarah stand schwerfällig auf und ging zu ihr. »Keiner von uns kann verhindern, daß er alt wird. Und was das Armsein betrifft: Du bist heimgekommen, und du hast es nicht nötig, dich als arm zu betrachten.«

»Pearl hat seit einem Jahr keinen Lohn mehr bekommen.«

»Der wird ihr gezahlt werden«, versprach Sarah.

»Ich möchte – ich kann den Gedanken nicht ertragen, daß sie dort oben im Norden über mich lachen und zueinander sagen: ›Ich hab's ja gleich gewußt.‹«

»Ich werde Benjamin bitten, daß er den Anwälten schreibt.«

»Wenn du mir sagst, wann wir die Konten ausgleichen können, schreibe ich ihnen selbst.«

»Laß das lieber Benjamin machen. Sie arbeiten bestimmt solider, wenn sie merken, daß sie es mit einem Mann zu tun haben.«

»Vielleicht hast du recht. Ich hatte nur gehofft, wir brauchten niemand anderem etwas davon zu erzählen.«

»Benjamin ist der Herr von Beulah Land. Hier geschieht nichts ohne sein Wissen.«

»Ich dachte, die Plantage gehört dir ganz allein. Man soll seinen Besitz nie zu Lebzeiten den Kindern übergeben, sonst wirst du von ihnen wie ein Kind behandelt.«

»Wie nett von dir, mich zu beraten.«

Lauretta lachte verlegen und putzte sich die Nase. »Jetzt ist mir leichter. Es heißt ja, beichten ist gut für die Seele.«

»Komm, wir fragen Jane wegen der Knöpfe.«

9

Als Frankie ins Büro des Sägewerks trat, fand sie dort Eugene vor, der hinter dem Schreibtisch saß und konzentriert auf etwas hinunterstarrte, das sie nicht sehen konnte. »Was machst du da?«

Sie hatte ihn überrascht, er aber liebte es ebensowenig wie ein scheues Tier, überrascht zu werden. »Na, wie findest du das?« Er hob den Revolver, den er im Schoß gehalten hatte, und zielte auf ihren Kopf.

Sie zögerte nur eine Sekunde. »Nur zu. Das macht Nummer drei – soviel ich weiß. Den Schwarzen, den du, wie du behauptest, mit deiner Frau erwischt hast, zähle ich nicht mit.«
»Deine Witze sind miserabel.« Er blies in die Mündung, wirbelte mit einem Schwung die Trommel herum und legte den Revolver in eine Schreibtischschublade.
»Genau wie damals, als ich reinkam und du an dir rumgefummelt hast. Da bist du aufgesprungen wie ein ertappter kleiner Junge.« Sie lachte kurz auf und nahm zwei Aktenordner aus dem Regal.
»Immer noch besser, als an deinen alten Knochen rumzufummeln.«
»Gesegnet sei der Tag, an dem ich auf getrennten Schlafzimmern bestanden habe«, gab sie zurück.
»Ich kriege auch so, was ich brauche.«
Sie setzte sich an einen Tisch und klappte die Ordner auf. »Deine Niggernutten können mich nicht eifersüchtig machen.«
»Ich hab' immer nur eine, bis ihre Tricks mich langweilen – wie deine. Dann kommt die nächste dran. Eins muß man der Gegend hier lassen: Es gibt immer neues Gemüse zu ernten, egal, welche Jahreszeit ist, ob's regnet oder die Sonne scheint. Die sind alle froh, wenn sie 'nen Schwanz zwischen den Beinen spüren oder wo ich ihn sonst noch hinstecke. Ich mach's auf jede Art, von vorn, von hinten, zwischen den Titten – pfeifen Sie nur, Madam, und ich tanze dazu.« Frankie blätterte in den Ordnern und verglich das Eingangsdatum einer Zypressenholzbestellung mit dem Auslieferungsdatum. Sie hätte Eugene nicht weiter beachtet, aber das wollte er an diesem Morgen nicht zulassen. »Und wenn du auch so tust, als ob's dir egal wäre – ich wette, daß du's manchmal vermißt. Ich weiß nämlich, daß ich gut ficke; die Weiber können gar nicht anders, sie müssen's mich einfach wissen lassen. Manche kreischen wie abgestochene Kälber.«
»Im Gegensatz zu deinen ordinären Ansichten haben Damen aber keinen Spaß an diesem Gequatsche.«
Sein Gesicht verzog sich zu einer grinsenden Grimasse, doch er gab keinen Laut von sich. Er wartete, bis Frankie noch ein paar Seiten in dem Ordner umgeblättert hatte, dann sagte er: »Möchte mal wissen, wie's mit Priscilla Davis wäre.«
»Frag doch ihren Mann.« Frankie klappte die beiden Aktenordner

zu, blieb aber mit dem Rücken zu Eugene sitzen und betrachtete einen Wandkalender. »Willst du ihr vielleicht den Hof machen, damit sie meinen Platz einnehmen kann? Ich habe nicht zum erstenmal den Eindruck, als ob du's darauf anlegst, in Ben Davis' Fußstapfen zu treten.«
»Ich mache mir nichts aus Miss Priscilla, aber sie ist mein Hörrohr für die Meinung der Stadt. Ansonsten hat sie nichts, was mich reizen könnte.«
Frankie drehte ihren Stuhl herum, so daß sie Eugene ins Gesicht sehen konnte, schlug die Beine übereinander und wippte mit einem Fuß, weil sie wußte, daß ihn das irritierte. »Kein Geld, keine Grundstücke von nennenswertem Wert, bloß eine widerwärtige alte Krähe von Mutter.« Sie nickte. »Außerdem hat sie einen Ehemann. Mich kannst du vielleicht unauffällig beseitigen, obwohl der eine oder andere sicher eine Bemerkung über die glücklichen Zufälle in deinem Leben machen würde, aber Benjamin ist gewiß nicht so entgegenkommend wie sein Vater.«
Eugene grinste. »Wen mochtest du lieber, Vater oder Sohn?«
»Wenn du auf Vergleiche aus bist, dann darfst du dich als schäbigen dritten einstufen.«
»Nicht jede Frau hat so viele Erfahrungen mit Männern wie du. Ich persönlich ziehe Jungfrauen vor.«
»Es wundert mich, daß du überhaupt welche kennst.«
»Und ob. Eine sticht mir besonders ins Auge, ein niedliches Persönchen, gleich am Ende des Flurs, wo ich schlafe.«
Frankie stand auf und ging langsam auf ihn zu; ihr Kopf zitterte heftig, so sehr strengte sie sich an, die Beherrschung zu bewahren. »Wag es nicht, an sie zu denken.«
Er zwinkerte ihr zu. »Besorgte Mutter oder eifersüchtige Gattin? Oder hast du bloß Angst, ich könnte ihren Preis drücken, wenn du sie an Beulah Land verhökerst? Da ist was dran. Die Davis' heiraten nicht immer, um ihre Weiber zu kriegen, wie du weißt.«
Sie kehrte an den Tisch zurück und blätterte eine Mappe mit Briefen durch. »Was soll die Pistole?«
»Ich habe ein paar Sträflinge als Hilfsarbeiter angefordert.«
»Wir hatten doch beschlossen, darauf zu verzichten. Die Stadt wäre dagegen, von unseren Leuten gar nicht zu reden. Ich kann mir nicht vorstellen, daß sie mit Sträflingen arbeiten wollen, du etwa?«

»Sie kommen morgen, ein Dutzend mit einem Wächter. Wir geben ihnen zweimal täglich 'ne dünne Brühe zu essen und zahlen dem Staat ein paar Dollar. Das bringt uns einen schönen Gewinn. Das müßte dir doch einleuchten.«
»Können wir das riskieren?«
»Ich stehe mich gut mit den Leuten, besser als du. Wenn ich ihnen erkläre, wir mußten die Sträflinge einstellen, weil es Schwierigkeiten im Betrieb gab, dann finden sie das in Ordnung.«
»Und was sind das für Menschen?«
»Hauptsächlich Nigger und ein oder zwei Weiße – aber von der schlimmsten Sorte, sonst würden sie die nicht mit Niggern zusammenstecken.«
»Das lassen sich unsere Leute nicht bieten.«
»Sie müssen. Ich schicke die große Kolonne heute in meinen Hochwald, um Kiefern zu fällen und Harztröge aufzustellen. Sie haben dort eine Woche zu tun, bevor sie das Holz runterschaffen, und wenn sie zurückkommen, ist die Sträflingstruppe da. Ich werd' ihnen klarmachen, daß Not am Mann war. Ich sag' ihnen, ich brauchte schnellstens ein paar Hilfskräfte, weil sie weg waren und wir einen Sonderauftrag hatten. Wenn ihnen das nicht paßt, können sie abhauen, und ich hol' mir noch so 'ne Sträflingskolonne.«
»Du legst es auf Ärger an«, sagte Frankie.
Eugene nickte. »Hab' meine Gründe.«
»Und die wären?«
»Das erzähl' ich dir ein andermal«, sagte er und zwinkerte wieder. Er erhob sich von seinem Stuhl, reckte sich und furzte.
»Denen da drüben wird das auch nicht gefallen.«
»Das will ich hoffen.« Eugene öffnete die Schublade und nahm den Revolver heraus. »Der Wächter hat ein Gewehr, aber ich denke, es kann nicht schaden, wenn wir selbst was zu unserem Schutz tun. Kannst du damit umgehen?« Frankie schüttelte den Kopf. Eugene winkte sie mit dem Revolver zu sich heran. »Komm her, ich zeig's dir.«
Das Geräusch in gleichmäßigen Abständen abgegebener Schüsse lockte Davy und Abraham wenige Minuten später aus der Fabrik. Abraham hatte sich im Büro aufgehalten, Davy machte einen Rundgang durch den Betrieb. Sie trafen sich am Haupttor und blickten einander fragend an. Zuweilen war der Schuß eines Jägers

aus den umliegenden Wäldern zu vernehmen, doch solch einen Lärm wie jetzt hatten sie noch nie gehört. Als sie ins Freie traten, sahen sie jenseits des Flusses Eugene Betchley dicht hinter seiner Frau stehen. Er führte ihr den Arm, um ihn ruhig zu halten. Dann gewahrten sie eine winzige Rauchwolke, und einen Augenblick später ertönte der Knall. Sie sahen zu, bis Frankie die Trommel leergeschossen hatte. Während Eugene von neuem lud, sichtete er die beiden aus dem Augenwinkel; er hatte erwartet, daß sie auftauchen würden. Da sie nichts weiter taten, als unbeweglich hinüber zu starren, hob er eine Hand und winkte, und die beiden jungen Männer winkten zögernd zurück, zuerst Davy, dann Abraham.

Im Laufe der Jahre war dort, wo ursprünglich nur die Baumwollfabrik, umgeben von ein paar Äckern, gewesen war, eine Hüttensiedlung entstanden, wo viele – wenn auch bei weitem nicht alle – Arbeiter des Werks mit ihren Familien lebten. Dies war durchaus nicht geplant gewesen, doch als eine Hütte genehmigt war, folgte noch eine und noch eine, bis es schließlich zwei Dutzend waren, alle klein und dicht nebeneinander, weil es nicht genügend Land gab, wo sie sich hätten ausbreiten können. Als die Männer und Frauen, die hier wohnten, die Sträflinge erblickten, beschwerten sie sich sogleich, vor allem im Interesse der Kinder und der alten Leute. Tags darauf trugen die Neger, die in der Fabrik arbeiteten, Davy und Abraham ihre Bedenken vor.

Nein, sie seien nicht direkt belästigt worden, aber der Anblick von Schwarzen, die in Ketten arbeiteten (es waren nur Neger, bis auf zwei, wie Eugene vorausgesagt hatte), gab ihnen das Gefühl, minderwertig zu sein, und das war besonders schlimm für die Kinder. Die Sträflinge waren unmöglich zu übersehen; und selbst wenn sie drinnen arbeiteten, konnten die Fabrikarbeiter über ihren eigenen Lärm hinweg die rhythmischen Klagegesänge hören, die die Gefangenen anstimmten, um beim Sägen und Schleppen den Takt zu halten.

Als die Sträflingskolonne an diesem Abend auf einem Fuhrwerk abtransportiert war, kam Davy über den Fluß, um mit Eugene Betchley zu reden. Eugene entschuldigte sich und erklärte, seine besten Leute seien beim Holzfällen und würden eine Woche fortbleiben. Wenn sie zurückkämen, würde er die Sträflinge wahrscheinlich entlassen. Er hätte nicht gedacht, daß die Leute in der Baumwollfabrik daran Anstoß nehmen würden. Wenn sie anderweitige Beschwerden hätten, solle Davy es ihm nur immer sagen, und wenn es möglich sei, würde man ihm entgegenkommen, nur diesmal sei es nicht möglich – leider. Davy erstattete Abraham Bericht, sie beschlossen, die Woche abzuwarten und appellierten an ihre aufgebrachten Arbeitskräfte, sich zu gedulden.

In der Baumwollfabrik wich die Empörung unvermeidlich der Neugier. Zuerst starrten die kleineren Kinder über den Fluß, obwohl man sie ermahnt hatte, sich vom Ufer fernzuhalten und nicht einmal einen Blick nach drüben zu werfen. Einer der Schwarzen, die in Ketten arbeiteten, ein besonders mutiger und freundlicher Mann, rief ihnen etwas zu. Er erfreute sich der Nachsicht des Wächters, weil er tüchtig arbeitete und dabei immer fröhlich war, wodurch er den anderen Sträflingen nicht nur als Vorbild diente, sondern auch beruhigend auf sie einwirkte. Die meisten Kinder stoben davon, zwei aber antworteten ihm, und als die anderen feststellten, daß kein Blitz herniederfuhr, fanden auch sie sich wieder ein. Am nächsten Tag kam es zu einem kurzen Schwatz zwischen zwei oder drei der schwarzen Sträflinge und einigen Fabrikarbeitern. Sie entdeckten, daß die Sträflinge auch Menschen waren, Schwarze wie sie, die freundliche Absichten hegten und sich keineswegs so abweisend verhielten, wie die weißen Sägewerksarbeiter, die im Augenblick abwesend waren. Besonders zutraulich zeigten sich ein paar junge Mädchen, stets neugierig auf Männer, die zu einem Leben ohne Frauen gezwungen sind, und immer bereit, ihnen ihre Sympathie zu bekunden, sei es durch ein Lächeln, einen kleinen Scherz, ein kokettes Winken mit der Schürze. Abraham war über diese Entwicklung besorgt, aber er wartete ab und unternahm vorerst nichts.

Die Neuigkeit von der Sträflingskolonne im Sägewerk war am ersten Tag, als sie zur Arbeit kamen, das Stadtgespräch Nummer eins, doch am zweiten und dritten Tag schrumpften die Mißfallensäußerungen zu leisem Gemurmel, weil die Gefangenen auf dem Weg von der Sägemühle zum sieben Meilen westlich gelegenen Bezirksgefängnis nicht durch Highboro transportiert werden mußten. Die Städter waren nicht direkt betroffen, wie sie sich gegenseitig versicherten. Sägewerk und Baumwollfabrik lagen ja gottlob am Stadtrand. Die Fabrikarbeiter waren alle Neger, mit Ausnahme von Davy Todd, und der arbeitete schließlich freiwillig bei denen. Die Mannschaft der Sägemühle bestand hauptsächlich aus rauhen Kerlen, um die sich niemand Gedanken machte, da sie bei allen möglichen Versuchen, ihren Lebensunterhalt zu verdienen, gescheitert waren, ehe sie sich bei der Holzfällertruppe verdingten.

Die weiße Arbeiterkolonne kehrte am Samstag zurück, denn samstags war Zahltag. Erhielten die Sträflinge auch keinen Lohn, so verteilte Frankie doch Kautabakpäckchen und kleine Säckchen mit Zucker an sie, die besonders begehrt waren. Eugene, der seine Zahlung für die Arbeit der Kolonne bereits im Büro des Bezirksgefängnisses abgeliefert hatte, steckte dem Wächter fünf Dollar zu. Gewissermaßen zur Besiegelung des Erfolgs dieses Abenteuers waren Priscilla Davis und Ann Oglethorpe zugegen, um laut aus der Bibel vorzulesen und gedruckte Traktätchen an die Sträflinge zu verteilen, die keiner von ihnen, weder schwarz noch weiß, lesen konnte. Das gute Werk der beiden Damen war nicht von Eugene angeregt; es war ihre eigene Idee. Doch sie wären nicht dazu inspiriert worden, wenn Eugene sich in ihren Augen nicht als gottesfürchtiger Mensch bewährt hätte. Im Augenblick, so erklärten sie ihren Mitbürgern, vollbringe er eine besonders gute Tat, indem er heidnische Bösewichte außerhalb der Gefängnismauern beschäftige, wo ihnen durch den Anblick und das Beispiel der Christenmenschen großer Nutzen erwachsen könne.

Eugene hatte dies zwar nicht geplant, aber es kam ihm durchaus gelegen, und es brachte ihm eine wesentliche Erfahrung für den Erfolg seiner Gaunereien ein: Stelle dich gut mit den Hütern der Moral einer Gemeinde, und alles übrige ist ein Kinderspiel. Die weiße Stammtruppe war wohl verärgert, aber sie wußten nicht recht, über wen. Und so taten sie, was sie schon immer getan und wozu Eugene sie angestachelt hatte: Sie blickten haßerfüllt über den Fluß.

10

Perry Mitchell war der jüngste des Trios, das den Feuerwerksanschlag auf Lucks und Abrahams Hochzeit verübt hatte. Seit dem Vormittag, an dem er aufgetaucht war, um nach Arbeit zu fragen, hatte er bei Eugene einen Stein im Brett, weil er ihn an seine eigene Jugend erinnerte. Mit achtzehn Jahren war der rothaarige, sommersprossige Bauernjunge einem, wie er sagte, »miesen Daddy« durchgebrannt, um es mit dem Stadtleben zu versuchen. Eugene stellte ihn ein, und da er der Jüngste im Lager war, machten die Männer ihn zu ihrem Schoßkind, so wie die Menschen häufig das schwächste Tier aus einem Wurf verhätscheln. Er war unerfahren und sah in ihnen seine kundigen Vorbilder, deren rauhe Sitten er ausgesprochen begierig erlernte; eines Abends jedoch, als jemand spaßeshalber versuchte, ihm in der Kantinenbaracke den Blechteller mit seinem Abendessen wegzunehmen, schlug Perry den Mann nieder und warf sich auf ihn. Eugene mußte ihn eigenhändig wegzerren. Die Rauferei verschaffte Perry Respekt. »Er ist kein Krakeeler«, hieß es nun, »aber wenn du ihn auf den Schwanz trittst, reagiert er fix wie 'ne Klapperschlange. Hast du ihn gesehen, neulich abend?« Zur Belohnung, und um seine Männlichkeit zu prüfen, nahmen sie ihn mit zu einer Hure, die sie regelmäßig besuchten; sie bezahlten für ihn und umstellten das Paar, dessen Treiben sie mit zotigen Bemerkungen begleiteten.

Am ersten Montagabend nach der Rückkehr der weißen Truppe entdeckte Eugene Perry am Flußufer. Er saß dort allein und wartete nach getaner Arbeit auf das Abendessen. Er starrte zu den Negern hinüber, die aus der Baumwollfabrik strömten und sich auf den Heimweg machten. Eugene und Perry begrüßten sich nicht, hatten sie sich doch im Lauf des Tages wohl ein dutzendmal gesehen; Perry deutete Eugenes Verweilen jedoch als eine Aufforderung zum Sprechen, und der Junge nahm sie wahr, denn ihm brannte etwas auf der Seele.

»Mr. Betchley, als ich hier Arbeit gesucht hab', da dachte ich, die Kerle da drüben sind so dicht dran, es ist grad, als müßte ich direkt neben Niggern schuften.«

Eugene machte ein überraschtes Gesicht und zog ein Päckchen Zigaretten aus der Tasche. Er schob sich eine zwischen die Lippen

und bot dann Perry eine an, eine seltene und schmeichelnde Geste, die den Jungen beschwichtigen sollte. Während sie ihre Zigaretten mit demselben Streichholz anzündeten, sann Eugene über die Äußerung des Jungen nach. Es war die erste offene Kritik, die einer von seiner Truppe über die Einstellung der Sträflingskolonne fallenließ. Bisher hatten sich ihre Mißfallenskundgebungen auf Verwünschungen beschränkt, die sie untereinander ausstießen.
»Du siehst das falsch«, sagte Eugene und setzte sich neben Perry. »Niemand verlangt von dir, daß du mit Niggern arbeitest, oder? Die machen ihren Job, und du machst deinen – jeder für sich. Ich käme nie auf die Idee, meine Truppen durcheinanderzumischen.«
Perry stierte zwischen seinen hochgezogenen Knien hinunter, als bemühe er sich, Eugenes Argument zu begreifen. »Ja, Sir«, stimmte er schließlich zu, »aber die sind zu nahe. Sie stinken.«
»Halt dich auf ihrer Windseite.«
Der Junge nickte, als sei der Vorschlag ernst gemeint.
»Kein Grund zur Aufregung. Ihr seid meine Stammtruppe und werdet von mir gut behandelt. Die Sträflinge arbeiten ohne Lohn – der geht an den Staat. An dich und mich sozusagen, denn der Staat sind wir. Wenn ich sie abgewirtschaftet hab', schick' ich die Kerle wieder fort.«
»Ja, Sir.« Perry zog kräftig an seiner Zigarette und klopfte anschließend die Asche sorgsam ins Wasser.
Eugene lächelte auf seine mechanische, berechnende Art. »Denk lieber an was anderes. – Die da drüben zum Beispiel. Kennst du die?«
Perrys Augen wanderten zu einer jungen, hübsch gekleideten Negerin, die eine zweirädrige Kutsche auf das Fabrikgelände jenseits des Flusses lenkte. »Die Frau von dem Niggerboss, nehm' ich an.«
»Du müßtest sie kennen – du hast doch versucht, auf ihrer Hochzeit die Puppen tanzen zu lassen!« Eugene schlug dem Jungen aufs Knie. »Als ich in deinem Alter war, hatte ich nichts Schwarzes im Sinn außer schwarzen Muschis. Wie wär's, wenn du die da mal aufs Kreuz legst und dich von ihr ins Land der Träume wiegen läßt?« Perry lächelte unwillkürlich. »Die wär' doch besser als das alte Weib mit den Waschbrettitten, zu der dich die Jungs geschleppt haben, meinst du nicht?«
Luck hielt drüben den Wagen an und sprang herunter; das Pferd

überließ sie sich selbst. Drei Männer und zwei Frauen traten soeben aus dem Hauptgebäude. Luck wußte nicht, wie sie hießen, war aber sicher, daß die Leute ihren Namen kannten. »Wo ist mein feiner Herr Gemahl? Hat jemand ihn gesehen, oder ist er etwa schon nach Hause gegangen zu seiner Frau, weil er glaubt, sie wartet auf ihn?«
Alle lachten, und unterdessen kamen Abraham und Davy aus dem Fabrikgebäude. Davy schob sein Fahrrad, das er drinnen abzustellen pflegte, um es vor der Witterung zu schützen. »Was machst du denn hier?« wollte Abraham von Luck wissen.
Statt einer Antwort setzte Luck ihre Späße mit den fünf Leuten fort. »Klingt nicht gerade, als ob er sich so freut, mich zu sehen, wie ich gehofft hatte!« Unter einhelligem Gelächter zog die Gruppe ihres Weges.
»Warum bekomme *ich* keine Antwort?« fragte Abraham mürrisch.
»Ich wollte dich abholen.«
Im Weggehen drehte eine der Frauen sich um und rief: »Nicht einschüchtern lassen!«, um zu zeigen, daß sie seine Frage gehört hatte.
»Geht es dir denn gar nicht in den Kopf, daß du eine verheiratete Frau bist?«
»Doch, doch, das läßt sich nicht leugnen!« erklärte Luck. »Wie geht's, Davy?«
Davy strahlte sie an. »Frisch und munter wie der junge Morgen. Du siehst prima aus!«
»Du auch.«
»Also dann, gute Nacht, ihr zwei.« Davy stieg auf sein Fahrrad.
»Magst du dich an meinen Wagen hängen? Wir fahren doch direkt an Beulah Land vorbei.«
Davy zog ein beleidigtes Gesicht. »Ich bin zu Hause, bevor ihr losfahrt – grade so, als ob euer Gaul blind und lahm wäre und alle Speichen gebrochen!«
»Paß auf, daß du nicht naß wirst!«
Davy blickte ängstlich nach oben. »Glaubt ihr, es gibt Regen?«
»Juniabende sind unberechenbar«, neckte Luck. »Die stecken voller Überraschungen.« Sie lachte übermütig.
Davy trat in die Pedale, und das Fahrrad sauste wie ein Vogel die Straße hinab.
Als er außer Sichtweite war, baute Luck sich, die Hände in die

Hüften gestemmt, mit einem zuversichtlichen Lächeln vor Abraham auf. »Bist du mir böse, Schatz?«
Abraham hatte inzwischen die Zügel aufgehoben, die Luck entglitten waren, als sie die Kutsche zum Stehen brachte. »Nein«, sagte er so ernst, daß sein Ton die Antwort Lügen strafte, »aber du bist *gedankenlos,* du bist *verzogen,* du bildest dir ein, du könntest *jederzeit alles* zu *jedem* sagen!«
»Ich?«
»Fällt dir nichts Besseres ein, als dich mit meinen Untergebenen über mich zu amüsieren?«
»Hab' ich doch gar nicht«, protestierte Luck.
»Klar, ihr habt euch über mich lustig gemacht.«
»Verstehe.« Sie kicherte. »Sie haben keinen Respekt mehr vor dir, wenn sie denken, daß du unterm Pantoffel stehst, stimmt's?«
»Sie wissen genau, daß die Fabrik zum größten Teil deinem Vater gehört.«
»Dann sollten sie aber Mitleid mit mir haben, weil ich mir einen Ehemann kaufen mußte.«
»Ich glaube, mit dir hat keiner Mitleid, so wie du dich aufführst.« Seine Stimme klang noch nicht versöhnt. »Ich hab' doch gesagt, du sollst lieber nicht herkommen, auch nicht, um mich abzuholen. Besonders jetzt nicht, wo da drüben die Sträflinge arbeiten.«
»Die sind weg«, sagte Luck. »Ich hab' ihren Wagen unterwegs überholt. Die haben mir richtig nette Sachen zugerufen, viel nettere als du.«
»Siehst du?« stieß er erbost hervor. »Und was wird aus meinem Pferd?«
»Überlaß es California.« California hieß der Mann, der abends, nachdem alle die Fabrik verlassen hatten, saubermachte und abschloß.
»Und was soll es fressen?«
»Baumwollgarn. Du kannst ihm die Wahl lassen, schwarz oder weiß.«
»Da siehst du, wie albern du bist.«
»Ich wollte, ich hätte dir was zu erzählen, was dir wieder gute Laune macht. Mal sehen. – Ach ja, da war doch was, wenn mir das doch bloß wieder einfiele. Ich hab's glatt vergessen, und daran bist nur du schuld.«

»Du nähst dir ein neues rosa Kleid. Du hast einen Kuchen gebakken mit rosa Zuckerguß obendrauf.«
»Nein. Jetzt weiß ich's wieder. Wir kriegen ein rosa und schwarzes Baby.«
»Was hast du gesagt?«
Sie ging zum Wagen und wuchtete sich mit gespielter Anstrengung hinein. Als Abraham sich zu ihr setzte, warf sie ihm die Zügel in den Schoß. »Du kutschierst, junger Vater. Ich muß mich schonen und mir Namen für das Baby ausdenken.«
»Ist das wahr, was du gesagt hast?«
»Na klar.«
»Junge, Junge.« Er schien ganz atemlos.
»Junge oder Mädchen, wer weiß? Wir müssen uns noch eine Weile gedulden.«
Er legte seine Arme um sie und drückte sie an sich. »Und das ist ganz bestimmt keiner von deinen Luck-Späßen? Wenn du mich angeschwindelt hast, lege ich dich übers Knie und versohle dir auf der Stelle den Hintern.«
Sie warf den Kopf zurück und sah ihn stolz und bedeutungsvoll an. »Laß uns heimfahren«, sagte sie schließlich. Er nahm die Zügel auf, und als das Pferd sich in Trab setzte, schmiegte sie sich an ihn und schlang den Arm um seine Taille.
Es war dunkel geworden. Perry Mitchell war auf der anderen Seite des Flusses allein. Er hatte die beiden beobachtet und nicht gemerkt, daß Eugene weggegangen war. Die Zigarette war erloschen, und er fühlte sich leicht beschwingt. Er kaute gelegentlich Tabak, aber er rauchte selten. In seiner Nähe ertönte die Stimme eines der Arbeiter vom Sägewerk.
»Schon *wieder* Erbsen, und der Schweinebauch ist noch fetter als sonst!«
»Wenn du Brathähnchen willst, mußte über'n Fluß und in der Baumwollfabrik arbeiten!« Der Koch ließ seiner Antwort ein helles Lachen folgen.
»Wo ist unser Kleiner?« fragte die erste Stimme, und eine andere rief: »Perry, komm schnell! Wo treibst du dich rum, einsamer Bumser?«

11

Langjährige Gegner genießen ihre Fehden zuweilen mit dem gleichen Vergnügen, das alte Freunde bei einem Wiedersehen empfinden. Annabel Saxon und Lauretta Varnedoe hatten – das bildeten sie sich zumindest ein – hinreichende Gründe zu gegenseitiger Abneigung; daß aber nach Laurettas Rückkehr mehrere Wochen vergingen, bevor sie sich trafen, war purer Zufall. Annabel kam selten aufs Land hinaus, und Laurettas Ausflüge nach Highboro führten sie nie zu der alten Villa der Saxons. Erst Ende Juni kam es daher zu einer Begegnung von Angesicht zu Angesicht.

Es war am Nachmittag eines schönen, warmen Sommertages. Mais und Melonen reiften auf den Feldern und erfüllten die Luft mit ihrem Aroma. Das Auge war gefesselt von den endlosen Reihen reifer Baumwolle, die prallen Kapseln zum Bersten bereit: in einer Woche würde es soweit sein. Das Ohr war bezaubert vom Wind in den Bäumen und dem vereinzelten Summen unersättlicher Bienen; sie taumelten zwischen den Blumen umher wie Zechbrüder, die aus einem Weinkeller torkeln. Aus dem Küchentrakt kitzelte süß-saurer Duft die Nase und ließ das Wasser im Mund zusammenlaufen; Josephine legte für den Winter Gurken in irdenen Halb- und Zweilitergefäßen ein.

Die vier, die sich auf der Schattenseite der Veranda amüsierten, hatten sich nach der Mittagsruhe ohne besonderen Grund dort eingefunden. Eine zufällige Bemerkung rief Erinnerungen wach, und als vom Tanzen die Rede war, lief Bruce in ihr Zimmer und holte ihre Gitarre. Sie spielte, Lauretta klatschte in die Hände, und Roman hopste mit Sarah im Polkaschritt von einem Ende der Veranda zum anderen, als Annabel in ihrem Einspänner vorgefahren kam. Die vier setzten ihr ausgelassenes Treiben fort, während Annabel Pferd und Wagen Clarence, dem Stallburschen, überließ, der sofort herbeigelaufen war, als seine Ohren das Rattern fremder Räder vernahmen. Annabel stieg die Stufen hinauf und starrte finsteren Blickes auf die Szene. Als Sarah und Roman jedoch an ihr vorüberrauschten, ohne ihre Anwesenheit auch nur mit einem Kopfnicken zu notieren, rief sie aus: »Wie ungehörig!« und warf sich in einen Schaukelstuhl mit einer gebrochenen Kufe. Er krachte unter ihrem Gewicht zusammen, und sie legte sich auf die Seite wie ein sinkendes Schiff. Gitarre, Tanz und Händeklatschen ruhten, und fröhliches Gelächter klang auf. Sobald sie sich wieder beruhigt hatten, half Sarah Annabel in einen stabileren Sessel neben Lauretta; Bruce erbot sich, eisgekühlten Tee zu holen, und Roman verkündete feierlich, er müsse ein Gedicht beenden, das er an diesem Morgen begonnen habe. Lauretta mit herausforderndem Blick fixierend, sagte Annabel: »Soso, meine Liebe, ich hörte bereits, daß Sie zurück sind.«

»Glücklicherweise«, bekräftigte Lauretta, »betrachtet meine liebe Schwester ihre große Plantage mit Vergnügen auch als mein Zuhause.«

»Wahrhaftig.« Annabel lachte bissig. »Ich dachte, wir bekämen Sie nie wieder zu Gesicht, als Sie diesen feindlichen Colonel heirateten und in den Norden zogen, um mitten unter unseren Widersachern zu leben.«

»In den Jahren meines Exils«, parierte Lauretta, »tauchten die Gesichter meiner alten Freunde aus der Heimat oft in meiner Erinnerung auf und stimmten mich traurig, aber das Ihre war nicht darunter.«

»Ich bin froh, daß Ihnen dieser Schmerz erspart blieb.«

»Ich hätte Sie gar nicht erkannt, meine Liebe. Sie haben sich ja gewaltig verändert. Einstmals so hübsch, wie es allgemein hieß, und dann eine recht ansehnliche Frau. Aber jetzt – welche Tragödien blicken manchen von uns aus dem eigenen Spiegel entgegen!«

»Ich bin erstaunt, daß Ihnen das Alter genügend Einsicht beschert, um die Tragik in Ihrem Spiegel zu bemerken.«

»Aber gewiß doch, meine Gute; wie hätte ich sonst erkannt, was aus Ihnen geworden ist? Sarah, Liebste, du hättest mich warnen sollen . . .«

»Sie waren nicht in der Kirche, seit Sie uns mit Ihrer Anwesenheit beehren, sonst wären Sie mir aufgefallen. Sind Sie sehr gebrechlich?«

»In meinem Alter hat man wenig Bedürfnis nach geistiger Führung. Es ist zu spät, um nach dem Sinn des Lebens zu fragen, und zu früh, um eine endgültige Antwort zu erwarten.«

Sarah rückte ihren Stuhl so, daß sie zwischen den beiden saß. »Ich muß schon sagen, ihr zwei seid unterhaltsamer als ein Theaterstück. Was führt dich her, Annabel?«

Annabel runzelte die Stirn und wedelte mit dem Palmfächer, den sie auf der breiten Armlehne ihres Schaukelstuhls vorgefunden hatte. »Was kocht Josephine zu solcher Stunde? Das riecht ja schauderhaft.«
»Süß-saure Gurken.«
»Delia verfeinert meine immer mit Alaun. Vergiß nicht, mir ein paar Töpfe zu schenken, wenn du sie lange genug zum Licht gedreht hast, um sie zu bewundern!«
Annabel lachte über ihren eigenen Scherz, doch keiner der Anwesenden stimmte ein. Bruce kehrte mit einem Tablett zurück, auf dem sich Gläser, ein Krug mit eisgekühltem Tee und eine Platte mit Napfkuchen befanden. Sie bediente die Damen und entschuldigte sich, da sie noch ein paar Näharbeiten zu erledigen habe. Annabel, Sarah und Lauretta schlürften ihren Tee und knabberten ihren Kuchen, und Annabel, die das Mädchen zuvor eingehend gemustert hatte, bemerkte: »Bei der Hitze tritt das Rot ihrer Narbe besonders hervor. Ohne die wäre sie fast hübsch zu nennen.«
»Sie ist hübsch, so wie sie ist«, erklärte Sarah entschieden.
Annabel fuhr unbeirrt fort: »Schade, daß die Mode es Damen nicht erlaubt, Schnurrbärte zu tragen.«
Eifrig kauend bemerkte Lauretta: »Ich kannte einmal eine Frau, die hatte einen Bart, der war so voll wie Lincolns.«
»Wir genießen nicht alle die Vorzüge Ihrer Theatererfahrung.«
»Das hatte nichts mit meinem Bühnenleben zu tun«, erwiderte Lauretta. »Sie war die Witwe eines Senators und hatte ein Vermögen in Kupfer gemacht. Ihr einziger Nachteil, pflegte sie zu sagen, läge darin, daß die Leute wegen des Bartes ihre Perlen nicht sehen könnten.«
»Sie wollen doch nicht etwa behaupten, daß sie sich damit in der Öffentlichkeit gezeigt hat?«
»Was hätte sie denn tun sollen? Sie liebte Gesellschaften und rasierte sich nicht gern. Sie löste das Problem, indem sie den Bart teilte und in zwei Zöpfen trug. So konnte man die Perlen deutlich sehen.«
Als Annabel sie fassungslos anstarrte, meinte Sarah: »Ich glaube, Lauretta bindet uns einen Bären auf.«
»Was alte Leute doch für Grillen haben«, sagte Annabel. In trügerisch beiläufigem Tonfall fuhr sie fort: »Übrigens, wie ich von mei-

nem Mann erfuhr, hat Benjamin kürzlich einen ansehnlichen Betrag an eine Anwaltspraxis in Maryland überwiesen.« Zu Lauretta gewandt, fragte sie: »Das war, glaube ich, Ihr letzter Nistplatz, meine Liebe?«
»Ja, ich – Benjamin hat eine geschäftliche Angelegenheit für mich erledigt. Eine vorläufige Regelung ...«
Sarah unterbrach: »Blair war nicht befugt, dir das zu erzählen.«
»Liebes Tantchen«, sagte Annabel selbstsicher, »du weißt doch, daß in der Bank nichts Wichtiges geschieht, wovon ich nicht auf die eine oder andere Art erfahre.«
»Ich werde mit ihm reden.«
»Das hat dein ganzes Bargeld verschlungen, nicht wahr?«
»Keineswegs«, erwiderte Sarah, »was dir sicherlich bekannt wäre, wenn du wirklich gründlich nachgeforscht hättest.«
»Nicht beleidigt sein, Tantchen. Ich weiß, daß du reich an Land und Erträgen bist, nicht zu vergessen deine Aktien und Obligationen, aber es wäre ja Wahnsinn, die anzugreifen. Ich hoffe, das wird nicht nötig sein.«
»Wie kommt Blair III. mit seinen juristischen Studien voran?« fragte Sarah, und Annabel ließ begeistert einen Lobgesang auf sich und ihren Enkel vom Stapel. Lauretta knabberte wieder an ihrem Kuchen, aber sie schien irgendwie verstört. Sarah brachte ein Kopfnicken und ein Lächeln zuwege. Nachdem Annabel Blairs III. brillante Fähigkeiten und Aussichten weit ausführlicher geschildert hatte, als es ihre Zuhörerinnen interessierte, fragte sie unvermittelt: »Was hast du mit ihr vor?«
Sarah war auf der Hut, bereit, die Festung wieder einmal zu verteidigen. Vorsichtig fragte sie zurück: »Mit wem?«
»Mit Bruce natürlich.«
»Wie meinst du das?«
»Sie ist sechzehn. Hat man ihr schon Anträge gemacht?«
»Das will ich nicht hoffen«, erwiderte Sarah.
»Du weißt also nichts. Das heißt, es gibt noch keinen, denn Mädchen pflegen damit stets anzugeben. Nun, sie wird nicht gerade von Bewerbern umringt werden, obwohl sie Beulah Land im Rükken hat. Ihr habt die Dinge untereinander so kompliziert geregelt, daß es schwierig ist festzustellen, wem was gehört und wer die Macht in Händen hat.«

»Über diese Frage machen *wir* uns kaum Gedanken«, sagte Sarah, »und es gibt keinen Grund, weswegen *du* dir darüber den Kopf zerbrechen solltest. Unsere einzige Regel lautet, daß ein Dokument, durch das wir alle gebunden sind, immer von zweien unterzeichnet werden muß.«

»Jetzt bist du schon wieder verstimmt, dabei habe ich doch nur meine Sorge wegen der Zukunftsaussichten des Mädchens zum Ausdruck gebracht. Benjamin *ist* dein Enkel; ich denke, darüber sind wir uns alle einig.« Sie lächelte selbstgefällig; Sarah und Lauretta wechselten einen Blick. »Bruce *ist* seine Tochter, auch das steht außer Zweifel. Aber Leon ist sein Sohn, zwar unehelich, aber legitimiert. Was hat Bruce da zu erwarten? Das möchte ja wohl jeder Freier gern wissen.«

»Wenn sie sich entschließt zu heiraten, wird sie sich jemanden aussuchen, der nicht nach ihren Chancen auf eine Erbschaft schielt. Sie dürfte sich kaum als Zielscheibe für Mitgiftjäger eignen, und wenn es doch einer versuchen sollte, dann ist sie viel zu vernünftig, um darauf hereinzufallen.«

Lauretta, die an Kuppeleien großes Vergnügen fand, und die – wenn auch aufmerksam lauschend – länger geschwiegen hatte, als es ihre Gewohnheit war, sagte: »Ich bin der Meinung, daß sie jemanden wählen wird, der der Familie nahesteht.«

Annabel, der jeder unverhoffte Verbündete willkommen war, lächelte zufrieden und fragte: »Wen haben Sie im Sinn, meine Beste?«

»Janes Söhne widmen ihr beide besondere Aufmerksamkeit.«

»Die sind Cousins ersten Grades, das geht nicht«, erklärte Annabel. »Bei ihrem Aussehen spräche nichts dagegen, daß sie die Gattin eines Politikers oder eines Diplomaten würde. Es ist sogar ratsam, wenn eine Frau in solcher Position nicht allzu hübsch ist, weil das ihren Mann nur Stimmen kosten würde. Mein Blair ist auch ein Cousin, aber kein so naher.«

Lauretta hatte nachgedacht. »Davy und Bobby Lee sind gar nicht so nahe mit ihr verwandt«, sagte sie jetzt.

Annabel lächelte nachsichtig. »Aber gewiß doch; Sie sind vergeßlich. Mein Urgroßvater Benjamin Davis hatte zwei Söhne, Bonard und Bruce. Sie, Ma'am, sind mit Onkel Bonard nach Kalifornien durchgebrannt, wo er den Tod fand; Sie sollten sich eigentlich daran erinnern. Und später haben Sie Ihre Fänge nach meinem

Vater Bruce ausgestreckt, und daher müßten Sie sich auch an *ihn* erinnern.«

»Er hat sich nicht für mich interessiert«, sagte Lauretta. »Er wollte Sarah heiraten.«

»Das ist doch nicht möglich!«

»Sag's ihr«, forderte Lauretta ihre Schwester auf.

Sarah zuckte die Achseln, als wolle sie sich entschuldigen. »Ich habe das nicht ernst genommen. Es war nach Leons Tod und bevor Casey zurückkam.«

»Also, davon habe *ich* nichts gewußt!« rief Annabel aus.

»Jetzt wissen Sie's«, meinte Lauretta trocken. »Wollen wir mit der Klärung der Verwandtschaftsverhältnisse fortfahren?«

»Durch Ihre Schuld hatte Onkel Bonard keine Kinder . . .«

»Das lag nicht an mir«, warf Lauretta ein. »Ich hätte Kinder haben können. Ich hatte sogar eins.«

»Aber keines, zu dem Sie sich bekennen können, das möchte ich schwören.«

»Rachel war meine Tochter, nicht wahr, Sarah?«

»Du hast sie geboren, aber sie war *mein* Kind«, berichtigte Sarah. »Schließlich war Leon ihr Vater.«

Annabel machte den Mund auf und schnappte nach Luft. »Das muß doch einen Skandal gegeben haben . . .«

»Nicht der Rede wert«, erwiderte Sarah. »Ich war freilich eine Zeitlang gekränkt.«

»Das will ich meinen!« Annabel wandte sich streitlustig an Lauretta. »Fahren wir fort: Meine Mutter hatte vier Kinder. Doreen zählt nicht, weil sie nicht geheiratet hat. Adam starb jung und unvermählt. James heiratete – Rachel.«

»Meine Tochter«, sagte Lauretta.

»Und meine«, wiederholte Sarah.

»Nun ja, ihr seid Schwestern, da spielt es wohl keine Rolle, wer die Mutter war. Rachel und James hatten zwei Kinder, Benjamin und Jane.«

Sarah würgte an dem Kuchenstück, das sie im Mund hatte. Als sie wieder sprechen konnte, sagte sie munter: »*Du* bist vergeßlich. Benjamins Vater war nicht James, sondern Adam. Also sind Jane und Benjamin nur Halbgeschwister, wie Bruce und Leon.«

»Aber ihre Väter waren Brüder!« erklärte Annabel verzweifelt.

»Das heißt, Bobby Lee und Davy, Bruce und Leon – o Gott im Himmel!« Sie stand auf und rief durch die offene Tür ins Haus, man solle ihren Wagen vorfahren.

Lauretta und Sarah schwiegen, bis Sarah sagte: »Vergiß mein Fest am vierten Juli nicht – das ist eine Familienzusammenkunft, wie du weißt.« Die Schwestern brachen in Lachen aus, und Annabel verließ mit so viel Würde, wie sie aufbringen konnte, die Veranda, um auf dem gepflasterten Weg auf ihren Wagen zu warten.

Als sie fort war, lehnten sich die Schwestern in ihre Schaukelstühle zurück und ruhten sich ein Weilchen aus. Sarah seufzte: »Annabel macht mich jedesmal ganz fertig.«

Lauretta fragte: »Stimmt das mit dem Geld, Sarah? Hast du genügend? Ich komme mir so armselig vor . . .«

»Du brauchst dir keine Sorgen zu machen«, versicherte Sarah. »Annabel quasselt eben gern. Es hat keinen Sinn, daß ich mit Blair I. spreche. Die könnte selbst aus einem Großinquisitor noch Geheimnisse herausquetschen.«

12

Zum erstenmal, solange sie zurückdenken konnten, regnete es am vierten Juli, nicht ununterbrochen zwar, aber doch heftig und so oft, daß das Familienfest nicht im Freien stattfinden konnte. Das Haus war groß, es hatte viele Zimmer und geräumige Veranden. Hier kamen Frauen und Mädchen zusammen; die Männer und Jungen redeten sich darauf hinaus, daß sie in den Ställen zu tun hätten, wo sie sich lieber aufhielten als im Haus. Der alte Otis hatte, obwohl er kränkelte, in der Nacht wie üblich die Bratroste überwacht, als dann aber in der Morgendämmerung der Regen einsetzte und es nicht so aussah, als würde er bald wieder aufhören, mußten die beiden jungen Männer, die Otis in diesem Jahr zur Hand gingen, ein Zeltdach über die Grillgruben spannen.

Die ankommenden Gäste scharten sich, sehr zu Annabels Verdruß, neugierig um Lauretta, denn viele jüngere Mitglieder der großen Familie hatten sie noch nie gesehen, sondern lediglich hier und da geflüsterte Bemerkungen über die Abenteuer der alten Dame aufgeschnappt, die nun freundlich und blinzelnd in ihrer Mitte saß. Annabel startete einen Gegenangriff und bombardierte jedermann mit detaillierten Schilderungen ihres türkischen Salons – der in Wahrheit nur eine abgeteilte Ecke ihres Wohnzimmers war. Sie hatte mit Blair III. deswegen zwei Eisenbahnfahrten nach Savannah unternommen; die erste, um die Geschäfte zu durchstöbern und Kataloge zu wälzen, die zweite, um die aus New York eingetroffenen Einrichtungsgegenstände zu besichtigen. Das alles, so prahlte Annabel, war Blairs Werk.

Die Idee stammte tatsächlich von ihm, und da sich der alte Richter Meldrim den Sommer über in Atlanta (bei seiner verheirateten Tochter) aufhielt, hatte Blair Urlaub von seinem Studium der Rechtswissenschaften und konnte sich voll und ganz der Ausstattung des türkischen Salons widmen. Der Entwurf hatte ihnen beiden viele glückliche Stunden beschert.

Als die Aufzählung der Prachtstücke, die zu bewundern sie alle demnächst die Ehre haben würden, nicht enden wollte, erklärte Lauretta nach zweimaligem herzhaftem Gähnen, türkische Salons seien bei ihren Bekannten im Osten vor einigen Jahren große Mode gewesen, inzwischen sei man ihrer aber »mehr als überdrüssig« geworden, und selbst die geschmackvollsten unter ihnen hätten sie, Lauretta, eigentlich immer an »die Empfangsräume eines Animierlokals« erinnert.

Annabel brach das gespannte Schweigen, das dieser Bemerkung folgte, mit der Feststellung, daß ältere Leute nicht mit der Nachsicht der jüngeren rechnen dürften, wenn sie sich zu groben Unverschämtheiten verstiegen, und daß es für die jugendlichen Teilnehmer der Gesellschaft vielleicht von Nutzen sei, wenn man sie Laurettas Einfluß entziehe. Überdies glaube sie nicht, daß auch nur einer unter den Anwesenden, ganz gleich, ob männlich oder weiblich, dazu neige, Laurettas Vergleich zu goutieren – mit Ausnahme natürlich von Lauretta selbst. Sarah hielt sich bereit, einen neuerlichen Streit zwischen den beiden zu schlichten, was sich jedoch als unnötig erwies, da Blair III. Annabel mit der geflüsterten Versicherung beschwichtigte: »Die alte Ziege ist für gute Gesellschaft viel zu grotesk.« Immerhin war an diesem Tag von Annabels türkischem Salon nicht mehr die Rede, und Lauretta konnte sich über

mangelndes Publikum für ihre zahllosen Anekdoten nicht beklagen.
Luck, Abraham und Roscoe nahmen auch an dem Fest teil; Luck glühte vor Stolz über ihre Schwangerschaft und forderte jedermann auf, ihr zu sagen, wie dick sie wurde. Lächelnd taten sie ihr den Gefallen, obgleich ihre Figur keineswegs fülliger war als die ihrer Altersgenossinnen, die keinem freudigen Ereignis entgegenblickten. Luck, Fanny und Bruce hielten sich fast den ganzen Tag über in Bruce' Zimmer auf und spannen an bescheidenen Plänen und großen Träumen, wie es Frauen zu tun pflegen, wenn sie in Stoffproben und -resten wühlen und die Illustrationen in den Modezeitschriften studieren. Der Regen, der gegen die Fensterscheiben trommelte, machte ihnen die Behaglichkeit ihres gemütlichen Beisammenseins erst recht bewußt.
Roscoe und Abraham verbrachten den größten Teil des Tages in den Ställen, ohne jedoch dem Vieh, das zu inspizieren sie vorgaben, oder den Schweinen, denen sie hin und wieder trockene Maiskolben zuwarfen, besondere Beachtung zu schenken; sie besprachen vielmehr den Stand des Egrenierwerkes und die Bedrohung der Fabrik durch die Sägemühle.
Der Konflikt zwischen den beiden Werken, darüber waren sie sich klar, spitzte sich immer mehr zu. Die ohnehin nie freundschaftlichen Beziehungen hatten sich so weit verschlechtert, daß Gefahr drohte. Aufgrund ihrer Hautfarbe waren die Sträflinge von den Fabrikarbeitern bis zu einem gewissen Grade akzeptiert worden, zumal Abrahams Leute wußten, daß die Ketten der Gefangenen jeglichen Kontakt verhinderten, der über ein paar anzügliche Bemerkungen hinausging. Die Sträflinge taten ihnen leid, und sie waren bereit, deren verbale Annäherungsversuche an ihre Frauen zu übergehen, wenn nicht gar zu verzeihen. Die Ankunft der Sträflinge hatte jedoch auch in anderer Hinsicht eine völlig neue Situation geschaffen. Während nämlich bis dahin zwischen den weißen Sägewerksarbeitern und den Beschäftigten der Baumwollfabrik nur wenige Worte gefallen waren, fingen nun die Weißen an, die Sprüche der von ihnen verachteten Sträflinge nachzuplappern und auszuschmücken. Kurz und gut: Weiße Männer riefen zotige Bemerkungen über den Fluß, wann immer sich ein einigermaßen ansehnliches weibliches Wesen am anderen Ufer blicken ließ.

Früher oder später – wahrscheinlich schon bald –, so fürchtete Roscoe, würde es zum Kampf, möglicherweise zu einem Mord kommen.
Sie erörterten Mittel und Wege, wie sich die direkte Konfrontation der feindlichen Parteien verhindern ließe. Davy und Abraham hatten bereits vergeblich mit Eugene gesprochen. Er bedachte Davy mit seinem frostigen Lächeln und sagte, er sei nicht für die menschliche Natur verantwortlich, und was könne man schon machen? Abraham starrte er einfach nur an, bis der unverrichteter Dinge davonging. Roscoe wollte das Holzlager nicht betreten. Benjamin sträubte sich ebenfalls, nachdem er Eugene von Beulah Land verjagt hatte, als der mit Mrs. Oglethorpe dort erschienen war. Das Dilemma fand schließlich eine Lösung, die erst später in Benjamin den Verdacht erregte, nicht von ungefähr gefunden worden zu sein.
Frankie, die wenig Neigung für das besaß, was sie als die eitlen Interessen ihrer Geschlechtsgenossinnen bezeichnete, legte auf deren Gesellschaft keinen Wert und zog es bei Zusammenkünften wie der heutigen vor, sich abzusondern. Benjamin traf sie während einer Regenpause allein auf einer Rundbank an einer alten Eiche.
»Ist das nicht zu feucht für dich?«
»Macht nichts«, erwiderte sie ruhig.
Er setzte sich zu ihr. Er war ein wenig überrascht gewesen, sie heute hier zu sehen; denn wenn sie auch oft eingeladen wurde, so verstand es sich doch, daß sie ihren Mann nicht mitbringen konnte. In den letzten Jahren hatte sie sich selten bei gesellschaftlichen Anlässen gezeigt. Die meisten ihrer Bekannten hatten sich damit abgefunden, daß Frankie sie vernachlässigte. Von den Leuten auf Beulah Land waren es nur Leon und Bruce, die Frankie auch weiterhin in ihrem Haus in der Stadt besuchten. Benjamin schien es, als habe sie sich absichtlich abgekapselt, und es blieb nicht ohne Folgen, daß sie sich allzu beharrlich auf ihr eigenes Ich zurückzog. Sie war wie ein straff gespanntes Seil: er wunderte sich, daß sie Gelassenheit zeigte, wo er ein Aufbrausen erwartet hätte. Bemüht, ihre Starrheit zu lösen, fragte er: »Du hältst wohl nichts davon, dein Korsett zu lockern und mit den anderen Damen zu ruhen?«
»Ich trage kein Korsett mehr, und es gibt nichts Faderes, als mit schnarchenden Weibern in einem Schlafzimmer zu liegen.«

Er lachte, um sie aufzumuntern. »Das habe ich noch nie gemacht.« Sie teilte seine Heiterkeit nicht, aber ihre Spannung schien, wie er meinte, nachzulassen. »Übrigens brauche ich wenig Ruhe.«
»Du arbeitest zu viel.«
»Ich möchte eben wissen, was vorgeht.«
Die Gelegenheit war zu günstig, um sie ungenutzt vorübergehen zu lassen. Benjamin fing an, ihr von den Sorgen zu berichten, die ihn wegen der Unruhen zwischen den Sägewerksarbeitern und den Leuten in der Baumwollfabrik bedrückten. Frankie hörte aufmerksam zu; sie nickte, sagte jedoch nichts, bis er geendet hatte. Dann bemerkte sie: »Ich war dagegen, Sträflinge einzustellen, aber es hat sich recht gut angelassen, das muß ich zugeben. Es gibt keine Reibereien zwischen ihnen und unseren Weißen; sie ignorieren einander einfach. Es wundert mich, daß die weißen Männer eure Frauen belästigen. In meiner Gegenwart tun sie das nicht.«
Er versicherte ihr, daß es häufig vorkam und daß man sogar Luck provoziert hatte, als sie Abraham in der Fabrik abholen wollte.
Plötzlich wurde Frankies Miene sanft, und sie legte eine Hand auf die seine. »Armer Ben – gerade du müßtest für die Anziehungskraft schwarzer Frauen doch vollstes Verständnis haben! – Jetzt hab' ich dich schockiert.« Sie klopfte ihm begütigend auf die Hand und verschränkte dann ihre Hände im Schoß. »Es hat immer böses Blut zwischen eurer Fabrik und unserer Sägemühle gegeben. Wenn es dies nicht wäre, dann eben etwas anderes. Die einzige Lösung wäre, denke ich, wenn einer von uns woanders hinginge. Ich glaube, Eugene war damals klug und weitblickend. Ich hätte euch das Land nicht verkaufen sollen, das ihr brauchtet, um zu vergrößern. Dann hättet ihr wegziehen müssen, und wir würden uns jetzt alle wohler fühlen in unserer Haut. Inzwischen wäre eine Standortverlegung für jeden von uns mit hohen Kosten verbunden. Ich habe darüber nachgedacht, das gebe ich offen zu.« Sie machte eine lange Pause, und als sie weitersprach, tat sie es zögernd. »Ich glaube, ich weiß eine Lösung, aber Eugene ist dagegen, und es dürfte viel Geduld erfordern, um ihn zu überzeugen.«
»Laß hören.«
Sie skizzierte einen Plan, demzufolge die Baumwollfabrik das Land kaufen sollte, das sich gegenwärtig im Besitz des Sägewerkes befand. Die Sägemühle würde an einen neuen Standort am ande-

ren Ende der Stadt, in der Nähe der Bahngleise, verlegt. Man könnte von dem Hauptgleis eventuell ein kurzes Nebengleis abzweigen lassen, um die Holzverladung zu vereinfachen. Der Plan interessierte Benjamin. Er versprach, ihn seinen Partnern zu unterbreiten, wenn Frankie es übernehmen wolle, noch einmal mit Eugene zu reden. Ob sie wisse, wem das Land gehöre, das sie als neuen Standort für das Sägewerk im Sinn habe?

»Das gehört euch«, sagte sie.

Als sie ihm die genaue Lage schilderte, konnte er bestätigen, daß es sich um sein Land handelte. Er und Sarah hatten es einst nach einer reichen Ernte erworben und es ungenutzt gelassen, weil es, steinig und fast kahl, weder für den Ackerbau noch als Viehweide geeignet war. Sie hatten es nicht direkt gekauft, sondern gegen eine kleine Farm eingetauscht, die sie in einer abgelegenen Gegend des Countys besaßen, und sie gedachten es eines Tages als Baugrund zu veräußern, wenn die Besiedelung sich bis dorthin ausbreiten würde.

»Ich sehe kein Hindernis. Ich werde auf jeden Fall mit Leon und Großmama darüber reden.«

»Leon?«

»Wir treffen keine Entscheidungen mehr ohne ihn.«

Frankie stand auf und sagte, sie werde ihrem Mann noch einmal die Vorzüge der Verlegung klarzumachen suchen. »Man darf uns nicht zu lange hier zusammen sitzen sehen. Sonst wundern sich die anderen und werden am Ende noch eifersüchtig.«

Sie gingen zusammen zum Haus. »Es fängt wieder an zu tröpfeln«, sagte Benjamin.

»Ist Nancy eifersüchtig?«

Er zwang sich zu einem Lachen, als hätte sie einen Witz gemacht.

»Wann läßt du endlich zu, daß Fanny Leon heiratet?«

»*Ich* verbiete es ihr nicht. – Du glaubst also, ich mißgönne ihr, daß sie so leicht erringt, was mir verweigert wurde?«

»Niemand hat dir etwas verweigert. Du hast Bonard vorgezogen und mich mit wundem Herzen zurückgelassen.«

»Hat Leon sich bei dir beschwert?«

»Wir reden miteinander. Er hofft und hofft, aber es scheint, Fanny will sich nicht entschließen.«

»Damit habe ich nichts zu tun.«

»Sie würde einwilligen, wenn du ihr zuredest.«
»Ich habe keine Lust, die Heiratsvermittlerin zu spielen.«
»Du brauchst nichts mehr zu vermitteln. Es geht nur noch um den Zeitpunkt. Fanny will sich nicht festlegen, weil sie sich sträubt, dich und ihre Schwester allein zu lassen. – Warum zieht ihr nicht einfach *alle* hierher?« schlug Benjamin überschwenglich vor. Das unverhoffte Glück, daß sich für die problematische Situation von Fabrik und Sägewerk eine Lösung angeboten hatte, beflügelte ihn.
»Eugene auch? Ich kann mir nicht vorstellen, daß Miss Sarah das recht wäre, von deiner getreuen Nancy gar nicht zu reden – auch wenn sie nicht eifersüchtig ist. Du gibst ihr wohl keinen Grund dazu, wie?«
»Frankie, hör auf.«
»Ich bin eine schockierende Frau. Sagt man das nicht allgemein?«
Als sie an diesem Abend heimkam, konnte Frankie ihrem Mann berichten, daß sein Plan so aufgenommen worden war, wie er es vorausgesehen hatte. Sie gingen zusammen die Treppe hinauf, und vor ihrer Tür sagte er: »Das hast du gut gemacht. Willst du, daß ich mit dir ins Bett gehe?«
»Zur Belohnung?« Sie schüttelte den Kopf.
Er lächelte. »Ich könnte mir einbilden, du wärst Fanny.«
Sie ließ ihn im Flur stehen, ging in ihr Zimmer und schob den Riegel vor.

13

Die Veranda war in bequemer Höhe über dem Boden gelegen, so daß Leons Füße die Erde berührten, als er flach auf dem Rücken lag, das Gesicht mit einem breitkrempigen Strohhut bedeckt, der nach einem Sommer auf den Feldern ausgefranst und von Schweiß durchtränkt war. Leon hätte tot sein können, so still war er, wäre nicht das gleichmäßige Heben und Senken seiner Brust gewesen. Die Dämmerung brach herein; es war spät im August, der Sommer neigte sich dem Ende zu, und Leon war hundemüde. Er hatte an diesem Tag zweihundertsechzehn Pfund Baumwolle gepflückt, für einen einzelnen Mann eine beachtliche Leistung; der Tagesrekord lag bei zweihundertvierundvierzig Pfund. Gewöhnlich pflückte er nicht mit, aber auf dem Höhepunkt der Ernte wurde jede Hand gebraucht. Nachdem die Ausbeute der einzelnen Pflücker gewogen war und er die Summe neben den entsprechenden Namen in dem Notizbuch, das er in der Gesäßtasche trug, vermerkt hatte, war Leon auf die Veranda gegangen, um auf seinen Vater zu warten, anstatt Daniel und Bobby Lee zum Baden und Abkühlen an den Fluß zu begleiten. Benjamin war nach dem Mittagessen mit dem Einspänner in die Stadt gefahren, wie Leon von Nancy, die stets wußte, wo er sich aufhielt, erfuhr, und als er vor einer Viertelstunde zurückkehrte, hatte er unverzüglich seine Großmutter im Büro aufgesucht.

Wenige Schritte von Leon entfernt war Hellfire emsig damit beschäftigt, sich zu putzen. Er war inzwischen ausgewachsen, mußte aber, wie Mabella sich ausdrückte, »noch zulegen«. Eine Hinterpfote erhob sich wie zum Salutieren. Dieses abrupte Hochschnellen brachte Leon jedesmal zum Lachen, und als falle ihm das soeben ein, hielt der Kater mitten in der Bewegung inne, spitzte die Ohren und starrte den jungen Mann mißbilligend an. Er sah Leon nicht gern schlafen und weckte ihn fast immer, wenn er ihn dabei erwischte. Langsam senkte der Kater die Pfote, ohne sie zu lecken, und schüttelte den Kopf. Er schlich vorsichtig näher und schnupperte an Leons gekrümmten Fingern. Als er aus seinem leichten Erschöpfungsschlaf erwachte, dachte Leon zunächst, es sei Nacht, bis er den Schweißdunst seines Strohhutes wahrnahm, der ein wenig an den Geruch gekochter Erdnüsse erinnerte.

»Der Tiger frißt dich ja gleich auf.«

Leon schob den Hut zurück und richtete sich, auf einen Arm gestützt, halb auf. Sarah und Benjamin blickten von der Bürotür her auf ihn herunter.

»Hau ab.« Hellfire stolzierte mit erhobenem Schwanz davon.

»Komm zu uns herein.« Benjamin hielt die Tür auf, und Leon streckte sich in den Sessel, den er immer benutzte, wenn sie hier zusammen waren. »Eugene hat endlich eingewilligt, über den Verkauf zu reden.«

Leon sah seinem Vater forschend ins Gesicht. »Er hat ziemlich lange gebraucht, sich zu entscheiden.«

Sarah schüttelte den Kopf, als wolle sie die Mücken verscheuchen, die ihnen im August so zusetzten. »Frankies Vermittlerrolle bei diesem Geschäft hat mir noch nie gefallen.«
»Du konntest Frankie eben nie leiden und hast ihr nie getraut«, meinte Benjamin.
»Stimmt, und daran hat sich bis jetzt nichts geändert«, gab Sarah zu. »Daher bin ich froh, daß Eugene endlich die Katze aus dem Sack läßt. Die beiden stecken ja doch unter einer Decke.«
»Sie sind verheiratet«, brachte Benjamin in Erinnerung, »und sie leiten das Sägewerk gemeinsam.«
Sarah überlegte. »Etwas daran verstehe ich nicht.«
»Also«, wandte sich Benjamin an Leon, »er ist bereit, über die Sache zu reden, und zwar mit dir.«
»Mit mir?« Leon war erstaunt, denn wenn er auch an allen geschäftlichen Besprechungen teilnahm und bei der Einteilung der täglichen Arbeit auf der Plantage mitredete, so war ihm doch eine solche Verantwortung noch nie zugefallen.
Sarah sagte zu Benjamin: »Frankie hat ihn über unsere geschäftlichen Gepflogenheiten aufgeklärt. Ich weiß schon, warum er will, daß Leon zu ihm kommt. Vor mir hat er Angst, und dich kann er nicht ausstehen. Und weil er die Farbigen haßt – ich habe keine Ahnung, warum, aber weißes Gesindel wie er hatte schon immer was gegen die Schwarzen –, kommt es für ihn nicht in Frage, sein Gelände an Roscoe oder Abraham zu verkaufen. Er will mit ihnen keinesfalls verhandeln, also bleibt nur Leon.«
»Ich bin auch nicht gerade ein Freund von ihm«, gab Leon zu bedenken.
»Nein, aber er bildet sich ein, er wäre dir überlegen«, vermutete Benjamin.
Sarah eröffnete ihm: »Du sollst morgen vormittag zu ihm kommen. Das hat dir dein Vater von Miss Frankie auszurichten.«
Leon dachte darüber nach, und Benjamin riet: »Hör ihm genau zu, und dann sprechen wir darüber, wenn du heimkommst. Du mußt dich nicht gleich mit ihm einigen, das weiß er. Ansonsten kannst du ihm ebensoviel sagen wie wir.«
»Jawohl, Sir.« Leon blickte von seinem Vater zu Sarah und fügte hinzu: »Jawohl, Ma'am.«
»Laß uns zum Fluß gehen«, schlug Benjamin vor.

»Ich wollte, ich könnte mitkommen«, erklärte Sarah.
»Geht aber nicht«, sagte Benjamin, und da mußten die drei zum erstenmal lächeln.
Am nächsten Morgen sattelte Leon ein Pferd und ritt zum Sägewerk. Er war noch nie dort gewesen, sondern hatte immer nur von der anderen Flußseite hinübergeschaut. In den Jahren, als er heranwuchs, hatte er Eugene in unregelmäßigen Abständen, aber doch recht häufig gesehen, und er konnte sich noch genau erinnern, in welchem Jahr, sogar in welchem Monat er zu sich hatte sagen können: »Jetzt bin ich so groß wie er.« Eingedenk jener Nacht, in welcher der Mann den Jungen fast totgeschlagen hatte, waren sie voreinander auf der Hut, und wenn es in der Kirche oder bei den Besuchen, die Leon Fanny abstattete, zu einer kurzen Begegnung kam, belauerten sie sich mit gespannter Wachsamkeit.
Nicht weit entfernt sah er Theodore Betchley mit drei Männern reden, die einen Zypressenstamm zerlegten. Einer der Männer hielt inne und zeigte auf Leon, worauf Theodore aufblickte. Leon schwenkte den Hut, doch der Junge erwiderte seinen Gruß nicht; er sagte nur etwas zu den Männern; einer lachte, spuckte aus, löste sich von der kleinen Gruppe und kam auf Leon zu.
»Wenn Sie das Büro suchen«, sagte Perry Mitchell, »das ist da drüben.« Perry arbeitete wegen der Hitze ohne Hemd; schmutziger Schweiß rann von dem sommersprossigen Rücken und den Schultern, die überall die Spuren seiner Hände trugen, wo er nach Moskitos geschlagen und ihre Stiche aufgekratzt hatte.
Eugene sah Leon durch die geöffnete Tür herankommen, aber er ging ihm nicht entgegen. Leon klopfte an, Eugene rief: »Herein!«, ohne von seinem Stuhl hinter dem Schreibtisch aufzustehen. Er war allein.
Als er eintrat, sagte Leon: »Miss Frankie hat mir durch Papa ausrichten lassen, daß Sie mich erwarten.«
Eugene tat, als erinnere er sich plötzlich daran. »Ach ja. Nimm Platz, wenn du willst.«
Leon setzte sich, seinen Hut auf dem Schoß haltend, dem Mann am Tisch gegenüber. »Sie haben mit ihr über einen Vorschlag gesprochen, den sie Papa unterbreitet hatte. Es ging um die Verlegung der Sägemühle.«
Eugene lächelte; das Lächeln gefror und verschwand dann ebenso

rasch, wie es erschienen war. »Sie meint, wir sollten euch den Gefallen tun, aber ich bin dazu nur bereit, wenn für mich etwas dabei herausspringt. Laß mich mal hören, wie ihr euch das vorstellt.«
Leon, Benjamin und Sarah hatten während der letzten Wochen oft über den Plan gesprochen, und es war Leon ein leichtes, ihn einfach und verständlich darzulegen. Eugene betrachtete seine verschränkten Hände auf dem Tisch, öffnete sie, krümmte die Finger, kratzte Harz von einem Daumennagel, runzelte, scheinbar angestrengt nachdenkend, die Stirn; seine Miene war bald skeptisch, bald gelangweilt und dann wieder amüsiert, und zwar anscheinend nicht wegen Leons Ausführungen, sondern so, als erinnere er sich soeben an etwas, das mit dem zur Diskussion stehenden Thema nichts zu tun hatte, so daß Leon schließlich zweifelte, ob er ihm überhaupt zuhöre. Dann aber verschränkte er die Hände wieder; er nickte, seufzte und zog die Schultern hoch.
Als Leon seine Ausführungen beendet und eine ganze Minute gewartet hatte, entschlossen, nichts mehr zu sagen, bevor der andere reagierte, räusperte sich Eugene bedeutungsvoll. »Ich sehe einen gewissen Nutzen für mich, was die Verladung betrifft, da das meiste Nutzholz nach Savannah geht und vom dortigen Büro verschifft wird. Aber ich betone noch einmal: Ich kann meine Zeit nur mit dem Umzug verschwenden, wenn ihr auf Beulah Land mir garantiert, daß sich die Sache für mich lohnt. Schließlich sitze ich seit Jahren an dieser Stelle, seit kurz nach dem Tod deiner Mama. Jeder weiß, wo er mich finden kann; ein blindes Maultier könnte eine Ladung Kiefernholz bei mir abliefern, ohne daß jemand es führen müßte. Außerdem mißfällt mir die Vorstellung, meinen Grund und Boden an Neger abzutreten, denn darauf läuft es doch hinaus, und dafür will ich eine anständige Entschädigung. Ihr wollt, daß die den Laden hier übernehmen, und wir sollen gehen. Nun, ich schätze, ihr wißt, daß Mrs. Betchley auf eurer Seite ist.«
Er lachte gezwungen. »Das muß ich leider gestehen. In dieser Angelegenheit steht sie mehr auf eurer Seite als auf meiner. Da komme ich mir ziemlich abgehängt vor. Aber wenn Mrs. Betchley auch auf eurer Seite ist, so hat sie doch eine gute Nase, wenn's um Geld geht, was euch vielleicht auch schon aufgefallen ist. Wieviel, glaubst du, wollen dein Pa und die alte Mrs. Troy wohl lockermachen?«

»Sagen Sie mir lieber, was Sie verlangen«, entgegnete Leon.
»Und du sagst dann ja oder nein?« Eugene lächelte spöttisch.
»Nein, Mr. Betchley. Ich teile es der Familie mit, und wir sprechen gemeinsam darüber, und dann komme ich wieder.«
»Ach so.« Eugene warf ihm einen hinterhältigen Blick zu. »Ich dachte, du und ich führen die Verhandlungen allein; schließlich bist du ein erwachsener Mann. Aber ich sehe, du bist doch nur ...« Er öffnete die Hände und drehte die Handflächen nach oben. »Das soll natürlich keine Beleidigung sein.«
Leons Gesicht wurde so rot, daß man es trotz der Sonnenbräune erkennen konnte. »Wir beschließen meistens gemeinsam über größere Geschäfte.«
»Das ist gut.« Eugene tat so, als finde er diese Auskunft beruhigend. »Das ist ausgezeichnet.« Er blickte sich in dem ungemütlichen Büro um wie jemand, der sich nicht mit dem Gedanken abfinden kann, von einem vertrauten Ort scheiden zu müssen. »Das bringt mir 'n Haufen Strapazen, und ich müßte auf jeden Fall noch einen Monat warten, bis ein paar Eilaufträge rausgegangen sind. Ich will mich mal ganz deutlich ausdrücken. Die Sägemühle kriegt das Stück Land beim Eisenbahngleis; so sind wir allen aus dem Weg, und eure Nigger können ihren Betrieb erweitern oder Wassermelonen auf meinem Grund und Boden pflanzen, wenn sie wollen, aber ich schätze, das werden sie nicht tun. Ihr oder die – einer von euch übernimmt jedenfalls mein Gelände hier, und ich nehme das Land von deinem Papa, aber so'n glatter Tausch bringt mir noch nichts. Ich muß noch was dazu bekommen. Sagen wir also, ich kriege euer Land, und ihr kriegt meins, und ihr zahlt mir noch fünftausend Dollar, um mir den Abschiedsschmerz zu versüßen.«
Leon hatte sich zusammengenommen, um seine Reaktion nicht offen zu zeigen; dennoch saß er ein paar Sekunden sprachlos vor Überraschung da. »Ist das Ihr Ernst, Mr. Betchley?«
»Allerdings.« Eugenes Stimme klang fest. »Es sei denn, ihr wollt mir mehr bieten?«
»Das ist weit mehr, als es irgend jemandem wert sein kann, Mr. Betchley.«
»Aber, aber – die Verhandlungen führt schließlich nicht ›irgend jemand‹ – Mr. Davis.«

Leon drehte den Hut in seinem Schoß. »Sie verlangen zweihundertfünfzig Dollar für einen Morgen ausgelaugtes Flußufer.«
»Nein, verlangen tut ihr, und ich mache das Angebot. Und ich rede von Bargeld, nicht von Zahlungsversprechen. Es sei denn, ihr tretet mir statt des Geldes ein Stück von Beulah Land ab. Das gäbe eine neue Verhandlungsbasis.«
»Beulah Land ist nicht zu verkaufen, Mr. Betchley.«
»Siehst du? Ich weiß, wie du fühlst, obwohl du ja eigentlich gar nicht dort geboren bist. Die Menschen hängen an ihrem Besitz, auch wenn ein Fremder absolut nichts daran findet; sie haben ihre eigenen Vorstellungen, was dieser Ort ihnen wert ist. Sprich du mit dem Boss und mit der Boss-Lady, und such mich dann wieder auf, wenn du willst. Mir ist es einerlei, so oder so.«
Leon nickte und stand auf. »Guten Tag, Mr. Betchley.«
Eugene setzte sein mechanisches Lächeln auf. »Auf Wiedersehen, Mr. Davis.«
Seit Jahren hatte man in der Sägemühle keinen Davis und auch sonst niemanden von Beulah Land mehr zu Gesicht bekommen; daher ließen die Männer die Arbeit ruhen, als Leon und sein Pferd denselben Weg zurücknahmen, den sie gekommen waren. Theodore war nirgends zu sehen, aber Perry Mitchell hörte zu arbeiten auf und stützte sich lässig auf seine Säge, die Augen starr auf Pferd und Reiter gerichtet.
Auf Beulah Land warteten Sarah und Benjamin im Büro, und Leon unterrichtete sie rasch von Eugene Betchleys Bedingungen.
»Das ganze Gelände ist keine fünfhundert wert«, entrüstete sich Benjamin.
»Er weiß, daß wir es unbedingt haben wollen«, sagte Sarah. »Das hat Frankie ihm vermutlich erzählt, falls man es ihm überhaupt erzählen mußte. Und was machen wir jetzt?«
»Wir sagen ihm, er soll sein Land behalten«, schlug Leon vor.
Sarah seufzte. »Wenn doch nur Laurettas Schulden nicht auch noch in diesem Jahr auf uns zugekommen wären. Sie hat uns zwölftausend Dollar in bar gekostet, und dabei liegt der Baumwollpreis so niedrig, wie ich ihn noch nie erlebt habe.«
»Du läßt nicht mehr mit dir reden, nicht wahr, Großmama?«
»Wenn wir schon so weit gegangen sind und soviel für Lauretta tun konnten, dann müssen wir es auch für Abraham tun!«

»Tante Lauretta ist eine von uns«, sagte Benjamin. »Da geht es um die Familienehre.«
»Abraham gehört auch zur Familie«, beharrte Sarah. »Floyd war sein Vater, und wir schulden Floyds Sohn alles, was wir ihm geben können.«
»Wenn er es wüßte, würde er's nicht zulassen«, meinte Leon.
»Dann darf er eben nichts davon erfahren.«
»Das bedeutet, daß wir eine ganze Weile den Gürtel enger schnallen und jeden Pfennig umdrehen müssen.«
»Das wäre nicht das erste Mal. Es bedeutet aber auch, daß wir Eugene Betchley loswerden. Wie kann dieser Schuft es wagen, auch nur davon zu *reden*, er könnte einen Teil von Beulah Land bekommen!«
Benjamin sagte: »Großmama, ich glaube nicht, daß wir uns das leisten können. Nach der Begleichung von Tante Laurettas Schulden sind wir knapp bei Kasse. Wir haben einen Riesenvorrat an Baumwolle, für die niemand auch nur so viel bezahlen will, wie uns der Anbau gekostet hat.«
»Wir werden bestimmt einen Weg finden. Es ist uns schon schlechter gegangen als jetzt.«
»Aber nicht seit dem Krieg«, bemerkte Benjamin.
»Ohne Floyd hätten wir den nicht überlebt.«
Sie saßen schweigend da, bis Leon sagte: »Wir haben immer nur über Abraham gesprochen. Ich weiß, was du für ihn und Onkel Floyd empfindest, Großmama. Das wissen wir alle, und wir fühlen genauso wie du. Aber wenn wir uns zu diesem Schritt entschließen, dann sollten wir es nicht allein für Abraham tun, finde ich.«
»Was willst du damit sagen?« fragte Sarah.
»Daß Davy auch einen Anteil bekommen sollte.«
»Davy ist doch noch ein . . .«
»Davy ist ein Mann«, unterbrach Leon, »und er gehört auch zur Familie. Bobby Lee wird eines Tages den Platz seines Vaters einnehmen, und deshalb muß man sich Gedanken über Davys Zukunft machen.«
Sein Vater und seine Urgroßmutter blickten einander erstaunt an, dann lächelten sie.

14

Die Hitze war Anfang September kaum schwächer geworden; doch als die Tage vergingen, ließ die Erntehektik allmählich nach. Die Baumwolle war bis auf einen kleinen Rest gepflückt und entkernt; unzählige Ballen, die niemand kaufen wollte, lagerten bei der Egreniermaschine, und das Warendepot war randvoll. Die Nächte wurden ein wenig kühler, und die Landjugend blickte in froher Erwartung dem Fest entgegen, das immer dann stattfand, wenn der größte Teil des Zuckerrohrs geschnitten war und der Saft zu Sirup verkocht wurde.

Annabel Saxon veranstaltete eine Reihe geselliger Abende, um den fertiggestellten türkischen Salon vorzuführen. Ihre Ausgaben waren bescheiden, da sie lediglich Zuckerrohrsaft und dünne trockene Kekse servierte, für welche sie das Rezept, wie sie behauptete, »fast auf direktem Wege« aus Byzanz erhalten hatte. Als sie die Leute von Beulah Land einlud, trompetete sie unter übertriebenem Augenzwinkern mit einer Stimme, die am Jüngsten Tag die Toten hätte auferwecken können: »*Diejenigen, die schon so viele schrecklich gewöhnliche türkische Salons gesehen haben, daß sie ihnen zum Hals heraushängen, brauchen sich keinesfalls gezwungen zu fühlen, der Einladung zu folgen.*« Darauf bat Lauretta, man möge Annabel ausrichten, sie sei von der abermaligen Lektüre des fünften Buches Moses so gefesselt, daß sie das Haus nicht verlassen könne. Sie verbrachte den Abend mit Roman beim Kartenspiel, wobei sie mogelte und verlor.

Annabels letzte Einladung wurde zu Ehren der jüngeren Leute gegeben, die mehr oder weniger in Blairs III. Alter waren. Obwohl er sich während der Sommermonate der Gesellschaft seiner Großmutter erfreute, sehnte Blair sich nach seinesgleichen. Nachdem er jede Hoffnung aufgegeben hatte, unter den Plebejern von Highboro eine patrizische Seele zu entdecken, schrieb er verzweifelte Briefe an ehemalige Collegefreunde, erhielt jedoch trotz ihrer gemeinsamen Verehrung für Pater und Wilde nur spärliche Antworten. Von Annabels Zuversicht angesteckt, daß jedes Mädchen seinen Heiratsantrag mit Freuden annehmen würde, hatte er beschlossen, Bruce Davis um ihre Hand zu bitten. Er war nicht von Leidenschaft beseelt, sondern hatte, von seiner Großmutter angespornt, beschlossen, in Erwartung seines Aufstieges in das majestätische Reich der Jurisprudenz einen Hausstand zu gründen. Es drängte ihn nicht nach einer sofortigen Heirat, aber er betrachtete eine Verlobung mit seiner Cousine Bruce als ersten Schritt zu Selbständigkeit und Ansehen.

Er und Annabel hielten diese letzte Party für die geeignete Gelegenheit, seinen Antrag zu machen. Die Gäste trafen pünktlich ein. Die Hände ehrerbietig auf dem Rücken verschränkt, begutachteten sie den prächtigen Raum. Die niedrigen Sitzgelegenheiten, die verschwenderische Fülle an Samt, die Unmengen von Kissen, die Messingtabletts und die dekorativen Wandbehänge wurden gebührend bewundert, ebenso die ihrer sumpfigen Heimat entrissene und in einer Urne dahinsiechende Zwergpalme. Den langen Degen, diskret an einer im Schatten liegenden Wand angebracht, bezeichnete Annabel ungeniert als Krummsäbel, ungeachtet dessen, daß er nicht gebogener war als jedes gewöhnliche Schwert, und obgleich jeder, der sich vorbeugte und genau hinsah, die Initialen der Konföderierten Staaten von Amerika auf dem Griff erspähen konnte. Wie dem auch sei, der Gesamteindruck wurde als phantastisch gelobt, und anschließend begaben sich die jungen Leute ins Eßzimmer, wo sie mit dünnen Keksen und Zuckerrohrsaft bewirtet wurden.

Es waren insgesamt fünfzehn, hauptsächlich Verwandte, denn Blair III. war bei seinen Altersgenossen in Highboro nicht eben beliebt. Immerhin waren zwischen den vertrauten Erscheinungen wie Bruce und Leon Davis, den Brüdern Todd, Fanny Saxon und Edna May Davis sowie den Töchtern von Prudence und Blair Saxon II. namens Clementine und Amaryllis, auch vereinzelt ein paar nicht verwandte Gesichter zu sehen. Die Gesellschaft war nicht so klein, daß man sie hätte armselig nennen können, aber auch nicht groß genug für ein rauschendes Fest. Die jungen Leute verhielten sich unsicherer, als es vielleicht anderswo der Fall gewesen wäre, und lachten bereitwillig über alles, was auch nur im entferntesten als amüsant gelten konnte. Sie blickten verstohlen auf die Uhr und fragten sich, wann sie endlich gehen könnten und wer wohl als erster wagen würde aufzubrechen. Weder Annabel noch Blair III. besaßen die glückliche Gabe, einem Gast das Gefühl zu vermitteln, daß er willkommen sei. Da er sich in Gedanken mit seinem Antrag beschäftigte, war Blair weniger gesprächig als sonst. Er hielt sich beharrlich dicht an Bruce' Seite, was sie nervös und Davy Todd mißtrauisch machte. Als der Gastgeber, plump und ohne jegliches Taktgefühl, Bruce aufforderte, aus Gründen, die er ihr sogleich darlegen werde, mit ihm in den türkischen Salon zurückzukehren, schlich Davy hinter ihnen her.

Die Schiebetüren zwischen Wohnraum und türkischem Salon hatte man entfernt und durch Wandschirme ersetzt, die mit Darstellungen blutüberströmter Ungläubiger bemalt waren. Von zähnefletschenden Windhunden begleitete Kreuzritter mähten sie von den Minaretten.

Davy hielt sich in angemessener Entfernung, während Blair Bruce bedeutete, sie möge es sich in Erwartung des wichtigsten Ereignisses in ihrem Leben in einem Berg von Kissen bequem machen. Als er die spanischen Wände als Schutzwall zwischen ihnen und der übrigen Welt aufbaute, pirschte Davy sich näher heran und hörte, hinter den Stellwänden verborgen, die Unterredung mit an.

»Soll das vielleicht ein neues Spiel sein?« fragte Bruce, zuerst überrascht, dann zunehmend besorgt.

»Nein«, erwiderte Blair III. »Ich biete dir das kostbarste Geschenk, das ein Mann einer Frau machen kann.« Bruce starrte ihn an. »Meinen Namen.«

»Vielen Dank«, gab Bruce zurück, »aber ich bin mit meinem ganz zufrieden. Wenn man alles berücksichtigt, einschließlich der Tatsache, daß man sich unter ›Bruce‹ eigentlich einen Mann oder einen Jungen vorstellt, gefällt er mir, weil Papa darauf bestand, mich so zu nennen. Du hast gewiß noch kein Mädchen kennengelernt, das mit seinem Namen einverstanden war, oder? Die meisten behaupten, sie können ihren Namen nicht ausstehen, nur damit alle, die es hören, ihnen versichern, wie hübsch er klingt – wie Vogelgesang oder entferntes Glockengeläute . . .«

»Du verstehst mich nicht«, unterbrach Blair. »Ich möchte dir einen Vorschlag machen, an den wir beide ewig denken werden. Ich habe mich zur Ehe entschlossen. Das heißt, ich plane oder wünsche keineswegs, bald zu heiraten, aber Großmutter und ich haben darüber gesprochen und sind uns einig, daß es an der Zeit ist, die Gestaltung meiner Zukunft in die Hand zu nehmen. Du wirst gewiß einwilligen und mir mein Vertrauen lohnen, wenn ich dir verrate, daß ich gute Aussichten habe, von den Rechtswissenschaften in die Politik aufzusteigen; womöglich werde ich sogar . . .«

»Aber du hast doch erst eben mit dem Jurastudium bei Richter Meldrim angefangen. Mußt du denn so weit vorausplanen?«

»Es ist anzunehmen, daß die meisten jungen Männer nicht so denken, sondern nur die klügeren unter ihnen. Ich will dir keine große Liebe vorgaukeln, nichts von dem, worüber die Poeten ihre Verse schreiben und die Troubadoure ihre Lieder singen. Und du hegst vermutlich auch keine derartigen Gefühle für mich – bislang. Trotzdem wäre eine Verbindung mit mir entschieden zu deinem Vorteil. Du bist schließlich ein Mädchen. Das heißt, im Gegensatz zu deinem Stiefbruder Leon hast du kein großes Erbe zu erwarten, wenn es auch nicht zu verachten ist, was du als Kind der angesehenen Plantage Beulah Land im Rücken hast. – Und dann wäre da noch deine Entstellung, keine Kleinigkeit, wenn du, um einen Mann zu erringen, allein auf den Zauber deiner Erscheinung angewiesen wärst. Doch Großmutter und ich, vor allem aber Großmutter, erblicken selbst in diesem Mangel eine Tugend, denn von unansehnlichen Damen, so sagt sie, ist anzunehmen, daß sie über jeden Tadel erhaben sind, und das ist ein unschätzbarer Vorteil für die Gattin eines Gouverneurs oder gar – warum soll ich es nicht sagen? – Senators oder Kabinettsministers, wenn auch die Präsidentschaft für einen Südstaatler heutzutage nicht zu erhoffen ist.«

»Hör auf, Blair.«

»Du errötest ja! Auch das wird von uns als Zeichen der Tugend gewertet. Mein Antrag hat dich offenbar überwältigt.«

»Mir bleibt die Spucke weg!«

»Ich verstehe. Du mußt wissen, daß *ich* überhaupt nicht an dich gedacht hätte, wenn Großmutter nicht . . .«

Blairs Gedankengang wurde abermals unterbrochen, diesmal jedoch weder durch Worte noch durch eine Hand, auch nicht durch zwei, sondern durch vier Hände zugleich. Vor ihm ergriff Bruce, die aufgestanden war, ein Messingtablett, hob es hoch in die Luft und ließ es auf Blairs Kopf niedersausen. Hinter ihm mochte Davy sich nicht länger versteckt halten und stieß die Stellwand um. Mit beiden Händen packte er Blair an den Schultern und wirbelte ihn herum, und das nicht eben sanft.

»Sarazene!« beschimpfte ihn Davy und verpaßte ihm einen Kinnhaken. Unfähig, still zu dulden und schweigend zu leiden, brüllte Blair auf, und im Nu waren die drei von der ganzen Gesellschaft aus dem Eßzimmer umringt, an ihrer Spitze Annabel, deren großmütterliche Besorgnis über das Geschrei ihres unschuldigen Lieblings sie herbeigelockt hatte.

Der Bestürzung folgten gegensätzliche und unvollständige Erklärungen von Bruce, Davy und Blair, denen jedoch die Umstände, die sie alle so geschwind zusammengerufen hatten, unschwer zu entnehmen waren. Blair wurde von Annabel getröstet und hinausgeführt, während die anderen scheinbar schuldbewußt, doch innerlich vergnügt zu ihren byzantinischen Keksen und den halbgeleerten Gläsern mit Zuckerrübensaft zurückkehrten. Nach einer Weile erschien Annabel wieder, aber ohne Blair III. Sie verkündete den Gästen ohne Umschweife, ihr Enkel fühle sich nicht wohl, und das Fest sei zu Ende. Sie sprachen artig ihren Dank und ihr Bedauern aus und verließen das Haus.

Bruce, die für einen gelinden hysterischen Ausbruch gewiß Nachsicht verdient hätte, verharrte in zornigem Schweigen. Davy dagegen war verwirrt und gesprächig; er hielt sich instinktiv an Bruce' Seite, und als Leon, der sie in seinem Einspänner mit zu Annabel genommen hatte, sich erbot, sie heimzubringen, verkündete Davy kurz und bündig, daß Leon sich, bitte sehr, um Fanny und Edna May kümmern möge und daß *er*, Davy, dafür sorgen werde, daß Bruce heil und ohne weiteren Zwischenfall nach Hause komme. Auf Leons Bemerkung, er habe doch nur sein Fahrrad dabei, erklärte Bruce, daß sie schon oft auf der Lenkstange gefahren sei und gerade jetzt nichts lieber tun würde. Zur Verwunderung der kleinen Gruppe, die unschlüssig auf dem Gehsteig vor der Saxonschen Villa herumstand, schritt sie sogleich zur Tat und nahm so graziös auf dem Lenker Platz, wie eine andere auf einer zahmen Stute sitzen mochte, während Davy, mit vor Stolz und Selbstbewußtsein geschwellter Brust, durch die Stadt in Richtung der Straße nach Beulah Land strampelte. Bruce trug einen Hut, den sie mit einer Hand gegen den Fahrtwind schützen mußte, doch sie kamen recht gut voran, zur Belustigung der Leute, die sie überholten und die dasselbe sagten, was die Stadtbewohner seit etlichen Generationen zu sagen pflegten, daß nämlich das Betragen aller, die auf Beulah Land lebten, unberechenbar sei.

Als sie Highboro hinter sich hatten, meinte Davy, der seit Beginn der Fahrt kein Wort gesprochen hatte, schlicht: »Dieser Schweinehund.« Bruce nickte, soviel konnte er der ruckartigen Bewegung ihres Hutes entnehmen. Und plötzlich, während ihm die Hutbänder ins Gesicht flatterten, schien es Davy, als würde ihm sein ganzes weiteres Leben blitzartig klar, und er verkündete lauthals: »Du heiratest mich und keinen anderen. Laß dir das gesagt sein.«
Bruce drehte sich um und blitzte ihn zornig an.
»Hast du gehört, was ich gesagt habe?« fragte Davy.
»Du bist ein dummer kleiner Junge«, gab sie zurück.
»Ich bin achtzehn, und wenn ich einundzwanzig bin und mich bewährt habe, wollen mir Onkel Ben und Großmama ihren Anteil an der Baumwollfabrik abtreten. Du siehst also, ich bin kein Junge mehr, ich bin ein Mann!« Er fuhr übermütig fort: »Wie gut, daß es so gekommen ist! Es hat mir immer gegraust bei der Vorstellung, erwachsen zu werden und mich nach einem Mädchen zum Heiraten umsehen zu müssen – und dann der ganze Firlefanz mit Hof machen und so, und dann weiß man nicht, ob sie womöglich nein sagt, und alles war für die Katz. Uff! Was für eine Zeitverschwendung! Deshalb bin ich froh, daß jetzt alles abgemacht ist, das kannst du mir glauben. Ich hab' mich regelrecht gefürchtet, das alles mit einer Fremden durchzumachen, aber du bist eben Bruce, die gute alte Bruce, die immer nach Milch gerochen hat ...«
»Und wonach rieche ich jetzt, wenn ich fragen darf?«
»Nach nichts, zum Glück, nach absolut nichts!«
»So, und jetzt will ich *dir* mal was sagen, du Fabrikarbeiter: Ich würde weder dich noch sonst jemanden heiraten, und wenn er mir für den Rest meines Lebens zu jeder Mahlzeit Ambrosia verspräche! Schreib dir das hinter die Ohren!«
»Du wirst schon sehen«, sagte er vergnügt, »du heiratest mich, wenn ich einundzwanzig bin und du – neunzehn.«
»Du bist mir ein famoser Geschäftsmann!«
»Bin ich auch«, sagte er und fing an zu glucksen, was sich wie das Gegacker der Hennen im Hühnerhof anhörte, wenn sie etwas besonders Delikates zum Picken finden. »Nicht zu fassen – ich heirate die alte Bruce!«
Dieses Wunder erstaunte ihn so sehr, daß er auf dem ganzen Heimweg nicht mehr aufhörte zu kichern.

15

Es wurde Ende Oktober, bis die Papiere unterzeichnet und die Zahlungen erfolgt waren – »in bar«, wie Eugene es verlangte, und unmittelbar danach zog das Sägewerk an seinen neuen Standort. Das Nebengleis wurde verlegt und mit der Hauptstrecke verbunden, und die Sträflingskolonne wurde zum Roden und Abbrennen eingesetzt, während der Haupttrupp der weißen Arbeitskräfte unter Eugenes Aufsicht das neue Werk aufbaute und in Betrieb nahm. Eugene hatte zugesagt, die Sträflinge zu entlassen, sobald alles in geordneten Bahnen lief, und er hatte Perry Mitchell an die Spitze einer kleinen Gruppe von Weißen gesetzt, welche die Auflösung des alten Lagers zu Ende führen sollten.

Eugene hatte Perry den Sommer und Herbst hindurch beobachtet und wußte, daß dem Jungen Luck Kendrick nicht aus dem Sinn ging. Sie kam nicht täglich, und zuweilen verging fast eine Woche, ohne daß sie die Baumwollfabrik aufsuchte; Perry aber war über ihr Kommen und Gehen genau im Bilde. Eugene hänselte ihn hin und wieder ein wenig, hütete sich jedoch, ihn zu entmutigen. »Wenn wir umgezogen sind, siehst du sie nie wieder; schätze, daß du sie vermissen wirst, wie?« Ein anderes Mal sagte er: »Versuch doch mal, ihr auf der Straße aufzulauern. Sie hat nie was anderes als nen Niggerschwanz gehabt und läßt ihr Höschen auf der Stelle runter, wenn du sie drum bittest, darauf geh' ich jede Wette ein. Die sind doch alle scharf auf 'nen weißen, das kannst du mir glauben.«

Danach hatte sich Perry, wenn er sie am anderen Ufer anhalten sah, wohl wissend, daß sie nie lange blieb, zweimal unter dem Vorwand, zum Scheißen in den Wald gehen zu müssen, von seinen Leuten entfernt. Statt dessen wanderte er auf der Seite der Sägemühle flußaufwärts, watete über die Sandbänke und versteckte sich zwischen den Büschen an dem schmalen Waldweg, um sie wegfahren zu sehen. Beim zweitenmal hielt sie vor der Biegung an, als ahne sie seine Nähe, und blickte starr in den Wald. Mit klopfendem Herzen blieb er stehen und berührte seinen Penis, um die Erektion zu beschleunigen, und vielleicht hätte er ihr etwas zugerufen; doch plötzlich schlug Luck der Stute mit den Zügeln aufs Hinterteil und verschwand.

Eugene frohlockte. Er brüstete sich mit seinem Triumph über Beulah Land und war der Held der Müßiggänger in der Stadt. »Der hat doch glatt der alten Troy und ihren verwöhnten Niggern das Beste aus der Tasche gezogen, wahrhaftig! Na klar, Gene haßt die Nigger genauso wie du und ich, nichts als Verachtung hat er für die . . .« Theodore sonnte sich ebenfalls im Ruhm seines Vaters und wurde von den Nichtstuern einhellig bewundert, wenn er zweimal täglich mit prahlerischem Gehabe zum Bahnhof stolzierte, um Ankunft und Abfahrt der Züge zu beobachten. Er ging keiner regelmäßigen Arbeit nach, hatte jedoch während der langen Schulferien im Sommer gelegentlich in der Sägemühle geholfen.

Eugene war also mit dem Gang der Dinge zufrieden, Frankie dagegen weniger. Sie hatte darauf gedrungen, daß der Erlös aus dem Verkauf auf einem gesonderten Bankkonto deponiert wurde, von dem weder sie noch Eugene ohne Gegenzeichnung des anderen etwas abheben konnten; doch zu dem Zeitpunkt, als der Vertrag zum Abschluß kam, war sie drei Tage lang durch einen schlimmen Migräneanfall an ihr Zimmer gefesselt, und als sie, noch schwach und zittrig, wieder auf den Beinen war, mußte sie feststellen, daß Eugene das neue Gelände auf seinen Namen überschrieben hatte und daß sie leer ausgegangen war. Sie stritten, Frankie verbittert, Eugene mit gespielter Überraschung, weil sie sich dagegen sträubte, daß die Geschäfte auf den Namen des Ehemannes liefen. Sie schwankte und gab erst nach, als er drohte, den Vertrag zu annullieren. Eugene hatte bereits unterzeichnet, ebenso alle Mitglieder des Triumvirats auf Beulah Land. Zögernd setzte Frankie ihren Namen unter die Urkunden, und damit war der Verkauf rechtskräftig.

Da die Ernte fast eingebracht war, machte Leon sich mit einer Truppe Plantagenarbeiter daran, an der Stelle, wo die Baumwollfabrik und das alte Werksgelände der Sägemühle sich gegenüberlagen, eine Brücke über den Fluß zu bauen. Während dieser Arbeit wurde er auf Perry Mitchells Interesse an Luck aufmerksam. Für ihn bestand kein Zweifel daran, obgleich es sonst niemandem aufzufallen schien. Vielleicht machte die Liebe zu Fanny seine Sinne empfindlicher für das Verlangen des anderen jungen Mannes. Anfangs dachte er, Perry begaffe das Mädchen mit jenem Unwillen, der arme Weiße unweigerlich befiel, wenn ein Neger über den Stand der Knechtschaft hinauswuchs; doch Perrys Stirnrunzeln

drückte beileibe keinen Haß aus. Auch das erkannte Leon eindeutig: in seinem unaufhörlichen Starren lag unerschütterliche Glut, ja beinahe Hingabe.
Eugene wußte, daß Perry die letzten Abbrucharbeiten am alten Standort absichtlich hinauszögerte, doch er ließ ihn gewähren. An den letzten Tagen war Perry allein auf einem Maultier zum Fluß geritten. Eugene meinte, er müsse nun aufhören, doch als der Junge sich aufs Bitten verlegte, gab er nach.
»Aber nur bis Ende der Woche. Wenn du von dem Gemüse da naschen willst, mußt du dich beeilen, verstanden?« Zwinkernd und lachend ließ er ihn ziehen.
Perry wartete verzweifelt auf eine Chance. Sie kam am allerletzten Tag, am Sonnabendvormittag gegen elf Uhr dreißig. Er hatte die Hoffnung schon aufgegeben; seine Arbeit war beendet, und er wußte, daß sich kein Vorwand mehr finden ließ, um an den Schauplatz seines Verlangens zurückzukehren. Außerdem merkte er, daß Leon Davis sein absichtliches Hinauszögern aufgefallen war. Er bestieg das Maultier, ritt am Flußufer entlang, überquerte die Sandbänke und erreichte den Pfad, der in den Wald führte. Trotz dieses Umweges würde er mit nur wenig Verspätung auf dem neuen Werksgelände eintreffen, um sich in die Schlange der Arbeiter zum Empfang des Wochenlohnes einzureihen. Als er zusammengesackt auf dem müden Maultier hockte, vernahm er plötzlich das Rattern von Rädern, die sich auf dem holprigen, ausgefahrenen Weg näherten, und nach einer Biegung sah er sich Luck Kendrick von Angesicht zu Angesicht gegenüber. Es war wie ein Traum. Er rutschte vom Rücken des Maultiers und griff nach dem Zaumzeug der Stute, die Lucks Wagen zog. Luck war ebenso verblüfft wie er und unternahm zunächst gar nichts, als er ihr Gefährt von der Straße ins Unterholz führte. Das ging ganz plötzlich und unerwartet, doch als Luck, freilich immer noch ohne es zu begreifen, erfaßte, was geschehen war, sprang sie aus dem Wagen. Perry packte sie am Arm, und sie schlug ihn auf den Kopf und überallhin, wo und wie sie ihn gerade treffen konnte, sprachlos vor Bestürzung.
»Ich hab' die ganze Zeit darauf gewartet, daß ich dich endlich kriege«, stieß Perry hervor. »Jetzt hab' ich dich, und ich werd' dich vögeln. Halt bloß still; denn ich mach's ja doch, so oder so ...«

Noch nie hatte jemand Luck angerührt, ohne daß sie es zugelassen oder darum gebeten hatte. Von ihrer schwarzen Familie und ihren weißen Freunden war sie stets mit Achtung und Zuneigung behandelt worden, und wenn ihr die Kluft zwischen den Rassen auch – wie jedem Neger in den Südstaaten – bewußt war, so hatte sie diese doch nie für so tiefgreifend gehalten – bis zu dem Augenblick, als dieser fremde, starke weiße Junge ihr zu verstehen gab, daß er entschlossen sei, sie zu nehmen, und erwartete, daß sie sich fügte. Ebenso schwer keuchend wie er, rief sie nach Abraham, doch Abraham war nicht da.
Aber Leon war zur Stelle. Er hatte sich bei der neuen Brücke von seinen Leuten getrennt; sie sollten ihr Werkzeug in die Fabrik schaffen; sie würden am Montagmorgen zurückkehren und ihre Arbeit fortsetzen. Er ritt allein nach Beulah Land zurück, um mit seinem Vater, Daniel und Bobby Lee vor dem Abendessen im Fluß zu baden, wie sie es jeden Samstag taten. Davy und Abraham arbeiteten noch im Büro an den Wochenabrechnungen. Leon wußte, daß Abraham erwartete, heute von Luck in ihrem Einspänner abgeholt zu werden. Und deshalb beschlich ihn ein unbehagliches Gefühl, als er Perry wegreiten sah und ihn den Fluß überqueren hörte. Wenige Minuten später sah er Perrys Maultier herrenlos zum alten Sägewerksgelände zurückkehren. Er beschleunigte sein Tempo, und von Lucks Hilferufen geleitet, hatte er die beiden bald gefunden. Einen langen Augenblick standen die drei da, jeder für sich; Luck erbrach sich beinahe vor Verlangen nach Luft und vor Erleichterung über ihre Rettung. Leon fand als erster die Sprache wieder. Er sagte zu Luck: »Geh zu Abraham – erzähl ihm, was du willst, aber *laß ihn nicht herkommen!* Ich kümmere mich um diesen Kerl . . .« Nickend und immer noch keuchend, führte Luck Stute und Wagen zurück auf den Waldweg und verschwand.
Als Leon ihr nachblickte, wurde er von Perry überrascht, der ihn von hinten ansprang und niederwarf. Sie wälzten sich auf dem Boden und kämpften verbissen miteinander, ein jeder versuchte, den anderen zu überwältigen, doch da Leon größer und stärker war, hatte er bald gesiegt. Er schlug nur so lange auf Perry ein, bis er die Gewißheit hatte, daß der keinen Widerstand mehr leistete; aber als sie sich aufrichteten und Leon sich das Blut von seinem aufgeplatzten Ohr wischte, sagte Perry: »Sie kriegen mich nicht!«

Da packte Leon ihn abermals und schob ihn unsanft zur Straße. Das Maultier war längst auf und davon, aber Leon hatte sein Pferd. Er befahl Perry aufzusteigen, ergriff die Zügel und führte ihn aus dem Wald hinaus zur Hauptstraße.

Perry leistete keinen Widerstand mehr. »Wo bringen Sie mich hin?«

»Zu deinem Boss.«

»Durch die Stadt?«

»Das ist der einzige Weg.«

»Aber da sieht mich ja jeder!«

»Das soll dir doch egal sein!«

Sie gingen wirklich mitten durch die Stadt, und die Leute auf den Gehsteigen gafften angesichts dieser seltsamen Erscheinung: Leon Davis führte sein Pferd, und darauf saß Perry Mitchell, den einige als Sägewerksarbeiter erkannten; die beiden jungen Männer blickten grimmig drein, so als hätten sie Streit gehabt. Auf der Höhe der Eisenbahnschienen bogen sie ab und hatten bald darauf die neue Sägemühle erreicht. Von den Stufen vor dem Büro, wo er soeben die letzten Arbeiter entlohnt hatte, sah Eugene sie kommen und wartete. Die drei begaben sich hinein, ohne daß ein Wort gewechselt wurde, und Eugene schloß die Tür.

Leon berichtete ihm, was vorgefallen war, und Perry machte keinerlei Einwendungen oder Bemerkungen. Schließlich sagte Leon: »Er ist einer von Ihren Leuten, Mr. Betchley, und Sie haben die Verantwortung für ihn. Ich will nicht noch mehr Ärger; ich denke, wir wissen beide, wie übel das ausgehen kann. Wenn Sie versprechen, dafür zu sorgen, daß er bis morgen früh die Stadt verläßt und sich hier nie wieder blicken läßt, will ich versuchen, unsere Leute zu beruhigen. Kann sein, daß ich Abraham Kendrick an einen Baum binden muß, aber wenn ich ihn nicht zurückhalten kann, wird er Ihren Mann verfolgen, und dann gibt es einen Toten. Ist es der hier, dann wird Abraham ohne Rücksicht auf Recht und Vernunft auch umgebracht. Ist Ihnen das klar?«

Eugene blickte zu Perry, der sich an die Seite gedrückt hatte, dann wieder zu Leon, und nickte. »Ich sorge dafür, daß er geht. Und jetzt gehst du.« Leons Pferd wartete vor der Tür, und er ritt durch die Menge staunender Männer davon.

Eugene schloß die Tür.

Der Junge sagte: »Ich weiß nicht, was passiert ist, Mr. Betchley.«
»Sieht jedenfalls nach 'nem Mordsärger aus.«
»Was soll ich tun?«
»Was er gesagt hat: Du mußt weg.«
»Wohin? Ich hab' nichts und niemanden. Ich kann nicht auf die Farm zurückkehren, selbst wenn mein Pa mich nehmen würde. – Sie haben gesagt, sie würde mich lassen, Mr. Betchley, aber sie wollte nicht. – Am liebsten würde ich diesen Leon Davis umbringen. Fast hatte ich sie soweit. Wieso ist der dazwischengekommen – meinen Sie, der hat sie gevögelt? Leihen Sie mir Ihre Pistole, und ich knalle ihn auf der Stelle ab!«
»Wenn du das tust, kriegst du erst recht Ärger. Die warten nicht, bis du vor Gericht kommst; sie hängen dich noch heute auf. Denk dir was anderes aus.«
Perry schüttelte verzagt den Kopf. »Kann keinen um Hilfe bitten, bloß Sie, Mr. Betchley.«
»Laß mich mal überlegen.« Eugene zog eine Schachtel Zigaretten aus der Tasche, schob sich eine zwischen die Lippen, und nach einer Pause reichte er Perry eine, jedoch ohne ihm die Packung anzubieten. Sie rauchten fünf Minuten schweigend, Eugene scheinbar in Gedanken versunken, während Perry wartete und ihn ängstlich beobachtete. Eugene warf seine Zigarettenkippe auf den Fußboden und trat sie aus. »Ich hab' eine Idee, aber ich weiß nicht, ob ich dir trauen kann.«
»Probieren Sie's mit mir, bitte, Sir«, flehte Perry demütig.
»Wenn du auch nur ein Sterbenswörtchen verrätst, dann gnade dir Gott!«
»Nein, Sir!«
Eugene zuckte die Achseln. »Ich gebe dir fünfzig Dollar und ein Maultier. Wenn ich dich gehen lasse, hast du zu verschwinden, als seiest du vom Erdboden verschluckt. Du reitest, so weit du heute abend kommst, und reitest danach jede Nacht. Tagsüber versteckst du dich. Schlag dich nach Savannah durch – ich sag' dir noch, auf welchen Schleichwegen – und nimm das erste Schiff, egal wohin. Man wird dir in Savannah weiterhelfen, wenn ich dir einen Brief an mein Büro dort mitgebe.« Perry fing an zu weinen, und Eugene musterte ihn befriedigt. »Bevor ich dich heute abend ziehen lasse, mußt du aber für mich noch ein paar Sachen erledigen.«

»Alles, was Sie wollen, Sir.«
»Du willst also wirklich mit Leon Davis und diesen ganzen Niggerfreunden abrechnen?«

16

Luck ließ viele Einzelheiten weg und wählte ihre Worte sorgfältiger, als sie es sonst zu tun pflegte, während sie ihrem Mann von dem Vorgefallenen berichtete. Sie war ganz ruhig, doch weder ihr noch Davy gelang es, den wütenden Abraham zu besänftigen. Weit davon entfernt, Leon für seine Hilfe dankbar zu sein, wurmte es ihn, daß nicht er selbst Lucks Retter gewesen war, und er schimpfte auf Leon, weil der den Angreifer nicht auf der Stelle getötet hatte. Davy überzeugte ihn schließlich, daß es das beste sei, Luck nach Beulah Land zu bringen, während er, Davy, Roscoe Elk holen ging. Sie wollten gemeinsam auf Leons Rückkehr warten.
Sarah bestand darauf, Luck zu Bett zu bringen. Luck bestand darauf, gleich wieder aufzustehen, als Fanny Saxon eintraf, weil sie unfaßbare Berichte über Leon gehört hatte, der sein Pferd mit einem Gefangenen durch die Stadt führte, beide Männer zerlumpt und blutig wie nach einem Kampf. Sie war gekommen, um genau zu erfahren, was geschehen sei, vermochte aber ihrerseits die Freunde darüber zu beruhigen, daß Luck Kendricks Name in den Gerüchten nicht erwähnt wurde.
Luck und Bruce begrüßten Fanny, und nach den ersten Gefühlsausbrüchen zogen sich die drei jungen Frauen in Bruce' Zimmer zurück, wo sie Lucks Mißgeschick an die hundertmal erörterten, während Leon und Benjamin, Abraham und Roscoe, Davy und Sarah im Büro eine Besprechung abhielten. Roscoe war der erste, der Leon für sein Geschick lobte, mit dem er den »Zwischenfall« behandelt hatte; Roscoe wählte diesen Ausdruck in der Hoffnung, damit das Ereignis herunterzuspielen. Er machte sie auf die möglichen Folgen aufmerksam, wenn sie das taten, wonach es sie gelüstete, denn falls sie mit Gewalt reagierten, so würde es auf beiden Seiten Tote geben, und die Affäre fände nie ein Ende.

Sie kamen überein, daß es zu nichts führen würde, den Sheriff zu informieren. Der würde sich bloß räuspern, unverschämte Fragen stellen und aus jeder Antwort falsche Schlüsse ziehen. Je länger sie redeten, um so einhelliger kamen sie zu der Überzeugung, daß Leon richtig gehandelt hatte. Falls der Kerl sich aus dem Staub machte und sie ihn unbehelligt gehen ließen, würden die Klatschbasen Lucks Namen nicht in den Schmutz ziehen. Sie war angegriffen, aber nicht vergewaltigt worden. Wenn man den Kerl der Vergewaltigung beschuldigte, so würde er Luck der Verführung bezichtigen, und für Eugene Betchley wäre es ein leichtes, seine Leute das beschwören zu lassen. Davy erinnerte an die Scherze, die zwischen den Fabrikarbeiterinnen und den Männern vom Sägewerk hin- und hergeflogen waren. Sie konnten wenigstens Stillschweigen erlangen, wenn schon auf Gerechtigkeit nicht zu hoffen war, und schon gar nicht auf Vergessen: denn während sie das heute Vorgefallene besprachen, ging es einem jeden durch den Sinn, daß Sarah Troy vor fünfzig Jahren von einem Schwarzen vergewaltigt worden war: von Roscoe Elks Onkel.

Sie mußten abwarten, ob Eugene Betchley Wort hielt. Sarah war dessen sicher, denn er sei ganz und gar egoistisch, meinte sie, und es würde seinem Ansehen in keiner Weise nützen, wenn die Affäre ans Licht käme. Wenn Beschuldigungen von zwei Seiten vorliegen, so wird beiden Glauben geschenkt. Sie wolle Eugene morgen vor der Kirche ansprechen, sagte sie, und ihn fragen, was er unternommen hätte. – Und jetzt, da sie nun einmal alle hier seien, den ganzen Nachmittag mit Reden vertan, sogar Josephines Ruf zum Mittagessen überhört und sie dadurch beleidigt hätten: wollten sie da nicht wenigstens zum Abendbrot bleiben? Gesagt, getan, und Fanny wurde überredet, die Nacht auf Beulah Land zu verbringen. Der Stallbursche Clarence wurde mit einer Nachricht für ihre Mutter in die Stadt geschickt.

Roscoe, Abraham und Luck machten sich gegen neun Uhr auf den Heimweg, nachdem ein paar Stunden in geselliger Stimmung sie aufgemuntert hatten. Es gehörte zum Charme von Beulah Land, daß man selbst in bösen Zeiten dort Behaglichkeit fand. Alle waren fröhlich, aber nicht aus Gefühllosigkeit, sondern aus Selbstschutz und um einander zu trösten, ähnlich wie die Menschen sich manchmal nach einer Beerdigung bemühen, lustig zu sein.

Die Todds brachen als nächste auf, und nachdem sie unter Gähnen den Tag ein letztes Mal hatten Revue passieren lassen, zog auch Sarah sich zurück, und Benjamin schlug den Pfad zum Haus auf der Lichtung ein, um die Nacht bei Nancy zu verbringen. Er sehnte sich nach Nancy, er brauchte den Frieden, den er bei ihr fand. Leon kam auf dem Weg zu seinem Zimmer an Bruce' Tür vorbei, und er hörte sie drinnen mit Fanny in jenem vertraulichen Ton schwatzen, der Frauen eigen ist, wenn sie ihr Haar bürsten und ihre Vorbereitungen fürs Zubettgehen treffen. Als er seine Tür geschlossen und seine Lampe abgestellt hatte, entdeckte er auf seinem zurückgeschlagenen Bett Hellfire, der auf dem Kopfkissen schlief. Er hob ihn auf und setzte ihn auf den Fußboden. »Runter mit dir! Gott weiß, wo du gewesen bist; du riechst ja wie – hast dir wohl 'n Stinktier zum Liebchen genommen, was?« Hellfire ignorierte ihn; er kratzte sich gründlich am Ohr, bevor er sich schüttelte und unters Bett verzog. Eine nach der anderen erloschen die Lampen und Kerzen auf Beulah Land, und die Welt lag im Dunkeln.
Clarence schlief im Pferdestall, und mit seinem geübten Ohr, das jedes Kommen und Gehen registrierte, war er der erste, der zwei Stunden nach Mitternacht den Boten hörte und ihm entgegenlief. Bei dem Wort »Feuer« wandte er seinen Blick der Stadt zu und sah den hellen Schein am Himmel. Im Laufen schnappte er das Seil der Glocke, die sonst die Leute zur Arbeit auf die Felder oder zum Essen und Ruhen nach Hause rief. »Feuer« war der entsetzliche Name dieses entsetzlichen Ereignisses, das alle Bauern fürchteten, denn es gab keine Waffe dagegen außer dem Willen Gottes.
Sie versuchten, es zu bekämpfen, doch indem sie die unzulänglichen Wassereimer weiterreichten und ausgossen, breiteten sich die Flammen immer stärker aus, um erst zu erlöschen, wenn es nichts mehr zu vernichten gab. Ein Feuer war immer furchtbar; ein nächtlicher Brand aber trieb jedermann aus dem Bett, denn er hatte etwas Übernatürliches an sich: die Flammen vor dem finsteren Himmel ließen die Sensiblen an die Hölle denken, und immer erhob sich die Frage, wie das Feuer entstanden war. »Blitzschlag« lautete die häufigste Erklärung, doch oft regte sich auch der Verdacht, daß eine rächende Hand im Spiel war. Feuer tötete Vieh und manchmal auch Menschen, es vernichtete Heu und Baumwolle,

Getreide und gelagerte Waren. Es galt als Akt Gottes, doch es wurde als Akt des Teufels gefürchtet. Es war der große Gleichmacher der Menschheit, unparteiischer als Demokratie und Krankheit, denn es kam schneller zum Ziel.

Für die Leute auf Beulah Land war es ein regelrechter Alptraum, hatten doch Shermans Männer einst ihre und die benachbarte Plantage der Davis' niedergebrannt. Und noch früher hatte der erste Roscoe Elk Beulah Land ruinieren wollen, indem er die Warendepots in der Stadt in Brand steckte. Als daher jetzt in der Finsternis die Feldglocke läutete, sprangen alle hastig aus ihren Betten, und von einem Haus zum anderen schallte das Wort »Feuer« wie ein Echo. Benjamin kam von der Lichtung gerannt und traf Leon bereits mit Clarence und Wally im Stall beim Satteln der Pferde. Als sie ums Haus herum- und davonritten, überholten sie Davy auf seinem Fahrrad, und hinter sich vernahmen sie das Rattern von Kutschenrädern auf der harten Straße; denn Jane hatte darauf bestanden, Daniel zu begleiten. Bobby Lee preschte auf einem Pferd an ihnen vorüber, dem er lediglich das Zaumzeug angelegt hatte, ohne sich die Mühe zu machen, es zu satteln.

Auf der Straße zur Stadt schlossen sich ihnen an jeder Kreuzung weitere Farmer an, die alle dem leuchtenden Widerschein am Himmel zustrebten. Sie gelangten zu dem ehemaligen Exerzierplatz, auf dem später die Baumwollfabrik und die Sägemühle errichtet wurden. Die Hütten, die sich rund um die Fabrikgebäude ausgebreitet hatten, waren alle niedergebrannt oder brannten noch. Die Flammen waren von der Fabrik, die wie ein Höllenschlund loderte, auf die Behausungen übergesprungen. Leute rannten umher oder standen wie gebannt, einige umklammerten einander voll Dankbarkeit, weil sie verschont geblieben waren, andere schleppten Gegenstände, die sie auf der Flucht aus brennenden Zimmern ergriffen hatten: einen Stuhl, ein Nachtgeschirr, ein Wandbild. Menschen kamen und gingen; einige verweilten, andere wandten sich ab, weil sie ja doch nichts tun konnten. Aber noch während sie unschlüssig verharrten, gab es neuen Alarm.

»Seht nur!« schrie jemand und zeigte auf ein Licht in der Ferne. Zunächst hieß es, das sei nichts weiter als eine täuschende Spiegelung, doch als Benjamin und Leon losritten, um nachzusehen, rief man ihnen entgegen, daß das Egrenierwerk in Flammen stände, und das bedeutete, daß auch die angrenzenden Warendepots brannten.

Als Doreen Davis erwachte, sah sie die Wände ihres Zimmers im Wechsel von Licht und Schatten flackern. Ein paar Sekunden lang dachte sie, wie hübsch das auf der geblümten Tapete aussähe, dann aber verließ sie ihr Bett, stolperte über den Flur und riß die Tür zum Zimmer ihrer Freundin auf. »Wo ist Pharao?« rief sie. »Die Yankees wollen ihn holen, ich muß ihn vor ihnen verstekken!«

Immer wieder dieser Alptraum, seit sie ihr Pferd getötet haben, dachte Eloise. Dennoch eilte sie aus dem Bett, um Doreen zu beruhigen. »Nein, Liebes. Es ist alles gut – nur ein Traum. Hier sind keine Yankees.«

Doreen zog sie zum Fenster. »Schau doch, da! Wo sind die Katzen? Sie ängstigen sich gewiß . . .«

Edna May erwachte von dem schrillen Gelächter ihres Stiefbruders Theodore, und als ihr einfiel, daß Fanny nicht neben ihr im Bett lag, fing sie an zu schreien und lief hinaus in den Flur und in Frankies Zimmer. Aber es war leer, und laut »Mama, Mama, Mama« rufend, raste sie durchs Haus und auf die Veranda. Dort fand sie Theodore, der sich mit beiden Händen am Geländer festhielt und immerfort lachte, während er das Feuer betrachtete. Neben ihm rief Frankie: »Sei still! Sei still! Sind denn alle verrückt geworden?«

Hinterher konnten sie sich nicht erinnern, wie sie dorthin gelangt waren; sie kamen getrennt, aber alle trafen sich auf dem alten Kirchhof. Sie hatten die Baumwollfabrik brennen sehen und wußten, daß man nichts retten konnte. Da es zu spät war, sich um die Hütten zu kümmern, die bereits ein Opfer der Flammen geworden waren, überließen sie es Roscoe und Abraham, die Leute zu beruhigen, so gut sie es vermochten. Auch Davy blieb, fäusteschüttelnd und hilflos fluchend, zurück. Sie brachen zusammen auf, um das zweite Feuer zu inspizieren, und sie erfuhren, daß auch dieses auf ihrem Besitz wütete. Es war eine Katastrophe. Wegen der in Ballen gepreßten Baumwolle würde es tagelang schwelen, und es gab keine Möglichkeit, es zu löschen.

Während sie langsam durch die Stadt wanderten, hörten sie, wie man von ihrem Ruin sprach: »Wer könnte das gewesen sein? –

Die Strafe Gottes!« Der vielen düsteren Stimmen überdrüssig, schlenderten sie weiter, hierhin und dorthin, und schließlich kamen sie auf dem alten Kirchhof zusammen, als suchten sie Rat bei ihren Vorfahren. Leon fand Benjamin, die Arme um den Marmorengel geschlungen, der über Rachels Grab schwebte, dem Grab der Mutter, die ihn nicht geliebt und die auch er nicht geliebt hatte.

»Pa?«

Benjamin wandte sich um und erblickte seinen Sohn. Sie fielen sich weinend in die Arme.

17

Benjamin empfand unendliches Bedauern über den Verlust von Isaacs Holzbein, so wie die Menschen, wenn eine Katastrophe über sie hereinbricht, sich oft an irgendeine Trivialität klammern, als verkörpere diese die verlorene Sicherheit. Nach Isaacs Tod hatte Benjamin dessen künstliches Bein unter einem großen Glassturz in seinem Büro im Egrenierwerk aufbewahrt. Niemand erblickte darin eine schauerliche Reliquie, sondern vielmehr eine Huldigung an den Mann, der die Egreniermaschine fast sein Leben lang betreut hatte.

Wohl an die tausendmal wurden immer dieselben Fragen gestellt: Wer? Wie? Warum?

Fabrik und Egrenierwerk hatten je einen Wächter, doch kein einzelner Mensch vermag einen anderen zu hindern, wenn der Böses im Schilde führt. Es war unvorstellbar, daß einer von denen, die hier arbeiteten, die Brände gelegt hatte. Warum war nicht jemand, der eine der Hütten bei der Fabrik bewohnte, rechtzeitig aufgewacht, um Alarm zu schlagen? Hätte ein Hund einen Fremden nicht angebellt? Sie besannen sich auf die Brücke, die Leon und seine Leute fast fertiggestellt hatten. Die hätte ein Mann überqueren und so unmittelbar zur Fabrik gelangen können, ohne an den Hütten vorbei zu müssen. Und was die Egreniermaschine betraf, so hätte der Wächter, ungeachtet seiner gegenteiligen Beteuerun-

gen, eingenickt sein können, oder er war vielleicht ins Freie gegangen, um der Langeweile zu entrinnen oder um seine Blase zu leeren.
Aber selbst wenn es so war, dann blieben immer noch die Fragen: Wer und warum?
Noch bevor die Nacht vorüber war, hatten sich Leon und Benjamin nach ihrer Begegnung auf dem Kirchhof zu Eugene Betchley begeben, und der erzählte ihnen, daß er Perry Mitchell wie verlangt entlassen und mit der Mahnung, nie wiederzukommen, seines Weges geschickt habe. Der könne nichts mit den Bränden zu tun haben, und – nein, Eugene wußte nicht, wohin er gegangen war; er war ein schlechter Arbeiter gewesen und wäre ohnehin in ein oder zwei Wochen entlassen worden. Wenn sie ihm auch nicht glaubten, so hatten sie doch nicht genügend Männer, um Spähtrupps in alle Richtungen auszuschicken, die Perry aufspüren und ausfragen sollten.
Bei Morgengrauen bestand kein Zweifel mehr, daß die Brände Fabrik und Egrenierwerk vollkommen zerstört hatten. Sie hatten zwar eine Versicherung abgeschlossen, aber nur für die Gebäude und einige Maschinen, und die machten den geringsten Teil des Verlustes aus.
Als Sarah nach der langen Nacht in die Küche kam, heulte Mabella hemmungslos, während sie schleppend ihre Arbeit verrichtete; Josephines Augen aber waren trocken. »Miss Sarah«, sagte sie, »ich hab' heute nacht von Napoleon geträumt. Meinen Sie, das hat was zu bedeuten?«
Sarah war im ersten Moment verblüfft, und es dauerte ein paar Sekunden, ehe ihr einfiel, daß Napoleon vor vielen Jahren mit Josephine verheiratet gewesen war; aber dann war sie froh über die Ablenkung. »Der ist mit diesem Mädchen durchgebrannt – wann war das doch gleich?« Josephine wartete, während Sarah überlegte. »Zwei Jahre nach dem Krieg.« Beide nickten.
»Ich träum' nicht oft von ihm, bloß ab und zu. Er konnte keinem feschen Popo widerstehen, was, Ma'am?«
»Nein, Josephine.«
»Meinen Sie, er kommt noch mal zu mir zurück?«
»Wenn er noch lebt, ist er über sechzig«, sagte Sarah zweifelnd. »Irgendwer hat ihn bestimmt längst umgebracht.« Josephine

seufzte. »Dann bleibt mir nur noch der Herr. Ist das wahr, was alle sagen, Miss Sarah, daß wir jetzt arm sind?«
»Ich fürchte, ja. Ist der Kaffee fertig?«
Josephine nahm den Kessel vom Herd und schenkte zwei Tassen ein, eine für ihre Herrin und eine für sich selbst. In ihrer Küche konnte sie sich das erlauben. »Auch gut, ich hab' nicht vergessen, wie man Maisbrei kocht. Da kann man mit 'ner Handvoll geschältem Mais 'ne Menge leerer Bäuche füllen. Wir sind schließlich schon mal arm gewesen.«
»Aber *ich* war noch nie arm!« jammerte Mabella.
Sarah tätschelte Josephines Arm. »Josephine, du bist ein wahrer Trost. Mabella, hör endlich auf zu plärren und putz dir die Nase, sonst verfüttere ich dich an die Schweine.«
An diesem Tag hielten sie es für unerläßlich, daß sie alle gemeinsam die Kirche besuchten, und sie erschienen in großem Stil: die Todds im viersitzigen Landauer; Sarah, Benjamin, Bruce, Fanny, Leon und Lauretta in der sechssitzigen Equipage. Sarah wußte genau, wenn sie sich nicht zeigten, würde die halbe Stadt bei ihnen zur Visite antreten, einige, um echtes Mitgefühl zu bekunden, und andere aus Schadenfreude; mochten ihre Worte auch noch so bedauernd klingen, ihre Augen würden ihre Befriedigung angesichts des Sturzes der Mächtigen nicht verhehlen. Sämtliche Familienmitglieder benahmen sich ungezwungen, sie plauderten freimütig und verbargen nichts, was einige enttäuschte und andere entwaffnete.
Annabel sagte zu Leon: »Ich kann mir vorstellen, daß du es recht eilig hast, meine Enkelin zu heiraten, wenn man bedenkt, wie arm ihr alle jetzt seid. Nun, ich weiß nicht, ob nicht ein Aufschub angebracht wäre. Fanny mag ja in deinen Augen eine reiche Erbin sein, aber sie hat das Geld lediglich *im Rücken*, sowohl auf meiner wie auf ihres Stiefvaters Seite, falls du verstehst, was ich meine. Wie gut hat *er* doch für sich gesorgt . . .«
Sarah, die alles mit angehört hatte, kam zu ihnen hinüber. »Annabel, in meinen glücklichsten Tagträumen hab' ich dich tätlich angegriffen.«
»Tantchen, du bist unmöglich!«
»Das behauptest du jedesmal, wenn ich mir erlaube, die Wahrheit zu sagen.«

»Ich will deinem Urenkel ja bloß erklären, daß er in finanzieller Hinsicht nichts Besonderes erwarten darf, wenn er in, wie es ihm nun wohl scheinen muß, wohlhabende Verhältnisse einheiratet. Und wie wirst *du* mit dem Mißgeschick fertig?«

»Ich kann es ertragen.«

Annabel stieß einen erbitterten Seufzer aus. »Du machst mich krank! Wie du dich immer mit allem abfindest, das ist ja schon fast unmenschlich. Einmal, nur ein *einziges* Mal möchte ich erleben, daß du dein Schicksal verfluchst und Rache schwörst.«

»Sei nicht albern, Annabel; du willst dich mit deinem Gerede doch nur interessant machen.«

Annabel fuhr unbeirrt fort: »Ich bin heilfroh, daß aus meiner ›albernen‹ Idee mit Blair und Bruce nichts geworden ist. Er ist gut darüber weggekommen, und sie darf wohl nie mehr mit einem vergleichbaren Antrag rechnen. Meiner Schätzung nach ist sie dazu bestimmt, eine alte Jungfer zu werden wie meine Schwester Doreen. – Ich hab' Neuigkeiten für euch. Richter Meldrim hat unseren guten Jungen in einer erstklassigen Anwaltspraxis in Atlanta untergebracht! Er fährt in einer Woche hin, um dort seine Studien fortzusetzen. Er wird mir fehlen, aber ich bringe seiner Karriere das Opfer gern.«

»Ich wünsche ihm alles Gute«, sagte Sarah.

Annabel blickte sie mit zusammengekniffenen Augen an. »Jetzt müßt ihr alle eure Wertpapiere abstoßen.«

Sarah ergriff Leon am Arm und zog ihn fort. Ann Oglethorpe und Priscilla Davis nickten ihnen von weitem zu, machten jedoch keine Anstalten, sich zu nähern. Sie blickten weder bedauernd, noch senkten sie die Stimmen, als sie mit Eugene Betchley Mutmaßungen über die geheimnisvollen Wege des Herrn anstellten.

Unter denen, die Sarah ihr Mitgefühl bekundeten, sprach wohl niemand aufrichtiger als Elizabeth Cooper. »Miss Sarah, wenn wir irgendwas tun können, lassen Sie's uns wissen. Sie sind so gut zu uns gewesen, als Freunde und als Nachbarn. Alles, was wir besitzen – mit Ausnahme unserer Lausbuben –, gehört Ihnen, wenn Sie es brauchen.«

Sarah dankte ihr mit einem Lächeln. »Schade, dabei hatte ich es gerade auf deine Söhne abgesehen.«

Lauretta, die den Gottesdienst nicht oft besuchte, hatte heute darauf

bestanden mitzukommen, denn sie ließ sich ein dramatisches Ereignis nicht gern entgehen. Sarah hörte sie zu Eunice Hightower sagen: »Möglicherweise bin ich gezwungen, wieder zur Bühne zu gehen, um mir mein tägliches Brot zu verdienen. Ich darf wohl annehmen, daß es einige gibt, denen mein Name unvergessen ist . . .«
Schließlich kehrten sie zum sonntäglichen Mittagsmahl nach Hause zurück. Auch die Todds waren eingeladen. Noch befand Josephine es nicht für nötig, sie mit Maisbrei zu verköstigen. Und Mabella hatte aus lauter Trotz drei Schokoladentorten gebacken.
Dennoch harrten eine Fülle von Problemen der Bewältigung.
Das Egrenierwerk mußte vor dem nächsten Sommer wieder aufgebaut werden. Die diesjährige Baumwollernte, die sie gelagert hatten, um auf steigende Preise zu warten, war verloren. Zudem hatten sie auch noch einen Teil der entkernten und in Ballen gepreßten Baumwolle anderer Farmer in ihren Lagerhäusern deponiert, für die sie nun Ersatz leisten mußten. Und die Fabrik mußte auch wieder aufgebaut werden. Inzwischen hatten sie die auf Beulah Land Beschäftigten zu entlohnen und diejenigen zu unterstützen, die vorerst nicht in der Baumwollfabrik arbeiten konnten. Roscoe kam sofort, um ihnen jede mögliche Hilfe anzubieten. Sie beschlossen, die Arbeiter anzustellen, um die Reste der Zerstörung zu beseitigen und mit dem Wiederaufbau zu beginnen. Sarah und Benjamin veräußerten die Wertpapiere, um ihren fälligen Verpflichtungen nachzukommen, und Roscoe verschaffte ihnen langfristige Kredite bei zwei Banken in Savannah.
Sie rechneten und berieten jeden Tag; sie rechneten und berieten jede Nacht: Sarah, Benjamin und Leon in Sarahs altem Büro. Vater und Sohn nippten jeder ein Gläschen, während Sarah zwei oder drei Gläser von dem Pfirsichbrandy trank, den Otis alljährlich für sie braute. Benjamin ging stets als erster zu Bett, nachdem er ausgiebig gegähnt und eine halbe Stunde lang kein Wort mehr gesprochen hatte. Sie waren alle drei völlig erschöpft – sie legten sich hundemüde schlafen und fühlten sich beim Aufwachen kaum erfrischt. Bald nachdem Benjamin sie verlassen hatte, schickte Sarah Leon fort mit der Begründung, sie möchte gern noch ein Weilchen allein sitzen bleiben. »Du solltest eigentlich gar nicht hier sein. Morgen abend gehst du in die Stadt und besuchst Fanny.«
»Geht nicht, Großmama.«

»Wieso nicht?«
»Brauch' ihr nicht mehr den Hof zu machen. Sie will nämlich, aber jetzt will ich nicht.«
»Weißt du denn nicht, daß ein Mann einer Frau nichts Besseres bieten kann als die Gelegenheit, ihm zu helfen?«
»Großmama, du scheinst zu vergessen: Ich bin arm geboren. Mein Name ist Leon *Marsh* Davis. Ich kann meine zukünftige Frau unmöglich bitten, mit mir in Armut zu leben, nachdem sie mich bisher dauernd hingehalten hat.«
»Wenn du an Annabel Saxon denkst und an das, was sie gesagt hat . . .«
»Das würde jeder sagen, Großmama.«
»Na und? Wir auf Beulah Land kümmern uns nicht um das, was die Leute über uns reden.«
Er küßte sie auf die Wange. »Gute Nacht, Großmama.«
»Komm sofort zurück!«
Aber er kam nicht.

18

Eugene Betchley triumphierte. Alles war nach Plan verlaufen und sogar besser als erwartet, denn er verstand es, das Unerwartete für sich auszunützen. Die Sägemühle hatte an ihrem neuen Standort den Betrieb voll aufgenommen. Die Verladung ging zügiger vonstatten als auf dem alten Gelände, und aus dem Büro in Savannah trafen täglich neue Aufträge ein. Eugene wurde überdies die Genugtuung zuteil, Bauholz an Roscoe Elk und Benjamin Davis verkaufen zu können, das sie zum Wiederaufbau der Fabrik, des Egrenierwerks und der Warendepots brauchten. Er hatte Konten auf drei Banken in Highboro und Savannah, und das bedeutete Macht. Er schloß einen Kaufvertrag über weitere tausend Morgen Waldgebiet ab, und auch das bedeutete Macht. Nachdem er sich einmal gegen Frankie durchgesetzt hatte, konnte er gewiß sein, daß in Zukunft alles allein auf seinen und nicht auf ihrer beider Namen lief, und das bedeutete erst recht Macht.

»Nichts kann mich aufhalten«, sagte er zu Frankie.
»Du willst Beulah Land an dich reißen, aber das wird dir nicht gelingen.«
»Wart's nur ab.«
»Du bist und bleibst Abschaum, daran ist nichts zu ändern.«
»Halt dich zurück«, warnte er.
»Ich sage, was mir paßt, und vergiß nicht, daß ich dich jederzeit fertigmachen kann mit dem, was ich weiß.«
»Dir würde ja doch keiner glauben. Alle denken, du bist verrückt, weil du säufst, dich tagelang in deinem Zimmer einsperrst, deine häßliche Visage anmalst und deinen alten Hals puderst und meinst, du siehst wie sechzehn aus. Sogar Molly glaubt, du bist verrückt. Sieh dich bloß vor, denn ich kann dich ohne weiteres in die Klapsmühle bringen lassen.«
Sie lachte, ihren Stolz und ihre Verachtung dermaßen übertreibend, daß sie sich sogar in ihren eigenen Ohren ein wenig verrückt anhörte. Eugene ließ sie wortlos allein, und sie brach ihr Gelächter betroffen ab.
Eines Morgens warteten Sarah und Leon nach der Ankunft des Zuges im Postamt darauf, daß die Briefe sortiert wurden. Eugene befand sich unter dem knappen Dutzend Leuten, die mit ihnen warteten; er trat auf sie zu, nahm seinen Hut ab und machte eine Verbeugung. »'n Morgen, Ma'am. In letzter Zeit bekommt man Sie selten zu Gesicht, höchstens in der Kirche; doch da ergibt sich ja leider nie die Gelegenheit, mehr als ein paar Worte miteinander zu wechseln. Ich könnte Sie natürlich daheim aufsuchen, aber ich weiß, daß nicht jeder auf Beulah Land willkommen ist.«
Im Postamt war es still geworden.
Sarah hielt eine Erwiderung für unumgänglich, brachte aber lediglich ein »So ist es, Mr. Betchley« zuwege.
»Nichts für ungut, Ma'am – was mich betrifft. Und lassen Sie mich Ihnen sagen, wie sehr ich es zu schätzen weiß, aufgrund Ihrer Bauarbeiten mit Ihnen in geschäftliche Beziehungen zu treten.«
»Es gibt eben nur eine Sägemühle in Highboro.«
»Und die hat einmal Ihnen gehört.«
»Wir haben sie nach dem Krieg an James Davis verkauft, wie Sie wissen. Er war es, der Ihnen dort Ihre erste Arbeit verschaffte, stimmt's?«

»Ja, Ma'am, und ich hab' ihm das nie vergessen, denn das war meine Chance. Während mein Vermögen wuchs, ist das von Beulah Land geschrumpft.«

»Zu- und abnehmen gehört zum Rhythmus des Lebens, Mr. Betchley, wie ein- und ausatmen.«

»Ich höre, Sie lassen sich von Niggern unterstützen? Sie wissen doch, wie die Leute über solche Dinge reden.«

»Wir haben geschäftlich mit Roscoe Elk und Abraham Kendrick zu tun«, sagte Leon.

Eugene blickte Leon an, als bemerke er ihn erst jetzt. »Man muß schließlich bedenken, nicht wahr, daß sein eigener Großvater als Sklave auf Beulah Land gearbeitet hat, soviel ich gehört habe.«

»Da irren Sie sich«, berichtigte Sarah. »Roscoe Elk war ein freier Mann, als er zu uns kam.«

»Trotzdem wirkt es höchst eigenartig, daß Sie die Hilfe seines Enkels in Anspruch nehmen müssen.«

Sarah entgegnete: »Auch hier irren Sie. Die Moral der Geschichte ist folgende: Wenn man ›in die Nigger vernarrt ist‹, wie ich Sie einmal über uns habe sagen hören, dann erwidern sie diese Liebe. So einfach ist das. Guten Tag, Mr. Betchley. Der Schalter wird geöffnet und Ihre Post wartet.«

»Ja, Ma'am«, erwiderte er in gespielter Zerknirschung. »Schönen guten Tag.«

Innerhalb einer Stunde verbreitete sich die Geschichte mit allen Einzelheiten und vielen Ausschmückungen in Highboro, und es gab nur wenige, die nicht für Eugene Betchley Partei ergriffen, während man Sarah Troy für arrogant und überheblich hielt. Für die Müßiggänger wurde Eugene immer mehr zum Idol.

»Gene bietet denen die Stirn«, prahlten sie.

Eines Nachmittags überraschte Eugene Frankie im Büro. Sie kam nicht so häufig hierher wie in das alte. Sie machte sich an dem schweren Eichenschreibtisch zu schaffen, den er sich kürzlich gekauft hatte, und sie war so in das Durchsuchen der Schubladen vertieft, daß er sie etliche Minuten beobachten konnte, ehe sie ihn bemerkte.

»Darf ich dir suchen helfen?« fragte er spöttisch, als sie aufblickte.

Sie entgegnete gelassen: »Warum hältst du eine Schublade verschlossen?«

»Geheimnisse«, erwiderte er augenzwinkernd.
»Deine Geheimnisse kenne ich, aber die Firma gehört uns beiden.«
»Davon steht aber nichts in den Papieren, wie du weißt. Was suchst du?«
»Die Pistole. Da die Sträflingskolonne jetzt weg ist, will ich sie mit nach Hause nehmen.«
»Du brauchst keine Pistole.«
»Vielleicht doch.«
Er schmunzelte. »Und gegen wen willst du sie richten? Nicht, daß du denkst, *ich* hätte Angst. Schließlich bist du es, die nachts die Tür verriegelt, nicht ich. Ich finde bloß, du bist zu nervös, da kann es gefährlich sein, wenn eine Pistole im Haus herumliegt. Du könntest dir was antun, und dann gäbe man mir die Schuld.«
»Ich fürchte mich vor Einbrechern, wenn du nachts weg bist. Schließlich weiß jeder, daß du oft außer Haus übernachtest.«
»Ich hab' eben viel zu tun.«
»Du kannst wohl nicht genug kriegen von deiner Niggerhure, wie?«
»Ich kriege, was ich brauche«, sagte er ruhig, »und ich lasse nicht zu, daß du die Pistole mitnimmst.«
»Wir sind daheim nur Frauen und ein Junge, und überall treiben sich Nigger rum.«
»Dann müßt ihr eben schreien üben, damit ihr's könnt, wenn ihr's mal braucht.«
Wie viele wohlhabende Männer in Highboro hielt sich Eugene eine Negerin als Mätresse. Das war ein Brauch, über den man diskret hinwegsah, wenn auch viele davon wußten. Die Frau, die Eugene zur Zeit hatte, hieß Myrtle. Sie lebte allein, nicht weit vom Sägewerk entfernt, und Eugene ging fast jeden Abend für ein oder zwei Stunden zu ihr. Sein von jeher starkes sexuelles Bedürfnis hatte sich mit seinen jüngsten Erfolgen noch gesteigert, so als sei es Teil der neuen Tatkraft, die ihn beseelte. Myrtle war eine mollige, kecke Person von zwanzig Jahren, und sie prahlte mit ihrem Liebhaber vor ihren Freundinnen, die ebenso wie sie über den jeweiligen Status weißer Stadtbewohner stets genau im Bilde waren. Myrtle sah die Sache so: »Die weißen Weiber lassen uns für sie waschen und bügeln und ihre Häuser putzen; schätze, da ist es bloß 'n Schritt vorwärts, wenn wir auch für sie ficken.« Mit sol-

chen Reden pflegte sie ihre Freundinnen zu erheitern. Eugene fand bei ihr mehr Befriedigung als bei jeder anderen Frau, die er bisher gehabt hatte. Als sein Stern aufging, hatte Eugene gelernt, sich den gängigen Regeln der Reinlichkeit zu fügen, doch er nahm es damit nicht übermäßig genau und hielt es zum Beispiel nicht für nötig, sich zu waschen, nachdem er mit Myrtle geschlafen hatte. Wenn er dann abends bei der Heimkehr Frankie traf, rümpfte sie jedesmal die Nase und murrte: »Du stinkst nach Niggerschweiß.«

»Na und, ich steck dich bestimmt nicht an.«

Am Abend des Tages, an dem er Frankie an seinem Schreibtisch überrascht hatte, kam er um Mitternacht nach Hause. Leon und Fanny hatten eine Tanzveranstaltung in der Stadt besucht und verabschiedeten sich gerade an der Tür. Eugene wartete in der Halle auf das Mädchen, und als sie hereinkam, bemerkte er spöttisch: »Das sah mir aber nicht nach einem besonders romantischen Abschied aus.«

Er hatte sich direkt vor sie hingestellt, doch sie schickte sich an, schnell an ihm vorbeizugehen. »Gute Nacht, Mr. Betchley.«

Er ergriff ihre Hand, die sie ihm sofort wieder entzog. »Du sprichst nie mit mir. Ich bin's leid, mich so behandeln zu lassen, verstanden? Du wohnst unter meinem Dach, und es wird Zeit, daß du dir 'n paar Manieren angewöhnst.«

»Tut mir leid, wenn Sie finden, daß ich mich nicht benehmen kann. Ich muß jetzt ins Bett.«

»Ich habe nichts mehr davon gehört, daß ihr heiratet. Haben die neuesten Rückschläge auf Beulah Land etwa eure Pläne durchkreuzt?«

»Wir hatten noch keinen Hochzeitstermin festgesetzt; das hätten Sie auch von Mama erfahren.«

Er ging dicht hinter ihr die Treppe hinauf. »Deiner Mama erzählst du wohl alles, was?«

»Wir müssen leise sein. Mama und Edna May und Theodore schlafen sicher schon.«

Ehe sie in ihr Zimmer gehen konnte, ergriff er abermals ihre Hand, und diesmal gelang es ihr nicht, sie ihm zu entziehen. »Gib mir einen Gutenachtkuß, wie es sich für eine folgsame Tochter gehört.«

»Nein, Sir, so stehen wir nicht miteinander.«

»Ich bin ein verdammt liebebedürftiger Mann.« Er preßte sie fest an sich. »Gott, bist du ein süßes Ding. Wenn dieser Bursche von Beulah Land dir keine Liebe gibt, solltest du froh sein, wenn ich dir zeige, wie . . .«
»Lassen Sie mich los!«
»So 'ne kleine Balgerei tut mir richtig gut. Komm schon, gib mir einen Kuß. Ich erzähl's auch nicht deiner Mama; keiner wird's erfahren, nur du und ich. Deine Mama ist zu alt, die will so was nicht mehr; hast du denn kein bißchen Mitleid mit mir?«
Als Frankie ihre Tür öffnete, gelang es Fanny, sich loszureißen. Geschwind huschte sie in das Zimmer, das sie mit Edna May teilte, verriegelte die Tür und lehnte sich von innen dagegen. Sie wartete und wunderte sich, daß sie keine Stimmen hörte. Kurz darauf vernahm sie das gleichmäßige Atmen ihrer Schwester und registrierte dankbar, daß sie nicht aufgewacht war. Sie lauschte noch eine Weile, aber im Flur blieb es still. So leise sie konnte, zog sie sich im Dunkeln aus.
Eugene und Frankie hatten einander angestarrt, sobald sie allein waren, und seine Lippen hatten die Worte »altes Weibsbild« geformt. Da sie sich jedoch nicht rührte, ging er den Flur entlang in sein Zimmer und schloß die Tür hinter sich. Frankie verriegelte die ihre, ging aber nicht zu Bett. Sie hatte mit einem Roman der Schriftstellerin E. D. E. N. Southworth, in dem sie Edna May kürzlich hatte schwelgen sehen, unter der Tischlampe gesessen. Sie nahm das Buch wieder zur Hand, doch sie konnte sich nicht konzentrieren, und nach einer Weile klappte sie es zu und goß sich Whisky in ein Glas.
Sie war noch wach, als unten die Uhr drei schlug. Die Töne brachten ihr die Stille im Haus und ihre Einsamkeit vollends zum Bewußtsein. Sie hatte zwei Gläser Whisky getrunken, war jedoch so nüchtern wie am Tag ihrer Geburt. Sie fror, stand von ihrem Sessel auf und holte sich einen warmen Morgenmantel aus dem Schrank. Von dem plötzlichen Bedürfnis getrieben, etwas in Augenschein zu nehmen, an dem sie täglich unzählige Male achtlos vorüberging, stieg sie die Treppe hinunter.
Die schweren Vorhänge waren nicht zugezogen; das Mondlicht drang durch die dünnen Gardinen ins Wohnzimmer und erleuchtete es beinahe taghell. Frankie hatte keine Lampe mitgenommen,

und sie brauchte auch keine, um ihr Porträt zu betrachten, das Casey Troy vor sechzehn Jahren gemalt hatte. Sie sah, daß sie einst wirklich eine große Schönheit gewesen war, und sie erinnerte sich an Annabels Worte, als Casey zum erstenmal ins Haus kam, um Skizzen zu machen. »Wir müssen die Blüte verewigen, bevor sie welkt.« Frankie war sich ihr Leben lang ihrer Schönheit bewußt gewesen und hatte sie gezielt für ihren gesellschaftlichen Aufstieg eingesetzt, doch sie war nie von jener maßlosen Eitelkeit besessen, die ein Attribut der meisten schönen Frauen ist. Trotzdem war sie entsetzt, als Eugene sie als alt und häßlich verhöhnte. Sie redete sich ein, daß keines von beiden zutraf; denn ohne Schönheit, ohne Jugend, was blieb ihr da noch, und wer könnte sie da wohl lieben? Sie wandte sich von dem Bild ab und ging in die Halle. Hier war es ihr nicht hell genug, also zündete sie eine Lampe an und hielt sie gegen den Spiegel, in dem sie gewohnheitsgemäß ihr Aussehen prüfte, bevor sie das Haus verließ. Sie betrachtete aufmerksam ihr Gesicht, und ihr wurde eiskalt ums Herz. Annabel Saxon hatte recht gehabt, als sie sagte, sie sei so mager, daß sie schon dürr wirke. Doch der Kummer um die Figur war nicht das ärgste: Gesicht und Hals waren schlimmer. Frankie blies die Lampe aus und blieb reglos stehen: Tränen quollen aus ihren Augen, und sie stand verlassen im Dunkeln und weinte.
Ziellos wanderte sie dann ins Wohnzimmer, nahm dieses und jenes wahr, erinnerte sich, was es gekostet hatte und wie beglückt sie beim Kauf gewesen war, versuchte in Kleinigkeiten den Halt zu finden, den sie weder bei sich selbst noch bei anderen zu entdecken vermocht hatte. Während ihre Finger liebkosend über die Gegenstände glitten, geriet sie an Fannys Nähkorb. Obenauf lag eine Schere, die zur Beschwerung diente. Frankie nahm sie in die Hand und betrachtete sie, als begreife sie zum erstenmal, wozu eine Schere nützlich sei. Es war keine große Schere, aber sie war sehr scharf.
Frankie begab sich auf Zehenspitzen nach oben, obgleich sie nicht betrunken war und keinen Grund hatte zu schleichen. Es war anzunehmen, daß alle schliefen. Vor Eugenes Zimmer horchte sie auf sein Schnarchen. Sie öffnete die Tür, ging hinein und trat ans Bett. Eugene schlief tief und hatte die Decke von sich geworfen. Frankie konnte ihn deutlich erkennen und sah das Heben und

Senken seiner behaarten Brust unter dem halbaufgeknöpften Nachthemd. Sie ließ ihre Finger sanft auf seinem Penis ruhen und spürte einen Augenblick später, wie er reagierte. Als er warm wurde und sich aufrichtete, erfaßte sie die größte Wut, die sie je empfunden hatte, und sie stieß die Schere wieder und wieder in seine Leisten, während er erwachte und schreiend um sich schlug.

19

»Heiliger Strohsack! Das tut weh, wenn man bloß dran denkt, was? Und ausgerechnet er, der so stolz war auf seinen Schwanz!«
Es hatte eine Weile gedauert, bis Myrtle begriff, was passiert war, aber dann fand sie sich schnell damit ab. Als praktisch denkende Frau ließ sie ihre Freundinnen wissen, wenn sie von irgendeiner Stellung hörten, so sei sie bereit, sich mit Waschen und Bügeln über Wasser zu halten, bis sich etwas Besseres fände.
Die Nichtstuer sprachen es unumwunden aus: »Sie hat ihn entmannt.«
Die Sache wurde keineswegs vertuscht. Eugene war mit dem Zug nach Savannah ins Krankenhaus verfrachtet worden, in Begleitung von Dr. Platt, der sich schon fast zur Ruhe gesetzt hatte, sich aber doch noch zu dieser Reise erbot, und, zur allgemeinen Überraschung, von Priscilla Davis. Priscilla und ihre Mutter meinten, Eugene müsse von jemandem begleitet werden, der »ihm nahesteht«, und da sich niemand aus der Familie dazu bereit fand, übernahm Priscilla diesen Dienst, wozu Ann Oglethorpe erklärte: »Unter diesen Umständen können wir wohl auf eine Anstandsdame verzichten.«
Vor der Abreise unterzeichneten Eugene und Dr. Platt eine Verfügung, der zufolge Frankie in die staatliche Heilanstalt für Geisteskranke einzuweisen sei, und nicht eine einzige Stimme erhob sich dagegen. Die meisten Stadtbewohner hatten Frankie seit Jahren für geistesgestört gehalten, und falls nicht schon ihr Gewaltakt den endgültigen Beweis dafür lieferte, so erbrachte Frankie ihn selbst, indem sie ihren Mann lauthals beschuldigte, sowohl seine erste

Frau als auch deren Mutter umgebracht zu haben. Wohl mochten sich einige über die Umstände von Bessies Tod wundern, doch Bessie selbst hatte geschworen, daß die alte Mrs. Marsh einen tödlichen Unfall erlitt, bei dem sie Zeuge war. Allein auf Beulah Land glaubte man Frankie, doch sie wußten nur zu gut, daß nichts gewonnen wäre, wenn sie dies öffentlich kundtaten. Frankie mußte verschwinden, denn sonst würde sie wegen versuchten Mordes vor Gericht gestellt.

Sarah wollte jedoch nicht zulassen, daß sie ins öffentliche Irrenhaus kam. Unterstützt von Benjamin wandte sie sich an Annabel. »Du mußt dein augenblickliches Vorhaben aufschieben und uns bei der Suche nach einem Platz für Frankie helfen, einer privaten Anstalt, die einer Dame angemessen ist.«

Annabel erwiderte scharf: »Kommt überhaupt nicht in Frage.«

»Du mußt, Annabel«, beharrte Sarah.

»Bitte, Tante Annabel«, bettelte Benjamin.

»Wie käme ich denn dazu?«

»Das kannst du fragen, nachdem sie zuerst deine Tochter und dann deine Schwester war? Du bist doppelt verantwortlich für sie. Eugene hat erklärt, daß er für eine private Unterbringung nicht aufkommen wird. Wir können das Geld nicht aufbringen, also mußt du für sie bezahlen.«

Benjamin schmeichelte: »Denk nur, wie man dich in der Stadt dafür rühmen wird, Tante Annabel.«

Sarah hakte ein: »Denk nur, wie man dich in der Stadt verachten wird, wenn du dich weigerst. Du brüstest dich immerfort damit, daß du deine Pflicht tust, und nun *tu* sie endlich.«

Nach langem Zögern gab Annabel widerstrebend nach. »Na gut«, brummte sie, sah aber dabei nur Benjamin an. »Vielleicht werd' ich's mir überlegen.«

»Blair III. sollte heimkommen und sich um seine Mutter kummern«, meinte Sarah.

»Das werde ich nicht dulden.« Und in diesem Punkt blieb Annabel unerbittlich. »Die öffentliche Meinung darf ihn nicht mehr mit ihr in Verbindung bringen; das könnte einen Schatten auf seine Karriere werfen.«

Innerhalb einer Woche fand Annabel, keine zwanzig Meilen von Highboro entfernt, nahe der Stadt Sandersville den geeigneten

Platz für Frankie in einem Heim, das sich »Privates Sanatorium für schwierige Fälle« nannte, in Wirklichkeit aber eine Heilanstalt für Damen aus besseren Kreisen war. Die Leiterin mußte überzeugt werden, daß Frankie nicht mehr gewalttätig sei, doch Annabel verstand sich bestens auf die Kunst der Überredung, und Frankie zeigte sich fügsam. Seit jener Nacht, als sie ihren Anschlag verübte, hatte man ihr ständig Morphium gegeben, und so war es kein Wunder, daß die Heimleiterin sie »folgsam und sanftmütig« fand.

»Gott sei Dank«, sagte Annabel, »das wäre geschafft. Ich hatte ja soviel zu erledigen. Es stimmt schon, wenn man sagt: ›Adel verpflichtet‹, das habe ich am eigenen Leibe erfahren. Jetzt kann ich mich endlich wieder meinem *wichtigen* Vorhaben widmen.«

Später, als sie allein waren, fragte Benjamin Sarah, was das für ein Vorhaben sei.

»Du hast gewiß schon davon gehört. Man hat ein Skelett gefunden, drüben in – ich glaube, es war in Emanuel County. Im Wald, in einem flachen Grab, eigentlich gar kein richtiges Grab. Keiner weiß, wer der Tote ist. Man hat keine Erkennungszeichen gefunden, keine Kleider. Vielleicht handelt es sich um das ›Missing link‹, das Bindeglied zwischen Mensch und Affe, das man bisher nicht nachweisen konnte. Annabel hat sich jedenfalls in den Kopf gesetzt, es sei einer von unseren Soldaten, der im Kampf gegen Shermans Truppen gefallen ist.«

»Wo hat man ihn gefunden?« fragte Benjamin leise.

Sarah wußte es nicht genau. Er ging zu Annabel, und was sie ihm erzählte, veranlaßte ihn und Daniel, eine Tagesreise zu unternehmen, um Nachforschungen anzustellen. Nach ihrer Rückkehr fragte Benjamin seine Großmutter: »Und was hat Tante Annabel mit dem Skelett vor?«

»Nun, sie will es dem Denkmal für die Konföderierten einverleiben. Eine Urne mit dem Skelett am Fuß der Statue, die man auf ihre Veranlassung errichtete, und eine sinnige Inschrift darüber: ›Einer aus den Reihen der Namenlosen, aber Unvergessenen‹ – irgend so was.«

»Das darf sie nicht tun.«

»Ach, das ist doch harmlos, und sie ist wenigstens beschäftigt.«

»Großmama, ich weiß, wer der Tote ist.«

Sie starrte ihn an: »Das sollte mich wundern.«

»Sergeant Smede.« In Sarahs Augen spiegelte sich Entsetzen. »Ja, Ma'am. Dan und ich sind zu der Stelle geritten, wo man das Skelett gefunden hat, und wir können uns gut daran erinnern. Wir selbst haben ihn dort verscharrt, nachdem wir ihn verfolgt und getötet hatten.«
Sarah sagte langsam: »Der Mann, der deinen Großvater und Annabels Vater umgebracht hat. Der Nancy und Lotus vergewaltigt, die gute Lovey ermordet und Onkel Ezras Grab geschändet hat, weil er darin Silber vermutete. Der Mann, der Oaks und Beulah Land geplündert hat.«
Benjamin nickte. »Und dessen Knochen will Tante Annabel in Ehren beisetzen lassen.«
»Hm.« Sarah schwieg und dachte nach, bis sie zu einem Entschluß kam. »Wir müssen sie gewähren lassen. Was soll's? Möge Gott uns allen vergeben.«
»Das darf doch nicht wahr sein, Großmama. Das ist nicht dein Ernst.«
»Doch. Wir müssen es vor Annabel verheimlichen, so lange sie lebt; denn wenn sie einmal aus dem Gleichgewicht gerät, ist es aus mit ihr. Wenn es etwas gibt, das Annabel mehr fürchtet als die ewige Verdammnis, dann ist es Spott. Käme die Wahrheit ans Licht, wäre sie im ganzen Land der Lächerlichkeit preisgegeben.«
»Du bist eine hinterhältige alte Dame«, sagte er und küßte sie auf die Wange.
»Hast du gehört, was deine Frau macht?« Benjamin schüttelte den Kopf. »Es heißt, sie ist in Eugenes Haus gezogen und hat dort das Zepter übernommen. Molly wollte unbedingt mit Frankie nach Sandersville gehen, darum hat Priscilla ihre eigene Köchin mitgebracht, und das bedeutet garantiert, daß dort die gleiche miserable Küche Einzug hält, die bei ihrer Mutter üblich ist. Das als spartanisch zu bezeichnen, käme einer Verleumdung der Griechen gleich.«
Fanny und Edna May wohnten bei Annabel, die Mädchen nicht ausstehen konnte und sich über dieses Arrangement fortwährend beklagte. Eines Abends auf Beulah Land, nach einer langen, im Flüsterton abgehaltenen Besprechung mit Bruce, Luck und Nancy, nahm Fanny Leon beiseite.
»Ich will keine alte Jungfer werden, die auf ihre Verwandtschaft

angewiesen ist. Ich brauche einen Platz, wo ich hingehöre. Du wirst mich jetzt heiraten, Leon Davis, oder nie.«

Völlig verdutzt beriet sich Leon mit Sarah und Benjamin. Sarah drohte ihm an: »Wenn du das Mädchen laufenläßt, werde ich dich enteignen. Ich will, daß sie nach Beulah Land kommt. Ich kann nicht ewig leben, wenn ich mir auch gewöhnlich einbilde, daß ich es könnte.«

»Sagen wir also, es ist abgemacht«, bekräftigte Benjamin Sarahs Ausführungen.

Annabel war unendlich erleichtert, als Benjamin ihr mitteilte, daß Fanny und Edna May beide nach der Hochzeit, die Weihnachten stattfinden sollte, nach Beulah Land ziehen würden. »Wie gut von dir, Ben, daran zu denken, daß Geschwister zusammenbleiben sollten.«

Er wurde rot, aber Annabel hielt es für ein Zeichen von Bescheidenheit.

So durfte Benjamin Davis endlich alle seine Kinder unter seinem Dach vereinen.

20

Zwei Tage vor Weihnachten wurden Leon und Fanny in der Kirche von Highboro getraut, und von denen, die ihnen nahestanden, war nur Luck nicht zugegen, da sie am Abend zuvor einem Sohn das Leben geschenkt hatte, den sie und Abraham Roscoe nannten.

»Roscoe Kendrick!« sagte Sarah zu Roman. »Denk doch nur, nach allem, was zwischen den verschiedenen Roscoes und Kendricks vorgefallen ist! Siehst du, mein Lieber? Am Ende gerät alles zum Guten.«

Nach der Trauung trug Sarah einen Arm voll Stechpalmenzweige, mit denen die Kirche geschmückt war, zum Friedhof, und sie und Jane legten auf jedes Grab der Familie einen Zweig. »Am ersten warmen Tag im Januar kommen wir zum Arbeiten her. Es gibt eine Menge zu tun.«

Fanny und Leon verzichteten auf die Hochzeitsreise, obwohl Benjamin ihnen eine anbot. Statt dessen lenkte Leon seinen Einspänner von der Kirche direkt nach Beulah Land. Als sie von der Hauptstraße in den Privatweg einbogen, der durch den Obstgarten und die Eichen- und Zedernallee zum Haupthaus führte, brachte Leon das Pferd zum Stehen. »Das erste Ereignis meiner Kindheit, an das ich mich erinnere«, sagte er, »ist, daß ich eines Morgens hier stehenblieb. Mama und ich waren mit unserem Wagen unterwegs zur Stadt, um Eier und Hühner zu verkaufen. Es war kalt, und sie zeigte auf die Bäume und das Haus dahinter und erklärte: ›Dort gehörst du hin.‹ Willkommen auf Beulah Land, mein Liebling!« Er hob Fannys Hand an die Lippen und küßte den Ring, den Sarah getragen hatte, als sie Leon Kendrick heiratete.

Sarah waren noch viele Jahre auf Beulah Land beschieden; ihre Herrschaft über ihr Reich übertraf selbst die der Königin Viktoria über England, wie Annabel einmal mißgünstig bemerkte. Doch eines Tages nahm Fanny Sarahs Stelle ein, und sie trat sie ihr bereitwillig ab. Es ging so allmählich vonstatten, daß niemand eine Veränderung wahrnahm. Benjamin hielt sich mehr und mehr in seinem Haus auf der Lichtung auf, wo er und Nancy wie Mann und Frau zusammen lebten.

Frankie erlangte ihren Verstand nie wieder, doch es hieß, sie sei keineswegs unglücklich in dem Heim für leidende Damen von Stand. Von ihrer Familie kamen nur Fanny und Leon sie besuchen, denn sie wollte sonst niemanden sehen und erregte sich leicht, wenn andere Menschen aus ihrer Vergangenheit auftauchten. Sie lernte Klavierspielen, und man erlaubte ihr, ein Beet im Garten zu pflegen und ihr eigen zu nennen. Als Fanny ihr erzählte, daß sie ihr Porträt nach Beulah Land gebracht und in der Eingangshalle aufgehängt hatte, so daß jeder es bewundern könne, lächelte Frankie, als habe sie verstanden. Doch als Fanny aufbrechen wollte, umklammerte Frankie ihre Hand und fragte ängstlich: »Wo willst du hin?«

»Zurück nach Beulah Land, Mama.«

Frankie lächelte abermals, jedoch ein wenig verloren, so als wisse sie mit dem Namen nichts anzufangen, sie, für die er einst der Inbegriff all dessen gewesen war, was sie auf der Welt begehrte. »Beulah Land. Das hört sich an wie ›Himmel‹. Ist es weit dorthin, Fanny?«

Man soll dich nicht mehr die Verlassene noch dein Land eine Wüstung heißen; sondern du sollst Hephzi-bah, Meine Lust an ihr, und dein Land Beulah, Liebes Weib, heißen; denn der Herr hat Lust an dir, und dein Land hat einen lieben Mann.

(Jesaja 62,4)